契诃夫文集
汝 龙/译

13

契诃夫像

目　次

游　记

寄自西伯利亚 …………………………………………… *3*
萨哈林岛（旅行札记） ………………………………… *42*

小品文　论文

纵狗捕狼 ………………………………………………… *381*
莫斯科的伪君子 ………………………………………… *387*
［尼·米·普尔热瓦利斯基］ …………………………… *390*
我们的行乞现象 ………………………………………… *392*
魔术家 …………………………………………………… *396*
在莫斯科 ………………………………………………… *408*

笔记本

第一本 …………………………………………………… *419*
第二本 …………………………………………………… *541*
第三本 …………………………………………………… *547*
［活页笔记］ …………………………………………… *554*

1

日　记

　　萨哈林岛日记摘录 ………………………………… *587*
　　一八九六年至一九〇三年的日记 ………………… *588*
　　契诃夫在巴·叶·契诃夫的梅里霍沃日记
　　　中所写的笔记 …………………………………… *600*

题　解 ………………………………………………………… *605*

游　记

寄自西伯利亚

一

"为什么你们的西伯利亚这么冷?"

"上帝的旨意呗!"赶马车的人回答说。

是啊,现在已经是五月了,在俄国,树木苍翠,夜莺欢唱,在南方,金合欢和丁香早已开花了,可是此地,在秋明到托木斯克的大道上,却是土地棕黄,树木光秃,湖面上是混浊的冰,湖岸上和山沟里还铺着雪……

不过另一方面,我有生以来却从没看见过这么多的野禽。我看见野鸭子在旷野上走来走去,在水洼里和路旁的水沟里浮游,几乎就在马车旁边扑棱棱飞起来,懒洋洋地飞到桦树林里去了。在寂静中突然响起一种熟悉的、好听的声音,抬头一看,原来在头顶上不高的地方有一对仙鹤,于是人的心情不知什么缘故变得忧郁了。后来又飞过一些野鹅,又飞过一长串像雪那么白的、美丽的天鹅……到处都有鹬鸟在呻吟,海鸥在哀叫……

我们追上两辆带篷马车和一群农民和村妇。这是移民。

"从哪一省来的?"

"库尔斯克省。"

在众人的后面有一个农民磨磨蹭蹭地走着,他那模样跟别人不同。他下巴剃光,嘴唇上边留着白髭,他的粗呢外衣的背后有一个莫名其妙的衣兜盖;他的腋下夹着两把用头巾包着的小提琴。他是一个什么样的人,他这些小提琴是从哪儿来的,那就无须乎问了。这是个不中用的人,不守本分,有病,怕冷,喜欢喝白酒,胆怯,他这一辈子先是在他父亲家里,后来在他哥哥家里,做了个多余的、不必要的人。他一直没有离家独立,没有娶亲……一个没出息的人!他一干活就觉得冷,喝两杯酒就醉,废话连篇,只会拉小提琴,在炕头上跟孩子们玩。他在小酒馆里,在人家的婚礼上,在旷野上拉小提琴,而且,嘿,还拉得挺有劲呢!可是现在哥哥卖掉了农舍、牲畜和全部家业,带着一家人到遥远的西伯利亚来了。这个孤苦的人也就跟着来了,他没有地方可以安身啊。他把两把小提琴也随身带来了……可是等他到了目的地,他就会在西伯利亚的寒冷中冻得发僵,身体虚弱不堪,临了,平静地、默默地死掉,谁也不会理会;他那两把从前使得故乡的人们有时欢乐有时悲伤的小提琴,就会以二十个戈比的代价卖给一个外来的文书或者被流放的人;这个外地人的孩子们就会扯掉琴弦,折断琴马,把水灌到里面去……这下可就完啦!

我坐着轮船在卡马河上航行的时候,也见到过移民。我至今记得一个年纪在四十上下、留着淡褐色胡子的农民,他坐在轮船上的一条长凳上,脚旁放着几个口袋,里面装着家用什物;口袋上躺着几个穿树皮鞋的孩子,卡马河的荒凉河岸上刮来的刺骨的寒风把他们吹得缩成一团。他的脸容表示:"我听天由命了。"他的眼睛里含着讥诮,不过这种讥诮是对他自己,对他的灵魂,对狠狠地欺骗了他的过去生活而发的。

"总不会更糟了吧!"他说,只用他的上嘴唇微微一笑。

人只能用沉默来回答他,什么话也别问他,可是过一分钟他又说一遍：

"总不会更糟了吧！"

"会更糟的！"坐在另一条长凳上的一个头发棕红色的农民（不是移民）带着尖利的目光说，"会更糟的！"

这些目前沿着大道、挨着自己的带篷马车慢腾腾地赶路的人一言不发。他们脸色严肃，精神集中……我瞅着他们，心里想：同那种显得不正常的生活一刀两断，为此而舍弃故乡和老家，这只有不平凡的人，英雄，才做得到……

后来，过一忽儿，我们追上一批被押解的犯人。三四十个囚徒沿着大道走去，手铐脚镣叮当响，两旁是持枪的兵士，后边是两辆大车。有一个犯人像是亚美尼亚的司祭；另一个是高身量，鹰钩鼻，大额头，我仿佛在什么地方的一家药房里见过他站在柜台后面；第三个脸色苍白，憔悴，严肃，倒像是一个持斋的修士。要看清所有的人是办不到的。犯人们和兵士们都累得精疲力竭：道路不好走，他们走不动了……这儿离着他们投宿的村子还有十俄里①路。可是等他们走到村庄，草草吃完饭，喝足砖茶，马上躺下睡觉，他们身上就会立刻爬满臭虫——筋疲力尽、一心想睡觉的人的最凶恶的和不可战胜的敌人。

傍晚，土地开始冻结，烂泥变成硬土块了。马车蹦蹦跳跳，隆隆地响，发出各式各样的尖叫声。好冷啊！没有一所住房，没有一个行人……在阴暗的空气里，没有一样东西在动，没有一点响声，只听得见马车碰响冻结的土地，只有在人点烟的时候，路旁才有两三只鸭子被火光惊醒，张开翅膀飞起来……

我们来到了河边。必须摆渡到对岸去。岸边一个人也没有。

"他们到对岸去了，这些该死的！"赶马车的说，"老爷，咱们

---

① 1俄里等于1.06公里。

吼吧。"

痛得叫喊,哭泣,召唤人帮忙,总之,发出叫声,在此地就叫做吼,所以在西伯利亚不光是熊吼,就连麻雀和老鼠也吼。"猫来了,它就吼。"这说的是老鼠。

我们就开始吼。这条河很宽,在昏暗中看不见对岸……河上的潮气吹来,人的两条腿变得冰凉,后来周身都冰凉了……我们吼了半个钟头,一个钟头,可是仍旧不见渡船。河水也好,布满天空的星星也好,这种沉闷的、坟墓般的寂静也好,不久就惹得人厌烦了。出于闲得无聊,我就跟老大爷①谈天,从他口里知道他十六岁结婚,有十八个孩子,其中只死了三个,他的父母都还活着;他的父母是"基尔查克",也就是分裂派教徒,他们不吸烟,生平除了伊希姆②以外一个城市也没见过,而他,老大爷,年轻的时候却容许自己开开心,也就是吸过烟。我从他口里知道这条乌黑、严峻的河里有小鲟鱼、白鲑鱼、江鳕鱼、狗鱼,可是谁也不去捕鱼,也没有捕鱼的工具。

可是后来终于传来了匀称的溅水声,河面上出现一个乌黑而笨重的东西。这就是渡船。它的形状像一条不大的驳船,船上有五名划桨人,他们的两根长桨,桨叶很宽,看上去像是螃蟹的两只螯。

船一靠岸,那些划桨人头一件事就是张嘴骂街。他们骂得恶毒,没有任何原因,显然半睡半醒。人听着他们那些不堪入耳的诟骂,就会认为不但我的马车夫、马、他们本人有母亲,就连河水、渡船、船桨也有母亲。这些划桨人的最轻、最少伤人的骂法就是"让你烂掉才好"或者"巴不得叫你嘴里生毒疮!"他们想说的是什么

---

① 指马车夫。
② 俄国秋明省的一个城市。

样的毒疮,我虽然也问过,却没有弄明白。我穿着短皮袄和大皮靴,戴着帽子;在昏暗中谁也看不出来我是"老爷",有一个划桨人就用嘶哑的声音向我吆喝道:

"喂,你,毒疮,干吗站在那儿嘻开嘴巴?把拉边套的马卸下来!"

我们上了渡船。渡船工人一边骂街,一边拿起桨来。他们不是本地的农民,而是被流放的人,由于过不规矩的生活而经村社判决发送到此地来的。在他们被安插的那个村子里,他们住不下去,他们觉得乏味,他们不会耕地或者已经生疏了,再说,这陌生的土地也并不可爱,于是他们就来到这儿,到渡船上来了。他们的脸干瘦,憔悴,不成样子。而且他们的脸上有些什么样的表情啊!看得出来,这些人当初坐着囚犯船来到这里,每两个人用一副手铐铐在一起的时候,后来成批地被押解着在大道上赶路,在农舍里过夜,周身被臭虫咬得刺痛难熬的时候,已经变得完全麻木不仁;现在呢,他们白日黑夜地在寒冷的水面上来来往往,除了光秃的河岸以外什么也看不见,永远丧失了他们原有的一切热情,他们的生活里只剩下了白酒,姑娘,姑娘,白酒……在这个世界上他们已经不是人,而是野兽了;照老大爷,我的马车夫的看法,他们就是到了来世,也会遭殃:他们会因为犯罪而下地狱。

二

五月六日的前夜,从大村庄阿巴特斯科耶(离秋明三百七十五俄里)出发的时候,一个六十岁的老人用马车送我上路;他在套车前不久到澡堂里去洗了个蒸汽浴,在身上放了一些拔血罐。为什么放这些拔血罐呢?他说他腰痛。他机敏得跟年龄不相称,好动,健谈,可是走路的样子难看:他好像害了脊髓痨。

我坐在一辆很高的、不带篷的四轮马车里,这辆车由两匹马拉着。老人不时挥动一下马鞭,吆喝一声,然而已经不像先前那样嚷叫,而只是发出呼哧声,或者像埃及的鸽子那样的哼叫声了。

道路两旁和远处地平线上有一些蛇形的野火:这是去年的草在燃烧,当地的人故意放火烧起来的。草潮湿,不大容易起火,所以那些火蛇爬得慢,时而断成几截,时而渐渐熄灭,时而又猛地燃起来。那些火蛇爆出火星,每一条火蛇上面都笼罩着白色的烟云。在这种火突然点着高高的枯草的时候,煞是好看:火柱从地面升起来,蹿起一俄丈①高,向天空喷出大股的浓烟,又立刻落下来,仿佛钻进地里去了似的。越发好看的是火蛇爬进桦树林去的时候:整个树林都给照得亮晃晃的,白色树干可以看得清清楚楚,桦树的阴影同明亮的光点变动不定。人看着这样的火光,不由得感到有点可怕。

这时候一辆三套马的邮车迎面飞驰过来,在坑坑洼洼的道路上发出轰隆隆的响声。老人赶紧往右拐弯,那辆庞大沉重的邮车就立刻从我们身旁飞驰过去,车上坐着一个返回去的车夫。可是这时候又响起新的轰隆声:迎面又驶过来一辆三套马的马车,也跑得飞快。我们就连忙往右拐,可是,使我困惑不解而且大为惊吓的是那辆三套马的马车不知什么缘故并不往右拐,却往左拐,直接朝着我们飞奔而来。要是撞车,那可怎么办呀?我刚对自己提出这个问题,就听见喀嚓一声,我们的双套马的马车跟一辆三套马的邮车混成乌黑的一团,我的四轮马车竖了起来,我就摔倒在地上,我的手提箱和包裹一齐压到我的身上……我躺在地上,惊魂未定,却听见第三辆三套马的马车飞奔而来。"得,"我想,"这辆马车准会把我轧死的。"可是,谢天谢地,我身上一根骨头也没有断,摔得也

---

① 1俄丈等于2.134米。

8

不很痛,能够从地上爬起来。我就跳起来,跑到路边去,大声喊叫,连嗓音都变了:

"站住,站住!"

从那辆空邮车的底部钻出一个人,站起来,拉住了缰绳;那第三辆三套马的马车几乎在我的行李旁边才停住。

在沉默中过去了两分钟。这是一种迟钝的困惑心情,仿佛我们大家无论如何也弄不明白出了什么事似的。车辕断了,马具破了,系着铃铛的马轭倒在地上,那些马呼呼地喘气;它们也吓呆了,好像撞得很痛。老人呻吟着,哼哧着,从地上爬起来;头两辆三套马的马车正在返回,又来了第四辆三套马的马车,随后是第五辆……

后来就开始了激烈的咒骂。

"让你烂掉才好!"那个跟我们撞车的车夫喊道,"巴不得叫你嘴里生毒疮!你的眼睛长到哪儿去了,老狗?"

"这该怪谁呀?"老人用一种要哭的声音叫道,"这都该怪你,你倒还骂人?"

在咒骂声中,就我所能了解的来说,撞车的原因如下:这五辆返回的三套马马车是在运完邮件以后到阿巴特斯科耶村去;按照规章,返回的马车应当慢慢走,可是头一个赶车的想家,有意赶快回到暖和的地方去,就赶着马拼命地跑,而后面的四辆车子上,赶车的都睡着了,没有人管这些三套马的马车,于是其余的四辆也跟着头一辆拼命地跑。要是我在四轮马车上睡着了,或者第三辆三套马的马车紧跟着第二辆跑来,那么当然,对我来说事情可就不会这么平安地结束了。

那些赶车的扯大了嗓门骂人,大概十俄里开外都听得见。他们骂得叫人受不了。必须耗费多少的机智、恶毒以及心灵的污秽才能够想出这些卑劣的字眼和语句来存心侮辱和玷污人们认为神圣、珍贵、可爱的一切东西啊!只有西伯利亚的赶马车的和渡船工才会这样骂人，据说这是他们从犯人们那儿学来的。在这些赶车的当中骂得最凶最响的却是那个闯祸的。

"你别骂了，傻瓜！"老人自卫道。

"骂了又怎么样？"闯祸的车夫，一个十九岁左右的孩子，问道，他带着威胁的样子走到老人跟前，同他面对面站着，"那又怎么样？"

"你别过分！"

"过分又怎么样？你答话呀，那又怎么样？我要拿起碎了的车辕，把你打得粉碎，毒疮！"

从声音来判断，他们打起来了。在夜间，在黎明之前，在这群野蛮的、破口大骂的匪徒当中，在远远近近那些点燃干草却一点也没有烘暖夜晚寒气的野火的景色中，在那些惊慌不安地挤在一起、不住地嘶鸣的烈马旁边，我感觉到一种难于描摹的孤独。

老人嘟嘟哝哝，高高地抬起腿（这是因为他有病），绕着这辆四轮马车和那两匹马走来走去，解下凡是可以解下的绳子和皮带，为的是用来捆扎断了的车辕，然后他在大路上爬来爬去，一根接一根地点亮火柴，寻找套索。连我捆行李的皮带也用上了。东方升起曙光，睡醒的野鹅早已在叫唤，那些邮车也终于走了，可是我们仍旧站在大路上，修理马车。我们也试过叫车往前走，可是捆好的车辕喀嚓一响！……又只好停住……好冷啊！

我们好歹总算磨磨蹭蹭地到了村子里。我们的车停在一所两层楼的农舍旁边。

"伊里亚·伊凡内奇，马在家吗？"老人叫道。

"在家！"窗子里有人闷声闷气地答话。

在农舍里，迎着我走过来的是一个高身量的人，穿着红衬衫，光着脚，半睡不醒，不知什么缘故在蒙眬中微笑着。

"臭虫讨厌极了，朋友！"他说，不住地抓挠身子，笑容越发欢畅了,"我们故意没有给正房生火。一冷,臭虫就不走动了。"

在此地,臭虫和蟑螂不是说爬,而是说走;旅客不是说走,而是说跑。他们总是问:"老爷,你跑哪儿去?"这意思是说:"你到哪儿去?"

趁他们在外面给马车上油,弄得车上的小铃铛叮当地响,趁马上要用车子送我上路的伊里亚·伊凡内奇正在穿衣服,我就在墙角上找到一个舒服的地方,把头靠在一个不知装着什么东西、好像是装着谷物的袋子,立刻被酣畅的睡眠征服了。我已经梦见我的床、我的房间,梦见我坐在自己家里的一张桌子旁边,正在对我家里的人讲我的双套马的马车怎样跟一辆三套马的邮车相撞,可是过了两三分钟我却感到伊里亚·伊凡内奇拉着我的衣袖说:

"起来,朋友,马车备好了。"

这对于懒惰,对于憎恶像蛇一样在背上东爬西爬的寒战,是一种什么样的嘲弄啊!我又上路了……天已经亮了,天空一片金黄色,太阳快要出来了。道路、田地里的枯草和可怜的小桦树都蒙着一层重霜,仿佛裹上了白糖似的。不知什么地方,黑琴鸟发出春情的鸣叫。

五月八日

三

在西伯利亚大道上,从秋明到托木斯克,一路上没有一个市镇,没有一个田庄,只有一些大村子,彼此相距二十二十五以至四十俄里。路上没有遇见过庄园,因为这里没有地主;您见不到工厂、磨坊、客店……路上唯一使人想起人类的东西,就是迎着风吼叫的电报线和里程标。

每个村子都有一个教堂,有的时候有两个;所有的村子里似乎也都有学校。农舍是用木头造的,常常是两层楼,房顶上铺着木板。每个农舍旁边的围墙上或者小桦树上总有一个椋鸟巢①,筑得很低,一伸手就能够得着。椋鸟在此地受到普遍的喜爱,连猫都不去碰它们。园子是没有的。

经过严寒的一夜和劳顿的旅行以后,早晨五点钟,我坐在一个私人拉脚的马车夫的农舍正房里喝茶。这正房是个明亮、宽敞的房间,其中的陈设是我们的库尔斯克或者莫斯科的农民只能梦想的。这儿出奇的干净:没有一点灰尘,没有一个污斑。墙是白的,地上肯定铺着地板,涂过油漆,或者铺着彩色的粗麻布;有两张桌子、一张长沙发、几把椅子、一个食器柜,窗台上放着花盆。墙角上放着一张床,床上的绒毛褥子和套着红枕套的枕头堆得像山那么高;要爬到这座山上去,得端过一把椅子来才上得去;而人一睡上去,就沉没在那里面了。西伯利亚人喜欢睡得软。

墙角的神像两旁贴着两排木版画;这儿有皇帝的画像,而且必然是好几张,有盖奥尔吉常胜将军,有"欧洲的皇帝",不知什么缘故波斯国王也在其内,然后是圣徒们的画像,下边有拉丁文和德文的题词,接着是巴滕贝克②的半身像、斯科别列夫③的半身像,再后又是圣像……就连包糖果的纸、白酒瓶上的标签、纸烟的商标也都用来装饰墙壁,而这种贫乏同结实的床铺和上漆的地板是完全不相称的。然而这有什么办法呢?此地对艺术的需求是很多的,可是上帝没有赐给他们艺术家。请您瞧一下房门吧,那上面画着一棵树,树上开着蓝花和红花,还有一些鸟,而这些鸟压根儿就不像鸟,倒有点儿像鱼;这棵树是从一个花瓶里生长起来的,凭这只花瓶可以看出来画的人是个欧洲人,也就是一个流放的人;这个流

---

① 指由人工制造的,状如小木匣。
② 保加利亚的大公。
③ 1877至1878年俄土战争中出名的俄国将领。

放的人还在天花板上画圆圈,在炉子上画花纹。这些画是随便涂绘的,然而当地的农民就连这也不会画。当地的农民有九个月不能脱手套,不能舒展开手指头;时而是零下四十度的严寒,时而是方圆二十俄里的草地被水淹没,然后来了短暂的夏天,他们工作得腰酸背痛,筋疲力尽。还哪儿有工夫画画呢?由于他们一年到头同自然界进行残酷的斗争,他们就不会成为画家,不会成为音乐家,不会成为歌唱家。在村子里您很少听到拉手风琴,您也不必期待赶车的引吭高歌。

房门开着,可以看见前堂的对面有另一个房间,光线明亮,铺着地板。那边,工作正在紧张地进行。女主人是一个二十五岁上下的女人,又高又瘦,脸容善良而温和,正在一张桌子上揉面;早晨的太阳照在她的眼睛上、胸脯上、胳膊上,好像她把太阳光揉进面里去了;主人的年轻的妹妹在烙煎饼,厨娘用开水烫一头刚宰完的乳猪,男主人正在用羊毛擀毡靴。只有老年人才什么也不做。老奶奶坐在炕头上,两条腿耷拉下来,嘴里哼哼唧唧;老爷爷躺在一张高板床上,正在咳嗽,不过他一看见我,就从床上爬下来,穿过前堂,到正房里来了。他想聊天……他开头谈的是今年春天冷得很,这是很久以来没有过的情形了。求主怜恤吧,明天是尼古拉节,后天是耶稣升天节①,可是夜里下雪,有一个女人在来村子的大道上冻死了;牲口因为缺少饲料而消瘦,小牛冷得泻肚子……后来他问我从哪儿来,"跑"哪儿去,去干什么,我结过婚没有,村妇们说不久要打仗,不知是否属实。

传来了孩子的啼哭声。这时候我才留意到在那张床和炉子之间挂着一个小摇篮。女主人丢下面团,跑到正房里来了。

"我们这儿出了一件什么样的事呀,买卖人!"她对我说,摇着

---

① 基督教节日,在复活节后第四十日。

摇篮,温和地微笑着,"大概两个月以前有个女市民从鄂木斯克到我们这儿来,带着一个小娃娃……不过她穿戴得倒像一位太太呢……她是在秋卡林斯克生下这个娃娃的,而且在那儿给他行了洗礼;她产后在路上病倒了,就在我们这个正房里住下来。她说她结过婚,可是谁知道呢?她脸上又没写着,身上也没带身份证。也许,那是个私生子。……"

"人家的事咱们管不了。"老爷爷嘟哝道。

"她在我们这儿住了一个星期。"女主人接着讲下去,"后来她说:'我要到鄂木斯克去找我的丈夫,不过我的萨沙就留在你们这儿吧;过一个星期我再来接他。现在我怕他在路上冻死……'我就对她说:'听我说,太太,上帝赐给人孩子,赐给这个人十个,赐给那个人十二个,可是上帝惩罚我和当家的,一个也没赐给我们;你就把你的萨沙留给我们,我们收他做儿子吧。'她想了想,说道:'不过你们还是等一等吧,我去问问我的丈夫,过一个星期就给你们寄一封信来。不问过我的丈夫,我不敢做主。'她就把萨沙留给我们走了。如今已经过去两个月了,可是她本人没来,信也没寄来。真要命啊!我们都喜欢萨沙,像亲生的一样,现在连我们自己也不知道他算是我们的孩子还是人家的。"

"你们应当给那个女市民写一封信才对。"我出主意道。

"可不是,应当这么办!"男主人在前堂说。

他走进正房里来,默默地瞧着我:我还能再给他们出点什么主意呢?

"可是怎么给她写信呢?"女主人说,"她又没告诉我们她姓什么。玛丽雅·彼得罗芙娜,光是这么个名字罢了。再说,鄂木斯克是个大城市,那儿找不着她。怎么找也找不着呀!"

"可不是,找不着了!"男主人同意道,他瞧着我,那样子仿佛想说:"看在上帝分上,帮帮忙吧!"

"我们跟萨沙处熟了。"女主人说着,塞给娃娃一个奶头,"他白天或者晚上一啼哭,人的心里就另是一个滋味,好像我们这所小木房也不一样了。可是,说不定那个女人会回来,从我们这儿把他领走……"

女主人的眼睛红了,含满泪水,她赶紧走出了正房。男主人对着她的背影点点头,微笑着说:

"她跟他处熟了……当然,舍不得了!"

他自己也跟他处熟了,他也舍不得,然而他是个男人,不好意思承认这一点。

多好的人啊!我喝着茶,听他们讲萨沙的时候,我的行李一直放在门外的马车上。我问起会不会有人偷去,他们却微微一笑,回答说:

"这儿有谁来偷呢?我们这儿夜里都没有人偷东西。"

确实,在这整条大道上一直没有听说过行人的东西被人偷去。在这方面,此地的风气好得很,有着优良的传统。我深信,假如我把钱掉在马车上,那么这些私人拉脚的马车夫拾到了钱,就会还给我,连朝钱包里面也不看一眼。我很少乘邮车,关于邮车的马车夫,我只能说一件事:有时候我在驿站上闲得无聊而翻看意见簿,我只见到过一条意见是有关盗窃的:一个行人丢了一只装皮靴的袋子。可是就连这个申诉,从驿站长官的批示看得出来,也不能成立,因为那个袋子不久就找到,还给那个行人了。关于抢劫,在此地的大路上,人们通常连谈也不谈起。这种事没有听说过。当初我动身到此地来的时候,我非常害怕路上遇见的流浪汉,可是对此地的行人来说,他们可怕的程度就跟兔子和鸭子一样。

喝茶的时候,他们给我端来白面做的煎饼、奶渣和鸡蛋馅的馅饼、油炸饼、奶油白面包。煎饼又薄又油,白面包的味道和形状使人联想到塔甘罗格①和顿河畔罗斯托夫的乌克兰人在市场上卖的那种松软的黄面包圈。在西伯利亚大道上,面包到处都烤得极其好吃:人们每天烤面包,而且数量大。白面在此地是便宜的:三十到四十个戈比一普特②。

单吃面包是不会饱的。如果你中午想吃什么煮的菜,那么到处都只会请你吃"鸭汤",别的就没有了。这种汤却难于下咽:混浊的稀汤,上面浮着小块的野鸭肉和内脏,而内脏里面的东西没有完全洗净。它不好吃,而且看着都叫人恶心。每个农舍都有野味。在西伯利亚没有任何打猎的规章,人们一年四季射猎飞禽。可是这儿的野禽未必会很快就灭绝。在秋明到托木斯克的一千五百俄里路程中野禽很多,然而像样的枪却一支也没有,并且一百个猎人当中只有一个会射击飞着的鸟。猎人照例趴在地上,肚皮贴着不平的道路和湿草,爬到鸭子那边去,一定要在灌木丛中,相距二三十步远,坐稳了才开枪,同时他那支低劣的枪总有五次没打响,而一旦打响,又会使劲往肩膀上和脸颊上后坐;如果幸而命中,那却也是不小的灾难;那就得脱掉皮靴和灯笼裤,钻进冷水里去。此地是没有猎狗的。

五月九日

四

天上刮起刺骨的寒风,开始下雨了;这场雨日夜不停地下。在离额尔齐斯河十八俄里的地方,一个私人拉脚的马车夫把我送到农民费奥多尔·巴甫洛维奇家里,这个农民说,不能再往前走了,

---

① 契诃夫的故乡。
② 俄国重量单位,1普特等于16.3公斤。

因为下雨以后额尔齐斯河岸上的草地被水淹没;昨天库兹玛从普斯丁斯科耶村来,他几乎把马淹死;必须等一等。

"可是等到什么时候呢?"我问。

"那谁知道呢?你去问上帝吧。"

我就走进农舍里去了。那儿的正房里坐着一个穿红衬衫的老头子,咳嗽着,喘不过气来。我给他服杜佛氏粉①,他就好一点了,可是他不相信医药,说他好一点是因为"坐着挨过去"了。

我坐在那儿暗想:留在这儿过夜吗?可是这位老爷爷会通宵咳嗽,也许还有臭虫,再说谁能保证明天水不泛滥得更厉害呢?不,还是动身的好!

"我们走吧,费奥多尔·巴甫洛维奇!"我对男主人说,"我不打算等了。"

"随您的便。"他温和地同意道,"只求我们不在水里过夜就好。"

我们动身了。雨在下,而且像常言所说的那样,瓢泼大雨,而我的四轮马车却没有篷。前八俄里我们是在泥泞的道路上走过的,可是那些马仍旧能够一路小跑。

"唉,这天气!"费奥多尔·巴甫洛维奇说,"老实说,我自己很久没有来过这儿了,没有看到发大水,那个库兹玛也许是吓唬人。说不定,上帝保佑,咱们过得去的。"

然而后来在我们眼前却展现出一个辽阔的湖。这就是被水淹没的草地。风吹过这个湖面,呼呼地响,搅起了微波。时而这儿,时而那儿,露出一些小岛和还没有淹没的长条土地。道路的方向由木桥和铺着木头的通路标明,现在这些东西让水泡软泡胀,几乎都从原地移动了。湖对面,远处,伸展着额尔齐斯河的一带高岸,

---

① 一种治咳嗽的药粉。

颜色棕黄,看上去阴森,上空笼罩着沉重的、灰色的云;岸坡上这儿那儿点缀着白雪。

我们开始穿过这个湖。水不深,车轮只陷进水四分之一俄尺①。要不是那些桥的话,过这个湖大概还不太费事。每到一座桥的旁边,就得从马车上下来,站在泥地上或者水里;为了上桥,先得在桥边微微高起的地方铺上木板和原木,木板和原木就胡乱地丢在桥上。牵马过桥每次只能一匹。费奥多尔·巴甫洛维奇卸下拉边套的马来,叫我牵着;我就拉住它们的冰凉、泥泞的缰绳,这些执拗的马却往后退。风要刮掉我的衣服,雨把我的脸打得生痛。要不要回去呢?可是费奥多尔·巴甫洛维奇一声不响,大概在等我自己提议回去吧;我也一声不响。

我们冲过了一座桥,又一座桥,然后是第三座桥……在这个地方我们陷进泥泞,险些儿翻车,在另一个地方马又死不听话,鸭子和海鸥在我们的上空飞来飞去,仿佛在笑我们。从费奥多尔·巴甫洛维奇的脸容,从他的不慌不忙的动作,从他的沉默,我看出来他不是头一次吃这样的苦,他还经历过更糟的事,他老早就习惯了这种黏糊糊的烂泥、大水、冷雨。生活在他可真是不易呀!

我们爬上一个小岛。这儿有一所没有房顶的小木房,有两匹湿马在湿粪上走来走去。经费奥多尔·巴甫洛维奇一叫,这所木房里就走出一个留着胡子的农民,手里拿着一根长树枝,开始给我们引路。他沉默地向前走去,用长树枝测量水的深度,试一试水底的硬地,我们就跟着他走。他把我们领到一条又长又窄的土地上,把它叫做"山脊";我们得顺着这条山脊走去,走到尽头,往左拐,然后往右拐,爬上另一条山脊,它一直伸展到渡口。

天黑下来了;已经没有鸭子,没有海鸥了。留着胡子的农民教

---

① 旧俄长度单位,1 俄尺等于 0.71 米。

给我们怎样走以后,早就回去了。头一条山脊走完,我们又到水里扑腾,往左走,然后往右。不过后来我们终于到了第二条山脊。它一直伸展到渡口。

额尔齐斯河辽阔。要是叶尔马克①在春汛时期游过这条河,他就是不穿锁子甲也会淹死。对岸又高又陡,十分荒凉。可以看见一条山沟;据费奥多尔·巴甫洛维奇说,这条山沟里有一条路通到山上我要去的普斯丁诺耶村。这边的岸坡不陡;高出地面一俄尺;它光秃,坑坑洼洼,看上去很滑;混浊的大浪带着白色的浪峰凶猛地冲击它,立刻又退回去,好像大浪嫌弃它,不愿意碰到这道难看而溜滑的岸坡似的;从外貌看来,只有癞蛤蟆和大罪人的阴魂才会在这种地方生存。额尔齐斯河不是在喧嚣,也不是在咆哮,却好像是在敲打河底的棺材。该诅咒的印象!

我们坐车来到一家农舍,那儿住着摆渡工人。有一个工人走出来说,不能坐渡船到对岸去,天气太坏,必须等到明天早晨。

我就住下来过夜。我通宵听摆渡工人们和我的马车夫打鼾,听雨点敲打窗子,听风声呼啸,听愤怒的额尔齐斯河敲打棺材……凌晨我走到河边去,天继续下雨,风倒小一点了,可是仍旧不能把渡船划出去。他们用一条小船把我送过河去。

在此地,摆渡是由各农户的户主合伙办的;摆渡工人当中一个流放犯也没有,都是自己人。这些人善良而亲热。当我渡过那条河,爬上那座溜滑的山,走到马车停在那儿等我的大道上的时候,他们在我身后祝我一路平安,身体安康,工作顺利。……而额尔齐斯河却在愤愤不平!……

五月十二日

---

① 16世纪俄国哥萨克军的头目,俄国的史书和民间史诗称颂他为"西伯利亚的征服者"。

五

这春汛真要命!在科雷万,他们不给我驿马,据说鄂毕河两岸的草地都被水淹没,没法乘车走了。就连邮件也耽搁下来,等着特殊的处理办法。

站上的文书劝我坐私人马车到一个叫维永的地方去,再从那儿到红悬崖,从红悬崖坐十二俄里的小船到杜勃罗维诺,到了那儿人家就会给我驿马了。我就照这样办:先到维永,后到红悬崖,……我被人领到农民安德烈家里,他有小船。

"有小船,有!"安德烈说,这是一个五十岁上下、长得很瘦、留一把淡褐色胡子的农民,"有小船!今天一清早这条小船把陪审官的文书送到杜勃罗维诺去,不久就会回来。您等一忽儿,趁这工夫喝喝茶吧。"

我就喝茶,然后爬到绒毛褥子和枕头的高山①上去……我睡了一觉,问起小船,可是小船还没有回来。农妇们在正房里生炉子,免得冷,而且正好顺便烤面包。正房暖和了,面包也已经烤熟,可是小船仍旧没有回来。

"他们派了一个不可靠的小伙子!"主人叹着气,摇摇头,"他笨手笨脚像个娘儿们,大概怕风,没有划回来。瞧,这风可真大!你,老爷,再喝点儿茶吧?你恐怕闷得慌吧?"

有个傻子穿一件破烂的粗呢外衣,光着脚,在雨里淋得湿透,把木柴和一桶水运到前堂里。他不时地探头往正房里看我一眼,露出他那头发蓬乱的脑袋,很快地说出一句什么话,像小牛似的哞哞地叫一声,就退回去了。瞧着他那张湿脸和那双不眨动的眼睛,

---

① 指床(请参看本文第三章)。

听着他的说话声,我自己似乎也要开始说胡话了。

过了中午,有一个很高很胖的农民到主人这儿来,他生着牛样的很宽的后脑壳,两只手捏成极大的拳头,活像一个俄国的肥胖的地方官。他叫彼得·彼得罗维奇。他住在邻近的一个村子里,在那儿跟他的兄弟养着五十匹马,经营私人拉脚的马车,为驿站提供三套马的车。种地,买卖牲口,现在到科雷万来就是办一件生意方面的事。

"您是从俄罗斯来的吧?"他问我。

"从俄罗斯来的。"

"我一次也没有到那儿去过。我们这儿的人,只要到托木斯克去过一趟,就鼻子朝天,扬扬得意,好像走遍全世界似的。据报上说,不久就要有一条铁路铺到我们这儿来了。您说说看,先生,这究竟是怎么回事?机器靠蒸汽活动,这我知道得很清楚。不过呢,要是火车,假定说,要穿过一个村子,那可就要压毁房子,轧死人啦!"

我就对他作了解释,他专心地听着,一面说:"嘿,瞧瞧!"我从谈话中知道这个肥胖的人既到过托木斯克,也到过伊尔库茨克,还到过伊尔比特,他已经娶亲成家,靠自修而学会读书和写字。这儿的主人只到过托木斯克,他看不起,不乐意听他讲话。每逢人家请他吃什么或者给他端来什么,他总是有礼貌地说:"您别操心。"

主人和客人坐下来喝茶。一个年轻的女人,主人的儿媳,用托盘给他们送茶,而且深深地鞠躬;他们就接过茶杯来,默默地喝茶。旁边,炉子附近,有一个茶炊在沸腾。我又爬到绒毛褥子和枕头的高山上去,躺下来看书,后来又爬下来写字;过了很长很长的时间,那个年轻女人却还在鞠躬,主人同客人依然在喝茶。

"别——巴!"傻子在前堂里喊道,"咩——妈!"

船却没有来!外面天黑了,正房里点起了油烛。彼得·彼得

21

罗维奇问了我很久,问我到哪儿去,办什么事,会不会有战事发生,我的手枪值多少钱,可是终于连他也懒得说话了;他坐在桌子旁边,用拳头支着脸颊,沉思不语。那支油烛的烛芯结了烛花。房门不声不响地开了,那个傻子走进来,在一口箱子上坐下来;他光着两条胳膊,一直到肩膀那儿,他的胳膊干瘦,像棍子似的。他坐那儿,瞧着油烛出神。

"出去,去!"主人说。

"咩——妈!"他叫一声,弯下腰,走到前堂里去了,"别——巴!"

雨点抽打着窗子。主人和客人坐着吃鸭汤,他们两个人都不饿,只是随意吃一点,排遣寂寞而已……后来那个女人在地板上铺好绒毛褥子和枕头;主人和客人就脱掉外衣,并排躺下去。

多么烦闷无聊啊!为了解闷,我就把思想转到我的家乡去,那边已经是春天,没有冷雨来抽打窗子了,然而,我却偏偏想起那边呆板的、灰色的、无益的生活;似乎那边也有一支油烛的灯芯结了烛花,也有人叫道:"咩——妈!别——巴!"人就不想回去了。

我在地板上为自己铺开一件短皮袄,躺下去,把那支油烛放在头边。彼得·彼得罗维奇抬起头来,瞧着我。

"喏,我有些话要跟您谈……"他低声说,免得让主人听见,"这儿,在西伯利亚,都是些愚昧无知的、没有才能的人。从俄罗斯给他们运来短皮袄啦、花布啦、碗碟啦、钉子啦,他们自己却什么也不会做。他们光是种地,干私人拉马车的活儿,别的就没什么了……就连鱼也不会捕。这是些乏味的人,上帝保佑,多么乏味啊!跟他们生活在一起,你只会浑身发胖,胖得没边,至于对你的灵魂,对你的头脑,那可是一点好处也没有!瞧着他们都觉得可怜,先生!要知道这儿的人都挺规矩,心也软,既不偷东西,也不欺负人,而且不大灌酒。他们不能说是人,简直是金子,可是,你瞧,他们白白地埋没了,于人一点好处也没有,就像苍蝇一样,或者,比方说,像蚊子一样。您去问问他们吧:他活着是为了什么?"

"人工作,吃饱,穿暖。"我说,"此外还需要什么呢?"

"他仍旧得明白他是为了什么必得活着。在俄罗斯,恐怕人人都明白!"

"不,他们不明白。"

"这可无论如何也不行。"彼得·彼得罗维奇沉吟一下,说,"人不是马嘛。大概,在我们整个西伯利亚并没有真理。就算以前有过吧,那也早已冻死了。可是人就应该找出这个真理来。我是一个富裕的、有势力的农民,在陪审官那儿有靠山,比方说,明天我就能把这个主人整一下:他就会在监牢里死掉,他的孩子就得到外头去讨饭。而且根本没有什么王法来治我,也不会有人来保护他,因为我们没有真理而活着嘛……这就是说,光是出生登记册上写着我们是人,彼得和安德烈,实际上我们却都是狼。至于说到上帝……这可不是开玩笑的事,是不得了的大事,可是这位主人躺下来,光是在脑门子上画三回十字,好像这就够了;他多半赚了钱,把钱藏起来,可能已经积攒了八百个卢布,经常添买新马了,可是他该问一问自己:这都是为了什么?要知道你总不能把它带到另一个世界里去啊!他就是问了,也还是懂不了,脑子不够使呗。"

彼得·彼得罗维奇说了很久……可是后来他也讲完了,这时候天已经大亮,公鸡在叫了。

"咩——妈!"傻子叫道,"别——巴!"

可是船仍旧没有来!

五月十三日

六

在杜勃罗维诺我得到马车,就再往前走。可是在离托木斯克四十五俄里的地方,人家又对我说马车不能走了,说托姆河淹没了草地和道路。又得坐船走了。在红悬崖发生过的事在这儿又发生了,木船已经驶到对岸,可是没法回来,因为刮起大风,河里掀起高大的浪头……我们得等着!

早晨天下雪了,在地面上积了一俄寸①半厚(这是在五月十四日!),到中午下起雨来,冲掉了所有的雪,可是傍晚日落的时候,我正站在岸上,观看那条向我们这边划来的木船同流水搏斗,又是雨,又是雪子。……正在这当口,却发生了一种同下雪和寒冷完全不相称的现象:我清楚地听见了雷鸣声。马车夫在胸前画十字,说天气要转暖了。

那条木船很大。人们先往船上装二十普特重的邮袋,然后放上我的行李,用湿淋淋的蒲席把这些东西盖好……邮差是个上了年纪的高个子,他在邮袋上坐下,我呢,坐在我的箱子上。我的脚边坐着一个小兵,满脸雀斑。他的军大衣简直拧得出水来,水从帽子上直往脖子里流。

"上帝保佑!开船啦!"

我们在河柳丛附近顺着水流航行。划桨人说,刚才,十分钟以前,有两匹马淹死了,坐在马车上的男孩一把抓住柳丛,才算死里逃生。

"划桨,划桨,小伙子们,等一忽儿再聊吧!"舵手说,"加油啊!"

---

① 1俄寸等于4.4厘米。

如同大雷雨以前经常发生的那样,河上刮起了阵风……光秃的河柳弯下腰去凑近河水,呜呜地响,河水突然变黑,凌乱的大浪涌起来……

"小伙子们,拐到柳丛里去,得等风过去了再走!"舵手轻声说。

大家正开始把船拐到河柳那边去,可是有一个划桨人说,万一变天,我们就会在柳丛里守一夜,临了仍旧会淹死,所以,还是应该再往前划。他们提出照大多数人的意思办,于是决定再往前走……

河水变得更黑,大风和雨水扑打着我们的身子,河岸却依然离得很远,在急难时刻可以抓住不放的柳丛却落在后头了……邮差生平阅历丰富,这时候沉默不语,一动也不动,仿佛凝固了似的,那些划桨人也一言不发……我看见那个小兵的脖子突然涨红了。我的心变得沉重,我光是想着如果船翻了,我就先把皮袄脱掉,再脱掉上衣,然后……

可是这当儿河岸越来越近,划桨人干得有劲一点了;我心里的石头渐渐落下去了,等到离岸只有三俄丈左右,我就忽然感到轻松,快活,而且心里想:

"做个胆小鬼倒也挺好呢!只要有不多的东西就足以使他变得很快活了!"

五月十五日

七

我不喜欢一个有知识的流放犯站在窗边,默默地瞧着邻近的房子和房顶。在这种时候,他在想什么呢?我不喜欢他一面跟我闲谈,一面瞅着我的脸,带着这样的表情,仿佛想说:"你会回家,而我却回不成。"我之所以不喜欢，是因为在这种时候我无限地怜惜他。

人们常说，现在死刑只在特殊场合下才使用，其实，这样的说法并不十分准确；一切用以代替死刑的高级惩罚措施依然继续带有死刑的最主要、最本质的特征，即终身性、永久性，这一切措施具有一个直接从死刑继承来的目标，那就是使犯人永远离开正常的人类生活环境；一个重罪犯，对于他曾经在其中出生和成长的社会来说，等于是个死人，犹如在死刑风行的时代一样。在我们俄国的法制中，比较人道的高级惩罚，不管是刑事的还是感化的，几乎都是终身的。苦役的劳动必然同永久流放结合在一起；永久流放之所以可怕，就在于它的终身性；凡是被判送往苦役连①的人，在服满刑期以后，如果村社不同意接纳他入社，他就被流放到西伯利亚；剥夺权利几乎在一切情况下都带有终身的性质，等等。这样，一切高级惩罚措施都不容犯人们在坟墓里得到永久的安宁，这也正是使我的感情不能容忍死刑的原因所在；另一方面，终身性，再加上过较好生活的希望不可能实现，公民身份已经在自己身上永远消失，任何个人的努力都不足以使它恢复的想法，就使人认为在欧洲和在我们这儿，死刑并没有废除，只是换了另一种使人类的感情少厌恶一些的形式而已。欧洲早已习惯于使用死刑，因此，不经过长久的、使人厌烦的拖延是不会放弃它的。

我深信过五十年到一百年后，人们看待我们的惩罚的终身性会大惑不解，觉得别扭，就像我们现在看待刺穿鼻孔或砍掉左手的手指头一样。我也深信，不管我们多么真诚而清楚地感到像惩罚的终身性这样的过时的现象已经陈旧，成了一种偏

---

① 帝俄时代对犯人的一种处罚形式，苦役连内采用军队制度与做苦工相结合。

见,我们也还是没有力量弥补这个灾难。要用一种比较合理、比较适当的正确的方法来代替这种终身性,在当前这个时候我们的知识不够,经验也不够,因而勇气也不够;在这方面的所有尝试都是犹豫不决而且顾此失彼的,只能引导我们去犯严重的错误,走极端,凡是不以知识和经验为基础的创举,命运往往如此。不管这多么叫人难过,多么使人感到奇怪,我们甚至没有权利解决哪一种办法对俄国更适合些,是监狱还是流放这样一个现代的问题,因为我们完全不知道监狱的情形如何,流放是怎么回事。您看一看我们的有关监狱和流放的文献吧:多么贫乏呀!两三篇短文,两三个名字,此外就一无所有了,倒好像俄国既没有监狱,也没有流放,更没有苦役似的。二三十年以来,我们的有思想的知识界反复讲着一句话,说任何一个犯人都是社会的产物,可是他们对这个产物又是多么冷淡!对于关押在监的人和在流放中受尽折磨的人的这种漠不关心,在信奉基督教的国家和信奉基督教的文学里是不可理解的,而这种漠不关心的原因却隐藏在我们俄国的法学工作者的异乎寻常的蒙昧中;他们所知很少,而且受职业上的成见的约束,同那些被他们所嘲笑的小官吏不相上下。他们应付大学的考试只是为了学会审问人,判决他去坐监狱和流放;他担任职务,领到薪金以后,就光是审讯和判决,至于犯人在受审以后到哪儿去了,为什么去,监狱是怎么回事,西伯利亚是什么样子,他却不知道,也不发生兴趣,同他的职权范围毫不相干:这已经是押解人员和红鼻子的狱卒的事了!

根据我有机会与之谈过话的当地居民、文官、赶大车的工人、马车夫的评断,有知识的流放犯(这些人都是过去的军官、文官、公证人、会计员、纨绔子弟的代表,因伪造罪、贪污罪、诈骗罪等被发送到这里)过着与外界隔绝的简朴生活。只有那些具有诺士德莱夫①的气质的人才是例外；这种人不论在什么地方，不论多大的年纪，也不论处在什么情况下，总是依然故我；然而他们不是停留在一个地方，而是在西伯利亚过着茨冈式的漂泊生活，并且如此地流动不定，对观察者的眼睛来说几乎是难以捕捉的。除了诺士德莱夫之流以外，在有知识的"不幸的"人当中时常可以遇见变得极坏、行为不道德、公然下流的人，可是这些人几乎都被人识破，人人认得他们，对他们指指点点。我再说一遍，绝大多数的人生活得简朴。

有知识的人到达流放地以后，起初总是带着慌张、惊愕的神情；他们胆怯，仿佛给折磨得傻了似的。他们大多数人贫穷，没有力气，教育程度差，除了书法以外一无所长，往往干什么都不行。其中有些人起初陆续卖掉他们的荷兰亚麻布衬衫、床单、头巾，结果过了两三年以后，在赤贫如洗的情况下死掉（例如，不久以前，库左甫列夫在托木斯克就这样死掉了，他曾经在塔甘罗格的海关一案中扮演过重要角色；他由一个慷慨的人，也是流放犯，出钱埋葬）；另一些人则渐渐习惯干某种工作，站稳了脚跟；他们做买卖，当律师，在当地报纸上写文章，做文书，等等。他们每月的收入很少超过三十到三十五个卢布。

他们生活得乏味。西伯利亚的大自然同俄国相比，他们觉得单调，贫乏，寂静无声；到耶稣升天节②天气仍然严寒，到圣灵降临节③下起湿雪来。城里的住房恶劣，街道泥泞，店铺里一切东西都昂贵，不新鲜，稀少，欧洲人已经用惯的许多东西在此地就是花多少钱也买不到。当地的知识分子，有思想的和没有思想的，都是从早到晚喝白酒，喝得不文雅，粗俗，愚蠢，不加节制，但是并不醉；当

---

① 俄国作家果戈理的长篇小说《死魂灵》中的一个地主。
② 见本书第13页注。
③ 基督教节日，在复活节后第五十日。

地的知识分子在谈过一两句话以后必然会向您提出一个问题："我们要不要喝点酒？"流放犯由于烦闷无聊就跟他们一块儿喝酒，先是皱起眉头，后来习惯了，最后，当然，变成了酒鬼。如果讲到酗酒，那倒不是流放犯教坏本地人，而是本地人教坏流放犯。这儿的女人跟西伯利亚的大自然一样乏味；她们缺乏光彩，冷淡，不会装束，不会唱歌，不会笑，模样儿不招人喜欢，像一个老住户跟我谈话时所说的，"摸起来硬邦邦的"。等到西伯利亚逐渐产生自己的长篇小说作家和诗人，那么，在他们的长篇小说和诗篇里，女人不会做主人公；她们不会鼓舞人、激发人去进行高尚的活动，不会拯救人，走到"天涯海角"去。假使不把低劣的小饭铺、单间澡堂、为数众多并且为西伯利亚人深深爱好的公开的和秘密的妓院计算在内的话，那么，这些城里就没有任何消遣的地方了。在漫长的秋天和冬天的晚上，流放犯坐在自己家里，或者到老住户家里去喝酒；他们两个人喝完两瓶白酒和半打啤酒，然后照例提出一个问题："我们要不要到那儿去？"也就是到妓院去。苦闷，苦闷啊！用什么东西来娱乐自己的心灵呢？流放犯读一本毫无价值的小书，例如里保①的《意志的疾病》，或者在头一个晴朗的春日穿上浅色的裤子，如此而已。里保的书枯燥无味，再说，如果根本没有意志，那么读意志的疾病有什么意思呢？穿浅色的裤子很冷，然而这仍旧不失为换一换花样啊！

五月十八日

八

西伯利亚大道是全世界最大的而且大概也是最不像样子的一

---

① 19世纪法国心理学家。

条道路。从秋明到托木斯克的一段路倒还可以将就，这不是得力于文官们，而是得力于当地的自然条件；这儿是一片没有树林的平原；早晨下雨，傍晚就干了；如果在五月底以前大道上由于积雪融化而覆盖着山一般高的冰块，那么您不妨在旷野上走车，在一片空旷中选择任何一条绕远的道路。可是从托木斯克起，原始林开始了，而且丘陵起伏；这儿的土壤不会很快就干燥，绕远的道路根本没有，也就无从选择，人不得不在大道上走车。因此，只有在过了托木斯克以后，过路的人才开始骂不绝口，热心地在意见簿上写意见。文官先生们认真地读完他们的意见，每一次都写上："不予照准。"何必写这个呢？中国的文官们早已采取盖印章的办法了。

从托木斯克到伊尔库茨克，有两个中尉和一个军医官跟我同行。一个中尉是步兵军官，戴着蓬松的毛皮高帽；另一个是地形测绘官，军服肩上饰着穗带。在每一站，我们都是浑身泥浆，淋得湿透，昏昏欲睡，被缓慢的行车和颠簸弄得筋疲力尽，往睡榻上一倒，愤愤地说："多么糟糕，多么要命的道路呀！"可是站上的文书和站长却对我们说：

"这还不算什么，等你们走到柯祖尔卡就明白了！"

从托木斯克起，在每个驿站上，人家都用柯祖尔卡来吓唬我们；文书总是神秘地微笑着，而迎面走来的过路行人则带着幸灾乐祸的神情，仿佛在说："我算是走过来了，现在该你走了！"我的想象力被他们吓坏了，弄得我开始梦见神秘的柯祖尔卡，形状像是一只生着长嘴和绿眼睛的鸟。

柯祖尔卡是二十二俄里长的一块地方的名字，在切尔诺烈倩斯卡站和柯祖尔斯卡站之间（这在阿钦斯克城和克拉斯诺亚尔斯克城之间）。离这个可怕的地点还差两三站的地方就已经出现预兆了。一个迎面来的行人说，他的车翻了四次，另一个抱怨说，他的车轴断裂了，第三个阴沉不语，人家问他路好不好走，他回答说：

"好得很,叫鬼逮了它去才好!"大家都带着怜悯的神情瞧着我,仿佛瞧着一个死人似的,因为我有一辆自备的轻便马车。

"您多半会把车子毁了,陷在泥地里动弹不得!"人们叹口气,对我说,"您最好还是搭驿车走!"

离柯祖尔卡越近,预兆就越是可怕。傍晚,在离切尔诺烈倩斯卡站不远的地方,那辆载着我的旅伴的马车忽然翻车,那两个中尉和那个军医官以及他们的皮箱、包袱、军刀、装着小提琴的匣子,一齐飞进泥浆里。到夜里就轮着我了。就在切尔诺烈倩斯卡站那儿,马车夫突然对我宣布,说我的马车的车辕弯了(车辕就是一个铁螺栓,连接马车的前部和车轴部;它弯了或者断了,马车的车身就会降落在地面上)。在站上,大家就开始修理。五个马车夫一齐动手,他们身上冒出浓重的蒜葱气,熏得人又憋闷又恶心,他们把那辆泥污的马车翻歪过去,用锤子把那个弯了的车辕敲掉。他们对我说,马车上还有一个轴垫裂了,一个什么零件松了,三个螺帽脱落了,可是我一点也不懂,而且也不想懂。……天黑,我觉得冷,烦闷,困倦……

驿站的房间里点着一盏昏暗的小灯。屋里有煤油和葱蒜的气味。一张睡榻上躺着那个头戴毛皮高帽的中尉,睡熟了;另一张睡榻上坐着一个留胡子的人,在懒洋洋地穿皮靴;他刚刚接到命令要到一个什么地方去修理电报机,可是他想睡觉,不想去。那个军服肩上饰着穗带的中尉和军医官靠桌子坐着,沉重的头垂倒在搁于桌面的双手上,打盹儿。可以听见那个戴毛皮高帽的中尉鼾声如雷,马车夫在外面用锤子不断地敲打。

大家闲谈起来……在大道上各处,所有这些驿站上的谈话都归结到一个题目上:批评当地的长官,痛骂道路。挨骂最多的是邮电部门,虽然它只是在西伯利亚大道上办事而不负管理的责任。站上所讲的一切事情,在一个疲劳不堪而离开伊尔库茨克还有一千多俄里路程的旅客听来,简直显得可怕。人们谈起地理学会某个会员带着妻子一块儿旅行,两次损坏了自己的轻便马车,最后不得不在树林里过夜,谈起某位太太因为马车颠簸而撞破了头,谈起某个收税员在泥泞中困坐十六个钟头,给了农民们二十五个卢布,他们才把他拉出来,送到站上去,谈起自备的轻便马车没有一辆能平安地到达站上……所有这一类谈话总是在人的心里引起如同听到夜猫子的叫声那样的反应。

根据这些谈话来判断,邮车受苦最深。假如有一个好心人自愿承担一种劳动:观察西伯利亚邮车在哪怕只从彼尔姆到伊尔库茨克这样一段路上的活动,然后把自己的印象写下来,那么这就会成为能够引得读者落泪的一个中篇小说。首先是所有这些把宗教、教育、贸易、秩序、金钱带到西伯利亚来的皮包和大袋子,毫无必要地在彼尔姆一连耽搁几昼夜,而这仅仅是因为缓慢的轮船总是耽误航期。从春天一直到六月间,在秋明到托木斯克的这段路上,邮车总是同河水的可怕的泛滥和黏稠的泥泞搏斗;我至今记得由于洪水,我只得在一个站上等了将近一昼夜,跟我一起等的还有邮车。沉重的邮车是用小木船渡过河流和水淹的草地的,这些船之所以没有翻,只是因为这些西伯利亚的邮车驿员的母亲大概在为她们的儿子热烈祷告而已。从托木斯克到伊尔库茨克,在不计其数的、各式各样的柯祖尔卡和切尔诺烈倩斯卡附近,邮车往往坐困在泥泞里一连十个小时到二十个小时。五月二十七日,在一个站上,人们告诉我说,不久以前一辆邮车驶过小河卡奇的桥,那桥就塌了,马和邮件几乎淹没,而这是西伯利亚邮车早已习惯的日常事故之一罢了。在我乘车到伊尔库茨克以前,一连六天没有遇见从莫斯科来的邮车赶上来;这就是说,它耽误了一个星期以上,它遭到一些事故已经有整整一个星期了。

西伯利亚的邮车驿员是殉教徒。他们背的十字架是沉重的。

他们是祖国固执地不肯承认的英雄。谁也不像他们那样工作繁重,跟大自然搏斗,有时候还要受到难忍难熬的痛苦,可是,他们往往被解雇、开除、处以罚款,受到奖励的情况却少得多。您知道他们挣多少薪金吗?您生平见过哪怕一个戴奖章的邮车驿员吗?也许他们比那些写"不予照准"的人有益得多,可是请您看一看他们给吓成了什么样子,他们受尽折磨,他们在您面前多么胆怯。……

不过,后来他们终于宣布轻便马车修好了。可以乘车往前走了。

"起来!"军医官叫醒戴毛皮高帽的中尉,"越是早点走过该死的柯祖尔卡越好。"

"先生们,鬼并不像人们所描绘的那样可怕。"那个留胡子的人安慰道,"说真的,柯祖尔卡不见得比别的站更糟。再说,要是你们害怕,这二十二俄里就不妨步行走过去。……"

"是啊,要是不陷进泥里动不得的话……"文书补充一句。

天刚破晓,霞光初现。冷得很。……马车夫还没把车赶出院子,就已经在说:"哎,什么路哟,糟透了!"我们的车子先是穿过一个村子……时而是稀泥,车轮在其中转动,时而是干土墩和坑洼;在铺着树干的泽间小径和淹没在稀粪中的小木桥上,圆木像肋骨似的凸出来;在这种地方走车,人就会心惊肉跳,马车的车轴就会断掉。……

不过,后来村子总算走完,我们来到了可怕的柯祖尔卡。

这儿的道路确实糟透了,可是我并不认为它比例如玛陵斯克附近或者那个切尔诺烈倩斯卡更坏。请您设想一条宽阔的林间通路,顺着这条路用黏土和碎石子垫起一条四俄丈宽的路基,这就是大道。假如从旁边瞧着这道路基,那么,似乎从地里突出一根巨大的管风琴的管子,好像一个敞开的八音盒。路基两旁是水沟。沿着管子伸展着几条半俄尺或更深的车辙,这些车辙又被许多横向的车辙切断,因而整条管子成了一连串山峦的链条,其中有它自己的卡兹别克山和厄尔布鲁士山①;山顶已经干了,撞着车轮砰砰地响,山脚下却还是扑哧扑哧的水声。也许只有内行的魔术师才能使得马车直立在这条路基上。马车照例总是处在这样的一种情况下,假如您对这种情况还没有习惯,那么,它每一分钟都会逼得您喊叫:"马车夫,我们要翻车啦!"一忽儿右边的车轮陷进很深的车辙,而左边的车轮立在山顶上,一忽儿两个车轮一齐陷进泥里,第三个车轮立在峰顶上,第四个则悬在半空中……马车做出千百种姿态,这当儿您时而抱住自己的头,时而抱住身子,不住地向四面八方低头弯腰,咬伤自己的舌尖,您的皮箱、包裹则造起反来,你压着我,我压着你,甚至干脆压到您的身上来。可是您看一看赶车的吧:这个杂技演员怎么还能在车座上坐得住?

要是有人从旁瞧着我们,他就会说我们不是在乘车赶路,而是在发疯。我们打算稍稍离开路基一点,沿着林边走车,力求找一条绕远的路;可是就连那儿也是车辙、土墩、横木、小桥。往前走了不多的路,马车夫就停下来了;他考虑一忽儿,无可奈何地干咳一声,露出一种仿佛马上要干一件大坏事的神情,拨转马头往大道赶去,直奔水沟。跟着就响声大作:前轮轰隆一声,后轮轰隆一声!……这是我们在越过那条水沟。然后我们又喀嚓喀嚓响地爬上路基。马身上呼呼地冒着气,车辕横木掉落了,后鞘和车轭滑到一边去了……"唷,我的娘!"马车夫叫道,使尽气力扬鞭抽马,"唷,我的伴儿!叫你生毒疮才好!"那些马把车子拉出十步远就停下来了;这时候,不管你怎样用鞭子抽它们,不管你怎样骂它们,反正它们不肯再走了。没有办法,我们只好又拨转马头走下路基,把马赶到水沟里,找绕远的路,然后又改变主意,折回路基,于是循环往复,

---

① 借喻"最高的山峰"。

无休无止。

赶路是难受的,难受得很,可是你一想到这个不像样子、坑坑洼洼的狭长地带,这块黑色的麻瘢,几乎就是连通欧洲和西伯利亚的唯一血管,那就更难受了!据说,文明正在顺着这条血管流到西伯利亚去!是的,人们在这样说,说得很多,而如果这些马车夫、这些邮车驿员或者这些淋湿而泥污、站在自己大车旁边、烂泥没到膝部、把茶叶输送到欧洲去的农民听到我们的话,那么他们对于欧洲,对于它的真诚会有什么样的看法呀!

您顺便看一看大车队吧。大约四十辆大车载着茶叶箱排列在路基上……车轮有一半埋在很深的车辙里,那些瘦马伸长了脖子……赶大车的在大车旁边走动,一面从烂泥里拔出脚来,一面帮那些马的忙,他们早已筋疲力尽了……后来,这个大车队有一部分停了下来。这是怎么回事呢?原来有一辆大车的轮子断裂了……不,还是不看为妙!

为了嘲弄这些疲惫不堪的马车夫、邮车驿员、赶大车的、马匹,有人下命令把碎砖头和黏土等的混合物和石子成堆地倒在道路两旁。这样就能使人每一分钟都想到:过不了多久,这条道路还会更糟。据说,沿着西伯利亚大道的各城各村里住着一些领到薪金做修路工作的人。如果这是真的,那就应当给他们加薪,为的是请他们不必费力来修路,因为道路经他们修过以后反而会越发糟糕。按照农民们的话,修路工作,例如在柯祖尔卡,是这样进行的:六月底或者七月初,正在小蚊子活跃、成为当地的大灾祸的季节,村里的人都"被赶出来",奉命用枯枝、碎砖头和黏土等的混合物、石子填满晒干的车辙和深坑,而那种石子经手指头一搓就会变成粉末;修路工作持续到夏末。然后天下雪了,道路上只是布满坑洼,把人颠得头昏脑涨;接着是春天和泥泞,然后又是修路,年年都是这样。

在到达托木斯克以前我有机会结识一个地方官,跟他一块儿赶了两三站路。我至今记得,有一次我们正在一个犹太人的农舍里坐着,吃鲈鱼汤,一个乡村警察走进来,报告地方官说,在某个地点,路完全坏了,修路的包工头不肯修……

"把他叫到这儿来!"地方官下命令道。

过了不久,进来一个矮小的农民,头发蓬乱,脸是歪的。地方官从椅子上跳起来,往他那边扑过去……

"你怎么敢不修路,下流坯?"他用哭声叫道,"那儿没法通车,脖子都要摔断了,省长写公文来,县警察局长写公文来,我到处都落不是,而你这个坏蛋,该生毒疮的,该死的,下地狱的,你在等什么?啊?你这个畜生!明天必得把路修好!明天我就坐马车往回走,要是我看见路没修,我就把你的脸打出血来,把你这强盗打成残废!滚出去!"

这个农民就开始眨巴眼睛,冒汗,脸变得越发歪,一下子溜出门外去了。那个地方官回到桌边,坐下来,笑着说:

"是啊,当然,您既然在彼得堡和莫斯科住过,这儿的女人就不会中您的意了,不过要是好好找一找,那么在此地也可以找到一个姑娘来的……"

很想知道那个农民在明天以前来得及干出什么活儿来。在这样短促的时间里能做出些什么呢?我不知道,对西伯利亚大道来说,这是走运,还是不幸:地方官在一个地点待不久,常常更换。据说,有一个新上任的地方官来到他的管区,把农民赶在一起,吩咐他们在道路两旁挖沟;他的继任者在独创性方面对他不甘示弱,就把农民赶在一起,吩咐他们把沟填平。第三个下命令在自己的管区内往道路上加铺一层半俄尺厚的黏土。还有第四个,第五个,第六个,第七个,总之,每一个都乱逞能,往蜂房里加进一份他自己的蜜……

一年四季,这条路始终使人受不了:春天是烂泥,夏天是草丘、深坑、修理,冬天是坑坑洼洼。往日那种先是在维格尔①笔下,后来又在冈察洛夫笔下②令人喘不过气来的疾速的行车,现在除非在冬天初雪后新开出的道上才可以设想。不错,就连当代的作家也赞赏西伯利亚行车的疾速,不过这只是因为既然到过西伯利亚,不经历一下疾速的行车就不像话,虽然这种经历只是在想象中而已……

很难希望在柯祖尔卡有一天会不再颠坏车轴和车轮。要知道西伯利亚的文官们生平从来也没有见识过较好的道路;目前的道路甚至使他们满意了,至于意见簿啦、通讯报道啦、到西伯利亚来的旅客的批评啦,却不会给这条道路带来多少益处,就跟那些拨来供修路用的金钱一样……

我们到达柯祖尔卡站的时候,太阳已经升得高高的了。我的旅伴们往前赶路,我呢,留下来修理我的马车。

九

如果路上的风景在您并不是无所谓的事,那么乘马车从俄国到西伯利亚的一路上,您从乌拉尔起一直到叶尼塞河止都会感到乏味。寒冷的平原、歪斜的小桦树、水洼、某些地方的湖泊、五月的雪以及鄂毕河支流的荒凉萧索的两岸,总之最初的两千俄里行程在记忆里能够保留下来的只有这一点而已。至于为异族人崇奉而为我们的逃亡者所看重并且日后会成为西伯利亚诗人取之不尽的金矿的大自然,新奇、宏伟、瑰丽的大自然,那却是从叶尼塞河才开始的。

---

① 指菲·菲·维格尔,19 世纪中叶俄国旅行家,著有《回忆录》。
② 指俄国作家伊·亚·冈察洛夫的长篇小说《战舰巴拉达号》。

我倒不是想说些话来得罪伏尔加河的热烈崇拜者,可是我有生以来从没见过比叶尼塞更壮丽的河。就算伏尔加河是一个盛装、温雅、忧郁的美人吧,而叶尼塞河却是一个强有力的、狂热的、不知该怎样处置自己的力量和青春的勇士。在伏尔加河上,人先是心情豪迈,最后却以一种被称为歌曲的呻吟结束;人的灿烂的、黄金般的希望换成一种通常称为俄国的悲观主义的虚弱;可是在叶尼塞河上,生活却从呻吟开始,而以我们在梦里都见不到的豪迈结束。至少我站在宽阔的叶尼塞河的岸上,贪婪地瞧着河水以飞快的速度和可怕的力量往严峻的冰洋①奔流而去的时候,就是这样想的。叶尼塞河的两岸是紧凑的。一排排不高的波浪互相追逐着,挤在一起,像是螺旋形的圆圈;人会觉得奇怪:这个大力士还没冲掉河岸,钻透河底。在这边岸上是克拉斯诺亚尔斯克城,西伯利亚所有城市当中最好最美的一个城;对岸山峦起伏,使我联想到高加索,也是那么烟雾弥漫,使人沉入幻想。我站在那儿暗想:日后会有多么充实、明智、勇敢的生活使得两岸大放光彩啊!我羡慕西比里亚科夫,我曾在书里读到过,他曾经从彼得堡坐轮船到冰洋,为的是从那儿到叶尼塞河的河口去;我惋惜大学设在托木斯克,而不是设在这儿,在克拉斯诺亚尔斯克。我有许多各式各样的想法,它们混在一起,互相拥挤,像叶尼塞的河水一样;我心情畅快……

过了叶尼塞河不久,著名的原始林开始了。关于它,人们谈过很久,写过很多,所以对它所抱的期望往往不是它所能给予的。起初人似乎有点失望。道路的两旁连绵不断地伸展着普通的树林,有松树,有落叶松,有云杉,有桦树。没有一棵树有五抱粗,也没有一个树顶在人看它的时候会头晕;那些树一点也不比莫斯科的索

---

① 指北冰洋。

科利尼基①的树长得高大。人家对我说,原始林里没有声音,其中的植物也没有气味。我期待着这种情形,可是在我乘车沿着原始林赶路的全部时间里,始终有鸟歌唱,有昆虫飞鸣;针叶被太阳晒热,在空中发散出树脂的浓重气味,林中旷地和路边草地上布满嫩蓝色、粉红色、黄色的花朵,它们不光是愉悦人的眼睛。显然,那些描写原始林的人不是在春天而是在夏天观察它的,在那种时候就连俄罗斯的树林里也没有声音,也不发出什么气味了。

原始林的力量和魅力不在于高大的树木,也不在于坟墓般的寂静,而在于也许只有候鸟才知道这片树林在什么地方到尽头。头一天人并不注意,第二天和第三天就惊讶了,第四天和第五天简直产生一种心情,似乎永远也走不出这个人间怪物的圈子了。人登上布满树林的土冈以后,顺着道路的方向往东边望去,只看见坡下是树林,远处又是树木茂盛的高冈,再过去又是一个高冈,同样树木茂盛,再过去还是高冈,就这样没有一个尽头;过一天以后再从高冈上往前看,又是那样一幅情景……人固然知道前头有安加拉河和伊尔库茨克城,可是在道路两旁向南北两方伸展开去的树林的后边究竟是什么东西,两面的树林究竟绵延几百俄里,就连马车夫和生长在原始林里的农民也不知道。他们的想象力比我们大胆,然而就连他们也不敢不假思索地确定原始林的规模,经我们问起后总是回答说:"没有尽头!"他们只知道每到冬天就有些人从遥远的北方赶着用鹿拉的雪橇到此地来买粮食,然而这是些什么人,他们是从哪儿来的,那就连老人也不知道了。

在松树旁边有一个逃犯慢腾腾地走着,身上背着背包和小锅。同广大的原始林相比,他的罪行、他的痛苦以及他本人都显得多么渺小、多么微不足道啊!他会在此地的原始林里死掉,而这是毫不

---

① 一个公园的名字。

39

奇怪、毫不可怕的，好比死了一只蚊子一样。在没有稠密的居民以前，原始林是强大有力、不可战胜的，而"人是自然界之王"这句话，在任何地方都不像在这儿那样显得胆怯、虚假。如果说，所有目前住在西伯利亚大道两侧的人约定了消灭原始林，为此拿起斧子和火把，那么打算烧干海洋的山雀们的故事就会重演。有时候，一场火灾会烧掉树林五俄里，然而从总体来看，这场大火几乎是微不足道的，过上几十年，在烧毁树林的地方就会长出比以前更密不透光的幼林来。有一个学者在来到东岸的时候无意中点燃了树林；一刹那间，凡是看得见的大片绿树都被火焰吞噬了。那个学者被这种非同寻常的情景震动了，就把自己叫做"可怕的灾难的祸首"。然而对广大的原始林来说，区区十俄里算得了什么？如今在原来起火的地点一定长出了密不通风的树林，在那里面大熊正在安然散步，榛鸡正在飞翔，这个学者的工作在自然界留下了比那个把他吓坏的大灾难多得多的痕迹。人类通常的标准在原始林里是不适用的。

　　原始林中隐藏着多少神秘啊！瞧，在树与树之间有一条道路或者小径通进去，消失在树林的昏暗里。它通到哪儿去了？通到一个秘密的造酒厂去吗？通到一个村子去，而这个村子的存在至今还没有一个县警察局长、没有一个地方官听说过吗？或者，也许通到一个由流浪汉们联合创办的金矿去吧？从这条神秘的小道上散发出多么无忧无虑的、迷人的自由气息啊！

　　按马车夫的说法，原始林里有着熊、狼、驼鹿、黑貂、野山羊。住在大道旁边的农民们遇到没有活干的时候，就在原始林里一连消磨几个星期，在那儿射猎野兽。此地的猎术是很简单的：要是枪响了，那就谢天谢地，要是枪不发火，那就别想博得熊的仁慈了。有一个猎人对我抱怨，说他的枪总是一连五次不发火，一直到第六次以后才打响；拿着这样的宝贝去打猎而不带刀子或者弹弓，那是极大的冒险。此地的外来枪支很糟糕,又昂贵,因而在大道旁边遇到会造枪支的铁匠并不是稀罕的事。一般说来,铁匠是有才能的人,这在原始林里特别明显,他们在此地是不会淹没在其他有才能的人群中而无人问津的。我由于必要结识了一个铁匠,马车夫是这样向我介绍他的:"嘿嘿,这可是个大手艺人!他甚至会造枪!"不管是马车夫的口气和他脸上的表情都使我生动地联想到我们关于著名的能工巧匠的谈话。我的四轮马车坏了,需要修理,由于马车夫的推荐,一个面孔瘦削、苍白,动作急躁的人就到站上来见我,凭各种征象来看,他是一个有才能的人,又是一个大酒徒。如同一个有实际经验的好医师对治疗一般的疾病感到乏味一样,他不大乐意地把我的四轮马车打量了一下,简短而清楚地作出了诊断,然后想了想,一句话也没对我说,就懒洋洋地沿着大路走去,临了,回过头来,对马车夫说,

"没什么,行,把车子拉到铁匠铺去吧。"

有四个木匠帮他修理这辆四轮马车。他干活的时候漫不经心,不大起劲,铁似乎不由他做主而变成多种多样的形状;他常常吸烟,毫无必要地在一堆废铁中翻寻,每逢我催他,他就抬头看天,——当人们要求演员们唱歌或者朗诵的时候,他们就是这样装模作样的。偶尔,仿佛出于卖弄的心情,或者有意让我和木匠们大吃一惊,他高高地抡起锤子打下去,四面八方冒出火星,一下就解决了一个颇为复杂繁难的问题。这一下似乎会弄得铁砧碎裂,大地震颤的又笨又重的敲打使一块薄铁板变成了所希望的形状,让人怎么也挑不出毛病来。由于这个活儿,他收到我给的五个半卢布;他把五个卢布收归己有,把那半个卢布交给四个木匠。那些木匠道过谢,就把马车拉到站上去,大概心里羡慕有才能的人;就连在原始林里,有才能的人也像在我们大城里一样很看重自己,也一样的作风专横。

六月二十日

萨哈林岛[1]

（旅行札记）

一

阿穆尔河[2]畔的尼古拉耶夫斯克城[3]——"贝加尔"号轮船——普隆盖海岬和溺谷的入口——萨哈林半岛——拉彼鲁兹、克鲁森施滕、涅韦尔斯科伊——日本的考察者们——贾奥列岬角——鞑靼海峡沿岸——杰-卡斯特里

一八九〇年七月五日，我坐轮船到达我们祖国最东的地点之一的尼古拉耶夫斯克城。此地的阿穆尔河水面宽广，离海只有二十七俄里；这是个宏伟、美丽的地方，可是对这个地区的往事的回忆，旅伴们谈到的这儿严酷的冬季和同样严酷的风俗，附近就是服苦役的地方，再加上这个城市荒凉、无人烟的景象本身，却使人完全打消了欣赏自然风光的兴致。

尼古拉耶夫斯克是不久以前，在一八五〇年，由著名的根纳

---

[1] 即库页岛。
[2] 即黑龙江。
[3] 即庙街。

季·涅韦尔斯科伊①建立的,这恐怕是这个城市历史上最光辉之处。在五十年代和六十年代,当人们毫不顾惜士兵、囚犯、移民而沿着阿穆尔河传播文化的时候,在尼古拉耶夫斯克就有官员驻守,管理这个边区,许多各式各样的俄国的和外国的冒险家纷纷到此地来,移民们为异常丰富的鱼类和野兽所吸引而定居下来;那个时候,这个城市看来不乏人类的兴趣,甚至还有过这样的事:一个外来的学者认为在当地俱乐部里发表一篇公开演说是必要的,而且是可能的。可是现在几乎有一半的房子被房主所抛弃,支离破碎,没有窗框的黑窗口瞧着您,像是骷髅的眼窝。居民们过着浑浑噩噩的、酗酒的生活,一般说来生活得半饥半饱,得过且过。他们的谋生的方法是供应萨哈林岛鱼类,滥事开采金矿,剥削异族人,出售中国人用以配制刺激性丸药的"彭特",即鹿角。在哈巴罗夫卡②到尼古拉耶夫斯克的旅途中我有机会遇见不少走私贩子;他们在此地并不隐瞒他们的职业。其中有一个人拿出金矿和一对鹿角给我看,得意地对我说:"我的父亲就是个贩私货的!"对异族人的剥削,除了用普通的灌醉、哄骗等方法以外,有的时候还采用独特的方式。例如,已经去世的尼古拉耶夫斯克商人伊凡诺夫每年夏天都到萨哈林岛去,向基里亚克人③索取贡品,凡是不按时缴纳的就会受到严刑拷打和绞杀。

　　这个城里没有旅馆。人们允许我饭后在公共俱乐部的一个天花板很低的大厅里休息,听说冬天在这个大厅里还举行舞会呢;我问起我能在什么地方过夜,人家光是耸耸肩膀。没有法子

---

① 根纳季·伊万诺维奇·涅韦尔斯科伊(1813—1876),俄国远东考察家,海军上将。
② 现名哈巴罗夫斯克,即伯力。
③ 少数民族,居住在阿穆尔河下游和萨哈林岛。

可想,我只好在轮船上度过两夜;可是等到这条轮船开回哈巴罗夫卡,我就处于一筹莫展的境地:我到哪儿去呢?我的行李放在码头上;我在河岸上走来走去,不知道该怎么办才好。正好在这个城的对面,离河岸两三俄里的地方,停靠着"贝加尔"号轮船,而我就要坐这条轮船去鞑靼海峡,可是人家说它要四五天才会起航,不会更早,虽然它的桅杆上已经飘扬着起航的旗子了。还是索性到"贝加尔"号上去吧?可是这不妥当:恐怕他们不会让我上船,说时间还太早。天起风了。阿穆尔河神色阴郁,波涛起伏,像海洋一般。我闷闷不乐。我到俱乐部去,在那儿吃饭吃了很久,一面听着邻桌的人谈金子,谈鹿角,谈一个来到尼古拉耶夫斯克的魔术家,谈一个日本人不用钳子而用手指头拔牙。要是专心地听上很久,那么,我的上帝,此地的生活离着俄国多么遥远呀!从此地用来下酒的干咸的大马哈鱼脊肉起,到各种各样的闲谈为止,一切都使人感到有一种它独有的、非俄罗斯的气息。我在阿穆尔河上航行的时候,就有这样的感觉,好像我不是在俄国,而是在巴塔哥尼亚①或者得克萨斯②一样;姑且不谈别具一格的、非俄国的景物,我始终觉得我们俄国的生活方式从根本上跟阿穆尔人截然不同,普希金和果戈理在这儿是不被人理解的,因而是不必要的,我们的历史是乏味的,我们这些从俄罗斯来的人似乎是外国人。我发觉此地人对宗教和政治漠不关心。我在阿穆尔河一带见到的司祭们都在斋期吃荤食,他们顺便对我讲起其中的一个穿白绸长衣的司祭,说他滥事开采金矿,可与他的教民们相匹敌。要是您打算叫阿穆尔人感到乏味而打

---

① 阿根廷的一个地区。
② 美国的一个州。

呵欠,那就请您跟他谈政治,谈俄国的政府,谈俄国的艺术好了。就连此地的道德观念也有点特别,跟我们的不同。对妇女的骑士风度受到人们的尊重,可是同时,为了钱财而把自己的妻子让给朋友却并不认为有失体面;而且,还有更妙的事:一方面,没有等级的偏见,本地人就是对待流放犯也像对待平等的人一样;另一方面,在树林里开枪打伤中国的流浪汉却像打伤一条狗似的,甚至悄悄打死逃亡的流刑犯,也不算什么罪过。

不过我要继续讲我的事了。将近傍晚,我没有找到落脚的地方,就决定动身到"贝加尔"号上去。可是这儿又出了新的灾难:江上掀起相当大的浪头,无论我出多少钱,那些划船的基里亚克人也不答应把我送去。我又在岸上走来走去,不知道该怎么办才好。这当儿太阳已经落下去,阿穆尔河上的波浪发黑了。这边岸上和对面岸上有些基里亚克人家的狗在狂吠。我为什么到这儿来?我问我自己。我觉得我的旅行太轻率了。我想到服苦役的地方就在近处,过几天我就要在萨哈林岛登陆,可是身边却连一封介绍信也没有,想到那儿的人可能要求我返回,心里就忐忑不安。不过后来,有两个基里亚克人终于同意以一卢布的代价把我送去,我就坐上一条用三块木板钉成的小船顺利地登上了"贝加尔"号。

这是一条中等大小的海船;在我坐过贝加尔湖和阿穆尔河的轮船以后,我觉得这条商船相当不错。这条船在尼古拉耶夫斯克、符拉迪沃斯托克①、各日本港口之间来往航行,载运邮件、兵士、囚犯、旅客、货物,主要是官家的货物;根据它同官家订立的合同,公家付给它一笔可观的补助金,它则必须在整个夏季到萨哈林岛来

---

① 即海参崴。

往几次:到亚历山德罗夫斯克哨所和南方的科尔萨科夫哨所。运费很高,大概世界上没有一个地方的运费有这样高的。开拓殖民地首先要求来往自由和方便,高运费就变得完全不可理解了。"贝加尔"号上的公共休息室和舱房都窄小,然而干净,设备十足欧化;有一架立式钢琴。这儿的仆役是留着长发辫的中国人,人们按英国的说法称他们为"boy"。厨师也是中国人,可是他做的饭菜是俄国式的,不过所有的菜肴都因为香料放得太多而发苦,而且有一种特别的气味。

　　我读过许多关于鞑靼海峡的暴风雨和冰块的描写,我预料会在"贝加尔"号上遇见嗓音嘶哑的捕鲸人,他们一边谈话,一边喷出嘴里嚼着的烟草,可是实际上我发现那儿的人十分有知识。船长Л先生是西部边区人,在北方的各海洋中已经航行三十多年,各处都走遍了。他生平见过很多奇迹,见识很广,谈吐有趣。他有半辈子在堪察加半岛和千岛群岛附近来来往往,也许比奥赛罗①更有权利议论"不毛的荒漠、可怕的深渊、无法攀登的峭壁"。我感谢他向我提供了许多对写这本札记有用的资料。他有三个助手:Б先生,著名天文学家Б的侄子,另外两个是瑞典人伊凡·玛尔狄内奇②和伊凡·温尼阿米内奇,都是善良而殷勤的人。

　　七月八日午饭以前,"贝加尔"号起锚开航了。跟我们同行的有大约三百名兵士,由一个军官率领,另外还有几个犯人。有一名犯人带着一个五岁的姑娘,那是他的女儿,每逢他登船梯的时候,她就拉着他的镣铐。还有一名女苦役犯,她之所以引人注意,是因

---

① 莎士比亚悲剧《奥赛罗》中的主人公。
② 即伊·玛·艾利克松,"贝加尔"号的大副。在契诃夫的档案馆中保存着他写给契诃夫的信,为契诃夫寄去的照片和信而道谢。

为她的丈夫自愿跟着她来服苦役①。除了我和那个军官以外,还有几个头、二等舱的乘客,男女都有,其中甚至有一位男爵夫人。请读者不要因为在此地,在这块荒漠里,有这么多有知识的人而感到惊讶吧。在阿穆尔河一带和滨海地区,知识分子在不多的总人口中占着不小的比例,相对来说,此地的知识分子就比俄国的任何一个省都多。阿穆尔河一带有一个城,其中光是将军、军人、文官就有十六名之多。现在也许更多了。

此日无风,天气晴朗。甲板上炎热,船舱里气闷,水温十八度。这样的天气只有在黑海才会有。右边岸上的树林在燃烧;从绵延不断的一大片苍翠中冒出紫红色的火焰;一团团浓烟合成一条又长又黑、停滞不动的带子,悬在树林上空……这是一场大火,然而四下里寂静而安宁,树林要烧毁了,却谁也不管。显然,在此地绿色的财富是只属于上帝的。

午饭以后,六点钟光景,我们已经到了普隆盖海岬。亚洲在这儿到了尽头,如果没有萨哈林岛在前面挡住的话,可以说,阿穆尔河就是在这个地方注入太平洋的。溺谷在眼前广阔地铺展开来,人可以隐约看见前方有一条模模糊糊的长带,那就是苦役犯所在的岛;左边,海岸弯弯曲曲,朝北伸向人所不知的地方,渐渐消失在迷雾里。仿佛此地就是世界的尽头,再往前船就没处可去了。人的心里充满一种感觉,那大概是奥德修斯②在不熟悉的海洋上航行,隐隐约约地预感到会遇见怪物的时候所体验过的感觉。确实,右边,就在轮船转弯开进溺谷,浅滩上有一个基里亚克人的小村子

---

① 在阿穆尔河的轮船上和"贝加尔"号上,犯人们同三等舱的乘客们一起待在甲板上。有一回,黎明时分,我走到船头甲板上散步,看见兵士们、女人们、孩子们、两个中国人、戴着镣铐的犯人们都在酣睡,彼此挨紧;他身上落满露水,天气凉爽。一个押解兵站在这堆肉体当中,两只手抱着枪,也睡着了。——契诃夫注

② 希腊史诗《奥德修纪》中的男主人公,史诗中叙述了他在海上漂泊的故事。

的地方,有两条小船向我们这边疾驶过来,船上有些奇怪的人,用一种听不懂的语言嚷叫,手里挥动着什么东西。很难弄清楚他们手里拿着的是何物,直到他们把船划到跟前,我才看出来那是几只灰色的飞禽。

"他们打算把打死的雁卖给我们。"有人解释道。

我们向右转弯。在我们的全部航道上设有指明航向的标志。船长不下指挥桥楼,机械师不离开机器;"贝加尔"号开始越走越慢,好像在摸索着前进似的。需要非常谨慎,因为在此地很容易搁浅。这条轮船吃水十二英尺①半,某些地方它得在只有十四英尺深的水上行驶,甚至有时候我们听见轮船的龙骨擦着沙子爬过去。这条水浅的航道以及由鞑靼海峡和萨哈林岛的海岸合成的特殊情景乃是欧洲人很久以来认为萨哈林岛是个半岛的主要原因。一七八七年六月间,著名的法国航海家拉彼鲁兹伯爵登上萨哈林岛西部海岸北纬48°以北,并且在那儿同当地人谈过话。根据他留下的记述来判断,他在岸上遇见的不光是住在当地的虾夷族人②,而且有来找他们做生意的基里亚克人,这些人经验丰富,对萨哈林岛和鞑靼海峡一带非常熟悉。他们在沙土上画图,对他解释说,他们所在的土地是一个岛,这个岛跟大陆和耶索(日本)是以海峡隔开的③。后来,他乘船沿着西岸往北走,指望会找到从北日本海到鄂霍次克海的通道,从而大大缩短他到堪察加半岛去的路程;可是他

----

① 1英尺等于30.5厘米。
② 少数民族,大多数住在日本的北海道。
③ 拉彼鲁兹写道,他们称他们的岛为"乔科",可是基里亚克人大概把这两个字称呼别的什么东西,而他没有听懂他们的话。在我国的克拉谢宁科夫的地图(1752年)上,萨哈林岛的西岸有一条楚哈河。是不是这个楚哈与乔科有什么关系呢?顺便说一下,拉彼鲁兹写道,基里亚克人画岛,称之为乔科的时候,也画了一条小河。"乔科"翻译过来,意思是"我们"。——契诃夫注

越往上走,海峡就变得越浅。每往上走一海里①,水的深度就浅一海沙绳②。他往北航行到他的船所能到达的范围,走到水深九海沙绳的地方就停住了。海底逐步而均匀地增高,海峡的水流又几乎看不出来,这就使他相信他目前不是在海峡里,而是在海湾里,因而萨哈林岛是由一条地峡连通大陆的。在杰-卡斯特里,他又一次跟基里亚克人商讨起来。他在一张纸上给他们画了一个跟大陆分开的岛,有一个基里亚克人就拿过他的铅笔来,在海峡上画了一条横线,说明有的时候基里亚克人必须把自己的小船拉过这条地峡,在这条地峡上甚至长着青草——拉彼鲁兹就是这样理解的。这就使他越发相信萨哈林岛是个半岛。③

九年以后,英国人勃罗顿(Broughton)来到鞑靼海峡。他的船不大,吃水不到九英尺,因此他能够走得比拉彼鲁兹稍远一点。他在水深二海沙绳的地方停船,派他的一个助手到北边去测量;这个助手一路上在浅滩中间遇到水深的地方,不过这种地方逐步缩小,使得他时而靠近萨哈林的岸边,时而靠近对面的低下的沙岸,于是出现一种景象,似乎两岸就要合在一起,仿佛海湾在这儿结束,再也走不通了。因此勃罗顿也一定得出了跟拉彼鲁兹同样的结论。

我们的著名的克鲁森施滕④在一八〇五年考察这个岛的海岸,也陷入同样的错误。他乘船到萨哈林去的时候,已经有了先入之见,因为他使用的是拉彼鲁兹的地图。他一直沿着东岸航行,绕过萨哈林北部的岬角,进入海峡后,顺着自北向南的方向,似乎已

---

① 1 海里等于 1.852 公里。
② 1 海沙绳等于 1.83 米。
③ 这里顺便提到涅韦尔斯科伊的一个考察结果:当地人照例在两岸之间画上一条线,为的是表明从这岸到那岸可以坐船过去,也就是说两岸之间存在着一条海峡。——契诃夫注
④ 19 世纪俄国航海家,海军上将,19 世纪初作过环球航行。

49

经十分接近于解决这个谜了,不过水深的逐步减少到三海沙绳半,水的比重,而主要的是先入为主的思想,促使他也承认这儿存在着一条他并没有看见的地峡。但是他毕竟说出令人不安的怀疑。"有一件事是十分可能的。"他写道,"那就是萨哈林有一个时期是一个岛,而且也许就是在不久以前。"他在归途中心里显然不平静:当他在中国头一次见到勃罗顿的札记的时候,他"十分高兴"①。

这个错误是在一八四九年由涅韦尔斯科伊纠正的。然而,他的前辈们的威望还很高,他在彼得堡报告他的发现的时候,谁也不相信他,人们认为他的行为狂妄,应当加以处分,"并且作出结论",要把他降职,如果没有皇帝的亲自庇护,这件事不知会有什么样的结局。皇帝认为他的行为是豪壮的,高尚的和爱国的②。他是一个精力充沛、热情洋溢的人,有教养,富于自我牺牲精神和人道精神,满怀理想,而且真正忠实于这种理想,在道德上是纯洁的。他的一个熟人写到他,说:"比他更诚实的人我还没有机会遇到过。"不过五年时间,他在东方沿海一带和在萨哈林岛,做出了辉煌的业绩,可是他失去了他的女儿,她是活活饿死的,他本人衰老了,他的妻子,"一个年轻的、漂亮的、和蔼可亲的女人",英勇地

---

① 这三位严肃的考察家仿佛商量好了似的,重复着同样的错误,这个情况本身就说明问题。如果他们没有发现阿穆尔河的入口,那是因为他们拥有的考察资料十分贫乏;不过重要的是,他们,作为天才的人,都产生过怀疑,几乎猜到了另一个真理,并且对之加以重视。讲到那条地峡和萨哈林半岛,这并不是神话而是以前事实上存在过的,这在当前已经得到证明了。

  详尽的萨哈林岛考察史记载在阿·米·尼古尔斯基的《萨哈林岛及其脊椎动物群》一书中。在该书中还可以找到有关萨哈林岛的文献的相当详尽的索引。——契诃夫注
② 详情请参看他的书:《俄国极东地区俄国海军军官的功绩(1849—1855)》——契诃夫注

经受种种困苦,也衰老,丧失了健康。①

为了结束地峡和半岛的问题,我认为再讲几件小事并不是多余的。一七一〇年,在北京的传教士们按照中国皇帝的指令,绘制了鞑靼的地图;在绘制这个地图的时候,传教士们使用了日本的地图,这是显而易见的,因为当时只有日本人才可能知道拉彼鲁兹海峡和鞑靼海峡是可以通行的。这张地图被送到法国,后来传到了外界,是因为地理学家安维尔的地图册②采用了它。这张地图引起一场小小的误会,而萨哈林就是由此得名的。在这张地图上,萨哈林的西岸,在面对阿穆尔河河口的地方,由传教士们标出"Saghalien-angahata"的字样,这在蒙古语中的含义是"黑河的岩礁"。

---

① 涅韦尔斯科伊的妻子叶卡捷琳娜·伊凡诺芙娜从俄国动身去找她的丈夫,在二十三天中间带着病,骑马走过一千一百俄里,穿过泥泞的沼泽、多山的野生原始林、鄂霍次克的冰川。涅韦尔斯科伊的最有才干的战友尼·克·包希尼亚克,才二十岁就发现了皇帝港,被他的一个同事称为"幻想家和孩子",他在札记里写道:"我们大家一起坐运输船'贝加尔'号来到阿扬,在那儿换乘一条装备差的帆船'谢列霍夫'号。当这条船开始下沉的时候,谁也劝不动涅韦尔斯卡雅夫人首先离船登岸。'指挥官和军官们最后离船,'她说,'所以我也要等到船上连一个女人和孩子也没有剩下的时候才离船。'她果然照这样做了。这当儿帆船已经向一旁倾斜了……"随后,包希尼亚克写道,他常常跟涅韦尔斯卡雅夫人相处,可是他和同事们从没听到她发出过一句怨言或者责备的话;正好相反,她对上帝指定给予她的艰苦而崇高的地位总是表现出平静的心情和自豪感。冬天她通常是独自在气温只有五度的房间里度过,因为男人们都外出执行任务去了。1852 年,堪察加没有派来运送食品的船只,大家都处在无比绝望的境况中。婴儿没有牛奶,病人没有新鲜的食物,有好几个人死于坏血病。涅韦尔斯卡雅对她仅有的一头奶牛让给大家享用;一切新鲜的食物都由大家共享。她对待当地人是朴实而异常关切的,这一点就连不开化的野人也察觉了。而她当时才十九岁(包希尼亚克中尉:《阿穆尔河沿岸地区考察记》,载《海洋文集》,1859 年第 2 期)。关于她对待基里亚克人的感人态度,她的丈夫在札记里也提到过。"叶卡捷琳娜·伊凡诺芙娜,"他写道,"让他们(基里亚克人)在我们先前所住的侧屋的唯一的房间里围坐成一个圆圈,中间放一大碗粥或者茶,这个房间兼作大厅、会客室和饭厅用。他们对这样的款待感到满足,常常拍拍女主人的肩膀,时而打发她去拿烟草,时而打发她去拿茶来。"——契诃夫注

② 见 1737 年出版的《Nouvel Atlas dc la Chine, de la Tartaire, Chinoise et de Thibet》(《中国、中国的鞑靼和西藏新地图册》1737 年)。——契诃夫注

51

这个名称大概与阿穆尔河河口的某个峭壁或者岬角有关，可是在法国却作了另一种解释，认为是岛的本身了。萨哈林岛的名称就是由此而来，并且得到克鲁森施滕的支持，载在俄国的地图上了。日本人把萨哈林叫做卡拉福托（译音）或者卡拉福土，意思是中国的岛。

日本人的著作传入欧洲要么是时间太迟，已经不再需要，要么就是遭到不妥当的修改。萨哈林在传教士们的地图上具有海岛的外形，可是安维尔对此持怀疑态度，在岛和大陆之间画了一个地峡。日本人是头一批，从一六一三年起就开始考察萨哈林的，可是欧洲人却对此很不重视，以致后来俄国人和日本人解决萨哈林岛究竟归属于谁的问题的时候，只有俄国人才谈到和写到他们首先考察的权利①。

对鞑靼海岸和萨哈林海岸进行新的、尽量仔细的考察已经成为当务之急。目前的地图不能令人满意，这即使从下面这件事上也可以看出来：不论是军用的或商用的船只常常搁浅，远比报上登载的频繁。主要由于地图差，此地的船长们总是很谨慎，多疑，神经紧张。"贝加尔"号的船长不相信官方的地图，而看他自己画的、在航行中屡加修改的地图。

为了避免搁浅，Л先生不敢在夜间航行，日落以后我们就在贾奥列岬角附近抛锚了。在这个岬角的山上孤零零地立着一所小木房，其中住着海军军官波格丹诺夫先生，他设置和检查航道上的标志。这所小木房的后面是茂密的、不能通行的原始林。船长派人给波格丹诺夫先生送去鲜肉，我就趁这个机会坐上一只小艇到岸

---

① 1808年，日本的土地测量员间宫连三乘小船沿着西岸旅行，到过阿穆尔河河口附近的鞑靼海岸，不止一次地往返于这个岛和大陆之间。他头一个证明萨哈林是个海岛。我们的自然科学家费·施米特对他的地图大加赞赏，认为它"特别出色，因为它显然是以独立进行的测量为基础的"。——契诃夫注

上去。岸上没有码头,只有一堆又大又滑的石头,人只得在这些石头上跳过去;通到山上小木房去的路是一级级由小原木组成的阶梯,这些原木几乎垂直地栽进土里,因此,上山的时候必须双手紧紧地抓住它们。可是,多么可怕呀!我一路上山,往小木房走去的时候,我的四周满是蚊子,多得真正成了黑压压的一片,把我的脸和手刺得火辣辣的,而我又无法自卫。我心想,要是在此地的露天底下过夜,而四周又没有篝火,那就可能送命,至少也会发疯。

那所小木房由过道分成两半,左边住着水兵们,右边住着军官和他的家属。男主人不在家。我遇见一个装束优雅、有知识的女人,那是他的妻子,另外还有两个女儿,都是小姑娘,被蚊子叮得很厉害。在那些房间里,所有的墙上都挂满云杉的绿枝,窗户上蒙着纱布,屋里有烟子的气味,可是尽管这样,蚊子却仍旧叮那两个可怜的姑娘。房间里的陈设不多,像野营一样,可是在布置方面却令人感到亲切而雅观。墙上挂着一些画稿,其中有一张女人的头像,是用铅笔画成的。原来波格丹诺夫先生还是一位画家。

"您在这儿生活得好吗?"我问那个女人。

"好,可就是有蚊子。"

她看到鲜肉并不高兴;据她说,她和孩子们早已吃惯腌肉,不喜欢吃鲜肉了。

"不过,昨天我们炖了鲑鱼吃。"她补充说。

一个愁眉苦脸的水兵送我到小艇上去,他好像猜出我想问他什么话似的,叹口气说:

"单凭自愿,那是谁也不会到这儿来的!"

第二天凌晨风平浪静,天气十分温暖,这条轮船又往前航行。鞑靼海岸多山,山峰林立,也就是说,有很多圆锥形的尖顶。这条海岸蒙着薄薄的一层淡蓝色烟雾,这是远处树林起火的烟子。据说,此地有时候烟子极浓,对航海的人说来很危险,不亚于大雾。

要是一只鸟从海上一直飞过山头,那么,它在五百多俄里的途程中大概连一所住房、一个活人也遇不到……海岸在阳光下一片绿色,很是悦目,没有人住看来也挺好。六点钟我们到了这条海峡最窄的地点,在波果比岬角和拉扎列夫岬角之间,两岸可以看得很清楚。八点钟,我们经过"涅韦尔斯科伊帽山",人们这样称呼一座山顶凸起来、形状像帽子的山。这天早晨晴朗而明亮,我所体验到的快乐由于我亲眼看到两岸所产生的自豪感而更强烈了。

一点多钟,我们进入杰-卡斯特里港湾。这是沿海峡航行的船只在暴风雨期间唯一可以躲避的地方;要是缺了它,那么在十分阴森的萨哈林沿岸一带航行就会不堪设想①。甚至有这么一种说法:"赶紧溜进杰-卡斯特里去。"这个港湾美丽,天然形成,却像是按人的意思定建的。这是一个圆形的池塘,直径大约三俄里,岸挺高,挡住了风,有一个不宽的出口通到海洋。要是凭外貌来判断,那么这个港湾是理想的,可是,唉!这只是看来如此而已;它一年有七个月覆盖着冰,不大挡得住东风,而且浅得很,轮船要在离岸两俄里的地方抛锚。通往海洋的出口由三个岛,或者说得更确切一点,由三块礁石把守,给这个港湾增添了独特的美;其中有一个叫做牡蛎岛:在它的水下部分繁殖着又大又肥的牡蛎。

岸上有几所小房和一个教堂。这就是亚历山德罗夫斯克哨所。这儿住着哨所的所长,他的文书和电报员。有一个当地的文官到我们轮船上来吃饭,这是一位自己烦闷也使人感到烦闷的先生,吃饭的时候说很多话,喝很多酒,给我们讲了一个关于鹅的老故事,说是有几只鹅吃了很多在果子露酒里浸泡过的浆果,醉倒在地上,人就以为它们死了,拔掉它们的毛,把它们扔出去,后来它们

---

① 关于这个港湾的当前的和未来的作用,请参看斯卡尔科甫斯基的《俄国在太平洋的贸易》一书第75页。——契诃夫注

酒醒了,便光着身子跑回家来啦;这个文官讲完,赌咒说这个鹅的故事就发生在杰-卡斯特里他自己的院子里。教堂里没有神甫主持,在必要的时候,神甫才从马林斯克来。这儿很少有好天气,如同尼古拉耶夫斯克一样。据说今年春天有一个测量考察队到这儿来工作过,而整个五月只晴了三天。没有阳光,怎么考察呢!

在停泊场我们遇到军用船只"海狸"号和"通古斯人"号,以及两艘驱击艇。我至今还记得一件小事:我们刚抛锚,天就暗下来,雷雨要来了,海水现出异乎寻常的鲜绿色。"贝加尔"号要卸下四千普特的公家货物,因而留在杰-卡斯特里过夜。为了消磨时光,我就跟一个机械师待在甲板上钓鱼,我们钓到了几条很大的大头鰕虎鱼,这是以往我无论在黑海还是在亚速海都没有钓到过的。我们还钓到一条比目鱼。

轮船在这儿卸货,时间总是长得烦人;惹人生气,扫人的兴。不过这是我们东方一切港口的恼人的命运。在杰-卡斯特里,货物卸在一些不大的平底驳船上,这种船只有在涨潮的时候才能靠岸,因为装满货,这种船常常搁浅;往往由于这个缘故,一艘轮船只因为装了区区几百袋面粉就得在退潮和涨潮之间的这段时间里一直停留不走。在尼古拉耶夫斯克,还要杂乱无章。在那儿,我站在"贝加尔"号的甲板上,看到一艘拖轮拖着一条载有两百个士兵的大驳船,不料它的拖缆掉落了;那条驳船就顺流而下,直奔停泊场而来。它照直向一条离我们不远的帆船的锚链冲过去。我们的心都缩紧了,以为再过一忽儿,这条驳船就会撞在锚链上被截成两半,这当儿,幸亏有些好心人及时抓住拖缆,那些士兵才幸免于难,仅仅受到一场虚惊。

二

> 地理概要——到达北萨哈林——火灾——码头——在郊区——Л先生家的午餐——结识——柯诺诺维奇将军——总督的来临——宴会和彩灯

萨哈林位于鄂霍次克海中，有将近一千俄里，把西伯利亚东岸和阿穆尔河河口同海洋隔开。它是一个从北到南的长形岛屿；论形状，按照一位作者的意见，它很像一条鲟鱼。它的地理位置确定如下：北纬 45°54′ 到 54°53′，东经 141°40′ 到 144°53′。萨哈林的北部贯穿着一条土壤永久冻结的地带，按它的位置来说，它相当于梁赞省，萨哈林的南部则相当于克里米亚。这个岛的长度是九百俄里，它最宽的地方是一百二十五俄里，最窄的地方是二十五俄里。它有两个希腊，或者一个半丹麦那么大。

以前把这个岛划分为北部、中部和南部，这在实际上并不妥当，现在只分为北部和南部。这个岛北部的三分之一，在气候条件和土壤条件方面完全不适合于居住，因而不算在内；中部的三分之一叫做北萨哈林，南部的三分之一叫做南萨哈林；这两部分之间并不存在严格规定的分界线。在当前，流放犯住在北萨哈林的杜依卡河和特姆河一带；杜依卡河流入鞑靼海峡，特姆河流入鄂霍次克海，在地图上，这两条河的上游是相遇的。他们也住在西部滨海地区杜依卡河口附近不大的地带。在行政管理方面北萨哈林划分为两个区：亚历山德罗夫斯克区和特莫夫斯克区。

我们在杰-卡斯特里住过一夜以后，第二天，七月十日中午，轮船便横渡鞑靼海峡，驶往杜依卡河河口的亚历山德罗夫斯克哨所。这次也风平浪静，天气晴朗，这在此地是很少见的。一对对的鲸鱼在十分平静的海面上游来游去,往上喷水,这种美妙的奇观一路上给我们解闷。可是我的心绪,老实说,是不快活的,越靠近萨哈林,就越坏。我心神不定。有一个率领着兵士的军官知道我为什么去萨哈林后,极为惊讶,对我肯定地说,我没有任何权利接近服苦役的地方和移民区,因为我不在国家机关里担任职务。当然,我知道他说得不对,可是听了他的话,我仍旧提心吊胆,生怕我到了萨哈林,说不定人家会对我持同样的看法。

八点多钟轮船抛锚的时候,萨哈林岸上的原始林里燃着五处大火。由于天黑,海面上又弥漫着烟子,我看不见码头和房屋,只能看出哨所的几处昏暗的灯光,其中有两处是红光。由黑暗、山影、浓烟、火焰、火星胡乱组成的可怕的画面显得光怪陆离。在左边,燃着几堆极大而可怕的篝火,比火堆高的是山,远处烈火的深红色的反光从山后高高地升上天空,看样子,仿佛整个萨哈林都在燃烧。右边,容基耶尔岬角像个黑色的庞然大物突出在海面上,好似克里米亚的阿尤-达格;岬角顶上有一座灯塔在明亮地放光,下面水中,在我们和海岸之间耸立着三块尖顶的礁石,叫做"三兄弟"。一切都笼罩在烟雾中,好比在地狱里一样。

有一艘汽艇向我们的轮船驶来,后面拖着一条驳船。这是把苦役犯运来给轮船卸货。传来鞑靼人的谈话声和辱骂声。

"不准他们上轮船!"从船舷上传来嚷叫声,"不准!他们在夜里会把全船的东西都偷光的!"

"这儿,在亚历山德罗夫斯克,倒还没有什么。"机械师发现这个海岸给我留下多么沉重的印象,就对我说,"等着吧,您会瞧见杜埃①的!那儿的海岸十分陡峭,有黑暗的峡谷,有煤层……,真是阴森森的海岸啊!我们'贝加尔'号常常运两三百个苦役犯到

---

① 萨哈林岛的一个市镇,在鞑靼海峡沿岸,产煤。

57

杜埃去,我瞧见他们许多人一看到那个海岸就哭了。"

"这儿的苦役犯可不是他们,而是我们。"船长愤懑地说,"现在这儿风平浪静,可是秋天您来看一看吧:大风啦,暴风雪啦,严寒啦,浪头蹿上船来,真是要命!"

我留在轮船上过夜。凌晨五点钟光景,人家大声地把我叫醒:"赶快,赶快!汽艇最后一次开到岸上去了!我们马上就要起航啦!"一分钟以后,我已经坐在汽艇上了,有一个年轻的文官跟我并排坐着,脸色气愤,带着睡意。汽艇拉响汽笛,就往海岸那边驶去,后头拖着两条载着苦役犯的驳船。那些犯人干了一夜的活没有睡觉,疲惫不堪,浑身瘫软,闷闷不乐,一直不开口讲话。他们的脸上沾满露水。我现在还记得有几个高加索人,面孔线条分明,戴着皮帽子,帽檐拉到眉毛上。

"让我们来认识一下。"那个文官对我说,"我是十四品文官Д①。"

这是我在萨哈林的头一个相识,他是诗人,是暴露性的诗篇《萨哈林诺》的作者,这首诗的开头是这样:"你说说,大夫,无怪乎……"后来,他常常到我这儿来,跟我一块儿在亚历山德罗夫斯克和它的郊区散步,给我讲各种趣闻,没完没了地朗诵他自己写的诗篇。在漫长的冬夜,他写具有自由主义思想的中篇小说,可是有时候喜欢叫人知道他是十四品文官②,却担任十品文官的职务;有一个女人到他那儿去办事,称呼他Д先生,他就感到受了委屈,生气地对她嚷道:"我不是什么Д先生,而是老爷!"在我们往海岸去

---

① 指爱德华·杜钦斯基,萨哈林邮局的官员。1896年12月2日契诃夫在写给苏沃林的信中说:"在萨哈林我遇见一个姓杜钦斯基的人……他是邮局的官员,写诗和散文。他写了作品《萨哈林诺》,是《鲍罗金诺》的拟作。他的裤子口袋里永远放着一支极大的手枪,他使劲打死苍蝇。这人是萨哈林的莱蒙托夫。"

② 在旧俄,这是文官中最低的品级。

的一路上,我向他问起萨哈林的生活,当地的情况,他预示不祥地叹着气说:"有您瞧的!"太阳已经升起。昨晚那些阴沉黑暗、吓人的想象现在统统都隐没在凌晨的光辉里了;粗笨的容基耶尔岬角以及灯塔,"三兄弟",可以望见的两边几十俄里外的高陡海岸,山上透光的雾,大火的烟子,这一切在太阳的照耀和海洋的反光下,形成了一幅相当不错的画面。

这儿没有港湾,这道海岸是危险的,瑞典轮船"阿特拉斯"号在我来此地不久以前遇难,至今搁置在海岸上,就有力地证明了这一点。轮船照例在离海岸一俄里以外停泊,很少靠岸更近些的。码头是有的,然而只供汽艇和驳船使用。这是一个有几俄丈高的大木架,伸进海里,形状像"丁"字;粗大的落叶松木桩牢固地打进海底,形成一口口箱子,从上到下装满石头;这上面铺着木板,这些木板上敷设着铁轨,通往整个码头,供手推车用。在"丁"字的宽的一头有一所漂亮的小房子,是码头办事处,这儿竖立着一根高高的黑桅杆。建筑物是不错的,然而不能经久耐用。据说,在大风暴的时候,海浪有时候达到这所小房子的窗户,浪花甚至溅到桅杆的横桁上,同时整个码头颤动起来。

在码头旁边,大约有五十来个苦役犯顺着海岸在溜达,看来没有事做:有的穿着长袍,有的穿着短上衣,或者灰色呢子上衣。我一登岸,所有这五十个人就都脱掉帽子,到现在为止大概还没有一个文学家得到过这样的光荣。岸上有一匹马站在那儿,拉着一辆没有弹簧的敞篷马车。那些苦役犯把我的行李放上马车,一个留着黑胡子的人坐上了赶车的座位,他穿着上衣和一件衣襟露在外面的衬衫。我们动身了。

"您要到哪儿去,老爷?"他回转身来,脱掉帽子,问道。

我问他此地可有住所出租,哪怕只有一个房间也行。

"是,老爷,有。"

从码头到亚历山德罗夫斯克哨所的两俄里，我是在一条出色的公路上走过的。同西伯利亚的道路相比，这条清洁、平整的公路，两旁有水沟，有路灯，简直显得豪华了。有一条铺着铁轨的路就在它的旁边。可是一路上的风景却贫乏得惊人。上边是山冈和丘陵，它们围绕着亚历山德罗夫斯克谷地，杜依卡河就是流过这个谷地的。那些山冈丘陵上尽是烧焦的树桩，或者矗立着一些经不住风吹火烤而干枯的落叶松树干，活像豪猪身上的长刺；下面谷地里尽是草墩和酸味的牧草，这是不久以前此地的不能通行的沼泽的残余。沟渠里新挖开的土地暴露了这种烤焦的沼泽土壤以及半俄寸厚的一层劣质黑土的十足贫瘠。没有松树，没有橡树，没有槭树，只有些很细的、可怜样的落叶松，仿佛被啃坏了似的；这种树在这儿不像在我们俄罗斯那样是树林和公园的装饰品，而是沼泽的劣质土壤和严寒的气候的征象。

亚历山德罗夫斯克哨所，或者说得简短一点，亚历山德罗夫斯克，是一个不大的、美观的西伯利亚型的小城，约有三千居民。这个城里一所石头的建筑物也没有，一切都是用木头，主要是用落叶松建成的：教堂是如此，房屋是如此，人行道也是如此。这儿有本岛长官的府邸，这儿是萨哈林文明的中心。监狱就在主要街道的附近，然而从外貌来看，它同军人的营房很少差别，所以亚历山德罗夫斯克完全不具有我原来预料会看到的阴森森的监狱特色。

马车夫把我送到亚历山德罗夫斯克的城郊，一个流放犯出身的农民 Π 的家里。他们带我看住房。那是一个不大的院落，按西伯利亚的方式铺着原木，四周是敞棚；正房里有五间宽敞、干净的房间，有厨房，可是一点家具也没有。女主人是一个年轻的女人，她送来一张桌子，过了五分钟又拿来一张凳子。

"我们这个住所租出去，要是供柴火的话，是二十二个卢布，不供柴火是十五个卢布。"她说。

过一个钟头她送来一个茶炊,叹口气说:

"您跑到这个深渊里来了!"

她是在做姑娘的时候跟着她的母亲到此地来找她父亲的,她的父亲是个苦役犯,直到现在还没有服满刑期;现在她嫁给一个流放犯出身的农民,一个阴沉的老头,我先前穿过院子的时候匆匆看到过他;他害着不知什么病,躺在院子里的敞篷底下呻吟着。

"眼下在我们坦波夫省多半在收庄稼了。"女主人说,"可是这儿的一切使人看了讨厌。"

确实也没有什么有趣的东西可看;从窗口望出去可以看见栽着白菜秧的小畦,旁边是不成样子的水沟,远处耸立着一棵细小干枯的落叶松。男主人哼哼着,手按着腰,走进来了。他开始向我抱怨庄稼的歉收,寒冷的气候,劣质的土地。他顺利地服满了苦役和流放期,如今拥有两所房子,养着马和奶牛,雇着许多工人,自己什么活也不干,娶了一个年轻的妻子,主要的是他早就有权迁回大陆去了;可是他仍旧抱怨。

中午我在城郊散步。在郊区的边缘上立着一所漂亮的小房子,庭前有花圃,门上有铜牌;这所小房的旁边,在同一个院子里,有一个小铺。我走进去给自己买点吃的。这家"商行"和"贸易委托货栈"(在我保存着的印刷的和手抄的价目单上,这个小铺就叫这个名字)是属于流刑移民 Л[①] 的,他原是近卫军军官,大约十二年前因杀人罪被彼得堡地方法院判刑。他已经服满苦役期,如今在做生意,同时还受委托办理旅行和其他方面的各种事务,因此领

[①] 指俄国原近卫军军官瓦·兰德斯别尔格。在俄国司法工作者柯尼的《在生活的道路上》和著作家陀罗谢维奇的书《萨哈林岛》中有关于兰德斯别尔格的"轰动一时的诉讼案"的描述。契诃夫没有写出兰德斯别尔格的历史,也没有说出他的全姓。1890年9月11日契诃夫在写给苏沃林的信中说:"我在兰德斯别尔格家里吃过一顿饭……"

到看守长一级的薪俸。他的妻子是自由民,出身于贵族,在监狱医院里做医士。这个小铺里所卖的东西有军官肩章上的星状标志,有美味糕,有截锯,有镰刀,有"夏季女帽,最为时髦,样式极佳,每顶价格自四个卢布五十个戈比至十二个卢布不等"。在我同店员谈话的时候,老板本人穿着绸上衣,打着花领结,走进小铺里来了。我们就互通姓名而相识了。

"你肯赏光在我家里吃顿饭吗?"他邀请道。

我同意了,我们就走到正房里去。正房里的陈设是舒适的。维也纳式的家具、鲜花、美国的八音盒、弯曲式的安乐椅——吃过饭后,Π就坐在那上面摇个不停。除了女主人以外,我还在饭厅里遇见四个客人,都是文官。其中有一个是老人,没留唇髭而留着白花花的络腮胡子,脸容很像剧作家易卜生,他是当地医院里的一个低级医师[①];另外一个也是老人,自称是奥伦堡的哥萨克军的校官。这个军官没讲几句话,就给我这样的印象:他是个很善良的人,又是个热烈的爱国主义者。他为人温和、老成持重,可是一谈到政治,他就管不住自己,怀着真诚的热情讲起俄国的强大,带着轻蔑的口吻说到他生平没有见到过的德国人和英国人。关于他,有人说到这样一件事:他从海路到萨哈林来的时候,打算在新加坡给他的妻子买一块丝头巾,人家要求他把俄国钱兑换成美元,他却像受了侮辱似的说:"竟然有这样的事,我还得把我们东正教的钱换成什么埃塞俄比亚的钱不成!"那块头巾就此没有买成。

吃饭的时候,端来的菜有汤菜,有仔鸡,有冰淇淋。还有葡萄酒。

[①] 指鲍里斯·亚历山德罗维奇·彼尔林,亚历山德罗夫斯克的区立医院的医师。俄国医师布尔加烈维奇在1901年8月20日写给契诃夫的信中提到过彼尔林:"怎么,现在你还梦见彼尔林老头吗?他目前在符拉迪沃斯托克做该市的医师。"

"在此地,大约什么时候下最后一场雪?"我问。

"五月间。"Л回答说。

"不对,六月间。"那个酷似易卜生的医师说。

"我认识一个移民。"П说,"他的加利福尼亚种小麦的收成是种子的二十二倍。"

医师又反驳道:

"不对。我们的萨哈林什么也不生产。该诅咒的土地。"

"可是,对不起,"有一个文官说,"八二年小麦的收成是种子的四十倍。这一点我知道得很清楚。"

"您别相信,"医师对我说,"这是他们蒙骗您。"

吃饭的时候他们讲了这么一个传说:当初俄罗斯人占据这个岛,后来开始欺负基里亚克人,基里亚克人的巫师就诅咒萨哈林,预言说,这个地方会变得一无用处。

"后来果然如此嘛。"医师叹道。

饭后,Л玩八音盒。医师邀我到他家里去住,于是当天傍晚我就迁到此地的主要街道上、离政府机关极近的一所房子里去了。从这天傍晚起就开始了我对萨哈林秘密的探索。医师告诉我,说在我到达的不久以前,在海岸码头上对牲畜进行检疫的时候,他和本岛的长官发生了很大的误会,好像将军最后甚至抡起棍子要打他了;于是第二天上边就批准他的申请,把他免职,而实际上他并没有提出什么申请。医师拿出一大摞文件给我看,按他的说法,这都是他为捍卫真理而且出于仁爱的心而写成的。这都是呈文、申诉、报告和……检举①的抄本。

"您住在我家里,将军是不会高兴的。"医师说,意味深长地眨

---

① 下面是打电报检举的一个例子:"我出于良心和第三卷第七百十二条的要求,认为必须有劳尊驾,请求维护司法,对某某犯受贿、伪造、虐待等罪后逍遥法外予以处理。"——契诃夫注

63

一下眼睛。

第二天我就去拜访本岛长官柯诺诺维奇。将军虽然疲劳,没有空闲,可是盛情地接待我,跟我谈了将近一个小时。他有教养,博学多识,此外又有很多的实际经验,因为他在被派到萨哈林来以前在卡拉一带管理苦役地前后共有十八年;他谈话动听,字写得漂亮,给人的印象是一个诚恳的、充满人道精神的人。我忘不了我跟他谈话感到多么愉快,他不断地表示对体罚的厌恶,这使人起初感到高兴而惊讶。乔治·凯南①在他那本著名的书里对他作了热情的赞誉。

将军听说我打算在萨哈林住几个月,就警告我说,在此地生活是沉重、乏味的。

"大家都想从这儿跑掉,"他说,"不论是苦役犯、移民、文官。我还不想跑,不过我已经因为脑力劳动而感到疲劳,而此地要求大量的脑力劳动,主要因为事务零乱繁杂。"

他答应给我充分的协助,不过要求我等一等:萨哈林正在筹备迎接总督,大家都很忙。

"您住在我们的反对者家里,这我倒高兴,"他跟我分手的时候说,"您会知道我们的薄弱方面。"

在总督来临以前,我一直住在亚历山德罗夫斯克医师的寓所

---

① 乔治·凯南(1845—1924),美国旅行家,政论家。他在1885年到1886年间调查了西伯利亚监狱,写出揭露沙皇政府的流放刑和苦役刑的文章,这些文章发表在1888年的美国杂志《世纪图画月刊》上,在欧洲引起了注意。在俄国,这些文章一直遭禁到1906年(在这一年里,这些文章发表在好几个刊物上)。在国外,这些文章先前已译成俄语全文出版(《西伯利亚和流放》),曾通过不合法的途径传入俄国,引起俄国舆论界的热烈关注(例如,请参看托尔斯泰在1890年8月8日写给凯南的信,载《托尔斯泰全集》,第65卷,第138页,1953年莫斯科版)。契诃夫是在凯南的文章在国外发表时知道它们的。请参看作家的小弟米·巴·契诃夫的回忆录和作者本人在《萨哈林岛》一书和某些信件中提到过的话(关于"凯南的计划")。

里。这儿的生活很不平常。我早晨醒来的时候,就有种种完全不相同的声音提醒我,让我知道我是在什么地方。戴镣铐的犯人们路过临街的敞开的窗口,慢腾腾地走着,发出匀称的镣铐锒铛声;在我们寓所对面的军营里,演奏军乐的士兵们为了迎接总督正在练习进行曲,这当儿长笛奏一个曲子,长号吹另一个曲子,巴松管奏第三个曲子,结果形成一片难以想象的嘈杂声。在我们的房间里,金丝雀不停地啼鸣,我的房东医师从这个墙角走到那个墙角,一路走一路翻看法律书,把自己的想法说出来:

"要是我根据某某条款向某处递上呈文的话……"

要不然他就跟他的儿子一起坐下来写一篇诉讼状。要是走到街上去,那儿却很热。人们甚至在抱怨干旱,军官们穿着白色夏服出外,这却不是每年夏天常有的事。此地街上的活动远比我们的县城里多,这很容易解释为正在筹备迎接本地区的长官,不过主要的是当地人口中大多数是在劳动的年龄,白天大半时间不在家里。此外,当地往往在一块不大的地方密集着许多人:一个监狱就有一千多人,军营有五百人。人们正在杜依卡河上加紧造桥,建立拱门,清理,粉饰,扫除,操练步法。三套马的和双套马的马车响着铃铛在街上川流不息,这是为总督准备的。事情是那么紧迫,人们就连在假日也工作。

这时候,在一条通往警察局的街道上走过一群基里亚克人,当地的土著,那些萨哈林的驯顺的看家狗就怒冲冲地朝他们吠叫,不知什么缘故这儿的狗专对基里亚克人吠叫。过一忽儿又来了一群人,这回是戴着镣铐的苦役犯,有戴帽子的,有不戴的,锁链叮当地响,拉着装载沙土的、沉重的手推车,有些男孩紧跟在手推车后面,两旁有些押送兵慢腾腾地走着,他们的脸流汗,通红,肩上扛着枪。这些戴镣铐的犯人把沙土撒在将军府邸前面的广场上,就顺着原路走回去,镣铐的叮当声不断地响。有一个穿着背上缝着红色方块布①的囚服,从这个院子走到那个院子,叫卖水越橘果。要是你在大街上走路,坐着的人就都站起来,所有遇见你的人都脱掉帽子。

苦役犯和流刑移民除了少数例外,都自由地在街上走动,不戴镣铐,也没有兵押着,每走一步路都可以遇见他们,有的成群结队,有的独自一个人。也有待在民户的院子里和房屋里的,充当人家的马车夫、看守人、厨娘和保姆。同他们挨得这么近,在起初的时候人们由于不习惯而会感到困窘,发生误会。你走过一个建筑工地的时候,那儿有些苦役犯拿着斧子、锯子、锤子。你心想:嘿,他会抡起斧子,喀嚓一声砍将下来!或者你到一个熟人的家里去,没有碰见他在家,就坐下来给他写一张字条,而这时候在你的身后却站着他家的仆人,一个苦役犯在等着,手里拿着一把刀,这是他刚才在厨房里削土豆用的。或者,凌晨四点钟左右,你往往被沙沙声所惊醒,睁开眼睛一看,原来有个苦役犯蹑着脚,屏住呼吸,溜到床跟前来了。这是怎么回事?他干什么来了?"把皮靴拿去刷干净,老爷。"这一切我很快就看惯,习以为常了。大家都惯了,连女人和孩子也一样。此地的太太们在让自己的孩子跟做保姆的终身苦役犯一块儿去散步的时候,是完全放心的。

有一个新闻记者②写道,起初他几乎见到每一丛灌木都胆寒,在道路和小径上一遇到犯人就摸大衣内的手枪,后来他放心了,得出这样的结论:"一般说来,苦役犯是一群胆小的、懒惰的、半饥半饱的、逢迎巴结的绵羊。"只有把人类想得很坏,或者不了解人,才会认为俄国犯人仅仅由于胆小和懒惰而不杀害、不抢劫他遇见的人。

---

① 这是旧俄时代苦役犯的标记。
② 指尼·斯姆–基,通讯报道《在萨哈林》的作者,这篇通讯发表在《喀琅施塔得通报》1890 年第 15、18、23 和 26 号上。

阿穆尔河沿岸地区的总督阿·尼·柯尔夫男爵在七月十九日乘军用船只"海狸"号到达萨哈林。在广场上，在本岛长官的府邸和教堂之间，他受到仪仗队、文官们、成群的流刑移民和苦役犯的欢迎。我刚才讲到的军乐演奏起来了。一个仪表堂堂的老人，姓波将金，原是苦役犯，如今在萨哈林发了财，用一个本地制造的银盘端着面包和盐献给他。我那做医师的房东站在广场上，穿着黑色燕尾服，戴着便帽，双手拿着一份呈文。我这是第一次看见萨哈林的人群，而这人群的可悲的特色没有逃过我的眼睛：它是由劳动年龄的男人和女人组成的，也有老人和儿童，可是完全没有少年。看样子，从十三岁到二十岁的人在萨哈林似乎根本不存在。我就不由自主地对自己提出一个问题：这是否意味着正在成长的青少年一有机会就离开这个岛呢？

总督在到达的第二天就开始视察监狱和移民点。各处的流刑移民都极为焦急地等着他，纷纷递给他呈文，并且口头提出请求。每个人为自己或者代表全村讲话，由于讲演艺术在萨哈林颇为盛行，所以办事离不开发表讲演。在杰尔宾斯科耶，有一个流刑移民玛斯洛夫在发言中好几次把长官称为"无上仁慈的政府成员"。可惜远不是所有的人向阿·尼·柯尔夫男爵提出的都是应该请求的事。在这里，如同在俄国的类似情况下一样，表现了农民的令人遗憾的愚昧：他们请求的不是办学校，不是公正的审判，不是劳动收入，而是各式各样的小事：有的人请求公家的给养，有的人要求收某个小孩为义子，一句话，他们提出的往往是本地的长官们就能予以满足的请求。阿·尼·柯尔夫十分关切而善意地对待他们的请求；他为他们的困苦处境所深深感动，许下诺言，使他们产生对较好的生活的希望①。在阿尔科沃，当

---

① 他甚至使他们产生一些无法实现的希望。他在一个村子里讲起流放犯中的农民现在已经有权迁到大陆去的时候，说道："日后你们也能够回到家乡去，回到俄罗斯去。"——契诃夫注

监狱的副典狱官报告"在阿尔科沃移民区里一切都顺利"的时候,男爵就对他指着越冬作物和春播作物的幼苗说:"一切都顺利,只有阿尔科沃缺粮除外。"由于他的来临,亚历山德罗夫斯克监狱里的犯人吃到了鲜肉以至鹿肉;他视察了所有的牢房,接受申请,命令给许多戴镣铐的犯人卸下镣铐。

七月二十二日(这是国家规定的休假日),在做完祈祷,进行了阅兵式以后,有一个狱吏跑来,通知说,总督希望跟我见面。我就动身去了。阿·尼·柯尔夫很亲切地接待我,同我谈了将近半个钟头。我们谈话的时候,柯诺诺维奇将军也在座。除了别的话以外,他向我提出这样一个问题:我有没有什么官方的任务?我回答说:没有。

"那么至少您接受了某个学会或者报纸的委托吧?"男爵问道。

我的衣袋里有一张通讯员证,可是由于我不准备在报纸上发表关于萨哈林的报道,不愿意使得那些对我显然充分信任的人产生误解,于是回答说:没有。

"我准许您到您喜欢的任何地方和任何人家里去访问,"男爵说,"我们没有什么事情要隐瞒的。您可以考察此地的一切,您可以自由出入一切监狱和移民点,您可以利用对您的工作必不可少的文件,一句话,各处的门都会为您敞开。只有一件事我不能允许您,那就是同政治犯有任何来往,因为我没有任何权利允许您这样做。"

男爵在放我走的时候说道:

"明天我们还要谈一谈。您带着纸来吧。"

当天我在本岛长官的寓所里参加了盛大的宴会。在那儿我认识了几乎所有的萨哈林行政人员。吃饭的时候,人们奏乐,发表演讲。阿·尼·柯尔夫在回答人们为他的健康干杯的时候,发表了简短的讲话,我现在还记得其中的几句话:"我相信在萨哈林,'不幸的人们'会比俄罗斯以至欧洲的某些地方生活得更轻松。在这方面,你们还有很多事要做,因为做好事的道路是没有尽头的。"他五年前来过萨哈林,现在发现此地有了超出一切预料的重大进步。他的赞美辞在人们的意识里同饥饿、被流放的女人的普遍卖淫、残酷的体罚等现象是不能相容的,可是听讲的人大概都相信他:同五年前的情况相比,当前几乎要算是黄金时代的开端了。

傍晚点起了彩灯。在那些被油灯和五彩焰火照亮的街道上,兵士们、流刑移民、苦役犯成群地留连到夜深。监狱门敞开了。杜依卡河素来难看,肮脏,岸上光秃秃的,如今两岸却装饰着各种颜色的灯笼和五彩焰火,灯光火影一齐映进水里,这一回显得美丽,甚至壮观,不过却也可笑,就像一个厨娘的女儿为了试衣服而穿上小姐的衣裙一样。将军的花园里在奏乐,歌手们在唱歌。甚至在放炮,而且有一门炮炸裂了。尽管有这样的欢乐,街道上却仍旧乏味。没有歌唱声,没有手风琴声,连一个醉汉也没有;人们像影子似的溜达,像影子似的沉默。服苦役的地方就连在五彩焰火的照耀下也仍旧是服苦役的地方,一个永世回不了家乡的人听到远处的音乐只能产生极端的忧伤。

我带着纸去见总督的时候,他对我叙述他对萨哈林苦役地和移民区的看法,要我把他所说的都写下来,我当然很乐意地照办了。他建议我为我记下来的一切加上这样的标题:《不幸者的生活描述》。根据我们最后一次的谈话,根据我按他的口授记下的全部文字,我得出这样的看法:他是一个宽宏大量、心地高尚的人,然而他对"不幸者的生活"的认识并不像他所设想的那样清楚。下面是那篇描述中的几行:"谁也没有被剥夺享有充分权利的希望;终身的惩罚不存在了。无期的苦役不超过二十年。苦役的劳动并不繁重。这种强制劳动不给劳动者个人利益,它的沉重就在于这一点,而不在于体力的紧张。不戴镣铐,不用哨兵看守,不给剃光头。"

白昼天气挺好,晴朗的天空,加上清净的空气,颇像我们那儿的秋日。傍晚更为美好,我至今记得晚霞映红的西方、深蓝色的海洋、从山后面正在升起来的皎洁的月亮。在这样的傍晚我喜欢坐上车在哨所和新米哈伊洛夫卡村之间的谷地上奔驰;这儿的道路光滑平坦,它的旁边是走小推车的轨道和电报线。离亚历山德罗夫斯克越远,谷地就越窄,黑暗就越浓,高大的牛蒡开始显得像是热带植物了;乌黑的山峦从四面八方聚拢来。远处发出火光,有的地方是煤炭燃着了,有的地方是起了大火。月亮升上来了。突然出现一个奇异的景象:有一个穿白色衣服的苦役犯乘着一辆小平板车,撑着一根杆子,顺着铁轨朝我急驰过来。我毛骨悚然了。

"该回去了吧?"我问马车夫。

赶马车的苦役犯就调转马头,然后环顾群山和火光,说:

"这儿没意思,老爷。我们的俄罗斯比这儿好。"

三

> 统计调查——统计卡片的内容——我问些什么和人们对我的回答——农舍和它的居民——流放犯对统计调查的看法

为了尽可能走访所有的居民点,比较熟悉大多数流放犯的生活,我就采取一种在我的处境中依我看来是唯一的方法。我做统计调查。在我所去的村子里,我走遍所有的小木房,把户主、他们的家庭成员、寄居者、雇工都登记下来。为了减轻我的工作,缩短时间,人们殷勤地为我提供了帮手,可是由于我做统计调查的主要目的不是统计调查的成果,而是统计调查过程本身给我的印象,因此我只在很少的情况下才请别人帮助。这种在三个月中间由一个人做成的工作实际上不能说是统计调查；这项工作的成果不可能具有准确和全面的特点，不过，由于文献里也罢，萨哈林的官署里也罢，都没有比较认真的资料，那么我的数字或许也有用处。

我为统计调查而使用卡片，这些卡片是警察局附设的印刷所为我印制的。统计调查过程内容如下。首先，在每一张卡片的第一行，我写明哨所或者村庄的名字。第二行根据公家的按户登记表写明各户的号数。然后，第三行写明被登记者的身份：苦役犯、流刑移民、流放犯出身的农民、自由民。对于自由民，我只在下列情况下才予以登记：他们是流放犯一户的参加者，例如同流放犯结婚或者不合法的同居者，他的家族，或者以雇工或寄居者的身份在他的农舍里居住的人，等等。在萨哈林的日常生活中，身份具有重大的意义。苦役犯无疑地为他的身份感到难为情；人家问他是什么身份，他总是回答说："雇工。"假如他在服苦役刑以前当过兵，他就一定再加一句："当兵出身，老爷。"他服满刑期，或者按他自己的说法，"服满期限"以后，就成为流刑移民。这个新身份已经不被人们认为低贱，因为"移民"这个词同"农民"[①]很少区别，更不要说随这种身份而来的各种权利了。流刑移民遇到人家问起他是什么人时，通常总是回答："自由民。"经过十年以后，或者在流放犯管理条例所规定的最好条件下经过六年以后，流刑移民就取得了流放犯出身的农民身份。这种农民遇到人家问起他是什么身份时，就不无尊严地回答说："我是农民"，仿佛已经不能同别人相提并论，跟他们有什么特别的区别似的。可是他在"农民"前面并不加上"流放犯出身的"几个字。我对流放犯总是不问他们以前的身份，因为关于这一点，官署里有充分的材料。至于他们本人，

---

① 在俄语中，这两个词的拼法和读音都相近。

那么除了士兵以外，不管小市民也罢，商人也罢，僧侣也罢，总是绝口不提他们失去的身份，仿佛已经忘了似的，他们把过去的社会地位简短地称为"自由"就算了。要是有人谈起自己的过去，他照例这样开始："当初我自由地生活的时候……"等等。

第四行是名字、父名、姓。关于名字，我只记得我似乎一个也没有正确地记下过鞑靼妇女的名字。鞑靼人的家庭里姑娘很多，而父母却不大懂俄国话，要彼此听明白是困难的，人就只好凭猜测记了。而且在官方的公文上鞑靼人的名字也写得不正确。

有时候，一个信奉东正教的俄国农民遇到人家问起他叫什么名字时，就会一本正经地回答说："卡尔。"这是个流浪汉，他在旅途中换了德国人的名字。我记得这样的名字我登记过两个：卡尔·兰盖尔和卡尔·卡尔洛夫。有一个苦役犯叫拿破仑。有一个女流浪者普拉斯柯维雅，其实她叫玛丽雅。讲到姓，那么由于一种古怪的偶然性，在萨哈林有很多人姓包格丹诺夫和别斯巴洛夫。还有许多稀奇的姓：希康迪巴①、热路多克②、别兹包日内依③、节瓦卡④。人家告诉我说，鞑靼人虽然已经被褫夺一切公权，可是他们的姓在萨哈林仍旧保留着标志高贵身份和封号的前缀和附加词。这话真实到什么程度，我不知道，然而可汗、苏丹和奥格雷我登记了不少。流浪汉的最常用的名字是伊凡，最常用的姓是涅波木尼亚希依⑤。下面是流浪汉的几个常见的诨名：穆斯塔甫·涅波木尼亚希依、瓦西里·别左捷切斯特瓦⑥、弗兰茨·涅波木尼亚希依、伊凡·涅波木尼亚希依二十岁、亚科甫·别斯普罗兹瓦尼

---

① 俄语中的原义是"癞子"。
② 俄语中的原义是"胃"。
③ 俄语中的原义是"不信神者"。
④ 俄语中的原义是"好看热闹的人"。
⑤ 俄语中的原义是"不记得"。
⑥ 俄语中的原义是"无祖国"。

亚①、流浪汉伊凡三十五岁②、切洛维克·涅伊兹维斯特诺沃·兹瓦尼亚③。

在这一行里我写明被登记者同户主的关系：妻子，儿子，同居女人，雇工，寄居者，寄居者的儿子，等等。我在登记儿童的时候把合法的和私生的，亲生的和收养的区别开。顺便说一下，在萨哈林常常遇到养子养女，我就必须不但登记被收养的儿童，而且也登记养父。许多寄住在农舍里的人同户主是搭伙经营者或者对分经营者的关系。在北方的两个区里一块地往往有两个以至三个主人，这样的农户过半数；一个流刑移民在一块地上待下来，造起房子，建立家业，可是过了两三年又会给他派来一个搭伙经营者，或者同一块土地同时拨给两个流刑移民。这是由于行政当局不愿意，也不善于为移民找到新的地方而造成的。也有这样的情况：服满苦役的人要求批准他住到某个哨所或者村子去，而那儿已经没有庄园地了，他就不得不在现成的农户家定居下来，搭伙经营。每当皇上的谕旨发布以后，行政当局必须立时为几百个人找到居住地点，这时候，共同经营者的人数就会骤增。

第五行是年龄。四十开外的女人往往记不清自己的年纪，回答问题之前先要想一想。来自埃里温省的亚美尼亚人根本不知道自己的岁数。其中有一个是这样回答我的："也许是三十岁吧，可也说不定已经五十岁了。"在这种情况下只得用眼睛大概估计一下他的年龄，然后凭文件资料加以核对。十五岁和十五岁以上的青年照例少报自己的岁数。有的姑娘已经要出嫁了，或者早已在卖淫了，却还是十三四岁。问题在于最穷的家庭里的儿童和少年可以从官府领取口粮补贴，而这种补贴只发到十五岁为止，于是单

---

① 俄语中的原义是"无姓名"。
② 年岁是姓的一部分。实际上他是四十八岁。——契诃夫注
③ 俄语中的原义是"身份不明的人"。

纯的利益促使青年人和他们的父母说假话了。

第六行是宗教信仰。

第七行是出生的地点。我一问起，人家总是毫不困难地回答，只有流浪汉才说些囚犯的双关语来搪塞，或者回答说"不记得了"。姑娘娜达丽雅·涅波木尼亚沙雅在我问她是哪一省人的时候，对我说："哪一省都沾点边儿。"同乡们显然互相支持，彼此结成伙伴，要逃跑的时候也一起逃，图拉人喜欢找图拉人共同占有一块土地，巴库人找巴库人。看来，同乡情谊是存在的。有的时候我问起不在场的人，他的同乡就会把他的情况讲得极其详细。

第八行是：哪一年到萨哈林来的？对于这个问题，很少人能毫不费力地一下子答上来。到萨哈林来的那一年正是大祸临头的一年，然而他们不知道是哪一年，或者不记得了。你问一个女苦役犯她是哪一年被送到萨哈林来的，她总是想也不想，无精打采地回答说："谁知道呢？大概在八三年吧。"她的丈夫或者同居男人就插嘴说："哎，你瞎扯些什么？你是在八五年来的。""也许就是八五年。"她叹口气，同意道。我们就开始计算，结果证明男人的话是对的。男人不像女人那样迟钝，可是就连他们也不能一下子答上来，总要先想一想，谈一谈。

"你是哪一年给押到萨哈林来的？"我问一个流刑移民。

"我是跟格拉德基一起浮运来的。"他不时地看看同伴们，没有把握地说。

格拉德基是头一次浮运来的，而第一次浮运就是指第一艘"志愿者"船只于一八七九年到达萨哈林。我就照此记下。或者听到这样的回答："我干了六年苦役，如今做流刑移民也有三年了……您就算吧。""那么你到萨哈林已经九年了？""不对，到萨哈林以前我在中央监狱里还待过两年。"等等。要不然，就是这样的回答："我是在德尔宾被杀的那一年来的。"或者："那正是米楚尔死的时候。"对我来说,特别重要的是得到那些在六十年代和七十年代到此地来的人的确切回答;我不愿意放过其中的任何一个,而这一点我大概没有做到。在二十年前到二十五年前来此地的那些人当中,有多少人留存下来?这对萨哈林移民区来说可以说是一个决定命运的问题。

第九行我登记主要的工作和职业。

第十行是文化程度。通常人们用这样的方式提出问题:"你有文化吗?"可是我这样问:"你能看书吗?"这在许多情况下使我避免得到不确切的回答,因为凡是不会写字而只认得印刷体字的农民总是说自己没有文化。也有些人由于谦虚而装成无知。"我哪儿行啊?我们有什么文化?"只有在追问的时候他们才说:"以前倒是认得书上的字,可是现在大概忘了。我们是愚人,一句话,是庄稼汉。"没有文化的人也自称为睁眼瞎和瞎子。

第十一行是家庭情况:已婚,丧偶,未婚?假如是已婚,那么是在什么地方结婚的:在故乡,还是在萨哈林?"已婚、丧偶、未婚"这类词在萨哈林还不能说明家庭状况;在此地已婚的人常常注定了过独身生活,因为他们的配偶住在故乡,没有跟他们离婚,而未婚的和丧偶的却过着家庭生活,有半打的孩子了;由于这个缘故,凡是并非形式上而是实际上过着独身生活的人,虽然列入已婚的一类,我认为标明"单身"并不是多余的。在俄国的其他任何地方,不合法的结合都没有像在萨哈林那样广泛而公开地流行,那样具有奇特的形式。非法同居,或者按此地的说法,自由同居,无论是官方还是宗教界都无人反对,反而得到鼓励和批准。有的移民点连一户合法的结合都遇不到。自由结合的男女在与合法夫妇同样的基础上构成一户;他们为移民区生养儿女,因此没有任何理由在登记的时候为他们创立特殊的规章。

最后,第十二行:领到公家的补贴吗?我打算从这个问题的答复中查明哪一部分人口缺了国库的物质支援就不能过活,或者换句话说,是谁养活移民:是他们自己养活自己呢,还是国库养活?所有的苦役犯、服满苦役以后头几年的流刑移民、孤寡老人和最穷的家庭中的儿童都能领到公家的口粮补贴、衣物补贴或者现钱。除了那些官方承认的领补贴者以外,我还记下那些也是靠公家养活的流放犯,他们由于从事各式各样的公务,例如做教员,做文书,做巡警等而领取公家的薪金。可是答案并不完备。除了通常的一份定量的口粮补贴和薪金以外,还实行某些范围广泛的补贴,在卡片上无法写明,例如为结婚而领的补贴,故意抬高价格在流刑移民那里购买粮食,而主要的是以移民赊购的方式分发给他们种子、牲畜等。有的流刑移民欠公家几百个卢布,永远也不会还,于是我不得已把他登记为不领补贴者。

我在每一张登记妇女的卡片上都用红铅笔画一道杠,我发现这比为了性别辟一专栏方便得多。我只登记现有的家庭成员;要是他们对我说大儿子到符拉迪沃斯托克去干活挣钱了,次子在雷科夫斯科耶村做雇工,那么,大儿子我就根本不登记,而把次子登入他的住地的卡片上。

我一个人从这个农舍走到那个农舍,有的时候有个苦役犯或者流刑移民陪着我,他们由于闲着没有事做而充当我的向导。间或有一个巡警拿着手枪像个影子似的跟在我的身后,或者相隔不远。这是上面派来,准备万一我有什么问题,要他作说明的。每逢我向他提出一个什么问题,他的额头总是顿时冒汗,他回答说:"我不知道,老爷!"我这个旅伴照例光着脚,不戴帽子,双手捧着我的墨水瓶,跑在前面,咚的一声推开门,在过道里同主人耳语几句,大概是说明他对我的统计调查的推测。我走进木房。萨哈林有各式各样的木房,这要看是什么人造的而定,有西伯利亚人造的,有乌克兰人造的,有芬兰人造的。不过最常见的是一种不大的木房架,大约六俄尺高,有两三扇窗子,外部不加任何装饰,房顶铺着麦秸、树皮,偶尔也有铺薄木板的。通常没有院子。附近连一棵小树也不见。西伯利亚式的小板棚或小浴室很少见到。如果有狗,那也是些疲惫的、不凶的狗,而且像我已经说过的那样,它们专对基里亚克人吠叫,这大概是因为他们穿着狗皮制的靴子。不知什么缘故这些驯顺而不伤人的狗总是拴着链子。要是有猪,那么猪的脖子上就套着木枷。公鸡也拴着腿。

"为什么你的狗和公鸡都拴着?"我问主人。

"在我们萨哈林,什么东西都拴着链子,"他俏皮地回答说,"就是这么个地方呗。"

木房里只有一个房间,有一个俄国式的炉子。地上铺着地板。有一张桌子,两三个凳子,一条长凳,一张铺着被褥的床,或者就干脆把被褥铺在地板上。要不然就一点家具也没有,只是房间中央的地板上放着一个绒毛褥子,而且看得出来,这个褥子上刚刚睡过人;窗台上有一只碗,放着吃剩的东西。从陈设来看,这不是农舍,也不是房间,而宁可说是单人牢房。凡是有女人和孩子的地方,那么不管怎么样,总还像一个家,像一个农家,不过就连这种地方也仍旧使人感到缺乏什么重要的东西;没有老爷爷和老奶奶,没有古老的圣像和祖先传下来的家具,因而这个家缺少过去的生活传统。没有供圣像的一角,要有,也很简陋,暗淡,没有长明灯,没有装饰品,总之,没有传统的风俗习惯;陈设带着偶然的性质,看上去好像这家人不是住在自己家里,而是住在临时租借的房子里,或者好像这家人刚搬来,还没有来得及习惯似的;没有猫,到了冬天的傍晚也听不见蟋蟀的叫声⋯⋯而主要的是没有家乡的感觉。

我所遇到的情景通常没有使我感到善于持家的气氛、舒适的感觉和家业的牢靠。我在这种木房里最常遇到的是户主本人,一个孤苦伶仃、寂寞无聊的人,由于被迫闲散和寂寞而发呆;他身上穿着自由民的衣服,可是他拗不过习惯,总是按照犯人那样把大衣披在肩膀上。如果他不久以前才从监狱里出来,那么他的桌子上就扔着一顶无檐帽。炉子没有生火,器皿只有一口小锅和一个用纸塞着瓶口的瓶子。他本人对自己的生活和家业是带着冷漠的鄙视神情,用嘲笑的口吻谈论的。他说各种方法都已经试过,可是一点结果也没有;最后只能对一切都摆一摆手算了。在跟他讲话的时候,邻居陆续聚到这个木房里,各种题目的谈话就开始了:谈长官,谈气候,谈女人……由于烦闷无聊,大家都乐于没完没了地谈下去和听下去。还有这样的情况:在一所木房里除了见到户主以外还见到一大群寄居者和雇工;门槛上坐着一个寄居的苦役犯,头上箍着一根窄皮带,在用一块皮子缝鞋,屋子里冒出皮革和擦线蜡的气味;穿堂里一堆破烂上躺着他的孩子们,那儿的阴暗狭窄的角落里,他那自愿跟他来的妻子正在一张小桌子上做水越橘馅的甜饺子;这是不久以前从俄国到达此地的一家人。还有一处木房里,住着五个男人,有的自称为寄居者,有的自称为雇工,有的自称为同住的人;一个人站在火炉旁边,鼓起腮帮子,瞪起眼睛,正在焊接什么东西;另一个人显然是个逗笑者,故意做出愚蠢的脸相,嘴里唠叨着什么,其余的人捂住嘴哈哈大笑。床上坐着一个浪荡的女人,就是女主人露凯莉雅·涅波木尼亚沙雅,头发蓬乱,人很消瘦,满脸雀斑;她极力用逗笑的口气回答我提的问题,同时晃荡着她的两条腿。她的眼睛不好看,不明亮;我从她的憔悴冷漠的脸容可以判断出,她在还很短促的一生中已经有过多次监禁、押解和疾病的经历。这个露凯莉雅在这所木房里定出了总的生活调子,由于她,整个环境就都表现出近边有一个失去理智的、放荡的流浪者。在这儿根本谈不上认真的家务。我在另一所木房里还遇见一大伙人,在我去那儿以前他们正在打牌;他们的脸上显示出困窘、烦闷、期望的神色:什么时候我才能走掉,好让他们再打牌呢？或者,人走进一所木房,那儿连家具的影子也没有,炉子光秃秃的,沿墙的地板上坐着几个切尔克斯人①,有的戴着帽子,有的没戴帽子、头发又短又硬,他们瞅着我,连眼睛也不眨一下。要是我只碰见同居女人独自在家,那么她照例躺在床上,她在回答我的问题的时候打呵欠,伸懒腰,我一走,她就又躺下了。

那些被流放的居民把我看做一个官方人物,把统计调查看做一种形式上的手续,而这类手续在此地经常履行,平淡无奇,照例一无结果。不过我不是本地人,不是萨哈林的文官,这就在流放犯心中引起某种程度的好奇心。他们问我:

"为什么您把我们都登记下来？"

于是就开始了各式各样的推测。有的人说大概最高当局打算给流放犯分发补贴;有的人说上边多半终于作出决定,要把所有的人都迁到大陆上去,而此地的人是固执、坚定地相信苦役地和移民点迟早会移到大陆上去的;还有人装成怀疑派,说他们已经连一点好事也不巴望,因为连上帝都不管他们了,他们说这种话是为了激起我这方面的反驳。仿佛嘲笑所有这些希望和猜测似的,从穿堂里或者炉台上传来一个听来疲倦、烦闷和因受惊扰而恼火的说话声:

"他们老是写,他们老是写,他们老是写,圣母啊！"

在我旅行萨哈林期间,我从来也没有挨过饿,一般说来也没有遭到任何困苦。我读过的书里说,似乎农学家米楚尔在调查这个岛的时候曾生活在穷困中,甚至不得不吃掉自己的狗。可是从那时候起情况大大地改变了。现在的农学家可以乘车在良好的道路上行驶;甚至在最贫苦的村子里也有村监所,或者所谓的驿站,在

---

① 居住在俄国高加索西部和土耳其等西亚国家的少数民族。

那儿始终可以找到暖和的住处、茶炊和被褥。调查者在深入岛的内地,到原始林里去的时候,总是随身带着美国的罐头食品、红葡萄酒、盘子、叉子、枕头以及一切可以放在苦役犯肩上的东西,而苦役犯在萨哈林是被人用来代替驮载的牲口的。就连现在也有人们吃加盐的腐烂东西,甚至互相吃掉的情况,然而这同旅行者和文官无关。

在下面几章里我要描述哨所和村子,顺带把我本人在短期内所能了解的苦役劳动和监狱的情况向读者介绍一下。在萨哈林,苦役犯的劳动是极其多样化的;它们不只是淘金或者挖煤,而是包括萨哈林日常生活中的全部工作,并且遍及这个岛的全部居民点。把树连根掘起,造房,为沼泽排水,捕鱼,割草,为轮船装卸货物,都属苦役犯的劳动,这种劳动由于必要而同这个移民区的生活完全打成一片,要想把它们加以区分,认为苦役犯的劳动是一种独立存在的事物,首先得在矿场和工场劳动中去寻找这种劳动,这恐怕是一种对事物的陈旧看法。

我从亚历山德罗夫卡河谷,从坐落在杜依卡河边的一些村子说起。在北萨哈林,这个谷地之所以首先被选为移民点,并不是因为经过考察,它比一切地方都好,或者符合移民的目标,而纯粹是出于偶然,由于它最靠近杜埃,而苦役是首先在那里兴起的。

四

杜依卡河——亚历山德罗夫卡河谷——城郊区亚历山德罗夫卡——流浪汉克拉西维依——亚历山德罗夫斯克哨所——它的过去——幕包——萨哈林的巴黎

杜依卡河,或者照人们对它的另一种称呼,亚历山德罗夫卡河,在一八八一年由动物学家波里亚科夫加以考察的时候,它的下游有十俄丈宽,岸上有冲来的大堆的树木,倒在水里,低地在许多地方布满老树林,有冷杉,有落叶松,有赤杨,有柳树,四周是走不过去的、泥泞的沼泽地。可是目前这条河却像一片长形、狭窄的水洼。它的宽度,它的光秃的两岸,它的缓慢的水流,都使人联想到莫斯科的排水沟。

必须读一遍波里亚科夫关于亚历山德罗夫卡河谷的描写,现在再看一看它,哪怕只匆匆地看一眼,才能了解为了开发这个地方,花费了怎么多的、真正说得上苦役的沉重劳动。"从邻近的山顶看下去,"波里亚科夫写道,"亚历山德罗夫卡河谷显得沉闷,偏僻,树林很多……巨大的针叶林布满谷底的大片空地"。他描写沼泽、不能通行的泥潭、极坏的土壤、树林,那儿有"高大的树木,土地上常常横陈着高大的、半朽的树干,它们由于年深月久或者暴风雨而倒落了;在那些树干之间,在树根那儿,往往形成一个个土墩,上面长满青苔,旁边是泥坑和凹槽"。可是如今在原始林、泥潭、凹槽的地方耸立起一座地地道道的城,道路修好,草地、黑麦田和菜园发绿,已经可以听到有人在抱怨缺少树木了。人们付出了这么大量的劳动,作了这么巨大的努力,在水深齐腰的泥潭里干活,再加上严寒、冷雨、思乡、屈辱、挨打,于是在我们的想象里就浮现出可怕的人影。有一位萨哈林的官员是个好心肠的人,每次我们俩一块儿坐车外出时,难怪他总是要对我朗诵涅克拉索夫的《铁路》。

在杜依卡河口附近,有一条小河从右边来会合,它叫做小亚历山德罗夫卡河。亚历山德罗夫斯克村,或者叫小镇,就坐落在这条河的两岸。关于它,我已经讲到过了。它是哨所的近郊,已经同哨所合为一体,可是,因为它有某些特点区别于哨所,过着独特的生活,那就应当单独地谈一谈它。这是最老的村庄之一。在杜埃建立了苦役劳动地以后不久,这儿的开拓工作就开始了。根据米楚尔的论述,正好选择这个地方而不是其他地方,是因为这儿有茂盛的草地、适合建筑用的良好木材,通航的河流、肥沃的土地……"显然,"这个把萨哈林看做福地的空想家写道,"开拓工作的成功结局是无可怀疑的,可是一八六二年为这个目的遣送来的八个人当中,只有四个人在杜依卡河附近定居下来。"可是这四个人能够干些什么呢?他们用丁字镐和铁锹耕地,往往春天不种春播作物而种越冬作物,结果是他们都要求迁到大陆去。一八六九年在城郊区这个地方建立了一个农场。这时候人们打算解决一个颇为重要的问题:能不能指望使用流放犯的强制劳动在农业上取得成功?苦役犯们一连三年掘出树根,建造房屋,排除沼泽的水,铺修道路,种下庄稼,可是他们服满刑期以后不愿意留在此地,向总督请求把他们迁到大陆去,因为种的庄稼一无所获,也没挣到钱,他们的请求得到了批准。然而叫做农场的那块地方继续存在。杜依卡河一带的苦役犯们随着岁月的流逝成为流刑移民,从俄国又来了一些带着家属的苦役犯,需要土地耕种;上边发下命令,认为萨哈林土地肥沃,适合于农业开拓;凡是不能以自然的方式建立起生活的地方,总是渐渐地以人为的方法强制地建立起来,以付出大量的金钱和人力为代价。一八七九年奥古斯丁诺维奇医师在城郊区已经见到二十八所房子了①。

当前在城郊区有十五户。这儿的房子铺着木板房顶,内部宽敞,有的时候有好几个房间,有良好的户外建筑,庄园附设菜园。每两所房子必定有一个浴室。

---

① 奥古斯丁诺维奇的《关于萨哈林的几点报道》,引自旅行杂志《现代》1880年第1期。另外他还有一篇论文:《在萨哈林岛上》,发表在《政府通报》1879年第276期上。——契诃夫注

登记表明耕地共有三十九又四分之三俄顷①,草地二十四又二分之一俄顷。马二十三匹,牛羊四十七头。

就各户的成分而论,城郊区被认为是贵族的村子:有一个娶了流刑移民女儿的七品文官,有一个跟着苦役犯母亲到岛上来的自由人;有七个流放犯出身的农民,有四个流刑移民,只有两个苦役犯。

在此地居住的二十二个家庭当中,只有四户是不合法成家的。就人口的年龄组成而论,城郊区接近于一般的乡村;劳动年龄不像其他的村子那么突出地占多数,这儿既有儿童,也有少年,还有超过六十五岁以至七十五岁的老人。

虽然城郊区的从业主们自己宣称:"在这儿靠种庄稼是活不下去的。"可是此地的情况却比较令人满意,请问这该怎样解释?作为回答,可以指出好几个原因,在通常的条件下,它们有助于正规的、定居的、富裕的生活。例如,一八八〇年以前来到萨哈林的老住户占很大的百分比,他们已经摸熟这儿的土地,能够适应了。另外有一个很重要的事实:有十九个丈夫来到萨哈林的时候,他们的妻子也跟来了,而且几乎所有分得地段、定居下来的人都已经有了家庭。妇女人数比较多,因此过独身生活的人只有九名,而且没有一个人过着无耕地的贫苦生活。一般说来,城郊区是碰上好运气了,还可以指出一个有利的情况,这里有文化的人占很大的百分比:有男人二十六名和妇女十一名。

姑且不谈那个七品文官,他在萨哈林担任了土地测量员的职务,可是那些自由民和流放犯出身的农民既然有权迁到大陆去,那又为什么不走呢?据说农业经营方面的成功把他们留在

---

① 1俄顷等于1.09公顷。

城郊区了，可是农业经营并不是跟所有的人都有关系。要知道城郊区的刈草场和可耕地并不是所有的农户在使用，而只是某些农户在使用。只有八户有草地和牲口，十二户种地，不管怎样，农业经营的规模没有大到足以说明为什么此地的经济状况特别好。没有任何别的收入，也没有人干手工业的活儿，只有过去的军官Л有个小店铺。足以说明城郊区居民为什么富裕的官方资料也没有，因此，为了解答这个谜，就不得不求助于在这种情况下的唯一资料——坏名声。以前在城郊区曾进行规模极大的私酒买卖。在萨哈林，运入白酒和出售白酒是严格禁止的，这就创造了特殊形式的走私。私酒有时候装在一种状似圆锥形大糖块的铁罐里，有时候则装在茶炊里运进来，不过最常见的还是简单地用大圆桶，用普通的容器运进来，因为小官们已经被买通，大官们睁一只眼闭一只眼。在城郊区，一瓶劣质的白酒售价六个以至十个卢布；北萨哈林的所有监狱就是在这里弄到酒的。就连文官当中的酒鬼也不嫌弃这种酒；我认识一个这样的文官，他在酒瘾大发的时候为一瓶酒简直可以把自己仅剩的一点东西统统送给犯人们。

在当前这个时候，在城郊区，买卖私酒的生意已经不那么兴隆了。大家在谈另一种行当，那就是买卖犯人的旧衣物——"破烂儿"了。人们极便宜地买进长袍、衬衫、皮袄，然后把这些破衣烂衫运到尼古拉耶夫斯克去销售。其次还有秘密的当铺。阿·尼·柯尔夫男爵有一次在谈话里把亚历山德罗夫斯克哨所叫做萨哈林的巴黎。在这个热闹而饥饿的巴黎，有着一切走入迷途的、酗酒的、滥赌的、软弱的人，每逢人打算喝酒，或者出售贼赃，或者出卖灵魂给魔鬼的时候，就都到城郊区去。

在海岸和哨所中间的地段，除了铺着铁轨的路和刚才叙述过的城郊区以外，还有一处著名的地方。那就是杜依卡河的摆渡口。

在水面上航行的不是一条小舟或者渡船,而是一只正方形的大箱子。这条独一无二的、奇特的船的船长是一个身世不明的苦役犯克拉西维依①。他已经七十一岁了。他驼背,肩胛骨突出,有一根肋骨被打断,一只手上缺大拇指,周身都是以前他挨过鞭子和树条鞭②留下的伤疤。他几乎没有白头发;他的头发似乎褪了色,他的眼睛浅蓝色,明亮,目光快活而和善。他穿一身破衣服,光着脚。他很爱动,谈锋健,喜欢笑。他在一八五五年"由于愚蠢"而从军队中逃跑,开始流浪,自称为忘了身世的人。他被拘捕,给遣送到外贝加尔,按他的说法,当了哥萨克。

"那时候,"他对我说,"我以为西伯利亚的人都在地底下生活,就不管三七二十一逃跑了,从秋明顺着大路跑。我跑到卡梅什洛夫,在那儿,老爷,我遭到拘捕,被判了二十年苦役和九十下鞭子。他们把我遣送到卡拉,用鞭子打得我身上留下了这些伤疤,后来我又从那儿被押到萨哈林的科尔萨科夫城;我跟一个同伴逃出科尔萨科夫,可是只跑到杜埃,我就生了病,不能再往前走了。我那个同伴倒走到了布拉戈维申斯克③。现在我在服第二次刑期,我在这儿萨哈林一共住了二十二年。我的罪行不过是逃脱兵役罢了。"

"为什么你现在隐瞒你的真姓名呢?这有什么必要呢?"

"去年我把我的名字告诉一个官儿了。"

"那怎么样呢?"

"没什么。那个官儿说:'等我们将来作调查的时候,你早死了。你就这么活下去吧。你还要怎么样呢?'这是实话,没错……

---

① 在俄语中的原义是"漂亮的"。
② 这是旧俄对士兵施行体罚用的:受罚者慢慢走过一长列队伍,队伍中每个人都用树条鞭抽打他。
③ 即海兰泡。

反正也活不长了。不过,高贵的先生,要是我的亲人知道我在哪儿就好了。"

"你叫什么名字?"

"我在此地的名字是伊格纳杰夫·瓦西里,老爷。"

"那么真姓名呢?"

克拉西维依想了一想,说:

"尼基达·特罗菲莫夫。我是梁赞省斯科平县人。"

我开始坐着那个箱子渡过河去。克拉西维依把一根长杆子撑到河底,同时他那瘦骨嶙峋的身体使足了力气。这个工作并不轻松。

"你感到吃力吧?"

"没什么,老爷。谁也没催赶我,我倒挺轻松的。"

他说,他在萨哈林这二十二年当中一次也没挨过鞭打,一次也没坐过单人牢房。

"人家叫我锯木材,我就去;把这根杆子交给我,我就接过来;叫我到办公室去生炉子,我就去生。人应当听命令。生活是挺好的,不应该再抱怨了。主啊,光荣归于你!"

夏天他住在渡口附近的一个幕包里。他的幕包里有些破烂衣物,有一个大圆面包,有一支枪,还有一股闷人的酸臭味。我问他要这支枪有什么用,他说是为了打贼、打鹬用的,说完就笑了。原来那支枪是坏的,放在那儿不过是摆摆样子罢了。冬天他运木柴,住在码头上的办公室里。有一次我看见他高高地卷起裤腿,露出青筋突起的、淡紫色的腿,同一个中国人一起拉着渔网,网里闪着银白色的驼背大马哈鱼,每一条的大小相当于我们的梭鲈鱼。我同他打招呼,他高兴地回答我。

亚历山德罗夫斯克哨所是在一八八一年建立的。有一个在萨哈林住了十年的文官对我说,他头一次到亚历山德罗夫斯克哨所来的时候差点在沼泽里淹死。修士司祭伊拉克里在亚历山德罗夫斯克住到一八八六年,他说起初这儿只有三所房子,现在住着军乐队的那个不大的营房就是当年的监狱。街上净是树桩。目前造砖厂所在的地方在一八八二年是捕猎黑貂的地方。有一个监视的岗棚原来准备给伊拉克里神甫做教堂用,可是他拒绝了,推托说它太狭窄。在好天气,他就在广场上做弥撒,遇上坏天气就在营房里或者随便什么地方做简短的弥撒。

"你在这儿做弥撒,那儿却有镣铐叮当地响。"他说,"闹闹哄哄,大锅里冒出热气。这儿在唱《光荣归于神圣的三位一体》,旁边却有人发出粗野的辱骂声。"

亚历山德罗夫斯克哨所真正的兴起是从颁布萨哈林的新地位开始的,那时候设立了许多新职位,其中还有一位将军。为这些新人和他们的办公厅需要安排新的地方,因为在这以前,苦役的管理机构坐落在杜埃,而那里窄小,阴暗。离杜埃六俄里的一块开阔的地方上已经建立起城郊区,杜依卡河旁已经有一所监狱,于是附近一带渐渐房屋栉比:文官的住所、公署、教堂、仓库、店铺等等。于是出现了萨哈林所不能缺少的东西,也就是这座城,萨哈林的巴黎,城市的人们便有了合适的社交场所和环境以及谋生之道,才可以真正呼吸城里的空气,干城里的工作。

各式各样的建筑、掘除树根、为沼泽地排水的活儿都是由苦役犯承担的。一八八八年以前,在如今的监狱没有建成的时候,他们在这儿是住在幕包式的土窑里的。这是一种挖进地里两俄尺到两俄尺半深的木架,土制的房顶分为两个斜面。窗子又小又窄,同地面平齐,光线暗,特别是冬天,这种幕包盖满雪的时候。由于地下水位有的时候上升到和地板一般高,由于土房顶和疏松、腐烂的墙壁中的水分长期停留,这种地窖就潮湿得可怕。人们穿着皮袄睡觉。周围的土地以及水井经常为人的粪便和各种垃圾所污染,因为根本没有厕所和垃圾坑。苦役犯们同自己的妻子儿女一起住在幕包里。

现在亚历山德罗夫斯克的面积将近两平方俄里；可是由于它已经同城郊区合成一片，而且有一条街道直通到科尔萨科夫斯科耶村，不久的将来，又可以跟这个村子合成一片，这个地方的范围实际上就大得多了。它有好几条又直又宽的街，可是名义上不叫街，还是按照习惯叫城郊区。萨哈林有一种风气，为了对一些官员表示尊敬而在他们生前就以他们的名字来命名街道；街道不但按他们的姓，甚至也按他们的本名和父名来命名①。幸而亚历山德罗夫斯克倒没有使任何一个官员流芳百世，它的街道是由各郊区发展而来的，直到现在还沿用当初各郊区的名称：基尔皮奇郊区、彼依西科夫郊区、卡西亚诺夫郊区、皮萨尔郊区、索尔达特郊区。所有这些名称的起源都不难理解②，只有彼依西科夫郊区除外。据说苦役犯们给它起这样的名字是为了纪念一个犹太人的长鬓发③，这个犹太人在城郊区还是一片原始林的时候就在这儿做生意；然而还有另一种说法，说是有一个女移民彼依西科娃在这儿居住过，做过生意。

街道上有木头铺的人行道，到处都很清洁，秩序井然；甚至在远处那些贫民拥挤的街道上也没有水洼和垃圾堆。这个哨所的精华在它的官府区：教堂，本岛长官的宅邸及其公署，邮电局，警察局

---

① 假定有一个官员叫伊凡·彼得罗维奇·库兹涅佐夫，那就有一条街叫库兹涅佐夫街，另一条街叫伊凡街，第三条街叫伊凡诺沃-彼得罗夫街。——契诃夫注

② 例如第一个名称来自俄语"砖"一词，第四个名称来自"录事"一词，最末一个名称来自"兵士"一词。

③ 这个词的俄语读音为"彼依瑟"。

及其印刷所,区长①的住宅,移民基金会办的店铺,军事营房,监狱医院,军人诊疗所,正在建造的有高塔的清真寺,官员们居住的公家房屋,流放苦役监狱及其为数众多的库房和作坊。房子大多数是新的,而且是欧洲格式,盖着铁皮房顶,外部常加粉刷。萨哈林没有石灰和好石头,所以没有石砌的建筑物。

如果不把文官和军官的住所以及住着娶了自由民为妻的兵士的索尔达特郊区(兵士在此地是一种不稳定的因素,每年都要换班)计算在内的话,那么,亚历山德罗夫斯克共有二百九十八户。人数一千四百九十九名,其中男人九百二十三名,女人五百七十六名。假使加上自由居民、军事人员以及在监狱里过夜而不参加农活的苦役犯,那么人数就将近三千名。同城郊区相比,此地农民很少,可是另一方面,苦役犯却构成全部农户的三分之一。流放犯管理条例准许改过自新的苦役犯成家,住在监狱外面,不过这条法律由于不切实际而经常得不到奉行;在木房里住着的不但有改过自新的犯人,还有受考验犯,长期监禁犯,甚至无期徒刑犯。姑且不谈文书、制图员、熟练的工匠等按其职业的性质来说不适合住在监狱里,萨哈林还有不少带家属的、有妻子儿女的苦役犯,如果把他们关在监狱里而同他们的家属分开,那就不切实际,会给这个移民区的生活带来不小的混乱。那就得要么把这些家属也关在监狱里,由公家开支来供应他们住所和食物,要么就是把他们留在故乡,直到家长服满苦役期为止。

受考验的苦役犯住在农舍里,常常因此而比改过自新的苦役

---

① 指亚历山德罗夫斯克区区长谢尔盖·伊万诺维奇·达斯金。本书没有提到他的姓名,但是根据俄国著名作家克拉斯诺夫关于萨哈林的描写(《在放逐的岛上》,发表在《周报》附刊1893年第8、9期上)和布尔加烈维奇写给契诃夫的信可以断定是他。达斯金在萨哈林被称为"谢辽查(他的名字谢尔盖的爱称)"。

犯受到较轻的惩罚。这就明显地破坏了惩罚均等的原则,不过这种混乱的存在可以在形成移民区生活的那些条件中得到说明,再说这也是容易消除的:只要把其余的犯人都从监狱里迁到农舍里去就行了。然而,讲到带家属的苦役犯,那么另有一种混乱却令人不能容忍,这就是行政当局没有经过慎重的考虑,就草率地批准好几十个家庭在既没有庄园地,也没有可耕地,又没有刈草场的地方定居下来,虽然在其他各区的村子里,在这方面能够提供更有利的条件,却又只有一些孤身人在操持家业,而家业由于缺少妇女而根本搞不好。南萨哈林往往连年丰收,那儿的有些村子里却连一个妇女也没有,可是在萨哈林的巴黎,单是自愿从俄国随着丈夫到此地来的自由身份的妇女就有一百五十八名。

亚历山德罗夫斯克已经没有庄园地了。从前空地很多的时候,拨给每户的庄园地往往有一百到二百以至五百平方俄丈,而现在只给十二甚至八九平方俄丈。我调查了一百六十一家住户,连同房屋和菜园,每户所有的土地不超过二十平方俄丈。这是由于亚历山德罗夫斯卡河谷的自然条件造成的:向后退到海边去是办不到的,那儿的土壤不适用,哨所的两侧都是山,至于往前,它只能朝一个方向,就是溯杜依卡河而上,沿着所谓的科尔萨科夫道路发展:在这儿,庄园是一个连着一个,互相挨紧的。

根据户口调查的资料来看,只有三十六户使用可耕地,九户使用刈草场。各块可耕地的大小,少到三百平方俄丈,多到一俄顷。几乎各户都种土豆。只有十六户有马,三十八户有奶牛,而且养着牲口的农民和流刑移民不种庄稼而做生意。从这些不多的数字中,可以得出结论:亚历山德罗夫斯克的从业主不靠种庄稼为生。这里的土地是多么缺乏吸引力,可以从下面的事实中看出来:老住户几乎没有。一八八一年定居下来的住户如今一户也不剩;一八八二年的只剩下六户,一八八三年的剩下四户,一八八四年的剩下十三户,一八八五年的剩下六十八户。那么其余的二〇七户都是在一八八五年以后定居下来的。农民人数很少(只有十九名),由此可以断定:每个从业主在自己的地段上定居的时间取决于他为获得农民的权利所需要的时间,他一有了农民的权利,就会抛弃农务而迁往大陆。

亚历山德罗夫斯克的居民靠什么方法生活,对我来说,这个问题至今没有完全解决。我们假定那些户主同他们的妻子儿女像爱尔兰人那样只靠土豆糊口,而且他们的土豆够他们吃整整一年;可是,作为同居者、寄居者、雇工而在农舍里长住的二百四十一名男女流刑移民和三百五十八名男女苦役犯,吃些什么呢?不错,几乎有一半居民可以领到公家的补贴,作为犯人的口粮和儿童的伙食费。也有人做工赚钱。有一百多人在公家的作坊和官署里干活。我那些卡片上记下了不少这个城市缺不得的工匠:细木匠、裱糊匠、首饰匠、钟表匠、裁缝等等。在亚历山德罗夫斯克,做手工木制品和金属品索价昂贵,而小费照例不能少于一个卢布。然而,要每天过城市生活,光靠犯人的口粮和很可怜的少数工钱就够了吗?以工匠而论,供应远远超过需求,做粗活的工人,例如木匠,一天只挣十个戈比,而且吃自己的伙食。这样看来,此地的居民只能勉强度日,可是他们却仍旧每天喝茶,吸土耳其烟草,穿自由民的衣服,付房钱;他们把动身到大陆去的农民的房子买下来,也盖新房。在他们附近的店铺生意兴隆,犯人出身的形形色色的暴发户积聚的钱财数以万计。

这儿有许多事情搞不清楚,我只好停留在猜测上,推断在亚历山德罗夫斯克落户的人大部分是从俄罗斯带着钱到此地来的,而且不合法的手段对当地居民的生活起着巨大的作用。购买犯人的衣物大批地运到尼古拉耶夫斯克去出售,盘剥异族人和新来的囚犯,私卖白酒,放高利贷,下大注的狂赌,这是男人们干的事。至于妇女,不论是流放犯,还是自愿跟丈夫来的自由民,都以卖淫为生。有一个女自由民在受审的时候被人问到她的钱是从哪儿来的,她就回答说:"靠我自己的身子挣来的。"

家庭一共有三百三十二户,其中合法的有一百八十五户,自由结合的有一百四十七户。家庭的数量比较大,这并不是由于经营上的某些特点有利于安居乐业的家庭生活,而是起因于偶然的情况:本地的行政当局随随便便地把带家属的人安置在亚历山德罗夫斯克的一块块土地上,而不是安置在对他们更适当的地方,加以当地的流刑移民由于靠近长官们和监狱而比较容易得到女人。如果生活不是按通常的、自然的秩序而是人为地安排和变动,如果生活的发展与其说取决于自然条件和经济条件,不如说取决于个别人物的理论和独断专行,那么,类似的偶然情况就把生活实际上无可避免地置于自己的影响之下,而且变得对这种人为的生活来说似乎是合法的了。

五

亚历山德罗夫斯克流放苦役监狱——集体囚室——戴镣铐的囚犯——小金手——厕所——私货摊——亚历山德罗夫斯克的苦役劳动——仆役——作坊

我到达亚历山德罗夫斯克以后不久,就去参观亚历山德罗夫斯克流放苦役监狱[①]。这是一个四方的大院,周围是六所兵

[①] Н.В.穆拉维耶夫在其论文《我们的监狱和监狱问题》(载《俄罗斯通报》1878年第4期)里对一般的俄国监狱作了最好的描写。关于萨哈林监狱的原型——西伯利亚监狱,请参看С.В.玛克西莫夫的《西伯利亚和苦役》。——契诃夫注

营式的简易木房和它们之间的围墙。大门经常敞开着，有一名岗哨在门口走来走去。院子里扫得很干净；整个院子里见不到石头、垃圾、废物和污水洼。这种良好的清洁状态给人留下良好的印象。

所有那些木房的门都敞开着。我走进一扇门。里面有一个不大的过道。右边和左边是通到牢房里去的门。门上钉着小黑牌子，上面写着白字："某号牢房。房内空间若干立方俄丈。居住苦役犯若干人。"在过道的尽头也有一扇门，通到一间小囚室里：这儿住着两个政治犯，上身穿着敞开怀的坎肩，下面光着脚穿一双皮鞋，他们在匆忙地揉搓一个塞满干草的褥垫，窗台上放着一本书和一块黑面包。陪我来的区长告诉我，这两个犯人本来获准住在监狱外面，可是他们不愿意同别的苦役犯有所区别，所以没有享受这种待遇。

"立正！起立！"响起了狱吏的喊叫声。

我们走进一个牢房。这个房间看样子很宽敞，所占的空间在二百立方俄丈左右。光线充足，窗子开着。墙壁没有粉刷，也没有刨光，原木之间的空隙里塞着麻絮，颜色发黑；只有那些荷兰式火炉是白色的。木头地板没上油漆，十分干燥。牢房中间从这头到那头放着一大张长板床，这张床从正中分为两个斜面，因此苦役犯分两排睡觉，这一排的脑袋挨着那一排的脑袋。苦役犯的铺位没有编号，一个铺位同另一个铺位之间没有任何间隔，所以这张床可以睡七十个人到一百七十个人。被褥根本没有。他们就睡在硬木板上，或者身子底下垫着破烂的旧袋子、自己的衣服和各种极其难看的破烂东西。板床上放着帽子、鞋、小块的面包、用纸或破布塞着瓶口的空牛奶瓶、鞋楦头；床底下放着箱子、脏袋子、包袱、工具和各式各样的破旧衣服。床旁边有一只吃饱的猫在慢腾腾地走来走去。墙上挂着衣服、小锅、用具，搁板上放着茶壶、面包，装着什么东西的小盒子。

在萨哈林,自由民走进牢房里是不脱帽子的。这种礼貌只有流放犯必须遵行。我们戴着帽子在板床旁边走来走去,犯人们站在那儿,手贴着裤缝,默默地瞧着我们。我们也沉默着,瞧着他们,好像我们是来买他们的。我们再往前走,进了另外的牢房,那儿也是极端贫穷,这种贫穷在那些破衣烂衫下面是掩盖不住的,犹如放大镜下的苍蝇一样。这种简陋的生活是名副其实的虚无主义的生活,否定私有财产、单独的行动、舒适、安静的睡眠。

在亚历山德罗夫斯克的监狱里居住的犯人享受到某种程度的自由;他们不戴手铐脚镣,可以走出监狱一个整天,随便上哪儿都行,没有士兵押着,在服装上不强求一律,按天气和工作的需要该穿什么就穿什么。正在侦查中的犯人、不久前被抓回的逃犯和由于某种事故而暂时拘押的犯人都关在另一所叫做"镣铐房"的牢房里。在萨哈林,最常用的一句威胁的话就是:"我把你关到镣铐房去。"这个可怕的地方的入口处由狱吏们看守,其中的一个对我们报告说,镣铐房里一切都平安无事。

一把笨重的、像从古董店里买来的大挂锁哗啦啦地一响,我们便走进了一个不大的牢房,现在那儿住着二十来个人,都是不久以前逃跑被抓回来的。他们衣服破烂,肮脏不堪,戴着镣铐,穿着不像样子的、用破布和细绳捆着的鞋;半边脑袋上头发蓬乱,另外的半边已经剃光,目前正在开始长出新头发。他们都很瘦,仿佛脱了一层皮,可是看上去精神倒不错。没有被褥,他们就睡在光光的床板上。墙角上放着一个"马桶";每个人都是当着二十个人的面大小便。有的人请求把他放出去,赌咒说再也不逃跑了;有的人请求卸下镣铐;有的人抱怨给他的面包太少。

有些牢房只关着两个人或三个人,还有单人牢房。在这儿可以遇见不少有趣的人。

在那些关在单人牢房里的人当中,特别引人注目的是有名的索菲雅·勃留甫施坦,外号"小金手",由于从西伯利亚逃跑而被判三年苦役。这是一个又小又瘦、头发已经斑白的女人,长着一张有皱纹的、老太婆的脸。她的手上戴着手铐;板床上只有一件灰色的羊皮短袄,这件短袄对她来说既是暖和的衣服又可以当被盖。她在她的牢房里从这个墙角走到那个墙角,似乎一直在闻空气,跟捕鼠器里的老鼠一样,她脸上的神情也像老鼠。瞧着她,谁也不会相信就在不久以前她还十分美丽,甚至引得狱吏们入了迷,例如在斯摩棱斯克就有一个狱吏帮着她逃跑,而且他本人也跟她一起跑。在萨哈林,她起初像所有的被流放的女人一样住在监外的民房里;她试着逃跑,为此装扮成一个兵,可是被逮住了。当她在监外的时候,亚历山德罗夫斯克哨所出了几起罪案:小铺老板尼基丁被杀,一个犹太籍的流刑移民尤尔科夫斯基被盗五万六千卢布。在这几起案件中,"小金手"都有犯罪的嫌疑,被指控为直接参与者或同谋者。当地的审讯当局想象出各种荒诞离奇的情节,采取了错误的措施,致使这些案件更加复杂化,谁也休想弄清楚了。不管怎样,五万六还没找到,至今成为各种各样的离奇故事的题材。

关于我在的时候为九百人准备伙食的厨房,关于食物,关于犯人怎样进食,我要专立一章来述说。目前我想就厕所问题说几句话。大家都知道,绝大多数俄罗斯人对这种设备是毫不在乎的。在乡村里根本没有厕所。在寺院里,在市集上,在客栈里,在还没有建立卫生监督的种种场所,厕所的情况总是糟透了。俄罗斯人把对厕所的轻视也带到西伯利亚来了。从苦役刑的历史中可以看出各处监狱里的厕所都是令人窒息的恶臭和传染病的发源地,囚犯和行政当局却轻易地容忍这种现象。按照符拉索夫先生在报告里所写的,一八七二年,在卡拉附近的一个牢房里根本没有厕所,囚犯们被放到一块空地上去大小便,而这时候并不是他们每个人都有这个需要,只有几个人需要。这样的例子我能举出上百个来。在亚历山德罗夫斯克的监狱里,厕所通常都是一个肮脏的坑,单独设在监狱的院子里各牢房之间的一个屋子里。显然,当初造这种厕所的时候首先极力要少花钱,然而同过去相比,毕竟可以看出一定程度的进步。至少它不引人憎恶了。厕所里很冷,用木制的管子通风。沿墙放着带盖的木桶,那上面不能站人,只能坐着;这主要是免得厕所这儿肮脏和潮湿。恶劣的气味是有的,可是不厉害,让通常的药剂,如焦油和石炭酸的气味掩盖住了。厕所不但白天开着,夜里也开着,这个简单的措施就使得马桶不必要了;现在只有镣铐房里才放马桶。

　　监狱附近有一口水井,凭这口井可以判断地下水的高度。由于此地土壤的特殊结构,就连坐落在海边山上的墓场里的地下水位都很高,因此我在干燥的天气也看见一些坟坑里积了半截水。监狱附近和整个哨所都挖了沟渠排水,可是挖得不够深,监狱根本不能避免潮湿。

　　遇到此地不常有的暖和的好天气,监狱的通风情况良好:窗子和房门敞开着,白天犯人们大部分时间都是在露天底下或者离监狱很远的地方度过的。可是在冬天和天气坏的日子,也就是说一年当中几乎平均有十个月的时间,只能靠通风小窗和火炉。建造监狱和它的基础用的落叶松和云杉等木料具有良好的天然通风性能,然而这种性能得不到很好的发挥;由于萨哈林的空气湿度大和多雨,还由于室内蒸发的气体,木料的微孔上往往聚积着水分,到冬天就结成冰。这样,监狱的通风情况就差了,同时居住在里面的每个人所占的空间本来就不多。我的日记里写着:"第九号牢房。所占空间为一百八十七立方俄丈。住苦役犯六十三名。"这是在夏季,所有的苦役犯只有一半在监狱里过夜。而一八八八年的医疗报告中的数字是这样：" 亚历山德罗夫斯克监狱里犯人住处所占空间为九百七十立方俄丈；犯人的人数最多是一千九百五十名，最少是一千六百二十三名，全年平均一千七百八十五名；夜间住宿的是七百四十名，因而每个人占有的空间是一点三一立方俄丈。" 监狱里的苦役犯聚集得最少的时候是在夏天，在这种时候，他们被派到区里去从事修路工作和田间劳动；最多的时候是在秋天，他们干完工作回来了，而 "志愿者" 号轮船又运来新的一批苦役犯四五百名，这批苦役犯在亚历山德罗夫斯克监狱里要一直住到发往其他监狱的时候为止。可见，每一个犯人占有的空间最少的时候，恰好是在通风条件最差的季节。

苦役犯时常在阴雨天干完活回到监狱里来过夜，衣服湿透，鞋子泥污；但是没有地方晾干，只得把一部分衣服挂在板床旁边，另一部分没干就铺在身子底下当褥子。他的皮袄发出羊皮气味，鞋冒出皮革和焦油的气味。他的内衣浸透皮肤的分泌物，从来没晾干，而且很久没有洗过，同旧麻袋和霉烂的衣服混在一起，他的包脚布发散出令人窒息的汗臭味，他本人也很久没有洗过澡，周身是虱子，吸便宜的烟草，腹中经常气胀；他的面包，肉，他常在监狱里风干的咸鱼，残渣，碎块，骨头，锅里的剩菜汤，他用手指头捻死在板床上的臭虫，——这一切使得牢房里的空气臭烘烘，恶浊而发酸；空气里饱含着水蒸气，弄得在严寒时节的早晨，窗子里面结着一层冰，牢房里变得暗了；硫化氢气，阿摩尼亚气，再加上其他种种化合物，在空气中跟水蒸气混合在一起，就产生了一种用狱吏的话来说 "叫人恶心" 的气味。

在集体囚室里，要保持清洁是不可能的，此地的卫生情况始终受萨哈林的气候和苦役犯的工作条件的很大限制。不论行政当局的愿望怎样美好，它也无能为力，永远也免不了受责难。要么承认集体囚室已经过时，必须用另一种形式的住处代替它，而这已经部分地在做了,因为许多苦役犯不住在监狱里,而住在农舍里;要么就必须容忍污秽如同容忍一种不可避免的灾难一样,而让那些把卫生只看做空洞的形式的人去用立方俄丈测量恶劣的空气吧。

我想,未必能说集体囚室有什么好处。住在集体囚室里的人并不是需要承担义务的村社或劳动组合的成员,而是一伙对他们的住地、邻居和物品都不用负任何责任的乌合之众。嘱咐苦役犯们脚上不要带进污泥和粪便,不要随地吐痰,不要让臭虫繁殖起来,这是不可能的事。牢房里有臭气,任何人在生活里都躲不过盗窃,大家唱下流的小调,在这些方面大家都有过错,也就是说,谁也没有过错。我问一个以前曾是荣誉公民的苦役犯:"为什么您这样不爱干净?"他回答我说:"因为在此地我爱干净没有用处。"确实,既然明天就会送来一批新的犯人,紧挨着他安置一个新邻居,从这个邻居身上冒出令人窒息的气味,虱子往四面八方乱爬,那么,对苦役犯来说他个人的清洁又能有什么价值呢?

集体囚室不容犯人有个人的单独活动,可是某些单独活动,例如祈祷、思考、深入反省却是不可缺少的,一切要想促使囚犯改恶从善的人都认为有必要这样做。得到被贿买的狱吏所许可的狂赌、辱骂、哄笑、聊天、砰砰的关门声以及镣铐房里彻夜不停的叮当声,妨碍疲乏的犯人睡觉,惹他生气,因而当然不会不对他的食欲和心理产生恶劣的影响。这种群居的简陋生活以及种种粗野的消遣,坏人对好人的不可避免的影响,正如大家早已公认的那样,对犯人的道德起着极为恶劣的腐蚀作用。这种生活使他渐渐抛弃了对家庭的关怀,而在苦役犯身上最应当保持的正是这种品质,因为他走出监狱以后就变成这个移民区的一个独立成员,从头一天起人们就会在法律的基础上,在惩罚的威胁下要求他做一个好主人和善良而顾家的人。

在集体囚室里不得不容忍像告密勾当、暗中毁谤、施用私刑、倒买倒卖之类的丑恶现象。在此地,倒买倒卖现象在一种从西伯利亚传来的所谓私货摊上表现出来。一个有钱而又贪钱、由于钱财方面的纠纷而来做苦工的犯人,倒买倒卖的家伙,守财奴,骗子,他在同室的苦役犯们那儿买下在全牢房做生意的专营权,如果这个地方生意兴隆,顾客很多,那么,归犯人们享用的租金一年甚至能达好几百卢布。这种摊子的主人,官方称之为"管马桶的人",因为在有马桶的时候他们负责把马桶端出牢房,而且管理清洁工作。他的板床上通常放一口箱子,一俄尺半见方,绿色或者棕色,箱子旁边和箱子里放着小块的砂糖、像拳头那么大的小白面包、纸烟、一瓶瓶牛奶、用纸和肮脏的破布包着的某些货物①。

在普普通通的小块砂糖和小白面包后面却隐藏着邪恶,其影响远远越出监狱的界限之外。私货摊又是一个赌场,一个小小的蒙特卡洛②,它在犯人身上培养对什托斯③和其他狂赌的、带传染性的嗜好。在私货摊和纸牌旁边总是有着残酷无情的放高利贷者,随时准备效劳。监狱里的高利贷者每天以至每小时索取百分之十的利息;抵押品只要在一天当中没有赎回,就归高利贷者所有。私货摊主和高利贷者服满刑期、到了移民点之后,在那儿也不丢下他们有利可图的行业,因此在萨哈林,有的流刑移民一次被盗五万六千卢布,也就不足为奇了。

一八九〇年夏天,当我在萨哈林的时候,亚历山德罗夫斯克监

---

① 一包纸烟有九支到十支,值一个戈比,一个小白面包值两个戈比,一瓶牛奶值八至十戈比,一小块砂糖值两个戈比。买卖方式可以用现金,赊账,或者以物交换。私货摊也卖白酒、纸牌、为夜间赌博用的蜡烛头,但这是不公开的。纸牌也出租。——契诃夫注
② 欧洲的一个赌城。
③ 俄国的一种纸牌赌博。

狱里的苦役犯名册上有两千多名,可是在监狱里居住的只有九百名左右。下列数字是我碰巧记下来的:夏初,一八九〇年五月三日,在监狱里就食和住宿的是一千二百七十九名;夏末,九月二十九日,是六百七十五名。亚历山德罗夫斯克当地的苦役,主要是从事建筑和种种生产业务方面的劳动:建筑新房屋,修缮旧房屋,按城市的格局修建街道、广场等等。木匠的劳动被公认为最重的劳动。以前在故乡做木匠的犯人在此地承担真正的苦役,在这方面他远比油漆匠或者铺房顶的工匠倒霉。这种工作的繁重倒不在于建筑本身,而在于每根要用的木头苦役犯都得从树林里拉回来,而砍伐树木当前是在离哨所八俄里的地方进行。夏天,人们拉着半俄尺粗(或者更粗些)和几俄丈长的木头,给人留下沉重的印象;他们的脸上现出痛苦的神情,特别是如果他们,像我常常观察到的那样,是高加索人的话。冬天,据说他们还没有把木头拉到哨所,手脚就都冻伤,甚至常常冻死。对行政当局来说,木匠的劳动也不容易安排,因为一般说来能够连续承担沉重劳动的人在萨哈林是不多的,工人不足在这儿是寻常的现象,虽然苦役犯的人数论千计算。柯诺诺维奇将军告诉我说,在此地要动工营造新的建筑物很困难,因为没有人力;如果木匠够用了,却又没有人去拉木头;如果人们被打发去拉木头,木匠就又不够用了。砍柴工在此地的活也不轻,他们每天砍木柴,准备好,到第二天凌晨大家都还在睡觉的时候用来生炉子。为了判断劳动的紧张和艰难的程度,不但要注意在劳动中耗费的体力,而且要注意劳动地点的条件以及取决于这些条件的劳动特点。亚历山德罗夫斯克的冬天的严寒和一年四季的潮气使得干粗活的人有时候处于不堪忍受的困境,而同样的劳动,比方说,平常的砍柴劳动,要是在俄国,就不会令人感到如此沉重。法律用《法规汇编》限定苦役犯的劳动,使它接近通常的农民和工厂工人的劳动①；法律对改恶从善的苦役犯规定了各种减轻劳动的办法，然而正由于当地的条件和劳动的特点，在实践中就往往不能永远遵照规定办事。在暴雨雪的日子里，苦役犯应当拉几个小时的木头是无法规定的，在夜间工作必不可少的时候，苦役犯要摆脱夜间工作也不可能，要是改恶从善的苦役犯同受考验的苦役犯一起在矿坑里工作，那么，到了假日，改恶从善的苦役犯也不能按照规定免于劳动，因为那就得让两类苦役犯都不干活，工作就只好停顿。往往，由于管理人员不内行，没有才干，笨拙，在工作中耗费的精力就比应该付出的多。例如，轮船的装货和卸货在俄罗斯并不要求工人付出特别沉重的劳力，而在亚历山德罗夫斯克却常常是人们真正的磨难；这里没有一支专为海上工作准备的、训练有素的专业队伍；每一次派去的都是新手，因此使人常常可以看到在海上起浪的时候发生可怕的混乱；轮船上的人破口大骂，怒不可遏，下面的驳船碰撞着轮船，驳船上的人站着或者躺着，脸色发青，脸都变了样子，由于晕船而在受苦，驳船附近漂浮着丢失的船桨。因为这个缘故，工作拖长，时间白白浪费，人们遭受不必要的痛苦。有一次在轮船卸货的时候，我听见一个狱吏说："我的人整整一天没有吃东西了。"

苦役犯的劳动有不少是消耗在满足监狱的需要上。在监狱里，每天都要有人从事做饭、烤面包、缝衣、制鞋、挑水、擦地板、值日、饲养牲口等等的劳动。军事机关、邮电部门、土地测量员也使用苦役犯的劳动；有将近五十个人被派到监狱医院，谁也不知道他

---

① 《1869年4月17日经最高当局批准的建筑工程法规汇编》，彼得堡，1887年出版。按照这个法规汇编，确定各种工作时要以工人的体力和劳动的熟练程度为基础。这个汇编还参照俄罗斯的季节和地带规定一天的劳动时间。萨哈林被列入俄国的中部地带。最多的劳动时间是在5月、6月、7月，一昼夜12个半小时，最少的是在12月和1月，7小时。——契诃夫注

们去干什么,而那些伺候官员先生们的苦役犯还没有计算在内。每一个官员,就连小公务员,据我所知,也能够使用仆役,而且数目不拘。我寄居的那位医师家里只有他本人和他的儿子,却用一个厨师、一个扫院子的人、一个厨娘、一个侍女。这对一个监狱低级医师来说未免太奢侈了。一个狱吏按规定可有八名仆役:女裁缝、鞋匠、侍女、听差兼跑腿的、保姆、洗衣女工、厨子、擦地板女工。萨哈林的仆役问题是一个令人气愤的、可悲的问题,凡有苦役犯的地方大概都是这样,已经不是一个新问题了。符拉索夫在他的《在苦役地中存在的混乱现象简述》一文中写道:一八七一年他来到岛上时,"首先使我震惊的是这样一件事:经以前的总督批准,苦役犯可以充当长官和军官的仆役"。按他的说法,妇女被分派到管理人员家里去当仆役,连单身的狱吏家里也不例外。一八七二年,东西伯利亚的总督西涅尔尼科夫下令禁止把犯人派去伺候人。然而这个直到目前还有法律效力的禁令却遭到毫不客气的规避。有一个十四品文官①用六个仆役,每逢他出外野餐,他就打发十个苦役犯带着食物先出发。本岛长官京采先生和柯诺诺维奇先生曾同这种恶行作过斗争,可是不够坚决;至少我见到过三项有关仆役问题的命令,可是有关人员尽可以按自己的利益来广泛解释这些命令。京采将军仿佛要废除总督的命令,在一八八五年(第九十五号命令)准许官员雇用女流放苦役犯做仆役,规定每月每名工钱两个卢布,这笔钱应向国库缴纳。一八八八年,柯诺诺维奇将军废除他的前任的命令,规定:"流放苦役犯无论男女一概不准派到官员家中做仆役,不准收缴雇用女犯的费用。但是公家的房屋以及其中的杂务不能无人照管,因此,准许指派所需数量的男女到各公房去,令其承担看守人、运柴人、擦地板女工等工作,视情况需要

---

① 见本书第 58 页注②。

而定。"(第二七六号命令)由于公房绝大多数正是官员们的寓所，而公房里的杂务也是为他们干的，因此这项命令就被理解为准许用苦役犯做仆役，同时又不付工钱。不管怎样，一八九〇年，当我在萨哈林的时候，所有的官员，甚至同监狱机构没有任何关系的官员（例如邮电局的局长），都在自己的日常家庭生活中广泛地使用苦役犯，并且这些仆役不用他们出钱雇用，而是由公家养活。

把苦役犯派去伺候私人是与立法者关于惩罚的观点完全矛盾的；这不是苦役刑，而是农奴制，因为苦役犯不是为国家，而是为某些个人效劳，这同改恶从善的目标或平等惩罚的观念毫不相干；他不是流放苦役犯，而是奴隶，听凭官老爷和他的家属的意志的摆布，投合他们的脾胃，参与他们厨房里琐碎的杂活。他成为流刑移民后，就跟我们农奴制时代地主的家仆一模一样，他们会擦皮靴、会煎肉饼，可是不会从事农业劳动，因而挨饿，只好听任命运摆布了。至于把女苦役犯派去伺候人，那么，除了上述一切不利因素以外，还有它特殊的弊端。姑且不谈这类受到老爷们的宠爱、成了他们的情妇的女苦役犯会在犯人们中间造成恶劣的风气，极大程度地损害人的尊严，而且她们还完全破坏了纪律。有一个神甫告诉我说，在萨哈林往往有这样的事：一个受雇用的自由身份的妇女或士兵，在某种情况下还得等女苦役犯吃完饭后才能收拾饭桌，把碗碟拿走。①

---

① 符拉索夫在他的报告里写道："像这样奇特的人与人之间的关系——一个军官，把一个女苦役犯当作他的情妇，一个士兵充当他的车夫——不能不令人惊奇和遗憾。"据说，这种事之所以得以发生，纯粹是因为没有可能找到自由身份的人做仆役。可是这话不对。第一，可以限制仆役的人数；要知道军官们只允许有一个勤务兵。第二，此地萨哈林的官员们薪金优厚，可以在流刑移民、流放犯出身的农民、自由身份的妇女当中雇用仆役，那些人在大多数情况下都穷困，因而不会拒绝做工赚钱。长官们大概也产生了这种想法，因为有一项命令说到一个女流刑移民不会种庄稼，特批准她"受官员先生们雇用，借以赚钱谋生"（1889 年第 44 号命令）。——契诃夫注

在亚历山德罗夫斯克俨然被人们称为"工厂工业"的物品，外表上看来漂亮而动人听闻，可是在眼前却并没有重大的意义。有一个铸造工场是由一个自学成功的机械师①主持的，在那儿我看见一口钟、一些货车和手推车的轮子、一个手摇磨、一架供制透花织物用的小机器、几个龙头、一些炉子的零件等，可是所有这些却给人留下玩具的印象。那些东西都很好，然而没有销路；对当地的需求来说，到大陆或者敖德萨去采办这些东西，比设置自己的锅驼机，用一大批领工资的工人划算得多。当然，如果此地的工场是苦役犯学手艺的学校，那就任何开支都不应当吝惜；可是实际上在铸造场和装配场工作的不是苦役犯，而是流刑移民中有经验的工匠，他们论地位同低级狱吏相仿，每月领工资十八个卢布。此地人只醉心于物品；轮子和锤子大声地响，锅驼机呜呜地叫，只是为了物品的质量和它的销路；在这儿，商业方面和艺术方面的考虑同惩罚没有任何关联，可是在萨哈林，如同所有的苦役地一样，任何事业的近期和远期目标应当只有一个，那就是促使犯人改恶从善，本地的工场应当努力送往大陆去的首先不是炉门，也不是龙头，而是有用的人和受过良好训练的工匠。

蒸汽磨坊、锯木厂、打铁场都经营得不错。人们高兴地干着活，这大概是因为他们领会到劳动的生产成果。然而在这儿工作的也主要是专业人员，他们在故乡就已经是磨坊工人、打铁工人等，而不是那些在故乡生活的时候不会干活、什么也不懂的人，现在这类人比任何人都需要在磨坊和打铁场干活，以便在那里学会

---

① 指卢基亚诺夫，亚历山德罗夫斯克的铸造工场的主管人。

手艺,自力更生。①

六

叶果尔的故事

我原寄住在一位医师家里,可是他被解职以后不久就到大陆去了;我便迁到一个年轻的文官②家里去住,他是个很好的人。他家里只有一个女仆,这是一个乌克兰老太婆,女苦役犯。此外,有个苦役犯常到他家里来,大约每天来一次,他叫叶果尔,是个运木柴工,不算是他的仆人,然而"出于尊敬",给他送木柴来,并且把他厨房里的脏水倒掉,总之,凡是那个老太婆做不动的事他就做。有时我坐着看书,或者写什么东西,会忽然听见一种沙沙声和喘气声,有个什么沉重的东西在桌子底下我的脚边活动;我一看,原来是叶果尔,光着

---

① 磨坊和装配场在同一所房子里,却由两台锅驼机驱动。在磨坊里,四盘磨每天磨面粉一千五百普特。锯木场里是一台烧锯末的旧锅驼机在开动,它还是当年沙霍夫斯科伊公爵运到此地来的。打铁场上的工作日夜不停,分成两班,有六座锻冶炉。在这儿工作的人有一百○五名。亚历山德罗夫斯克的苦役犯也开采煤矿,可是这项工作将来未必会取得成就。当地矿山里出产的煤质量远比杜埃的煤差;它看样子污浊,掺混着页岩。这种煤在此地售价不低,因为在矿场上经常有一大批工人在一个专门的采矿工程师的监督下劳动。当地的矿场没有必要存在,因为此地离杜埃不远,在任何时候都可以从那儿得到优质的煤。不过开办这些矿场却有着良好的目的,就是将来让流刑移民有做工挣钱的地方。——契诃夫注
② 指丹尼尔·亚历山德罗维奇·布尔加烈维奇,萨哈林的文官,管理岛上的学校。后来他给契诃夫写过许多信,在信中描写契诃夫走后萨哈林的生活,对当地的行政长官作了描述,并通知契诃夫说,根据后者的倡议,从俄罗斯寄去的书籍已经收到,同时报告某些流放苦役犯的消息,特别是契诃夫所关心的叶果尔的消息。1893年4月13日,契诃夫在写给妹妹玛·巴·契诃娃的信中说到布尔加烈维奇:"……这是一个很可爱、很善良的人,当初我在萨哈林的时候曾在他的家里住过。"

脚,在桌子底下拾起纸片,或者擦掉尘土。他将近四十岁,是个笨拙、迟钝的人,像俗话说的那样,是个笨手笨脚的汉子,长着朴实的、第一眼看去有点愚蠢的脸,嘴巴大得像鳕鱼。他头发棕红色,胡子稀疏,眼睛很小。人家问他什么话,他总是一下子答不上来,先是斜眼瞧着人,问道:"啥?"或者:"你说谁?"他称呼人"老爷",可是不说"您"。他一分钟也不能坐着不做事,不管走到哪儿,总归找得着事做。他嘴里跟您讲话,眼睛却在寻找,看有没有什么东西要收拾或者修理。他一昼夜只睡两三个钟头,因为他没有时间睡觉。遇到假日,他照例站在十字路口的某个地方,里面穿着红衬衫,外面套一件短上衣,挺着肚子,劈开腿。这叫做"溜达"。

在这儿苦役地,他给自己造了一所小木房,做了水桶、桌子、笨重的柜子。他会做各种家具,可是只"为自己"做,也就是给自己用。他从来没有打过架,也没有挨过打;只是以前小时候他父亲打过他一顿,因为让他看守豌豆,却把一只公鸡放进来了。

有一次我和他进行了这样一场谈话:

"你是为什么事被发配到这儿来的?"我问。

"你说啥,老爷?"

"你为什么事被发配到萨哈林来的?"

"为杀人罪。"

"你给我从头讲起,到底是怎么回事。"

叶果尔站在门框那儿,把手放在背后,开口说:

"我们去找符拉季米尔·米海雷奇老爷,他雇我们打柴,锯木,供火车站用。好,我们讲妥,就回家了。走到出村子不远的地方,大伙派我拿着合同到账房去核对一下。我骑上了马。在到账房去的路上,安德留哈①要我往回走,说是发了大水,走不过去。

---

① 安德烈的昵称。

他说:'明天我要为我租的地到账房去,这个合同由我来核对吧。'行。我们就一块儿往回走:我骑着马,我的伙伴们步行。我们走到了巴拉西诺村。庄稼汉们都上酒馆里去抽烟,我跟安德留哈停在后头一家饭铺旁边的人行道上。他说:'兄弟,你有五戈比吗?我想喝点儿酒。'我就对他说:'兄弟,你是这么一号人:你说进去喝五戈比酒,却非得在那儿喝醉完事。'可是他说:'不,我不会醉,我喝几口就回家去了。'我们就走到庄稼汉们跟前,讲妥要一大瓶白酒①,凑齐了钱,就走进酒馆里去,买了白酒。我们就靠着一张桌子坐下来喝。"

"你讲短点。"我说。

"你等着,别打岔,老爷。我们一块儿把酒喝光了,他,也就是安德留哈,又要了一瓶胡椒酒。他给自己和我各倒了一杯。我跟他一人一杯,都喝了。好,后来所有的人都走出酒馆,回家去了,我和他也跟在后头走。我在马上骑不住,就下了马,坐在那儿的岸上。我又是唱歌,又是开玩笑。坏话可是没有说过。后来我们就站起来,走了。"

"你给我讲一讲杀人的事吧。"我打岔道。

"你别忙。我在家里躺下,一觉睡到天亮,有人来把我叫醒:'走,你们谁把安德烈打伤了?'这当儿安德烈给抬来了,县警察局的警察也来了。乡村警察一个个盘问我们,我们谁也不承认干过这号事。可是安德烈当时还活着,他说:'你,谢尔古哈②,拿杆子打过我,别的我就什么也记不得了。'谢尔古哈不承认。我们心里都这么想,准是谢尔古哈干的,就开始盯住他,怕他干出什么事来。过一天安德烈就死了。谢尔盖家里的人,他的姐姐和丈人,给他出

---

① 此处"一大瓶酒"的容量为四分之一"维德罗"。(维德罗为俄国液量单位,1维德罗等于12.3升)
② 谢尔盖的昵称。

107

主意:'你,谢尔盖,别抵赖,抵赖也没用。你就承认,而且攀上个人,把他拉下水。那你的罪名就减轻了。'安德烈一死,我们这伙人聚到一起,去找村长,也把谢尔盖叫去。谢尔盖受了审,可是他不承认。后来大家放他回家去睡觉。有几个人就在那儿守着他,怕他干出什么事来。他有一支枪。那可是危险啊。可是到早晨一看,他不见了,立时在他家里聚合一群人,搜了一通,又满村子去找,还跑到野外去找。后来区里有人来,说是谢尔盖已经到那儿了。紧接着人家就把我们抓了起来。你猜怎么着,谢尔盖直接去找区警察局长,找县警察局的警察,双膝跪倒,把我们告下了,说叶弗烈莫夫家的孩子们这三年来一直在雇人去打安德烈。他说:'我们三个人,伊凡、叶果尔和我,一路走着,商量好合伙去打他。我用树根打了安德留哈一下,伊凡和叶果尔就猛打他。我害怕了,就往前跑,追上了前面的汉子们。'这样,伊凡、基尔沙、我和谢尔盖就给抓起来,押到城里监牢里去了。"

"伊凡和基尔沙是谁?"

"我的亲兄弟呗。商人彼得·米海雷奇到监狱里来把我们保释出去。这次交保释放一直到圣母节①为止。我们过得挺好,平安无事。圣母节以后第二天,我们在城里受审。基尔沙有证人,走在前面的庄稼汉给他辩白,我和兄弟可就遭殃了。我在法庭上把我现在对你说的实情一五一十都说了,可是法官不相信:'这儿大家都这么说,还对天起誓,可都是假话。'这样,我们就被判了罪,坐了牢。我们关在牢里,可是我管倒马桶,打扫牢房,端饭。我干这号事,他们每人一个月给一份口粮。一个人三俄磅②。我们一听到要动身,就往家里打电报。那是在尼古拉节前。我的老婆和

---

① 基督教中纪念圣母的节日,在俄国旧历 10 月 1 日。
② 俄国采用公制前的重量单位,1 俄磅等于 409.5 克。

兄弟基尔沙来看我们,给我们带点衣服什么的……我的老婆哭哭啼啼,可又有什么办法呢。她临走,我给她两份口粮带回家去当礼物。我们哭了一阵,要他们向孩子和所有的基督徒们问好。一路上我们戴着手铐。两个人一排。我跟伊凡是一排。在诺夫哥罗德,他们给我们照相,上镣铐,剃头。后来我们给赶到莫斯科去了。我们在莫斯科住了一阵,递了呈子请求赦免。至于怎样到敖德萨的,我就记不得了。反正一路上挺好。到了敖德萨,医生就对我们问这问那,脱光我们身上的衣服,检查我们的身体。后来叫我们集合起来,押我们上了一条轮船。哥萨克和兵士让我们排成一行,带我们走上一级级的梯子,把我们关在底舱里。我们在板床上坐下,就没事了。各人有各人的位子。上层铺坐着我们五个人。起初我们不懂,后来有人说:'开船啦,开船啦!'这条船走啊走的,可是随后就摇晃起来。天热极了,人都脱得光光的。有的人呕吐,有的人倒没什么。当然,大家多一半都是躺着。风暴来势很猛。四面八方都是雨。这船走啊走的,后来撞上了什么东西。我们身子猛地往前一冲。那是个有雾的日子。天黑下来了。我们身子往前一冲,船就摇晃起来,不再往前走,你猜怎么着,船触礁了;大家还当是船底下有一条大鱼在摇摆,要把船掀翻呢①。船往前开,开不动,又开始往后退。这么一来,船底正中央却撞了个窟窿。大家就动手用船帆堵窟窿;堵啊堵的,一点用处也没有。水涌进船里,大家坐在铺板上,水就漫到大家的脚下。大家央求说:'可别叫我们淹死啊,老爷!'可是起初他说:'不准挤挤攘攘,不准央告,我不会叫你们淹死。'后来水漫到下层铺了。弟兄们又开始央告,挤挤攘攘。官老爷就说:'好吧,大伙们,我放了你们,只是不准乱动,要不然,一律

---

① 指1886年轮船"科斯特罗马"号在萨哈林西岸出事。——契诃夫注

枪毙。'后来他就把我们放出了底舱。我们就祷告上帝,求主显灵,别叫我们死掉。我们跪下来祷告。祷告完了,他们就发给我们干饼和砂糖,大海渐渐平静下来。第二天,大家被装到驳船上,运到岸上去。到了岸上又祷告上帝。后来人家把我们装上另一条船,土耳其船①,从那儿运到亚历山德罗夫斯克。趁天还没黑,我们就给送到码头上,可是在码头上耽搁很久,直到天黑才叫我们离开码头。弟兄们就排成队走,这里头还有不少害夜盲症的。大家你拉着我,我拉着你;有看得见的,有看不见的,大家连成一条线。我带着十个弟兄走。他们把我们押进一个监狱的院子里,然后分送到各人该去的牢房。临睡之前大家把带来的吃食当晚饭吃了,第二天早晨人家就按规矩发给我们早饭。我们歇了两天,第三天进澡堂子,第四天就给打发出去干活了。头一桩活就是在一所房子附近挖沟,如今医院就在那儿。大家挖出树根,收拾干净,刨土,等等,干了这么一两个星期,也许干了一个月。后来我们就到米哈伊洛夫卡附近去运木头。拉着木头走三俄里光景,堆放在一座桥旁边。后来他们又打发我们到菜园去挖水坑。到了割草的时令,人家就把弟兄们召集到一块儿,问谁会割草,凡是说会的,就打发去割草。人家给我们这一伙人发了粮食、麦米、肉,叫我们跟着狱吏一块儿到阿尔穆达内的刈草场去。我过得不错,上帝保佑我平安,我割草也干得挺好。别人挨了狱吏的打,可我连恶言恶语也没听到过。倒是大伙儿骂我为什么干得那么起劲,不过那也没什么。闲下来的时候或者遇上雨天,我就编草鞋。人家干完活睡了,我却坐着编草鞋。我把草鞋卖掉,一双换两份牛肉,这也值四个戈比呢。割草的活完事,我们就回去了。我们回去,就关进了牢房。后来我给

---

① 指志愿船队的轮船"符拉迪沃斯托克"号。——契诃夫注

派到米哈伊洛夫卡移民萨希卡那儿去做工。在萨希卡那儿,我干的都是农活:割麦啦,收拾场地啦,打谷啦,刨土豆啦,而萨希卡替我给公家运原木。饭食各吃自己的,也就是从公家领来的。我干了两个月零四天。萨希卡答应给我钱,可是到头来一个钱也没给,只给了一普特的土豆。萨希卡把我送回了监狱。他们就给我一把斧子和一根绳子,叫我去运木柴。我管七个炉子。我住在幕包里,给看守担水,打扫。我还替一个蛮族人①看守一个私货摊。我干完活回来,他就把他的私货摊交托我管,我卖那些私货,他一天给我十五个戈比算是报酬。春季里白天长了,我就编树皮鞋。一双卖十个戈比。夏天我打捞顺着河水漂来的木头。我把木柴积成一大堆,后来卖给一个开澡堂的犹太老板。我还积了六十根木料,每根卖了十五个戈比。上帝保佑,我也算马马虎虎地过下来了。只是,老爷,我没有工夫跟你说话,我得担水去了。"

"你不久就可以做移民了吧?"

"还有五年左右。"

"你想家吗?"

"不想。只是念叨那些孩子。他们傻。"

"你说,叶果尔,当初你在敖德萨给押上轮船的时候,你心里想什么?"

"我祷告上帝。"

"祷告什么?"

"求上帝给孩子们长点脑筋。"

"为什么你不把妻子儿女带到萨哈林来?"

"因为他们在家里也过得不错嘛。"

---

① 指中国人。——契诃夫注

七

　　灯塔——科尔萨科夫斯科耶——医师彼·伊·苏普鲁年科的搜集品——气象站——亚历山德罗夫斯克区的气候——新米哈伊洛夫卡——波将金——以前的行刑人捷尔斯基——红悬崖——布塔科沃

　　同那个邮局文官,《萨哈林诺》的作者一起在亚历山德罗夫斯克和它的近郊一带的闲游,给我留下了愉快的回忆。我们最常去的地方是灯塔,它在容基耶尔海岬,高高地耸立在河谷之上。白天里,要是从下面瞧着这个灯塔,它无非是一所普通的小白房子,房顶上有桅杆和灯,可是一到晚上,它就在黑地里光芒四射,在这种时候,苦役地仿佛在用它的红眼睛瞧着全世界。到那所小房子去的路顺着陡坡往上升,环绕着山而成为螺旋形,路旁长着古老的落叶松和云杉。越走得高,呼吸就越畅快;海洋在眼前展现,人的脑子里掠过的思想同监狱,同苦役地,同流放的移民区都毫不相干,只有在这儿,人才会感到下面的生活多么烦闷和苦恼。苦役犯和流刑移民天天在承受惩罚,而自由人从早到晚只谈谁挨了打,谁逃跑了,谁被捉住,要挨打了;说来奇怪,不出一个星期,你自己也会对这种谈话和兴趣习以为常,早晨一醒来,首先读印有将军命令的当地日报,然后这一整天就听和说某人逃跑了,某人挨了枪伤,等等。可是到了山上,面对着海洋和美丽的峡谷,这一切就都变得非常庸俗粗鄙,显出了它们的本来面目。

　　据说从前在那条通到灯塔去的路上,放着一些长凳,可是后来不得不拿掉,因为苦役犯和流刑移民在上山的时候在长凳上用笔写而且用刀子刻下各式各样的诽谤和淫秽的话。所谓猥亵文学的爱好者在自由民中间也是很多的,可是在服苦役的人当中,其厚颜无耻却超过一切限度,到了无可比拟的程度。在这儿,不但长凳和偏僻地方的墙头,就连情书都惹人恶心。值得注意的是,虽然这些人感到自己丧失前途,为人抛弃,深深不幸,同时却在长凳上写出和刻下各式各样的下流话。有的老人说,他已经厌恶人世,到了该死的时候,而且他害着厉害的风湿病,目力也不济了,可是他却津津有味地一口气说出一长串车夫骂街的话,满是各种各样极难听的字眼,而且像发高烧的人说出来的昏话那样古怪。要是他识字,那么到了僻静的地方他就很难抑制心中的渴望,忍不住在墙上哪怕用指甲也要抠出一个下流字眼来。

小房子附近有一条用铁链拴着的恶狗在拼命挣脱。有一尊炮和一口钟;据说不久就要运来一个警报器,安装在此地,到有雾的时候它就会鸣响,惹得亚历山德罗夫斯克的居民们愁闷。要是站在灯塔上鸟瞰下面的海洋和附近有海浪冒泡的"三兄弟",人就会脑袋发晕,感到毛骨悚然。可以隐隐约约地看到鞑靼海峡,以至杰-卡斯特里湾的入口;灯塔的看管人说,他有时能看见在杰-卡斯特里进出的船只。辽阔的、迎着太阳金光闪闪的海洋在下面发出低沉的波涛声,远处的海岸诱人地召唤着,人就变得忧郁、苦闷,好像再也走不出这个萨哈林了。看着对岸,就会觉得,如果我是一个苦役犯,那么,不管怎样,我也一定要逃出此地。

沿着杜依卡河往上游走,过了亚历山德罗夫斯克就是科尔萨科夫斯科耶村。它是在一八八一年建立,为了纪念过去的东西伯利亚总督米·谢·科尔萨科夫而命名的。有趣的是,萨哈林的村子往往为了纪念西伯利亚总督、狱吏以至医士而命名,却完全忘记了那些考察者,例如涅韦尔斯科伊、海员科尔萨科夫、包希尼亚克、波里亚科夫和许多其他人,我认为他们比起因残酷而被杀的狱吏杰尔宾来,更值得尊敬和注意。①

在科尔萨科夫卡有居民二百七十二名:男性一百五十三名,女性一百一十九名。户主五十八人,其中二十六人有农民身份,只有九人是苦役犯。就户主的社会成分、妇女人数、刈草场和牲畜等的数量而论,科尔萨科夫卡同富裕的亚历山德罗夫斯克郊区很少差别。八户各拥有两所房子,平均每九户有一个浴室。有马的四十五户,有奶牛的四到九户。其中许多家各有两匹马和三四头奶牛。就老住户的数量而论,科尔萨科夫卡在北萨哈林恐怕占第一位;有四十三家的主人从村子建立起来的时候起就在自己的土地上定居下来。我登记居民的时候,遇到八个人,他们都是在一八七〇年以前到达萨哈林的,其中有一个甚至是在一八六六年被遣送来的。老住户在移民区所占的很高的百分比是个良好的迹象。

从外表上看,科尔萨科夫卡简直会使人误以为是俄罗斯的一个良好的同时又偏僻的、还没接触到文明的小村子。我头一次到这儿来是在一个星期日的午饭以后。天气暖和,没有风,使人感到假日的气氛。男人们在阴凉的地方睡觉,或者喝茶;大门旁边和窗下,女人们在互相捉头上的虱子。花圃里和菜园里有花,窗台上放着天竺葵。孩子很多,都在街上玩,有的装成兵,有的装成马,或者逗弄着吃饱后昏昏欲睡的狗,后来牧人,一个老流浪汉,赶回来有一百五十多头的畜群,空中便充满夏天的音响;牛叫声,扬鞭声,妇

---

① 到目前为止,就这个流放移民区的建立和对它负责的态度来说,工作做得最多的是两个人:米·谢·米楚尔和米·尼·加尔金-符拉斯基。为纪念第一个人而命名的只有一个十户人家的小村子,贫困而不会经久,为纪念第二个人而命名的也有一个村子,可是它已经有一个牢固的老名字西扬采,因此只有在公文上,而且不是在所有的公文上,才叫做加尔金诺-符拉斯科耶。同时,萨哈林的许多村子和一个大哨所以米·谢·科尔萨科夫命名,并不是因为他有特殊的功绩和贡献,而只是因为他是总督,能使人畏惧而已。——契诃夫注

女和孩子赶牛犊的吆喝声,光脚和蹄子走过布满尘土和畜粪的道路的重浊的响声,空中弥漫着牛奶的气味,到这时候,幻觉就变得更充分了。就连杜依卡河在此地都是吸引人的。它在有些地方流过后院边和菜园旁,它的两岸绿油油,长满河柳和香蒲;我看到它的时候,它那十分光滑的河面上蒙着黄昏的阴影;它安安静静,似乎在打盹儿。

这儿如同在富足的亚历山德罗夫斯克的郊区一样,我们发现老住户、妇女、识字的人占很高的百分比,女自由民的人数很多,有着几乎同样的"过去的历史",如私卖烧酒、重利盘剥等;人们说,过去,官长的宠幸在此地建立农户方面也起过显著的作用,那时候长官们随便以赊账的方式发放牲口、种子以至烧酒。科尔萨科夫卡人似乎素来是政客,对最小的官儿都叫"大人",这就使官儿们更加慷慨了。不过它跟亚历山德罗夫斯克郊区有所不同,此地富裕的主要原因毕竟不是卖酒,也不是官长的宠幸,或者靠近萨哈林的巴黎,而是在种庄稼方面的无可置疑的成功。在亚历山德罗夫斯克郊区,四分之一的住户根本没有可耕地也过日子,四分之一的住户只有很少的可耕地,然而在这儿,在科尔萨科夫卡,所有的住户都耕地,种粮食作物;在那边有一半的住户根本没有牲口也过日子,而且竟然丰衣足食,而在此地,几乎所有的住户都认为养牲口是必要的。根据许多理由,对萨哈林的农业不能不持怀疑态度,可是农业在科尔萨科夫卡却在认真地经营,而且产生了比较良好的成果,这一点也不得不承认。不能认为,科尔萨科夫卡人每年往土地里投入两千普特的种子仅仅是由于固执,或者是出于讨好长官的愿望。关于收成,我没有准确的数字,而科尔萨科夫卡人本身所提供的数字却是不能相信的,然而根据某些征象来看,例如大量的牲畜,生活的外部环境,加以此地的农民虽然早已有权利迁到大陆去却不急于迁走等等，就可以得出结论：此地的收成不但能养家活口，而且还有某些剩余，足以使这些移民定居下来。

何以科尔萨科夫卡人种庄稼获得成功，而附近各村的居民却由于一系列的失败而遭受极度的贫困，对于日后靠自己种的粮食来糊口已经绝望，这是不难解释的。科尔萨科夫卡位于杜依卡河的河谷最广阔的地方，科尔萨科夫卡人从最初落户时候起就有大面积的土地供他们支配。他们不但能取得土地，而且能选择土地。在目前，有二十家农户有三到六俄顷土地供耕种，小于两俄顷的很少。如果读者有意把这儿的一块块土地同我们的农民分地相比，那他就应当注意到这儿的可耕地从不休闲，每年都全部播上种子，所以在数量方面，此地的两俄顷相当于我们的三俄顷。最大限度地使用土地是科尔萨科夫卡人的成功的全部诀窍。萨哈林的收成平均是两倍或三倍于种子，在这种情况下，土地只能在一种条件下才能长出足够的粮食，那就是要土地多。土地多，种子多，劳动又便宜，不值钱。在粮食作物完全不长的那些年份，科尔萨科夫卡人就靠蔬菜和土豆度日，这些作物在当地也占很大的面积：三十三俄顷。

流放移民区存在的时间不长，居民流动，人口少，还没有成熟到可以为之做统计工作的地步；根据它到目前为止所能提供的贫乏的数字资料，人就不能不在各种适当的场合仅仅凭暗示和推测得出自己的结论。如果不怕别人指责结论做得过于匆忙，而把有关科尔萨科夫卡的资料应用到整个移民区去，那么也许可以这样说：在萨哈林的微不足道的收成的情况下，为了不至于劳动而又亏本，为了吃饱肚子，每一个从业主就应当有两俄顷以上的可耕地，而刈草场以及种蔬菜和土豆用的土地不算在内。规定一个更准确的定额在目前是不可能的，不过，大体说来，总在四俄顷光景。然而，根据《一八八九年农业情况报告》，萨哈林每个农户平均只有可耕地半俄顷(一千五百五十五平方俄丈)。

科尔萨科夫卡有一所房子,从它的规模、它的红色房顶、它的舒适的花园来看,类似中等的地主庄园。这所房子的主人是医药部门的主管人彼·伊·苏普鲁年科医师,他春天已经走了,去筹备监狱的展览会,以后就永远留在俄罗斯了。我在那些空房间里只见到这位医师所搜集的华美的动物标本的残存部分。现在这批搜集品在什么地方,谁在参考它而研究萨哈林的动物群,我都不知道,可是根据残存的不多几个极为精致的标本,根据人们的传说,我却能断定搜集品的丰富,断定苏普鲁年科医师在这项有益的事业上贡献出多少知识、劳动和热情。他从一八八一年开始搜集标本,十年之间搜集到在萨哈林遇到的几乎所有的脊椎动物的标本,另外还搜集到许多有关人类学和民族学方面的资料。他的收藏品要是留在这个岛上,就可以成为一个出色的博物馆的基础。

这所房子附设一个气象站。直到不久以前,站上的工作一直由苏普鲁年科医师主持,现在则由农业督察官管理。我逗留在那里的时候,观察气象是由一名文书,流放苦役犯戈洛瓦茨基进行的,这是个精明强干、乐于帮忙的人,他提供我气象报表。根据九年的观察记录已经可以作出结论,我要努力提供一些关于亚历山德罗夫斯克区的气候的概念。符拉迪沃斯托克的市长有一次对我说,在他们符拉迪沃斯托克,以及一般说来,在整个东方滨海地带,"任何气候都说不上";关于萨哈林,人们说这儿没有气候,只有坏天气,又说这个岛是俄国最阴雨连绵的地方。我不知道最后这句话准确到什么程度;我在的时候,正是很好的夏天,可是气象报表和其他作者的简略报告提供了一幅总的图景,说明了此地异乎寻常的阴雨天气。亚历山德罗夫斯克区的气候是海洋性的,具有变幻无常的特点,也就是一年的平均气温和有雨雪的日子的数字有很大的波动①;它的主要特征是年底平均气温低,雨雪量大和阴天多。为了比较,我列出亚历山德罗夫斯克区和诺夫哥罗德省切列波韦茨县(那里有"严峻的、潮湿的、变幻无常的、不利于健康的气候")的每月平均气温②:

	亚区	切县
一月	-18.9	-11.0
二月	-15.1	-8.2
三月	-10.1	-1.8
四月	+0.1	+2.8
五月	+5.9	+12.7
六月	+11.0	+17.5
七月	+16.3	+18.5
八月	+17.0	+13.5
九月	+11.4	+6.8
十月	+3.7	+1.8
十一月	-5.5	-5.7
十二月	-13.8	-12.8

亚历山德罗夫斯克区的一年平均气温是零上0.1度,即几乎是0度,而在切列波韦茨县是零上2.7度。亚历山德罗夫斯克区的冬天比阿尔汉格尔斯克严峻,春天和夏天跟芬兰一样,秋天则像

---

① 一年的平均气温在+1.2和-1.2之间波动;有雨雪的天数在一百〇二天和二百〇九天之间波动;平静无风的日子在1881年只有三十五天,在1884年多两倍,为一百十二天。——契诃夫注
② 请参看彼·格利亚兹诺夫著《切列波韦茨县农民生活卫生条件与医学地形学的比较研究》,1880年版。我已经把格利亚兹诺夫使用的列氏温度换成摄氏温度。——契诃夫注

彼得堡，一年的平均气温相当于索洛韦茨基群岛①，那儿也是零度。在杜侬卡河的谷地可以观察到永久冻结的土壤。波里亚科夫于六月二十日在四分之三俄尺的深处发现这种冻土。到七月十四日，他又发现在垃圾堆下面和山旁边的洼地里有雪，这雪一直到七月底才化完。一八八九年七月二十四日，此地的不高的山上下雪了，大家都穿上皮大衣和皮袄。九年当中，杜侬卡河的开冻经观察如下：最早是在四月二十三日，最迟是在五月六日。这九年的冬天连一次解冻的天气也没有。一年当中有一百八十一天是严寒，有一百五十一天刮冷风。这一切都有重大的实际意义。在切列波韦茨县，夏天比较暖，时间比较长，据切尔诺夫说，荞麦、黄瓜、小麦不能良好地成熟，可是在亚历山德罗夫斯克区，据当地农业督察官证实，没有一年的气温足以使燕麦和小麦充分成熟。

此地过度的潮湿值得农学家和卫生学家高度注意。每年有雨雪的日子平均是一百八十九天：一百零七天有雪，八十二天有雨（在切列波韦茨县八十一天有雨，八十二天有雪）。往往一连几个星期天空布满铅色的云，阴惨惨的天气日复一日地拖下去，在居民们心目中显得没有尽头。这样的天气使人心情抑郁，闷闷不乐，只想以酒浇愁。也许，在它的影响下，很多冷漠的人才变得残酷；许多忠厚的人和软弱的人由于一连几个星期以至几个月看不到太阳而对较好的生活永远失去了希望。波里亚科夫写到一八八一年的六月的时候说，在整整这一个月里，晴朗的日子连一天也没有，而从农业督察官的报告里可以看出来，在一连四年当中，从五月十八日到九月一日这一段时间里，晴朗的日子平均不超过八天。雾在此地是颇为常见的现象，特别是在海上，而这对海员来说乃是真正的灾难；据说，含盐的海雾对沿海一带的植物、树木、草场发生破坏

---

① 俄国的群岛，在白海的奥涅加湾口。

性的影响。我在下面要讲到一些村子的居民主要由于这种雾而停止播种粮食作物而把自己的可耕地统统改种土豆。有一次,在阳光灿烂的晴朗天气里,我看见一堵像牛奶一样的白色雾墙从海上移过来,好像从天空往人间降下一块白色的幕布一样。

气象站配备的器材都是经彼得堡的总气象台校正过,并且是由那儿提供的。它没有附设一个图书室。除了上述的文书戈洛瓦茨基和他的妻子以外,我在这个站上还登记了六名男工和一名女工。他们在这儿干些什么,我不知道。

科尔萨科夫卡有一所学校和一个小教堂。还有一个医疗站,那儿住着十四名梅毒患者和三名疯子;其中有一名疯子染上了梅毒。而且据说,梅毒患者为外科做水手用的绳絮和棉线团。可是我没有能够到这个中世纪的机构里去过,因为去年九月它被一个暂时代理监狱医师职务的青年军医官关闭了。倘使监狱医师下令把此地的疯子放到篝火上去焚化,那也没有什么可奇怪的,因为当地的医疗制度至少落后于文明二百年。

黄昏时分我在一个农舍里遇见一个四十岁上下的人,穿着短上衣和散腿裤子,下巴上的胡子剃光,衬衫肮脏,没有浆过,系着一条类似领结的东西,从种种迹象看来,曾是个享有特权的人物。他坐在一条低矮的板凳上,凑着一个土碗吃腌牛肉和土豆。他说出自己的姓,姓是以"基"结尾的,不知什么缘故,我觉得站在我眼前的人是一个旧日的军官,他的姓也是以"基"结尾的,由于违反纪律的罪行而被发配来服苦役。

"您从前是军官吧?"我问。

"不,老爷,我是神甫。"

我不知道他是犯了什么罪而被发配到萨哈林来的,而且我也没有问这一点;当一个人还在不久以前被人称为约安神甫,被人吻着手,现在却笔直地站在您的面前,穿一件可怜样的破上衣的时候,人是不会想到罪行的。在另一所农舍里我观察到这样的一个场面。有一个年轻的苦役犯,是个黑发男子,带着异常忧郁的脸容,穿一件漂亮的短衫,在一张桌子旁边坐着,两只手支着头;女主人也是苦役犯,正在收拾桌子上的茶炊和茶碗。我问那个青年人结过婚没有,他回答说,他的妻子是自愿带着女儿跟他到萨哈林来的,可是两个月以前她带着孩子到尼古拉耶夫斯克去了,虽然他给她打过几个电报,她却至今没有回来。"她不会回来了。"女主人带点儿幸灾乐祸的口气说,"她待在这儿干什么呢?你这个萨哈林她还没看够?这日子可不好过啊!"他一言不发,她就又说,"她不会回来了。她是个年轻的、自由的娘儿们,她回来干什么?她像鸟儿似的飞到高处去了,她就是这样,一点音信也没有。她可比不得我和你。要是我没杀死我的丈夫,你没放火,那我们现在也会自由自在,可是如今呢,你就眼巴巴地等你的老婆回来吧,叫你等得心碎肠断……"他难过,心头显然压着一块铅,她却一个劲儿地数落他;我就走出了这所农舍,耳边还听见她的说话声。

在科尔萨科夫卡陪着我走访各农舍的是苦役犯基斯里亚科夫,一个相当古怪的人。法庭采访记者大概还没有忘记他。这人就是军队文书基斯里亚科夫,他在彼得堡的尼古拉耶夫街用锤子打死了他的妻子,自己又到市长那儿去自首。照他的说法,他的妻子是个美人,他很爱她,可是有一次他跟她吵了一架,他就在神像面前起誓要弄死她,从这个时候起到发生凶杀案为止就有一种肉眼看不见的力量不住地在他耳边对他小声说:"打死她,打死她!"在受审以前他住在圣尼古拉医院里;大概因为这个缘故,他才认为自己是个精神变态者,曾经不止一次地要求我帮忙,让人们确认他是疯人而把他送进修道院里去。他的全部苦役就是在监狱里奉命做一些挂口粮用的小木橛,这个活儿似乎并不难,可是他却雇了一个人替自己做,他自己则"给以指教",那就是说,什么也不干。他穿一件帆布上衣,仪表堂堂。他智力有限,然而很健谈,好发议论。"哪儿有跳蚤,哪儿就有孩子。"他每一次见到孩子们就用他那好听的、柔和的男中音说。每逢人家当他的面问起我为什么做登记工作,他就说:"为了把我们大家都送到月亮上去。你知道月亮在哪儿吗?"我们在暮色很深的时候步行回到亚历山德罗夫斯克,一路上他总是像通常所说的那样没头没脑地说上好几遍:"报复是最高尚的感情。"

沿着杜依卡河再往上游走就是在一八七二年建立的新米哈伊洛夫卡村,起这样的一个名字是因为米楚尔的名字叫米哈伊尔。许多作者把它叫做上界村,而此地的流刑移民则把它叫做耕地村。这个村子的居民有五百二十名:男人二百八十七名和妇女二百三十三名。农户有一百三十三家,其中有两户与别人合伙经营。在按户的登记中可以看出各个农户都有成块的耕地,八十四户有牛马,然而各农户除了少数例外,却仍旧贫困得惊人,居民们异口同声地说,在萨哈林"干任什么行当都活不下去"。据说,在过去那些年里,当新米哈伊洛夫卡穷得无以复加的时候,从这个村子到杜埃之间由女苦役犯和女自由民踏出了一条小路,她们是到杜埃和沃耶沃德的监狱去向犯人们卖身借以赚几个小钱的。我敢保证这条小路到现在为止还没有长满青草。居民当中那些像科尔萨科夫卡人那样拥有大块可耕地,从三俄顷到六俄顷以至八俄顷的,就不受穷,不过这样的大块地很少,而且变得越来越少,到目前这个时候,大半的农户占有从八分之一到一又二分之一俄顷的耕地,这就是说,种庄稼只能使他们亏本。经验丰富的老农户只种大麦,把自己的可耕地种上了土豆。

这儿的土地没有吸引力,不能使人倾向于定居的生活。在这个村子建立以后的最初四年当中,随着土地落户的那些农户,如今已经一家也没留下,一八七六年落户的还剩下九户,一八七七年的是七户,一八七八年的是两户,一八七九年的是四户,其余的都是新落户的。

新米哈伊洛夫卡有一个电报站、一所学校、一个救济院和一个未建成的木头教堂。还有一个面包房,为在新米哈伊洛夫卡地区做修路工作的苦役犯烤面包;他们大概是在没有长官监督的情况下烤面包的,因为此地的面包难吃极了。

每一个路过新米哈伊洛夫卡的人都不会放过机会,同住在当地的流放犯出身的农民波将金认识一下。每逢有什么大人物到萨哈林来,总是由波将金献给他面包和盐;人们打算证明这个农业的移民区获得成功的时候,照例总是举出波将金来。在按户的登记册上,他家有二十匹马和九头牛,可是据说他的马要多出一倍。他开着一个小铺,他还有一个店铺在杜埃,由他的儿子经营。他给人的印象是一个精干的、聪明的、富足的分裂派教徒。他的房间里干净,墙上糊着壁纸,挂着一张画:《玛利安巴德,利巴瓦附近的海水浴》。他本人和他的老妻都庄重,审慎,讲话得体。我在他家里喝茶的时候,他和他的妻子对我说,在萨哈林是可以生活的,土地能长出好庄稼,不过糟糕的是现在人变懒,变坏,不肯出力了。我问他,据人家说,他用自己菜园里出产的西瓜和甜瓜款待过一位大人物,这话确实吗?他眼睛也不眨一下,回答说:"这是确实的,这儿的甜瓜有时能长熟。"①

新米哈伊洛夫卡还住着一个萨哈林的名人,就是流刑移民捷尔斯基,过去做过行刑人。他咳嗽,用苍白、干瘦的手按住胸口,诉说他受了内伤。自从他犯了某种过错,经长官下命令,受到亚历山

---

① 波将金来到萨哈林的时候,已经富足了。奥古斯丁诺维奇医师在波将金到达萨哈林三年以后见到他,写道:"最好的房子就是流放犯波将金的房子。"如果在三年时间里苦役犯波将金能够给自己建造很好的房子,养马,把女儿嫁给萨哈林的一个文官,那么,我认为这跟农业毫不相干。——契诃夫注

德罗夫斯克现在的行刑人柯美列夫的惩罚那天起,他就开始憔悴。柯美列夫打得非常用劲,"差点把他打得魂灵出窍"。可是不久柯美列夫也犯了过错,于是对捷尔斯基来说,节日到了。他大卖力气,为了报复而把他的同事打得极狠,听说打得他直到现在身上还在流脓。据说,如果把两只毒蜘蛛放在一个罐里,它们就会互相猛咬,直到咬死为止。

在一八八八年以前,新米哈伊洛夫卡是杜依卡河流域的最后一个村子,可是现在还有红悬崖村和布塔科沃村。有一条道路从新米哈伊洛夫卡通到这两个村子。这条道路的前半段通到红悬崖,大约有三俄里长,我坐着马车在一条平坦的、像尺子那么直的新路上走过;后半段是一条美丽如画的、原始林中的通道,这条路上的树桩已经掘掉,旅行是轻松愉快的,仿佛沿着一条良好的乡间土道赶路。一路上,供建筑用的巨大木材几乎都已砍尽,可是原始林还是庄严而优美。此地有桦树、山杨、白杨、柳树、梣树、接骨木、稠李树、合叶子、山楂树,在这些树中间,草长得有人那么高,甚至比人还高;高大的蕨菜和叶子的直径有一俄尺多长的牛蒡同灌木和乔木混在一起,成为一片苍郁的、不可通行的密林,给熊、黑貂、鹿做了藏身之所。在狭窄的谷地到了尽头,开始有山的地方,道路两旁像绿色的墙似的立着针叶林,其中有冷杉、云杉、落叶松,再往上又是阔叶林,而山顶是光秃的,或者布满灌木。像此地这样巨大的牛蒡,我在俄罗斯的任何地方都没见到过,正是它们赋予此地的密林、林中旷地、草场以新奇别致的面貌。我已经描写过夜间,特别是在月光之下,它们显得光怪陆离。还有一种华美的伞形科植物进一步点缀了这里的景色,它们在俄语里似乎没有名称:笔直的树干有十英尺高,底部有三英寸粗,上部是紫红色,支起直径一英尺的伞形花序,在这总的伞形花序周围聚集着四到六个较小的伞形花序,使这种植物具有枝形烛台的外貌。这种植物的拉丁语名称叫做 angelophyllum ursinum（熊根子）①。

红悬崖只存在一年多。那儿有一条宽阔的街道，可是路还没有修好，人们从这所小木房到那所小木房要踩着土墩、黏土堆、刨花，跳过圆木、木桩、积着深棕色污水的沟渠才能过去。那些小木房还没造好。有的户主在做砖，有的在抹炉灶，有的拉着圆木从街对面走过来。此地一共有五十一户。其中有三户丢下他们刚开始修建的小木房，走了，谁也不知道他们如今在哪儿，在这三户当中有一户是中国人潘奥左（译音）。高加索人在此地一共有七名，他们已经停止工作，虽然这时候刚到八月二日，却已经挤在一所小木房里，冷得紧缩着身子了。这个村子还年轻，刚在开始过自己的生活，这从统计数字也可以看得出来。居民一共是九十名，而男女的比例是二比一；合法的家庭有三户，而自由结合的有二十户，不到五岁的儿童只有九名。三户有马，九户有奶牛。现在所有的住户都领犯人的口粮，可是日后他们靠什么生活，暂且还不清楚；无论如何，靠种庄稼过活，希望很小。到现在为止，已经找到并且清除了树根的耕地和土豆地只有二十四又四分之一俄顷，也就是说，每户所能分到的少于半俄顷。刈草场根本没有。由于这儿的谷地狭窄，两旁紧靠着山，而山上什么东西也不生长，又由于行政当局在需要把人打发走的时候并不进行仔细的考虑，而且大概每年都要在这儿的土地上安置几十家新住户，所以成块的可耕地就划成现在这样，也就是八分之一俄顷、四分之一俄顷、二分之一俄顷，或许还要少。我不知道是谁选择红悬崖这块地方的，不过从各方面看来，这事是交给一些外

---

① 大多数作者都不喜欢此地的风景。这是因为他们来到萨哈林的时候，头脑中还保留着对锡兰、日本或者阿穆尔流域的景物的新鲜印象，也因为他们是从亚历山德罗夫斯克和杜埃开始他们的行程的，而这些地方的景色也确实贫乏。在这方面，本地的天气也有坏影响。不管萨哈林的风景多么美丽和独特，可是，如果它一连几个星期隐没在雾里或者雨里，那就很难对它作出正确的评价了。——契诃夫注

行的人去办的,这种人从来也没有到过农村,主要的是极少考虑到农业的移民区。这儿连像样的水源也没有。我问他们是从什么地方去取饮用的水的,他们就向我指了指水沟。

这儿所有的小木房都一模一样,有两扇窗子,用潮湿的坏木料建成,人们心里只有一个打算,那就是好歹把移民流放的刑期度满,然后搬到大陆去。行政当局对于造房没有进行监督管理,这多半是因为文官当中没有一个人懂得应该怎样造农舍、砌炉灶。在萨哈林的人员编制中应当有一个建筑师,可是我在那儿的时候却没有见到过,再说他似乎专管公家的建筑。这儿有一所公房,比所有的房子都敞亮、悦目些,那里面住着狱吏乌比延内赫,他是个矮小衰弱的兵士,脸上的表情十分符合他的姓①;他脸上确实有一种半死不活、莫名其妙的痛苦神情。这也许是因为有一个又高又胖的女流刑移民跟他同住在一个屋子里的缘故,她是他的同居者,给他生下许多儿女。他已经拿到看守长的薪金,他的全部工作只限于向旅客们报告在这个世界上一切事情都很顺利。可是连他也不喜欢红悬崖,打算离开萨哈林。他问我:等到他退入预备役,迁到大陆去的时候,上边会不会让他的同居女人跟他一块儿去?这个问题很使他担心。

我没有到布塔科沃②去。按照现有的户口登记(我可以根据神甫的忏悔者名册对其中部分资料加以核对和补充),那儿的居民一共有三十九名。成年的妇女只有四名。农户二十二家。目前有四所房子已经造好,其余的农户还在搭房架子。种粮食和土豆的地一共只有四又二分之一俄顷。目前尚无一家农户有牲畜和家禽。

我调查完杜依卡河谷以后,就另去调查名叫阿尔科依的小河,

---

① 在俄语里,убиенных(乌比延内赫)与убиенный(乌比延内依,意思是"被打死的")读音相近。
② 取这个村名是为了纪念特莫夫斯克区的长官阿·米·布塔科夫。——契诃夫注

126

在那条河的旁边有三个村子。阿尔科依河谷之所以被选中为移民点,并不是因为经过调查它比别的地方好,或者符合移民的要求,而是纯粹出于偶然,仅仅是因为比起其他的谷地来,它离亚历山德罗夫斯克最近。

八

阿尔科依河——阿尔科依岗哨——阿尔科沃一村、二村和三村——阿尔科依河谷——西部滨海的村子:木加契、丹吉、霍艾、特拉木巴乌斯、维阿赫狄、万基——隧道——电缆房——杜埃——家属房舍——杜埃监狱——煤矿——沃耶沃德监狱——锁在手推车上的犯人

阿尔科依河在杜依卡河北边八到十俄里的地方流入鞑靼海峡。还在不久以前,它原是一条真正的河,可以钓北鳟鱼,然而现在由于树林的火灾和盗伐,这条河就淤浅,将近夏天就完全干涸了。不过,在暴雨期间,它却像春汛那样泛滥,气势汹涌,哗哗地响,在这种时候就显示出它的力量来了。它已经不止一次地冲毁岸上的菜园,把干草和移民的全部收成卷到海里去。避免这样的灾难是不可能的,因为这个河谷狭窄,要离开这条河就只能到山上去。①

在阿尔科依河口向河谷转弯的地方,有一个基里亚克人的小

---

① 大约五年前,有一个重要人物在同流刑移民们谈起农业时,顺便给他们出主意说:"你们要注意,在芬兰是在山坡上种粮食的。"然而萨哈林不是芬兰,气候的条件,而主要是土壤的条件,排除了在此地山上种庄稼的任何可能性。农业督察官在他的报告里主张养绵羊,认为它们可以"充分利用山坡上那些青草不多然而为数众多的牧场,而那些牧场上的草大牲畜是吃不饱的"。可是这个主张没有实践上的意义,因为绵羊只能够在短短的夏天这一个时期里"利用"牧场,而到了漫长的冬天,绵羊就会活活地饿死。——契诃夫注

村子阿尔科依-沃，阿尔科依岗哨和三个村子的名称——阿尔科沃一村、二村和三村都由此而来。有两条道路从亚历山德罗夫斯克通到阿尔科依河谷：一条是山路，我在的时候这条道路不通，因为在树林起火的时候烧毁了桥梁；另一条道路沿着海边，在这条路上只有在海水退潮的时候才能通车。我第一次坐车到阿尔科依去是在七月三十一日早晨八点钟。退潮正在开始。空中颇有雨意。阴沉的天空、一条帆船也看不见的海洋、陡峭的黏土海岸，都是严峻的；海浪重浊而悲怆地响着。干枯病态的树木从高岸上往下俯视；此地，在这个开阔的地方，每一棵树都单独地同严寒和冷风进行斗争，每一棵树都得在秋天和冬天，在漫长而可怕的夜晚，不停地从这一边摇晃到那一边，弯向地面，怨诉地发出吱吱嘎嘎的声响，而谁也听不到这种怨诉。

　　阿尔科依岗哨坐落在基里亚克人的那个小村子旁边。从前它起着警戒站的作用，这儿驻着兵，捉拿逃亡者，可是现在这儿住着一名狱吏，似乎执行管理移民的职责。阿尔科沃一村离这个岗哨两俄里。它只有一条街，囿于地理条件，这条街只能往长里而不能往宽里发展。等到日后这三个阿尔科沃村合而为一，萨哈林就会有一个只有一条街的、很大的村子。阿尔科沃一村是在一八八三年建立的。居民一百三十六名：男人八十三名，妇女五十三名。从业主二十八名，都有家属，只有女苦役犯巴甫洛夫斯卡雅除外，她是个天主教徒，不久以前，与她同居的男人死了，而他是这个家庭的真正的主人；她恳切地要求我说："给我派一个户主来吧！"有三户各有两所房子。阿尔科沃二村是在一八八四年建立的。那儿有居民九十二名：男人四十六名，妇女四十六名。从业主二十四名，都有家属。其中有两户各有两所房子。阿尔科沃三村跟二村同时建立，从这一点可以看出，人们急于使阿尔科依谷地住满人。居民四十一名：男人十九名，妇女二十二名。从业主十名，有一名搭伙经营者。有家属的九人。

在这三个阿尔科沃村里，所有的从业主都有可耕地，地段的大小自半俄顷到两俄顷不等。有一人拥有三俄顷。他们大量播种小麦、大麦、黑麦，还种土豆。大多数农户有牲畜和家禽。如果根据移民区管理人员所搜集的按户登记资料来判断，那么可以得出一个结论：这三个阿尔科沃村在它们存在的短暂时期内在农业方面取得了相当大的成就；无怪乎一个匿名的作者在写到当地的耕作的时候说："这种劳动得到丰盛的报酬是由于当地的土壤条件，这种土壤对耕作极其有利，这表现在树林和草地的茂盛上。"实际上却不是这样。这三个阿尔科沃村属于北萨哈林最贫困的村子。这儿有可耕地，有牲畜，可是一次也没有获得丰收。除了与整个萨哈林共有的不利条件以外，当地的农户还在阿尔科依河谷的特色中遇到了大敌，首先是被刚才引证过的作者所绝口称赞的土壤。这儿土壤的表层是一俄寸厚的腐殖土，底层则是砾石，在热天变得极热，烘干植物的根，而在雨天却不渗水，因为砾石下面是黏土，于是植物的根就烂了。在这样的土壤上看来只有根部壮实而且入土很深的植物才能生存下去，例如牛蒡，在栽培作物中则只有块根植物、芜菁和土豆，再说对土壤来说，种这类植物比种禾本科植物可以得到更细和更深的耕耘。关于河流所引起的灾害，我已经说过。刈草场根本没有，干草要到原始林里去零碎收割，或者随处遇到便用镰刀割下，那些比较富裕的人就索性到特莫夫斯克区去买。人们谈到有不少家庭在整个冬天没有一块面包吃，专靠芜菁糊口。在我到达以前不久，阿尔科沃二村的流刑移民斯科陵饿死了。据他的邻居说，他三天只能吃上一磅面包，而且这样维持了很久的时间。"我们大家都在等待这种命运。"那些被他的死亡吓坏了的邻居对我说。我至今记得，有三个妇女一边讲自己的生活，一边哭起来。有一所小木房，其中没有家具，只有一个乌黑的、冷清的炉子占据半个房间，在女主人的身旁，孩子们哇哇地哭，小鸡吱吱地叫；她到街上去，那些孩子和小鸡也跟在她的身后。她瞧着他们，又是笑又是哭，并且为他们的啼哭和尖叫向我表示歉意；她说这是由于饥饿，说她在焦急地等她的丈夫回来，他到城里去卖水越橘，为的是换几个钱买粮食回来。她剁下一块白菜帮子，丢给那些小鸡，它们就贪婪地扑过去，却发觉上了当，就发出一阵更响的尖叫声。有一所小木房里住着一个汉子，毛发蓬乱，像个蜘蛛，两道眉毛下垂，周身肮脏，是一个苦役犯，另外有一个同样毛发蓬乱、同样肮脏的苦役犯跟他在一起；他俩都有一大家子人，而这所小木房里却像俗语所说的那样，穷得精光——连一颗钉子也没有。除了啼哭，尖叫，像斯科陵死亡这类事实以外，还有多少各式各样的穷苦和饥饿的间接表现啊！在阿尔科沃三村，流刑移民彼得罗夫的小木房上了锁，因为他本人"由于不顾农务和擅自屠宰牛犊而被送往沃耶沃德监狱，目前他就关在那里"。显然，屠宰小牛是出于穷困，牛肉拿到亚历山德罗夫斯克卖掉了。从公家赊欠来供播种用的种子，在户口册上写明了"为播种用"，可是实际上一半被吃掉了，流刑移民本人在谈话里也并不隐瞒这一点。所有的牲畜都是从公家赊欠来的，而且由公家供给饲料养活。随着时间的推移，债务越来越多：所有的阿尔科沃人都欠债，他们的债务随着每一次新的播种，随着多添一头牲口而增加，某些人的债务已经达到无法偿还的数字——每人欠下两百以至三百个卢布了。

在阿尔科沃二村和三村之间有一个阿尔科沃驿站，人们乘车到特莫夫斯克区去的时候在那儿换马。这是一个驿站或者客栈。如果用我们俄罗斯的尺度来衡量，那么根据此地颇为简单的工作来看，在站上设一个站长，再加两三个工人也就够了。可是在萨哈林，人们办一切事都喜欢讲排场。除了站长以外，站上还住着一名文书、一名信差、一名饲马员、两名烤面包工人、三名运木柴的工人,另外还有四个工人,我问他们在这儿干什么活儿,他们就回答我说:"背干草。"

要是一位风景画家有机会到萨哈林来,我就要提请他注意阿尔科依河谷。这个地方除了环境优美以外,色彩也异常丰富,因此使人不得不应用古老的譬喻,把它比作彩色的地毯或者万花筒。那儿是一片浓艳的碧绿,长着高大的牛蒡,由于刚下过雨而发亮,它旁边的场地上长着不到三俄丈高的碧绿的黑麦,随后是一小块大麦田,那儿又是牛蒡,再过去是一小块燕麦田,接着是一畦马铃薯,两株矮小的向日葵耷拉着脑袋,然后有一块浓绿的大麻田像楔子似的插进来,到处都傲然耸立着那种酷似枝形烛台的伞形科植物,在这一片五颜六色当中又点缀着罂粟花,像是些粉红的、鲜红的、大红的小斑点。在道路上常常可以遇见一些农妇,她们披着大牛蒡叶挡雨,活像是绿色的甲虫。道路两旁是山,虽然不是高加索那样的山,不过也毕竟是山。

从阿尔科依河河口沿着西部海岸上行,有六个不大的村子。这些村子我一个也没有去过,有关它们的数字我是从户口册和忏悔者名册中得来的。它们建立在伸入海洋的岬角上或者一些小河的河口上,并且因而得名。这是从一些巡查队开始的,巡查队有时由四五个人组成,可是随着时间的流逝,光是巡查队显得不够用,于是决定(在一八八二年)让一些可靠的、主要是有家属的流刑移民住到杜埃和波果比之间最大的几个岬角上来。建立这些移民地和附设岗哨的目的在于"使来自尼古拉耶夫斯克的邮车、旅客、赶狗拉雪橇的人在旅途中可以有个安身之所和得到保护,并且对海岸线可以进行一般的警戒性的监视,这条海岸线是逃犯唯一(?)可走的途径,同样也是运输严禁私卖的烧酒的唯一途径"。通到岸边各村子去的道路还没有,来往只能靠退潮的时候沿岸步行,冬天则坐狗拉的雪橇。靠木船和汽艇也能通行,然而只有在天气很好的时候才成。这些村子自南到北按下列次序排列：

木加契。居民三十八名：男人二十名和妇女十八名。从业主十四名。有家属的十三名，自由结合的家庭只有两家。可耕地共有十二俄顷左右，然而已经有三年不种粮食作物，全部土地都种土豆。有十一户从村子建立的时候起就安家落户，其中有五户已经取得农民的地位。这儿有很好的收入，因此，那些农民不急于到大陆去。有七个人经营赶狗拉雪橇的行当，也就是养狗，到冬天用来运送邮件和旅客。有一个人以狩猎为生。至于一八八九年监狱总管理处的报告中所提到的捕鱼业，此地却完全没有。

丹吉。居民十九名：男人十一名和妇女八名。从业主六名。可耕地将近三俄顷，然而也像在木加契一样，由于常常有海雾，妨碍粮食作物生长，他们就专在土地上种土豆。有两名户主有船，进行捕鱼。

霍艾。在同名的岬角上，这个岬角高高地突出在海面上，在亚历山德罗夫斯克都可以看得见。居民三十四名：男人十九名和妇女十五名。从业主十三人。此地的人还没有完全绝望，继续种小麦和大麦。有三个人从事打猎。

特拉木巴乌斯。居民八名：男人三名和妇女五名。这是一个幸运的村子，妇女比男人多。从业主三人。

维阿赫狄。在维阿赫土河边，这条河把一个湖同海洋联结起来，在这方面颇像涅瓦河。据说在那个湖里可以捕到鲑鱼和鲟鱼。居民十七名：男人九名和妇女八名。从业主七人。

万基是最北方的一个村子。居民十三名：男人九名和妇女四名。从业主八人。

根据科学家和旅行家的描写，越是往北，大自然就越贫穷、凄凉。从特拉木巴乌斯起，这个岛北部的三分之一全是平原，十足的冻土地带，贯穿整个萨哈林的主要分水岭，在这里具有不高的波状丘陵的外形，被好几个作者误认为是来自阿穆尔河的冲积层。在红棕色的沼泽平原上，到处伸展着弯曲的针叶林带；那些落叶松的树干高不过一英尺，树冠横在地面上，形状像是绿色的枕头，雪松树丛的枝干在地面上延伸开去，枯萎的林带之间长着地衣和青苔，而且，如同在俄罗斯的冻土带一样，在这儿可以看到各式各样带酸味或者很强的涩味的浆果，例如牛肝菌、水越橘、酸果蔓等。只有在平原的最北端，在丘陵重又起伏的地方，在永久寒冷的海洋近旁的一块不大的空地上，大自然才好像打算露出临别的笑容；在克鲁森施滕的地图上，这块地方画着整齐的落叶松树林。

可是，不管大自然怎样严峻，怎样贫乏，熟悉情况的人证实，沿岸村子里的居民还是生活得比较好，例如，比阿尔科沃人或者亚历山德罗夫斯克人好。

这要由他们人数极少，归他们支配的财富只由少数人平分来解释。对他们来说，种庄稼和收获不是非办不可的事，他们可以自行安排，给自己选择谋生的活计和手艺。在冬天，有一条道路从亚历山德罗夫斯克通过这些村子到尼古拉耶夫斯克；有些基里亚克族或者雅库特族的生意人到这儿来做买卖，流刑移民们不经过经纪人的手而把货物卖给他们，或者以物易物。这儿没有小铺老板、私货贩子、犹太籍转卖商，也没有用烧酒换来华美的狐皮然后带着交了好运的笑容拿出来在客人面前炫耀的官差衙役们。

再往南去，没有建立新的村子。在西部滨海一带，在亚历山德罗夫斯克以南，只有一个居民点杜埃，这是一个可怕的、不像样子的、在各方面都糟糕的地方，只有圣徒或者堕落得很深的人才情愿住在这个地方。这是个哨所，居民们把它叫做海港。它在一八五七年建立，可是它的名字杜埃，或者杜伊却存在得更早，泛指目前杜埃矿场所在的那部分海岸。有一条水浅的小河霍因吉流过它所在的那个狭窄的谷地。从亚历山德罗夫斯克到杜埃有两条道路可

133

以通行：一条是山路，一条沿着海岸。容基耶尔岬角像个庞然大物压在海岸的浅滩上，要是不凿通一条隧道，那就根本没有办法走车。人们没有同工程师商量就不管三七二十一地凿起来，结果这条隧道很暗、弯曲、泥泞。修建这条隧道代价很高，可是事实表明它是多此一举，因为既然有一条良好的山路，就无须乎沿着海岸乘车旅行，况且这条路的通行受着海水涨潮和退潮的条件的限制。在这条隧道上出色地表现了俄国人喜欢把仅有的一点资金浪费在各种花样翻新的事情上，却不去满足最为迫切的需要。人们凿通隧道的时候，工程的主管人坐着标有"亚历山德罗夫斯克——码头"字样的车厢在铁轨上奔驰，而苦役犯们却住在泥泞、潮湿的幕包里，因为人手太少，不能盖工棚。

在隧道出口的滨海路边有一个熬盐场和一所电缆房，电报的电缆就从这所小房子里拉出来，沿着沙滩下到海里。这所小房子里住着一个服苦役的木匠，是个波兰人，还有一个和他同居的女人。据说这个女人十二岁那年在押解途中被一个犯人强奸以后生了孩子。到杜埃去的一路上，陡峭险峻的海岸上布满岩屑堆，那上面点缀着黑色的斑点和长条，有一俄尺到一俄丈宽。这就是煤。这儿的煤层，据专家的叙述，上面压着砂岩层、黏土质页岩层、页岩土层和含黏土的沙层，它们呈波浪形，呈曲线状，有许多地方夹杂着玄武岩、闪长岩和斑岩。这应当具有一种特殊的美，可是人的偏见根深蒂固，他们不但对待这里的人，甚至对待植物，也惋惜它们不该长在这个地方，而应当长在别处。海岸有一段大约七俄里长的地方被一个裂口切断。这就是沃耶沃德谷；这儿孤零零地立着可怕的沃耶沃德监狱，其中关押着犯人，其中包括锁在手推车上的重犯人。有些哨兵在监狱附近走来走去；除了他们以外周围连一个人也看不见，似乎他们在这片荒野里看守着一个非同寻常的宝藏。

再往前走，不出一俄里，开始出现采煤场，然后再走过大约一俄里长的光秃而荒无人烟的海岸，就到了另一个裂口，萨哈林苦役犯过去的都城杜埃就在这儿。起初，在街上走过的时候，杜埃给人的印象好像一个不大的旧式堡垒：那是一条平坦的街道，好比一个操练步法的练兵场，两旁有些干净的白色小屋、画着条纹的岗亭、画着条纹的柱子；如果要得到完整的印象，就只差一阵阵的急促鼓声了。那些小屋里住着军事分队的长官、杜埃监狱的狱吏、教士、军官等等。在这条短街到了尽头的地方，横着一座灰色的木头教堂，挡住了这个港口的非正式的部分；在此地，裂口呈字母"Y"的形状，向左右两边分出两条沟。左边是城郊村，以前叫做犹太人城郊村，右边是各种监狱建筑和一个没有名字的城郊村。这两个城郊村，特别是左边的那个，拥挤、肮脏、不舒适，这儿已经没有那种干净的白色小屋了；小木房都破旧，没有院子，没有树木，没有门廊，杂乱无章地紧贴在山下路边、山坡上，以至山顶上。宅旁空地，如果在杜埃可以把这种土地称为宅旁空地的话，是很少的：在户口册上，宅旁空地有四平方俄丈的只有四户。地方狭小得连插足的地方都没有，可是在这种狭小和恶臭中，杜埃的行刑人托尔斯泰一家人却仍然能够为自己找到一小块地方，盖起一所房子。除掉军人、自由居民和监狱，杜埃的居民共有二百九十一名：男人一百六十七名，妇女一百二十四名。从业主四十六名，另有搭伙经营者六名。大多数户主是苦役犯。究竟是什么原因促使行政当局偏要在此地，在这个裂口里，而不是在别的地方，让他们和他们的家属安家落户，这是无法理解的。户口册上标明，整个杜埃的可耕地只有半俄顷，刈草场根本没有。就算男人都从事苦役劳动，那么，八十名成年的妇女在干些什么呢？她们干什么事来打发时间呢？由于贫穷、恶劣的天气、不断的镣铐声、经常看到的荒山景象、海水的哗哗声，由于常常传来犯人被狱吏用鞭子和树条鞭打时发出的呻吟声和哭泣声,此地的时间就似乎比俄罗斯长许多倍,使人痛苦难挨。这样的时间,妇女们是在完全不做事的情况下度过的。在一所往往只有一个房间的小木房里,您会见到一个苦役犯的家庭,跟它同住的还有一个士兵的家庭和两三个苦役犯寄居者或者客人,这儿还有一些半大孩子,墙角上放着两三个摇篮,这儿有鸡,有狗,而街上,在这所小木房附近,净是垃圾和污水洼,她们没有事情可做,没有东西可吃,早已厌倦了说话和骂街,到街上去走也乏味,总之,一切是多么千篇一律地暗淡、肮脏,多么愁闷啊!傍晚,服苦役的丈夫下工回来;他又饿又困,可是妻子哭起来,数落道:"你把我们害苦了,该死的!我完蛋了,我的孩子们完蛋了!""嘿,她号起来啦!"坐在炕头上的兵士嘟哝道。大家都已经睡熟,孩子都已经哭够,早就安静下来,可是这个女人仍旧没睡,想心思,听着海水咆哮;而这时候她被痛苦折磨着,怜惜丈夫,恼恨自己不该克制不住而责备他。可是第二天,又是老一套。

如果单凭杜埃的情况来说,那么,萨哈林的农业移民区由于妇女和苦役犯的家属过多而负担沉重。由于小木房里的地方不够,有二十七个家庭住在一些早该拆除的旧建筑物里,这些非常肮脏和不像样子的建筑物叫做"家属房舍"。这儿不是普通的房间,而是放着板铺和马桶的牢房,像在监狱里一样。这些房舍里的居民五花八门。在一个窗玻璃破碎、带着令人窒息的厕所气味的房间里住着下列几家:一个苦役犯同他的自由身份的妻子;一个苦役犯、他的自由身份的妻子和他的一个女儿;一个苦役犯同他的妻子——女流放移民和一个女儿;一个苦役犯和他的自由身份的妻子;一个波兰籍的流刑移民与一个和他同居的女苦役犯。他们这些人和他们的家什都放在这个房间里。他们并排睡在同一张板铺上。另外一个房间里住着一个苦役犯同他的自由身份的妻子和一个儿子;一个鞑靼族的女苦役犯同她的女儿;一个鞑靼族的苦役犯同他的自由身份的妻子和两个戴小圆帽的鞑靼男孩;一个苦役犯同他的自由身份的妻子和一个儿子;一个流刑移民,服过三十五年的苦役刑,可是还挺矫健,留着黑色的唇髭,因为没有皮靴而光着脚走路,是个狂热的赌徒①,跟他并排睡在板铺上的是个跟他同居的女苦役犯,那是个有气无力、带着睡意、显得一副可怜相的人;另外还有一个苦役犯同他的自由身份的妻子和三个孩子;一个没有家属的苦役犯;一个苦役犯同他的自由身份的妻子和两个孩子;一个流刑移民;一个苦役犯,这是个干干净净、胡子刮光的小老头。这儿,在这间房里有一只小猪走来走去,吧嗒着嘴;地上满是溜滑的泥浆,屋里有臭虫的臭味和一股酸味;据说,臭虫咬得人不得安生。第三个房间里住着一个苦役犯同他的自由身份的妻子和两个孩子;一个苦役犯同他的自由身份的妻子和一个女儿;一个苦役犯同他的自由身份的妻子和七个孩子,其中一个女儿十六岁,一个女儿十五岁;一个苦役犯同他的自由身份的妻子和一个儿子;一个苦役犯同他的自由身份的妻子和一个儿子;一个苦役犯同他的自由身份的妻子和四个孩子。第四个房间里住着一个狱吏,是个军士,有一个十八岁的妻子和一个女儿;还有一个苦役犯同他的自由身份的妻子;一个流刑移民;一个苦役犯;等等。根据这种使得十五岁和十六岁的姑娘不得不跟苦役犯同睡一个铺的野蛮居住环境,读者可以判断那些自愿随着丈夫和父亲来到苦役地的妇女和儿童在此地多么不受尊重,多么受到鄙视,人们多么不爱惜他们,不考虑农业移民区的需要。

---

① 他告诉我说,他狂赌的时候,他的"血管里生出电来",也就是他激动得两只手抽筋。他的一个最愉快的回忆就是他年轻的时候偷过警察局长本人的一只怀表。他谈起狂热的赌博总是眉飞色舞。我至今记得这样一句话:"你这么一打,可偏偏没有打中!"他带着猎人没有打中猎物的时候那种绝望的口气说。我特为爱好者记下他的几句话:"这批货给吃掉啦!乖乖!下它四分之一的注!一个卢布!向着花色,开炮!"——契诃夫注

杜埃监狱比亚历山德罗夫斯克监狱小，旧，而且肮脏得多。此地也有集体囚室和通铺，可是设备更糟，秩序更差。墙壁和地板同样脏，而且由于年深月久和潮湿而乌黑不堪，即使刷洗也未必会变得干净一点。根据一八八九年医疗工作报告的资料，此地的囚犯每人只分到一点一二立方俄丈的空气。如果夏天在门窗敞开的情况下尚且有污水和厕所的气味，那么我就可以想象得出，到了冬天早晨，监狱内部结着霜和冰溜的时候，这儿会成为一个什么样的地狱。此地的典狱长是一个波兰籍的过去的军医士，官级是办公室职员。除了杜埃监狱以外，他还主管沃耶沃德监狱和杜埃的矿场以及哨所。他的官级和职权完全不相称。

杜埃监狱的单身牢房里监禁着案情重大的犯人，大部分是累犯和未决犯。从外表看来，这是些极平常的人，外貌和善，有点蠢相，脸上的表情光是好奇，并且露出想尽量恭敬地回答我的愿望。他们大多数人的犯罪行为也不比他们的外貌聪明、狡猾一些。通常他们是因为在斗殴中打死人而被发送来服五年到十年的苦役刑，然后他们就逃跑；他们被捉住，然后又逃跑，直到被判无期徒刑和无可挽救为止。几乎所有的人的犯罪活动都极其乏味、平淡，至少从外部看来，没有什么吸引人的地方，我在上文中特意写了《叶果尔的故事》，以便让读者知道，我从犯人和接近苦役犯的人们口中听来的上百个故事、生平自述、逸事的内容是多么平淡，多么贫乏。不过，有一个白发老人，年纪在六十岁到六十五岁之间，姓捷烈霍夫，住在一个阴暗的单身牢房里，却给我留下了真正的恶棍的印象。在我到达此地的前夕，他刚受过鞭挞的惩罚，当我们谈到这一点的时候，他就让我看他那由于瘀血而呈青紫色的臀部。据犯人们讲，这个老头生平杀死过六十个人；他似乎采用这样一种办法：他先看准新来的囚犯中哪些人比较有钱，就引诱他们跟他一块儿逃跑，然后就在原始林里把他们杀死,抢劫他们的钱,为了掩盖犯罪的痕迹而把尸体切成几块,丢进河里。在他最近一次被捉住的时候,他用一根粗棍赶开狱吏。瞧着他那对混浊的、无神的眼睛和他那一半剃光、有棱角的、像铺路石一样的头颅,我愿意相信那些传说。有一个乌克兰人,也关在一个阴暗的单身牢房里,他的直率使我感动;他要求狱吏把一百九十五个卢布还给他,那是在搜查的时候从他身边拿走的。"你这些钱是从哪儿来的?"狱吏问道。"打纸牌赢来的。"他回答说,而且起了誓,然后他转过脸来对着我,强调说这一点也不奇怪,因为整个监狱几乎都在打纸牌,在嗜赌的犯人中拥有两三千卢布的人并不罕见。在单身牢房里我还看见一个流浪汉,他砍掉自己的两个手指头;伤口缠着肮脏的破布。另一个流浪汉有一处穿孔的枪伤:幸运的是子弹穿过第七根肋骨的边缘。他的这个伤口也用肮脏的破布包扎着。①

  杜埃永远静悄悄的。人的耳朵很快就习惯了镣铐的匀称的响声、海浪的冲击声、电线的嗡嗡声,死一般的肃静的印象反而更强烈了。严峻的烙印不仅仅刻在画着条纹的柱子上。要是有谁在街上无意间高声发笑,这笑声就会使人感到刺耳,不自然。从杜埃建立的那一天起,当地的生活就形成一种只能在残酷无情的、绝望的响声中表达出来的状态;只有冬天夜晚从海上刮到这片谷地来的猛烈的寒风才唱出了恰好应该唱出的那种歌声。也因为这个缘故,在寂静中突然响起杜埃的怪人希康狄巴的歌声时,会使人觉得古怪。这人是一个苦役犯,老头子,从他到达萨哈林的头一天起就拒绝干活,对于他这种不可征服的、简直像野兽般的执拗劲儿,一切强制办法都无济于事;人们把他关进黑牢房,用鞭子打过好几

---

① 我遇见过不少伤口溃疡的人,可是一次也没有闻到过碘酒的气味,然而每年在萨哈林要用掉半普特以上的碘酒。——契诃夫注

次,可是他咬紧牙关熬过惩罚,每一次受刑之后总是叫道:"我仍旧不干活!"人们把他搞了一阵,终于把他丢开不管了。现在他就在杜埃逛荡,唱歌。①

---

① 在公众的心目中,杜埃具有十分恶劣的名声,但这种坏名声是被夸大了的。在"贝加尔"号轮船上,人们告诉我说,有一个乘客,是一个上了年纪的、有官职的人,当轮船在杜埃的泊地停下来的时候,久久地凝望着岸上,最后问道:
"劳驾告诉我,那根用来吊死苦役犯的柱子在哪里?听说吊死以后,再抛进水里?"
杜埃是萨哈林苦役地的摇篮。有这样一种看法:选择这个地方作为流放犯的移民区的念头最初是由苦役犯自己想出来的。似乎有一个叫伊凡·拉普兴的人,因杀父罪被判刑,在尼古拉耶夫斯克服苦役,要求地方当局准许他迁到萨哈林去,于1858年9月被发送到此地。他在离杜埃哨所不远的地方定居下来,开始种蔬菜,种庄稼,并且,按照符拉索夫先生的说法,他在这里上苦役课程。大概,被发送到这个岛上来的不止他一个人,因为1858年,杜埃附近的煤矿已经有苦役犯参加开采了(请参看《莫斯科公报》1874年第207号上刊登的《寄自阿穆尔河和太平洋沿岸》一文)。维谢斯拉夫采夫在他的《用钢笔和铅笔写下来的随笔》一文中写道,1859年4月间,他在杜埃见到大约四十个人,由两名军官和一名主持业务的工程师军官负责管理。"多么美好的菜园啊。"他赞叹道,"菜园的四周是舒适干净的小房子!一个夏天,蔬菜成熟两次。"
萨哈林真正出现苦役犯的时间是六十年代,那时候,我们的行政管理体制的混乱状态达到了极点。那是这样的一个时代,警察行政部门的长官,六品文官符拉索夫,对他在苦役地所见到的一切感到震惊,直截了当地宣称,我们的惩罚制度和系统只能发展重大的刑事罪,降低公民道德。在当地对苦役劳动的大略调查,促使他相信,在俄罗斯几乎不存在苦役(请参看他的《苦役地中存在的混乱现象简述》一文)。监狱总署在它的十年报告中对苦役作了批判性的概述,指出在上述时期内苦役已经不再是最高的惩罚手段。的确,它成了无知、冷漠、残酷等所造成的混乱局面的最高手段。产生以前那种混乱的主要原因如下:(一)无论是有关流放刑的法律的制定者或者是这种法律的执行者都对于什么叫做苦役刑,它应当有什么内容,它何以必要,缺乏清楚的概念。至于实践,虽然是持续不断的,却不但没有形成一个体系,甚至没有提供从法律上对于苦役进行阐述的资料。(二)为了各种经济上和财政上的考虑而牺牲惩罚的改造和刑法的目标。人们把苦役犯看做劳动力,认为他们应当向政府的国库提供收入。如果苦役犯的劳动没有赢利,或者亏本,那就宁可把他关在监狱里,让他什么活儿也不干。劳动而亏损倒不如什么事也不干而受到损失。此外,还有必要考虑到移民这个目标。(三)不了解当地的条件,因而缺乏对工作的性质和实质的明确见解,这从不久以前废除(转下页)

煤矿的开采,如同我已经说过的那样,在离哨所一俄里的地方进行。我去过矿场,人们带我穿过阴暗潮湿的巷道,而且人家事先对这儿的情况作了介绍,然而要描写这一切却很困难,因为我不是

(接上页)的土地把劳动划分为矿场劳动、工厂劳动、农奴制劳动等这件事就可以看出来。在实际上,被判处在矿场劳动的无期徒刑犯人却关在监狱里不劳动,被判处在工厂里服四年苦役的犯人则在矿场里劳动,在托博尔斯克的苦役犯监狱里,犯人们把圆形炮弹从一个地方运到另一个地方,撒沙土,等等。在社会上,而且部分地在书籍中,形成一种见解,认为真正的、最沉重的、最丢脸的苦役只能是矿场上的苦役。倘使涅克拉索夫的《俄罗斯女人》中的男主人公不是在矿场劳动,而是为监狱捕鱼或者伐木,那就会有很多读者不满意。(四)我们的流放犯管理条例落后。这个条例对于每天从实际生活中提出的极多的问题完全不能作出解答,从而为任意的解释和不合法的行为留下了广阔的余地;在最棘手的局面里,它常常成为一本完全无用的书,大概部分地由于这个缘故,符拉索夫先生才在好几个苦役犯监狱的管理处根本找不到这个条例。(五)对苦役地的管理缺乏一致性。(六)苦役地离彼得堡过于遥远,实际情况完全不公之于众。一直到不久以前,从监狱总署成立的时候起才开始发表官方的报告。(七)我们的社会情绪也成为整顿流放和苦役制的障碍。当一个社会对某种事情没有明确的见解的时候,那就得注意它的情绪。社会是永远对监狱的秩序愤慨的,同时改善犯人生活的每一个措施又会遇到反对意见,例如有这样的意见:"要是那些庄稼汉在监狱里或者在苦役地生活得比在家里好,那可不妙。"假如庄稼汉在家里生活得常常比在苦役地坏,那么按照这种话的逻辑,苦役地就必须是地狱才成。犯人在押运车厢里喝到的不是水而是克瓦斯,这就被人说成"惯坏杀人犯和纵火犯"等等。另一方面,仿佛要同这种情绪对立似的,在俄国的优秀作家的作品里往往流露出把苦役犯、流窜犯、逃犯理想化的倾向。

1863年,由最高当局批准而成立一个委员会,它的宗旨是要寻求和规定一些措施,以便在较为正确的原则上组织苦役劳动。这个委员会认为,必须"把罪行严重的犯人遣往遥远的移民区以满足该地对强制劳动的需要,其更为重要的目标是使他们在流放区定居下来"。在遥远的移民区当中,这个委员会选中了萨哈林。它单凭臆断,认定萨哈林有下列优点:(一)它的地理位置使犯人不致逃回大陆;(二)惩罚取得了必要的镇压力量,因为流放到萨哈林的犯人可以认为是一去不复返;(三)对于决定开始新的劳动生活的犯人来说,为他的活动提供了广阔的天地;(四)从国家利益的观点来看,把流放犯集中在萨哈林,这对于巩固我们对该岛的占有乃是一种保证;(五)煤炭矿床可以得到开采而获利,因为对煤炭的需求量是巨大的。这个委员会还认为把全体流放苦役犯集中在这个岛上就能缩减关押他们的开支。——契诃夫注

141

专家。我不谈技术方面的详细情况；凡是对这方面有兴趣的人，就请他们去读一下矿业工程师凯平先生的专著吧，他有一个时期曾主管过此地的矿场。①

目前杜埃矿场由私营的萨哈林公司单独经营，这个公司的代表住在彼得堡。按照一八七五年签订的合同，这个公司有权在二十四年内使用萨哈林西部沿岸长两俄里和宽一俄里的地段。这个公司可以无偿地在滨海地区及其邻近岛屿上任意选择地点建立贮煤的仓库；这个公司所需要的建筑材料也可以无偿取得；进口技术工作、管理工作和矿场建设所必不可少的物资一概免税。海军部门每买一普特煤，这个公司就得到十五至三十戈比；每天由这个公司支配和指挥、从事劳动的苦役犯不下于四百个；如果派去劳动的苦役犯少于这个数目，国家就得付给这个公司罚金，每缺少一名劳工，一天付一个卢布；这个公司所需要的一定人数的劳工即使在夜间也可以分派。

为了履行承担的责任，为了维护这个公司的利益，国家就在矿场附近设置两个监狱，杜埃监狱和沃耶沃德监狱，以及一支三百四十个人的军队，国家为这支军队每年要开支十五万卢布。因此，如果像人们所说的那样，这个公司住在彼得堡的代表一共只有五个

---

① 《萨哈林岛，它的煤炭矿床以及在这煤炭矿床上发展起来的煤炭工业》，1875年出版。关于煤炭，除了凯平先生以外，还有一些矿业工程师写了著作：诺索夫的《关于萨哈林岛和在该岛进行的采煤工作札记》（载《矿业杂志》1859年第1期）；伊·阿·洛巴金的《书信摘抄》（《俄罗斯皇家地理协会西伯利亚分会1868年报告附件》）；也是伊·阿·洛巴金的《给东西伯利亚总督的报告》（载《矿业杂志》1870年第10期）；杰依赫曼的《萨哈林岛的采矿工业》（载《矿业杂志》1871年第3期）；康·斯卡尔科甫斯基的《俄国在太平洋的贸易》，1883年版。关于萨哈林煤炭的质量，西伯利亚船队的一些船长们在不同时期写在自己的报告里，发表在《海洋文集》中。为了完备起见，也许还可以提一下亚·尼·布特科夫斯基的论文《萨哈林岛》（载《历史通报》1882年第10期）以及《萨哈林岛和它的意义》（载《海洋文集》1874年第4期）。——契诃夫注

人,那么,国家为了保障他们每个人的收益,就要每年开支三万卢布,更不用说为了保障这些收益,就得违背农业移民区的宗旨,仿佛要嘲弄卫生学似的,让七百名以上的苦役犯、他们的家属、兵士和职员待在杜埃沟和沃耶沃德沟这种可怕的陷坑里,也不用说行政当局为了钱而把苦役犯交给一个私营公司去支使,为了工业上的考虑而牺牲惩罚的改造犯人的目标,也就是说,重复了行政当局自己指责过的错误。

公司方面本应负起三项严肃的义务:它必须正规地开采杜埃矿山,在杜埃设置一名矿业工程师,由他监督正规的开采;它必须每年两次按时上缴煤矿租借费和苦役犯劳动的报酬;公司只能使用苦役犯从事与开采煤矿有关的各种劳动。所有这些义务只是写在纸上,成为空文,显然早就被忘掉了。矿场的开采手段不正当,以渔利为原则。"没有采取过任何改善生产技术的措施,没有为生产的可靠前途而进行过任何探索,"我们在一个官方人士的报告书里读到这样的话,"生产管理方面具有种种掠夺性的征象,关于这一点,区工程师最近的报告也可以作证。"按照合同,这个公司应该有一名矿业工程师,可是却没有设置,矿场由一个普通的采矿工长掌管。讲到付款,那么,就连这方面也只能用刚才提到的那个官方人士在报告里称之为"掠夺性的征象"一类的话来说明。无论是矿场还是苦役犯的劳动,这个公司都无偿地使用。它必须付款,可是不知什么缘故没有付;官方的代表看到这种违法行为,早就应当行使权力,可是不知什么缘故,迟迟不采取行动,不但如此,每年还继续开支十五万卢布以保障这个公司的收益,双方竟然采取这样的态度,很难说这种不正常的关系何时才会结束。这个公司在萨哈林已经根深蒂固,好比福马在斯杰潘契科沃村①一样。截

---

① 福马是俄国作家陀思妥耶夫斯基的中篇小说《斯杰潘契科沃村和它的居民们》中的一个人物。

至一八九〇年一月一日为止,它对国家已经欠下十九万四千三百三十七卢布十五戈比;这笔款项的十分之一按照法律必须付给苦役犯,作为劳动的报酬。究竟到什么时候而且怎样付清杜埃苦役犯这笔账,由谁付给他们,他们会不会有所得,那我就不得而知了。

住在沃耶沃德监狱和杜埃监狱里的苦役犯每天有三百五十名到四百名被派去劳动,其余的三百五十名到四百名作为后备队。没有后备队不行,因为合同里规定每天都要有"能够劳动的"苦役犯。被派到矿场去干活的人,早晨四点多钟在所谓调度室接受矿场行政部门,也就是构成"办公室"的一小群私方代表管理。每天每个苦役犯的工作任务、劳动强度、劳动量都听凭这个办公室调度;这样,犯人们是否均等地受到惩罚在事实上取决于上述"办公室";监狱的行政当局只给自己留下监视犯人的行为和防止他们逃跑这两件事,余下的事就不得不丢开不管了。

矿场有两个,一个是旧的,一个是新的。苦役犯们在新的矿场上劳动;这儿煤层的厚度将近两俄尺,巷道的宽度也是两俄尺;从出口到目前进行采煤的地方,距离是一百五十俄丈。一个工人拉着一普特重的小车,爬上阴暗潮湿的巷道;这是劳动中最沉重的一部分;然后,把小车装满煤以后,拉回来。在出口处,煤装上小火车,沿着铁轨送到仓库去。每个苦役犯每天必须拉着小车往上爬十三次之多,这就是他的劳动定额。一八八九年至一八九〇年,每个苦役犯平均每天采煤十点八普特,比矿场行政部门规定的定额少四点二普特。总的来说,矿场和矿场的苦役犯劳动的生产率不高,日产量在一千五到三千普特之间波动。

在杜埃矿场干活的也有自由受雇的流刑移民。他们被置于比苦役犯还要艰苦的条件下劳动。在他们干活的旧矿场上,煤层的厚度不超出一俄尺,开采地点离出口有二百三十俄丈远,煤层的上层严重渗水,因而必须在经常的潮湿中工作;他们伙食自理,住在比监狱还要糟糕的地方。可是尽管如此,他们的劳动却比苦役犯有成效得多,高出百分之七十以至百分之一百。自由受雇的劳动就是这样优越于强制劳动。对这个公司来说,雇用工人比按照合同使用苦役犯较为有利,因此,如果按此地的惯例,苦役犯雇一个流刑移民或者另一个苦役犯代替自己,矿场的行政部门倒乐于容忍这种混乱。第三项义务早已荡然无存了。从杜埃刚建立起,这儿就形成一种风气,那些穷人和愚钝的人为自己和顶替别人劳动,而骗子和高利贷者在这时候却喝茶,打牌,或者在码头上闲逛,弄得镣铐叮当地响,同受贿的狱吏聊天。由于这个原因,此地就经常发生令人愤懑的事。例如,一个富有的、因纵火罪而发送到此地来的犯人,原是彼得堡的商人,在我到达此地的一个星期以前受到笞刑,原因似乎是他不愿意劳动。这个人有点蠢,不善于把钱藏好,行贿无度,最后厌烦了,不肯再时而塞给狱吏五个卢布,时而塞给行刑人三个卢布,有一次,也是合该倒霉,他断然拒绝了这两个人的索贿。狱吏就报告典狱长,说某人不愿意劳动,典狱长就下命令用树条抽他三十下,行刑人当然很卖劲。商人挨打的时候叫道:"我还从来没有挨过打!"受刑以后他认输了,又给狱吏和行刑吏钱,而且好像根本没有这回事似的继续雇一个流刑移民替他干活。

矿场劳动的分外沉重倒不在于必须在地底下阴暗而潮湿的巷道里时而爬着,时而弯下腰去干活;建筑和修路工作在风吹雨淋之下也要求干活的人消耗很多的体力。凡是了解我们的顿涅茨矿井的情况的人,就不会觉得杜埃矿场可怕。分外的沉重不在于劳动本身,而在于环境,在于各种小官儿的麻木不仁和恣意妄为,弄得人每走一步都要忍受厚颜无耻、不公正和专横的行径。富人喝茶,而穷人工作;狱吏们当着大家的面蒙哄上司;矿场和监狱的行政当局之间的不可避免的冲突给生活带来大量的无谓争吵、流言蜚语和种种细小的纠纷,这些事的重担首先落在不自由的人们身上,正如俗语所说,大老爷们打架,小人们遭殃。可是苦役犯们不管如何堕落和不公正,他们却最喜爱公正,如果在那些地位比他高的人们身上缺乏这种东西,他就会一年年地变得越来越愤恨,对一切都不信任。由于这个缘故,在服苦役的地方才会有那么多的悲观主义者和阴沉的老人,他们带着严肃、愤怒的脸色喋喋不休地议论人,议论长官,议论较好的生活,可是监狱当局听到了却哈哈大笑,因为这也真的显得可笑。杜埃矿场的劳动之所以沉重,还因为苦役犯们在此地一连许多年看到的只有矿场、通到监狱去的道路和海洋。他的全部生命仿佛埋进黏土岸和海洋之间的这块狭窄的岸边浅滩里了。

矿场办公室附近有一个板棚,供那些在矿上工作的流刑移民使用,那是一个不大的旧棚,好歹用来过夜的。我早晨五点钟到这儿来,那些流刑移民刚刚起床。棚子里恶臭,阴暗,拥挤!他们的头发乱蓬蓬,仿佛这些人通宵在打架,脸色灰黄,半睡不醒,神情像是病人或者疯子。显然,他们是穿着衣服和靴子睡觉的,互相挤得紧紧的,有的睡在板床上,有的甚至睡在板床底下,干脆躺在肮脏的泥地上。据这天早晨陪我一起去的一位医师说,这里三四个人才有一立方俄丈的空间。而这恰好是在萨哈林预料会发生霍乱,船只要进行检疫的时候。

这天早晨我到沃耶沃德监狱去了一趟。这个监狱是在七十年代建立的,为了取得现今监狱的用地,就必须把高岸掘平,掘出一块面积为四百八十平方俄丈的空地。目前在萨哈林所有的监狱中,它是最糟糕的一个,完全没有改进过,因而可以作为说明旧日的秩序和旧日的监狱的一个确切的例证,而那样的旧秩序和旧监狱以前曾经在目击者的心中引起过极端的厌恶和恐怖。沃耶沃德监狱有三所主楼和一所小楼房,单身牢房就在这所小楼房里。当然,关于空气的立方容量或者通风情况就不必说了。我走进监狱的时候,那儿刚擦完地板,潮湿恶劣的空气在过夜以后还很浓烈,仍旧憋闷。地板潮湿,使人厌恶。我在这儿听到的头一件事就是抱怨臭虫。臭虫咬得人没法活。以前他们用漂白粉消灭臭虫,到严寒季节使它们冻死,可是现在这也无济于事了。

沃耶沃德监狱关着锁在手推车上的犯人。这儿他们一共有八个人。他们在集体囚室里同别的犯人们住在一起,什么事儿也不干。至少在《流放苦役犯各种工作分派情况调查表》上,锁在手推车上的犯人是属于不劳动者之列的。他们每个人都戴着手铐和脚镣;从他们的手铐中部拖出一条三四俄尺长的链子,钉在一辆不大的手推车的底部。链子和手推车使得犯人行动不便,他们尽量少活动,这无疑地在他们的肌肉组织上表现出来了。每一个甚至极小的动作都会使他们的双手产生沉重的感觉,这已经成了习惯,即使在犯人终于跟手推车和手铐分开以后,也还会感到两只手别扭,不必要地做出用力的急遽动作;例如一端起茶杯就会把茶泼出来,仿佛害了 chorea minor①。夜里睡觉的时候,犯人就把手推车放在板床底下,为了这样做方便一点,省力一点,照例让他们睡在通铺的边上。

这八个人都是累犯,一生中被审讯过好几次。其中的一个是六十岁的老人,由于逃跑,或者据他自己说,是"由于干了蠢事"而被锁住。他显然有痨病,先前的典狱长出于怜悯而下令让他待在靠近火炉的地方。另一个犯人从前是铁路上的列车员,因为盗窃教会财物而被发送到这儿来,在萨哈林,又因为伪造二十五卢布票面的钞票而落网。有一个陪我走访各牢房的人责备他不该抢劫教堂,他就说:"那有什么关系?上帝又不需要钱。"他发现犯人们没有笑,这句话给大家留下不愉快的印象,就补了一句,"可是我又没有杀人。"第三个原是水兵,他被送到萨哈林来是因为犯了纪律

---

① 拉丁语:痉挛病。

方面的罪行:他举起拳头向军官扑过去;在服苦役的地方他好像又向一个什么人扑过去;最近一次是典狱长下命令用树条抽打他的时候他向典狱长扑过去。在战地法庭上他的辩护人把他这种向人们扑过去的举动解释为病态;法庭判处他死刑,可是阿·尼·柯尔夫男爵把这种惩罚改为终身苦役、鞭笞和锁在手推车上。其他锁在手推车上的犯人都是杀人犯。

这天早晨潮湿,阴暗,寒冷。大海不安宁地喧哗。我记得,我们从旧矿场到新矿场的道路上在一个高加索老人身旁停了一忽儿,他躺在沙地上,昏迷不醒;两个同乡拉住他的手,束手无策、不知所措地东张西望。老人脸色苍白,手冰凉,脉搏细弱。我们讲了几句话,就坐车往前走,没有给他医疗上的帮助。我对陪同我的一位医师说,不妨给老人一点药,哪怕缬草酊①也好,他说沃耶沃德监狱的医士那儿什么药也没有。

九

特姆河,或者特米河——中尉包希尼亚克——波里亚科夫——上阿尔穆丹——下阿尔穆丹——杰尔宾斯科耶——在狄姆河上游逛——乌斯科沃——茨冈人——在原始林中游逛——沃斯克烈先斯科耶

北萨哈林的第二个区坐落在分水岭的那一边,叫做特莫夫斯克,因为它的大多数村子都在特姆河两岸,这条河通到鄂霍次克海。从亚历山德罗夫斯克坐车到新米哈伊洛夫卡去的时候,前景上耸立着一道山岭,遮住了地平线,这道山岭从这儿可以看到的那

---

① 一种镇静剂。

一部分叫做皮林加山。在这个皮林加山的高处纵目四望,眼前就展现出一幅华美的全景图,一边是杜依卡河谷和海洋,另一边是辽阔的平原,特姆河和它的支流有二百多俄里长,经过这块平原,向东北方流去。这个平原比亚历山德罗夫斯克大许多倍,也有趣得多。有丰富的水源,有各式各样适于建筑用的树林,草比人的身量高,鱼多得出奇,还有煤矿的矿藏,所有这些能为整整一百万人提供饱足和满意的生活。事情本来能够这样,可是鄂霍次克海的寒流和靠近东岸甚至在六月间也漂浮着的冰块,却无情地证明,当初大自然创造萨哈林岛的时候极少顾到人类和人类的利益。要不是因为有山,这个平原就会成为冻土带,而且比维阿赫图附近的冻土带还要寒冷和令人绝望。

头一个来到特姆河并且加以描写的是中尉包希尼亚克。一八五二年,他被涅韦尔斯科伊派到此地来,为了核实从基里亚克人那儿得来的关于煤炭矿床的情报,然后横贯全岛,到鄂霍次克海岸去,据说那儿有一个良好的港湾。人们给他一辆由狗拉的雪橇、够吃三十五天的面包干、茶叶和糖块、一个小小的罗盘,涅韦尔斯科伊除了送给他一个十字架以外,还鼓励他说,"如果有面包干可以充饥,有一杯水可解渴,那么,有上帝保佑,还是可以做一番事业的。"他坐着雪橇沿着特姆河到达东岸,好不容易又回到了西岸,这时候他已衣衫褴褛,肚里饥饿,脚上生疮。那些狗不肯再往前走,因为它们饿。在复活节那天,他缩在一个(基里亚克人的)幕包的角落里,简直筋疲力尽了。面包干没有了,没有什么吃食可以用来开斋,①他的脚痛得厉害。在包希尼亚克的考察工作中最使人感兴趣的当然是考察者本人、他的青春(那时候他才二十一岁)以及他对工作的无私的、极端的忠诚。那时候特姆河上覆盖着很

---

① 按照基督教教会规定,在复活节前的四十天持斋,到复活节那天开斋。

厚的雪,因为外面是三月的天气。不过,这趟旅行却给他提供了写札记的极为有趣的材料。①

抱着学术的和实际的目标对特姆河所做的严肃而仔细的考察工作,是在一八八一年由动物学家波里亚科夫②进行的。七月二十四日,他坐着牛车从亚历山德罗夫斯克动身,极为艰苦地越过皮林加。在这儿只有步行的小道可走,当时苦役犯们就是从亚历山德罗夫斯克区,肩膀上扛着粮食,顺着这条小道上山下山走到特莫夫斯克区的。这条山岭在此地有两千英尺高。在特姆河的支流阿德姆沃河旁,在离皮林加极近的地方,有一个韦杰尔尼科夫斯克驿站,这个驿站目前留存下来的只有韦杰尔尼科夫斯克驿站站长的空头职位了③。特姆河的支流湍急,弯曲,水浅,石滩多,坐木船来往不行,因此,波里亚科夫不得不坐着牛车到达特姆河。在杰尔宾斯科耶村他同他的旅伴坐上一条小木船顺流而下。

读他的这趟旅行的记述是令人疲劳的,因为他办事认真,一路上他遇到的所有石滩和浅滩他都逐一罗列。从杰尔宾斯科耶村起,在二百七十二俄里的途程中,他得闯过一百一十个障碍:十一个石滩,八十九个浅滩,十个被别处冲来的树和沉木堵住航道的地方。因此这条河平均两俄里就有一处水浅或者堵塞的地方。这条

---

① 四年以后,列·伊·希连克顺着特姆河到东岸去,再顺着同一条道路回来。可是这也是在冬天进行的,当时河上覆盖着雪。——契诃夫注
② 他已经不在人间。他在萨哈林之行以后不久就去世了。如果根据他匆匆写成的草稿来下断语,那么,他是一个有才能的、有全面教养的人。他写了以下的论文:(一)《1881 至 1882 年的萨哈林岛之行(写给协会秘书的信)》,发表在 1883 年《俄罗斯皇家地理协会通报》第 19 卷的附录上;(二)《萨哈林岛和南乌苏里地区考察报告》,发表在 1884 年《皇家科学院院报》第 48 卷第 6 号附录上;(三)《在萨哈林岛》,发表在《处女地》1885 年第 1 期上。——契诃夫注
③ 这个站长同这个驿站的关系,在目前就像一个退位的国王同王国的关系;他目前所负的职责同那个驿站的工作毫无关联。——契诃夫注

河在杰尔宾斯科耶附近宽二十到二十五俄丈;越宽,水就越浅。它那曲折和急转弯处很多,水浅流急,不容许人指望有朝一日它能成为真正的航道。按波里亚科夫的看法,它只是一条适于流淌的河。一直到离河口只剩七十至一百俄里的地方,也就是最不应当打算建立移民区的地方,这条河才变得水深,河道较直,水流在这儿也变得缓慢,石滩和浅滩完全没有了;这儿才可以走汽艇,以至吃水较浅的拖轮。

等到此地的极为丰富的渔业资源落到资本家手中,那才会认真地着手疏浚和加深这条河的航道;甚至可能沿河至河口会铺上铁道,而这条河无疑地会绰绰有余地补偿这一切费用。然而这是遥远的未来的事。在当前的条件下,在只能顾到最近的目标的时候,特姆河的财富几乎是幻影。它给予流放的居民的东西少得可怜。至少特莫夫斯克区的流刑移民生活得半饥半饱,同亚历山德罗夫斯克区一样。

特姆河的谷地上,按波里亚科夫的描述,分布着湖泊、旧河床、悬崖、陷坑,那儿没有整齐平坦的空地生出有养分的、用作饲料的草,没有在春汛时会淹没的、浸水的草地,只是偶尔看到一些长着薹草的小草地:那是生长杂草的湖。高起的岸坡上长着茂密的针叶林,平缓的岸坡上生着桦树、柳树、榆树、山杨和成林的白杨树。白杨树很高;岸边的杨树被河水冲掉根部的泥土,倒在水里,成为沉木和拦河坝。这儿的灌木有稠李、柳丛、野蔷薇、山楂……蚊子多极了。八月一日早晨有霜。

离海越近,植物就越稀。杨树渐渐不见了,柳树变成了灌木,整个画面上占优势的已经是沙土的或者泥炭的岸坡,上面生着水越橘、桑悬钩子、青苔。这条河逐步展宽到七十至一百俄丈,四下里是冻土带,河岸又低又湿……从海上刮来了冷风。

特姆河流入内依湾,或者特罗湾,那是一小片水域,是通往鄂霍次克海,或者也可以说是太平洋的门户。波里亚科夫在这个海湾的岸上所过的第一夜,天气晴朗、凉爽,天空中一颗不大的彗星拖着两条尾巴,发出明亮的光芒。波里亚科夫没有写他观赏彗星、听着夜晚的响声时的思绪。睡意"征服了"他。第二天早晨命运却用一种意外的景色来酬劳他:在河口通往海湾的地方停着一条乌黑的船,船舷白色,有很好的索具和操舵室;船头上蹲着一只被缚着的活鹰。①

海湾沿岸给波里亚科夫的印象是郁闷的;他把它叫做典型的极地景观。植物稀少,而且节疤多。海湾由一条原是沙丘的、又长又窄的沙滩同海洋隔开,在这条沙滩的另一边是伸展数千俄里的阴沉、凶恶的海洋。一个男孩子读了许多麦因·里德②的书以后,夜间睡觉,被子从他的身上滑落下来,他的身子冻得发僵,那时候,他就会梦见同这一样的海洋。这海洋好比噩梦。海面一片铅灰色,上面"笼罩着单调的灰色天空"。严峻的海浪拍打荒凉的、没有树木的海岸,不住地咆哮,难得有一条鲸鱼或者一只海豹像一块黑斑似的在海水里一闪而过,马上就不见了。③

现在到特莫夫斯克区去,已经没有必要沿着崇山峻岭越过皮林加山了。我已经说过,现在从亚历山德罗夫斯克到特莫夫斯克区去,只要穿过阿尔科依河谷,在阿尔科沃驿站换马就行了。这儿的道路极好,马也走得快。离阿尔科沃驿站十六俄里的地方就是特莫夫斯克区大道上的第一个村子,村名仿佛是东方神话里的名字,叫上阿尔穆丹。它在一八八四年设立,分为两个部分,坐落在

---

① 在河口,两俄丈长的杆子够不到河底。海湾里可以停大型的船只。如果在靠近萨哈林的鄂霍次克海里发展通航事业,那么船舶就会在这儿,在这个海湾里,找到完全没有危险的停泊处。——契诃夫注
② 19世纪英国作家,著有许多冒险小说。
③ 矿业工程师洛巴金6月中旬在此地看到海面上覆着冰,这冰要到7月间才化。在彼得节(旧俄历6月29日),茶壶里的水结了冰。——契诃夫注

特姆河支流阿尔穆丹河旁边的山坡上。这儿的居民一百七十八名：男人一百二十三名，妇女五十五名。从业主七十五名，另有搭伙经营者二十八名。流刑移民瓦西里耶夫甚至有两个搭伙经营者。同亚历山德罗夫斯克区相比，读者会看到，特莫夫斯克区的大多数村子都有许多搭伙经营者或者对分经营者，而且妇女少，合法的家庭少得很。上阿尔穆丹的四十二户家庭中，只有九户是合法的。跟着丈夫来的、自由身份的妇女只有三名，就像存在不过一年的红悬崖或者布塔科沃一样。特莫夫斯克区各村妇女和家庭的这种往往惊人的缺乏同萨哈林的妇女和家庭的总数很不相称，这不能用某种当地的或者经济的条件来解释，而是另有原因：所有新来的犯人都在亚历山德罗夫斯克分类遣送，那边的官员们正如谚语所说，"自己的衬衣总是更贴身"①，把大多数妇女都留在自己的区里了。特莫夫斯克区的官员们对我说，"他们把好的留给自己，丑的才让给我们。"

上阿尔穆丹的小木房的房顶是用干草或者树皮铺成的，有些窗子没有安好，或者干脆钉死。这儿极端贫穷。有二十个人不住在家里，出外做工去了。所有七十五个从业主和二十八名搭伙经营者所耕耘的土地只有六十俄顷，播下的种子一百八十三普特，也就是每户少于两普特。再说，不管播种多少，对此地的庄稼未必能抱什么希望。村子的地势大大高出海面，北风一来就毫无遮挡，此地的雪融化的时间要比邻村小特莫沃迟两个星期。夏天捕鱼要走二十到二十五俄里到特姆河，而猎捕毛皮兽具有消遣的性质，在经济方面给予流刑移民的极少，甚至不值得一提。

户主和家属我是在他们家里碰到的；虽然根本不是假日，可是大家什么事也不做，而在这八月的大忙季节，大人和孩子本来都能

---

① 意谓"人总是先想到自己的利益"。

153

在田野上或者特姆河上找到工作,特姆河的鱼汛已到。户主和他们的同居女人显然烦闷无聊,乐于坐下来,天南地北地闲谈一阵。为了摆脱烦闷,他们发笑,为了添一点变化,他们就哭一场。这些人是失意者,大多数是神经衰弱患者和牢骚满腹的人,是"多余的人",他们为了糊口,什么活儿都尝试过,已经筋疲力尽,而他们的精力是很差的,现在他们终于灰心了,因为"什么办法也没有","无论干哪种行当"都活不下去。不得已的闲散渐渐变成习惯,现在他们仿佛在大海边上等待好天气似的苦恼不堪,勉强躺下去睡觉,什么事也不做,大概也什么事都不会做了。也许只有打打小牌。不管这是多么奇怪,纸牌的赌博在上阿尔穆丹是一直盛行的,当地的赌徒在整个萨哈林出名。由于缺少钱财,上阿尔穆丹人下的赌注很小,可是另一方面却赌个不停,好比剧本《三十年,或者赌徒的一生》①里一样。我同一个最热衷、最不知疲倦的赌徒,流刑移民西左夫,进行了这样一场谈话:

"老爷,为什么他们不让我们到大陆去?"他问。

"你何必到那儿去呢?"我取笑道,"那儿恐怕没有人跟你打牌。"

"哼,那儿才称得上真正的赌钱呢。"

"你们玩什托斯②吗?"我沉默一下,问道。

"是,老爷,玩什托斯。"

后来,我坐车离开上阿尔穆丹村的时候,问那个给我赶车的苦役犯:

"他们是真赌吗?"

"当然,真赌……"

---

① 法国剧作家迪康热(1783—1833)的剧本。
② 一种狂热的纸牌戏。

"可是他们拿什么东西去赌呢?"

"怎么会没有?公家发的口粮啦,面包啦,鱼干啦。他把吃食和衣服都赌光,自己就挨饿,坐着受冻吧。"

"他吃什么呢?"

"吃什么?喏,赌赢了就吃一顿,没赌赢就什么也不吃,躺下睡觉。"

顺着同一条支流往下走,还有一个小一点的村子,叫下阿尔穆丹。我是在晚上很迟的时候来到这儿的,在村监所的阁楼上,靠近火炉的烟道的地方过夜,因为村监不许我住在房间里。"在这儿过夜可不行,老爷;臭虫和蟑螂数不清,多的是!"他说,无可奈何地摊开两只手,"您上楼去吧。"要上楼就得到房外在黑地里顺着一道被雨水淋得潮湿溜滑的楼梯爬上去。我到下边去取烟草的时候,看到果然"多的是",简直惊人,大概只有在萨哈林才可能这样。墙上和天花板上仿佛蒙着一层服丧用的黑纱,好像被风吹得在飘动;凭这块黑纱上那些急速而杂乱地蠕动的一个个黑点,可以猜出这密密麻麻、变动不定的一大片究竟是什么东西。可以听见沙沙声和窸窸窣窣的声响,好像那些蟑螂和臭虫正在急促地赶到什么地方去集会似的。①

下阿尔穆丹的居民共有一百〇一名:男人七十六名和妇女二十五名。从业主四十七名,另外有搭伙经营者二十三名。合法的家庭有四家,不合法的十五家。自由身份的妇女只有两名。十五岁到二十岁的居民一个也没有。居民很穷。只有六所房子的房顶

---

① 顺便说一下,萨哈林人有一种看法,认为臭虫和蟑螂似乎是从树林里带出来,混在青苔里的,此地造房就用青苔塞缝隙。持这种看法的人说:人们还没来得及把墙壁的缝隙堵塞,缝里就已经出现臭虫和蟑螂了。当然,这同青苔毫无关系;木工们在监狱里或者在流刑移民的小木房里过夜的时候把这些虫子带在自己身上了。——契诃夫注

155

铺着木板,其余的都铺着树皮,而且如同在上阿尔穆丹一样,有些房子根本没有装上窗子,或者把窗洞堵死了。我连一个工人也没有登记到,显然户主本人没有什么活儿可干。出外做工的有二十一名。从一八八四年这个村子建立的时候起,耕地和菜园地一共只有三十七俄顷,也就是说每一户只有半俄顷。越冬和春播的谷物种子是一百八十三普特。这个村子根本不像一个种庄稼的村子。此地的居民是一群胡乱地聚合在一起的人,有俄罗斯人、波兰人、芬兰人、格鲁吉亚人,他们肚子挨饿,衣服破烂,并不是按自己的意愿凑在一起,而是偶然地聚在一起的,就像在翻船以后的情形一样。

下一个大道边上的村子紧靠特姆河。它建立于一八八〇年,起名杰尔宾斯科耶,为的是纪念典狱长杰尔宾,他是由于残忍而被犯人杀死的。这是个年纪还轻,然而难于相处的、专横的、铁石心肠的人。按照那些认得他的人的回忆,他老是带着一根棍子在监狱里和街上走来走去,而他带着棍子专门为了打人。他是在一个面包房里被打死的;他挣扎了一下就倒在和面的大木桶里,把面团染上了红血。他的死亡在犯人们当中引起普遍的欢乐,他们为那个打死他的人零星募集了六十个卢布。

杰尔宾斯科耶村的过去,总的来说,却并不令人高兴。它目前所在的平原的一部分是狭长的,本来布满了白桦和山杨树林;另一部分比较宽敞,然而又低又湿,似乎不宜于居住,长满茂盛的云杉和落叶松的树林。人们刚砍完树,掘出树根,以便造小木房、监狱、公家的仓库,后来又排水,不料马上就得向一种移民们预先没有料到的灾难搏斗:原来阿姆加小河一到春汛时期就把全村淹没。必须为这条小河另挖一个河道,使它按新的方向流去。现在杰尔宾斯科耶占地一平方俄里多,具有真正的俄罗斯农村的外观。人坐着车子走过一道极好的木桥而进入村子,河水畅流,两岸碧绿,柳树成行，街道宽阔，小木房铺着木板的房顶，又有院子。新的监狱建筑、各种仓库和堆房、典狱长的房子坐落在村子中央，这些建筑物不像监狱，倒像是地主的庄院。典狱长老是从这个仓库走到那个仓库，钥匙叮当地响，好像是旧时代那种日夜为储藏品操心的地主。他的妻子坐在正房旁边的小花园里，气度庄严，好比一位侯爵夫人，她在监视家里的活动。她看见正房跟前的温室里西瓜已经成熟，服苦役的园丁卡拉达耶夫带着奴仆的虔诚神情在西瓜旁边毕恭毕敬地走来走去；她看见犯人们从河上打鱼归来，手中提着一条肥大的上等马哈鱼，所谓的"银白鱼"，这东西不是送到监狱里去，而是给长官腌咸鱼用。花圃旁边有几位小姐在散步，穿得像小天使一样；她们的衣服是由一个犯纵火罪而被发送来服苦役的女时装裁缝给缝制的。这一带使人有一种平静而愉快的满足感，大家走路的脚步很轻，像猫一样，讲话也柔和：小鱼，咸鱼干儿，公家的给养……

杰尔宾斯科耶的居民共有七百三十九名：男人四百四十二名和妇女二百九十七名，加上监狱里的人，一共有一千名左右。从业主二百五十名，另有搭伙经营者五十八名。不但从外表来看，而且从家庭和妇女的数量来看，从居民的年龄来看，总之，从一切有关的数字来看，这是在萨哈林可以严肃地称之为村子，而不是一群偶然凑在一起的乌合之众的不多的村子之一。这个村子里的合法家庭有一百二十一户，自由同居的家庭十四户，在合法的妻子当中，自由身份的妇女占很大的优势，在此地共有一百零三名；儿童占全体居民的三分之一。然而在试图了解杰尔宾斯科耶人的经济情况的时候，仍然首先会发现各种偶然因素，这类因素在此地如同在萨哈林的其他村子一样起着主要的、支配一切的作用。自然规律和经济规律在此地也似乎退居次要地位，而把首位让给一些偶然因素，例如丧失劳动能力的人、病人，盗贼或者旧日的市民数量的多寡（这些人在此地种庄稼纯粹是出于不得已），老住户的多寡，监狱的远近，区长个人的素质等等，所有这些条件都可能每五年改变一次，甚至改变得更频繁一些。在这儿头一批落户的是一八八〇年以前服完苦役的犯人，他们承担了这个村子的过去的重担，好不容易习惯下来，渐渐取得了较好的地位和地段，那些从俄罗斯带着家属和钱财来的人也生活得不穷；二百二十俄顷的土地和每年三千普特的捕鱼量（官方报告中的数字）显然只标志着这类户主的经济地位，至于其他居民，也就是杰尔宾斯科耶的一大半人，却挨饿，衣服破烂，给人留下一种印象，似乎他们是不必要的、多余的，他们不是在生活，而且妨碍别人生活。在我们俄罗斯的村子里，即使在发生火灾以后，也见不到这样明显的差别。

　　我来到杰尔宾斯科耶，后来走访各处小木房的时候，天在下雨，很冷，道路泥泞。典狱长因为自己的住处挤，没有地方，就把我安置在一个不久以前盖成的仓库里，那儿堆着维也纳式的家具。他们给我放了一张床和一张桌子，房门上安一个门扣，可以从里面把门扣上。从傍晚到夜里两点钟光景，我阅读，或者从户口登记簿中抄录材料。雨不停地敲打房顶，外面难得有个迟误的犯人或者兵士在泥泞中啪嗒啪嗒地走过。堆房里也好，我的灵魂里也好，都安安静静，可是我刚吹熄蜡烛，在床上躺下去，就听见沙沙声、耳语声、雨点声、溅水声、深长的叹息声……水珠从天花板落到维也纳式的椅子上，发出滴滴答答的响声，在每一次这种响声以后总有一个人绝望地小声说："唉，我的上帝，我的上帝啊！"仓库旁边就是监狱。苦役犯们会不会从地道摸到我这儿来？可是这时候起风了，雨势来得更猛，不知什么地方的树木沙沙地响起来，跟着又是深长而绝望的叹息！"唉，我的上帝，我的上帝啊！"

　　早晨我出去，走到门廊上。天空灰色，阴郁，雨还在下，道路泥泞。典狱长带着钥匙匆匆地从这个门走到那个门。

"我要给你批个条子,叫你这一个星期身上发痒!"他嚷道,"我要叫你知道知道什么叫批条子!"

这些话是对一群二十个苦役犯说的,从传到我耳边来的不多几句话可以推想,这些人要求到医院去。他们穿得破烂,全身淋得湿透,溅满泥浆,不住地颤抖;他们想通过脸上的表情,表示他们确实病了,可是在他们的冻僵的脸上却现出一种难看的、虚假的神情,虽然他们可能完全没有作假。"唉,我的上帝,我的上帝啊!"他们当中有人叹道,我却觉得我夜间的噩梦好像仍旧在持续地做下去。我的脑子里突然出现"贱民"这个词,在日常生活中,这个词指的是一个人的地位不能再低下了。我在萨哈林逗留的整个时期里,只有在矿场旁边的流刑移民的板棚里以及在这儿,在杰尔宾斯科耶,在这下雨的、泥泞的早晨,才感觉到我看见了人的屈辱的最大的极限,到了无以复加的程度。

在杰尔宾斯科耶住着一个女苦役犯,从前是男爵夫人,此地的女人把她叫做"干活儿的太太"。她过着一种俭朴的劳动生活,据说对她自己的地位很知足。有一个旧日的莫斯科商人,从前在特维尔-亚姆斯卡亚街做生意,叹口气对我说:"如今莫斯科正在赛马呐!"他转过脸去对着流刑移民们,开始对他们讲什么叫做赛马,每到星期日有多少人蜂拥到特维尔-亚姆斯卡亚街上的城门去。"信不信由您,老爷。"他对我说,讲得兴奋起来,"我情愿把什么都交出去,把我的生命也交出去,不是只求看一眼俄罗斯,看一眼莫斯科,而是只求看一眼特维尔街。"顺便说说,在杰尔宾斯科耶还住着两个叶美里扬·萨莫赫瓦洛夫,他们两个人同名同姓,我至今记得我在其中的一个叶美里扬·萨莫赫瓦洛夫家的院子里见到过一只捆着脚的公鸡。种种因素的古怪而又很复杂的配合终于把两个住在俄罗斯不同地方而又同名同姓的人送到杰尔宾斯科耶来了,这种情况使得所有的杰尔宾斯科耶人,包括两个叶美里扬·

萨莫赫瓦洛夫本人在内,都觉得好笑。

八月二十七日,柯诺诺维奇将军、特莫夫斯克区的区长阿·米·布塔科夫和另外一个官员,一个青年人,一同到杰尔宾斯科耶来了,这三个人都是有学识的、有趣的人。他们和我四个人一起作了一次小小的闲游,不过这次闲游从头到尾使人感到不舒服,因而不能算是游逛,倒像是远征的拙劣的模仿了。一开头就是下大雨。道路泥泞而溜滑,不管你拿什么东西,都是湿的。雨水从淋湿的后脑壳上流进衣领里,靴子里又冷又湿。点燃纸烟是一种复杂而繁重的工作,必须所有的人一同来解决。我们在杰尔宾斯科耶附近坐上一条小木船,沿着特姆河顺流而下。我们在途中几次停下来观看捕鱼、水磨坊、监狱的耕地。关于捕鱼,我到适当的地方再写。我们一致认为水磨坊很出色;耕地却没有什么特别之处,其所以引人注意也许只是因为规模很小;一个认真的农户主人会称之为儿戏。河水流得快,四名桨手和一名舵工协力地工作;由于河道曲折,水流湍急,我们眼前的画面每一分钟都在更换。我们的小船航行在群山和原始林之间的河里,然而我却情愿把它的荒野的全部美丽、碧绿的河岸、峭壁、打鱼人的孤零零的不动的身影,换成温暖的房间和干燥的鞋子,再说风景单调,对我来说已经不新奇,而且主要的是一切都笼罩在灰色的雨雾里。阿·米·布塔科夫坐在前面船头上,举起枪来瞄准那些由于我们的出现而惊飞起来的野鸭。

顺着特姆河从杰尔宾斯科耶往东北走,目前只建立了两个村子:沃斯克烈先斯科耶和乌斯科沃。为了使这条河的沿岸一直到河口为止都住上人,这种每隔十俄里必有一个的村子至少需要三十个。行政当局打算每年建立一两个,由道路衔接起来,指望日后在杰尔宾斯科耶和内依湾之间铺一条大道,这条大道将由于那一长串村子而热闹起来,并受着村子的保护。我们经过沃斯克烈先斯科耶的时候,村监笔直地站在岸上,显然在等我们。阿·米·布塔科夫对他叫道,我们从乌斯科沃回来的时候就在他这儿过夜,要他多准备些干草。

这以后不久,空气中就弥漫着烂鱼的强烈气味。我们渐渐走近基里亚克人的小村子乌斯克-沃,如今它的名字是乌斯科沃。基里亚克人、他们的妻子、孩子和短尾巴的狗在岸上迎接我们,不过已故的波里亚科夫当初来到此地而引起的那种惊讶,我们却已经见不到了。就连孩子和狗也冷淡地瞧着我们。俄罗斯人的村子坐落在离岸两俄里的地方。这儿,在乌斯科沃,景象同红悬崖一样。那儿有一条宽阔的街,树根没有掘尽,坎坷不平,布满树林里的草;街道两旁都是没有完工的小木房,堆着树木和一堆堆的垃圾。萨哈林一切新建的村子都给人一种被敌人破坏或者久已被弃置的村子的印象。可是只要凭房架和刨花的新鲜颜色来看,这儿并没有遭到破坏。乌斯科沃有居民七十七名:男人五十九名和妇女十八名;从业主三十三名,另外还有多余的人,或者换一种说法,搭伙经营者,二十名。有家属的只有九人。乌斯科沃人带着家属聚集在我们在那儿喝茶的村监家旁边,妇女和儿童比较好奇,挤在前面,这些人就像一大群漂泊的茨冈人。其中确实有几个脸色黝黑的茨冈女人,现出狡黠的、假装悲伤的表情,几乎所有的孩子都是茨冈儿童。乌斯科沃住着好几个服苦役的茨冈人,那些自愿跟他们来的家属分担着他们辛酸的命运。有两三个茨冈女人我先前就有点认识:我在来到乌斯科沃的前一个星期在雷科夫斯科耶看到她们肩膀上搭着布袋,在人家窗子跟前走动,要给人占卜算命。①

乌斯科沃人的生活极其贫困。供庄稼地和菜园用的耕地只有十

---

① 有一个著作家在我以后过了两年到萨哈林去,看见乌斯科沃附近有成群的马了。——契诃夫注

一俄顷,几乎每户只有五分之一俄顷。所有的人都靠领取公家发放的口粮和衣物,而且拿到这些东西很不容易,因为当时没有可行的道路,他们只得从杰尔宾斯科耶穿过原始林,把这些东西背回来。

我们休息一阵,就在午后五点钟步行回到沃斯克烈先斯科耶。距离不远,一共只有六俄里,可是由于不习惯在原始林里赶路,我刚走完一俄里,就觉得很累。大雨仍然在下。一出乌斯科沃村就得同一条一俄丈宽的小河打交道,河上搭了三根又细又弯的原木算是桥;大家都顺利地走过去,可是我一脚踏空,靴子里灌进水去了。我们面前是一条又长又直的林间空地,那上面的树木已经砍尽,为的是铺一条计划中的道路;这里简直没有一俄丈地可以顺利地走过去,人不能不努力保持身体的平衡,磕磕绊绊地向前移动。到处是土墩,水坑,硬得像铁丝一样的灌木,如同门槛那样使人绊跤和阴险地藏在水里的树根,不过最使人恼火的是枯树枝和开辟道路时砍下来的一堆堆树。人刚爬过一堆树,出一身汗,继续在沼地里走,就又碰见新的一堆树挡住去路,就又爬,这时候我的旅伴们对我嚷叫,说我走得不对,应该绕过这堆树往左或者往右走,等等。起初我极力只做到一点,就是不要让我的另一只靴子灌进水去,可是不久就不顾一切,听凭局势摆布了。有三个流刑移民跟在我们后面,给我们背东西,他们呼呼地喘气……闷热和气喘使人很难受,口又渴……我们把帽子脱掉,这样舒服些。

将军气喘吁吁,在一根很粗的原木上坐下。我们也坐了下来。我们给那些不敢坐下的流刑移民一人一支烟。

"嘿!好累啊!"

"离沃斯克烈先斯科耶还有几俄里?"

"还有三俄里光景。"

走得最有劲的是阿·米·布塔科夫。以前他步行穿过原始林和冻土带,走很远的路,现在走这么六俄里,在他简直是一件无所

162

谓的事。他对我讲起他沿着波罗内河到忍耐湾的往返旅行,说头一天走得很累,筋疲力尽,第二天周身酸痛,不过走路倒轻松一点,到第三天和随后的那些天就觉得自己像是长了翅膀,仿佛不是自己在走路,而是有一种肉眼看不见的力量抬着自己走,其实两只脚仍然时而被很硬的矾踯躅缠住,时而陷在泥塘里。

半路上天黑了,不久我们的四周就是一片真正的漆黑。我已经丧失这趟游逛终于会结束的希望,摸着黑走路,水漫到膝盖上,脚底下绊着原木。在我和我的旅伴们的四周,这儿那儿有些鬼火闪现或者呆然不动;水洼和巨大的朽木闪着磷光,我的靴子上布满许多活动而发亮的星星点点,就像无数的萤火虫。

可是后来,感谢上帝,远处出现了亮光,不是磷光,而是真正的灯火。有人在招呼我们,我们回答了一声;村监带着提灯来了;他迈开大步跨过水洼,他的提灯的光映在水面上;他带领我们穿过在黑地里看不清的整个沃斯克烈先斯科耶,来到村监所。① 我的旅伴们随身带着更换的衣服,来到村监所以后就赶紧换衣服,我却什么也没有带,虽然我浑身上下已经湿透了。我们喝足茶,谈了一阵,就躺下睡了。村监所里只有一张床,由将军占据了,我们这些老百姓就躺在墙边地板的干草上。

沃斯克烈先斯科耶几乎比乌斯科沃大一倍。居民一百八十三名:男人一百七十五名和妇女八名。自由同居的家庭有七个,正式结婚的夫妇连一对也没有。村子里的儿童不多,只有一个女孩。从业主九十七名,此外有搭伙经营者七十七名。

---

① 从乌斯科沃到沃斯克烈先斯科耶的六俄里路,我们走了三个小时。如果读者想象人们背着面粉、腌牛肉或者公家的物品步行,或者想象一个病人从乌斯科沃步行到雷科夫斯科耶的医院去,那么,他就会充分理解"没有道路"这句话在萨哈林意味着什么。坐车或者骑马都是不行的。有过这样的事:有人试图骑马走过去,结果马折断了腿。——契诃夫注

十

　　雷科夫斯科耶——当地的监狱——米·尼·加尔金-符拉斯基气象站——巴列沃——米克留科夫——瓦尔兹和隆加利——小特莫沃——安德烈耶-伊凡诺夫斯科耶

　　在特姆河上游最南部,我们看到较为开展的生活。这儿,不管怎样,总还暖和些,大自然的色调柔和些,对挨饿受冻的人来说,此地的自然条件比特姆河的中游或下游较为合适。这儿,就连地形都像俄罗斯。这种在流放犯看来又迷人又动人的相似特别明显地表现在特莫夫斯克区行政中心雷科夫斯科耶村所在的那部分平原上。这儿的平原有六俄里宽;东部被一条不高的同特姆河并行的山脉稍稍遮挡着,西边有大分水岭的若干支脉呈现出蓝色的轮廓。平原上没有丘陵和高地,完全是一马平川,从外表来看像是俄国普通的田野,有耕地,有割草场,有牧场,有绿色的小树林。在波里亚科夫来临的时候,谷地的整个表面布满土墩、陷坑、水沟、小湖、流入特姆河的小溪;坐骑时而被水没到膝盖,时而没到腹部;可是现在树根都已清除,水已排干,从杰尔宾斯科耶到雷科夫斯科耶这十四俄里有一条漂亮的大路,这条路笔直,极其平坦。

　　雷科夫斯科耶,或者雷科沃,是在一八七八年建立的;典狱官雷科夫军士颇为合适地选择和指定了这个建村地点。它以发展迅速为特色,在萨哈林的各村子当中也是不平常的:近五年来它的面积和人口增加了三倍。目前它占地三平方俄里,居民共有一千三百六十八名:男人八百三十一名和妇女五百三十七名,加上监狱和部队,人数就超过两千了。它跟亚历山德罗夫斯克哨所不同:后者是一座小城,一个小小的巴比伦,已经有赌场,甚至有犹太人开办的家庭浴室,而前者则是道地的俄国平凡的乡村,没有什么对文化发展方面的要求。人坐车或者步行走过那条大约三俄里长的街道的时候,它的长和单调很快就使人感到乏味了。这儿的街道不是按照西伯利亚的习惯叫做城郊区,像在亚历山德罗夫斯克那样,而是叫做街道,大多数街道保留着由流刑移民自己所起的名称。有一条西左夫斯卡娅街,之所以起这样的名字,是因为在这条街的尽头有女流刑移民西左娃的小木房,还有赫烈勃托①街,玛洛罗西亚②街。雷科夫斯科耶有许多乌克兰人,所以大概您在任何别的村子都不会遇到此地这样出色的姓氏:热尔托诺格、热路多克、九个别兹包日内赫、扎雷瓦依、烈卡、布勃里克、西沃科贝尔卡、柯洛达、扎莫兹德利亚③等。村子中央有一个大广场,广场上有个木头的教堂,可是广场的四周不像我们的村子里那样有小铺,而只有监狱的房屋、办公的地方、文官的住所。人走过这个广场的时候,他的想象力就会描绘出热闹的市集,在广场上人声嘈杂,乌斯科沃的茨冈人在叫喊着卖马,空气中弥漫着煤焦油、畜粪和熏鱼的气味,奶牛哞哞地叫,手风琴的尖声和醉汉的歌声混在一起;可是临到他突然听见犯人和押送兵穿过广场到监狱去而发出的令人讨厌的铁链声和重浊的脚步声,这个和平的画面就烟消云散了。

雷科夫斯科耶有从业主三百三十五名,另有对分经营者一百八十九名,他们共同经营农务,自认为也是户主。合法的家庭一百九十五户,自由同居的家庭有九十一户;大多数合法的妻子都是跟丈夫一道来的自由妇女。她们在此地有一百五十五名。这个数字很大,然而不应当为此而感到快慰,受到迷惑,这类数字并不提供

---

① 在俄语中,"赫烈勃托"的意思是"山岭"。
② 在俄语中,"玛洛罗西亚"的意思是"小俄罗斯"。
③ 这些姓氏各包含着如下的词义:黄腿、胃、不信神者、埋入、河、面包圈、灰色马、木墩子等。

多少好处。从合伙人,这些额外的户主的数量,可以看出,此地那些没有资金和可能独立经营农务的多余的人是何等多,此地是多么拥挤和饥饿。萨哈林的行政当局随意把犯人安置在各处土地上,没有考虑环境,也不顾到前途,由于这种创建新居民点和农户的简单方法,像雷科夫斯科耶这样甚至在比较有利的条件下建立起来的村子也还是呈现一幅十足贫困的情景,落到上阿尔穆丹的局面。对雷科夫斯科耶来说,根据现有适于种庄稼的土地的数量和此地农作物的产量,甚至加上其他可能的收入,有两百家民户已经够多了,可是实际上这里的民户加上超额户却有五百多户,并且上边每年都会不断派来新户。

雷科夫斯科耶的监狱是新的。它是按照萨哈林一切监狱共同的格局建造的:木头的牢房,囚室,凡是过群居生活的场所固有的污秽、贫困、不便利,它都有。不过,从不久以前开始,雷科夫斯科耶监狱由于它有一些不能不使人留意到的特色而被认为是整个北萨哈林的一个最好的监狱。我也觉得它最好。每到一所监狱,我首先必须使用办公室的资料以供查考,还要请求内行的人们帮助我工作,因此我在整个特莫夫斯克区,特别是在雷科夫斯科耶,就不能不首先注意到这样一种情况:本地的文书受过很好的教育和训练,好像读过专科学校似的;他们把户口册和索引写得井井有条。后来,我到监狱里去,厨子、面包师也给我留下遵守规章制度的印象;就连此地的狱吏们也显得不像亚历山德罗夫斯克的或者杜埃那样富足,作威作福,粗暴。

在监狱里,凡是可以保持清洁的那些部分,对整洁的要求看来很高。例如,在厨房里,在面包房里,房子本身,家具,器皿,空气,人员的衣服,都那么干净,简直能够满足最挑剔的卫生检查,而且这种整洁在此地显然是经常保持着的,不受某些人的来访的影响。我到厨房里,那儿正在用大锅烧鲜鱼汤,那是一种不利于健康的食物,因为犯人们吃了在上游捕到的季节性的鱼,往往得剧烈的肠炎;可是尽管如此,整个排场却好像表明,这儿的犯人得到了按法律应该得到的足数食物。由于监狱方面吸收特许的流放犯参加监狱内部的管理和分配工作,负责检查犯人的食物的质量和数量,我认为像臭烘烘的菜汤或者掺和黏土的面包之类不成体统的现象就不可能出现。我从按每日定量给犯人准备的许多份面包中随意拿出几份,称了一下,每份都一定有三俄磅多。

此地的厕所也是按挖坑的办法建成的,可是保持得跟别的监狱不同。对整洁的要求在这儿达到了一种也许甚至使犯人感到拘束的程度,这个地方挺暖和,臭气根本不存在。这是由于装了一种特别的通风设备造成的,艾利斯曼①教授曾在他的著名的教科书里加以描述过,好像叫做逆向通风②。

雷科夫斯科耶监狱的典狱长里文先生是一个有才干的人,有丰富的经验,又有主动精神,凡是这个监狱里的好的事物主要都应当归功于他。遗憾的是,他对用树条打人的体罚有强烈的爱好,有一次,这种爱好招来了谋杀他的性命的企图。有一个犯人拿着刀子像对付野兽那样向他扑去,这次袭击给那个袭击者造成了灭亡的后果。里文先生对人们经常关心,同时却又爱好用树条打人,醉心于体罚。关心人而又对人残忍,这两者的结合完全不合情理,无法解释。迦尔洵的《士兵伊凡诺夫的札记》中的上尉温采尔这个人物显然不是虚构的。

雷科夫斯科耶有学校、电报局、医院、以米·尼·加尔金-符

---

① 19世纪俄国卫生学家,莫斯科大学教授。
② 在雷科夫斯科耶的监狱里,这种通风设备是这样装置的:厕所里粪坑上面生着炉子,炉门是密封的,火炉为了燃烧而需要的气流来自粪坑,因为火炉有一条管道通到粪坑。这样,所有的臭气就从粪坑进入炉子,经过烟囱排到外面去。厕所里由于生着炉子而变得暖和,空气从这儿穿过坑眼进入粪坑,然后进入烟道;如果点燃一根火柴,送到坑眼去,火苗就明显地往下降。——契诃夫注

拉斯基为名的气象站,这个气象站由一个特许的流放犯,前海军准尉①主持,但未经官方任命。他是个异常勤劳而善良的人;他还履行教堂主事的职责。在气象站存在的四年当中,资料搜集得不多,不过仍旧足够用来确定北部两个区的差别。如果亚历山德罗夫斯克区是海洋性气候,那么特莫夫斯克区就是大陆性气候,其实这两个区的气象站相距不过七十俄里。在特莫夫斯克区,气温的起落和降雨雪次数的波动幅度已经不那么突出。这儿的夏天暖和些,冬天严峻些;一年的平均气温低于零度,也就是甚至低于索洛韦茨群岛。特莫夫斯克区的海拔高于亚历山德罗夫斯克区,然而由于它四面环山,仿佛坐落在一个洼地里,这儿每年无风的天数平均几乎多六十天,特别是刮寒风的日子少二十天。人还可以观察到降雨雪的天数的差别不大:在特莫夫斯克区多一点,一百一十六天下雪,七十六天下雨,然而这两个区的雨雪量却有比较重大的差异,几乎相差三百毫米,亚历山德罗夫斯克区的湿度很大。

一八八九年七月二十四日有朝霜,在杰尔宾斯科耶毁掉了土豆的花;八月十八日又有严寒,冻坏了全区土豆的茎叶。

在雷科夫斯科耶的南边,在原先基里亚克人的村子巴尔沃的旧址,在特姆河的同名的支流边,有一个在一八八六年建立的村子巴列沃。从雷科夫斯科耶到此地修了一条良好的乡间土道,它穿过平原,经过密林和田野,我觉得异常像俄罗斯的风光,这也许是因为我在很好的天气坐车来此地。距离是十四俄里。从雷科夫斯科耶朝巴列沃的方向不久就要修一条邮电驿路,这条大路连接北萨哈林和南萨哈林,早已在筹划中。当地的一段路正在修建。

巴列沃有居民三百九十六名:男人三百四十五名,妇女五十一

---

① 指伊·巴·米罗留包夫,政治犯,在契诃夫逗留萨哈林期间掌管这个气象站。他写过一本书——《在萨哈林岛的 8 年》,于 1901 年在圣彼得堡出版。

名，从业主一百八十三人，对分经营者一百三十七人，其实，按当地的条件来说，有五十家农户就足够了。在萨哈林很难找到另一个村子像此地这样汇集了不利于农业移民区的各种因素。土壤中含有砾石；据老住户说，从前，在如今巴列沃的地方有通古斯人放牧鹿群。就连流刑移民也纷纷议论，说这个地方在古代原是海底，似乎现在基里亚克人在这块地上找到过船舶的遗物。开垦的地只有一百〇八俄顷，包括庄稼地、菜园、割草场，可是从业主却有三百多名。成年的妇女只有三十名，每十个人中只有一名妇女，而且仿佛为了嘲弄人，使人强烈地感到这个比例可悲的含义似的，不久以前，死神光临巴列沃，在一个短短的时期里带走了三个女同居者。户主当中几乎有三分之一在流放以前不种庄稼，因为他们属于市民阶层。遗憾的是，不利因素并未到此结束。另外，不知什么缘故，大概就像俗语所说的那样——祸不单行，在萨哈林再也没有一个村子像此地这个饱尝苦难而不走运的巴列沃那样有这么多的盗贼。这儿每天晚上都有人偷盗；在我到达此地的前夕，有三个人因为偷黑麦而被送进重镣囚室。除了因为穷而偷盗的人以外，在巴列沃还有不少的所谓"痞子"，他们损害同村人仅仅由于癖好。他们无缘无故地夜里杀死牲畜，从地里拔出还没成熟的土豆，拆下窗框子，等等。这一切都造成损失，完全破坏了本来已经衰败不堪的农务，而且，同样重要的是，弄得居民们经常担惊受怕。

生活环境没有说明别的，只说明了贫困。小木房的房顶铺着树皮和干草，院子和院内建筑物根本没有；四十九所房子还没盖完，显然被房主抛弃了。十七名搭伙经营者出外做工去了。

我在巴列沃走访各小木房的时候，一个出身流刑移民、原籍普斯科夫的村监寸步不离地跟着我。我记得我问他今天是星期三还是星期四。他回答说：

"不记得了，老爷。"

在一所公家的房子里住着一名退休的军需官卡尔普·叶罗菲伊奇·米克留科夫,他是萨哈林一个最老的看守。他是在一八六〇年萨哈林的苦役地刚开始建立的时候来到此地的,在如今健在的所有萨哈林人当中,只有他一个人能够写出它的全部历史。他健谈,带着明显的乐趣回答问题,而且跟其他老人一样,说话拖泥带水;他的记性已经靠不住,因此只有很早以前的事他才记得清楚。他境况不错,善于治家,甚至房间里挂着两幅油画肖像,其中一幅是他本人,另一幅是他去世的妻子,胸前别着一朵花。他出生在维亚特卡省,他的相貌酷似去世的作家费特。他瞒着他的真岁数,说他只有六十一岁,其实他已经超过七十岁了。他在第二次结婚的时候娶了一个流刑移民的女儿,一个年轻的女人,她生了六个孩子,年龄从一岁到九岁。最小的一个还是吃奶的婴儿。

我同卡尔普·叶罗菲伊奇的谈话一直进行到午夜以后很久,他讲给我听的种种往事只涉及苦役和与它相关的人物,例如典狱长谢里瓦诺夫,他发起脾气来能够用拳头砸下门上的锁,终于因为对待犯人残忍而被打死。

等到米克留科夫回到自己的房间里去(他的妻子和儿女就睡在那儿),我就走到街上去了。那是一个很安静的、有许多星星的夜晚。巡夜人在敲梆子,附近什么地方有一条小河在潺潺地流。我站了很久,时而看着天空,时而看着小木房,我觉得这似乎是个奇迹,我竟然离家万里,到了一个叫做巴列沃的地方,在这儿,人们记不得当天是星期几,再说也无须乎记得,因为在此地,今天是星期三还是星期四反正都是一样……

沿着筹划中的驿道再往前走就是一八八九年建立的村子瓦尔兹。这儿有四十个男人,妇女却一个也没有。在我到达此地的前一个星期,有三户人家从雷科夫斯科耶被派到更南的地方,在波罗内河的一条支流旁边建立新村隆加利。我把这两个刚开始生活的村子留给日后有可能乘车顺着良好的道路到那儿去、就近观察它们的作者去写了。

　　为了结束关于特莫夫斯克区的村子的考察,我只要再提一下两个村子就够了,那就是小特莫沃和安德烈耶－伊凡诺夫斯科耶。这两个村子都坐落在小特姆河边,这条河在皮林加附近发源,在杰尔宾斯科耶附近流入特姆河。小特莫沃是特莫夫斯克区最老的村子,建于一八七七年。在往昔,人们翻过皮林加去特姆河沿岸,这个村子是必经之地。这个村子现在有居民一百九十名:男人一百十一名和妇女七十九名。从业主和搭伙经营者共有六十七名。以前小特莫沃是目前的特莫夫斯克区这个地方的主要的村子和中心,可是现在它不再受到重视,类似一个非行政中心的县辖小镇,变得冷清、萧条了;此地只有那个不大的监狱和典狱长所住的房子还表现出往日的盛况。目前担任小特莫沃监狱的典狱长职务的是K先生[①],一个有学识的、极其善良的年轻人,他是彼得堡人,显然非常思念俄罗斯。他住在一所很大的公房里,房间又高又宽,脚步声沉闷而孤单地响着,漫长的时光弄得人不知道该怎样打发才好,这使他心头郁闷,觉得自己像是在做俘虏一般。仿佛故意和自己作对似的,这个年轻人醒得早,凌晨三点多钟或者四点多钟就醒了。他起床,喝足了茶,就到监狱里去一趟……可是这以后该干什么呢?这以后他就在自己的迷宫里踱来踱去,瞅着填了麻絮的木墙,走啊走的,然后又喝茶,研究植物学,然后又踱来踱去,什么也听不见,只听见自己的脚步声和风的呼啸声。小特莫沃有许多老住户。其中我遇到一个叫福拉席耶夫的鞑靼人,以前他曾经陪着波里亚科夫到内依湾去过;现在他想起那次远征,想起波里亚科夫,也还是很愉

　　[①] 即德·斯·克里莫夫,萨哈林的文官。

快。在老人当中，还有流刑移民波格丹诺夫在日常生活方面也许显得有趣，他是分裂派教徒，放高利贷。他很长时间不让我到他的家里去，后来让我进去了，他就宣扬说，如今有各式各样的人走来走去，万一你让他进来，他就说不定要抢劫你，等等。

安德烈耶-伊凡诺夫斯科耶村之所以起这样一个名字，是因为有个人名叫安德烈·伊凡诺维奇。它在一八八五年建立在沼泽地带。居民有三百八十二名：男人二百七十七名和妇女一百〇五名。从业主和搭伙经营者共有二百三十一名，其实此地如同巴列沃一样，有五十家农户就足够了。此地居民的成分也不能说令人满意。在巴列沃有很多从没种过庄稼的小市民和平民，此地，在安德烈耶-伊凡诺夫斯科耶，则有很多非东正教徒，他们构成全部人口的四分之一，其中有四十七名天主教徒，四十七名伊斯兰教徒，十二名路德派新教徒。在东正教徒当中又有不少异族人，例如格鲁吉亚人①。这样的复杂性使居民成了大杂烩，妨碍它形成一个农业整体。

十一

筹划中的区——石器时代——原来有自由移民吗？——基里亚克人——他们的人数、外貌、体格、食物、服装、住所、卫生状况——他们的性格——使他们俄罗斯化的尝试——奥罗奇人

读者可以从刚才结束的乡村考察中看到北部的两个区所占

---

① 顺便提一下，此地还住着以前库塔伊西的贵族契科万兄弟：阿历克塞和捷依穆拉斯。另外还有一个兄弟，可是他害肺病死了。他们的小木房里没有什么家具，只有地板上放着一个羽毛褥垫。两兄弟中有一个害病。——契诃夫注

的面积相当于俄罗斯的一个不大的县。用平方俄里来算出它们所占的面积在目前几乎是不可能的,因为这两个区的南北两面的界限都没有划定。在这两个区的行政中心亚历山德罗夫斯克哨所和雷科夫斯科耶之间,按照越过皮林加的那条最短的道路来计算,是六十俄里,而穿过阿尔科依河谷则是七十四俄里。就当地人来说,这不算近了。不用说唐基和万基,就连巴列沃也被认为是遥远的村子,至于要在巴列沃稍稍往南一点的地方,在波罗内河的支流旁边建立一些新的村子,这甚至引起了另一个需要解决的问题,就是必须建立一个新区。区,作为行政单位,相当于县;按照西伯利亚的概念,只有很广阔的、连乘车一个月也走不完的一大块地方,才能叫做区,例如阿纳德尔区,对一个管辖方圆二三百俄里地的西伯利亚文官来说,把萨哈林划分为若干小区很可能显得不必要。可是萨哈林的居民在独特的条件下生活,此地的管理机构远比阿纳德尔区复杂。把这个流放移民区划分为小的行政区,这是由于实践本身的需要,实践除了提出许多其他在下文还要谈到的要求以外,还表明:第一,流放移民区的距离越短,对它的管理就越容易、越方便;第二,划分为小区,就会增加编制,吸引大批人员来此,这对移民区无疑地有良好的影响。由于人员的增加,有知识的人在数量方面就会增加,在质量方面也会加强。

在萨哈林我正赶上关于筹建新区的讨论;大家像谈迦南的土地①似的谈这个区,因为在草图中有一条通到南方去的道路沿着波罗内河穿过整个这一区;人们打算把如今住在杜埃和沃耶沃德的监狱里的苦役犯迁到新区去,在迁移以后那些可怕的地方就只剩下了回忆,并且让煤矿场摆脱那个早已违反合同的"公司",采

---

① 见《圣经·旧约》,在此借喻"福地"。

煤工作不再由苦役犯进行,而由流刑移民按合伙经营的办法进行。①

在结束有关北萨哈林的叙述以前,我认为稍稍谈一谈那些在过去不同时期住在这儿,现在独立于流放移民区生活的人们并不是多余的事。波里亚科夫在杜依卡谷地发现黑曜石的刀形断片、石箭的尖头、磨刀片、石斧等;这些发现使他有理由断定在遥远的古代,杜依卡谷地里住过人,那些人不知道金属;那是石器时代的居民。在他们住过的地方还发现有陶器破片、熊骨、狗骨、大渔网的坠子,这就表明他们熟悉陶器的制造,猎熊,用大渔网捕鱼,打猎的时候有狗帮他们的忙。萨哈林不产燧石,那些燧石制品他们显然是从邻近的地方,从大陆和最近的岛屿上得来的;很可能在他们迁移的时候狗起着现在那样的作用,也就是供拉雪橇之用。在特姆河的谷地,波里亚科夫还发现原始建筑物的遗迹和粗糙的工具的破片。他的结论是这样:在北萨哈林,"甚至一些智力发展程度相当低的部族有可能生存,显然这个地方居住过一些人,他们世世代代想方设法抵御寒冷和饥渴;同时很可能有些古代的人在此地

---

① 在柯诺诺维奇将军的命令中,有一项命令涉及人们久已盼望的撤销杜埃和沃耶沃德监狱的问题:"视察过沃耶沃德监狱以后,我个人确信,不论是就它所在的地方的条件,还是就它所监禁的罪犯的重要性(他们大部分是长期监禁或者因为犯新罪而监禁的犯人)来看,都无法说明这个监狱从创办的时候起就具有的那种监督制度,或者不如说,缺乏任何事实上的监督,是正确的。目前的情况是这样:监狱建立在杜埃哨所以北一俄里半的狭长谷地里,它同哨所的交通只有沿着海岸的一条路,每天由于涨潮而中断两次,至于山路,夏季难走,冬季不通;典狱长在杜埃常住,他的助手也是如此;当地驻军担负警戒守卫之职,而且根据和萨哈林公司所订立的合同,派出需用的若干押送兵从事各种工作,然而该驻军也常驻在上述哨所,于是监狱里只有几个狱吏和每天派去值勤的哨兵在管理,这种哨兵经常处在军事长官的最密切的监督之外。目前,我不打算深入探讨由于监狱安置在不适当的地方,而且缺少长官的直接监督所造成的情况,而认为在请准完全撤销杜埃的和沃耶沃德的监狱,把它们迁到别处去以前,必须纠正若干现存的缺点,哪怕局部地纠正也好。"等等(1888年命令第348号)。——契诃夫注

组成比较小的公社生活过,但不是完全定居的。"

涅韦尔斯科伊派包希尼亚克到萨哈林去的时候,还委托他核实一种传言:据说赫沃斯托夫中尉曾在萨哈林留下一些人,而且按基里亚克人的说法,他们住在特姆河畔①。包希尼亚克总算找到了这些人的踪迹。在特姆河畔的一个村子里,基里亚克人以三俄尺的粗布为代价换给他从一本祈祷书上撕下来的四页纸,同时对他说明,那本书属于在这儿住过的几个俄国人。在四张纸中有一张是标题页,上面用勉强可以辨认的字迹写着:"我们,伊凡、丹尼拉、彼得、谢尔盖、瓦西里,于一八〇五年八月十七日被赫沃斯托夫送到阿尼瓦湾的托玛利-阿尼瓦村居住,于一八一〇年日本人来到托玛利的时候迁到特姆河。"后来包希尼亚克考察过俄国人住的地方,得出结论,说他们住在三所小木房里,有菜园。本地人对他说,最后一个俄国人瓦西里是不久以前去世的,又说俄国人是好人,跟他们一块儿去打鱼,捕兽,装束跟他们一样,不过头发剪短。在另一个地方,当地人还说了这样一件事:有两个俄国人同当地的女人生了孩子。如今,赫沃斯托夫在北萨哈林留下的俄国人已经

---

① 请参看达维多夫的著作:《海军军官赫沃斯托夫和达维多夫两次赴美洲旅行记。达维多夫写成,并由希什科夫写序。1810年》。海军上将希什科夫在序言里说,"赫沃斯托夫在他的心灵里结合着两种相反的东西:羊羔般的温柔和狮子般的勇猛"。至于达维多夫,用希什科夫的话来说,"性情比赫沃斯托夫暴躁,激烈,然而在坚定勇敢方面却逊于后者"。可是,羊羔般的温柔并没有妨碍赫沃斯托夫于1806年在南萨哈林的阿尼瓦湾沿岸摧毁日本人的商店,俘房四个日本人,并且于1807年他的朋友达维多夫一起捣毁日本人设在千岛群岛的海外商站,再一次劫掠南萨哈林。这些勇敢的军官在未经政府同意的情况下同日本人战斗,完全指望不会受到惩罚。他们两人都死得颇不平常:正当涅瓦河上开桥的时候,他们匆匆地走过桥去,掉在河里淹死了。他们的功绩在当时造成很大的轰动,在社会上引起对萨哈林的某些兴趣;谁知道呢,这个可悲的、想象中令人恐怖的岛屿的命运也许在那时候就已经事先确定了。希什科夫在他的序言里表达了一种毫无根据的见解,似乎俄国人在上一世纪就想占领这个岛,并在那儿建立移民区。——契诃夫注

被人忘记,关于他们的孩子也一无消息。

包希尼亚克在他的札记里还写道:他经常打听岛上是不是有什么地方住着俄国人,后来从唐基村的本地人那儿打听到下列这件事:三十五年或者四十年以前,东岸那边有一条船撞破了,船员得救,给自己造了房子,过了若干时间又造了一条船;不知一些什么人坐着这条船穿过拉彼鲁兹海峡,驶入鞑靼海峡,在那儿靠近木加契村的地方又翻船了,这一回只有一个人得救,自称凯姆茨。这以后过了不久,从阿穆尔河来了两个俄国人瓦西里和尼基达。他们同凯姆茨合在一起,在木加契村造了一所房子;他们以狩猎毛皮兽为生,到满洲人和日本人那儿去做生意。有一个基里亚克人拿出一面镜子给包希尼亚克看,据说是凯姆茨送给他父亲的;无论别人出多少价钱,这个基里亚克人都不愿意卖掉这面镜子,说这是他父亲的朋友留下的最珍贵的纪念品。瓦西里和尼基达很怕俄国的沙皇,由此可见,他们属于逃亡者之列。所有这三个人都在萨哈林结束他们的生命。

日本人间宫连三[①]于一八〇八年在萨哈林听说,这个岛的西岸常常有俄国的船只出现,俄国人进行劫掠,迫使当地人把他们一部分人驱逐,一部分人打死。间宫连三叫出了这些俄国人的名字:卡穆齐、西敏那、莫玛和瓦西列。"后面这三个名字,"希连克说,"不难看出是俄国人的名字:谢敏、福玛、瓦西里。"至于卡穆齐,依他的看法,很像凯姆茨。

这八个萨哈林的鲁滨孙的很短的故事就是有关北萨哈林的自由移民的全部资料。如果赫沃斯托夫的五个水手、凯姆茨和两个逃亡者的不平常的命运近似自由移民的尝试,那就应当认为这种尝试微不足道,而且无论如何是没有取得成功的。它对我们有教

---

① 他的著作叫做《托·塔茨·基·科(译音)》。我当然没有读过这本书,这一次使用的是列·伊·希连克的引文,他是《论阿穆尔地区的异族人》一书的作者。——契诃夫注

益的也许只有一个方面,那就是这八个人在萨哈林住过很久,一直到死,他们不以种庄稼,而以捕鱼和打猎为生。

接着,为了完整起见,还需要提一下当地土生土长的居民基里亚克人。他们生活在北萨哈林,在东部和西部的滨海一带和河流两旁,主要的是在特姆河畔①;古老的村子以及在旧日著作家的书里提到过的那些村名一直保存到现在,然而他们的生活仍旧不能说是完全定居的,因为基里亚克人对自己的出生地以及总的说来对固定的居留地并不感到留恋,常常丢下他们的幕包,出外渔猎,带着他们的家属和狗在北萨哈林一带漂泊不定。可是在他们游牧的时候,甚至在不得不作遥远的旅行,到大陆去的时候,他们也仍旧忠实于这个岛,而萨哈林的基里亚克人在语言和风俗方面跟住在大陆上的基里亚克人不同,犹如小俄罗斯人跟莫斯科人不同一样。由于这一点,我觉得要统计萨哈林的基里亚克人的人数而不把他们同那些从鞑靼海峡彼岸到此地来渔猎的基里亚克人混同起来是不太困难的。不妨每隔五年到十年统计一次,否则,关于流放移民区对他们的人数的影响这一重大问题就会长期成为悬案,被人任意作出解答。根据包希尼亚克搜集的情报,一八五六年萨哈林的基里亚克人一共有三千二百七十名。大约十五年之后,米楚尔却写道,萨哈林的基里亚克人总数可以认为不到一千五百名,而根据我从官方的《异族人数公报》中得来的一八八九年的最新资料,两个区的基里亚克人一共只有三百二十名。因此,如果相信这

---

① 基里亚克人是个人数很少的民族,居住在阿穆尔河两岸,在它的下游,大概从索菲斯克起到河口湾以及它邻近的鄂霍次克海岸一带和萨哈林的北部;在这个民族有记载的历史时期里,也就是在两百年里,他们分布的区域没有发生过任何重大的变动。据推测,从前基里亚克人的故乡只有萨哈林这一个地方,直到后来他们才受到从南方来的虾夷族的排挤而从那儿迁到大陆上最近的一部分地方去,而虾夷族是从日本来的,他们自己也是被日本人排挤出来的。——契诃夫注

些数字的话,再过五年到十年,萨哈林就会连一个基里亚克人也不剩了。包希尼亚克和米楚尔的数字究竟确切到什么程度,我不能判断,可是官方的三百二十名这个数字幸而由于某些原因而不可能具有任何意义。关于异族人的报表是由办公室人员编制的,他们既没有科学方面的知识修养,又没有实际的训练,甚至缺乏任何指导;如果这些材料是由他们在当地,在基里亚克人的村子里搜集的,那么当然,这就一定是摆出官架子,粗暴而厌烦地进行的,然而基里亚克人为人和善,他们的礼貌不允许傲慢骄横地对待人,再加上他们厌恶各种登记和注册,这就要求在同他们接触的时候要有一种特殊的艺术。此外,行政人员搜集这些材料缺乏任何明确的目标,无非是走马看花而已,并且调查人员完全不参考民族志学的地图,而是随意行事。亚历山德罗夫斯克区的报表里只填入住在万基以南的基里亚克人,而在特莫夫斯克区只计算了那些住在雷科夫斯科耶村附近的基里亚克人,其实他们不是在那儿常住,而往往是在那儿路过。

毫无疑义,萨哈林的基里亚克人的人数正在不断减少,然而要判断这一点却只能凭估计。到底减少多少?为什么会发生这种情况?到底是因为基里亚克人正在濒临消亡呢,还是因为他们迁居到大陆或者北方的岛屿上去了?由于缺乏可靠的数字资料,那些关于俄国入侵对他们产生毁灭性影响的说法只可能是根据推测,很可能这种影响到现在为止微乎其微,几乎等于零,因为萨哈林的基里亚克人大多住在特姆河畔和东部滨海一带,那儿还没有俄国人。①

---

① 在萨哈林设有一种官职:基里亚克语和虾夷语的翻译官。由于这种翻译官对基里亚克语和虾夷语连一句话也不懂,而基里亚克人和虾夷人大多懂得俄国话,这个不必要的官职就可以成为上文所述的虚设的韦杰尔尼科夫斯克驿站站长的良好Pendant(法语:补充)了。要是在编制里取消翻译官而代之以在学术上通晓民族志学和统计学的文官,那就会好得多了。——契诃夫注

基里亚克人不属于蒙古族,也不属于通古斯族,而是属于一个不知其详的民族,也许从前这个民族原是强盛的,统治过整个亚洲,而现在已经到了它的衰亡期,生活在不大的一块土地上,人数虽少,然而仍旧不失为美好的、精力旺盛的民族。基里亚克人异常容易与人交往,又经常移动,他们早就同他们邻近的民族结亲,因此现在要遇见一个 Pur Sang① 的基里亚克人而不混有蒙古族、通古斯族或者虾夷族的成分就几乎不可能了。基里亚克人的脸是圆的,扁平,像月亮,略带黄色,高颧骨,不洗干净,眼眶是斜的,胡子稀疏,有时候几乎看不出来;头发平整,黑色,很硬,在脑后梳成一条小辫子。他们脸上的神情并不显出他们是野蛮人;他们总是带着沉思,温和、纯朴而又关切的表情;他们要么就畅快幸福地微笑,要么就悲哀地沉思,像寡妇似的。每逢一个基里亚克人带着他的稀疏的胡子、他的小辫子、他那妇女般的柔和神情侧着身子站着时,那就可以照着他画出库捷依金②的肖像;某些旅行家把基里亚克人归入高加索民族,也就多多少少可以理解了。

我要介绍那些有意详细了解基里亚克人的读者去阅读民族志学专家们的著作,例如列·伊·希连克的著作③。我自己只限于谈一些在当地自然条件下所特有的情况,这对新来的移民来说可能在实践上直接或间接地起一些有用的指导作用。

基里亚克人有健壮而敦实的体格;他们身材中等,甚至矮小。高身量就会使他们在原始林里行动不便。他们的骨骼粗壮,所有附着肌肉的冠突、骨脊、结节都表现出强有力的发展,这

---

① 法语:纯血统的。
② 俄国剧作家冯维辛的喜剧《纨绔少年》中的人物。
③ 他的优秀著作《论阿穆尔河地区的异族人》附有民族志学地图和德米特里耶夫—奥伦堡斯基先生所绘的两幅插图,其中一幅画有基里亚克人。——契诃夫注

就使人推断他们的肌肉结实有力,他们同大自然作过不断的紧张斗争。他们的身躯瘦而多筋,缺乏脂肪层;丰满的和肥胖的基里亚克人是遇不到的。显然,所有的脂肪都消耗在热量上,萨哈林人必须在自己的身体里制造很多的热量,才能补偿低气温和极大的空气湿度所引起的损耗。基里亚克人何以要求食物有极多的脂肪,就可以理解了。他们吃肥的海豹肉、鲑鱼、鲟鱼和鲸鱼的油,带血的肉,吃的量很大,而且是生食,晒成干,也常常是冻结的,由于他们吃的是粗糙的食物,他们那些生着供咀嚼用的肌肉的部位就异常发达,所有的牙齿都磨损得厉害。他们的食物完全是动物,在很少的场合,只有在家里吃饭或者举行宴会的时候,才在肉和鱼以外加上满洲的蒜或者野果。根据涅韦尔斯科伊的实地考察,基里亚克人认为耕作是一项大罪:谁动手挖地或者栽种什么东西,谁就一定会死。可是俄国人使他们接触到面包,他们却吃得津津有味,把它看做美食,如今在亚历山德罗夫斯克或者雷科夫斯科耶遇到一个腋下夹着一个大圆面包的基里亚克人就不是什么稀奇的事了。

　　基里亚克人的服装适应于寒冷、潮湿、变化极大的气候。夏天他们往往穿一件蓝色粗布或者大布的衬衫和一条同样的布做的裤子,肩头搭一件皮袄或者一件海豹皮或狗皮的短上装以防气候变化;脚上穿一双毛皮靴子。冬天穿一条毛皮裤子。就连最暖和的服装也剪裁得在他们打猎和乘着狗拉的雪橇远行的时候不致使他们的灵活急促的活动受到拘束。有的时候他们为了追求时髦而穿上一件犯人的长袍。八十五年前克鲁森施滕见到基里亚克人穿着漂亮的绸缎衣服,"上面绣着很多花",可是如今在萨哈林,这样的阔绰就是打着火把也找不到了。

　　讲到基里亚克人的幕包,那么,在这方面首先也是适应潮湿寒冷天气的要求。有夏天的幕包和冬天的幕包。前者建在木柱上,后者近似土窑，四壁是条木，外形像一个半截的四角锥体，条木的外面涂上泥。包希尼亚克在一个幕包里投宿过，它挖进地下一俄尺半，上面盖着些细的原木算是房顶，再用土围起来。这种幕包的建造材料不值钱，随手可以找到，尽管他们贫困，他们抛弃这种幕包却不觉得可惜；幕包里暖和而干燥，无论如何它把我们的苦役犯在修路或者野外工作的时候所住的那些潮湿寒冷的、用树皮搭成的窝棚远远地抛到后面去了。至于夏天的幕包，那简直应当向菜园工人、煤矿工人、渔夫，总之，应当向一切在监狱外面而不在家里干活的苦役犯和流刑移民推荐。

基里亚克人从来也不洗干净自己的脸，因此就连民族志学者也难于说出他们的脸的真正肤色；他们的内衣也不洗，他们的毛皮的外衣和靴子看上去就像是刚从死狗身上剥下来的。基里亚克人身上发散出一种刺鼻的酸涩气味，从风干的鱼和烂鱼肉的难闻的、有时候几乎叫人受不了的气味就可以知道近处有他们的住所。每一个幕包附近通常有一些晒物架，其中从下到上堆满了破成两片的鱼肉，从远处看，特别是在阳光照耀下，好像一串串的珊瑚。克鲁森施滕曾经在这种晒物架附近见到许多蛆虫，铺在地上有一英寸厚。冬天，幕包里充满从火炉里冒出的呛人的气味，此外，基里亚克人，他们的妻子以至孩子都吸烟。关于基里亚克人的发病率和死亡率，人们一无所知，然而必须认为这种不利于健康的卫生条件对他们的健康不会不留下恶劣的影响。他们身材矮小，脸部浮肿，动作迟缓和懒散，这可能与恶劣的卫生条件有关；基里亚克人对传染病的抵抗力薄弱，也应当部分地归咎于卫生条件。例如，大家知道，天花在萨哈林产生了什么样的毁灭性作用。在萨哈林的北端，在伊丽莎白岬角和玛利亚岬角之间，克鲁森施滕见到过一个有二十户人家的村子；可是彼·彼·格连，著名的西伯利亚考察队的参加者，一八六〇年到这里的时候,却只见到这个村子的遗迹,而且按照他的说法,在这个岛的其他地方,他也只看到以前人口较为稠密的遗迹。基里亚克人对他说,近十年来,也就是一八五〇年以后,萨哈林的人口由于天花而大为减少。在过去的岁月里,破坏堪察加半岛和千岛群岛的可怕的天花传染病未必会放过萨哈林。当然,可怕的倒不是天花本身,而是薄弱的抵抗力,如果斑疹伤寒或者白喉传到这个移民区来,侵入基里亚克人的幕包,那就会产生跟天花一样的后果。我在萨哈林时没有听到过任何传染病流行;可以说近二十年来这个地方根本没有传染病发生,不过传染性结膜炎除外,这种病就是在目前也可以见到。

柯诺诺维奇将军批准区立医院接诊有病的异族人,并且给以官费治疗(一八九〇年第三百三十五号命令)。我们缺乏对基里亚克人的疾病的直接观察,然而根据致病的原因,例如污秽,酗酒,同中国人和日本人的长期交往①,经常同狗接触,外伤等等,也就可以对之形成某些概念。毫无疑问,他们常常害病,需要医疗的帮助;如果环境允许他们享受医疗的许可,当地的医师就得到了就近观察他们的可能。医疗没有力量阻止在劫难逃的灭亡,不过医师们也许能够研究出一些条件,在这种条件下,我们对这个民族生活的干预会带来尽可能少的危害。

关于基里亚克人的性格,著作家们的说法颇有分歧,然而有一点是大家都同意的,那就是,这个民族不好战,不喜欢争吵和斗殴,同它的邻居和睦相处。他们对新人的来临总是心存疑惑,

---

① 我们的阿穆尔河一带的异族人和堪察加人是从中国人和日本人那儿感染梅毒的,在这方面同俄国人毫不相干。有一个嗜吸鸦片的中国商人对我说,他有一个女人,也就是妻子,住在芝罘,另外有一个基里亚克族的女人住在尼古拉耶夫斯克附近。在这种情况下,不难把这种病传染到整个阿穆尔地区和萨哈林。——契诃夫注

担忧自己的前途,不过每一次都是客气地对待他们,丝毫不表示反感,至多,如果他们在这时候说谎的话,就把萨哈林描述得很阴暗,想借此吓走外来人,使他们离开萨哈林。他们同克鲁森施滕的旅伴们互相拥抱,在列·伊·希连克害病的时候,这个消息很快就在基里亚克人当中传遍,引起真挚的忧虑。他们只有在同可疑的而且在他们看来危险的人做生意或者交谈的时候才说谎,不过在说谎以前总要互相看一眼,而这纯粹是孩子气的做法。在日常生活的而不是办正事的范围里,他们却厌恶说谎和吹牛。我记得,有一天在雷科夫斯科耶有两个基里亚克人觉得我对他们说谎,就硬叫我承认这一点。事情发生在将近黄昏的时候。那两个基里亚克人,一个留着胡子,一个生着女人般丰满的脸,在一个流刑移民的小木房前面的草地上躺着。我路过那儿。他们把我叫到他们跟前,要求我走进那个小木房里去,把他们今天早晨留在流刑移民家里的外衣从那儿拿出来;他们自己不敢这么做。我说我也没有权利走进别人的小木房里去,当时房主不在家里。他们沉默了一阵。

"你是政治(即政治犯)吗?"那个生着女人脸孔的基里亚克人问我。

"不是。"

"那么你是写字儿的(即文书)吧?"他看见我手里拿着纸,就问。

"是的,我写东西。"

"那么你挣多少钱?"

我每月挣三百个卢布左右。我就说了这个数字。应当看到我的回答给他们留下多么不愉快的甚至痛苦的印象。这两个基里亚克人突然捧住肚子,身子弯向地面,摇晃起来,好像胃痛得厉害似的。他们的脸上表现出绝望的神情。

183

"哎,你为什么这么说呀?"我听到他们的说话声,"为什么你这么胡说呀?哎,简直是胡说!不该这样!"

"可是我说的有什么不好呢?"我问。

"区长布塔科夫是个大人物,才挣两百,可你什么长官也不是,只不过一个小小的写字儿的罢了,你倒挣三百!胡说!不该这个样子!"

我就向他们解释,说区长固然是个大人物,可是他守在一个地方不动,所以只挣两百,我呢,虽然只是个写字儿的,然而是从远方来的,走了一万多俄里路,我的开支比布塔科夫大,所以我需要的钱多。这才使得那些基里亚克人放下心来。他们互相看一眼,彼此用基里亚克话交谈一阵,不再难过了。从他们的脸色看得出来,他们已经相信我的话了。

"这倒是实在的,实在的……"那个留着胡子的基里亚克人赶忙说,"好。你走吧。"

"这是实在的,"另一个也向我点一点头,"走吧。"

基里亚克人承担了任务,总是按时办妥,基里亚克人从来没有发生过把邮件丢在半路上,或者私自动用别人的东西的情况。波里亚科夫有机会同几个划船的基里亚克人打过交道,他写道,事实证明他们对自己所承担的义务总是认真地履行,这在送交公家的物品的时候表现得很明显。他们胆大、伶俐、快活,随随便便,同强者和富人相处的时候一点也不觉得拘束。他们不承认有权支配自己的权势,似乎连"上级"和"下级"的概念都没有。在伊·菲谢尔的《西伯利亚史》里,讲到著名的波亚尔科夫到过基里亚克人那儿,而当时他们"没有受任何人的管辖"。他们有"占钦"这样一个词,表示长官的意思,然而不论对将军也好,对那些有许多粗布和烟草的富商也好,他们一概用这个词称呼。他们看着涅韦尔斯科伊所带的皇帝的肖像,就说这一定是个力气很大而又有许多烟草和粗布的人。本岛的长官在萨哈林享有巨大的，甚至可怕的权势，可是有一次我跟他一块儿从上阿尔穆丹到阿尔科沃去，路上碰到一个基里亚克人却毫不拘束，用命令的口吻向我们大喝一声："站住！"然后他问我们在路上有没有看到他那条白狗。如同人们所说的和所写的那样，基里亚克人对家庭里的长辈也不尊敬。父亲并不认为他的地位在儿子之上，儿子也不尊敬父亲，想怎么生活就怎么生活；老母亲在幕包里拥有的权利并不比一个半大的姑娘大。包希尼亚克写道，他不止一次有机会看到儿子怎样殴打自己的亲娘，并把她从家里攮出去，而谁也不敢对他说一句什么话。男性的家庭成员间彼此平等；如果您请基里亚克人喝白酒，那就应当请最年幼的也一起喝。女性的家庭成员却一概无权，不管她是祖母、母亲，还是吃奶的女婴；她们受到鄙视，被当作家畜、物品一样看待，可以丢开，卖掉，像狗那样踢一脚。基里亚克人对狗还是爱抚的，然而对女人从不爱抚。结婚被认为是无足轻重的事，还不如熟人聚宴时畅饮一顿白酒那样重要；婚礼不举行任何宗教仪式或者迷信仪式。基里亚克人用矛、木船或者狗换来一个姑娘，把她带回自己的幕包里，跟她在熊皮上一躺，就完了。一夫多妻是许可的，但并不盛行，尽管女人显然比男人多。鄙视妇女，把她们视为低级生物或者物品，这在基里亚克人中间达到极其严重的程度，以致他们甚至认为赤裸裸地和粗暴地奴役妇女并非是不体面的事。据希连克证实，基里亚克人常常把虾夷族的女人当作女奴贩运；显然妇女在他们那里成为像烟草或者蓝布那样的买卖对象。瑞典作家斯特林堡，这个著名的厌恶妇女者，希望妇女只做奴隶，成为男人的玩物，他实际上是基里亚克人的同道；要是他有机会到北萨哈林去，他们倒会久久地拥抱他呢。

柯诺诺维奇将军对我说，他想把萨哈林的基里亚克人俄罗斯化。我不知道为什么要这样做。不过,俄罗斯化远在将军来到这个岛以前很久就开始了。起初是这样:某些甚至挣很少的薪金的文官们的家里开始出现贵重的狐皮和貂皮,而基里亚克人的幕包里则出现俄国的酒器①;后来基里亚克人被雇用来捉拿逃犯,每打死或者捉获一名逃犯就得到金钱的酬劳。柯诺诺维奇将军还下令雇基里亚克人做看守;他在一项命令中说,这样做是由于极端需要熟悉当地情况的人,是为了缓和当地长官同异族人的关系;可是他在口头上告诉我说,这个新措施还具有实现俄罗斯化的目标。起初基里亚克人被批准担任监狱看守职务的有瓦斯卡、伊巴尔卡、奥尔昆和巴甫林卡(一八八九年第三〇八号命令),后来奥尔昆和伊巴尔卡"因长期不接受命令"而被撤职,另外任命了索夫隆卡(一八八九年第四二六号命令)。我见过这些看守,他们戴着铜牌,佩带手枪。其中特别出名而且常常被人碰到的是瓦斯卡,一个灵活、狡猾、酗酒的人。有一次,我到一个移民基金会的商店去,在那儿遇见一大群知识分子,门口站着瓦斯卡;有个人指着摆满酒瓶的货架说,如果把这些酒都喝下去,就会喝醉,瓦斯卡就做出一脸的谄笑,表现出阿谀奉承者的讨好神色。在我到达此地以前不久,一个做看守的基里亚克人为了履行职责而打死一个苦役犯,于是当地的聪明人就提出一个问题:他是从前面开的枪还是从后面开的枪,也就是说,要不要把这个基里亚克人交法庭审判。

同监狱接近并不能使基里亚克人俄罗斯化,而只能使他们最后

---

① 杜埃哨所所长尼古拉耶夫少校1866年对一个新闻记者说:"夏天我跟他们不打交道,冬天常常收买他们的兽皮,而且买得很划算,往往用一瓶酒或者一个大圆面包就可以从他们那儿得到两张上等的貂皮。"

这个新闻记者在少校家里看到大量的兽皮而暗自吃惊(请参看路卡谢维奇的《我在萨哈林岛的杜埃所认识的人》,发表在《喀琅施塔得通报》1868年第47和49号上)。关于这位传奇式的少校以后还要提到。——契诃夫注

腐化,这是无须证明的。他们还远不能了解我们的需要,而且也未必有可能使他们明白捉拿苦役犯,剥夺他们的自由,把他们打伤,有时候枪杀,并不是出于某种怪癖,而是为了司法上的需要;他们在这里只看见暴力、兽性的表现,而且大概认为自己是受雇的杀人者①。如果必须俄罗斯化,非如此不可的话,那么,我就认为在选择达到这个目标的手段的时候,首先应当考虑到的不是我们的需要,而是他们的需要。上述那项准许区医院收容异族人的命令,一八八六年基里亚克人遭到饥荒的时候发给他们面粉和麦粒,关于不准没收财产抵债和豁免债务的命令(一八九〇年第二〇四号命令)——这一类的措施也许比发给铜牌和手枪更容易达到目的。

除了基里亚克人以外,北萨哈林还住着人数不多的奥罗克人或奥罗奇人,他们属于通古斯族。可是在移民区很少听到他们的消息,而且在他们活动的区域里还没有俄国人的村子,因此我就只能提一提他们罢了。

十二

  我动身到南方去——一位乐观快活的太太——西部海岸——水流——马卡——克利里昂——阿尼瓦——科尔萨科夫哨所——新朋友——东北风——南萨哈林的气候——科尔萨科夫监狱——消防车队

九月十日我又坐上读者已经熟悉的"贝加尔"号轮船,这一次

---

① 他们没有法庭,他们不知道什么叫做司法。即使从下述一点也可以看出,要他们理解我们有多么困难:他们到现在为止还没有充分了解道路的用途。就连在已经修好路的地方他们也仍旧在原始林里行走。人们常常可以看见他们、他们的家属和他们的狗在道路旁边的泥塘里鱼贯而行。——契诃夫注

是为了航行到南萨哈林去。我是极其愉快地动身的,因为北方已经使我厌倦,我想望新的印象了。"贝加尔"号在晚上九点多钟开船。天色很黑。我独自站在船尾,瞧着后面,同那个从海上被"三兄弟"守卫着的阴暗的小世界告别,如今"三兄弟"显得模模糊糊,在黑暗中像是三个黑修士;尽管轮船隆隆地响,我却听得见海浪冲击礁石的声音。可是后来容基耶尔和"三兄弟"远远地落在后面,在黑暗中消失了,对我来说是永远消失了,冲击的海浪的哗哗声含着无力而怨恨的痛苦,也渐渐停息了……这条船走了八俄里光景,岸上就现出点点灯火:这是可怕的沃耶沃德监狱,再过一忽儿,又现出杜埃的灯火。可是不久连这些也都消失,剩下来的只有黑暗和阴森可怖的感觉,仿佛刚做完一场不祥的噩梦。

后来,我从甲板上下去,在下面遇见一群快活的人。在公共休息室里除了船长和他的助手以外还有几个乘客:一个年轻的日本人、一位太太、一个军需官①,另外还有修士司祭伊拉克里,他是萨哈林的传教士,跟着我到南方去,以便从那儿一道回到俄罗斯去。我们的女旅伴是一个海军军官的妻子,因为害怕霍乱而从符拉迪沃斯托克逃出来,现在稍稍放心了,正在回去。她有一种令人羡慕的性格。只要有一件极平常的小事,她就会发出一连串真诚而快活的笑声,笑得前仰后合,流下泪来;她刚含含糊糊地讲起一件什么事,笑声和欢乐就突然汹涌而来;我瞧着她,也不禁笑了起来,紧跟着伊拉克里神甫也笑了,随后那个日本人也笑了。"哎!"最后船长说,把手一挥,也被笑声所感染了。大概在照例汹涌澎湃的鞑靼海峡上,在其他任何时候都没有过这么多的笑声。第二天早晨,

---

① 即加·巴兰诺维奇,他写过一篇关于契诃夫访问萨哈林的回忆录,发表在《东方观察》报1904年第162号上。

修士司祭、那位太太、日本人和我在甲板上会齐,为了谈天。又是笑声,只差从水里钻出来的鲸鱼没有学我们的榜样而哈哈大笑了。

天气凑巧也暖和,没风,畅快。左边附近是绿油油的萨哈林,那是苦役还没接触到的荒凉的处女地;右边,在清晰的、完全透明的空间微微显出鞑靼海岸。这儿的海峡已经比较像海洋,水不像杜埃附近那么混浊了;这儿宽敞得多,呼吸也轻松得多了。萨哈林南部的三分之一,按地理位置来说,相当于法国,要不是因为寒流作怪,我们就会拥有一个美丽的地区,那么现在住在那儿的当然也不光是希康迪巴和别兹包日内依①们了。寒流是从北方的岛屿来的,那儿甚至在夏末还有浮冰,这股寒流从两边冲刷萨哈林,而东岸比较多地承受寒流和冷风的冲击,因而遭劫最大;那里的大自然无疑是严峻的,它的植物群具有真正的极地的性质。西岸就幸运得多了;在这儿,寒流的影响被日本的以"黑潮"闻名的暖流所缓和;不应当怀疑,越往南去就越暖和,在西岸的南部有比较丰富的植物群,不过较之法国或者日本还是相差很远。②

有趣的是,当萨哈林的拓荒者在冻土带种了二十五年小麦,修了良好的道路通到只能生长低级的软体动物的地方去的时候,这个岛的最温暖的部分,也就是西部滨海地区的南部,却处在完全被忽视的情况下。在轮船上用望远镜和普通的肉眼可以

---

① 见本书第72页注③。
② 有人提出一个计划:在这个海峡的最狭窄的地方修一道坝,以便堵住寒流的去路。这个计划具有自然历史方面的根据:大家知道当初有地峡存在的时候,萨哈林的气候以温和著称。可是现在即使这个计划能够实现,也未必会带来什么益处。西岸南部的植物群也许会多添十几个新品种,然而这个岛的整个南部地区的气候却不见得会好转。要知道整个南部地区靠近鄂霍次克海,这个海在夏季也浮着冰块,甚至有冰原,如今科萨尔科夫区的主要部分仅有一条不高的山脉同那个海隔开,越过那条山脉一直到海边都是布满湖泊的低地,没有抵挡寒风的屏障。——契诃夫注

189

看见适于建筑用的良好树林和岸坡,岸坡上布满碧绿的而且大概多汁的青草,然而却见不到一所房屋和一个人影。不过,有一次,那是在我们航行的第二天,船长叫我注意不大的一片小木房和板棚之类的建筑物,说:"这是马卡。"那儿,在马卡,很久以来就在进行中国人极乐意买的海带的采捞,由于这项工作是认真安排的,而且已经使许多俄国人和外国人得到丰厚的收入,这个地方在萨哈林就很出名。它坐落在杜埃以南四百俄里,北纬四十七度,气候比较良好。以前采捞业掌握在日本人手中;米楚尔逗留此间时,马卡有三十多所日本房屋,其中经常住着四十个人,男女都有,到春天就从日本又来大约三百个人,同虾夷人一起干活,在那时候,虾夷人在此地是主要的劳动力。可是现在海带的采捞业被俄国商人谢苗诺夫独占了,他的儿子经常住在马卡;这项工作由苏格兰人代姆比主持,这是一个年纪已经不轻,而且显然很在行的人,他在日本的长崎有一所私人房屋,我同他相识以后对他说,我秋天大概要到日本去①,他就殷勤地约我到他的家里去住。为谢苗诺夫做工的有蛮子、朝鲜人和俄国人。我们的流刑移民一直到一八八六年才来此地做工,而且多半是自己要来的,因为典狱长们素来对酸白菜比对海带感兴趣。最初的尝试不完全成功,俄国人不太懂得采捞的技术;不过如今他们已经做惯了,虽然代姆比对他们不像对中国人那样满意,不过人们仍旧可以认真地期望日后会有成百的流刑移民在此地找到糊口的活计。马卡属于科尔萨科夫区。现时此地住着流刑移民三十八名:男人三十三名和妇女五名。所有这三十三个人都种庄稼。其中三个人已经取得农民的身份。妇女却都是苦役犯,

---

① 契诃夫本来打算在结束萨哈林的旅行以后到日本去,但是没有成行。

以同居者的身份住在这儿。儿童没有,教堂没有,住在此地一定是非常烦闷的,特别是在冬天工人们停工而离开此地的时候。这里的民政领导只有一个村监,军人则有一个上等兵和三个列兵。①

把萨哈林比做一条鲟鱼,这对南部来说特别恰当,这个岛的南部确实像两片鱼尾。鱼尾的左端叫做克利里昂岬,右端叫做阿尼瓦岬,它们之间的半圆形海湾叫做阿尼瓦。轮船在克利里昂附近急转弯往东北走;在阳光照耀下,克利里昂显得是一个相当吸引人的地方,那上面孤零零地立着一个红色灯塔,像是地主的别墅。这是一个大岬角,顺一条平缓的坡道伸进海里,那坡道碧绿而平整,像一块良好的浸水草地。远处的旷野上布满丝绒般的青草,要画成一幅充满感伤情调的风景画只差一群牲口在林边的阴凉处溜达了。可是,据说这儿的草质不大好,栽植农作物未必可能,因为克利里昂一年大部分时间被咸味的海雾包围着,这种雾对植物起着

---

① 谢苗诺夫在马卡开办一爿商店,到夏天生意很不错;食品的价钱很高,因此,流刑移民要把工资的一半花在此地。快速帆船"骑士"号的船长在有关1870年的报告中说,这条船打算在开到马卡这个地方的时候送去十名士兵,为的是让他们安排好菜园的地点,因为在一年之内这个地方打算建立一个新的哨所。我顺便提一下,那正是俄国人和日本人在西部滨海地区发生争执的时候。我还找到《喀琅施塔得通报》1880年第112号上的一篇通讯:《萨哈林岛。有关马卡-寇夫(Maucha Cove)的若干有趣的资料》。这篇通讯讲到马卡是一家从俄国政府取得连续十年采捞海藻的权利的公司的主要所在地,又讲到当地的居民有三个欧洲人、七个俄国兵和七百个朝鲜、虾夷、中国的工人。

海带行业有利可图,正在扩大,这可以从谢苗诺夫先生和代姆比先生找到了仿效者这个事实看出来。有一个姓比利奇的流刑移民以前是教员,在谢苗诺夫那儿做过管事;他借来钱,在库苏纳依附近布置了为这个行业所必需的设备,开始招雇流刑移民到他这儿来。目前在他那儿干活的有三十个人左右。这个企业是非正式地经营的,甚至没有管理人员。早已废弃的库苏纳依哨所坐落在马卡以北约一百俄里的库苏纳依河口,从前那条河被看做萨哈林岛上俄国人的土地和日本人的土地的分界线。——契诃夫注

毁灭性的作用。①

九月十二日中午以前,我们绕过克利里昂而进入阿尼瓦海湾;虽然这个海湾的直径有八十到九十俄里,可是从这个岬到那个岬的全部海岸都看得见②。几乎就在这个半圆形海岸的中央有一个不大的凹口,叫做鲑鱼湾,科尔萨科夫哨所,南区的行政中心,就在

① 在克利里昂以北一点,我看到几年前"科斯特罗马"号轮船由于海雾弥漫而在那儿触礁的石滩。亚·维·谢尔巴克*,在"科斯特罗马"号上押运苦役犯的医师,在轮船出事之际射出一些信号弹。他事后告诉我说,当时他在精神上经历了时间很长的三个阶段:头一个阶段最长,最痛苦,他相信势在必死;苦役犯们惊慌失措,号啕大哭;儿童和妇女们坐上一条舢板在一名军官指挥下往人们推测是海岸的那个方向驶去,不久这条舢板就消失在雾里了;第二个阶段,对得救有了几分希望:从克利里昂的灯塔传来炮声通知妇女和儿童已经顺利到达岸上;第三个阶段,充分相信会得救,因为在大雾之中突然响起了那个返回的军官所吹的短号的声音。

　　1885年10月间,有几个逃亡的苦役犯袭击克利里昂的灯塔,把所有的财物抢劫一空,打死一名水手,从峭壁上把他扔进了深渊。——契诃夫注

　　* 亚·维·谢尔巴克是"志愿船队"押运成批流放犯到萨哈林去的船上医师。他写过许多篇通讯,发表在1880年到1890年的《新时报》上。谢尔巴克给契诃夫所写的信至今保存着。契诃夫在1890年12月17日写给苏沃林的信中对谢尔巴克作过评论:"我同谢尔巴克大夫相识了。依我看来,他是个出色的人。在他工作的地方,大家都喜爱他,我几乎已经同他成了朋友。他的过去简直是一锅粥,连魔鬼都会陷在里面搞不清楚。"

② 阿尼瓦湾沿岸首先由根·伊·涅韦尔斯科伊的一个战友,俄国军官鲁达诺夫斯基进行考察,并且加以描述。详情请参阅也是黑龙江考察队的参与者尼·符·布塞的日记:《萨哈林岛和1853年至1854年的考察》,其次,请参阅根·伊·涅韦尔斯科伊和鲁达诺夫斯基的论文《关于尼·符·布塞的回忆录》(载《欧洲通报》1872年第8期)和涅韦尔斯科伊本人的札记。尼·符·布塞少校是一位神经质的、难于相处的先生,他写道,"涅韦尔斯科伊对待下属的态度以及他的文稿的语气,都不够严肃";关于鲁达诺夫斯基,他写道,他"作为下属是难于相处的,而且是个令人讨厌的同事",又说鲁达诺夫斯基"讲些杂乱无章的话",至于包希尼亚克,则是"一个梦想家和孩子"。每逢涅韦尔斯科伊慢慢地抽着烟斗,他就感到生气。这个少校同鲁达诺夫斯基在阿尼瓦一块儿过冬,由于官品比后者高,就惹人厌烦地要求对方尊敬上司,遵守下属的一切规矩,而这是在一片荒漠里,几乎只有他们两个人相处,并且是在那个年轻人正在专心致志于严肃的学术工作的时候。——契诃夫注

这里,在这个湾的岸边。我们的女旅伴,那位乐观开心的太太,遇到一件愉快而又出乎意料的事:科尔萨科夫停泊场上停着一条志愿船队的"符拉迪沃斯托克"号轮船,这条船刚从堪察加来到此地,她的丈夫,那个军官,就在这条船上。这一下子引起了多少的惊叫、难于抑制的大笑和忙乱啊!

　　从海上望去,这个哨所具有一个小城的相当不错的外貌,它不是西伯利亚那种类型的城,而是属于一种特殊的类型;我不打算来确定那是什么类型;它是差不多在四十年前建立的,那时候南岸一带零零落落地点缀着日本的房屋和板棚,很可能由于挨近日本的建筑物,它的外貌就不免受到影响,势必增添了特殊的色彩。人们认为科尔萨科夫建立于一八六九年,可是只有把它当作流放犯的移民点来说,这种看法才是正确的;实际上在鲑鱼湾岸上的头一个俄国哨所是在一八五三年和一八五四年建立的。它坐落在一条山沟里,那个地方直到现在都用日本的名字,叫哈赫卡-托玛利;从海上只能看见它的一条主要街道,从远处看去,马路和两排房屋似乎从陡坡直下海滨;不过这只是远看如此,其实坡道并不是那么陡。新的木头建筑物在阳光中发亮,闪光;教堂呈白色,论建筑式样,它是旧式的、朴素的,因而是美观的。所有的房屋上都立着高高的杆子,大概为了挂旗用,这使这个小城给人一种不顺眼的感觉,好像它竖起一根根硬毛似的。这儿也同北方的停泊场一样,轮船停在离岸一俄里以至两俄里以外,码头只供汽艇和驳船用。先是有一条载着文官们的汽艇到我们轮船上来,立刻就响起了欢乐的说话声,"茶房,啤酒! 茶房,拿一杯白兰地来!"随后驶来一条快速小艇;穿着水手服的苦役犯们划桨,船舵旁边坐着区长伊·伊·别雷依①,当这条快速艇驶近舷梯的时候,他照军人那样命令

---

① 伊·伊·别雷依,律师,萨哈林的文官,科尔萨科夫区的区长。1892 年 1 月 14 日契诃夫在写给斯玛京的信中提到过他。1892 年 8 月 4 日,谢尔巴克医师在写给契诃夫的信中讲起伊·伊·别雷依的性格,说:"别雷依是一个残忍而可怕的利己主义者。"

道:"平桨!"

几分钟之后,我就同别雷依先生相识了;后来我们一块儿登岸,我在他家里吃饭。在同他的谈话中,我知道他刚从鄂霍次克海岸那边坐"符拉迪沃斯托克"号回来,他原是到通称为达拉依卡的地方去的,目前苦役犯们正在那儿修路。

他的住宅不大,然而讲究,阔绰。他喜爱舒适和佳肴,这明显地反映在他的全区;后来我漫游这个区的时候,在村监所或者驿站上不但发现刀叉和酒杯,甚至发现干净的餐巾和善于烧可口的汤菜的卫兵,不过主要的是这儿的臭虫和蟑螂不像北方那样多得出奇。据别雷依先生说,他在达拉依卡视察修路工作的时候,住在一个大帐篷里,里面布置得很舒适,自己带着一个厨师,他闲下来就看法国小说[①]。他是小俄罗斯人,原是学法律的大学生。他年轻,不到四十岁,顺便说说,这在萨哈林的文官中间是一般年龄。时代变了;现在对俄国的苦役地来说,年轻的文官比年老的更典型,假定有一个画家要画人们怎样鞭笞逃犯,那么在他的画上,原来那个酗酒的上尉,生着酒糟鼻子的老头,就要换成一个有学识的、穿新制服的青年人了。

我们畅谈起来;这时候黄昏降临,灯火点起来了。我向好客的

[①] 那种在南萨哈林工作的军官和文官们遭受真正的困苦的时代已经被人遗忘了。1876年他们买一普特面粉要付四个卢布,买一瓶白酒要付三个卢布,"鲜肉几乎从来也没有人见到"(《俄罗斯世界》1877年第7期),至于普通人,那就更不用说了。这是真正的穷苦。《符拉迪沃斯托克报》的记者不过五年以前还报道说:"任何人都没有半杯白酒,满洲烟叶(类似我们的马合烟)要两个卢布五十个戈比一俄磅,流刑移民和某些看守就用白毫茶和砖茶当烟草来吸。"(1886年第22号)——契诃夫注

别雷依先生告辞,到警察局的秘书①那儿去,他为我准备了住处。天黑了,没有风,海水发出重浊的哗哗声,星空正在转阴,好像看出在自然界正在酝酿着什么不祥的事。我走完整条大街,几乎一直走到海边,轮船还停在停泊场上;等到我向右转弯,就传来了说话声和响亮的笑声,黑地里现出了明亮的灯光,仿佛我在秋夜走进一个偏僻的小城里的俱乐部。那就是秘书的住所。我踩着吱吱嘎嘎响的旧台阶走上一个凉台,进了一所房子。客厅里烟雾腾腾,像小饭铺和潮湿的房屋里一样,有些军人和文职人员在那儿走动。其中一个是冯·弗先生②,农业督察官,我认识他,以前我们在亚历山德罗夫斯克见过面;其他人我都是初次见面,不过他们见了我态度十分亲切,仿佛早就跟我认识似的。他们把我带到桌子跟前,我也得喝白酒(那就是对了一半水的酒精)和很差的白兰地,吃流放苦役犯霍缅科煎好和端来的干硬的炸肉,这个霍缅科是个乌克兰人,留着黑色的唇髭。在这个小小的晚会上,外来人除了我以外还有伊尔库茨克的磁力气象台台长艾·符·希捷林格,他从堪察加和鄂霍次克坐"符拉迪沃斯托克"号来到此地,他原是到那边去筹备成立气象站的。在这儿我还认识了 Ш 少校,他是科尔萨科夫流放苦役犯监狱的典狱长,以前在彼得堡警察局格烈塞尔将军手下工作过。他是一个又高又胖的男子,他那种庄严而令人敬仰的风度我至今只有在警察署长的身上才有机会观察到。这位少校对我

---

① 指谢·阿·费尔德曼。他在萨哈林工作过几年,1892 年离职。他在 1892 年 11 月 12 日写给契诃夫的信中曾抱怨萨哈林生活的苦闷和可怕,极其热烈地回忆契诃夫访问这个岛的情况:"您也许已经忘记世界上还有萨哈林的费尔德曼这样一个人活着了,而当初您在科尔萨科夫哨所的时候在这个人的家里待过将近一个月呢……"他在同年同月 27 日的信中又说:"我仍旧不能忘记您在科尔萨科夫的逗留,您促使我们大家从您亲眼目睹的那种不成样子的生活中清醒过来了。"

② 指阿列克谢·亚历山德罗维奇·冯·弗利肯,俄国农艺师,萨哈林的农业督察官。

讲起他在彼得堡同许多著名作家有过短暂的来往,他简单地称呼他们为米沙和万尼亚,他约我到他家里吃早饭和午饭的时候,无意中两次都把我称呼为"你"。①

深夜一点多钟,客人们走了,我躺下睡觉的时候,响起了大风的呼啸声。这是在刮东北风。可见天空从傍晚起转阴不是无缘无故的。霍缅科从外面回来,报告说轮船开走了,同时海上掀起了大风浪。"嗯,那些船恐怕会回来的!"他说,笑起来,"它们怎么对付得了啊?"房间里变得又冷又潮,气温大概不会超过六七度。可怜的费尔德曼,这位警察局的秘书,年轻人,由于伤风和咳嗽而无论如何也睡不着觉。K上尉跟他同住在一个寓所里,也睡不着;他敲着他的房间的墙,对我说:

"我收到《周报》了。您要看吗?"

早晨,不论床上也好,房间里也好,院子里也好,都很冷。我走到外面去,天正在下冷雨,大风吹弯树木,海在咆哮,特别猛烈的阵风夹着雨点抽打人的脸,敲打房顶,像小霰弹一样。"符拉迪沃斯托克"号和"贝加尔"号果然对付不了风暴,回来了,这时候停在停泊场上,笼罩在烟雾里。我顺着街道,走到码头旁边的海滨;青草是湿的,从树上滴下水来。

码头上,守卫室附近放着一条鲸鱼的骨架,当初它幸福,活泼,在北方海洋的空旷海面上遨游,如今这个勇士的白骨却落在泥地里,听凭风吹雨淋……主要街道铺得平整,维护得很好,有林荫道,有街灯,有树木,每天由一个打着犯人烙印的老头打扫

---

① 应当为他说句公道话,Ⅲ少校十分尊敬我的文学职业,在我居留科尔萨科夫的整个时期里,他千方百计地使我不感到烦闷无聊。起先,在我到达南方的几个星期以前,他也为英国人高瓦尔德奔忙过,高瓦尔德寻求惊险的题材,也是一个文学工作者,坐着一条日本的帆船航行,在阿尼瓦湾翻过船,后来在他的《生活在西伯利亚的野人中间》一书中说过许许多多关于虾夷人的荒诞无稽的话。——契诃夫注

干净。街道旁边只有办事的机关和文官们的住宅,流放犯所住的房子连一所也没有。房屋大多是新的,外貌好看,没有例如杜埃的那种沉闷的官派。但是在科尔萨科夫哨所,一般说来,如果就它的全部四条街来看,那么旧房屋比新的多,二三十年前造的房子并不少见。相对来说,科尔萨科夫的旧房屋和在那儿工作的老住户比北方要多,这也许意味着南方这个地区比北方的两个区更适合于安宁的定居生活。据我看,这儿古风多一些,人也保守一些,风俗,即使是坏的风俗,也比较牢固些。例如,同北方相比,此地更多地使用体罚,往往一次就鞭打五十个人,只有在南方才保存着由某一个如今已经被忘却的上校在很久以前定下来的一种坏规矩,那就是当您,一个自由人,在街上或者海滨遇到一群犯人的时候,您就会在五十步以外听见狱吏的吆喝声:"立——正!脱帽!"这些光着头、脸色阴沉的人走过您的身旁,总是皱眉蹙额地瞧着您,仿佛他们如果不是在五十步以外,而是在二三十步以外脱帽,那您就会用棍子打他们一顿,如同某某先生一样。

我惋惜我没有见到萨哈林的最老的军官希什玛烈夫上尉,他已经不在人世;论寿命之长,论老住户的资格,他甚至可以跟巴列沃的米克留科夫比高低。他是在我到达的前几个月去世的,我只看到他住过的那所一家独住的房子。他早在苦役地还未开辟以前就在萨哈林定居下来,那似乎是很久很久以前的事了,人们甚至编造了一个关于"萨哈林起源"的神话,把这个军官的名字同地质的变化紧密地联系起来,据说从前,很久以前,根本没有萨哈林,可是,突然间,由于火山爆发,水底下的岩石升上来,高出海面,岩石上坐着两个生物:一只北海狮和上尉希什玛烈夫。据说他平时穿着一件编织的常礼服,戴着肩章走来走去,在公文中把异族人称为"林中野人"。他参加过好几个考察队,并且跟波里亚科夫一块儿顺着特姆河航行,从考察记录里可以看出,他们发生过争论。

科尔萨科夫哨所的居民有一百六十三名:男人九十三名和妇女七十名,加上自由民、兵士、他们的妻子儿女以及夜间住在监狱里的犯人,就一共有一千多名了。

民户有五十六家,然而与其说是乡村的农户,倒不如说是城市的小市民户,从农业观点来看,它们是完全不足道的。耕地一共有三俄顷,草场是监狱也使用的,共有十八俄顷。只要看一下那些宅院怎样互相挨挤着,怎样美妙地紧贴在山坡上,密集在山沟的底部,就可以明白当初那个为哨所选择地点的人根本没有考虑到这儿除了士兵以外还要住务农的人。如果问这些户主干什么工作,靠什么生活,他们就回答说做工,做生意……至于旁的收入,读者在下文可以看到,南萨哈林人绝不像北萨哈林人那样处在毫无出路的处境里;他们只要愿意,就可以找到临时的工作,至少在春季和夏季的月份里是如此,可是这同科尔萨科夫人并无多大关系,因为他们很少外出干活,他们作为真正的市民是靠不固定的进项生活的;说它不固定是指它的偶然性和不经常性。有的人靠自己从俄罗斯带来的钱生活,这样的人占大多数;有的人当文书;有的人当教堂下级职员;有的人开商店,虽然按照法律,他们并没有权利这样做;有的人用犯人的破烂换来日本的白酒,再卖出去,等等,等等。妇女,甚至自由身份的妇女,也干卖淫的勾当;甚至有个特权阶层出身的妇女也不例外,据说她是贵族女子中学毕业的。此地,饥饿和寒冷都比北方少;有些苦役犯的妻子在卖身,而他们却吸土耳其烟草,价钱是四分之一磅五十个戈比,因此,这儿的卖淫似乎比北部更恶劣,不过,这还不是同一回事?

四十一人有家室,其中有二十一对是不合法的婚姻。自由身份的妇女只有十名,也就是相当于雷科夫斯科耶的十六分之一,甚至相当于像杜埃那样的小地方的四分之一。

在科尔萨科夫的流放犯当中不乏有趣的人物。我要提一提无期苦役犯皮希科夫,他的罪行为格·伊·乌斯宾斯基提供了写随笔《一对一》的材料。这个皮希科夫用马鞭子抽死了他的妻子,他的妻子是一个有知识的妇女,而且已经怀孕八个月了,这种残酷的折磨持续了六个小时。他这样做是出于对他妻子的婚前生活的嫉妒:在上一次战争期间,她爱上一个被俘的土耳其人。皮希科夫自己拿着她的信去找那个土耳其人,劝他去幽会,总之帮助他们双方。后来那个土耳其人走了,这个姑娘因为皮希科夫心善而爱上了他。皮希科夫同她结了婚,已跟她有了四个孩子,不料,突然间,沉重的嫉妒感情在他的心中蠢动起来……

他是个又高又瘦的人,仪表堂堂,留一把大胡子。他在警察局当文书,所以穿着自由人的衣服走来走去。他工作勤恳,很有礼貌;从他的表情来看,他总是在独自沉思,十分孤僻。我到他的住处去过,可是正遇上他不在家。他在一所小木房里占一个不大的房间;他的床铺整洁,上面盖着一条红色的毛毯,床旁边的墙上挂着一个小镜框,里面是一张女人的像,大概是他的妻子吧。

查科米尼一家人也挺有趣,全家共三口人:父亲,以前在黑海做商船船长,还有他的妻子和儿子。一八七八年,这三个人在尼古拉耶夫城因杀人罪被交付战地法庭审讯定罪,可是据他们自己说,这是冤枉的。老太婆和儿子已经服满苦役期,老头子卡尔普·尼古拉耶维奇六十六岁了,却仍旧是苦役犯。他们开了一个店铺,他们的房间很体面,甚至比新米哈伊洛夫卡的富人波将金更优越。查科米尼老夫妇是走旱路,穿过西伯利亚来到萨哈林的,而儿子走的是海路,他早三年就来到此地了。差别是巨大的。要是听老头子讲话,就会毛骨悚然。在他受审,并且在各处监狱里受尽折磨,后来用三年时间长途跋涉,穿过西伯利亚的时候,他目睹过多少可怕的事,什么罪没有受过啊！他的女儿,一个自愿跟着父母到苦役地来的姑娘,却在半路上因为精力衰竭而死了,那条载着他和老太婆到科尔萨科夫来的船在马卡附近出事了。老头子讲着这些,老太婆就哭。"唉,那有什么办法呢!"老头子把手一挥,说,"这也是上帝的旨意呗。"

在文化方面,科尔萨科夫哨所明显地落在北方的同类地区的后面。例如,到现在为止,它还没有电报和气象站。① 关于南萨哈林的气候,我们目前只能凭此地的工作人员,或者像我这样在这里短期逗留的人的片断的偶然的观察来加以判断。从这些关于科尔萨科夫哨所的材料来看,如果讲到平均气温,那么春天、夏天、秋天的气温都比杜埃差不多暖和两度,冬天差不多高五度。可是在同一个阿尼瓦湾,在科尔萨科夫哨所稍稍偏东一点的穆拉维耶夫斯克,气温就显著地低于科尔萨科夫,接近于杜埃了。而在科尔萨科夫哨所以北八十八俄里的地方,在纳依布奇,"骑士"号的船长在一八七〇年五月十一日早晨登记气温为零下二度；天下着雪。读者可以看到,这儿的南方不大像南方：这儿的冬天也像奥洛涅茨省

---

① 当我在那里逗留期间,艾·符·希捷林格正在筹备建立气象站,军医官兹-基,科尔萨科夫的老住户,一个很好的人,正在竭力帮他的忙。可是我觉得这个气象站不应该建立在没有遮拦、可以任东风吹刮的科尔萨科夫哨所,而应该建立在这个区的一个比较中心的地点,例如弗拉基米罗夫卡,不过在南萨哈林,各地的气候不同,最正确的办法莫如在几个地方同时设置气象观察站,例如在布塞湾、科尔萨科夫、克利里昂、马卡、弗拉基米罗夫卡、纳依布奇、达拉依卡。这当然不容易,可是也不那么困难。依我看来,为了这个目的,可以让有文化的流放犯来工作,他们像经验所表明的那样,很快就能学会独立进行观察,只需要有一个人承担指挥他们的责任罢了。——契诃夫注

一样严峻,而夏天却像阿尔汉格尔斯克。克鲁森施滕五月中旬在阿尼瓦的西岸见到了雪。在科尔萨科夫区的北部,也就是在采捞海带的库苏纳依,一年之中阴雨的日子有一百四十九天,而在南方,在穆拉维耶夫斯克哨所,则是一百三十天。不过南方地区的气候毕竟比北方的两个区温和些,因而这儿的生活比较好过一些。在南方,冬季有解冻的天气,而这在杜埃和雷科夫斯科耶附近却是一次也看不到的;这儿的河解冻要早一点,太阳从云层里钻出来的机会也多一些。

科尔萨科夫监狱占据这个哨所最高的,大概也是最合理的地方。大街的尽头就是监狱的围墙,那儿有一道大门,看上去很普通,只有凭门上的牌子,凭每天傍晚这儿聚集着苦役犯,才看得出来这不是普通的、住房的大门,而是监狱的入口。那些苦役犯是一个挨着一个从旁门放进去,而且进去的时候都要经过搜查。监狱的院子坐落在一道斜坡上,虽然有围墙,四周还有建筑物,可是从院子中央可以看见淡蓝色的海洋和遥远的地平线,因而这儿显得很开阔。在参观监狱的时候,首先被人注意到的是此地的行政当局极力把苦役犯同流刑移民分开。在亚历山德罗夫斯克,监狱的作坊和几百个苦役犯的住所散布在整个哨所,可是在此地,所有的作坊以至消防的车房都设在监狱的院子里,居住在监狱外面,除了极少的例外,连改恶从善的苦役犯,也是不许可的。在这儿,哨所是哨所,监狱是监狱,人可以在这个哨所住很久而没有发现街道的尽头有监狱。

这儿的监狱是旧的,牢房里空气窒闷,厕所比北方的监狱差得多,面包房阴暗,供隔离监禁用的单人牢房阴暗,没有通风设备,寒冷;我好几次亲眼看见其中的犯人由于寒冷和潮湿而发抖。这儿只有一件事比北方好:重镣犯人的牢房宽敞一些,而且戴镣铐的犯人比较少。最常打扫牢房的是以前的水手们,他们的衣服也干净些。① 我在那里的时候,监狱里只有四百五十个人住宿,其余的都外出干活去了,主要的是修路。这个区里的苦役犯的人数一共有一千二百零五名。

此地监狱的典狱长最喜欢让来访者看一看消防车队。这个车队也确实出色,在这方面科尔萨科夫凌驾于许多大城市之上。大

---

① 伊·伊·别雷依成功地把他们组织成为一个技术熟练的海上工作队。苦役犯戈里曾算是他们的队长,这人身材矮小,留着连鬓胡子。他喜欢高谈阔论。他坐在舵边,下着命令:"下桅!"或者"划桨!"在这种时候,他确实有点上司的威风。尽管他的外貌令人起敬,又处于队长的地位,可是当我在那里的时候,他却因为酗酒,而且似乎还因为出言不逊而挨过两三次鞭笞。除他以外,最熟练的水手要数苦役犯美德威杰夫,这是一个聪明而大胆的人。有一次,日本领事库泽(译音)先生从达拉依卡坐船回来,掌舵的就是美德威杰夫;除了他们以外,这条快速小艇上还有一个狱吏。将近傍晚风大起来,天黑了……他们航行到纳依布奇附近的时候,纳依布河的河口已经看不清了,直接靠岸是危险的,于是美德威杰夫就决定不顾大风暴而在海上过夜。狱吏打他的耳光,库泽先生严厉地命令他靠岸,可是美德威杰夫不理,固执地把船驶进大海,越走越远。风暴通宵没停;海浪不断地冲击这条小艇,似乎每一分钟都会把这条船淹没或者掀翻。后来那位领事告诉我说,这是他一生当中最可怕的一夜。天亮的时候美德威杰夫把船往河口驶去,船上的酒吧间里还是灌进了水。从那时候起,别雷依先生每次送一个什么人跟美德威杰夫同行的时候,总要说:
"不管他要怎么样,请您务必不要开口,不要反对。"
在监狱里有两个亲兄弟也引人注意,他们原是波斯的亲王,直到现在从波斯的来信中仍旧称呼他们为"殿下"。他们是因为在高加索犯了杀人罪而被发配到这儿来的。他们仍旧照波斯人那样打扮,戴着羊羔皮高帽,额头露在外面。他们还属于那种在考验中的苦役犯,因而没有权利身边带钱,其中有一个就抱怨说,他没有钱买烟草,而他觉得吸了烟,他的咳嗽就会减轻一点。他为办公室糊信封,糊出的信封相当糟;我瞧了一阵他的工作,说:"很好。"这句赞扬的话显然使得原先的亲王十分高兴。
苦役犯盖依曼是监狱里的文书,他是个丰满而漂亮的黑发男子,以前在莫斯科的警察局里做过分局长,由于犯强奸幼女罪而被判刑。在监狱里,他紧跟在我的身后,每次我回头看他,他总是恭恭敬敬地脱掉帽子。
此地的行刑人姓米纳耶夫;他是商人的儿子,年纪轻轻。在我见到他的那天,据他说,他用树条惩罚过八个人。——契诃夫注

桶、消防唧筒、装在套子里的斧子，所有这些都像玩具似的，发出闪光，仿佛准备拿出去展览似的。警钟一敲响，所有作坊里的苦役犯就立刻跑出来，没戴帽子，没穿外衣，一句话，各人照各人原来的装束，一下子套上车，轰隆轰隆响地穿过大街，往海边跑去。那场面是动人的，Ⅲ少校，这个模范的车队的缔造者，极其满意，不住地问我是否喜欢。遗憾的只有一件事，那就是，有一些老人也跟青年人一块儿拉车和奔跑，而按理，哪怕照顾他们年老体衰，也不应该让他们去。

十三

波罗-昂-托玛利——穆拉维耶夫斯克哨所——头道沟、二道沟和三道沟——索洛维耶夫卡——留托加——秃海岬——米楚尔卡——里斯特威尼奇诺耶——霍穆托夫卡——大叶兰——弗拉基米罗夫卡——农场或者招牌——路果沃耶——教士的幕包——桦树林——十字架——大达科艾和小达科艾——加尔金诺-符拉斯科耶——杜勃基——纳依布奇——海洋

我对科尔萨科夫区的居民点的考察是从一个坐落在阿尼瓦湾沿岸的村子开始的。这第一个村子在哨所东南四俄里的地方，用的是日本人起的名字：波罗-昂-托玛利（译音）。它建立在一八八二年，原是虾夷人的一个小村子。居民七十二名：男人五十三名和妇女十九名。从业主四十七名，其中有三十八名是孤身的贫苦人。尽管村子四周看来土地辽阔，可是每户仍旧只能分到四分之一俄顷的耕地和不到二分之一俄顷的草场；再要土地就没有了，或者很难找到了。不过要是波罗-昂-托玛利是

在北方,那它早已有二百个从业主,同时还有一百五十个搭伙经营者了;南方的行政当局在这方面比较稳健,宁可建立新村子也不扩充旧村子。

我在这儿登记了九个老人,从六十五岁起到八十五岁止。其中有一个老人是扬·雷采包尔斯基,七十五岁,有着奥恰科夫①时代的士兵的外貌,已经老朽,大概记不得自己犯过罪没有了;人在听说这些人都是终身苦役犯、坏蛋的时候不免会觉得古怪,阿·尼·柯尔夫男爵只是为了照顾他们年迈才下令把他们改为流刑移民。

流刑移民柯斯青在一个窑洞里拯救自己的灵魂:他自己不走出来,也不准任何人进去找他,他老是在祷告。流刑移民戈尔布诺夫把一切人都叫做"上帝的奴仆",因为他在自由的时候原是一个云游四方的朝圣者;按职业来说他是油漆匠,然而现在却在三道沟做牧人,这也许是因为他爱好孤独和深思。

往东大约四十俄里还有一个穆拉维耶夫斯克哨所,不过如今它只在地图上存在了。它建立得比较早,是在一八五三年,地点就在鲑鱼湾的岸边;可是一八五四年盛传要发生战事,这个哨所就撤销,直到十二年后才在布塞湾或者十二英尺港的岸上重建,所谓十二英尺港就是一个不深的湖,有一条小河同海洋相通,这条河只有浅水船才能驶进去。米楚尔来此时,这儿住着将近三百个兵,害着很重的坏血病。建立这个哨所的目的是加强俄国对南萨哈林的影响;然而在一八七五年条约签订以后,这个哨所就因为不必要而撤

---

① 乌克兰的一个城,在17世纪和18世纪长期成为俄土两国军队冲突的焦点。

销,遗下的那些小木房据说被逃犯烧毁了。①

沿海有一条畅快的道路通到科尔萨科夫哨所以西的那些村子;道路的右边是黏土的峭壁和上面长着草木的崖堆,左边是喧闹的大海。海浪涌上沙滩,化成泡沫,然后仿佛疲乏了似的又滚回去,被海洋抛弃的海带就像棕色的花边似的铺在整个海滩上。它发出腐烂的海藻那种甜腻而又不难闻的气味,对南方的海洋来说,这种气味是典型的,犹如海里的野鸭的不断飞腾一样,每逢您在海边走过,它们总是时时刻刻地吸引您。轮船和帆船在此地是稀客;在附近也罢,在水平线上也罢,什么东西也看不见,因而这海就显得荒凉了。偶尔也许会出现一条简陋的划子,慢慢地移动着,有的时候上面竖起一张乌黑难看的布帆,要不然,就有一个苦役犯在水里行走,水没到膝部,身后用绳子拉着一根原木,——整个画面就是这样。

后来,高陡的河岸被一条长长的深谷切断。这儿流着一条小河温达纳侬或者温达,以前这条小河的旁边是官家的温达农场,苦役犯称之为破烂场;为什么起这样一个名字,这是可以理解的。现时此地有监狱的菜园,另外只有三所小木房。这就是头道沟。

接着就是二道沟,有六户人家。此地住着一个流放犯出身的富裕的老农民,与他同居的老太婆就是从前的乌里扬娜姑娘。从前,很久以前,她打死了自己的孩子,把他埋在地里,可是在法

---

① 以前这儿有穆拉维耶夫斯克矿场,这儿的煤由受罚的哨所士兵开采,也就是说,这儿也有过小小的苦役地;此地的长官派他们去干活是为了惩罚他们的"不大的罪行"(米楚尔语)。不过,士兵们开采出来的煤如果卖出去,这笔收入归谁所有就难说了,因为所有的煤都同建筑物一齐烧掉了。

在1870年以前由军事当局建立的哨所还有契比桑斯克、奥切赫波克斯克、玛努依斯克、玛尔科夫斯克等等。这些地方已经被人抛弃而且遗忘了。——契诃夫注

庭上她说她没有打死孩子,而是把他活埋的,她以为这样一说就会无罪释放;法庭判了她二十年苦役刑。乌里扬娜一边向我讲这些,一边悲痛地大哭,后来,她擦了擦眼睛,问道:"您要买酸白菜吗?"

三道沟有十七户人家。

这三个村子里的居民共有四十六名,其中妇女十七名,从业主二十六名。这一带的人都踏实肯干,生活富裕,有许多牲口,有些人甚至做牲口生意。这种繁荣的主要原因大概被认为是气候和土壤条件,不过我想,如果把亚历山德罗夫斯克或者杜埃的文官们请到此地来,要求他们发号施令,那么过上一年,这三个村子里的从业主就不止二十六名,而会有三百名,而且搭伙经营者还不计算在内。到那时候,所有这些人将会"懒散怠惰,马马虎虎混日子",将会坐在家里没有饭吃。我认为,这三个小村子的榜样足以说明一条规律:在现时,在移民区还年轻、没有巩固的时候,住户越少越好,街道越长就越穷。

距哨所四俄里处是索洛维耶夫卡村,建立于一八八二年。在萨哈林的所有村子当中,它占据最有利的地位:它靠海,此外离它不远就是产鱼极多的苏苏亚河的河口。居民养奶牛,出卖牛奶。他们也种庄稼。居民有七十四名:男人三十七名和妇女三十七名。从业主二十六名。他们都有耕地和刈草场,平均每个人有一俄顷地。好地只是在海边和岸坡上,再远一点的地方土质不佳,原是种冷杉和云杉的。

阿尼瓦湾的岸上还有一个村子,远远地躲在一边,离哨所有二十五俄里,如果从海路走,就有十四海里。它叫做留托加,离一条同名的河的河口有五俄里,是在一八八六年建立的。它同哨所的交通极不方便:要么沿岸步行,要么乘汽艇,而流刑移民只能坐载干草的划子。居民有五十三名:男人三十七名,妇女十六名,从业主三十三名。

讲到沿岸的道路,那么它绕过索洛维耶夫卡后,在苏苏亚河口附近就往右急转弯,朝往北的方向走了。在地图上,苏苏亚河的上游接近流入鄂霍次克海的纳依布河,顺着这两条河,从阿尼瓦湾到东部海岸,几乎是在一条直线上,排列着一长串村子,被一条连绵不断、有八十八俄里长的道路连接起来。这一系列村子是南方地区的精华所在,体现了它的面貌,而那条道路就是人们打算用来连接南北萨哈林的那条驿道干线的开端。

我疲乏了,或者犯懒了,在南方不再像在北方那样热心于工作。我常常一连几天出外游玩和野餐,不想再走访各所小木房;但是,每逢有人殷勤地表示愿意帮我的忙,我也不拒绝。我头一次到鄂霍次克海去又回来,是由别雷依先生陪同的,他有意领我去看一看他的这个区,后来,我进行登记的时候,每次都是由移民监督官尼·尼·亚尔采夫陪同。①

南方地区的村子自有它们的特色,凡是刚从北方来到此地的人不可能不注意到。此地最值得注意的是赤贫的人少。没有完工的、被抛弃的小木房或者钉死的窗子我从来也没看见过,木板房顶在此地是平常、习见的现象,就像在北方看到干草和树皮的房顶一样。道路和桥梁比北方差,特别是小达科艾和西扬采之间的那段路,在春汛时期和大雨之后往往成了不能走人的稀泥。居民显得比北方的同胞年轻,健康,精力充沛,这种现象如同这个地区的比

---

① 9月间和10月初,除了那些刮东北风的日子以外,天气很好,是夏日风光。别雷依先生跟我同行,对我抱怨说,他极其思念小俄罗斯,目前他什么也不巴望,只巴望看一看挂在树上的樱桃。在村监所里住宿,他醒得很早;天刚亮他就醒了,独自站在窗前,小声念着:"晨光笼罩着京城,年轻的妻子睡得正酣……"(引自涅克拉索夫的《玛霞》——译者注)亚尔采夫先生也常常背诵诗篇。在旅途中烦闷无聊的时候,我就要求他朗诵点什么,他总是感情丰富地朗诵一首长诗,有的时候甚至念两首。——契诃夫注

较富裕一样,也许可以归之于如下一个原因,那就是,在南方生活的流放犯主要是那些刑期短的犯人,也就是多半比较年轻,受苦役的折磨程度比较轻。人们常常可以遇见年纪还仅仅在二十岁到二十五岁之间的人,而他们却已经服满苦役的刑期,在一块块土地上定居下来。不少流放犯出身的农民的年龄是在三十岁和四十岁之间。① 另有一种情况也对南方的村子有利,那就是此地的农民并不急于动身到大陆去,例如在刚才提到的索洛维耶夫卡,那二十六个从业主已经有十六个取得农民的身份了。妇女很少;有的村子连一个妇女也没有。同男人相比,妇女大多显得像老太婆,而且有病,人就不得不相信此地的文官和流刑移民的话,他们抱怨说,每次从北方送到他们这儿来的都是些"不中用的女人",北方把年轻而健康的女人都留给自己了。医师兹-基对我说,他担任监狱医师的时候,有一次对一批新到的妇女进行了体检,结果发现她们都有妇女病。

在南方的日常生活中根本不使用搭伙经营者或者对分经营者这类词,因为这儿的每一块地只应当有一个主人,不过这儿也同北方一样有些户主仅仅属于这个村子,可是并没有家业。如同在哨所一样,这儿的村子里根本没有犹太人。在小木房里的墙上常常

---

① 由于同一种原因,例如在科尔萨科夫哨所,年龄在二十岁到四十五岁之间的流刑移民构成居民总数的百分之七十。以前有一种规章,或者说是习惯做法,在按区发配新来的犯人的时候,总是把刑期短的犯人看做罪行较轻和恶习不深的人而派到比较暖和的南方。然而在根据各项文件资料确定犯人刑期长短的时候,工作不总是做得十分认真。例如这个岛的以前的长官京采将军,有一次在轮船上把关于被流放人员的文件资料读了一遍,亲自挑出刑期短的犯人,把他们发配到南方去;可是后来,在这些幸运的人当中不料有二十个流窜犯和来历不明者,也就是恶习最深和最不可救药的人。目前,刚才提到的习惯做法看来已经废除,因为发配到南方去的不但有长期徒刑犯,而且有无期徒刑犯,而在可怕的沃耶沃德的监狱和矿场上我却遇到过刑期短的犯人。——契诃夫注

可以看见日本的画;此外还可以见到日本的银币。

苏苏亚河畔的头一个村子是秃海岬;它直到去年才开始兴建,小木房都还没有完工。这儿有二十四个男人,妇女却一个也没有。这个村子立在一个高冈上,这个冈早先就叫做秃海岬。小河在这儿离住处不近,必须走下坡才能到河边。没有井。

第二个村子是米楚尔卡,它是为了纪念米·谢·米楚尔[①]才起这个名字的。当初还没有道路的时候,在目前的米楚尔卡所在地有一个驿站,备着马匹,供因公出差的文官们使用;饲马员和工役获准可以在服满刑期以前给自己造房子,他们就在驿站附近住下来,建立自己的家业。这儿只有十户人家,不过居民有二十五名:男人十六名,妇女九名。一八八六年以后区长不再批准任何人在米楚尔卡落户了,而这是做得对的,因为这儿的土地不佳,草地也只够十户人家使用。现在这个村子里有十七头奶牛和十三匹马,小牲口不计算在内,官方的统计表里还列着六十

---

① 农学家米哈依尔·谢敏诺维奇·米楚尔参加了 1870 年由符拉索夫率领从彼得堡出发的考察队。他具有坚韧不拔的精神,是一个肯下苦功的人,一个乐观主义者和理想主义者,他热爱工作,同时又有把这种热爱感染别人的能力。在那个时候他才三十五岁上下。他以极其认真的态度对待他所承担的任务。他在考察萨哈林的土壤、植物群、动物群的时候,步行走遍现在的亚历山德罗夫斯克区和特莫夫斯克区、西部滨海一带;这个岛的整个南部;那时候岛上根本没有大路,只有偶尔遇到一些可怜的小径,消失在原始林和沼泽里,任何骑马的或者步行的活动都是地道的磨难。但是建立流放的农业移民区的思想使得米楚尔心向神往。他对它献出自己的整个心灵,爱上了萨哈林岛。如同母亲在自己心爱的孩子身上看不到缺点一样,他在这个成为他的第二故乡的岛上也没有发现冻土和迷雾。他认为这个岛是地球的繁花似锦的一角,无论是气象资料(不过当时这种资料几乎没有)还是过去那些岁月中的沉痛经验(他显然用不信任的态度对待这种经验)都不能妨碍他的这种看法。此外,这儿还有野葡萄、竹子、巨人般高大的青草、日本人……在这个岛的以后的发展过程中,他当上了主管人员,五品文官,可是仍旧专心致志,孜孜不倦地工作着。他四十一岁在萨哈林死于严重的神经错乱。我看到了他的坟。他死后留下一本著作:《萨哈林岛的农业概述》,1873 年出版。这是对萨哈林岛土地肥沃的长篇颂歌。——契诃夫注

四只鸡,不过,如果把户数增加一倍,这些东西却不会也增加一倍。

讲到南方地区的村子的特色,我还忘了提到一件事,那就是此地常常发生吃乌头(Aconitum Napellus)中毒的事。在米楚尔卡,流刑移民达科沃依家里的猪吃乌头被毒死了;他舍不得扔掉,把这只死猪的肝吃了,险些儿丧命。我到他的小木房里去的时候,他站都站不稳,说话声音很弱,可是讲起猪肝,他却发笑,从他那仍旧浮肿而且青紫色的脸,可以断定这猪肝使他付出很高的代价。在他以前不久,老人康科夫吃乌头中毒,死了,他的房子如今空着。这所房子成了米楚尔卡的名胜之一。几年前,过去的典狱长Л把一种爬蔓的植物当作葡萄,就报告京采将军说,南萨哈林有葡萄,可以培植成功。京采将军立刻下令调查犯人当中有没有以前在葡萄园里干过活的人。这样的人很快就找到了。他就是流刑移民拉耶甫斯基,据说他是一个身量很高的男子。他自称是专家,人们就相信他,打发他带着公文乘头班轮船从亚历山德罗夫斯克哨所到了科尔萨科夫区。这儿的人们问他:"你到这儿来干什么?"他回答说:"种葡萄。"大家瞧他一阵,读一下公文,只能耸一耸肩膀。这个种葡萄的人就此歪戴着帽子,在这个区里游荡;由于他是本岛的长官派来的,他就认为不必到移民区主管人那儿去报到。后来发生了一场误会。在米楚尔卡,他的高身量和神气活现的样儿使人产生怀疑,被当作流窜犯,捆起来,送到哨所去了。他在监狱里关了很久,受到审问,后来被释放了。最后他就在米楚尔卡定居下来,死于当地。萨哈林就此一直没有葡萄园。拉耶甫斯基的房子为了抵债而归公,以十五个卢布卖给了康科夫。康科夫老头付房钱的时候,调皮地眨眨眼睛,对区长说:"您等着吧,我也会死的,那您就又要为这所房子忙一阵了。"果然,时间不长,他被乌头毒死,如今公家又要为这所房子奔忙了。①

在米楚尔卡住着萨哈林的甘泪卿*,流刑移民尼古拉耶夫的女儿塔尼雅,她是普斯科夫省人,十六岁。她生着淡黄色头发,身材苗条,面庞清秀、柔和,举止温柔。她已经许配给了村监。您坐车穿过米楚尔卡的时候,往往可以看到她正坐在窗前沉思。可是,这个在萨哈林落户的年轻美丽的姑娘能够想些什么呢,她在巴望什么呢,这大概只有上帝知道了。

离米楚尔卡五俄里有一个新村子里斯特威尼奇诺耶,这儿的道路正是一个落叶松树林中的林间通路②。它还叫做赫利斯托佛罗夫卡,因为以前有一个基里亚克人赫利斯托佛尔在此地下套捕捉黑貂。选择这个地方作村子不能说是成功的,因为这儿的土质

---

① 有一个流放苦役犯②写给我一份类似呈文的东西,上款是这样写的:"机密。有关我们这个荒僻地方的某些事。谨致宽宏大度、和善热心、以其来访使得不值一提的萨哈林感到幸福的文学家契先生。科尔萨科夫哨所。"在这份呈文里我看到一首标题为《乌头》的诗:
   这蓝色的小叶骄傲地长在河旁,
   长在峡谷里,长在沼地上,
   它可真是漂亮,
   在医学里名叫乌头而颇有声望。

   由造物主的手栽种的乌头根,
   常常引诱人,
   把人放进坟坑,
   送往亚伯拉罕的天庭。

* 指米哈依尔·德米特利耶夫,萨哈林苦役地的诗人,由于他的诗歌和政论性的试作而受到惩罚。他把这类具有暴露性内容的陈述书和诗歌寄交契诃夫,至今保存在契诃夫档案馆中。
② 德国诗人歌德的诗剧《浮士德》中的女主人公。
 ③ "里斯特威尼奇诺耶"在俄语里的原义是"落叶松"。

不好,不适宜种植。① 居民十五名。没有妇女。

再过去一点,在赫利斯托佛罗夫卡小河畔,以前有几个苦役犯做出各种木制品;他们获准在服满刑期之前给自己盖房子。可是他们所住的地方经人断定很不方便,一八八六年,他们的四所小木房就迁到里斯特威尼奇诺耶以北大约四俄里的另一个地方,那儿就成为霍穆托夫卡村的基地。它起这样一个名字,是因为有一个自由农民出身的流刑移民霍穆托夫曾经到这儿来打过猎。居民有三十八名:男人二十五名,妇女十三名;从业主二十五名。这是最没有趣味的村子之一,不过连它也能夸耀它有一种与众不同的地方:这个村子里住着流刑移民勃罗诺夫斯基,整个南方都知道他是一个狂热的、盗窃成性的惯贼。

再过去三俄里,有一个村子叫大叶兰,它是在两年前建立的。在此地,沿河的谷地叫做"叶兰",这儿长着榆树、橡树、接骨木、水曲柳、桦树。这些树木通常不受寒风的吹袭。附近山头上和泥塘里的植物稀少得惊人,同极地的植物没有多大分别,可是这儿,在沿河的谷地,我们却看到茂盛的树林和两人多高的青草;在夏季,如果天气晴朗,据说这儿的土地冒出热气,空气潮湿得使人透不出气来,像在澡堂里一样,被晒热的土地就使得庄稼往高里长,因此,比如说,一个月里黑麦就几乎蹿到一俄丈高。这种沿河的谷地类似小俄罗斯的村边园地,在那儿草地紧挨着果园和树林,最适合于安家落户。②

大叶兰的居民有四十名:男人三十二名,妇女八名;从业主

---

① 对那些为新村选择地点的人来说,落叶松是恶劣的沼泽土壤的标志。由于下层土壤的黏土不透水,这就形成了泥炭,出现了矶踯躅、红莓台子和青苔,落叶松本身也遭到破坏,生出节疤,布满地衣。就因为这个缘故,此地的落叶松不好看,树干短,还没有活多久就干枯了。——契诃夫注

② 这儿生长黄柏和葡萄,不过它们已经退化,同它们的祖先不大相像了,犹如萨哈林的芦苇般的竹子不像锡兰的竹子了。——契诃夫注

三十名。流刑移民掘掉地里的树根,开辟宅旁用地的时候,得到指示,要尽可能留下老树。由于这个缘故,这个村子就显得不像是新的村子,因为街道上和院子里立着叶子宽阔的、古老的榆树,仿佛是祖辈们种下的。

在此地的流刑移民当中引人注目的是来自基辅省的巴比奇兄弟;起先他们住在同一所小木房里,后来开始吵架,要求上司把他们分开。一个巴比奇在抱怨他的亲弟兄的时候说:"我怕他像怕蛇一样。"

再过去五俄里就是弗拉基米罗夫卡村,它建立于一八八一年,之所以起这样的一个名字,是为了纪念一个管理苦役劳动的少校,他名叫弗拉基米尔。流刑移民们还管这个村子叫做小黑河村。居民有九十一名:男人五十五名,妇女三十六名;从业主四十六名;其中十九名是孤身的人,只好自己动手给奶牛挤奶。二十七个家庭中只有六个是合法的。作为农业移民区,这个村子的价值抵得上北方的两个区加在一起,可是,在大批跟随丈夫到萨哈林来、没有给监狱毁掉的自由身份的妇女当中,也就是在那一大批对移民区最为宝贵的妇女当中,只有一个在此地住下来,而且就连这一个不久以前也因为有杀夫的嫌疑而被关进监狱。许多自由身份的、不幸的妇女被北方的文官们放在杜埃的"家属房舍"里受折磨,如果放在这儿却再合适也没有了;在弗拉基米罗夫卡,单是牛羊就超过一百头,马有四十匹,有很好的刈草场,可是没有家主妇,这也就是说,没有真正的农户。①

---

① 柯诺诺维奇将军在他的一项命令里证实道:"科尔萨科夫区位于偏僻之地,交通不便,加以某些人徇私利己,这种恶劣作风影响所及,在我的历届前任眼前,危害和破坏了整个事业;由此科尔萨科夫区长期未曾享有应得的待遇,分配物品时以漏发或少发,它的最迫切的需要都没有得到研究、满足,或者提出解决办法。"(1889年第318号命令)

在弗拉基米罗夫卡有一所官房，里面住着移民监督官 Я 先生和他那做助产士的妻子；他在这所官房旁边办了一个农场，流刑移民和士兵却称之为招牌①。Я 先生对自然科学，特别是植物学有兴趣，他一讲起植物总要说拉丁语的学名，吃饭的时候如果端上来菜豆，他就说："这是 faseolus②。"他给他的小黑狗起一个名字叫 Favus③。在萨哈林的一切文官当中他最精通农艺学，办事认真，然而他的模范农场的收成常常不如流刑移民，这就引起普遍的困惑以至讥笑。依我看来，这种在收成方面的偶然性差别不仅涉及 Я 先生，也涉及其他任何一个文官。这个农场既没有气象站，也没有至少可以提供粪肥的牲口，又没有良好的建筑物，也没有在行的人从早到晚专门操持农务，这样的农场就算不得农场，确实只不过是个招牌而已，也就是在模范农务经营的招牌下的无聊的儿戏。这个招牌甚至不能叫做农业试验场，因为它只有五俄顷地，而且按一份公文上所写的，这儿的土地就质量来说特意选得低于一般水平，"目的在于对当地居民做出榜样，证明在一定的管理和较好的耕耘条件下可以在土地上获得令人满意的成果"。

此地，在弗拉基米罗夫卡，发生了一场恋爱纠纷。有一个名叫伏科尔·波波夫的农民，撞上他的妻子和他的父亲通奸，就抡起拳头，把老头子打死了。他被判处苦役劳动，发配到科尔萨科夫区，在 Я 先生的农场做一名马车夫。此人体格魁梧，年纪还轻，长得漂亮，性格温和、内向，老是一声不响，在想什么。从他刚来的时候起，主人就信任他，在离家外出的时候知道伏科尔不会偷柜子里的钱，也不会拿储藏室里的酒喝。他在萨哈林娶妻子是不可能的，因

---

① 在俄语里，"农场"和"招牌"这两个词的读音极相似。
② "菜豆"的拉丁语学名。
③ "蜂蜜"的拉丁语学名。

为他的妻子还留在家乡,不肯答应同他离婚。男主人公的情形大致如此。女主人公是流放苦役犯叶连娜·捷尔狄希纳雅,她是流刑移民柯谢列夫的同居女人,这是一个爱吵闹的、愚蠢的、难看的女人。她开始同她的同居男人吵架,后者告状,区长就派她到农场去当女工,作为惩罚。在那儿,伏科尔见到她,爱上她了。她也爱上他。柯谢列夫大概发现了这种情况,因为他开始热切地要求她回到他那儿去。

"嗯,行,我可知道你们这号人!"她说,"你要是跟我结婚,那我就去。"

柯谢列夫就呈递申请,说是要同姑娘捷尔狄希纳雅结婚,长官批准了他的婚姻。这当儿,伏科尔向叶连娜表白了他的爱情,求她跟他生活在一起,她也赌咒说,她真心爱他,同时又对他说:

"你就这样来找我,我办得到;要长期住在一块儿,我办不到。你是成了家的人,我呢,是个女人,总得为自己打算一下,找个好男人才成。"

等到伏科尔知道她要出嫁,他就灰心绝望,吃乌头自尽了。后来叶连娜受到审问,她招认说:"我跟他睡过四夜。"据说在他去世的两个星期以前,他瞧着正在擦地板的叶连娜说:

"哎,女人啊,女人!我是因为女人才给送到这儿来做苦工的,大概还会因为女人而送掉命!"

在弗拉基米罗夫卡我认识了流放犯瓦西里·斯米尔诺夫,他是因为伪造钞票而被发配到这儿来的。他已经服满苦役和流刑移住的刑期,如今专干捕捉黑貂的行业,这个行业看来使他得到很大的乐趣。他对我说以前他一天可以造三百卢布的假钞票,可是他在已经丢掉这个行当、干正经工作以后却被捕了。他用专家的口吻谈到假钞票;照他看来,连女人都伪造得出目前的钞票。他心平气和地讲起他的过去,略略带点讥讽的口气,他说到从前普列瓦科

215

先生①在法庭上为他辩护过,感到很骄傲。

过了弗拉基米罗夫卡,就开始了一片几百俄顷的大草地,它的形状呈半圆形,直径大约四俄里。在这片草地的尽头,道路旁边,有一个村子,名叫路果沃耶或者路日吉②,建立于一八八八年。这儿有男人六十九名,妇女只有五名。

再过去又是短短的四俄里的间隔,我们就坐车走进了一个建立于一八八四年的村子教士的幕包。人们原想把它叫做新亚历山德罗夫卡,可是这个名字没有流行起来。教士西梅翁·卡赞斯基,或者简单地称为教士谢苗③,坐着狗拉的雪橇到纳依布奇去为士兵们"斋戒",在归途中遇上猛烈的暴风雪,他得了重病(另外有些人则说这发生在他从亚历山德罗夫斯克回来的时候)。幸亏他碰到了虾夷人的渔民幕包,就在其中的一个幕包里栖身,打发他的车夫到弗拉基米罗夫卡去,当时那儿住着自由的移民;这些人就到他这儿来,把奄奄一息的他送到科尔萨科夫哨所。在这以后,虾夷人的幕包就叫做教士的幕包,连这个地方也保留了这个名称。

流刑移民还把他们的村子叫做华沙村,因为这个村子里有许多天主教徒。居民有一百十一名:男人九十五名,妇女十六名。在四十二名从业主当中只有十名有家属。

教士的幕包坐落在科尔萨科夫哨所和纳依布奇之间的一段道路的正中间。苏苏亚河流域到这儿结束。过了一个不陡的、难以察觉的山隘之后,就翻过分水岭,下到纳依布河流域的谷地。这个盆地的头一个村子离教士的幕包八俄里,叫做桦树林,

---

① 俄国当时的一个著名的律师。
② 这两个词在俄语里的原义是"草地"。
③ 详情请参阅阿·亚·玛克西莫夫在1895年出版的著作《在远东》中的一篇随笔《教士谢苗》。

因为附近从前有许多桦树。在南方所有的村子当中这是最大的一个。这儿有居民一百五十九名：男人一百四十二名，妇女十七名，从业主一百四十名。这儿已经有四条街道和一个广场，人们打算日后在这个广场上建造教堂、电报站和移民监督官公署。人们还打算，如果移民区办成功，那就在桦树林设立一个乡。可是这个村子的外貌很乏味，村里的人也乏味，他们所关心的不是那个乡，而只想着怎样才能赶快服满刑期，迁到大陆去。我问一个流刑移民结过婚没有，他就烦闷地回答我说："我结过婚，后来把老婆打死了。"另一个流刑移民咯血，他听说我是个医师，就老是跟在我后面，探询地瞧着我的眼睛，问我他害的是不是痨病。他一想到他等不及取得农民的权利就会在萨哈林死掉，就感到害怕。

再过五俄里就是十字架村，它建立于一八八五年。以前这儿有两个流窜犯被打死，在他们的坟上竖有两个十字架，不过现在十字架已经没有了。另外还有一种说法：一个早已被砍掉的针叶林从前在这儿照一个十字架的形状穿过沿河的谷地。这两个解释都富于诗意；显然，十字架这个名称是由居民们自己起的。

十字架村坐落在达科艾河边，恰好是在一条支流流进这条河的地方；土壤是沙质黏土，上面有一层肥沃的淤泥，几乎年年都丰收，草地很多，人也幸而都是正派的户主；然而在最初的几年，这个村子却同上阿尔穆丹没有多大区别，几乎灭亡。问题在于当初一下子送三十个人到这个地段来落户；这恰好是在很久没有从亚历山德罗夫斯克运来工具的时候，流刑移民简直是赤手空拳到这个地方来的。由于怜悯他们，监狱给了他们一些旧斧子，让他们给自己砍木料。后来一连三年没有发给他们牲口，也是出于像亚历山德罗夫斯克没有送工具来那样的原因。

居民有九十名：男人六十三名，妇女二十七名，从业主五十二名。

这儿有个小铺，是一个退休的司务长开设的，他以前在特莫夫斯克区当过村监；他卖食品杂货。这儿甚至有铜手镯和沙丁鱼罐头。我来到这个小铺的时候，那个司务长大概把我当作一个很重要的文官，因为他突然毫无必要地向我报告，说他以前牵连在一桩什么案子里，可是后来无罪释放了；他又匆匆忙忙地给我看各种称赞他的证明文件，顺便还给我看了某位希涅依杰尔先生的信，我记得那封信的结尾有这样一句话："等到天气转暖，请火速行事。"后来，司务长打算向我表明他不欠任何人的债，就着手翻一堆纸，寻找一些收据，可是没有找到；等到我走出这个小铺的时候，除了相信他完全无罪以外，还带走一磅普通的粗糖果，而他为此索取了我半卢布银币。

过了十字架村，下一个村子是在河边，那条河起了一个日本名字，叫达科艾，它流进纳依布河。这条河旁边的谷地叫做达科艾河谷，由于以前这儿住过自由移民而出名。大达科艾村在一八八四年才正式建立，可是实际上很早以前就存在了。人们本来想把它叫做符拉索夫斯克，为的是纪念符拉索夫先生，可是这个名字没有流传下来。居民有七十一名：男人五十六名，妇女十五名；从业主四十七名。这儿长期住着一名一级医士，流刑移民称之为头一流的医士。在我到达此地的一个星期以前，他的妻子，一个年轻的女人，用乌头服毒自尽了。

在这个村子附近，特别是在到十字架村的路上，常常可以遇见极好的适于建筑用的云杉。整个说来，树木茂盛，而且苍翠欲滴，仿佛洗过了似的。达科艾河谷的植物比北方丰富，然而北方的风景却更生动，常使我联想到俄罗斯。固然，那边的自然悲凉，严峻，然而它是俄罗斯式的严峻，而这儿的大自然大概是以虾夷族人的方式欢快或者忧郁,在俄国人的心里引起一种说不出的情绪。①

在达科艾河谷,离大达科艾四俄里半的地方就是小达科艾,它在一条流进达科艾河的小河旁边②。这个村子建立于一八八五年。居民五十二人;男人三十七名,妇女十五名;从业主三十五名。其中只有九个人有家属,一对正式结婚的夫妻也没有。

再过去八俄里是加尔金诺－符拉斯科耶村,又名西扬采村,建立于一八八四年。这个地方日本人和虾夷人叫做西扬恰,以前有日本渔民的棚子,此地风景优美,正好是在达科艾河流入纳依布河的地方,可是不适宜建村。春天、秋天以至夏天,逢到下雨的天气,纳依布河就像一般靠山的河流那样变化无常,漫出河岸,淹没西扬恰;强大的水流堵住达科艾河的入口,它也漫到岸上来了;那些流入达科艾河的细小的支流也发生这样的情况。在那时候,加尔金诺－符拉斯科耶就成了威尼斯③,人得乘着虾夷人的小木船在村子里来往;小木房都建筑在低地上,房里的地板上就满是水。这个村子的地点是由某位伊凡诺夫先生选定的,他对这项工作不大在行,就跟他不大懂基里亚克语和虾夷语一样,而他却算是这两种语言的官方翻译官;不过,当时他是监狱的副典狱长,代理现在的移民监督官的职务。虾夷人和流刑移民预先警告过他,说这个地方泥泞难行,可是他不听。谁抱怨,谁就挨一顿打。有一次发大水,死了一头牛,另一次死了一匹马。

---

① 距大达科艾一俄里的河上,有一个磨坊,是经柯诺诺维奇将军下令,由一个德国籍的苦役犯拉克索建造的;他还在特姆河流域的杰尔宾斯科耶附近造过一个磨坊。在达科艾的磨坊里磨一普特面粉收一磅面粉和一个戈比。流刑移民们都满意,因为他们以前每一普特得付十五个戈比,要不然,就在家里用自制的、榆木磨盘的手摇磨磨面。要有磨坊就得挖沟,修堤坝。——契诃夫注
② 苏苏亚河和纳依布河盆地的村子坐落在一些细小的支流旁边,我没有举出支流的名称,因为它们是虾夷人或者日本人起的,很难记住,例如艾库烈吉或者福夫卡萨玛纳依。——契诃夫注
③ 意大利的一个"水上城市"。

在达科艾河注入纳依布河的地方形成一个半岛,有一座高桥通到那个半岛上。这个半岛上很美;这正是夜莺栖息的地方。村监所明亮,很干净,甚至有壁炉。站在凉台上可以看到一片河景,院子里有一个小花园。这儿的看守人是一个苦役犯,老头儿萨威里耶夫,有文官在这儿投宿的时候,他就做听差和厨师。有一次他伺候我和一个文官吃饭,他在端菜的时候端得不合规矩,那个文官就对他厉声喝道:"混蛋!"当时我瞧着那个逆来顺受的老头,我记得我心中暗想:到现在为止,知识分子只会以最庸俗的方式把苦役与农奴制结合在一起。

加尔金诺-符拉斯科耶的居民有七十四人:男人五十名,妇女二十四名;从业主四十五人,其中有二十九个人取得了农民的身份。

大道上的最后一个村子是杜勃基,它建立于一八八六年,这个地方原来是一个橡树林①。在西扬采和杜勃基之间的八俄里中间,人们常常可以看到烧焦的树林,树林之间有不大的草地,据说那上面生长柳兰。您乘车走过的时候,人们会顺便指出流刑移民玛洛威奇金捕鱼的那条小河,如今这条河就以他的姓命名。杜勃基的居民有四十四名:男人三十一名,妇女十三名;从业主三十名。这儿的地势被认为是好的,因为有这样一种理论:凡是生长橡树的地方,土壤一定适宜于种小麦。目前供耕地和草场用的那块地,不久以前还大部分是沼泽,可是流刑移民们听从 Я 先生的意见,挖了一条深达一俄丈的沟通到纳依布河,如今情况就好转了。

也许因为这是一个地处边缘的小村子,似乎孤零零地存在着,所以赌纸牌和窝藏罪犯的勾当在此地盛行。六月间,此地的流刑移民里法诺夫赌输,就用乌头服毒自尽了。

---

① "杜勃基"在俄语里的原义是"橡树"。

从杜勃基到纳依布河口只剩下四俄里,在这样一块地上无从建立村子,因为河口一带是沼泽,沿着海岸是沙滩和海边沙土地带的植物:结着很大的浆果的野蔷薇、野生黑麦等。道路一直通到海边,但也可以乘虾夷人的小船在河上航行。

在河口那儿从前有一个纳依布奇哨所。它建立于一八六六年。当初米楚尔在这儿见到十八所住人的和没有住人的房屋、一个小教堂、一个卖食品的商店。有一个新闻记者在一八七一年到过纳依布奇,写道:这儿有二十个兵,由一名士官生率领;在一所小木房里,一个漂亮的、高身量的士兵妻子请他吃鲜鸡蛋和黑面包,她称赞此地的生活,只抱怨糖太贵[①]。现在小木房已经毫无踪影了,至于那个漂亮的、高身量的士兵妻子,那么,人在环顾四周的荒地的时候,觉得这成了神话。这儿正在造一所新房子,做村监所或者驿站,如此而已。海洋看上去冰凉而混浊,咆哮不止,高耸的白浪撞击着沙滩,仿佛在绝望地呼喊:"上帝啊,你为什么创造我们呀?"这就是大洋,或者太平洋。在纳依布奇这边岸上,可以听见苦役犯们在建筑工地上敲击斧子的声音,而在遥远的对岸,可以想象得到,就是美洲。左边,可以看见笼罩在迷雾中的萨哈林岛的岬角,右边也是岬角……可是四下里一个活人也没有,一只鸟也没有,一只苍蝇也没有,那么海浪为什么在这儿咆哮,夜间有谁在这儿听它们,它们需要的是什么,最后,在我走以后,它们将为谁咆哮,这都显得不可理解了。此刻,在海岸上,人不是沉浸在思维之中,而是被忧虑所困扰;人感到恐怖不安,同时却又想无休无止地站在这儿,看海浪的单调的活动,听它们的威胁的咆哮。

---

① 海军准尉符·维特盖夫特的《略谈萨哈林岛》,发表在《喀琅施塔得通报》,1872年第7号、17号和34号上。——契诃夫注

十四

达拉依卡——自由的移民——他们的挫折——虾夷人，他们的分布范围、人数、外貌、食物、衣服、住处，他们的风尚——日本人——库松-柯坦——日本领事馆

在一个叫做达拉依卡的地方，在流入忍耐湾的波罗内河的最南部的一条支流旁边，有一个村子叫西斯卡。整个达拉依卡划入南部区不消说是非常勉强的，因为它离科尔萨科夫有四百俄里远。这儿的天气很糟，比杜埃还要恶劣。我在第十章中提到过，将要设立一个新区，叫做达拉依卡区，所有波罗内河沿岸的村子，包括西斯卡村在内，都归属这个区；可是目前这儿住着南方人。在官方的报表上写明居民只有七个人：男人六名和妇女一名。我没有到过西斯卡，不过我从别人的日记里摘录一段如下："这个村子，以至这个地区，都很凄凉；首先是缺乏良好的水和柴火，居民们使用井水，下雨的时候井水是红的，有冻土的味儿。村子所在的河岸是沙地，四下里都是冻原……总之，这个地区给人留下沉重的、抑郁不快的印象。"①

现在，在结束有关南萨哈林的叙述之前，我还要略为说一说那些以前曾在这儿居住过，或者现在正居住着，而与流放移民区无关的人们。先从自由移民的尝试说起。一八六八年，东西伯利亚的一个机关

---

① 这个村子正好在交叉路口；冬天，往返于亚历山德罗夫斯克和科尔萨科夫之间的路人都要在这儿停留。1869 年，在目前的村子（当时是日本人的村子）附近设立了一个站。兵士和他们的妻子住在这儿，随后流放犯就来了。在冬季、春季和夏季的末尾，这儿的集市很热闹。冬天从远方来的有通古斯人、雅库特人、阿穆尔的基里亚克人，他们来同南方的异族人做生意；而在春天和夏天的末尾，则有日本人坐着帆船来从事捕鱼的行业。这个站的名字是季赫缅涅夫哨所，它一直保留到现在。——契诃夫注

决定迁移二十五户人家到南萨哈林居住,对象是自由身份的农民,这些人是已经在阿穆尔河沿岸落户的移民,然而移民工作开展得非常不顺利,有一位著作家把他们的迁移的安排说成"可悲的",把他们本人说成"苦命人"。他们原是乌克兰切尔尼戈夫省人,他们在来到阿穆尔河以前已经迁居到托博尔斯克省,然而也不顺利。行政当局要他们迁到萨哈林去的时候,答应给他们提供非常诱人的条件。他们应许在两年之内无偿供应面粉和麦粒,以借贷的方式向每户供应耕作的工具,牲畜、种子、现款,五年后偿还,并且在二十年之内对他们免除赋税和兵役。表示愿意迁居的有十户阿穆尔河沿岸的移民和十一户伊尔库茨克省巴拉冈斯克县的农民,合计一百〇一人。一八六九年八月,他们乘运输船"满洲人"号到达穆拉维耶夫斯克哨所,准备从那儿取道鄂霍次克海,绕过阿尼瓦岬,前往纳依布奇哨所,纳依布奇哨所距离预定要开辟自由移民区的达科依谷地三十俄里。可是秋天来了,没有空闲的船只,还是由"满洲人"号载着他们和他们的家具什物到达科尔萨科夫哨所,他们打算从那儿走旱路到达达科依谷地。当时根本就没有路。准尉季亚科诺夫带领十五名士兵,按米楚尔的说法,"先行"去开辟一条不宽的林间通道。可是他大概前进很慢,因为有十六户等不及林间通路完工,就动身去达科依谷地,他们骑着驮载的阉牛,坐着大车,直接穿过原始林;一路上下了很厚的雪,他们不得不丢掉一部分大车,把另一部分装上滑木而改成雪橇。他们在十一月二十日抵达谷地,就立刻开始给自己搭棚,造土窑,借以避寒。其余六户是在圣诞节的一个星期以前到达的,可是他们没有地方住,要造房也已经太迟,他们就动身到纳依布奇去找栖身之处,后来又到库松纳哨所,在那儿的兵营里过冬;春天他们就回到了达科依谷地。

"可是这件事也表现了官吏们的失职和无能。"一位作者写道。他们应许供给每户一千卢布的各种耕作工具和四头牲畜,可是等到移民们在尼古拉耶夫斯克登上"满洲人"号出发的时候,却既没有磨盘,也没有耕牛,有马而船上没处装,犁又都缺铧。冬天,铧用狗拉的雪橇运到了,可是只有九个,后来移民们要求当局运铧来,他们的请求"没有得到应有的注意"。牛倒是在一八六九年秋天运到了库松纳,可是已经受尽折磨,半死不活,库松纳根本没有准备干草,四十一头牛一个冬天死了二十五头。马停留在尼古拉耶夫斯克过冬,可是由于饲料昂贵,这些马就被拍卖掉,用得来的钱在外贝加尔买了新马,不料这些马还不如原来的马,其中有几匹农民们拒绝接受。种子的特点是发芽力差,袋子里的春播作物的种子同秋播作物的混放在一起,弄得那些农民们很快就对种子失去一切信心,虽然是从公家领来的,却用来喂牲口,或者自己吃掉了。由于没有磨盘,麦粒就没法磨碎,只好煮软,像粥一样吃掉。

在连年歉收以后,一八七五年发生一场水灾,这就彻底打消了移民们在萨哈林经营农业的兴趣。他们又开始迁移。在阿尼瓦的岸上,几乎就在科尔萨科夫哨所通到穆拉维耶夫斯克哨所这条道路的中央,在一个叫做契比萨尼的地方,建立了一个二十户的新村。后来他们开始要求准许他们迁到南乌苏里区去;他们焦急地等待着批准像等待一种特殊的恩惠一样,足足等了十年,这中间他们靠猎黑貂和捕鱼为生。一直到一八八六年,他们才动身到乌苏里区去。"他们丢掉自己的房子,"一个记者写道,"他们口袋里没有钱,只带了一些家具什物,每人牵着一匹马。"(《符拉迪沃斯托克》,一八八六年第二十二号)目前在大达科艾村和小达科艾村之间,离大路不远,有一个火灾遗址,从前这儿就是自由移民的沃斯克烈先斯科耶村,农民们丢下的小木房被逃犯们烧毁了。可是,据说,契比萨尼的小木房、小教堂以至学校所用的房舍至今留存着,完整无恙。我没有到那儿去过。

留在岛上的自由移民只有三个人:一个是我已经提到过的霍穆托夫,两个是在契比萨尼出生的妇女。关于霍穆托夫,据说他"总是在东游西荡",他似乎住在穆拉维耶夫斯克哨所,人们却很少见到他。他猎黑貂,在布塞湾捕鲟鱼。讲到妇女,其中的一个,索菲雅,已经嫁给一个流放犯出身的农民巴拉诺夫斯基,住在米楚尔卡;另一个,阿尼西雅,嫁给了流刑移民列昂诺夫,住在三道沟。霍穆托夫行将就木,索菲雅和阿尼西雅不久也将跟着她们的丈夫一块儿迁到大陆去,这样一来,关于自由的移民不久就会只剩下回忆了。

因此,在萨哈林南部的自由移民的工作应当承认是失败了。这究竟应当归咎于农民们一开始就遇到的极其严峻、无情的自然条件呢,还是应当归咎于官吏们的失职和无能,因而破坏了整个工作,这难于断定,因为这个尝试为时不久,此外,对那些在西伯利亚长期漂泊、养成了对不定居生活的习惯爱好、看来缺乏勤奋苦干精神的人也还得进行试验。假如再做一次尝试,又会得出什么结果,那是很难说的。① 这个失败的尝试对流放犯的移民区来说,目前可能有两方面的教

---

① 这个尝试只涉及萨哈林,可是德·盖·塔尔堡在他的随笔《流放萨哈林》(《欧洲通报》1879 年第 5 期)里却赋予它一般的意义,他在笼统地谈到我们在移民工作方面的无能的时候,甚至得出了这样的结论:"是否已经到我们应该放弃在东方的任何移民尝试的时候了?"《欧洲通报》编辑部为塔尔堡教授的论文加了按语说,"讲到做移民工作的能力,我们未必得到另外的例证来说明,除了俄罗斯民族在过去占领全部欧洲的东方和西伯利亚的过程中在这方面的表现。"同时,可敬的编辑部还援引已故的教授叶谢甫斯基的著作,说这部著作提供了"俄国的移民工作的惊人的画面"。

  1869 年,有一个经营狩猎业的人把二十名阿留申群岛的男女从科迪亚克岛带到萨哈林南部去从事狩猎。他把他们安置在穆拉维耶夫斯克哨所附近,发给他们粮食。可是他们根本什么事也不干,光是吃喝,过了一年,那个经营狩猎业的人就把他们带到千岛群岛的一个岛上去了。大约就在这个时候,有两名中国人被安置在科尔萨科夫哨所,他们是政治流放犯。由于他们表示愿意从事农业劳动,东西伯利亚的总督就下命令发给他们每个人六头牛、一匹马、一头奶牛、播种的种子和两年的粮食。可是这些东西他们一点也没有领到,似乎是因为缺乏多余的储备,最后他们就给送到大陆去了。尼古拉耶夫斯克的市民谢苗诺夫或许可以归入自由移民者的行列,不过他也遭到失败。他是一个矮小、消瘦的人,年纪四十岁上下,如今他正在南萨哈林流浪,极力要找出金矿来。——契诃夫注

训可以汲取:第一,这些自由的移民种庄稼的时间并不长久,在迁回大陆以前的最后十年当中专干捕鱼猎兽的行业;现时霍穆托夫尽管年迈,却认为对他自己来说捕鲟鱼和猎黑貂比种小麦和栽白菜合适一些,划算一些;第二,一个自由的人,如果他成天盘算着从科尔萨科夫只需要两天的旅程就可以到达温暖富饶的南乌苏里地区,那么要留他在萨哈林南部久住就不可能,如果再加上他身体健康,充满生命力,那就更不可能了。

南萨哈林的本地的居民,当地的异族人,在被人问起他们是什么人的时候,他们并不说出属于什么种族或民族,而是简单地回答说:阿以诺。这个词的原义是——人。在希连克的民族学地图上,阿以诺,或虾夷人的分布范围是用黄色标出的,而标有这种颜色的包括日本的玛特斯玛依岛和萨哈林的南部直到忍耐湾。他们还住在千岛群岛上,因而被俄国人称为千岛族人。住在萨哈林的虾夷人总数未曾确定,可是仍然不应该怀疑,这个种族正在消亡,而且速度异常快。陀勃罗特沃尔斯基医师①二十五年前在南萨哈林工作,他说从前,单是在布塞湾附近就有虾夷人的八个大村子,其中一个村子的居民人数有二百人之多;他在纳依布附近见过许多村子的遗迹。在他那个时期,他根据各种资料而提出三个估计数字:二千八百八十五,二千四百一十八,二千零五十,他认为最后一个数字最可信。据一个跟他同时代的作者的亲眼目睹,从科尔萨科夫哨所起,两岸有许多虾夷人的村子。可是我在这个哨所附近已经看不到一个这样的村子,直到大达科艾和西扬采附近才见到虾夷人的几个幕包。在《一八八九年科尔萨科夫区异族居民人口统计表》上,虾夷人的总数被确定为男人五百八十一名和妇女五百

---

① 他死后留下两部严肃的著作:《萨哈林岛南部》(摘自军医报告),1870年由俄罗斯皇家地理协会西伯利亚分会出版;另一部是《虾夷语俄语辞典》。——契诃夫注

六十九名。

陀勃罗特沃尔斯基认为虾夷人消亡的原因是以前在萨哈林可能发生过毁灭性的战争,加上虾夷族妇女生育率很低,而主要的是疾病所致。他们常患有梅毒、坏血病,大概还有天花。①

不过所有这些通常造成异族人逐步消亡的原因,还不能解释虾夷人何以消亡得那么快,几乎就发生在我们眼前;要知道,在最近的二十五年到三十年间既没有什么战争,也没有什么重大的传染病,可是在这段时期里,这个种族的人口减少了一大半。我觉得作以下的推断才比较确切:这种好似融化的急速消亡,不单单起因于死亡,而也有虾夷人迁移到邻近岛屿上去的原因。

在俄国人占领南萨哈林以前,虾夷人在日本人手下几乎处于农奴制的依附地位;要奴役他们比较容易,因为他们性情温顺,不会反抗,但是主要是因为他们饥饿,缺了大米就活不下去。②

俄国人占领南萨哈林以后,就解放他们,直到最近一直保护他们的自由,不让他们受到欺压,避免干预他们的内部生活。一八八四年,有些逃亡的苦役犯屠杀了几户虾夷人;大家还传说,有一个赶狗拉的雪橇的虾夷人因为拒绝运送邮件而挨过鞭笞,也发生过企图破坏虾夷女人贞洁的恶行,可是关于这一类的压迫和欺侮,人们是当做个别的、极其罕见的事例来议论的。遗憾的是俄国人光带来自由而没有带来大米;日本人走后,谁都不再捕鱼,收入中止,虾夷人开始挨饿。他们不能像基里亚克人那样单靠吃鱼和肉过活,他们需要大米,于是尽管他们对日本人没有好感,却迫于饥饿,

---

① 人很难推断这种在北萨哈林和千岛群岛发生过毁灭性作用的疾病会放过南萨哈林。阿·波隆斯基写道,凡是死过人的幕包,虾夷人总是丢掉而到新的地方去另造一个来代替它。产生这种习俗的原因显然是由于虾夷人害怕传染病而丢掉被感染过的住处,搬到新的地方去住。——契诃夫注
② 虾夷人对里姆斯基-科萨科夫说:"主人睡觉,虾夷人给他干活:砍树木,捕鱼;虾夷人不想干活,主人就打他。"——契诃夫注

227

只得像人们所说的那样搬到玛特斯玛依岛去了。我在一篇通讯（《呼声报》，一八七六年，第十六号）里读到，有个虾夷人代表团去到科尔萨科夫哨所，要求给他们工作，或者至少发给他们土豆种以便培植并教会他们耕耘土豆地；关于工作，似乎遭到了拒绝，土豆种倒是答应送去，可是这个诺言没有实现，虾夷人困苦不堪，就继续往玛特斯玛依岛迁移。另一篇一八八五年的通讯（《符拉迪沃斯托克》，第二十八号）上也说，虾夷人作过某些申请，看来没有受到重视，于是他们强烈地希望从萨哈林迁到玛特斯玛依岛去。

虾夷人肤色黝黑，像茨冈人一样；他们长着宽而密的大胡子，留着唇髭，一头又密又硬的黑发，他们的眼珠是黑的，眼神温和，富有表情。他们身材中等，体格结实而粗壮，脸盘大而粗，不过按海员符·里姆斯基-科萨科夫的说法，一点不像蒙古人那样扁平，也不像中国人那样细眼睛。有人认为大胡子的虾夷人很像俄国的农民。确实，虾夷人穿上他那种近似我们的厚呢长外衣的长袍，束上腰带，就变得像是我国商人的马车夫了。①

虾夷人的身上长满黑毛，胸部有时长得很密，一簇一簇的，然而远不是毛人，不过他们的胡子和毛发之盛在野蛮人当中是罕见的，因而使得旅行家惊讶，他们回到家里以后总是把虾夷人描绘成毛人。我们的哥萨克在过去的一个世纪当中常到千岛群岛去向他们征收毛皮税，也说他们浑身长着厚毛。

虾夷人同一些须发特别稀疏的民族比邻而居，因此，无怪乎他们稠密的胡子使民族志学者陷入了困境；科学到现在为止还没有在种族系统中为虾夷人找到真正的地位。他们时而把虾夷人归属于蒙古族，时而又归属于高加索的种族；有一个英国人甚至认为他

---

① 在希连克的那本我已经提到过的书里有一张画着虾夷人外貌的图。另外还请参看弗·盖尔瓦尔德的书《种族和民族的自然史》第二卷，那儿画着穿着长袍的虾夷人的全身像。——契诃夫注

们是犹太人的后裔,在很久以前被遗弃在日本的岛屿上。在现时,有两种意见较为可信:一种意见是虾夷人属于一个特殊的种族,从前有一个时期这个种族居住在东亚的各个岛屿上;另一种是希连克的意见,认为这是一个古亚细亚民族,自古以来受蒙古族的排挤而从亚洲大陆迁往亚洲的岛屿地带,而这个民族从亚洲迁到海岛去的途径是经过朝鲜。不管怎样,虾夷人从南方迁往北方,从暖和的地方迁往寒冷的地方,不断地把较好的条件换成较差的条件。他们不好战,讨厌暴力;制服他们,奴役他们,排挤他们,并不困难。蒙古人把他们排挤出亚洲,日本人把他们排挤出日本和玛特斯玛依,在萨哈林,基里亚克人不容许他们到达拉依卡以北去,在千岛群岛,他们遇到了哥萨克,这样一来,终于陷入了没有出路的绝境。如今,虾夷人通常不戴帽子,光着脚,穿着长裤而裤腿卷到膝盖以上,在路上遇见了您,总是向您行礼,同时亲切地,然而又带着忧郁和病态的失败者的眼神瞧着您,仿佛他想道歉,说他自己胡子长了一大把,却还没有混出什么名堂似的。

关于虾夷人的详情请参看希连克、陀勃罗特沃尔斯基和阿·波隆斯基①的著作。上面关于基里亚克人的食物和衣服的记述也适用于虾夷人,只有一点要补充,那就是,对他们来说,缺乏大米会造成严重的困难,这种对大米的喜爱是他们从以前住在南方岛屿的祖先们那儿继承来的,他们不喜欢俄国的面包。同基里亚克人相比,他们的食物花样比较多:除了肉和鱼以外,他们还吃各种植物、软体动物以及意大利的乞丐们通常称之为 frutti di mare② 的东西。他们吃得不多,然而吃的顿数很多,几乎每小时都吃一点;北方的一切野蛮人所特有的暴食作风在他们

---

① 阿·波隆斯基的研究著作《千岛族人》,载《俄罗斯皇家地理协会通报》1871年第4期。——契诃夫注
② 意大利语:海的果实。

身上是见不到的。由于哺乳的婴儿不得不从吃奶直接过渡到吃鱼和鲸油，他们很迟才断奶。里姆斯基-科萨科夫看见过三岁的孩子还在吃虾夷女人的奶，而这个孩子已经能够自如地活动，甚至像大孩子一样，腰部的皮带上佩带一把小刀了。他们的衣服和住处使人感觉到南方的强烈影响，这不是指萨哈林的南方，而是指真正的南方。虾夷人夏天穿的是用青草或者树皮织成的衬衫，可是以前他们不那么穷的时候穿的却是绸长衫。他们不戴帽子，夏天和整个秋天直到下雪为止他们一直光着脚。他们的幕包里有烟子和臭味，可是仍旧比基里亚克人的幕包明亮得多，整洁得多，而且不妨说，文明一些。幕包旁边照例有晒鱼架，向四周发散着令人窒息的腥臭味，老远就闻得到；狗吠叫着，互相争斗；在这儿，有的时候可以看见一个不大的木头笼子，里面关着一头小熊；他们到冬天在所谓的熊节就杀死它，吃掉。有一天早晨，我看见一个十几岁的虾夷姑娘用小铲盛着一块在水里浸湿的干鱼在喂熊。幕包本身是用细原木和薄板搭成的；房顶用细杆子拼成，铺上干草。里边，沿墙放着简单的板床，床的上方有搁板，放着各种家什；那儿除了毛皮、油瓶、渔网、器皿等以外，您还会发现筐子、草席以至乐器。主人照例坐在板床上，不停地吸烟斗，要是您问他话，他总是勉强而简短地回答，不过还算客气。幕包正中放着炉灶，里面烧着柴火，烟子从房顶的窟窿里冒出去。火的上方的一只钩子上挂着一口大黑锅，其中煮着颜色灰白、起着泡沫的鱼汤。我想一个欧洲人，无论你给他多少钱，也不会吃这种鱼汤。大锅旁边坐着几个怪物。虾夷男人身体结实，仪表堂堂，他们的妻子和母亲却长得很难看。著作家们把虾夷女人的外貌说成丑陋以至可憎。她们的皮肤黑黄，像羊皮纸似的干而皱，眼睛细小，脸盘大；蓬乱的一绺绺硬发从脸上挂下来，好像旧棚上的干草。她们的衣服不干净，不像样，此外，她们又瘦得出奇,模样苍老。已婚的妇女把自己的嘴唇染得发青,弄得她们的脸不像人样了。当我看到她们,观察她们用汤勺搅锅里的鱼汤,撇掉肮脏的沫子的时候那种严肃、几乎严厉的神情,我就觉得我看见了真正的女巫。然而大姑娘和小姑娘倒没有给人这种使人望而却步的印象。①

虾夷人从不漱洗,睡觉也不脱衣服。

凡是描写虾夷族的作者几乎都对他们的性情给予好评。众口一词,都说这是一个温和、淳朴、好心肠、容易相信人、好与人交往;有礼貌、打猎勇敢、尊重私有财产的民族,而且按拉彼鲁兹的旅伴罗连医师的说法,他们甚至是有文化的民族。无私、直率、对友谊的信心、慷慨是他们的通常的品质。他们真诚,不能容忍欺骗。克鲁森施滕对他们十分赞赏;他列举他们的优秀的精神品质以后下结论说:"他们这些不是从高等教育得来而纯粹从自然得来的真正罕见的品质使我感觉到,这是我至今所知道的一切民族当中最

---

① 尼·符·布塞很少宽容地评论人,他是这样介绍虾夷女人的:"傍晚有一个醉醺醺的虾夷男人来找我,我认识这个人,知道他是个大酒鬼。他把他的妻子带来了,据我理解,他的目的是想牺牲妻子对丈夫的忠实,以此来诱取我丰厚的馈赠。那个虾夷女人相当漂亮,似乎也乐于帮助她的丈夫,可是我装作弄不懂他们的意思……这对夫妇走出我的家门,毫不拘礼地在我的窗前,在哨兵看得见的范围里履行对大自然的义务。这个虾夷女人根本没有表现女性的羞耻感。她的胸脯几乎一无遮盖。虾夷女人们穿的衣服同男人们一样,也是半敞胸的短衫,腰下系一条宽带子。她们没有衬衫和内衣,因此她们的衣服只要稍稍有一点乱,里面隐蔽的迷人之处就会全部裸露出来。"不过就连这个严格的著作家也承认"在年轻的姑娘中间也有一些相当俊俏的,五官好看而柔和,长着热情的黑眼睛"。不管怎样,虾夷妇女在生理发展方面极为落后;她们比男人苍老憔悴得早。也许这应当归因于在这个民族历年来的迁徙中,女人们承受了大部分的困苦、沉重的劳动,流尽了辛酸的眼泪。——契诃夫注

好的一个民族。"①鲁达诺甫斯基写道:"不可能有比我们在萨哈林南部遇到的这部分居民更和气、淳朴的人了。"任何暴力都在他们心中引起憎恶和恐惧。阿·波隆斯基讲了一个从档案里看到的可悲的插曲。这件事发生在很久以前,在上一个世纪。哥萨克部队的中尉乔尔内要使千岛群岛的虾夷人臣属俄国,忽然想到用鞭笞来惩罚几个虾夷人:"虾夷人光是看到惩罚的准备就吓坏了,当人们动手把两个妇女的胳膊反绑起来,以便施刑时,有几个虾夷人就跑到一个难于攀登的悬崖上去,有一个虾夷男人带着二十个妇女和儿童坐着一条兽皮艇,到海上去了……没有来得及跑掉的妇女遭到鞭笞,六个男人被带上一条兽皮艇,为了阻止他们逃跑,就把他们的胳膊反绑起来,可是绑得太狠,以致有一个男人死掉了。等到这个浮肿的人带着似乎用开水烫伤的胳膊被拴上石头、抛进大海的时候,乔尔内为了教训死者的同伴们,说道:'按我们俄国人的章法,就是这么办事的。'"

最后,简单地谈一谈日本人,他们在南萨哈林的历史中超重要的作用。众所周知,占萨哈林岛三分之一的南部地区直到一八七五年才完全归属俄罗斯,以前人们认为它是日本的统治地。在一八五四年出版的叶·戈里曾的《实用航海学及航行天文学指南》中,在至今被海员使用的这本书中,连萨哈林北部以及玛利亚岬和伊丽莎白岬也被认为属于日本。许多人,包括涅韦尔斯科伊

---

① 他谈到他们的品质如下:"我们访问鲁米扬采夫湾岸边一个虾夷人住处的时候,我发现这个有十口人的家庭里存在着最幸福的和谐,或者几乎可以说是在各成员之间的完全平等。我们在这个家庭里待了几个钟头,却无论如何也看不出谁是家长。年长的对年轻人没有任何威严的表示。在分给他们礼物的时候,谁都不露出一星半点的不满足神情,谁都不觉得自己所得的比人家少。他们争先恐后地给予我们各式各样的帮助。"——契诃夫注

在内，都怀疑南萨哈林属于日本，而且日本人自己看来对此也信心不足，直到俄国人以古怪的行动使他们相信南萨哈林确实是日本的土地。日本人是在本世纪初来到萨哈林南部的，时间不会更早。一八五三年，尼·符·布塞记下了他自己同虾夷老人的谈话，他们记得自己的独立时期，说："萨哈林是虾夷人的土地，在萨哈林没有日本的土地。"一八○六年，即赫沃斯托夫建立功勋的那一年，阿尼瓦湾的岸上只有一个日本人的村子，其中所有的房屋都是用新木板建成的，显而易见，日本人是在不久以前才在那里落户的。克鲁森施滕四月间到达阿尼瓦湾时，正逢鲱鱼汛期；海水由于其中鱼类、鲸、海豹密集而似乎在沸腾，可是日本人既没有小鱼网，也没有大鱼网，却用大桶舀鱼，可见当时根本就谈不上大规模的捕鱼，大力发展捕鱼业是以后的事。这头一批日本移民很可能是逃犯，或者是些逗留在异乡，因而被祖国放逐的人。

在这个世纪的开端，我们的外交界也开始注意到萨哈林岛了。使臣烈扎诺夫在受命同日本人缔结贸易协定的时候，还应当"不管中国人，也不管日本人而取得萨哈林岛"。可是他却做得极不得体。"考虑到日本人不信奉基督教"，他就禁止随员在胸前画十字，并且下令毫无例外地没收一切人的十字架、神像、祈祷书以及"一切与基督教有关的、有十字记号的东西"。如果相信克鲁森施滕的记载，那么，烈扎诺夫在被接见时连座席都没有，而且不准他随身佩带长剑，同时"考虑到日本人的偏执"，他甚至得脱掉靴子。这就是使臣，俄国的大官！好像很难找到比这更丧失尊严的了。烈扎诺夫遭到全盘失败以后，起意报复日本人。他命令海军军官赫沃斯托夫去吓唬一下萨哈林的日本人，这个命令不完全是按平常的手续，而是有点奇特地发下去的：它被装在一个密封的信封里，而且必须在到达当地以后才能拆封。①

这样，烈扎诺夫和赫沃斯托夫首次承认南萨哈林属于日本人。然而日本人并没有占领他们的新领土，而只是派遣土地测量师间宫林藏来考察这是一个什么样的岛。总之，在萨哈林岛的整个这段历史中，日本人，这些机智、灵活、狡黠的人的举动有点迟疑不决，这只能解释为他们对他们的权利也像俄国人一样缺乏信心。

看来，日本人熟悉这个岛以后，产生了移民的想法，也许甚至是农业的移民，可是这方面的试验，如果确实有过的话，只可能导致失望，因为照工程师洛帕京的说法，日本工人难于忍受，或者根本受不了此地的冬天。只有日本的经营渔猎业的人才到萨哈林来，不过很少带着自己的妻子，他们住在这儿是临时性的，只有小部分人留下来过冬，也就那几十个人，其余的都坐帆船回家了；他们什么庄稼也不种，他们不培植菜园，不养牲口，一切生活必需品都从日本带来。唯一吸引他们到南萨哈林来的东西就是鱼；鱼给他们带来巨大的收入，因为捕鱼量极大，而且承担全部劳动重担的虾夷人几乎不要破费他们什么。捕鱼的收入起初每年五万卢布，后来达到三十万，因此，无怪乎那些日本老板有那么些绸长袍可穿

---

① 赫沃斯托夫在阿尼瓦湾岸边捣毁日本人的房屋和棚舍，而且赏给一个虾夷人首领一枚银质奖章和弗拉基米尔绶带。这次劫掠搞得日本政府惊慌不安，促使它心存戒备。不久，戈洛文船长和他的旅伴在千岛群岛被俘，如同在战争时期一样。后来玛特斯玛依岛的总督在释放俘虏时，向他们郑重声明说："你们这些人是由于赫沃斯托夫的掠夺才被俘的，现在鄂霍次克的长官来函解释，说赫沃斯托夫的掠夺无非是盗贼行为。既然事情已经清楚，我宣布将你们释放回去。"——契诃夫注

了。起初日本人只在阿尼瓦的岸上和马卡设立商站,他们的主要居民点在库松-柯坦山沟,如今那儿住着日本领事①。后来他们砍伐树木,开辟出一条从阿尼瓦到达科依谷地的林间道路;在现在的加尔金诺-符拉斯科耶附近开设了商店;那条林间通路至今没有长满草木,被称作日本路。日本人甚至到达过达拉依卡,在波罗内河捕季节性的鱼,建立西斯卡村。他们的船甚至到过内依湾;一八八一年波里亚科夫在特罗见到的那条有漂亮的索具的船就是日本船。

萨哈林纯粹在经济方面引起日本人的兴趣,犹如秋列尼岛引起美国人的兴趣一样。一八五三年,俄国人建立穆拉维耶夫斯克哨所以后,日本人也从事政治活动了。他们考虑到可能丧失丰厚的收入和无偿的劳动力,这就促使他们注意俄国人,极力加强他们在这个岛上的影响,以对抗俄国人的影响。不过大概又是因为对自己的权利缺乏信心,这种同俄国人的斗争犹豫不决到了可笑的程度,日本人的行动好比小孩。他们只限于在虾夷人中间散布关于俄国人的谣言,夸口说他们会杀光所有的俄国人,只要俄国人在什么地方设立一个哨所,不久在同一个地点,只是在河的对岸,就会出现日本的步哨。尽管这些日本人装出一副可怕的样子,却仍旧是喜爱和平、友好的人:他们派人把鲟鱼送给俄国兵,当俄国兵向他们借大渔网时,他们总是乐于答应他们的要求。

一八六七年签订了协定,按照这个协定,萨哈林开始由两国共管;它们取得了共同的占有权;俄国人和日本人互相承认

---

① 详情请参看韦纽科夫的论文:《俄罗斯亚洲边界的逐步扩展和守卫方法概述》。第一部分:萨哈林岛》,载《军事文集》1872年第3期。——契诃夫注

有管理这个岛屿的同等权利,因此,任何一方都不能认为这个岛屿属于自己。① 可是根据一八七五年的条约,萨哈林最终归属于俄罗斯帝国,而作为补偿,日本人得到了我国的全部千岛群岛。②

在科尔萨科夫哨所所在的山沟的紧邻还有一个山沟,自从那儿建立了日本人的村子库松-柯坦以来,这个名称一直沿用至今。那些日本的建筑物目前连一所也没有保存下来;现在有一个小铺,由一个日本家庭做食品杂货和小商品的生意,我在那儿买过日本的很硬的梨,可是这个小铺是最近才开办的。在这个山沟的最显著的地方有一所白房子,有时候房顶上飘扬着一面白底红心的旗帜。这就是日本领事馆。

有一天早晨刮起了东北风,我的住处很冷,我就围被而坐,这时候日本领事久司先生和他的秘书杉山先生来访问我了。我首先向他们道歉,说我这儿冷得很。

"啊,不,"我的客人们回答说,"您这儿暖和极了!"

他们的脸容和口气极力表示我这儿不但很暖和,甚至有点儿

---

① 大概由于日本人希望在合法的基础上进行对虾夷人的奴役,契约里顺便规定了一个危险的条款,根据这个条款,异族人负债后,可以用做工或者某种其他劳役来偿还。在那个时候,萨哈林没有一个虾夷人不被日本人认为是自己的欠债人。——契诃夫注

② 涅韦尔斯科伊坚决认为萨哈林是俄国的领土,因为我们的通古斯人在17世纪就占有这个岛,俄国人在1742年首先测绘了萨哈林,并于1806年占领了这个岛的南部。他把奥罗奇人看做俄国的通古斯人。这一点民族志学者并不同意。对萨哈林的初次测绘不是出于俄国人之手,而是出于荷兰人之手;讲到1806年的占领,那么事实驳倒了最初到这里来的是俄国人这一看法。毫无疑问,初次的考察权属于日本人,日本人首先占领南萨哈林。不过,我们也似乎慷慨得过了分;本来不妨照我们的农民所说的那样,"为了不要叫人家丢面子"而把邻近日本的千岛群岛的五六个岛屿送给日本人,可是我们却送掉了二十二个岛屿,据日本人说,现在这些岛屿每年给他们带来上百万的收入。——契诃夫注

热,我的住处在各方面都称得上是人间天堂。他们两个人都是纯血统的日本人,长着蒙古人的脸型,中等身材。领事有四十岁光景,没留胡子,唇髭稀疏,体格强壮;秘书比他年轻十岁左右,戴着蓝色的眼镜,从各种迹象看来,害着痨病,萨哈林气候的牺牲品。另外还有一个秘书铃木先生,他身材较矮,留着很长的唇髭,唇髭的尖端像中国人的样式往下垂,眼睛细,吊眼角,在日本人的心目中他是个迷人的美男子。有一次久司先生向我讲起日本的一位大臣,这样说道:"他英俊而威武,跟铃木一样。"他们外出时穿西服,俄语讲得很好;我到领事馆去的时候,常常看见他们在阅读俄文书和法文书,他们的书柜里装满了书。他们是受过欧洲教育的人,彬彬有礼,客气而又殷勤。对此地的文官们来说,这个领事馆是一个良好温暖的角落,在这里可以忘掉监狱、苦役、公务纠纷,从而可以休息一下。

领事是那些来到此地经营捕鱼行业的日本人和当地行政机关之间的中介人。每逢节庆日,他和他的秘书就穿着全套礼服从库松-柯坦的山沟里到哨所去拜访区长,庆贺盛典;别雷依先生也照这样回报他们:每年十二月一日,他总带着他的随从到库松-柯坦来,向领事庆贺日本天皇的诞辰。在这种时候他们喝香槟酒。领事登上军用船只之际,要为他鸣放七响礼炮。当局向久司先生和铃木先生颁发勋章——安娜勋章和三级斯坦尼斯拉夫勋章——时,我恰好在场。别雷依先生、Ⅲ少校和警察局秘书费先生穿上制服,郑重其事地动身到库松-柯坦去授勋,我也随同前往。那些日本人为勋章和这种隆重的气氛所感动,他们对此十分满意;大家喝了香槟酒。铃木先生掩盖不住他的兴奋,用发亮的眼睛翻来覆去地把勋章看个不停,就跟小孩看玩具一样;我在他那"英俊而威武"的脸上看出了他内心的斗争:他一心想赶快跑回自己的家里去,让他的年轻的妻子看一看勋章(他刚结婚不久),同时礼貌又要求他留下来同客人们在一起。①

现在，我在结束对萨哈林的居民地区的概述以后，就要转而叙述目前组成移民区生活的种种重要的和不重要的细节了。

十五

> 苦役犯从业主——转为流刑移民——选择新村地点——安家落户——对分经营者——转为农民——农民从流放地迁往大陆——村落生活——在监狱附近——居民的出生地和原属阶层——乡村政权

如果惩罚除了报复、威慑或者改造等直接目标以外，还有其他目标，例如移民垦殖的目标，那么，惩罚就有必要经常适应移民事业的要求而作出让步。监狱和移民事业是互相对立的，两者的利

---

① 当地的行政人员同日本人的关系极好。除了在隆重的场合互相用香槟酒款待对方以外，双方还找到其他的方法来保持这种关系。下面我把领事来文的一段原话抄录如下："科尔萨科夫区区长先生。根据今年8月16日贵方第741号公函，我已经下令将您送来的四桶咸鱼和五袋咸盐发给商船和帆船出事后的蒙难人员，以供食用。同时我以这些可怜的人的名义荣幸地向阁下表示衷心的谢忱，他们感激您的同情和您对友好邻邦捐赠必需品；我充分相信，他们对此将永志不忘。日本帝国领事久司。"顺便提一下，这封信可以表明日本的年轻秘书们在短期内研究俄语所取得的成功。研究俄语的德国军官和从事俄国文学作品翻译工作的外国人，他们所写的东西要差得多。

日本人的礼貌并不腻味，因而令人产生好感，不管它怎么过分，也没有害处，就像俗语所说："好东西不怕多。"长崎市有一个日本旋工，我们的海军军官们在他那儿买各种小玩物，他出于礼貌而永远称赞一切俄国的东西。他看到军官们的表坠和皮夹子，就赞叹起来："多么出色的东西！多么精致的东西啊！"有一次，有个军官从萨哈林带去一个木制的烟盒，手工粗劣。"好，"他想，"现在我把它拿到旋工那儿去。看他现在说什么。"可是那个日本人看到烟盒，并不感到尴尬。他握它举在空中摇了几下，高兴地说："多么结实的东西啊！"——契诃夫注

益恰好相反。公用牢房里的生活奴役人,随着光阴的流逝而把犯人弄得面目全非;定居的人、善于理家的主人、顾家的人的本能被群居生活的习惯湮没了,他失去健康,变得苍老,精神脆弱了,他离开监狱越迟,就越有理由担心他不会成为这个移民区的一个积极而有益的成员,反而会成为它的负担。正因为这个缘故,移民的实践才首先要求缩短监狱的监禁和强制劳动的年限,在这方面我们的《流放犯管理条例》做出了重大的让步。例如,对改恶从善的苦役犯来说,十个月就算是一年,如果第二类和第三类苦役犯,也就是刑期在四年到十二年之间的犯人,被派往矿场劳动,那么他们在这种劳动中度过的一年就算做一年半①。苦役犯一旦转入改恶从善的行列,法律就准许他住在监狱外面,为自己造房,结婚,积蓄钱财。然而实际生活中的措施在这方面比《条例》更进一步。为了使苦役犯取得较为自由的地位,阿穆尔河沿岸地区的总督在一八八八年批准,可以把勤于劳动和品行端正的苦役犯在服满刑期之前释放;在这项命令(第三〇二号)中,柯诺诺维奇将军应许提前两年至三年解除苦役。所有的女性苦役犯毫无例外,一概可以住在监外,住在自己家里,或自由的住所里,这并没有什么明文规定或者发布过什么命令,而是出于必要,因为这对移民区有利;许多在考验中的以至无期徒刑犯人,只要他们有家庭,或者他们是熟练的工匠、土地丈量员、赶狗拉雪橇的车夫等,也是如此。许多人得到许可住在监狱外面纯粹是"出于人道主义",或者是因为考虑到这样的人如果不是住在监狱里,而是住在小木房里,那也不会有什么坏处;或者考虑到,如果无期徒刑犯某某只因为是带着妻子儿女

---

① 在萨哈林,每个办公室都有一张《刑期计算表》。从中可以看出,例如,被判十七年半的犯人在苦役中实际只度过十五年零三个月;遇有赦令,那就只有十年零四个月;刑期六年的,过五年零两个月就释放,遇有赦令,那么过三年零六个月就释放。——契诃夫注

一同来的,就得到批准可以住在自由的住所里,那么不批准刑期短的犯人某某这样做,就有失公平了。

到一八八〇年一月一日为止,萨哈林所有的三个区的男女苦役犯共有五千九百零五名。其中刑期在八年以下的有二千一百二十四名(百分之三十六),八年到十二年的有一千五百六十七名(百分之二十六点五),十二年到十五年的有七百四十七名(百分之十二点七),十五年到二十年的有七百三十一名(百分之十二点三),判无期徒刑的有三百八十六名(百分之六点五),刑期在二十年和五十年之间的累犯有一百七十五名(百分之三)。刑期短的犯人,在十二年以下的,占百分之六十二点五,也就是略略超过总数的一半。刚判刑的苦役犯的平均年龄我不知道,不过目前流放犯居民的平均年龄当不小于三十五岁;这个年龄加上平均苦役期限八年到十年,再考虑到人在苦役中比在平常的条件下大大提前衰老,那么事情就很明显,在严格执行法庭判决,遵守《条例》,即实行牢狱监禁,由军事押送人员押去做苦工等等情况下,犯人到刑满转为移民时,不但刑期长的,就连刑期短的也会有一大半丧失垦殖能力。

我在岛上的时候,在一块块土地上安家落户的男女苦役犯从业主共有四百二十四名;男女苦役犯以妻子、男女同居者、工人、寄居者的身份在移民区常住的,我登记过九百零八名。住在监狱外面自己的小木房里和自由住处的,共有一千三百二十二名,占苦役犯总数的百分之二十三。① 在移民区的苦役犯,作为从业主,同那些流刑移民从业主几乎没有任何差别。苦役犯在农户家里做帮工

---

① 这儿我没有算入那些住在文官们家里做仆人的苦役犯。总的说来,我认为,住在监狱外面的犯人占百分之二十五,也就是监狱在每四个犯人当中让给移民区一个。《条例》第305条准许改恶从善的犯人住在监狱外面,等到这一条也推广到科尔萨科夫区,这个百分比还会大大提高,在那个区里,按照别雷依先生的愿望,所有的苦役犯毫无例外地都住在监狱里。——契诃夫注

干的活跟我们乡村里的雇工一样。派犯人给一个良好的,也是流放犯的农户主那儿去做工,这在目前成为由俄国的实践创造的一种独特的苦役方式,这无疑地比澳大利亚的雇农制有吸引力。苦役犯寄居者只是在监外过夜,但必须像他们那些住在监狱里的同伴一样准时到达指定的地点干活。工匠们,例如鞋匠和细木工,常常在自己的住处服满苦役的刑期。①

由于全部流放苦役犯有四分之一住在监狱以外,特别的混乱却没有出现,所以我倒认为,正因为其余的四分之三住在监狱里面,我们的苦役才不容易整顿好。当然,关于小木房优于集体囚室,我们只能大概言之,因为目前在这方面我们根本没有作过确切的考察。还没有人证明过犯罪和逃亡的次数在住在小木房里的苦役犯当中比住在监狱里的苦役犯当中少,或者监外犯人比监内犯人的劳动效率高,不过非常可能的是,监狱的统计工作早晚必然会研究这个问题而作出有利于小木房的最后结论。目前只有一件事是无可怀疑的,那就是,如果每个苦役犯,不管刑期长短,一到萨哈林就立刻着手为自己和自己的家属盖起小木房来,趁他们还比较年轻健康而尽早开始他们的垦殖工作,那么这个移民区就会得到好处;再者,这样做也不会有损于伸张正义,因为犯人从头一天到达移民区起就会经受到最沉重的苦难直到取得流刑移民的身份为止。

等到刑期满了,苦役犯就被免除劳役,转为流刑移民。在这种时候,一般不会无故拖延。新的流刑移民如果有钱,而且得到上司的庇护,就留在亚历山德罗夫斯克,或者被送到他看中的村子里去,在那儿买下或者修建一所房子,如果他在服苦役的时候没有安

---

① 在亚历山德罗夫斯克,几乎所有的从业者的家里都有寄居者,这就给它添了城市的外貌。我在一所小木房里登记过十七个人。不过这样人数众多的住处同集体囚室就很少差别了。——契诃夫注

家的话;这样的人不是非从事农业劳动不可的。不过,假使他属于灰色的群众,而这种犯人占多数,那么照例他就到上司指定的一个村子里去,在一块地上定居下来;假使这个村子里人多,适合耕种的土地已经没有了,那他就给安置在现成的地段上,做一个合营者或者合伙人,或者被送到新的地方去落户①。选择新村的地点,要求经验和某些专门知识,是责成地方行政当局,也就是区长、典狱长、移民监督官办理的。在这方面任何明确的规章和指示都没有,整个工作都靠偶然的情况来决定,那就是这些或者那些工作人员能力如何:他们是否已经工作很久,熟悉流放居民和本地情况,例如,像北方的布塔科夫先生以及南方的别雷依先生和亚尔采夫那样;或者他们工作不久,在较好的情况下是些语文系、法律系的毕业生或步兵中尉,在最糟的情况下则是些完全没有受过教育的人,早先没有在任何地方工作过,大多数是年轻而不了解生活的城里人。我已经写到过一个文官,异族人和流刑移民警告他,说他选择的村址到春天和下大雨的时候就会被水淹没,他却不信。我在岛上的时候,有一个文官带着随我们坐车到十五或者二十俄里以外去调查新址,当天就回到家里,只来得及用两三个小时察看,就同意了;他说这次闲游倒是很畅快的。

比较有经验的高级文官不大去寻找新址,也不乐意去,因为他们总是忙于别的工作,而低级文官没有经验,也漠不关心;行政当局办事迟缓,事情拖拖沓沓,结果就造成原有的村子人满为患。迫不得已,最

---

① 萨哈林属于西伯利亚的边远地带。大概由于气候格外严峻,最初被安置在这儿落户的就只是那些已经在萨哈林服满苦役,因而有机会事先即使不能完全习惯,至少也是看惯这个地方的流刑移民。可是现在,看来人们想改变这个办法。我在那里的时候,一个被判处在西伯利亚永久流放的尤达·汉姆贝格由阿·尼·柯尔夫男爵下令送到萨哈林,在杰尔宾斯科耶村落户;杜勃基村住着一个流刑移民西蒙·萨乌拉特,他服苦役不是在萨哈林,而是在西伯利亚。这儿还有由行政当局指派前来的流放犯。——契诃夫注

后只好求助于苦役犯和监守兵,他们有的时候凭传闻而成功地选定新址。一八八八年,柯诺诺维奇将军在一项命令(第二八〇号)中说,鉴于在特莫夫斯克区和亚历山德罗夫斯克区已经没有可以拨出土地的地段,同时需要土地的人数又在迅速增长,他建议"立即组织一批可靠的流放苦役犯,在充分干练、对这项工作比较有经验、有文化的看守或者甚至文官的监督下出发,去寻找适合于建村的地方"。这批人就跋涉在完全没有勘查过、有的时候连地形测绘员的足迹也没有到过的地方;地方倒是找到了,然而究竟它们高出海平面多少,土壤如何,水质怎样,等等,却不得而知;至于它们是否适合于居住和耕耘,行政当局只能凭猜测来判断,所以在选择这个或者那个地方时,通常是碰运气,靠侥幸,既不征询医师的意见,也不征询地形测绘员的意见(反正萨哈林也没有地形测绘员),等到人们刨掉土地上的树根,住下来,土地丈量员才在新址出现。①

总督巡视各村子以后,对我讲起他的印象,这样说道:"苦役不是在苦役地开始,而是在移民点开始的。"如果惩罚的沉重是用劳动量和体力消耗量来衡量的话,那么萨哈林的流刑移民就常常比苦役

---

① 日后在每一区选择新址将责成一个由监狱机关官员、地形测绘员、农艺师、医师等人组成的委员会承担,到那时候就可以凭这个委员会的记录判断,根据什么理由选定这个或者那个地方。目前,人们最乐于在河谷和现有的或者筹建的大路两侧落户,这是不无道理的。不过就连在这方面也只看得到因循惯例而看不到任何统一规划。如果人们选定某一块河旁的谷地,那并不是因为经过调查它比别处好,最适于耕种,而只是因为它离中心不远。西南的沿海地带气候比较温和,然而它离杜埃或者亚历山德罗夫斯克比阿尔科依河谷和阿尔穆丹河谷远,因此人们宁可选中后两者。不过在筹建的大路两侧建新村的时候,人们着眼的并不是新村的居民,而是着眼于日后会走这条道路的官员和赶狗拉雪橇的车夫。如果不是为了这种有限的前景——活跃道路,维修道路,为过路的人提供投宿的地方,那就很难理解,比方说,何以需要在特姆河沿岸从它的上游到内依湾为止的道路两侧筹备建立村子。居民们由于维修和活跃道路,大概会从公家得到金钱和食物的供应。不过,如果这些村子是现在农业移民区的继续,行政当局指望他们种出黑麦和小麦来的话,那么萨哈林又会多添几千贫穷愁闷,不知如何糊口的人了。——契诃夫注

犯遭到更严厉的惩罚。在通常是沼泽而且布满树林的新地方,流刑移民只带着木匠的板斧、锯子、铁锹就来了。他们砍伐树林,刨掉树根,挖掘沟渠,以便排干当地的水,而在进行这种准备工作的时候,他们一直睡在露天底下潮湿的土地上。萨哈林天气阴暗,几乎每天都有雨水,气温很低,凡此种种,在任何地方都不及在这种劳动中那样使人痛切地感觉到,人一连几个星期一分钟也摆脱不掉透骨的潮湿和冷颤。这是真正的 febris sachalinensis①,头痛,浑身酸痛,而这不是由于感染,却是由于气候的影响。人们先是建设村子,然后才修通到这儿来的道路,而不是相反,由于这个缘故,为了把重物件从哨所运到这个往往连一条小路也没有的新地点,就得完全无益地消耗大量的体力。流刑移民背着工具、粮食等,穿过茂密的原始林,时而在没到膝部的水里行走,时而爬上堆积如山的枯枝倒树,时而被很硬的矶踯躅灌木缠住。《流放犯管理条例》第三〇七条规定,应将树林拨给在监外居住的人以供造房之用;这项条款在此地被理解为流刑移民应当自行砍伐树林,修造房屋。在从前,当局曾把苦役犯派去帮助流刑移民,并且发钱给流刑移民,以便雇木匠,买材料,可是这个办法已经废止,理由是,"结果,像一个官员对我说的那样,产生了游手好闲的懒汉;苦役犯在干活,同时流刑移民却在赌钱"。现在流刑移民们用共同的力量造房,互相帮助。木匠搭房架,炉匠砌炉灶,锯木匠制备木板。凡是没有劳动的体力和本领而有钱钞的人就花钱雇自己的同伴。强壮耐劳的人承担最沉重的活儿,体力差或因坐牢对农业劳动生疏的人,如果不赌钱,打牌,或者如果不因为天冷而躲起来,就做些比较轻的工作。许多人筋疲力尽,灰心丧气,丢掉自己的没有完工的房子。蛮子和高加索人不会造俄式的小木房,通常头一年就逃跑了。在萨哈林,几乎有一半的从业者没有房

---

① 拉丁语:萨哈林热病。

子，依我看来，这应当首先用流刑移民们最初安家的时候遇到的种种困难来解释。根据我从一八八九年农业督察官的报告里取得的材料，没有房子的从业者在特莫夫斯克区占百分之五十，在科尔萨科夫区占百分之四十二，而在亚历山德罗夫斯克区只占百分之二十，因为在那里安家落户的困难少一些，流刑移民买房多于造房。等到房架搭完，就应贷给房主玻璃和铁器。关于这种赊购，区长在他的一项命令中说："极其令人惋惜的是这种赊购如同其他许多东西一样总是使人等待很久，以致失掉了安家的兴致……去年秋天我巡视科尔萨科夫区的移民点，有机会看到一些房子在等待玻璃、钉子、炉门，而现在我又发现这些房子处在同样的等待之中。"（一八八九年第三一八号命令）①

甚至在新址已经住了人以后，当局也不认为有考察这个地方

---

① 在这种时候，对流刑移民来说，他理应领到的苦役期间的劳动报酬如果能发下来，那就再及时也没有了。法律规定，凡是被判处流放和苦役的犯人可以得到劳动收入的十分之一。假定说，在修路工作中每天每工的工资定为五十戈比，那么一个苦役犯就每天得到五戈比。在监禁期间犯人为自己的需要而花的钱不得超过他收入的一半，余下的钱在他释放的时候发给他。任何民事方面的追偿或者诉讼方面的费用都不能动用这笔钱，如果犯人死了，这笔钱就发给他的继承人。在1878年写的《关于萨哈林岛体制的案卷》中，70年代主管杜埃苦役地的沙霍夫斯基伊公爵所发表的意见应当为现在的行政人员所了解，作为工作的指南。他说："苦役犯的劳动报酬至少使犯人有一点财产，而任何财产都会使他在这个地方定居下来；这种报酬允许犯人们在相互同意的情况下改善他们的伙食，把衣服和住处保持得更清洁些，而这种舒适的条件越多，对舒适条件的习惯感就越会引起失掉昔日舒适的痛苦；完全缺乏舒适条件，永远阴暗而令人不快的环境会使犯人对生活，尤其是对惩罚采取漠然的态度，以致在受罚的人达到在监人数的百分之八十的时候，当局就常常绝望于用鞭笞来战胜人的微不足道的自然需求。苦役犯的报酬促使他们具有某种程度的独立精神，消除了对衣服的浪费，帮助他们安家，由于他们出了狱、到达移民点之后固定在土地上而大大减少国家的开支。"

赊购工具以五年为期，条件是流刑移民每年缴付原价的五分之一。在科尔萨科夫区，木匠的斧子作价四卢布，竖锯十三卢布，铁锹一卢布八十戈比，锉刀四十戈比，钉子每磅十戈比。砍柴的斧子三卢布五十戈比，流刑移民只有在没买木匠的斧子的时候才能赊购。——契诃夫注

的必要。当局只是把五十名至一百名从业者派到新址去,然后每年增加几十人,可是谁也不知道那边合适的土地究竟可供多少人使用。这就是何以在村子里住上人以后通常很快就显出拥挤和人数过多的缘故。这种情况只有在科尔萨科夫区还不明显,而北部两个区的哨所和村子却一概人满为患。甚至像特莫夫斯克区的区长阿·米·布塔科夫这样无疑地操心的人也不考虑将来,好歹把人们安置在一块块地段上了事,任何一区的合营者或者超额的从业者都不及他这一区多。看来,似乎行政当局本身就不相信农业移民工作,他们认为流刑移民需用土地不会很久,至多六年,因为他取得农民的权利以后必然会离开这个岛,在这种条件下,地段问题就只有表面的意义了。

在我登记的三千五百三十二个从业者当中,有六百三十八名,即百分之十八的人是搭伙经营者,如果不把每块地只有一个从业者的科尔萨科夫区计算在内,那么百分比就会大大提高。在特莫夫斯克区,村子的历史越短,对分经营者的百分比就越高;例如在沃斯克烈先斯科耶村,从业主有九十七名,而合伙经营者有七十七名;这就是说,找到新址和拨给流刑移民土地使用,已经一年比一年困难了。①

安排农务和正当经营被认为是流刑移民必须履行的责任。如有怠惰和不愿经营农务的情况,就会被送去从事社会劳动,也就是苦役劳动,并且从小木房里转到监狱里。《条例》第四○二

---

① 从业主同搭伙经营者居住在同一所小木房里,睡在同一个炕上。宗教信仰以至性别的不同并不妨害共同占有某个地段。我记得在雷科夫斯科耶村,流刑移民戈路别夫家里有一个对分经营者,是犹太人留巴尔斯基。在同一个村子里,还有一个流刑移民伊凡·哈甫里耶维奇,他的搭伙经营者是一个女人玛丽雅·勃罗佳加。——契诃夫注

条规定,阿穆尔河沿岸地区总督有权"根据地方当局的意见,对无法谋生的该地流刑移民给予公家补贴"。目前萨哈林大多数流刑移民在解除苦役以后的最初两年或三年当中向国家领取衣食的供应,其数量同犯人所得相等。行政当局对流刑移民的这种帮助出于人道和实际方面的考虑。确实,难于设想流刑移民能够在同一个时间里既给自己造房子,又开垦土地准备耕种,并且每天都能有口粮。然而也可以经常看到这样的命令:某某流刑移民由于怠惰和懒散,由于"他没有动手造房"等而被取消衣食的供给。①

犯人在取得流刑移民身份十年以后就可转为农民。随这个新身份而来的是很多的权利。流放犯出身的农民可以离开萨哈林而到整个西伯利亚范围里他所愿意去的地方定居,只有谢米烈钦斯克省、阿克莫林斯克省和谢米巴拉京斯克省除外;他可以在取得农民村社的同意下加入村社;也可以住在城里干手艺活和办工业;他受审和处罚要根据普通的法律而不是根据《流放犯管理条例》;他和别人书信来往也跟常人一样,无须经过为苦役犯和流刑移民规定的事先检查了。不过,在他的新身份里仍旧保留着流放的主要

---

① 本地的农村居民尽管有补助,而且经常向国家借贷,却在怎样的贫困中服满他们的刑期,这我在上文已经讲过了。下面是一位官方人士对几乎可以说是乞丐生活的生动描写:"在留托加村里,我走进一所最贫困的茅舍,它属于流刑移民节陵所有,他原是一个手艺很差的裁缝,已经在此地落户四年了。一切都显出惊人的贫穷和匮乏;除了一张破旧的桌子和一块代替椅子的木头外,看不到任何家具;除了一只用煤油桶改制的水壶之外,没有任何器皿和家用什物;代替床的是一小堆干草,上面放一件短皮袄和一件替换的衬衫;手艺用具也只有几根针、一点灰色的线、几个纽扣和一个铜顶针,而这个顶针同时又做烟斗用。这个裁缝在顶针上钻一个小洞,在需要的时候往那个洞里插进一根当地的芦苇,算是烟嘴,那里面装的烟叶不过半个顶针高。"(1889年第318号命令)——契诃夫注

因素:他没有权利返回故乡。①

在《条例》中,没有规定过十年取得农民权利的任何特殊条件。除了第三七五条的附注所规定的那些情况外,唯一的条件就是十年期限,不管流刑移民是当从业主还是做帮工。阿穆尔河沿岸地区的监狱督察官卡莫尔斯基先生同我谈到这一点的时候,向我证实说,流放犯在度过十年流刑移民期之后,行政当局没有权利要他们延长这个期限,或者在满了这个期限以后用任何附加条件限制他们取得农民的权利。可是在萨哈林我却有机会遇到做流刑移民超过十年而还没有取得农民身份的一些老人。然而,他们的话我没有来得及核实,所以不能判断是否属实。这些老人可能算错了年代,或者就是说谎,不过由于文书们的懈怠和糊涂,低级官吏不会办事,萨哈林的行政机关是可能办出任何怪事来的。对于那些"品行良好、从事于有益的劳动、习惯于定居生活"的流刑移民来说,十年的期限可以缩短为六年。本岛长官和各区长在广泛的范围里运用第三七七条规定的优待办法;至少我认识的所有农民几乎都是过六年就取得这种身份的。然而遗憾的是各区对《条例》规定的从优条件——"有益的劳动"和"定居的生活"理解各有不同。例如在特莫夫斯克区,欠着国家的债或屋顶没有铺木板的流刑移民就不能转为农民。在亚历山德罗夫斯克,流刑移民不干

---

① 在1888年以前,凡是取得农民权利的人不准离开萨哈林。这个禁令使萨哈林人失去过较好生活的任何希望,引起人们对萨哈林的痛恨,而且,作为镇压的措施,只能使逃亡者、犯罪者、自杀者的人数增加;这项措施为了虚幻的实利性而宁可牺牲公正本身,因为萨哈林的流放犯遭到禁止的事情西伯利亚的流放犯却可以做。之所以制定这项措施,是因为考虑到如果农民纷纷离岛,那么最后萨哈林就会仅仅成为暂时流放地,而不成其为移民区了。可是,难道硬叫他们终身留在此地就会把萨哈林变成澳大利亚第二吗?移民区的生命力和繁荣不以禁令或者命令为转移,而取决于一定的条件。这些条件即使不能保证流放犯本身,至少也能够保证他们的子孙过上有保障的安宁生活。——契诃夫注

农活，不需要工具和种子，因此欠的债就比较少，取得那种权利就比较容易。人们往往定出流刑移民必须是从业主的条件，可是在流放犯中间比其他人中间更容易遇到一些论天性不善于做从业主而做帮工却感到适得其所的人。如果一个流刑移民没有自己可耕的田地，而在官吏家里做厨子或者在鞋匠那儿做帮工，那么他能不能享受该项优待，提前取得农民的身份？在科尔萨科夫区，对这个问题的回答是肯定的，而在北方的两个区里却回答得含含糊糊。在这种情况下，当然谈不到任何标准，如果新来的区长要求流刑移民有铁皮房顶，会在唱诗班里唱歌，那就难于向他证明，说这是专横霸道了。

当初我在西扬采村的时候，移民监督官召集二十五个流刑移民到村监所前集合，对他们宣布，经本岛长官决定，他们已经转入农民阶层。这个决定是在一月二十七日经将军签字的，而对流刑移民宣布是在九月二十六日。所有这二十五个流刑移民沉默地听着这个愉快的消息；在胸前画十字的一个也没有，他们不道谢，都站在那儿现出严肃的脸色，一句话也不说，好像想到在这个世界上一切事情，甚至痛苦，都有个尽头而突然感到忧郁了。我和亚尔采夫先生同他们谈起在他们当中谁想留在萨哈林，谁想走，这二十五个人中没有一个表示愿意留下。所有的人都说他们都想到大陆去，要是马上走最好；可是他们没有钱，得好好考虑一下。他们还谈到不但缺少路费，到了大陆，想必还要花钱：他们得为村社接受他们入社而奔走，得请客，买一小块地，盖房子，这样那样的，瞧着吧，总得有一百五十个卢布才够用。可是上哪儿去拿这笔钱呢？在雷科夫斯科耶村，尽管这个村比较大，我也只遇见三十九个农民，他们都不愿在此地扎根落户，大家都准备到大陆去。其中有个姓别斯巴洛夫的人，在自己的那块地上造了一所两层楼的大房子，有阳台，像是一个别墅，大家都困惑地瞧着这个建筑物，不明白为什么造这样的房子；这个农民很有钱，有成年的儿子，本来可以在结雅河①一带好好地安个家,而他却可能永远留在雷科夫斯科耶村,因而给人留下了任性和怪癖的印象。在杜勃基村,我问一个原是苦役犯的农民是不是迁到大陆去,他傲慢地瞧着天花板,回答我说:"我正在想法走掉。"②

　　驱使农民们离开萨哈林的是毫无保障的感觉,烦闷无聊,为孩子们经常担心……不过主要的原因是至少在去世以前呼吸到自由空气并且过上真正的而不是犯人的生活的热烈愿望。大家把乌苏里地区和阿穆尔看成福地,那些地方离萨哈林很近,坐轮船只要三四天就到了,那儿自由、暖和、收成好……那些已经迁到大陆去安家落户的人写信给萨哈林的熟人说,大陆的人们向他们伸出援助之手,一瓶白酒只要五十个戈比。有一次我在亚历山德罗夫斯克的码头上走进停汽艇的船坞里,在那儿看见一对六七十岁的老夫妇,随身带着包袱和袋子,显然准备上路。我们攀谈起来。这个老头不久以前取得农民的身份,现在跟妻子一块儿到大陆去,先到符拉迪沃斯托克,然后就只好"随上帝安排了"。据他说,他们没有钱。轮船要在一昼夜以后才开,可是他们已经来到码头上,现在带着行李藏在这个汽艇的船坞里等待轮船,仿佛生怕人家把他们赶回去似的。他们谈到大陆时怀着热爱、虔敬和信心,认为在大陆才有真正的幸福生活。我在亚历山德罗夫斯克的墓园里看到一个黑色十字架,上面画着圣母像,刻着这样的铭文:"此地安息着少女阿菲米雅·库尔尼科娃的遗骸,她死于一八八八年五月二十一日,终年十八岁。她的父母在一八八九年六月动身迁往大陆,特立此十字架以志纪念。"

---

① 苏联远东河流阿穆尔河左支流。
② 我只遇见过一个人表示愿意永远留在萨哈林:这是一个不幸的人,切尔尼戈夫斯省的一个庄户,因为强奸亲生女儿而来到此地;他不喜欢故乡,因为他在那儿留下了坏名声,他不给他家里的如今已经长大成人的孩子们写信,免得让他们想起他;他连大陆都不想去,因为他的年龄不允许他这样做了。——契诃夫注

农民如果行为不端，欠国家债务，就不准到大陆去。如果他同女流放犯姘居，跟她有了孩子，那么，只有在他以财产保证姘居者和私生子女此后生计无虞的情况下才发给他离境证（一八八九年第九十二号命令）。到了大陆，农民可以登记说明他想去的乡区；然后掌管这个乡的省长就将此事通知萨哈林的长官，长官下令要求警察局把农民某某以及他的家属从表册上勾销，于是岛上"不幸"的人就正式少了一个。阿·尼·柯尔夫男爵对我说，如果农民在大陆上行为不端，他就会按行政手续被送回萨哈林永久居住。

据说，萨哈林人在大陆上生活得不错。我读过他们的信，可是我没有机会看到他们在新地方怎样生活。不过，我也见过一个，然而不是在农村，而是在城里。有一天在符拉迪沃斯托克，我同修士司祭伊拉克里、萨哈林的传教士和神甫，一块儿从商店里走出来，这时候有个系白围裙、穿发亮的高筒靴的看门人或者搬运工模样的人看见伊拉克里神甫，极其高兴，就走过来请求他祝福；原来此人从前在伊拉克里神甫那里做过忏悔，是个流放犯出身的农民。伊拉克里神甫认出他来，记起他的姓名。"哦，你在这儿生活得怎么样？"他问。"谢天谢地，挺好！"那个人愉快地回答说。

农民在还没有动身到大陆去以前，住在哨所或者村子里，跟流刑移民和苦役犯一样在不利的条件下干农活。他们仍旧受监狱长官的支配，如果住在南方，那么相隔五十步就得脱帽；人们对他们好一些，不用鞭子抽他们，可是他们仍然不是真正的意义上的农民，而是犯人。他们住在监狱附近，每天看见它，而流放苦役监狱同和平务农的生活相邻并存是不可思议的。有些著作家在雷科夫斯科耶村看到过环舞，在那儿听到过手风琴声和狂放的歌声；可是这类东西我都没看见，也没听到，而且我不能想象姑娘们在监狱旁边跳环舞。即使我有机会在锁链的叮当声和狱吏的呵斥声以外还听见狂放的歌声，我也会认为这是不好的征象，因为善良而心慈的人在监狱附近是唱不出歌来的。监狱制度使农民和流刑移民以及他们的自由的妻子儿女感到压抑；监狱的状况如同军队，气氛异常严峻，无可避免地受到盛气凌人的监督，使他们处在经常的紧张和恐惧之中；监狱的行政当局夺去他们的草地、最好的渔场和树林，供监狱用；逃犯、监狱的高利贷者盗贼欺负他们；监狱的行刑吏在街道上走来走去，吓唬他们；狱吏勾引他们的妻子和女儿；而主要的是监狱每时每刻使他们想起他们的过去，想起他们是什么人，在什么地方。

本地的农村居民还没有组成村社。视这个岛为故乡的成年的萨哈林人还不存在，老住户很少，大多数是新来的人；居民每年更换；有的来了，有的走了；在许多村子里，我已经说过，居民们给人的印象不是一个整体，而是一群乌合之众。他们称兄道弟，因为他们在一起受苦，然而他们的共同点仍旧很少，他们是互相生疏的。他们的信仰不一致，讲的是不同的语言。老人们藐视这种庞杂，他们笑着说：既然同一个村子里住着俄罗斯人、乌克兰人、鞑靼人、波兰人、犹太人、芬兰人、吉尔吉斯人、格鲁吉亚人、茨冈人，那怎么能组织什么村社呢？……关于非俄罗斯人在各村的分布情况，我在前面已经提到过了。①

---

① 对于"你是哪省人？"这个问题，有五千七百九十一个人回答过我。坦波夫省的有二百六十名，萨马拉省的有二百三十名，切尔尼戈夫省的有二百〇一名，基辅省的有二百〇一名，波尔塔瓦省的有一百九十九名，沃罗涅日省的有一百九十八名，顿河区的有一百六十八名，萨拉托夫省的有一百五十三名，库尔斯克省的有一百五十一名，彼尔姆省的有一百四十八名，下诺夫哥罗德省的有一百四十六名，奔萨省的有一百四十二名，莫斯科省的有一百三十三名，特维尔省的有一百三十三名，赫尔松省的有一百三十一名，叶卡捷琳诺斯拉夫省的有一百二十五名，诺夫哥罗德省的有一百二十二名，哈尔科夫省的有一百一十七名，奥尔洛夫省的有一百一十五名；其余各省的人数都不到一百名。高加索各省一共有二百一十三名，或者百分之三点六。高加索人在监狱里的百分比比在移民区的大，这表明他们在服苦役刑时表现不佳，绝不是所有的人都能转为流刑移民，其原因在于常常逃跑，大概还在于很高的死亡率。波兰王国的犯人一共有四百五十五名，或者百分之八。芬兰和波罗的海东部沿海各省有一百六十七名，或者百分之二点八。这些数字只能就居民出生地的情况提供一个大致的概念，不能由此得出结论说，坦波夫省的人最易于犯罪，小俄罗斯人在萨哈林人数很多，就说他们比俄罗斯人易于犯罪。——契诃夫注

252

还有另外一种庞杂,也对各个村子的成长起着不良的影响:到这个移民区来的犯人有许多老年人,体弱者,生理方面和精神方面有病的人,行为不端者,不会劳动而未经实际训练者,后者是那些原来住在城市里而不干农活的人。一八九〇年一月一日,根据我从政府的表册里取得的资料,在整个萨哈林岛上,在监狱和移民区里,贵族有九十一名,而城市阶层的人,即荣誉公民、商人、小市民、外国臣民,有九百二十四名,两者合在一起,占流放犯总数的百分之十。①

每个村子有一个村长,由各农户选举产生,必须是流刑移民或

---

① 贵族以及一般说来特权阶层的人都不会耕地,砍树造房;他们必须劳动,必须接受大家所接受的惩罚,可是却没有体力。他们不得不寻找轻便的劳动,甚至常常什么也不干。然而他们处在经常的恐惧之中,生怕命运发生变化,他们会被送到矿井去,遭到体罚,戴上镣铐,等等。这些人大多数已经厌倦生活,恭顺而忧闷,人瞧着他们,无论如何也想象不出他们竟然是刑事犯。但是也有老奸巨猾和无耻之徒,他们彻底堕落,显得 moral insanity(英语:精神失常)的样子,给人留下了小心翼翼、拍马奉承的钻营者的印象;他们讲话的口吻、笑容、步态、奴仆般的恭顺,都显出恶劣而庸俗的味道。不管怎样,处在他们的地位总是可怕的。有个苦役犯,原是军官,在被押进去敖德萨的犯人车厢以后,看见窗外"松枝的火光和火把照耀下美丽而富有诗意的捕鱼景象……小俄罗斯的田地已经发绿。在大道旁边的橡树和椴树的树林里可以看见紫罗兰和铃兰,花香和失去的自由的感觉同时向人袭来"(《符拉迪沃斯托克》1888 年第 14 号)。有个杀人犯,原是贵族,对我讲起他的朋友们怎样送他离开俄罗斯,说道:"我突然醒悟了,我只巴望一件事:偷偷溜掉,消失不见;可是我的熟人们不了解这种心情,争先恐后地极力安慰我,给我种种关切。"特权阶层的犯人们被押着走过大街,或者坐车走过大街的时候,再也没有比自由人,特别是熟人的好奇心更使他们感到不愉快了。如果人们在一伙犯人当中打算认出某个犯人,大声地问起他,说出他的姓名,这就会使他感到强烈的痛苦。令人遗憾的是不论在监狱里也好,在街上也好,在报纸上也好,嘲弄已经定罪的特权阶层的犯人,并不罕见。我在一份日报上读到一篇通讯,讲到一个从前的商绅,说他在西伯利亚押解途中被人请去吃早饭,吃完早饭就被押走了,可是主人缺了一把汤匙,原来被那个商绅偷走了!关于一个旧日的宫中侍从,人们写道:他在流放中似乎并不烦闷,因为他那儿的香槟酒多得喝不完,茨冈女人要多少有多少。这种做法是残忍的。——契诃夫注

253

农民,并且要经移民监督官批准。担任村长的通常是稳重的、机灵、识字的人;他们的职责还没有充分确定,不过他们极力模仿俄罗斯的村长:解决各种小问题,按照工作需要指派夫役,在必要时卫护本村的人,等等,雷科夫斯科耶村的村长甚至有自己的印章。有些村长领薪金。

每个村子里还住着一个村监,多由当地守军中的下级士兵担任,没有文化;但向路过的官员们报告情况,监视流刑移民的行动,他们未经许可不得擅自外出,必须从事农活。他是村子里的主管,常常又是唯一的裁判者,他向上司打的报告无异于证明文件,对于评价流刑移民的品行是否端正以及操持家务、定居生活等情况具有相当重要的意义。下面是村监打的一个报告:

名　单

(上阿尔穆丹村品行恶劣的居民)

姓　　名	劣　　迹
(一)阿纳尼·伊兹杜京	偷窃
(二)彼得·瓦西里耶夫·基塞列夫	同上
(三)伊凡·格雷宾	同上
(四)谢苗·加棱斯基	不理家务,擅自行动
(五)伊凡·卡桑金	同上

十六

流放犯居民的性别——妇女问题——女苦役犯和女流刑移民——男女同居者——自由身份的妇女

在流放移民区,男女的比例是一百比五十三[1]。这个比例只有对于住在木屋里的人口来说才是正确的。另外还有在监狱里过夜的男人和单身的士兵不计算在内;按从前此地一位长官的说法,这些人"为满足自然需要的必不可少的对象"还是那些女流放犯或者同流放有关的妇女。然而,如果在确定移民区居民的性别和家庭组成时应当也考虑到这一类男人,那么,就不能不作一些附带说明。他们,当住在监狱或者营房里的时候,仅仅从需求的观点看待移民区;他们来到移民区,就起了从外部施加有害影响的作用,使出生率降低,疾病率提高。影响的大小要看监狱或者营房离村子的远近而定;这同在邻近铁路线上做工的流浪汉在俄罗斯农村生活中所起的作用一样。倘使把所有的男人,包括监狱和营房在内,统统加在一起,那么五十三就大约缩小一半,我们就得出一百比二十五这样的比例。

不管五十三和二十五这两个数字多么小,可是对于一个新建的而且在最为不利的条件下发展起来的流放移民区来说,这样的比例数不能算太低了。在西伯利亚,苦役犯和流刑移民当中的妇女所占的比例不到百分之十;而在外国流放地,我们就会在那里遇到一些移民,虽然已经成为体面的农场主,却无法满足在这方面的需求,以致他们极其高兴地欢迎从宗主国运来的妓女,为每一名妓女付给船主一百磅烟

---

[1] 根据1857年到1860年俄罗斯各省的第十次人口调查,国内男女比例是一百比一百〇四点八。——契诃夫注

草。萨哈林的所谓妇女问题搞得乱七八糟,然而却不及西欧的流放移民区发展初期那么恶劣。到这个岛上来的不仅仅是女犯人和妓女。由于监狱总署和志愿船队在俄国欧洲部分和萨哈林之间十分成功地建立了快速而方便的交通联系,那些愿意跟随丈夫和父亲到流放地来的妻子和女儿的问题就容易解决了。还在不久以前,每三十名罪犯中只有一名妻子自愿随丈夫来到此地,可是在现时,自由身份的妇女的存在对移民区来说已经成为普遍现象,例如,很难设想雷科夫斯科耶或者新米哈伊洛夫卡没有这些悲剧式的人物,没有那些"来改善丈夫的生活而牺牲自己"的妇女。也许,这是我们的萨哈林在流放史中不致占据末位的唯一的一点。

我要从女苦役犯谈起。到一八九〇年一月一日为止,所有三个区里的女犯人占苦役犯总数的百分之十一点五①。从移民工作的观点来看,这些妇女具有一个方面的重大优越性:她们是在比较

---

① 这个数字只能用来确定苦役犯的性别比例,而对于评价两性的道德面貌来说却不能提供可靠的资料。妇女被判苦役刑的比较少,这不是因为她们在道德方面高于男人,而是因为就生活结构本身而论,部分地就她们的生理特点来说,她们比男人较少受到外界的影响,较少有机会犯下严重的刑事罪行。她们不在机关里和军队里工作,不出外去打短工,不在树林里、矿井里和海上做工,因此不会犯职务方面和违反军纪的罪行,以及必须有男人的体力才能直接参与的罪行,例如抢劫邮车、拦路打劫等;关于破坏贞洁、强奸、奸污幼女和异常的淫荡行为等罪行的刑律只涉及男人。可是她们在杀害、虐待、致人残废、销毁罪证方面却相对地比男人多;在男犯当中杀人犯占百分之四十七,而在女犯当中占百分之五十七。讲到因投毒罪而被判刑的,妇女不但相对地多,甚至绝对地多。1889年在所有三个区里女投毒犯的绝对数几乎是男投毒犯的三倍。尽管如此,到这个移民区来的妇女仍比男人少,甚至尽管每年都有成批的自由身份的妇女来临,男人也仍旧占压倒的优势。这种两性的不平衡的分配在流放移民区是不可避免的,为要达到平衡,只能停止流放,或者开始向岛上输送移民,同流放犯结合,或者我们这里也出现自己的弗烈夫人,大力宣传把穷人家的诚实姑娘输送到萨哈林,以便发展家庭的思想。(按弗烈夫人是19世纪英国的女慈善家,致力于改进监狱的情况。在她死后发表了她的回忆录:《伊丽莎白·弗烈一生的回忆》,1847年在伦敦出版。)

关于西欧和俄国的流放地,其中包括妇女问题,请参看伊·列·福伊尼茨基教授的著名的著作《与监狱管理有关的惩罚理论》。——契诃夫注

年轻的时候到移民区来的;她们大多数是富有激情的妇女,由于恋爱和家庭事件犯罪而判刑的:"我是为了丈夫的事来的","为了婆婆的事来的……"她们大部分是杀人犯,是恋爱和家庭专制的牺牲品。就连那些犯纵火罪或者伪造钞票罪的,实际上也是因为爱情而受惩罚,因为她们是受情夫的唆使而犯罪的。

在她们的可悲的生活中,无论是在受审以前还是在受审以后,爱情的因素总是起着决定性的作用。她们坐船来流放地的时候,听到人们散布流言,说在萨哈林,人们会违背她们的意志而把她们嫁出去。这使得她们激动不安。有一次她们去找船长,要求他代她们说情,不要强迫她们出嫁。

在十五年到二十年以前,服苦役刑的妇女一到萨哈林就立刻被关进妓院。"在萨哈林南部,"符拉索夫在他的报告里写道,"妇女由于缺乏单独的住所而被安置在烤面包的大房子里……这个岛的长官杰普烈拉多维奇下命令把女监改为妓院。"做工是根本谈不到的,因为"只有犯了过错的和得不到男人欢心的"才在厨房里做工,其余的都为"需要"服务,喝得烂醉,最后,按符拉索夫的说法,妇女们腐化到了这样的地步:她们在昏昏沉沉的状态中竟然"卖掉自己的孩子换一升酒喝"。

现在,每一批妇女来到亚历山德罗夫斯克,首先总是郑重其事地从码头被押到监狱里去。妇女们背着沉重的包袱和背包,伛下腰,慢腾腾地在马路上走过,浑身发软,还没有从晕船的病态中清醒过来,她们的身后,犹如市集上看杂耍一样,尾随着一大群村妇、庄稼汉、孩子和办事机关的人员。这情景好似阿尼瓦湾的鲱鱼的行列,这些鱼的后面总是有成群的鲸鱼、海豹、海豚跟着,它们一心想尝一尝有鱼子的鲱鱼。那些身为移民的庄稼汉带着诚实单纯的想法跟着这群人:他们需要家主妇。村妇们则仔细地看看这批新犯人当中有没有同乡。文书和监守们则需要"姑娘们"。这通常发生在将近傍晚的时候。这些妇女晚上被关进监狱里事先已经准备好的牢房里,然后人们通宵在监狱里和哨所里纷纷议论,讲这批新犯人,讲家庭生活的美妙,讲安家落户不能没有女人,等等。在最初的几天里,在轮船还没有去科尔萨科夫以前,需要讨论如何把这些新到的妇女分配到各个区里。分配是由亚历山德罗夫斯克的官员们进行的,因此他们的区得到在数量和质量方面最佳的一份;邻近的特莫夫斯克区得到稍差的一份。北方进行了仔细的挑选;这儿,如同经过滤器滤过一样,留下了最年轻、最美丽的女人,因此分给有幸住在南方那一区的几乎只有老太婆和"得不到男人欢心的"女人了。在分配的时候根本没有想到农业移民区,所以在萨哈林,我已经说过,分配到各区去的妇女极不平衡,一个区越是差,移民工作的成功希望越是小,得到的妇女反而越多:在最差的亚历山德罗夫斯克区,一百个男人就有六十九个妇女,在中等的特莫夫斯克区有四十七名,而在最好的科尔萨科夫区却只有三十六名。①

为亚历山德罗夫斯克区选定的妇女,有一部分被派到官员们家里去做仆人。这些女人在经历了监狱、囚犯车厢、轮船的底舱以后,官员们的干净明亮的房间最初在她们看来像是神话中的城堡,而老爷本人成了善神或者恶神,对她拥有毫无限制的权威;可是不久她也就习惯于自己新的环境,不过这以后很久还会在她的言谈中听出监狱和轮船底舱的痕迹:"不知道,大人","您吃饭,大人","正是"。另一部分妇女进入文书和监守的内室,第三部分最多,进了流刑移民的小木房,然而只有比较富裕并且得到官吏庇护的

---

① 阿·符·谢尔巴克医师在他的一篇小品文里写道:"卸货一直到第二天早晨才结束。剩下来该做的还有接收被派到科尔萨科夫哨所的流放苦役犯,领取各种移交收据。第一批男犯五十名和女犯二十名立刻送来了。在政府交来的名单里,男人没有写明职业,而女人都很老。送去的女人都比较差。"(《同流放苦役犯在一起》,载《新时报》第 5381 号。)——契诃夫注

人才能得到女人。就连处在考验期的苦役犯也能够得到女人,只要他有钱,而且在监狱的小天地里有影响。

在科尔萨科夫哨所,新到的女人也安置在单独的棚屋里。区长和移民监督官共同决定哪一个流刑移民和农民应该得到女人。优先考虑的是那些立有家业、品行端正的人。这些为数不多的选民就接到命令,要他们在某日某时到哨所的监狱里去领女人。于是,到指定的那天,在那条从纳依布奇到哨所的大道上,到处可以遇见本地人不无嘲弄地称之为未婚夫或者新郎的人朝南走去。他们的外貌有点特别,确实有未婚夫的样子;有的穿着大红布衬衫,有的戴着颇为别致的农场主帽子,有的穿着不知从什么地方、在什么情况下买来的亮晃晃的新高统皮靴。等到他们全部到达哨所,就把他们放进女人的棚屋,同女人们待在一起。在最初的一刻钟到半个钟头里,大家不可避免地感到困窘和别扭;未婚夫们在板床旁边踱来踱去,一言不发,严峻地瞅着那些女人,而她们则低着头,坐在那儿。每个人都在选择;他既不做出不满的怪相,也不嬉皮笑脸,而是十分严肃,无论对于貌丑,对于年老,还是对于犯人的外貌,一概采取"人道的态度";他仔细观察,要想凭脸相猜测她们之中哪个人是好主妇。后来,一个年轻的或者上了年纪的"中了他的意";他就在她身旁坐下,同她诚挚地交谈起来。她就问他有没有茶炊,他的小木房用什么东西铺房顶,是用木板呢,还是用干草。他就回答说他有茶炊,有马,有一头一岁多的小牛犊,房顶铺着木板。一直到这场家务考试完结,两个人都感到事情已经定局了,她才敢于提出一个问题:

"那么您不会欺负我吧?"

谈话就结束了。这个女人就被登记到某某村某某流刑移民家里,于是一场自由结合的婚礼完成了。这个流刑移民就带着他的同居女人动身回家,他为了不致丢脸,往往用仅有的一点钱雇来一辆板车。到了家里,他的同居女人头一件事就是烧茶炊,邻里街坊看见浓烟,就带着羡慕的心情谈到某某人已经有女人了。

这个岛上没有妇女干的苦役劳动。有时候妇女擦办公室的地板，在菜园里干活，缝麻袋，可是经常的、固定的、强制性的繁重劳动却根本没有，大概以后也不会有。监狱把服苦役刑的妇女完全让给移民区了。人们把她们运到岛上来的时候，所考虑的并不是惩罚或者要她们改恶从善，而仅仅是她们生儿养女和主持农家的能力。服苦役刑的妇女是以女工的名义分配给各流刑移民的，其根据是《流放犯管理条例》第三四五条规定的未结婚的女流放犯"在最近的村子的老住户家里干活以糊口，直到结婚为止"。然而这一条文仅仅是对淫乱和通奸罪的遮掩，因为女苦役犯或者女流刑移民住在男流刑移民家里，首先不是当女雇工，而是做他的姘居者，不合法的妻子，而且是行政当局所知道、所同意的；在官方的报表和命令里，她和男流刑移民的同居生活被写成"共同安排家务"或者"共事家业"①，他和她在一起被称为"自由家庭"。可以说，除了为数不多的特权阶层出身的犯人和跟着丈夫来到岛上的妇女以外，所有的女苦役犯都成了姘妇。这应当被认为是一条常规。有人告诉我说，弗拉基米罗夫卡有个女人不愿意做姘妇，而且申明她来到这个苦役地是为了干活，而不是为了别的，她的话似乎使得所有的人都大惑不解。②

　　当地的实践形成了一种大概在所有的流放移民区里都存在的、关于女苦役犯的特殊看法：她们既是人，是家主妇，又是地位比家畜还要低的生物。西斯卡村的流刑移民们向区长递过这样的申

---

① 例如有这样一项命令："根据亚历山德罗夫斯克区长1月5日报告（编号为75号）中提出的申请，亚历山德罗夫斯克监狱的女流放苦役犯阿库里娜·库兹涅佐娃着即迁往特莫夫斯克区，以便与男流刑移民阿历克塞·沙拉波夫共同安家。"（1889年第25号）——契诃夫注

② 很难理解，如果这些妇女拒绝与人同居，那么她们该住在什么地方。在苦役地不存在为她们特辟的住所。医疗部门的主管人在1889年的报告里写道："她们到萨哈林以后可以由她们自己去找住处……其中有些人为了付房租就不惜采取任何取得钱财的方法。"——契诃夫注

请:"恳请大人拨给我们奶牛以供上述地点哺乳之用,并请调拨料理家务的女人。"本岛长官当着我的面同乌斯科沃村的流刑移民们谈话的时候,向他们作了各种许诺,顺便说道:

"关于女人,我也不会丢下你们不管。"

"那些妇女从俄罗斯送到此地来不是在春天,而是在冬天,这不好,"有一位文官对我说,"冬天女人没有事做,对庄稼汉不成其为帮手,反而成了一张多余的嘴。就因为这个缘故,精明的主人秋天不乐意要她们。"

人们在秋天预料冬天饲料昂贵的时候就会这样议论役马。人的尊严,女苦役犯的女性特征和羞耻心都不在考虑之内;好像她原有的这一切已经被她的耻辱毁掉,或者已经在各个监狱和押解途中丧失殆尽了。至少在对妇女进行体罚的时候,人们并不考虑到她也许会怕羞而有所顾忌。然而对妇女人格的贬低毕竟还没有达到强使她出嫁或者强迫她姘居的程度。在这方面使用强制手段的传说是无稽之谈,如同关于海边绞架或者地下苦役的传说一样。①

无论是女人上了年纪,还是宗教信仰不同,或者具有女流浪者

---

① 我个人对这类传说素来抱怀疑的态度,不过我仍旧在当地核实了一下,而且搜集了一切可能成为这类传说的口实的情况。据说三四年前本岛长官还是京采将军的时候,亚历山德罗夫斯克有一个女苦役犯,是个外国女人,当局违背她的意志,把她嫁给一个前警察分局长。科尔萨科夫区的女苦役犯亚盖尔斯卡雅挨到三十下鞭笞,因为她打算离开与她同居的流刑移民柯特里亚罗夫。那儿的一个流刑移民巴罗瓦狄依告状说,他的女人拒绝跟他同居。接着就来了命令:"某某人,揍她一顿!""揍多少下?""七十。"这个女人挨了打,可是她仍旧坚持己见,搬到流刑移民玛洛威奇家里去了,如今他对她赞不绝口。流刑移民烈兹威佐夫是个老头,撞见他的同居女人和流刑移民罗金在一起,就去告状。跟着就来了命令:"把她叫到这儿来!"那个女人来了。"那么你,坏女人,不愿意跟烈兹威佐夫同居?打!"烈兹威佐夫奉命亲手惩罚他的女人,他就照办了。最后,她还是占了上风,在我登记的时候,她已经不是烈兹威佐夫的同居者,而是罗金的同居者了。这就是居民们所记得的种种情况。如果女苦役犯是个泼妇或者放荡的女人,常常更换同居者,她就会受到惩罚,然而这类情况是少见的,只有对方告状以后才会发生。——契诃夫注

的身份，都不足以成为与人同居的障碍。五十岁和五十岁以上的同居女人我不但在年轻的流刑移民家里，甚至在刚满二十五岁的村监家里遇到过。有的年老的母亲和成年的女儿一同到苦役地来；她们都成了流刑移民的同居女人，两个人仿佛争先恐后地生孩子。俄罗斯女人跟天主教徒、路德派新教徒以至鞑靼人和犹太人同居的屡见不鲜。在亚历山德罗夫斯克的一所小木房里我遇见一个俄罗斯女人在伺候一大群吉尔吉斯人和高加索人吃饭。她的同居者是个鞑靼人，或者按她的说法，是个车臣人。在亚历山德罗夫斯克有一个众人皆知的鞑靼人凯尔巴拉依，和一个俄罗斯妇女洛普兴娜同居，跟她有了三个孩子。① 流浪汉也成家，其中有一个流浪汉伊凡，三十五岁，住在杰尔宾斯科耶村，甚至笑眯眯地对我说，他有两个姘妇。"一个在此地，另一个登记在尼古拉耶夫斯克"。有的流刑移民同身世不明的女人像夫妇那样同居了十年，却一直不知道她的真姓名和她的原籍。

如果问他们生活如何，流刑移民和他的同居女人通常总是回答说："我们生活得不错。"某些女苦役犯对我说，她们在家乡，在俄罗斯，光是受丈夫的气，挨打，为了一块面包而遭罪，可是在这儿，在苦役地，她们才初次看到光明。"谢天谢地，现在我跟好人一块儿生活了，他疼我。"流放犯们疼爱自己的同居女人，看重她们。

"在这儿，由于缺少妇女，庄稼汉自己又耕田，又做饭，又挤牛奶，又补内衣，"阿·尼·柯尔夫男爵对我说，"如果他一旦有了女

---

① 在上阿尔穆丹村，鞑靼人土赫瓦土雷的同居者是俄罗斯女人叶卡捷琳娜·彼得罗娃；他们生有孩子；这个家庭的帮工是伊斯兰教徒，客人也是。在雷科夫斯科耶村，流刑移民伊斯兰教徒马哈麦德·乌斯捷-诺尔同俄罗斯女人阿芙多嘉·美德威杰娃同居。在下阿尔穆丹村，流刑移民彼烈茨基是路德派新教徒，他的同居女人是犹太女人列雅·彼尔穆特·勃罗哈。在大达科艾村，流放犯出身的农民卡列甫斯基同一个虾夷女人同居。——契诃夫注

人,他就抓紧她不放了。女人在流放犯那儿是受到尊重的。"

"不过,这并没有妨碍她身上带着青伤。"我们谈话的时候,在场的柯诺诺维奇将军补充了一句。

争吵是有的,厮打也有,事情甚至闹到一身的青伤,可是流刑移民教训自己的女人时,心里还是有些担忧,因为力量在她那一边:他知道她不是他的合法妻子,她随时能够丢开他,到别人那儿去。当然,流放犯疼爱他的女人并不仅仅是因为担忧。不管萨哈林的不合法的家庭是多么简单地撮合成的,可是在这些家庭中也不是没有产生过最纯洁动人的爱情。在杜埃我看见过一个疯女人,一个害癫痫病的女苦役犯,她住在她的同居男人的小木房里,他也是一个苦役犯;他像一个热心的护士似的照料她,我对他说,他跟这个女人同住在一个房间里大概很沉闷,他却快活地回答我说:"没什么,老爷,这是人情嘛!"在新米哈伊洛夫卡村,一个流刑移民的同居女人早已失去两条腿,昼夜躺在房间中央一堆破烂衣服上,他照料她;我对他说,假如她躺在医院里,他就会方便些,可是他也讲起人情来了。

除了这种良好的、平常的家庭之外,人们还可以见到另外一种自由结合的家庭,流放地的"妇女问题"在某种程度上就是因为这种家庭而得到很坏的名声。这些家庭的不自然和虚假立即令人厌恶,使人感到这儿,在一种被监狱和不自由所腐化的气氛中,家庭早已腐朽,而变成了另一种什么东西。许多男人和女人生活在一起是因为在流放地不得不这样,这已经成了习惯;同居在移民区成了传统的风习,而这些人天性软弱,缺乏意志,顺从着这种风习,虽然并没有任何人强制他们这样做。在新米哈伊洛夫卡村有一个五十岁上下的乌克兰女人,同她的儿子一起来到此地,他也是苦役犯;他们是因为媳妇死在井里而来到此地的。她在家乡还有年老的丈夫和孩子,但她在此地还同别人同居,这大概使她自己也感到

263

难堪,她羞于同外人谈到这一点。她看不起她的同居者,可是仍旧同他住在一起,睡在一处:在流放地就该如此。这一类家庭的成员往往彼此极其生疏,不管他们在同一个房顶下生活过多久,哪怕五年到十年,仍不知道对方多少岁,是哪一省人,父名叫什么……我问一个女人她的同居者多少岁,她懒洋洋地瞧着一旁,照例回答说:"鬼才知道他。"当同居男人在外面干活或者打牌的时候,家里的女人就躺在床上,什么事也不做,饥肠辘辘;要是有个邻居走进房里来,她就不乐意地欠起身子,打着呵欠说她"是因为丈夫的事到此地来的",她在无辜受苦:"他这个魔鬼是被小伙子们杀死的,却把我弄到苦役地来了。"她的同居者回到家,他无事可做,也没有什么话可以跟那个女人谈,应该烧茶炊才是,然而没有糖和茶叶……他看到懒散地躺着的女人,不由得感到苦闷和无聊,尽管肚子饿,心里烦,他却叹口气,也扑通一声倒在床上了。要是这种家庭的妇女卖淫,她们的男人通常会鼓励她们干这种行业。男人们把赚来一小块面包的卖淫妇看成一头有益的家畜,尊重她,那就是说,他亲自为她烧茶炊,在她骂街的时候默不作声。她常常更换同居者,选择那些比较有钱的或者有白酒的人,或者纯粹出于烦闷无聊,为了换换花样。

女苦役犯领犯人的口粮,跟她的同居者一起吃掉;有的时候这份女人的口粮成为这个家庭的粮食的唯一来源。由于同居女人在形式上算是女帮工,因此流刑移民就得为她向公家付出代价:他必须把二十普特重的货物从一个区运到另一个区,或者把二十根原木运到哨所。不过这种手续只有务农的流刑移民必须履行,而并不要求那些住在哨所,什么事也不干的流刑移民这样做。女苦役犯服满刑期、取得流刑移民身份以后,就不再领取口粮和囚衣了;这样,在萨哈林,转为女流刑移民以后,日子不会好过一些:从国家领取口粮的女苦役犯的生活倒比女流刑移民过得轻松,苦役的期限越长,对女人倒越好,如果她被判终身苦役,那她的生计就终身有保障了。女流刑移民在取得农民的权利方面通常享受优待,有六年期限就行了。

目前在移民区自愿追随丈夫而来的自由身份的妇女比女苦役犯多,而她们同流放的妇女的总数的比例则是二比三。我登记了六百九十七个自由身份的妇女;女苦役犯、女流刑移民、女农民一共有一千零四十一名,这就是说,在移民区,自由妇女占现有成年妇女总数的百分之四十①。驱使妇女抛弃故乡,跟随犯罪的丈夫到流放地来的原因是各式各样的。有的妇女是出于爱情和怜悯而来的;另一种人则是出于坚定的信念,认为只有上帝才能使夫妇分离;第三种人是由于羞耻而逃出家乡的;在愚昧无知的村民眼里,丈夫的耻辱总要牵连到妻子,例如,被判罪的男人的妻子到河边去洗衣服,别的农妇就会叫她女苦役犯;第四种人是被丈夫诱骗到萨哈林来的,好比落入了圈套。许多犯人还在轮船的底舱里就写信回家,说萨哈林又暖和,又有很多土地,粮食也便宜,上司也和气;他们在监狱里仍旧写这种信,有时候连续几年写信,想出种种新的诱惑办法,事实证明,他们对妻子的愚昧和轻信所抱的指望往往没有落空。② 最后,第五种人到此地来是因为她们仍旧处在丈夫的强烈的精神影响之下;这类女人可能亲自参与过犯罪,或者享受到犯罪的果实,只是因为罪证不足才侥幸没有受审。最常见的是前两个原因:达到自我牺牲程度的同情和怜悯以及信念的不可动摇的力量。在自愿跟

---

① 在海运开始后的前十年中间,从 1879 年起到 1889 年,志愿船队的轮船运送的男女苦役犯共有八千四百三十名,自愿跟随他们来的家属则有一千一百四十六名。——契诃夫注
② 有一个犯人甚至在信里夸口说,他有外国的银币。这类信件的口气总是快活而轻松。——契诃夫注

随丈夫而来的妻子当中,除俄罗斯女人以外还有鞑靼女人、犹太女人、茨冈女人、波兰女人、德国女人。①

自由身份的女人到达萨哈林的时候,此地的人接待她们并不十分殷勤。下面就是一个富于特色的插曲。一八八九年十月十九日,志愿船队的轮船"符拉迪沃斯托克"号上有自由身份的妇女、少年和儿童三百名到达亚历山德罗夫斯克。她们从符拉迪沃斯托克上船,走了三四天,一路上天冷,没有吃过热的食物,而且他们当中,据医师告诉我,有二十六个人害猩红热、天花、麻疹。这条轮船是在深夜到达的。船长大概担心天气变坏,要求岸上务必就在夜间接收乘客和货物。从夜间十二点起到两点,轮船卸人卸货。妇女和儿童关在码头上的汽艇船坞里和存放货物的仓库里,病人则被隔离在当作检疫站用的板棚里。乘客们的行李乱七八糟地堆在一条驳船上。到早晨传来消息,说夜间那条驳船被海浪打翻,漂到大海里去了。妇女们大哭。有一个妇女除去行李外还丢失了三百卢布。人们写了报告,把责任都归于暴风雨,可是第二天人们在监狱里苦役犯那儿发现了遗失的行李。

自由妇女初到萨哈林,无不大吃一惊。这个岛和苦役犯的环

---

① 丈夫跟随妻子来到流放地的事也是有的。在萨哈林这样的丈夫只有三个:在亚历山德罗夫斯克有两个退伍的兵士安德烈·纳依杜希和安德烈·加宁,在杰尔宾斯科耶村有一个农民席吉林。最后这一个是跟着妻子儿女来的,他是个老头儿,怪里怪气,像个醉汉,成为街坊邻居的讪笑对象。有一个德国老头带着妻子来找儿子戈特里勃。他一句俄国话也不会说。我在谈话中问他多大年纪了。

"我生在1832年,"他用德语说,然后他在桌子上用粉笔写出1890,再减去1832。

同一个原先是商人的苦役犯一起来的有他的一个伙计,不过这个人在亚历山德罗夫斯克只住了一个月就回到俄罗斯去了。按照《流放管理条例》第264条的规定,犹太籍的丈夫不能跟随被判刑的妻子到流放地来,后者只准带哺乳的婴儿,而且必须取得丈夫的同意。——契诃夫注

境使她们感到震动。她们绝望地说,她们来找丈夫的时候,没有欺骗自己,打算来吃苦的,然而实际情况之可怕为始料所不及。她们同先到此地的妇女谈了话,看了她们的生活状况,就确信:她和她的孩子们完蛋了。虽然离着刑期结束还有十年到十五年,她们已经心心念念地想着大陆,不愿意听人讲当地的家业,依她们看来,这种家业渺不足道,不屑一顾。她们昼夜哭泣,数落丈夫,想念自己离弃的亲人们,好像他们已经亡故,丈夫感到在她们面前犯了大错,阴郁地沉默不语,可是最后发脾气了,开始打她们,骂她们不该来。

要是自由妇女来的时候没有带钱,或者带的钱很少,只够买一所小木房,要是她和丈夫的家里一点钱也不寄来,那么饥饿很快就会来临。没法赚钱,无处乞讨,她和孩子们只好靠她那做苦役犯的丈夫从监狱里领来的犯人口粮糊口,而这份口粮只能勉强够一个成年人吃①。她每天总是转着同一个念头:找点什么东西来吃,怎样才能喂饱自己的孩子。由于经常挨饿,由于相互之间为面包责难对方,由于深信生活不会改善,日久天长,人的心肠就会变硬,这个妇女就断定在萨哈林靠温存的感情是喂不饱肚子的,于是,按照一个女人的说法,索性"靠自己的肉体"去赚几个小钱。丈夫的心肠也变硬,他已顾不得清白,这类事显得无关紧要了。女儿们一到十四五岁,就也被迫去干这种行当;母亲们叫她们在家里做生意,或者把她们送到有钱的流刑移民和监守那儿去做姘妇。此地的自由妇女根本无所事事,所以干起这种事来十分方便。在各哨所,根

---

① 在这方面,自由妇女和合法妻子与她的邻居女苦役犯和姘居者的处境的差别特别明显,因为女苦役犯和姘居者每天从公家领到三磅面包。在符拉迪沃斯托克,一个自由身份的妇女涉嫌杀害自己的丈夫;如果她被判服苦役,她就会开始领到口粮,这就是说,她的境况倒会比判刑以前好了。——契诃夫注

本没有事情可做,而在村子里,特别是北方区的村子里,农事也确实渺不足道。

除了穷困和无所事事之外,自由妇女还有种种灾难的第三个源泉,那就是丈夫。他可能把自己的口粮,妻子的甚至孩子的衣服换酒喝了,或者打牌输掉了。他可能犯下新的罪行,或者逃之夭夭。我在岛上的时候,特莫夫斯克区的流刑移民贝谢威茨被控犯了杀人未遂罪,关在杜埃的单人牢房里,他的妻子儿女住在附近的家属房舍里,家和农务都被抛弃了。在小狄莫沃村,流刑移民库切连科丢下妻子儿女逃跑了。如果丈夫不是这种凶杀或者逃跑的人,妻子还是会每天提心吊胆,怕他遭到惩罚,受冤枉,怕他累坏了身子,生病,死掉。

一年年过去,老年临近了;丈夫已经服满苦役刑和流刑移民的刑期,即将成为农民了。过去的事被忘却,丢开;随着动身到大陆去,仿佛看到了远处合理而幸福的新生活。不过也有另外的情况。妻子已经害肺痨病死掉,年老的丈夫孤零零地单身返回大陆;或者她成了寡妇,不知道该怎么办,到哪儿去才好。在杰尔宾斯科耶村,一个自由身份的妻子亚历山德拉·季莫费耶娃离开自己的丈夫,一个莫罗勘教徒①,跟了牧人阿基木,住在一间又窄又脏的茅舍里,已经给牧人生下一个女儿,而她原来的丈夫另找了一个女人姘居。亚历山德罗夫斯克的自由身份的妇女舒里金娜和费金娜也离开自己的丈夫,与人姘居了。涅尼拉·卡尔片科死了丈夫,如今跟一个流刑移民同居。男苦役犯阿尔土霍夫出外流浪,他的自由

---

① 18世纪俄国产生的一个反对举行宗教仪式,提倡"自我修道"的教派。

身份的妻子叶卡捷琳娜就另外跟人姘居了。①

十七

居民的年龄结构——流放犯的家庭状况——婚姻——出生率——萨哈林的儿童

官方掌握的关于流放地居民的年龄结构的数字即使十分精确,而且比我搜集的要全面得多,但还是不能说明问题。第一,这种数字带有偶然性,因为它不是由自然条件或者经济条件所决定,而是由法律理论、现行的刑法制度、主持监狱机关的人的意志所决定的。只要对整个流放制度,特别是对萨哈林的流放制度的观点有了改

---

① 《流放犯管理条例》也涉及自由身份的妇女。第85条规定:"凡是自愿来的妇女在任何时候都不应该同丈夫分开,也不应受到严格监督。"在俄罗斯的西欧部分或者在志愿船队的轮船上她们是不受监督的,然而在西伯利亚,当成批的人步行,或乘大车赶路的时候,押运兵就无暇辨别人群当中哪些是流放犯,哪些是自由人了。在外贝加尔,我有一次看见男人、妇女、儿童一齐在河里洗澡;押运兵在河旁边站成一个半圆形,任何人也不准越过这个界线,连儿童也不例外。根据第173条和253条规定,自愿跟随丈夫来的妇女"在到达指定地点以前,在整个旅途上可以领到衣服、靴鞋和伙食费",其数量跟犯人相等。可是《条例》没有说明自由身份的妇女应该怎样穿过西伯利亚,是步行呢,还是坐大车。根据第406条规定,她们经丈夫同意后可以暂时离开流放地而到帝国的国内各省去。如果丈夫在流放地死掉,或者如果由于新的罪行而离婚,那么妻子,根据第408条的规定,可以由国家出钱返回故乡。

符拉索夫描述过流放苦役犯的妻子和他们的孩子的处境。他们的过错只在于命运使他们同罪犯有亲属关系。他在报告中说,这"恐怕是我们的全部放逐制度的最阴暗的一面"。关于自由身份的妇女在各区和各村分配不均并且当地的行政当局不大重视她们的情况,我已经讲过了。让读者回想一下杜埃的"家属房舍"吧。自由妇女和她们的孩子收容在集体房舍里,如同关在监狱里一样,环境可憎,同监狱的赌徒、他们的姘妇、他们的猪混在一起,而她们是住在杜埃,也就是住在这个岛的最可怕、最无望的地方,这就足以说明地方当局的移民政策和农业政策究竟如何了。——契诃夫注

变,居民的年龄结构也就会改变;如果移民区的妇女能够增加一倍,或者随着西伯利亚铁路的修成而开始自由移民的时候,这种情况也会发生。其次,在流放的岛上,在特殊的生活制度的条件下,这种年龄统计所含的意义就同在平常条件下的切列波韦茨县或者莫斯科县的年龄统计完全不一样。例如萨哈林的老人所占的比例极小并不标志着某些像很高的死亡率那样的不利条件,而只说明大部分流放犯都得以在老年来临之前服满刑期,迁往大陆而已。

目前在这个移民区占第一位的年龄是从二十五岁到三十五岁(百分之二十四点三)和从三十五岁到四十五岁(百分之二十四点一)①。从二十岁到五十五岁,即格利亚兹诺夫医师称之为适合劳动的年龄,在这个移民区里占百分之六十四点六,也就是比俄国的一般地区几乎多一半②。可惜萨哈林的劳动年龄或者生产年龄的很高的百分比以至过剩情况,完全不能成为经济繁荣的标志;它只表明此地劳动力过剩,因此,萨哈林尽管有大量饥饿的、闲散的、不会工作的人,还是造起了城市,修建了上好的道路。代价高昂的建

---

① 下面是一个由我编成的年龄统计表:

年龄	男性	女性
0 至 5 岁	493 人	473 人
5 至 10 岁	319 人	314 人
10 至 15 岁	215 人	234 人
15 至 20 岁	89 人	96 人
20 至 25 岁	134 人	136 人
25 至 35 岁	1419 人	680 人
35 至 45 岁	1405 人	578 人
45 至 55 岁	724 人	236 人
55 至 65 岁	318 人	56 人
65 至 75 岁	90 人	12 人
75 至 85 岁	17 人	1 人
85 至 95 岁	——	1 人

年龄不明者:男性 142 名,女性 35 名。——契诃夫注

② 切列波韦茨县的劳动年龄占百分之四十四点九,在莫斯科县占百分之四十五点四,在坦波夫县占百分之四十二点七。请参看符·伊·尼科尔斯基的著作《坦波夫县。居民和疾病率统计》,1885 年版。——契诃夫注

设以及与之并存的大批劳动力的生活的毫无保障和赤贫状态，不由得使人想到目前的这个移民区和过去的某个时代有些相像，那时候同样是人为地造成劳动力的过剩，修建殿堂和教堂，同时具有劳力的人却遭到极度的、沉重的贫困。

从零到十五岁的儿童所占的比例也很高，占百分之二十四点九。同俄国的同类数字①相比，它虽然是低的，然而对于家庭生活处于极其不利的条件下的流放移民区来说，它却是高的了。读者往下就会看到，妇女的生育率高和儿童的不高的死亡率，不久就会使儿童的百分比提高，也许甚至会达到俄国的水准。这是好事，因为除了移民方面的种种考虑以外，对流放犯来说，有孩子在身边是一种精神上的支持，这比任何其他因素更能使他们生动地联想到俄国故乡；此外，对孩子的照料也就使得流放的妇女免得无所事事，不过另一方面，这也是成问题的事，因为非生产年龄的人需要当地居民增加开支，而自己却不提供什么，只能加重经济上的困难，使居民更加贫困，在这方面，移民区处在甚至比俄国农村更不利的条件下：萨哈林的儿童长成少年或者成年人以后就动身到大陆去了；这样，这个移民区所承担的开支就不会得到补偿。

萨哈林如果不能算是已经成熟，至少也是正在成熟的移民区，但从年龄上来看，未来的基本居民却占极小的百分比。从十五岁到二十岁的人在整个移民区只有一百八十五名：男性八十九名和女性九十六名，也就是将近百分之二。其中只有二十七名是真正的移民区的孩子，因为他们是在萨哈林出生，或者是生在父母被押解来岛的途中的，其他的都是外来的人。即使这些出生在萨哈林的人，也在等待父母或丈夫离开此地，以便随同他们前去大陆。所有这二十七人几乎都是富裕农民的孩子，这些农民已经服满刑期，为增加财富而暂时留在岛上。例如亚历山德罗夫斯克村的拉奇科夫家就是这样。就连玛丽雅·巴拉诺夫斯卡雅，一个自由的移民

---

① 在切列波韦茨县占百分之三十七点三，在坦波夫县占百分之三十九。——契诃夫注

的女儿,生于契比萨尼,现在十八岁,也不会留在萨哈林,而要同丈夫一起到大陆去。那些二十年前生在萨哈林,目前二十一岁的人,已经没有一个留在岛上了。在移民区里二十七岁的人一共有二十七名:其中十三名是送到这儿来服苦役刑的,七名是自愿跟随丈夫到这儿来的,七名是苦役犯的儿子,这些青年人已经知道到符拉迪沃斯托克和阿穆尔去的路程了。①

萨哈林有八百六十个合法的家庭和七百八十二个自由结合的家庭,这些数字足以说明在移民区生活的流放犯的家庭状况。一般说来,成年的居民几乎有一半享受到家庭生活的幸福。妇女在移民区都有家,因此另外的一半,即大约三千名单身生活的人,都是男性。不过,这个比例带有偶然的性质,经常变动不定。例如,随着上谕大赦,一下子就有将近成千名犯人出狱作为新的流刑移民,定居在各个地段上,于是,移民区的没有家庭的人的百分比就会提高;而当我离开萨哈林以后不久,萨哈林的流刑移民被批准去修建西伯利亚铁路乌苏里段,那时候这个百分比就降低了。不管怎样,家庭基础的发展在流放犯当中被认为是非常微弱的,而且人们指出这个移民区至今没有取得成就的主要原因恰恰是因为存在大量没有家庭的人②。现在轮到了另一个问题:为什么不合法的结合或者自由姘居在这个移民区取得这样广泛的发展,为什么人们在看到这些关于流放犯的家庭状况的数字的时候,会产生出这样的一种印象,似乎流放犯们固执地避开合法的婚姻?要知道,如果没有那些自由身份的妇女自愿跟着丈夫到此地来,那么这个移

---

① 从前表可以看出,孩子男女性别的分配几乎是均衡的,而在十五岁到二十多的和二十岁到二十五岁的人当中,女性甚至略为多一点;可是再往下,在二十五岁到三十五岁的人中间,男性多出一倍多,在壮年人和老年人中间,男人占了压倒多数。老头很少,老太婆几乎没有,这说明萨哈林的家庭缺少经验和传统的成分。顺便说一句,每逢我去参观监狱,我总是觉得那里的老头比移民区相对多一些。——契诃夫注

② 然而没有理由说,移民区的巩固在初期主要取决于家庭基础在其中的发展;我们知道弗吉尼亚的繁荣是在把妇女运到当地去以前就已经取得了。——契诃夫注

民区的自由结合的家庭就会比合法家庭多三倍①。总督称此种情况"令人气愤",我把他的话记入了笔记本。当然,他并没有归罪于流放犯。大多数流放犯是拥护宗法制的、信教的人,因而愿意合法结婚。不合法的配偶常常要求上司批准举行婚礼,然而由于某些为行政当局所不能负责的而且流放犯本人也不能负责的原因,这类申请大多数不得不遭拒绝。问题在于,虽然被判刑者的夫妇间的权利随着被褫夺公权而受到破坏,对他的家庭来说他已经不存在,仿佛死了一样,可是他在流放地的结婚的权利却不是由他今后的生活情况所决定,而仍然由他的未判刑的、留在故乡的配偶的意志来决定。必须这个配偶同意离婚,被判刑的人才能重新结婚。可是那些留在故乡的配偶通常不会同意这种事:有的是出于宗教方面的信念,认为离婚是罪过,有的是因为认定离婚是不必要的、无益的事,是胡闹,特别是双方已到了近四十岁的年纪。"在他这种年纪还要结婚?"妻子收到丈夫的关于离婚的信以后,思忖道,"他,这条老狗,也该想一想自己的灵魂了。"还有一些人拒绝离婚是因为怕搞这种极其复杂的、麻烦的、代价不小的事,或者干脆不知道该到哪儿去提出申请,或者该怎样着手做起。流放犯不能正式结婚还由于文件资料的不完善,这种文件要求每一桩事都得按照一系列折磨人的烦琐手续办理,因循旧习,延误时日,往往流放犯为请人代写呈文,付印花、电报等费花了不少钱,临了却绝望地把手一挥,断定他没法有合法的家庭了。许多流放犯根本没有档案;也有些档案根本没有写明流放犯的配偶情况,或者写得不清

---

① 如果单凭数字来下判断,就可以得出结论,认为按宗教仪式结婚对俄国流放犯来说是最不适宜的。从政府1887年的统计来看,亚历山德罗夫斯克区有女苦役犯二百一十一名。其中只有三十四名是合法结婚的,有一百三十六名同男苦役犯和流刑移民同居。同年在特莫夫斯克区,一百九十四名女苦役犯当中有十一名同合法的丈夫共同生活,一百六十一名与人自由同居。一百九十八名女流刑移民当中有三十三名是正式结婚的,一百一十八名是自由同居的。在科尔萨科夫区,没有一个女苦役犯与合法的丈夫共同生活;有一百一十五名的婚姻是非法的;二十一名女流刑移民中只有四名是正式结婚的。——契诃夫注

楚,不确切,可是流放犯除了档案以外没有任何其他文件在必要时可资证明①。在这个移民区里完成的合法婚姻的资料可从出生、结婚、死亡登记册中查得;然而由于合法婚姻在此地十分难得,并不是一切人都能享受,这种资料就远不足以说明居民们对婚姻生活的真正需要,此地举行婚礼不是依据需要,而是依据可能。结婚者的平均年龄在此地是完全没有意义的数字:根据这个数字来推断晚婚或者早婚占优势,从而作出某种结论,是不可能的,因为大多数流放犯的家庭生活在完成教堂仪式很久以前就已经开始,照例在有了孩子以后才举行婚礼。从登记册中目前只能看出,近十年来,教堂婚礼多在一月份举行;全部婚礼的三分之一几乎都集中在这个月。秋天的高潮同一月相比简直微不足道,因此根本谈不上同我们的农业县份的情况有什么相似。在正常情况下,流放犯的自由人子女一概都实行早婚,新郎在十八岁到二十岁之间,新娘从十五岁到十九岁。可是从十五岁到二十岁的自由身份的少女比男子多,这种年龄的男子照例在结婚以前就离开这个岛了;大概由于缺乏年轻的新郎,部分地出于经济上的考虑,不相称的婚姻就很多了;自由而年轻的少女,几乎还是小姑娘,就已经由父母做主嫁给上年纪的流刑移民和农民了。经常有军士、上等兵、军医士、文

---

① 沙霍夫斯科伊公爵在他的《关于萨哈林岛体制的案卷》中写道:"家庭情况登记表成为无阻碍地缔结婚姻的不小的困难,这种表上往往没有注明宗教信仰和家庭状况,主要的是无从知道是否已经同留在俄国的配偶办过离婚手续;在萨哈林,通过宗教事务所查明这一点,尤其是办理离婚手续,是几乎不可能的事。"

现在来举一些例子说明在这个移民区如何成立家庭。在小达科艾村,女苦役犯普拉斯科维雅·索洛维耶娃同流刑移民库德陵同居,他不能跟她结婚,因为他有妻子留在故乡;这个普拉斯科维雅的女儿娜达里雅,十七岁,自由身份,同流刑移民戈罗津斯基同居,他根据同样的原因不能同她结婚。新米哈伊洛夫卡村的流刑移民伊格纳契耶夫对我抱怨说,他没有同他的同居女人举行婚礼是因为人家"成年累月地"不能确定他的家庭情况;他的同居女人央求我想想办法,她说:"这样生活下去是罪过,我们年纪已经不轻了。"这样的例子可以举出好几百来。——契诃夫注

书、村监举行婚礼,然而所娶的是仅仅十五六岁的少女。①

① 军士,特别是村监,在萨哈林被认为是令人羡慕的新郎;在这方面他们深知自己的价值,对待新娘和她们的父母总是采取肆无忌惮的傲慢态度,以致尼·谢·列斯科夫厌恶地称他们为"高级僧侣的贪婪的牲畜"*。十年里有过几次mésalhance(法语:不门当户对的婚姻)。例如,十四品文官娶了苦役犯的女儿,七品文官娶了流刑移民的女儿,大尉娶了流刑移民的女儿,商人娶了流放犯出身的女农民,女贵族嫁给一个流刑移民。这些有知识的人娶流放犯的女儿为妻的罕见的实例特别使人产生好感,大概对这个移民区不无良好的影响。1880年1月,在杜埃的教堂里有一个苦役犯同一个基里亚克女人举行婚礼。在雷科夫斯科耶村,我登记了一个十一岁的男孩格利果利·西沃科贝尔库,他的母亲就是个基里亚克女人。一般说来,俄罗斯人和异族人之间联姻是很少见的。人们对我讲起一个跟基里亚克女人共同生活的村监,说那个女人生了一个儿子,她自己打算接受洗礼,以便日后举行婚礼。伊拉克里神甫认识一个流放的雅库特人,他娶了一个格鲁吉亚女人;这两个人都不大懂俄语。讲到伊斯兰教徒,那么他们在流放中也不放弃多妻制,有些人各有两个妻子;例如在亚历山德罗夫斯克,贾克桑别托夫有两个妻子:巴狄玛和萨森娜;在科尔萨科夫,阿布巴基罗夫也有两个妻子:加诺斯达和韦尔霍尼萨。安德烈耶-伊凡诺夫斯科耶村,我看见一个非常美丽的鞑靼女人,十五岁,是她的丈夫花一百个卢布把她从她父亲那儿买来的;丈夫不在家的时候,她坐在床上,别的流刑移民就簇拥在前堂的门边瞧她,欣赏她的美貌。

《流放犯管理条例》只准许男女流放苦役犯在成为改恶从善的犯人一至三年以后才结婚;显然,女犯来到移民区的时候如果还在被考验的阶段,就只能和人姘居,而不能做合法的妻子。男苦役犯被准许同女犯结婚,可是被褫夺公权的女犯在转为农民身份以前只能嫁给男流放犯。自由身份的妇女如果嫁给在西伯利亚初次结婚的流放犯,政府发给五十个卢布的补助;女流刑移民如果在西伯利亚初次结婚,嫁给流放犯,政府发给十五个卢布而无须偿还,同时还以借贷的方式发给十五个卢布。

《条例》里没有提到无固定居址的流放犯的婚姻。我不知道在他们结婚的时候根据什么证明文件来确定他们的配偶情况和他们的年龄。关于他们在萨哈林举行过婚礼,我最初是从一个文件中得知的。这是一份如下的呈文:"呈萨哈林长官先生阁下。特莫夫斯克区雷科夫斯科耶村流刑移民伊凡,现年三十五岁,出生地点不明,现请求领取证件。我,出身不详的人,于去年,1888年1月12日,与女流刑移民玛丽雅·别辽兹尼科娃正式结婚。"申请人由于不识字,由两个流刑移民代为签名。——契诃夫注

* 尼古拉·谢苗诺维奇·列斯科夫是19世纪俄国作家,"高级僧侣的贪婪的牲畜"一语见于他的《神职人员》《主教生活琐事》以及其他作品,是从彼得一世的《神职规则》中摘来的。

275

婚礼简单而乏味,据说在特莫夫斯克区偶尔有快活热闹的婚礼,而特别喜欢热闹的是乌克兰人。在亚历山德罗夫斯克有一个印刷厂,流放犯们中间有一种在举行婚礼之前散发印制的请帖的习俗。身为苦役犯的排字工人厌倦于排印命令了,往往乐于炫耀自己的技术,他们印制的请帖在外观上和内容上同莫斯科的不相上下。每次婚礼,公家发给一瓶白酒。

这个移民区的出生率连流放犯本人都认为非常高,这就成了对妇女嘲笑的口实,也引起了各种思想深刻的评论。据说,萨哈林的气候本身就容易使妇女怀孕;老太婆也生孩子,甚至那些在俄国从来也不生孩子、已经不指望会有孩子的女人也会生育。妇女们似乎急急忙忙为萨哈林增加人口,常生双胞胎。弗拉基米罗夫卡有个上了年纪的女人,已经有了一个成年的女儿,听到许多关于双胞胎的议论以后,巴望自己也生一对双胞胎,可是后来只生下一个孩子,感到很伤心。"您再给找一找吧。"她要求助产妇说。然而此地的双胞胎的出生率并不比俄国各县多。到一八九〇年一月一日为止,在最近十年期间,这个移民区里出生的男女儿童共计二千二百七十五名,而所谓的多产的分娩只有二十六人[①]。所有那些关于妇女异常多产、关于双胞胎等的夸大的传说表明流放的居民多么关心出生率,它在此地有多么重大的意义。

由于居民的人数随着经常的拥来和迁出而波动,同时这种拥来和迁出又像市场上那样具有偶然的性质,因此,要确定这个移民区在若干年之间的总的出生率可以说是一种无法达到的奢望;特别因为我和其他人搜集的数字资料很有限,要做到这一点就更困难;过去那些年的居民人数无从知道,在我翻阅官方资料的时候,

---

[①] 这些数字是我从教区出生登记册上摘下来的,只涉及信奉东正教的居民。——契诃夫注

我觉得要把这些数字弄清楚极为困难,得出的数字十分可疑。只能计算出大约的出生率,而且仅仅限于最近这段时间。一八八九年,在全部四个教区内,一共出生男女儿童三百五十二名;在俄罗斯,在通常的条件下,在住有七千人口的地方,每年出生这样数量的儿童①;一八八九年,在这个移民区生活的人数恰好是七千九百名。显然,此地的出生率仅仅比俄罗斯的一般情况(四十九点八)略高一点,比俄罗斯各县,例如切列波韦茨县(四十五点四)也高一点。可以认为,一八八九年萨哈林的出生率同俄国国内的一般情况差不多,如果在比率方面有差异,那也不大,并不具有特殊的意义。不过,两个地区的平均出生率虽然相同,但其中一个地区的妇女人数比较少,那么,这个地区的妇女的生育力就比较强,因此,可以认为萨哈林妇女的生育力比俄国国内的妇女强得多。

饥饿、对故乡的怀念、恶习的沾染、不自由——流放地的种种不利条件并没有损伤流放犯的生育能力;反过来说,生育能力强也并不标志着环境的顺遂。妇女生育力强和由此而来的高出生率,其原因是:第一,生活在移民区的流放犯,那些闲散的丈夫或同居男人,由于缺乏出外打短工和挣工钱的机会而被迫留在家里,在生活单调的情况下,满足性的本能常常是唯一可能的消遣,第二是当地的妇女大多数属于生育年龄。除了上述这些近因之外,大概还存在着直接观察所见不到的远因。也许应当把强有力的生育力看做自然界赐给居民们的一种手段,借以同有害的、破坏性的影响,首先是同人口稀少和妇女不足之类自然秩序的敌人作斗争。威胁着居民们的危险越大,孩子就生得越多,从这个意义上来说,不利的条件可以说是出生率高的原因。②

---

① 根据扬松的统计,出生率为千分之四十九点八或者近五十。——契诃夫注
② 剧烈的、很快就过去的灾难,例如歉收、战争等,往往降低出生率,可是慢性的灾难,例如儿童死亡率高,也许还可以加上被禁锢、受奴役、流放等,往往会提高出生率。在某一些家庭里,同精神退化的现象并存的,还可以观察到生育力的加强。——契诃夫注

在十年之间出生的二千二百七十五名婴儿当中,秋季出生的最多(百分之二十九点二),春季出生的最少(百分之二十点八),冬季出生的(百分之二十六点二)比夏季出生的(百分之二十三点六)多。从八月到二月的半年内,怀孕和分娩的数字最大。昼短夜长的季节在这方面比阴雨的春季和同样的夏季适宜得多。

目前在萨哈林一共有儿童二千一百二十二名,一八九〇年满十五岁的少年也包括在内。其中随父母从俄罗斯来的有六百四十四名,在萨哈林出生和到流放地来的途中出生的有一千四百七十三名;我没有查清出生地的儿童有五名。头一类儿童占三分之一弱,这些孩子来到岛上的时候大多数已经到了孩子们懂事的年龄,他们记得而且热爱故乡;第二类出生在萨哈林的孩子从来也没有见过比萨哈林好的地方,必然对它像对待真正的故乡那样依恋。一般说来,这两类儿童差别极大。例如,在第一类儿童当中,私生子只占百分之一点七,在第二类儿童当中却占百分之三十七点二①。第一类孩子自称是自由人;他们绝大多数在父母受审以前出生或者母亲受审前就已怀胎,因而享有所有的公权。在流放地出生的孩子就不提自己的身份;日后他们会归属纳税阶层,自称为农民或者市民,目前他们的社会地位确定如下:女流放苦役犯的私生子、流刑移民的女儿、女流刑移民的私生女等。有一个女贵族——流放犯之妻,听到她的孩子在登记册上注明为流刑移民的儿子,就伤心地哭了。

哺乳的婴儿和四岁以下的儿童在第一类中几乎完全没有;在这一类中占优势的是所谓学龄儿童。可是在第二类中,在萨哈林出生的儿童中,正好相反,占优势的是幼童,同时,孩子越大,同年

---

① 第一类儿童中的私生子女都是女犯人的孩子,大部分是受审以后在监狱里出生的;在自愿跟随配偶和父母来的家庭中根本没有私生的孩子。——契诃夫注

龄的孩子就越少；要是我们用图表来表示这类儿童的年龄，那就会得出一条急转直下的曲线。在这类儿童中间，小于一岁的儿童有二百零三名，从九岁到十岁的有四十五名，从十五岁到十六岁的只有十一名。我前面已经说过，生于萨哈林的二十岁的青年已经一个也没有剩下。这样，少年和青年的不足就由外来的人补充，现在只有这种外来的人才能提供年轻的新郎和新娘。萨哈林出生的年龄较大的孩子所占的百分比不高，这既是由于儿童死亡率高，也由于在过去的那些年里，岛上的妇女少，从而儿童出生率也就少，不过最主要是迁移到别处去的人多。成年人动身到大陆去的时候不会留下孩子，而是把他们带走。萨哈林出生的儿童的父母早在他们问世以前很久就已经开始服刑，等到孩子生下来，长大，到十岁的时候，多数父母已经取得农民的权利，可以动身到大陆去了。外来儿童的情况却完全不同。他们的父母来到萨哈林的时候，他们已经是五岁、八岁或十岁了；在父母服苦役刑和移民流放刑的时候，他们已经过了童年期，后来他们的父母想方设法取得农民的权利时，他们已经开始做工，在迁居到大陆去以前，可能已经到符拉迪沃斯托克和尼古拉耶夫斯克去打过几回短工了。不管怎样，外来的儿童也罢，当地出生的儿童也罢，都不会留在这个移民区，因此，到现在为止，萨哈林的一切哨所和村子与其称为移民区，还不如称为暂时居留地确切些。

新生婴儿的出生在家里并不受欢迎，婴儿们听到的不是摇篮曲，而是不祥的怨诉声。父亲和母亲说，没有东西可以喂孩子吃，孩子在萨哈林学不到什么好东西，"最好是仁慈的主赶快把他们接回去"。要是孩子哭或者闹，父母就恶狠狠地吆喝道："闭嘴，巴不得你死了才好！"然而，不管人们怎样说，不管人们怎样怨诉，萨哈林最有益、最需要、最令人喜爱的还是孩子，流放犯本人深切地明白这一点，特别珍视他们。他们给萨哈林的那些变得冷酷、精神上衰颓的家庭带来温情、纯洁、柔和、欢乐的成分。尽管孩子们自己纯洁无瑕,他们在这个世界上最爱的却莫过于他们的有罪的母亲和做过强盗的父亲;如果失去别人爱抚的流放犯会被一条狗的眷恋所感动,那么,孩子的爱对他来说该有什么样的价值啊!我已经说过,有孩子在,对流放犯来说,就是一种精神上的支持,现在我还要补充一句:孩子往往成为使男女流放犯还留恋生活,免于绝望,免于彻底堕落的唯一因素。有一次我记下两个自由身份的妇女,她们都是自愿跟丈夫来的,住在同一所房子里;其中一个没有孩子,当我待在那所小木房里的时候,她一直抱怨命运,嘲笑自己,因为自己到萨哈林来而骂自己傻瓜、该死的,并且神经质地捏紧拳头,而她这些话是当着丈夫的面说的,他坐在那儿,惭愧地瞧着我。另一个,像此地人常说的那样,是个多娃娃的妈妈,有好几个孩子,当时却沉默着,我认为没有孩子的那个女人的处境一定是可怕的。我还记得,我到一所小木房里去登记,看见一个三岁的鞑靼孩子,头戴一顶小圆帽,两只眼睛离得很开,我对他说了几句亲切的话,于是他的父亲,一个喀山省的鞑靼人的冷漠的脸就突然开朗,他快活地点头,仿佛同意我的话,他的儿子确实是个很好的孩子,我觉得这个鞑靼人是幸福的。

萨哈林的孩子们在什么样的影响下受教养,什么样的印象决定他们的内心活动,读者从上文中已经有所了解。凡是在俄国的城市和乡村里显得可怕的事物,在此地却平平常常。孩子们用冷漠的眼神跟踪一批批戴着镣铐的犯人;当戴着镣铐的犯人运送一车沙土时,孩子们就跟在后面纠缠,哈哈大笑。他们扮作兵士和犯人,做游戏。孩子们走到街上,对同伴们叫道:"看齐!""稍息!"要不然,孩子就把他的玩具和一小块面包放进袋子,对母亲说:"我要逃走了。""当心,别叫当兵的开枪打你。"母亲开玩笑说;他就到街上去,在那儿乱跑;他的同伴们扮成兵士,把他抓住。萨哈林的孩子谈游民,谈树条抽打,谈鞭笞,知道什么叫做行刑人、镣铐犯、同居者。我到上阿尔穆丹村各小木房走访时,曾到过一所房舍,里面没有遇见大人,只有一个十岁光景的男孩在家,他头发淡黄色,背有点驼,光着脚;他那苍白的脸好像是用大理石雕成的,上面布满很大的雀斑。

"你的父亲叫什么名字?"我问。

"不知道。"他回答说。

"这怎么会呢? 跟父亲一起过日子,却不知道他叫什么? 羞啊。"

"他不是我的真父亲。"

"这怎么讲——不是真父亲?"

"他是我妈的同居男人。"

"你妈有丈夫还是寡妇?"

"寡妇。她是因为丈夫的事来的。"

"什么叫因为丈夫的事来的?"

"她把他杀死了。"

"你记得你的父亲吗?"

"不记得。我是私生子。我妈是在喀拉生下我的。"

萨哈林的孩子苍白,消瘦,萎靡不振;他们穿着破衣烂衫,老想吃东西。读者下文就会看到,他们几乎全死于消化道疾病。半挨饿的生活,有的时候一连几个月光吃芜菁度日,有几个钱的人家也光以咸鱼佐餐,低气温和潮湿戕害儿童的机体,使他们慢慢地变得虚弱,逐步改变他们的全部生理组织;如果不是向外迁居,那么过上两三代,在这个移民区里,大概就会出现各种各样的营养缺乏症了。在现时,最穷苦的流刑移民和苦役犯的孩子们向公家领取所谓"伙食费":公家按月发给一岁到十五岁的孩子一个半卢布,发给没有父母的孤儿、残废者、畸形儿、双生子三个卢布。孩子取得这种救济的权利由官员们个人斟酌决定,而官员们对"最穷苦"这

几个字的理解却各不相同①;领到手的一个半卢布或者三个卢布

① 发下的款项的多少也取决于文官们把残废和畸形仅仅理解为瘸腿的、缺手的、驼背的,还是也包括害结核病的、痴呆的、瞎眼的。
应该怎样帮助萨哈林的儿童呢?首先,我觉得不应该把接受帮助的条件只限于"最穷苦的人""残废人"等。应当毫无例外地接济一切申请者,不要害怕骗局:宁可受骗,也比自欺欺人好。帮助的形式由当地的条件确定。假如这事可以由我做主,我就会用目前支付"伙食费"的钱在哨所和乡村设立赈济站,供应所有的妇女和儿童,把食物和衣服毫无例外地提供给孕妇和喂奶的妇女,而把每月一个半到三个卢布的伙食费只留给十三岁以上的少女,并且把这些钱直接发到她们的手上,直到她们出嫁为止。
慈善家们每年从彼得堡寄来许多短皮袄、小围裙、毡鞋、小女帽、手风琴、拯救灵魂的书籍、钢笔等分发给儿童们。本岛的长官收到这些物件后,就邀请当地的太太们着手分配和散发这些赠品。据说这些物品被父亲们换酒喝掉或者打牌输掉了,又说与其寄手风琴来,不如寄мл包来等等,然而这类说法不应当惹得慷慨解囊的人们不安。孩子们照例总是很高兴,父母们无限感激。要是关心流放犯的儿童们命运的慈善家们每年能收到关于萨哈林的儿童、关于他们的人数、关于他们的性别和年龄的构成、关于不识字的儿童和非基督徒的儿童的人数等尽可能详细的资料,那就再好不过了。要是慈善家们得知,比如说,儿童当中有多少识字的,那么,他就会知道必须寄多少书籍或者铅笔才不致使任何儿童向隅,而在订购玩具和衣服的时候总以顾到儿童的性别、年龄和民族为宜。在萨哈林当地,一切有关慈善目标的工作务必不要交由警察机关管理,这个机关就是没有这种工作也已经够忙的了,应当把救济的组织事宜交由本地的知识分子办理,知识界有不少人乐于承担这种合乎实际的工作。在亚历山德罗夫斯克,冬天有时候为儿童募捐而安排业余演出。不久以前,科尔萨科夫哨所的职员们募集了一笔钱,购买了布料,由他们的妻子缝制成衣服,分发给儿童们。
儿童是经济方面的负担,是上帝对罪孽的惩罚,可是这没有妨碍没有子女的流放犯们收养别人的孩子为义子义女。娃娃多的妇女表白她们的愿望,巴不得她们的孩子死了才好,而没有孩子的妇女却把别人的孤儿领来做孩子。有时候,流放犯收养孤儿和穷孩子是为了要拿到公家的伙食费和种种津贴,甚至指望被收养的孩子到街上为他们去乞讨,不过大多数流放犯大概是出于纯洁的动机。愿当"义子"的不但有孩子,也有成年人以至老人。例如,流刑移民伊凡·诺维科夫第一,六十岁,认四十二岁的流刑移民叶甫根尼·叶菲莫夫为父。在雷科夫斯科耶村,叶里塞·玛克拉科夫,七十岁,登记为伊里亚·米纳耶夫的养子。
按照《流放犯管理条例》的规定,随着父母流徙或转徙西伯利亚的幼童途中可以乘大车,同时一辆大车上坐五个孩子;在这种场合,什么样的儿童算是幼童,《条例》里没有写明。跟父母来的儿童在整个押解途中可以领到衣服、靴鞋、伙食费。当流放犯的家属自愿跟随他到流放地来的时候,年满十四岁的孩子可以自行决定去留。年满十七岁的孩子可以不征得父母同意而离开流放地,返回故乡。——契诃夫注由父亲和母亲做主用掉。这种救济金经过那么多的周折，而且由于父母的贫穷和不诚实，很少达到其真正的目标。其实，它早就应该废除了。这种救济并不减轻贫穷，反而掩盖贫穷，促使不明内情的人认为萨哈林的儿童在生活上是有保障的。

十八

流放犯的劳动——务农——狩猎——捕鱼。季节鱼：大马哈鱼和青鱼——监狱的捕鱼业——手艺

我前面已经说过，把流放苦役犯和流刑移民的劳动定为务农的想法，在萨哈林流放地刚建立的时候就产生了。这个想法本身很有吸引力：从表面上看来，农业劳动包含着为引起流放犯的兴趣，使他依恋土地，甚至改邪归正所不可少的一切成分。况且，这种劳动适合于绝大多数的流放犯，因为我们的苦役制主要是为农民而建立的，在苦役犯和流刑移民当中只有十分之一不属于农民阶级。这种想法也获得了实现；至少到最近为止，萨哈林流放犯的主要劳动被认为是务农，这个移民区一直被称为农业移民区。

在萨哈林这个移民区存在的全部时间里，人们每年都在耕耘和播种，从来也没有间断过，由于人口增加，庄稼地的面积也年年扩大。此地的耕种者的劳动不但是强制的，而且是沉重的；如果认为苦役劳动的基本特征就是强制和由"沉重"这两个字所表明的体力紧张状态,那么,从这个意义上来说,就很难给犯人找到比萨哈林的农活更适当的劳动了,到现在为止,它满足了最严峻的惩罚目标。

可是这种劳动是否真正有效,是否也满足了移民区的目标,从开始有萨哈林这个流放地起直到最近,人们关于这一点表示了最不同的而且往往极端的意见。有的人认为萨哈林是最肥沃的岛,在报告和通讯里,据说甚至在电报里大加赞赏,说流放犯终于能够养活自己,无须由政府开支了;不过另外的人却对萨哈林的农业抱着怀疑的态度,断然宣称,在这个岛上农作物的培植是难以想象的。这种分歧源于对萨哈林的农业下判断的人大部分对事情的真实状况不熟悉。这个移民区是以一个还没有勘察过的岛为基础的;从科学观点来看,它乃是一个十足的 terram incognitam①,关于它的自然条件,关于在岛上培植农作物的可能性,人们只凭地理纬度、邻近日本、岛上有竹子和黄檗树等征象来下判断。对那些偶然来此、往往凭最初的印象下判断的新闻记者来说,天气的好坏以及他在小木房里是否吃到面包和黄油,他们是先到杜埃这样的阴暗的地方还是先到西扬采这样看样子富于生活乐趣的地方,那是有决定意义的。奉命管理这个农业移民区的文官们,在担任这种工作以前绝大多数既不是地主,也不是农民,根本不了解农业的经营;他们每一次都只是利用村监们为他们搜集的资料来填写报表。当地农艺师的专业知识浅薄,干不成什么工作。他们的报告或者具有明显的片面性;或者由于他们直接从学校里来到这个移民区,在最初的时期里只限于注意这个工作的理论的和形式的一面,他们的报告往往是利

---

① 拉丁语:未知的土地。

用低级职员为机关搜集的情报写成的。① 最真实的资料似乎可以从亲自耕耘和播种的人们那里得到,然而就连这个源泉也是不可靠的。流放犯们生怕自己的津贴被取消,生怕公家不贷给种子,生怕自己终身留在萨哈林,照例把他们耕耘的土地的数量和收成报得低于实际情况。富裕的流放犯不需要津贴,却也不说真话,然而这些人不再是出于恐惧,而是出于促使波格涅斯②同意云既像骆驼又像黄鼠狼的那种动机。他们机警地注意风尚和思潮,如果本

---

① 本岛的长官在农业督察官的1890年报告上批示道:"现在总算有文件了,这个文件也许还极不完善,然而至少是根据专家汇总的观察资料写成,在阐明他的观点的时候无意于迎合任何人的心意。"他称这个报告为"朝这个方向所迈的第一步";可见1890年以前的一切报告都有意迎合某些人的心意。柯诺诺维奇将军在他的批示里接下去说,1890年以前关于萨哈林农业的资料的唯一来源就是"空洞的臆想"。

　　萨哈林的农业官员叫做农业督察官。这是六品文官的职位,薪俸丰厚,现任的农业督察官在岛上任职两年以后就提出一个报告,这是一个篇幅不长、坐在办公室里写成的报告,其中缺乏作者的亲身观察,结论也欠明确,不过另一方面,报告简略地陈述了气象和植物方面的资料,对这个岛的居民区的自然条件提供了明确的概念。这个报告印成文件,大概会收入有关这个岛的文献。讲到以前在这里供职的农业官员,那么,这些人都非常不走运。我已经不止一次地提到过米·谢·米楚尔,他本是位农学家,后来做了负责人,最后死于心绞痛,死的时候还不到四十五岁。另一位农学家据说极力想证明在萨哈林要发展农业是不可能的,老是往某些地方发公文,打电报,后来大概也死于神经错乱;现在人们回想起他时,都认为他诚实、内行,然而是个疯子。第三位"农艺方面的负责人"是一个波兰人,被本岛的长官解职,而解职的方式很不像话,是官场的历史上所罕见的:上司下命令说,只有在"他交出他同车夫所订的把他送到尼古拉耶夫斯克去的合同"的情况下,才发给他驿马费;上司显然怕这个农学家拿到驿马费以后会永远留在岛上不走了(1888年第349号命令)。第四位农学家是个德国人,什么工作也没有做,而且也未必懂农艺学。伊拉克里神甫曾告诉过我,有一年8月间,出现了严寒天气,冻坏了粮食,这位农学家就到雷科夫斯科耶村去,在那儿召开村会,俨然问道:"为什么你们这儿出现了严寒?"从人群当中走出一个最聪明的人,回答说:"不知道,大人,多半是仁慈的上帝要这样安排。"这个农学家对这个回答十分满意,就带着尽了职责的感觉坐上四轮马车,回家去了。——契诃夫注

② 莎士比亚的悲剧《哈姆雷特》中的一个人物。

地的行政当局对经营农业没有信心,他们也说没有信心;假如办公室里出现了一种流行的、相反的思潮,他们就也开始口口声声说:谢天谢地,在萨哈林满可以生活,收成挺好,只有一件事不行,如今的老百姓都给惯坏了,等等;同时,为了讨好上司,他们不惜采取各种狡猾的手法,制造假象。比方说,他们在田地里选出最大的麦穗,送到米楚尔那儿去,米楚尔就好心地相信了,而且作出收成极好的结论。他们给外来的人看像人头那么大的土豆、半普特重的萝卜和西瓜,外来的人瞧着这些庞然大物,就相信萨哈林小麦的收成是种子的四十倍了。①

我在那里的时候,萨哈林的农业问题正处在很难理解的特殊阶段。总督、本岛的长官、各区长都不相信萨哈林的农业劳动的生产效率;对他们来说,有一点已经无可怀疑:把流放犯的劳动定为务农的试验已经遭到全盘失败,如果继续主张这个移民区无论如何必须是一个农业移民区,那就无异于徒劳无益地耗费国库的金钱,使人们白白受到苦难。下面是我记下的总督所讲的原话:

"岛上罪犯们的农业移民区是不能实现的。应当让人们去做工挣钱,至于农活,只应当是他们的副业。"

低级官员们也表示这样的意见,并且当着上司的面无所顾忌

---

① 一个新闻记者在《符拉迪沃斯托克》1886年第43号上写道,"萨哈林新来的一位农学家(普鲁士臣民)为了宣扬自己的功绩而安排了一次萨哈林农业展览会,于10月1日开幕。展品取自亚历山德罗夫斯克区和特莫夫斯克区的流刑移民和公家的菜园……流刑移民送来展览的粮食种子如果不算上那些据说是萨哈林自产、实则其中混杂着从著名的格拉乔夫那儿订购来供播种用的种子,那就没有什么特别的地方了。特莫夫斯克区流刑移民绥巧夫送来展览的小麦,据特莫夫斯克长官证明,他今年的收成里有这样的小麦七十普特,结果被人揭发是个骗局,原来这些展览的小麦都是特别挑选出来的。"同一家报纸第50号上还有这个展览会的消息:"特别使大家惊奇的是那些展出的蔬菜的不同寻常的样品,例如一棵重二十二磅半的白菜、一根重十三磅的萝卜、一个重三磅的土豆等等。我可以大胆地说,就是欧洲中部,都不能夸口说它的蔬菜会比这些样品更好。"——契诃夫注

地批评这个岛的过去。流放犯本人如果经人问到事情怎么样,也会脸上带着苦笑,神经质地、绝望地回答。尽管大家对务农抱着这种明确而一致的看法,流放犯们却仍旧在耕耘和播种,行政当局也仍旧贷给他们种子,本岛的长官最不相信萨哈林的农业,却下命令说,"为了要使流放犯关心农业经营",凡是在划给本人的地段上经营农务而没有希望取得成效的流刑移民"无论如何"不得转为农民阶层(一八九〇年第二七六号命令)。这样的心理矛盾状态是完全不能理解的。

到现在为止,耕耘的土地的数字在报告里都是夸大的、编造的(一八八八年第三六六号命令),谁也说不准平均每个从业主有多少土地。农业督察官确定每一块土地的数量平均是一千五百五十五平方俄丈,或者将近三分之二俄顷,而在最好的区,即科尔萨科夫区,则是九百三十五平方俄丈。这些数字可能不准确,再说,由于土地在用户之间分配得极不均衡,上述统计的意义就更小了。凡是带着钱从俄国来的或者用盘剥手段发了横财的人,往往有三到五俄顷,乃至八俄顷耕地,也有不少农户,特别是在科尔萨科夫区,每人总共只有几平方俄丈土地。看来,耕地的绝对面积每年都在扩大,可是每块地的平均面积没有增长,而且似乎有成为固定不变的常数的可能。①

---

① 随着人口的增加,适当的可耕地就越来越难找到。生长着阔叶林,例如榆树、接骨木等土壤深厚、肥沃的河边谷地是罕见的绿洲,周围则是冻土带、沼泽和上面覆盖着烧毁的树林的山峦,以及长着针叶林、底土渗水不良的低洼地。甚至在这个岛的南部,那些河谷地带,也是同山峦和沼地交错,这类山峦和沼地上面的稀少的植物同极地的植物很少差别。例如在达科艾河谷和马卡这两个栽种粮食的地点之间就是大片毫无希望的沼地;也许在这片沼地上修建道路还能做到,可是要改变那里严峻的气候却不是人力所能及的。看来,不管南萨哈林的面积多么大,可是到现在为止,适合做耕地、菜园、田庄用的土地只找到四百零五俄顷(1889年第318号命令)。可是,一个以符拉索夫和米楚尔为首的委员会在解决萨哈林是否适合于成为一个惩罚性的农业移民区的问题的时候,却认为这个岛中部适于耕作的土地"应大大超过二十万俄顷",而在南部地区,这类土地的数量则"有二十二万俄顷之多"。——契诃夫注

人们每年用向公家借来的种子播种。一八八九年,在最好的区,即科尔萨科夫区,"在全部播种的二千零六十普特的种子当中,私人的种子只有一百六十五普特;在播种这许多种子的六百一十人中,只有五十六个人自备种子"(一八八九年第三一八号命令)。按照农业督察官的资料,每个成年的居民平均只播种三普特十八磅种子,在南方那个区里则最少。有趣的是:在气候条件最有利的那一区,经营农业的成绩比在北方的各区差,然而这并不妨碍它实际上是最好的区。

在北方的两个区里,一次也没有见到过足够的无霜的日子,其热量的总和能使燕麦和小麦充分成熟。只有两年,天气热量的总和足以使大麦成熟①。春季和初夏几乎总是寒冷的;一八八九年,七月和八月间都是严寒,秋季的坏天气从七月二十四日开始,延续到十月底。如果没有高得出奇的湿度,单是寒冷还有办法克服,可以改良作物,使之适应萨哈林的严寒,这是一项能见成效的工作,然而要战胜潮湿却未必可能。在抽穗、开花、灌浆期间,特别是在成熟期间,这个岛上的降水量过多,因而田里就长出不大成熟的、水分过多的、起皱的、重量很轻的谷粒。或者,由于雨水过多,粮食就收不回来,只好成捆地在田里腐烂或发芽。粮食的收割期,特别是春播作物的收割期,在此地差不多总是赶上最多雨的天气,往往因为不断地下雨,从八月间不停地下到深秋,全部庄稼就丢在田里无法收割。在农业督察官的报告里附有一份近五年来的收成表,这份表是根据本岛长官称之为"空洞的臆测"的资料编成的;凭这个表可以大致推断萨哈林谷类作物的收成是种子的三倍。另一个数字也可以证实这一

---

① 详情请参看冯·弗利肯先生的《1889年萨哈林岛农业情况报告》。——契诃夫注

点:按一八八九年谷类作物的收成的总量,每个成年人平均有十一普特左右,也就是三倍于播下的种子。收得的谷粒的质量很差。本岛的长官有一次考察流刑移民交来打算换面粉的粮食的样品,发现其中有的根本不适宜于播种,有的混杂着大量不成熟的、冻伤的谷粒(一八八九年第四十一号命令)。

在农业收成这样差的情况下,萨哈林的农户为了要吃饱肚子,就得有不下于四俄顷的肥沃土地,就得不顾一切地拼命劳动,就不能请帮工;等到不远的将来,这种连续耕种,既不休闲,也不加肥料的办法耗尽地力,流放犯们"体会到必须改用更合理的耕种土地的方法,改用新的轮种制"的时候,那就需要更多的土地和劳动,于是种庄稼就会成为徒劳无功而且亏本的工作,不得不丢掉了。

有一种农业部门,它的成功与其说取决于自然条件,不如说取决于经营者个人的努力和知识,那就是蔬菜栽培,而这个部门在萨哈林看来取得了良好的成果。有的时候全家人整个冬季单靠芜菁糊口,这就说明了当地蔬菜栽培的成功。七月间,在亚历山德罗夫斯克,一位太太向我抱怨说,她的花圃里花还没有开放,可是在科尔萨科夫的一所小木房里,我却看见一个网罗里装满了黄瓜。从农业督察官的报告里可以看出,在一八八九年的收成中,特莫夫斯克区的每一个成年人平均有四又十分之一普特的白菜和将近两普特的各种块根作物,在科尔萨科夫区则是四普特白菜和四又八分之一普特的块根作物。同年,土豆在亚历山德罗夫斯克区每一个成年人平均有五十普特,在特莫夫斯克区是十六普特,在科尔萨科夫区则是三十四普特。一般说来,土豆的收成良好,这不仅由数字,而且也由个人的印象证实;我没有看见过谷囤或者装满谷粒的袋子,没有看见过流放犯吃小麦面包,虽然此地种的小麦比黑麦多;可是我在每一所小木房里都看见过土豆,而且听到抱怨声,说冬天许多土豆都烂掉了。随着城市生活在萨哈林的发展,市场的需求也在逐步增长;在亚历山德罗夫斯克,妇女贩卖蔬菜的地点已经划定,在街上遇见贩卖黄瓜和各种蔬菜的流放犯也不是什么稀罕事了。在南方的若干地方,例如在头道沟,蔬菜栽培已经成为重要的行业了。①

种庄稼被认为是流放犯的主要活儿。狩猎和捕鱼则提供次要的、额外的收入。从猎人的观点来看,萨哈林的脊椎动物是丰富

---

① 到现在为止,不知什么缘故,只有葱长不好。流放犯以野生的茗葱(拉丁语学名是 allium victoriale)来补充这种蔬菜的不足。以前这种有强烈的蒜味的鳞茎类植物被哨所的兵和流放犯认为是治疗坏血病的可靠的药剂,每年军事部队和监狱部队都要采摘几百普特供冬季用,从这一点可以断定,此地这种病流传多么广。据说茗葱好吃,而且有营养,然而有些人不喜欢闻它的气味;慢说在房间里,就是在院子里,只要有一个吃过茗葱的人挨近我,我就会觉得喘不过气来。

在萨哈林,刈草场所占的面积有多么大,还不得而知,虽然农业督察官的报告里附有数字。不管数字多少,可是目前毫无疑问的是,一到春天,绝不是每个户主都知道夏天将在哪儿割草,干草不够用,到冬末时,牲口就会因缺乏饲料而瘦弱。最好的割草场被有势力的人强占了,例如监守和驻军,留给刑移民的要么就是最远的割草场,要么就是只能割少量干草的地方。由于底土渗水不良,此地的草地大部分是沼地,老是潮湿的,因而那上面只生长酸性的禾科植物和薹草,提供粗糙而缺乏营养的干草。农业督察官说,就所含的营养成分而论,本地的干草未必抵得上普通干草的一半;流放犯也认为这种干草差,较富裕的人不是光用草喂牲口,而是掺上面粉或者土豆。萨哈林的干草完全没有我们俄国的干草那种好闻的气味。至于那些生长在河谷林间和河岸上、引起许多议论的粗大的野草是否可以认为是良好的饲料,我不打算来下断语。我要顺便指出,在这些草当中有一种草的种子,就是萨哈林的荞麦,已经在我们这儿出售了。关于萨哈林是否需要栽种牧草,是否可能栽种,农业督察官的报告里却一个字也没有提到。

现在来谈谈畜牧业的情况。1889 年在亚历山德罗夫斯克区和科尔萨科夫区,平均每二又二分之一家农户有一头奶牛,在特莫夫斯克区则是每三又三分之一家农户有一头奶牛。役畜,即马和牛的平均数也大致相同,而且最好的区,即科尔萨科夫区,在这方面又是最少。不过,这些数字没有真正说明问题,因为萨哈林所有的牲畜在各户之间是分配得极不均衡的。所有现存的牲畜的数量仅仅集中在富户的手里,他们有大块的土地,或者做生意。——契诃夫注

的。在毛皮商人最珍视的野兽当中,此地特别多的有黑貂、狐狸、熊①。黑貂全岛都有。据说,最近由于砍伐树木和森林火灾,黑貂躲到离开原来的栖居地更远的树林里去了。我不知道这个说法正确到什么程度;我在岛上的时候,在弗拉基米罗夫卡村,村监就在村子附近用手枪打死一只黑貂,它在顺着一根原木爬过河去。我有机会同一些打猎的流放犯谈过话,他们通常在离村子不远的地方打猎。狐狸和熊也分布在全岛各处。从前熊不伤害人和家畜,被认为性情温和,可是自从流放犯开始在河流的上游居住,砍掉那儿的树林,阻断熊捕鱼的道路,而鱼是它们的主食,自从那个时候起,萨哈林的死亡登记册上和《事故统计表》上就开始出现新的死亡原因——"被熊咬死",目前熊已经被看做自然界的可怕的现象,必须认真同它们进行斗争了。人也常遇见鹿、麝、水獭、狼獾、猞猁,难得遇见狼,更难得遇见白鼬和老虎。② 尽管野兽这样丰富,可是狩猎作为一种行业,在这个移民区几乎不存在。

---

① 详细情况请参看阿·米·尼科尔斯基的著作《萨哈林岛及其脊椎动物群》。——契诃夫注

② 狼总是远远地躲开人的住处,因为它们怕家畜。为了使这个解释不显得荒唐无稽,我要举出同样的例子:布塞写到过,虾夷人第一次见到猪时觉得害怕;米坚多尔夫也说过,阿穆尔河边头一次繁殖羊群的时候,狼不去碰它们。野生鹿特别分布在这个岛北部西岸一带;冬天它们聚居在那儿的冻土带上,而到春天,据格连说,它们都到海边去舔盐,人就可以在这个岛的这一部分的宽阔平原上看到多得不计其数的鹿群。讲到禽类,这儿有鹅、各种鸭子、白色的山鹑、雷鸟、松鸡、麻鹬、山鹬;雄山鹬求偶的移飞季节延续到6月。我在7月间来到萨哈林,原始林里已经是一片肃静了;这个岛似乎没有生命,人难于相信有些观察者的话,说这儿有堪察加的夜莺、山雀、鸫鸟、黄雀。黑乌鸦有许多,喜鹊和椋鸟却没有。波里亚科夫在萨哈林只看到过一只家燕,而且这一只,按他的见解,也是因为迷了路而偶然飞到岛上来的。我有一次觉得好像在草地里看见一只雌鹌鹑;我仔细一看,却是一只美丽的小兽,叫做金花鼠。在北方的各区里这是最小的哺乳动物。照阿·米·尼科尔斯基的说法,这儿没有家鼠,然而在一些有关这个移民区的早期文献里却已经提到过老鼠骚扰的记载了。——契诃夫注

291

在此地靠经商发财的流放犯富户一般也做毛皮生意,而那些毛皮他们是从异族人那里用少量酒精非常便宜地换来的,可是这不属于狩猎,而属于另一种行业了。此地流放犯出身的猎人很少。他们大多数并不以此为生,而是有打猎的嗜好,是狩猎的爱好者。他们的猎枪很差,没有狗,打猎只为找乐子而已。他们把打来的野物非常便宜地卖掉,或者换酒喝掉。在科尔萨科夫,有一个流刑移民要卖给我一只被他打死的天鹅,讨价"三个卢布或者一瓶白酒"。必须认为,流放移民区里的狩猎绝不会成为一种行业,这是因为它是流放移民区。如果以狩猎为业,就得是一个自由的人,胆大,健康,可是流放犯绝大多数性格脆弱,不果断,神经衰弱;他们在家时不是猎人,不会用枪,他们的被压抑的心灵同这个自由的职业简直格格不入,因此流刑移民宁可受穷,宁可怀着受罚的恐惧而屠杀公家贷给的牛犊,也不去射猎松鸡或者兔子。再说,这种行业在这个移民区里广泛发展也未必适当,因为送到此地来改过自新的主要是杀人犯。不能容许过去的杀人犯常常杀死动物,干那种在任何一次狩猎时都在所难免的野蛮行为,例如刺死一头受伤的鹿,咬断一只挨了枪伤的山鹬的喉管等等。

萨哈林的主要财源以及它的也许令人羡慕的光辉未来,不在于提供毛皮的野兽,也不像大家所想的那样在于煤炭,而在于捕获季节性的鱼。由河流送入海洋的鱼类的一部分,也许是全部,每年都要以季节鱼的形式回到大陆来。大马哈鱼属鲑鱼科,大小、颜色、味道近似我们的鲑鱼,栖息在太平洋的北部,到一定时期游入北美洲和西伯利亚的某些河流,其数量多得很,带着不可抑制的力量纷纷逆流而上,一直游到最上游的山溪。在萨哈林,这发生在七月底或者八月上旬。这个时候鱼量是那么大,游速是那么快,那么不同寻常,凡是没有亲眼观赏过这种奇景的人就不可能对它有真正的概念。人可以凭河流的水面就可以判断鱼群的游速和拥挤的程度,因为水面似乎在沸腾,河水有了腥味,船桨陷在鱼群里,碰着鱼,把它挑起来了。在河口区,大马哈鱼又肥壮又有力,可是后来,同急流的不断搏斗、拥挤、饥饿、跟沉木和石头的摩擦和碰伤,消耗它的体力,它消瘦了,身上布满血斑,鱼肉变得松弛、发白,牙齿外露,这种鱼就完全改变外貌,不明内情的人们以为它是另一种鱼,不叫它大马哈鱼,而叫它狼鱼了。它渐渐衰弱,已经抵挡不住水流,溜进河湾,或者躲在沉木后面,把头钻进河岸;在这儿,人们简直可以用手捉住它,连熊都能伸出爪子把它从水里捞出来。最后,它被性的追求和饥饿弄得疲惫不堪,奄奄一息,河的中游就开始出现大批死鱼,上游沿岸一带布满死鱼,冒出腥臭气。鱼在发情时期所经历的这一切痛苦,叫做"移栖致死",因为这不可避免地导致死亡,没有一条鱼返回海洋,所有的鱼都死在河里。"这是不可克制的、到死方休的性欲冲动,"米坚多尔夫说,"这是追逐理想之花;而迟钝、湿润、冰凉的鱼却有这样的理想!"

青鱼的鱼汛同样引人注目,它周期性地涌来,每到春天,照例在四月的下半月,在滨海一带出现。青鱼大群地涌到,据目击者说,"达到使人难以想象的数量"。青鱼的来临,每一次都可以从富于特色的下述征象看出来:海上出现大面积的环形白色泡沫带,大批的海鸥和信天翁飞翔,鲸鱼射出喷泉,海狗成群。多么奇妙的画面啊!跟随青鱼游进阿尼瓦湾的鲸鱼多极了,致使克鲁森施滕的大船被它们团团围住,不得不"小心谨慎地"驶向岸边。在青鱼的鱼汛期,海洋像是沸腾了。[①]

[①] 有一个著做家看见过日本的渔网,它"伸入海中三俄里,网绳的一端拴在岸上,形成一个大口袋,人们慢慢地从中捞出青鱼来"。布塞在他的札记里说:"日本的渔网很密,非常大。一个渔网圈定海面一大块地方,离岸七十俄丈远。使我大为惊异的是,等到那些日本人还没有把网拉到离岸十俄丈的地方,就只能把它留在水中,因为这十俄丈的渔网里装满青鱼,任凭六十个工人使尽全力,也还是没法拉到岸上来……划桨人放下桨去预备划船,不料一桨就挑起几条青鱼,他们抱怨说青鱼多得妨碍划船了。"青鱼的鱼汛和日本人的捕捉经布塞和米楚尔详细描写过。——契诃夫注

每次鱼汛期,萨哈林的河里和滨海一带能够捉到多少鱼,甚至不能说出大致的数字。在这方面,怎么高的估计都是合适的。

无论如何,可以毫不夸张地说,在捕鱼工作的广泛而正确的组织下,在日本和中国早已存在市场的情况下,萨哈林的季节鱼的捕捉工作能够带来成百万的收入。当萨哈林南部还由日本人掌管,捕鱼工作在他们手里刚开始发展的时候,鱼就每年给他们带来将近五十万卢布了。根据米楚尔的估计,在萨哈林南部提炼鱼油需要六百十一口大锅和一万五千俄丈的劈柴,而单是青鱼一项就能每年赚回二十九万五千八百零六个卢布。

随着俄国人占领南萨哈林,捕鱼工作就转入衰落阶段,直到今天仍旧如此。"在不久以前生活沸腾,供给异族人和虾夷人食物,为业主提供巨利的地方,"列·杰依捷尔于一八八〇年写道①,"现在却几乎成为沙漠了。"如今北方两个区的我们那些流放犯所进行的捕鱼工作只能说微不足道。我到过特姆河,那时候这条河的上游已经有大马哈鱼,在绿色的河岸上这儿那儿都可以看到一些孤零零的捕鱼者,他们用系在长竿上的钩子从河里拖出半死不活的鱼。近年来行政当局为流刑移民寻找收入,就向他们订购咸鱼。流刑移民按优待的价格赊买盐,然后监狱按高价收购他们的鱼以资鼓励,可是有关他们这种微末的新收入值得一提的只是:由本地的流刑移民提供的鱼做成的鱼汤,根据监狱里犯人们的评论,味道特别难吃,气味叫人恶心。流刑移民不会捕鱼和腌鱼,在这方面也没有人教他们;在目前的捕鱼区,监狱占据最好的地方,把石滩和浅滩留给他们,他们那些自制的、便宜的渔网就给沉木和石头扯破了。我到杰尔宾斯科耶村的时候,那儿的苦役犯正在为监狱捕鱼。本岛长官柯诺诺维奇将军下命令把流刑移民召集拢来,对他们讲

---

① 请参看《海事报》1880年第3号。——契诃夫注

话,他责备他们说,他们去年卖给监狱的鱼难于下咽。"苦役犯是你们的弟兄,我的儿子,"他对他们说,"你们欺骗公家,就损害了你们的弟兄和我的儿子。"流刑移民同意他的话,不过凭他们脸上的表情可以看出来,到明年,那些弟兄和儿子仍旧会吃臭鱼。即使流刑移民设法学会腌鱼,这种新工作也仍旧不会给居民们带来什么收入,因为卫生监督机构迟早会禁止食用在上游捕到的鱼。

八月二十五日,我在杰尔宾斯科耶村参观监狱的捕鱼工作。久久不停的雨使得整个自然界现出一派凄凉景象;在溜滑的岸上走路是困难的。我们先是走进一个木棚,那儿有十六个苦役犯在塔甘罗格①过去的渔民瓦西连科带领下腌鱼。他们已经腌满一百五十桶,将近两千普特。这给人留下这样的一种印象:要是瓦西连科没有来服苦役,那么这儿就谁也不知道该怎么摆布这些鱼。我从木棚里出来就顺着斜坡往下走,坡上有六个苦役犯用很锋利的刀子剖开鱼,把鱼的内脏扔到河里,河水红了,混了。这儿有浓重的鱼腥气和掺混着鱼血的泥浆。旁边有一群苦役犯,全身都淋湿了,光着脚或者穿着靴子,撒开一面不大的渔网。我在场的时候,他们拉过两次网,这两次网里都满是鱼。每条大马哈鱼都是病恹恹的样儿。它们全都龇着牙,背脊拱起,身上布满血斑。几乎每条鱼的肚子都是沾着棕色或者绿色的稀薄的粪便。如果这种鱼在水里没有死,或者暂时还在渔网里挣扎,那么它到了岸上就很快死掉了。只有不多的若干条鱼身上没有血斑,叫做银亮鱼,被小心地放在一旁,然而不是供监狱的伙食用,而是"做干咸鱼脊肉"用的。

这儿的人还不大了解鱼的自然历史,不了解这种鱼周期性地来到河里,还不相信这种鱼只应当在河口和下游捕捉,因为它到了上游就不宜于食用了。我在阿穆尔河乘船航行的时候,听到当地的老住户抱

---

① 见本书第16页注①。

怨说,在河口,人们捕获真正的大马哈鱼,可是到他们那个地方去的只有狼鱼;轮船上人们议论说,如今到了整顿捕鱼工作的时候了,也就是应该禁止在下游捕鱼了。① 监狱里的犯人和流刑移民在特姆河上游捕捉到的是瘦弱的、半死不活的鱼,而日本人在这条河的河口一带却用木桩拦截河水,大肆偷捕,在下游一带,基里亚克人捕来喂狗的鱼比特莫夫斯克区捕来供人吃的鱼不知要肥美多少。日本人把鱼装满小帆船以至大船,一八八一年波里亚科夫在特姆河河口所遇见的那条漂亮的大船,大概今年夏天也来过这里。

为了认真地发展捕鱼业,就必须把移民区移近特姆河或者波罗内河河口。然而这不是唯一的条件。还有一点也必须做到,就是不要让自由民同流放的居民竞争,因为在任何一种行业里,在利益冲突的情形下,自由民总是占流放犯的上风。目前同流刑移民竞争的有日本人,他们以走私或者纳税的方式进行捕鱼,官员们则为监狱捕鱼而占据最好的地方,而且为时不远,随着西伯利亚铁路的修成和轮船运输的发展,关于鱼类和毛皮兽极其丰富的传说就会把自由民吸引到这个岛上来;移民就会开始,真正的捕鱼业就会组织起来,到那个时候,流放犯不会以业主的身份,而仅仅以雇工的身份参加这个工作,然后,可以推想,人们就会开始抱怨,说流放犯的劳动在许多方面不如自由人,甚至不如中国人和朝鲜人;从经济观点来看,流放的居民就会被认为是这个岛的负担,随着岛上移民的增加和从事捕鱼业的定居生活的发展,连政府本身也会认为

---

① 顺便说说,在鱼类极其丰富的阿穆尔河,捕鱼业组织得相当差,这似乎是因为经营捕鱼业的人舍不得花钱从俄罗斯聘请专家来。例如这儿的人大量捕捉鲟鱼,可是无论如何也做不出类似俄国国内那样的鱼子,即使外观也不像。此地以捕鱼为业的人的技术停留在把大马哈鱼制成干咸鱼脊肉上,没有往前发展。列·杰依捷尔在《海事报》(1880年第6号)上写道,从前在阿穆尔河上好像开办过一个渔业公司(由资本家组成),打算在广泛的基础上开展渔业,可是他们做出来供自己吃的鱼子,据说每磅要花二百到三百个银卢布。——契诃夫注

站在自由民一边,放弃流放地比较正确而且有利。于是,鱼会成为萨哈林的财富,而不是流放移民区的财富。①

关于采捞海带我已经在写到马卡村的时候说过了。从三月一日到八月一日,流刑移民可以从这方面的劳动中挣到一百五十至二百个卢布;这项收入的三分之一用在伙食上,三分之二由

---

① 对于那些如今住在不大的河流的河口或者滨海地域的流放犯来说,捕鱼可能成为务农的辅助业,多少提供一些收入,然而为此却必须供应他们良好的渔网,只把那些本来在故乡就住在海边的人安置在海边,等等。

目前,在萨哈林南部为捕鱼而出现的日本船,每捕一普特,缴税七戈比金币。一切鱼制品也要缴税,例如鱼粉肥料、青鱼油、鳕鱼油,然而这一切税收连两万都不到,而这几乎由开发萨哈林的宝藏而为我们取得的唯一收入。

除大马哈鱼以外,周期性地来到萨哈林的江河里的还有它的亲属北鳟鱼、远东红点鲑和远东哲罗鱼;经常在萨哈林的淡水里生活的有淡水鲑、狗鱼、鲤鱼、鲫鱼、鲍鱼、胡瓜鱼,又名黄瓜鱼,因为它有浓重的鲜黄瓜的气味。海鱼当中除了青鱼以外还可以捕到鳕鱼、比目鱼、鲟鱼、鰕虎鱼,此地的鰕虎鱼长得很大,往往把一条胡瓜鱼整儿吞下去。亚历山德罗夫斯克有个苦役犯捕捉一种美味的长尾虾,在此地叫做"契利姆斯"或者"希利姆斯"。

在萨哈林沿岸海中的哺乳动物当中有大量的鲸鱼、海狮、海豹、海狗。我坐着"贝加尔"号快要到达亚历山德罗夫斯克的时候,看见许多鲸鱼成对成双地在海峡里漂流,玩乐。靠近萨哈林西岸有一大块岩石耸立在海面上,名叫"危石"。有一个目击者坐着一条纵帆船"叶尔玛克"号,打算去考察那块石头,他写道:"离着那块石头还有一海里半远,我们就看清楚那块岩石完全被大海狮占据了。这一大群野兽的吼声使我们震惊;它们大得出奇,远远看去像是一块块岩石……海狮体长约两俄丈,有的还不止……除了海狮以外,岩石上也好,石头附近的海里也好,许多普通的海狗成群乱爬。"(《符拉迪沃斯托克》1886年第29号)在我们北部的海洋里捕捉鲸鱼和海豹的行业究竟能够达到什么样的规模,可以从一个著作家所提出的可怕的数字看出来:根据美国的捕鲸船的船主的计算,从鄂霍次克海运出的鱼油和鲸须在十四年当中(到1861年为止)共值两亿卢布(符·兹贝谢甫斯基:《谈鄂霍次克海的捕鲸业》,载《海洋文集》1863年第4期)。可是,这个行业尽管看来有光辉的前途,却不能使这个流放移民区富足,这就因为它是个流放的移民区。按照勃烈姆的陈述,"猎捕海豹是普遍的残酷的屠杀。因此人们也就不说这是猎捕海豹,而说捕杀海豹。""最野蛮的种族在这种狩猎中也远比文明的欧洲人仁慈。"人们用棍子打死小海狗的时候,它的脑浆就往四下里飞溅,这些可怜的动物的眼珠从眼眶里脱落下来。凡是流放犯,特别是那些因为犯杀人罪而被遣送来的,应当不让他们见到这类景象。——契诃夫注

流刑移民带回家去。这是一笔丰厚的收入,然而可惜这笔收入暂时只有科尔萨科夫区的流刑移民才能够挣到。工人的劳动按件计酬,所以收入的多少直接取决于技能、勤恳和认真,而这些品质绝不是每一个流放犯都有的,所以也不是每一个流放犯都到马卡去。①

流放犯当中有许多普通木匠、细木匠、裁缝等等,可是他们大多数闲着没事做,或者干庄稼活。有一个原是钳工的苦役犯会做一种独弹步枪,已经在大陆卖掉四支,另一个人会做别致的表链,第三个会做石膏雕塑品;然而所有这些步枪、表链、贵重的小匣并不能表现出移民区的经济状况,如同南方一个流刑移民在海岸上收集鲸骨,另一个在采海参一样。所有这些都是偶然的。在监狱展览会上展出的那些精致贵重的木制品只说明有时会有技艺很高的细木工来服苦役,然而他们的技艺同监狱一点关系也没有,因为监狱并不为他们的制品寻找销路,也不是监狱教会苦役犯这些技能;直到最近,监狱一直在使用现成的工匠的劳动。工匠的劳动的供应大大超过了需求。"这儿就连假钞票也没有地方可用。"有个苦役犯对我说。木匠一天挣二十个戈比,而且伙食自理,而裁缝做活只能换酒喝。②

如果把流放犯从卖给国家粮食以及狩猎、捕鱼中所得的各项

---

① 西南沿海一带由于有海带,而且气候比较温和,我认为是萨哈林目前可以成为流放移民区的唯一地方。1885 年,在"黑龙江边区研究协会"的一次大会上,宣读了目前采捞海带业的业主亚·列·谢苗诺夫关于海带的有趣报告。这个报告发表在《符拉迪沃斯托克》1885 年第 47 号和 48 号上。——契诃夫注
② 到现在为止,工匠只有在哨所的官员和富裕的流放犯那儿才能找到活儿干。应该说一句赞扬当地知识分子的话,他们总是为工匠们的劳动慷慨付酬。至于另一些情况,例如有位医师把一个靴匠收容在医疗站里冒充病人,以便为他的儿子做靴子,还有一个官员把一个女缝工登记为自己的仆人,让她给他的妻子和孩子做衣服,——这类事大家只是作为可悲的例外来谈论的。——契诃夫注

收入加在一起,再平均到每个人身上,那就会得出一个相当可怜的数字:二十九个卢布二十一个戈比①。可是每家农户平均欠公家三十一个卢布五十一个戈比。由于收入的总数中还包括犯人的伙食费和公家的津贴,以及外地汇来的钱,又由于流放犯的工钱主要是公家发给、有时是故意提高价格发给的,所以这种收入的一半是虚假的,欠国家的债务实际上也高于表面的数字。

十九

流放犯的饭食——犯人吃什么和怎样吃——衣服——教会——学校——识字

萨哈林的流放犯目前靠国家的供给生活,每天领到三俄磅烤制的面包,四十佐洛得尼克②肉,大约十五佐洛得尼克的麦米,价值一戈比的各种作料;在持斋日,肉改为一俄磅鱼。为了确定这些发给的食物在什么程度上符合流放犯的真正需要,运用那种通行的、书斋里的方法是远远不够的,那种方法就是对国内外各种居民的有关食物供应的数字资料进行比较,作出纯粹表面上的评价。萨克森和普鲁士的监狱里的罪犯每个星期只领到三次肉,而每次在数量上甚至不满五分之一磅,坦波夫省的农民一天吃四俄磅面包;但这并不说明萨哈林的流放犯得到的肉多,面包少,而只是说明德国的监狱主管人生怕被人怀疑为虚伪地行善,而坦波夫省的农民的食物中面包占的比重比较大。在实际方面很重要的一点是,对某类居民的饭食的评价不是单从它的数量方面的分析,而要

---

① 根据农业督察官的资料。——契诃夫注
② 俄国重量单位,一佐洛得尼克等于4.26克。

从它的质量方面的分析开始,同时这类人生存在其中的自然条件和生活条件也应当加以研究;缺乏严格的具体分析,对问题的解决就会是片面的,也许只对形式主义者才有说服力。

有一次我同农业督察官冯·弗利肯先生从红悬崖回到亚历山德罗夫斯克去;我坐在一辆四轮马车上,他步行。天气炎热,原始林里窒闷。在哨所和红悬崖之间修路的犯人们没有戴帽子,衬衫被汗水浸透,在我的马车驶到他们面前时,大概他们错把我看成官员了,就突然拦住我的马,向我告状,说发给他们的面包简直没法下咽。我说他们最好是去找长官,他们却回答说:

"我们对看守长达维多夫说过,可是他对我们说:你们这是造反。"

那种面包确实非常糟糕。把它掰开,它就在阳光下闪着小水珠,拿着粘手,样子像是一个肮脏滑腻的面团,拿在手里很不舒服。他们把几份面包拿到我跟前,所有的面包一概没有烤好,而且用磨得不好的面粉做成,显然加了大量的水分。这种面包是在新米哈伊洛夫卡村由看守长达维多夫监制的。

作为口粮的这三磅面包由于大量掺假,所包含的面粉就往往比定额表①上所规定的少得多。在刚才提到的新米哈伊洛夫卡村里,那些烤面包的苦役犯卖掉自己的那一份应得的面包,吃掺假后多出来的面包。在亚历山德罗夫斯克的监狱里,吃大锅饭的犯人可以吃到还像样的面包,而散住在各处房舍里的人领到的面包就差得多,至于在哨所以外劳动的,就更差;换句话说,只有可能被区长或者典狱长看见的面包才是好的。为了增加重量,烤面包工人和那些管理伙食的监守就使出远在西伯利亚的实践中就已经发明出来的各种花招,例如用开水烫面粉就是其中的一个最无害的花招;为了增加面包的重量,以前在特

---

① 指"男女流放苦役犯伙食定额表",这个表是根据1871年7月31日由皇上批准的军人口粮和食品的给养条例编制成的。——契诃夫注

莫夫斯克区,面粉里就掺混筛过的黏土。使用这类花招很容易,因为官员们不能整天坐在面包房里,监督或者检查每一份面包,而从犯人那边提出的申诉也几乎从没上达过。①

不管面包是好还是坏,通常,犯人并不把全部口粮都吃掉。他们总是省着吃,因为按照久已在我们的监狱里和流放地盛行的惯例,公家供应的面包成了一种类似流通的货币。犯人用面包付给打扫牢房的人,付给代替他干活的人,付给满足他的嗜好的人;他用面包去换针线、肥皂;他为了给那稀少的、极为单调的、老是腌制的食物添一点花样,就把面包积攒起来,然后到监狱的私贩那里换牛奶、白面包、糖、白酒……高加索人大多数吃了黑面包就不舒服,所以极力把它让出去。这样,按定额表上的规定,三俄磅面包似乎在数量方面是完全够了,可是在了解面包的质量和监狱的生活条件的情况下,这份口粮就缺乏实际上的价值,数字就失去它的意义了。食物中使用的肉是腌制的,鱼也一样②,肉和鱼都烧在汤里。

---

① 掺假简直是一种诱人的魔鬼,事实表明,要经得起它的蛊惑是很困难的。由于它,很多人丧失了良心以至生命。我已经提到过的典狱长谢里瓦诺夫,就因掺假的事断送了性命,因为他责骂一个烤面包的苦役犯掺假量太少,后者就把他打死了。干这种事确实也大有油水。比方说,在亚历山德罗夫斯克的监狱里为二千八百七十个人烤面包。如果从每一份面包里只克扣十个佐洛得尼克,那么每天就可以获得将近三百俄磅面粉。一般说来,烤制面包这项工作可得厚利。比方说,贪污一万普特面粉,以后逐渐从犯人的口粮里一点一滴地克扣下来,那么只要两三年时间,克扣所得就能把那一万普特补足。

波里亚科夫写道:"小特莫沃村的流刑移民的面包糟透了,就连狗也不大愿意吃它;面包里有大量没有磨碎的、完整的麦粒,糠秕,干草;有个跟我共同参与检查面包的人公正地说:'是的,这种面包既能把所有的牙缝都塞满,又能从中找出牙签来把牙齿剔干净。'"——契诃夫注

② 监狱里有时候也用鲜肉烧汤;这必是因为熊咬死了母牛,或者公家的公牛或母牛碰上了什么灾祸。可是犯人们对这类肉常常如同对死兽肉一样,不肯食用。波里亚科夫还有过以下的记述:"当地的咸牛肉也很糟糕;这是用公家的牛的肉腌成的,那种牛被役使在恶劣、难行的道路上,累得筋疲力尽,不少都是在死亡的前夕屠宰的,或者是在半死不活的情况下被割断了喉管。"在鱼汛期间,犯人可以吃到鲜鱼,每人发给一俄磅。——契诃夫注

301

监狱里的汤是一种稀粥，用煮烂的麦米和土豆做成，其中漂着小块的红色的肉或鱼，这种稀粥为某些官员所赞赏，可是他们自己是不敢吃的。即使为病人烧的汤，味道也很咸。不论是监狱里正在等待访问者，或是海面上出现了轮船的浓烟，还是看守或者火夫们在厨房里争吵，这些情况对汤的味道、颜色、气味都会有影响；这种汤的气味常常难闻，就连放上胡椒和桂叶也无济于事。在这方面名声特别坏的是咸鱼汤，那原因是不难理解的：首先，这种食物容易腐坏，所以等它刚开始腐坏，照例就赶紧把它烧汤用掉；其次，服苦役的移民们在上游捕到的病鱼也下锅。在科尔萨科夫的监狱里，有一个时期用咸青鱼做汤给犯人吃；据医疗部门的主管人说，这种汤毫无滋味，青鱼很快就煮烂而变成细小的碎块，鱼肉上的小鱼刺使人难于吞咽，而且容易引起肠胃炎。犯人们是否经常地由于这种汤无法下咽而把它倒掉，这就不得而知了，然而这种事是有的。①

犯人们怎样吃呢？食堂是没有的。中午犯人们排成长队陆续走到厨房所在的木棚或者边屋去，就像在铁路的售票处排队买票一样。每个人的手里都有个器皿。这时候汤照例已经做好，在加了盖子的大锅里"闷着"。火夫手里拿着一根长杆子，那根杆子的一端钉着一个小桶，他用这个小桶舀锅里的汤，给每一个走过来的人舀一份。他也许一下子舀给两份肉，也许连一小块都没有，这就要看火夫的意愿了。等到排在最后的几个人终于走过来，汤已经不成其为汤，锅底上只剩下微温的、黏稠的糊状物，不得不掺上水

---

① 这一切，行政当局是知道的。至少，本岛的长官自己就有这样的意见："在当地有关苦役犯口粮配给的业务中存在着若干情况，这类情况不能不使这项工作蒙上令人担心的阴影。"（1888年第314号命令）如果一个官员说他有足足一个星期或者足足一个月吃犯人的伙食而觉得挺不错，那么这就是说，他吃的菜是监狱里单为他做的。——契诃夫注

再分发①。犯人们领到自己的一份口粮以后,就走开了:有的一边走一边吃,有的坐在地上吃,有的拿到自己的板床上去吃。没有人来监督他们务必把口粮全部吃掉,不准把它卖掉,或者换其他的东西。没有人来问一声大家是否都吃过饭,有没有人睡着了;要是您对管伙食的人说,在苦役地,在这群心情苦闷、精神畸形的人当中有不少人应当由人监督着吃饭,甚至强制他们吃下去,那么这种话只能在对方的脸上引起困惑的神情,您会听到这样的回答:"我不明白,老爷!"

在领公家口粮的犯人中只有百分之二十五到四十的人在监狱里搭伙②,其余的人都把食物领去自己做饭。这些过半数的人分为两类,一类人在自己的住处同家人或者对分经营者一起吃这份口粮,另一类人被派到离监狱很远的地方干活,他们就在工地上做饭。第二类当中的每个人下工以后,如果天不下雨,如果他在沉重的劳动以后不想睡觉,就分别用小铁锅给自己做饭;他疲乏,饥饿,常常为了怕麻烦而吃未煮熟的咸肉和鱼。如果他在吃饭的时候睡着了,把他的口粮卖掉了,或者赌钱输掉了,要不然,他的食物腐烂,面包被雨水浸透,那么,这一切都与监督人员不相干。有时,一些人把三四天的菜吃掉,然后光吃面包或者挨饿,同时,据医疗部门的主管人说,他们在海边和河边干活的时候也吃冲到岸上来的

---

① 火夫们很容易出错,做的份数有时多,有时少,这可以从放在锅里的原料的数量看出来。1890年5月3日,亚历山德罗夫斯克的监狱里有一千二百七十九人吃饭;锅里放了十三普特半肉、五普特大米、一普特勾芡用的面粉、一普特盐、二十四普特土豆、三分之一俄磅的月桂叶、三分之二俄磅的胡椒。在同一个监狱里,9月29日只有六百七十五人吃饭,锅里放的原料却是十七普特鱼、三普特麦米、一普特面粉、半普特盐、十二普特半的土豆、六分之一俄磅的月桂叶、三分之一俄磅胡椒。——契诃夫注

② 5月3日,在亚历山德罗夫斯克监狱里,二千八百七十个犯人中有一千二百七十九人搭伙;9月29日,二千四百三十二个犯人中只有六百七十五人搭伙。——契诃夫注

贝壳和鱼,原始林又提供各种块根,其中有些是有毒的。在矿场上做工的人,据矿业工程师克片的说法,还吃油烛。①

　　流刑移民在解除苦役后的头两年或者头三年(三年是少数情况)之内,可在公家领取口粮,以后就靠自己养活自己,由自己负责了。有关流刑移民在伙食方面的数字或者资料,无论在文

---

① 行政当局和本地医师认为犯人领到的食物就是在数量方面也是不够的。根据我从医疗工作报告中取得的资料,一份口粮包含蛋白质一百四十二点九克、脂肪三十七点四克、碳水化合物六百五十九点九克,这是指荤食期的口粮;至于斋食期的口粮则分别为一百六十四点三克、四十克、六百七十一点四克。按艾利斯曼的统计,我们的工厂工人在荤食期的食物包含脂肪七十九点三克,斋食期则包含六十七点四克。人干活越多,体力越是处于持久的紧张状态,根据卫生学的原则,就越要多吃包含脂肪和碳水化合物的食品。在这方面对面包和汤所能寄予的希望是多么少,读者从上文就可以判断。矿场的犯人在夏季的四个月当中所得的伙食供应有所增加,那是四俄磅面包、一俄磅肉、二十四佐洛得尼克的麦米;经本地行政当局的申请,那些筑路的犯人也得到同样数额的供应。1887年,根据监狱总署署长的想法,提出了"改变萨哈林现行供应定额,以减低流放苦役犯的伙食费用而又不损害其身体营养"的问题,并按照陀勃罗斯拉文所倡导的方法进行了供应试验。从这位已故的教授的报告里可以看出来,他认为不宜于"限制多年来发给流放苦役犯的食物的数量而不深入研究这些犯人的劳动条件和生存条件,因为这里未必能够了解当地发给的肉类和面包的质量";但是他还是认为限制一年之中使用昂贵的肉类的分量是可能的,他提出三张供应定额表:两张是关于荤食的,一张是关于素食的。在萨哈林,这些表提交一个委员会审查,这个委员会经指定由医疗部门主管人担任主席。参加这个委员会的萨哈林医师们不辜负他们的崇高使命。他们毫不犹豫地声明说,由于萨哈林的劳动条件,严峻的气候,一年四季不论什么天气都从事剧烈的劳动,现在所发的食物是不够的,而且陀勃罗斯拉文教授的定额表上的伙食供应,纵然减少了肉类的分量,也比现行的定额表上的食物成本昂贵得多。针对减低伙食费用这个主要问题,他们提出了自己的定额表,然而这个表所要求的却完全不是监狱机关所希望的那种节省。"虽然不能做到物质上的节省,"他们写道,"然而可以期望犯人劳动的数量和质量会提高,病人和体力弱的人会减少,犯人的一般健康情况会改善,这会有利于萨哈林的移民事业,为这个目标提供精力充沛而身体健康的移民。"这份关于改变定额表借以降低费用的《萨哈林岛区长官公署案卷》包括二十份各种报告、公函、法令,值得那些关心监狱卫生学的人浏览一下。——契诃夫注

献里还是在公署里都找不到；然而如果根据个人的印象以及可以就地搜集的零碎材料来判断，那么移民区的主要食物就是土豆。它和另外的块根植物，例如萝卜和芜菁，往往是一家人在很长的一段时期里的唯一食物。鲜鱼只有在鱼汛期他们才吃得着，至于咸鱼，那就只有比较富裕的家庭才买得起①。至于肉，那就更不必提了。有奶牛的人宁可卖牛奶，自己也不吃；他们不是把奶保存在陶器里，而是装在瓶子里，这就是要卖的标志。一般说来，流刑移民很乐于卖掉自己的农业产品，即使损害自己的健康也在所不惜，因为按照他们的考虑，钱对他们来说比健康更需要：不攒足钱就没法到大陆去，至于把肚子吃饱，把健康搞好，那可以等到以后自由的时候再说。在不经人工栽种的植物当中，用作食物的有茖葱和各种浆果，例如桑悬钩子、水越橘、酸果蔓、绒皮牛肝菌等。可以说，在移民区生活的流放犯专吃植物食品，这至少对绝大多数的人来说是如此。不管怎样，他们的食物所含的脂肪极少，在这方面，他们未必比吃监狱的公共伙食的人更幸运。②

犯人们领到的衣服和鞋子似乎是够穿的。苦役犯，不论男女，每年发给粗呢上衣和短皮袄各一件，而萨哈林的士兵们干的活并不比苦役犯少，却三年发一套军服，两年一件军大衣；关于鞋，犯人每年可穿四双矮勒鞋和两双皮靴，士兵则可领高靴筒一双和靴底两双半。可是士兵处在较好的卫生条件下，他们有被褥，遇到坏天气，又有晾衣物的地方，而苦役犯却不得不让自己的衣服和鞋子霉

---

① 在商店里，熏制的大马哈鱼每条卖三十戈比。——契诃夫注
② 我前面已经谈到过，此地的异族人在食物里使用很多脂肪，这无疑有助于他们同低温和极度的潮湿作斗争。人们告诉我说，在东部沿岸一带或者在邻近的岛屿上，俄国捕鱼猎兽的人也已经逐渐开始食用鲸鱼油了。——契诃夫注

烂，因为他们没有被褥，就用粗呢上衣和各种破烂衣服做被褥，这些衣服发出的霉烂味污染着空气，要晾干却没有地方；他们甚至常常穿着湿衣服睡觉，因此，在苦役犯们没有得到比较人道的待遇以前，究竟多少衣服和靴鞋才能在数量方面满足他们需要的问题就无法解决。讲到质量，那么有关面包的那一套又在这里重演；谁生活在长官看得见的地方，谁就领到比较好的衣服，谁奉派在外，谁领到的衣服就差。①

现在谈谈精神生活，谈谈满足高级的要求。这个移民区名为感化罪犯的地方，然而在萨哈林却没有专门从事改造罪犯的机关或者人员；《流放犯管理条例》中也没有关于这方面的任何命令和条款，只有少数指示，谈及押解的军官或者军士在必要时可以用武器对付流放犯，或者神甫必须"开导犯人遵守宗教义务和道德义务"，向犯人宣讲"获得赦罪的重要性"等等；在这方面也没有任何明确的意见；不过大家通常认为在改造工作中起首要作用的是教会和学校，其次是自由居民，他们能够用自己的威信、品行、个人的榜样促进道德风气的改善。

在教会方面，萨哈林是堪察加、千岛群岛、布拉戈维申斯克的主教的管辖区的一部分。② 主教们不止一次访问过萨哈林，出行的时候轻车简从，旅途上遭到种种不方便和困苦，跟普通的神甫一

---

① 当玛兴斯基大尉沿波罗内河架设电报线的时候，他手下那些干活的苦役犯领到的衬衫短小得只适合给儿童穿。犯人的衣服式样古板、笨拙，使干活的人行动不便，所以在轮船装货或者修路的时候，您不会遇见一个苦役犯穿着长襟粗呢上衣或者长袍；不过，在实际生活中，式样不合适可以用出卖或交换的办法来解决。在劳动和一般生活中，最方便的是普通的农民服装，所以大多数流放犯穿的是自由民穿的便服。——契诃夫注
② 由于千岛群岛转归日本，所以现在把主教称为萨哈林的主教比较切。——契诃夫注

样。一路上,他们为教堂奠基,为各种建筑物举行祓除仪式①,巡查监狱,对流放犯讲充满安慰和希望的话。关于他们的教导的活动的性质可以从科尔萨科夫教堂中保存着的主教古里在一份活动记录上所作的批语的下列摘录中看出来:"倘使他们(指流放犯)并不是都有信仰和忏悔之心,那么,无论如何,我个人认为,许多人是有的;我在一八八七年和一八八八年开导他们的时候,使他们沉痛地大哭的并不是别的,正是这种忏悔和信仰的感情。监狱的使命除了惩罚罪行以外,还要在囚徒们心中激发善良的道德感情,特别是使他们对自己的命运不致完全绝望。"这种见解也是教会的低级人员所有的;萨哈林的神甫们总是避开惩罚,对待流放犯不像对待罪人而像对待普通人,在这方面,他们的行动比起那些喜欢越权的医师或者农艺师来要得体得多,表现了他们对自己的职责的充分理解。

到现在为止,在萨哈林的教会史中占最显著地位的是西梅翁·卡赞斯基神甫,或者按当时人对他的称呼,教士谢苗,他是七十年代阿尼瓦或者科尔萨科夫教堂的神甫。他远在"史前"时期就在此地工作,那时候南萨哈林还没有道路,俄国的居民,主要是军人,只是一小群一小群地分散在整个南方。几乎所有的时间谢苗都是在荒野里度过的,坐着狗拉的和鹿拉的雪橇来往于零星的居民之间,夏天则是乘着帆船航海,或者步行穿过原始林;他有时冻僵,被大雪埋住,在路上得病,受到蚊子和野熊的袭击,在河水的急流中翻船,不得不在冷水里游泳;然而这一切他都怀着异常乐观的心情经受住了,他把荒野说成可爱之地,从不抱怨他的生活艰苦。他同文官和军官私人交往的时候,总表现出他是一个极好的

---

① 关于主教玛尔契密昂·克利里昂斯基为灯塔主持的祓除仪式,请参看《符拉迪沃斯托克》1883 年第 28 号。——契诃夫注

同伴,从来也不避开人群,在轻松愉快的谈话中善于恰当地插进一些宗教的经文。关于流放犯,他下过这样的断语:"对创世主来说,我们都是平等的。"而且这句话还写在正式的公文中①。在他那个时候,萨哈林的教堂设备简陋。有一次他在阿尼瓦教堂里为圣像壁主持祓除仪式,关于这种简陋状态,他是这样说的:"我们这儿连一口钟也没有,连一本祈祷书也没有,不过对我们来说重要的是上帝就在此地。"我在描述教士的幕包的时候已经提到过他。关于他的传说,通过兵士和流放犯而传遍整个西伯利亚,如今在萨哈林一带,教士谢苗成了一个传奇人物。

目前在萨哈林有四座教区的教堂:在亚历山德罗夫斯克、杜埃、雷科夫斯科耶、科尔萨科夫②。一般说来,这些教堂都不穷,神甫的年薪有一千卢布,每个教区都有唱诗班,根据乐谱唱歌,着仪式服装。教堂只在星期日和大节日才举行礼拜仪式;在这种日子的前夕做彻夜祈祷,然后早晨九点钟做弥撒;晚祷是没有的。当地的神甫们没有因居民的特殊构成而承担任何特殊职责,他们的活动跟我们的乡村教士一样平常,也就是逢假日在教堂里做礼拜,举行圣礼,担任学校的工作。至于单独开导、训诫等等,我都没有听

---

① 他的公文的格调富有独创性。他请求上司准许他让一个苦役犯来履行教堂执事的职务协助他工作,他写道:"至于我那儿为什么没有正式执事,那是由于宗教事务所没有可调的人员,即使过去有过,在此地宗教界的生活条件下,执事也无法生存。过去的事已经过去了。看来连我也快要离开科尔萨科夫而到我那可爱的荒野里去,我只能对您说:'我一走,您的房子就空了。'"——契诃夫注
② 在雷科夫斯科耶教区的辖境内,还有小特莫沃村里的一个教堂,这个教堂只有在教堂命名节,即圣安东尼节,才举行礼拜。在科尔萨科夫教区的辖境内有三个小教堂:在弗拉基米罗夫卡、十字架和加尔金诺-符拉斯科耶村。萨哈林的所有大小教堂都是用监狱的经费和苦役犯的劳动建造起来的,只有科尔萨科夫教堂是用"骑士"号和"东方"号的全体船员和住在哨所的士兵所捐献的资金建造起来的。——契诃夫注

说过。①

大斋期间,苦役犯们做斋戒祈祷;为此,他们有三个早晨的假期。每逢沃耶沃德监狱和杜埃监狱里的戴镣铐的犯人或者普通犯人做斋戒祈祷,教堂四周就站上哨兵,据说,这使人产生不快的印象。干粗活的苦役犯照例不到教堂去,因为他们要利用每个假日休息一下,缝缝补补,出外采野果;再说,此地的教堂里很挤,而且不知怎的,自然而然地形成一种风气,只有穿着自由民衣服的人,也就是所谓体面的人才能到教堂里去。例如,我在亚历山德罗夫斯克期间,每逢做弥撒的时候,教堂的前半部就被官员们和他们的家人所占据,然后是形形色色的士兵和看守的妻子、带着孩子的自由身份的妇女,再往后是看守和士兵,在所有这些人的后面,靠墙的地方才站着身穿市民服装的流刑移民和苦役犯出身的文书。而苦役犯剃光了头,背上缝着一块或两块方布,手脚戴着镣铐,或者锁在手推车上。如果他们愿意的话,能够到教堂里去吗?我对一

---

① 弗拉基米罗夫教授在他的刑法教科书里说,在宣布苦役犯转为改恶从善级的时候,要举行隆重的仪式。他指的大概是《流放犯管理条例》第301条,这一条规定,宣布苦役犯转入上述等级的时候,要由监狱的最高长官到场,并且请来宗教界人士,等等。然而在实际生活里,这一条款是难于执行的,因为那样一来,宗教界人士就要每天受到邀请了;再说这类隆重的仪式同劳动环境不相称。实际上,关于在假日免除犯人劳役的法律也没有执行,根据法律规定,改恶从善的苦役犯应当比正受考验的苦役犯免除劳役的机会多一些。这种区分每一次都要求很多的时间和精力。

当地教士的活动中不平常的地方也许只有一点,那就是,其中某些人承担传教士的职责。我还在萨哈林的时候,修士司祭伊拉克里也在那里,他是布里亚特人,没有留胡子和唇髭,本来在外贝加尔的波索尔修道院;他到萨哈林八年了,最近几年担任雷科夫斯科耶教区的神甫。为履行传教士的职责,他每年有一两次要到内依湾和波罗内河一带去给异族人施洗礼,授圣餐,主持婚礼。经他教化的奥罗奇人有三百名之多。当然,在原始林中旅行,而且是在冬天,任何舒适都是无从设想的。夜间,伊拉克里神甫通常睡在一个羊皮袋里;在他这个袋里放着烟草和经书。他的旅伴们夜间总有两三次燃起篝火来烧茶,而他却通宵睡在那个口袋里。——契诃夫注

个神甫提出这个问题,他回答我说:"我不知道。"

流刑移民如果住得近的话,就在教堂里做斋戒祈祷,举行婚礼,给孩子们受洗。遥远的村子则由神甫们自己去,在那儿为苦役犯们"主持持斋祈祷",顺便完成别的圣礼。在上阿尔穆丹村和小特莫沃村,伊拉克里神甫有"助理",就是苦役犯沃罗宁和亚科温科,他们到了星期日就念经。每逢伊拉克里神甫来到某个村子主持礼拜,就有一个庄稼汉在街道上走来走去,扯大了嗓门喊叫:"去做祷告吧!"凡是没有大小教堂的地方,大家就在营房里或者小木房里做礼拜。

我住在亚历山德罗夫斯克的时候,有一天傍晚,当地的神甫叶果尔到我家里来,他坐了一阵以后就动身到教堂里去主持婚礼。我也跟他一块儿去了。教堂里已经点起枝形烛台,歌手们带着漠然的神情站在唱诗席上,等候新婚夫妇。教堂里有许多妇女,有的是苦役犯,有的是自由人,都焦急地瞧着门口。后来传来叽叽咕咕的声音。门口有人把手一挥,激动地轻声说:"来啦!"歌手们就开始清嗓子。门外拥进波浪般的人群,有人在厉声吆喝,最后新婚夫妇走进来了:新郎是排字工苦役犯,年纪二十五岁,穿着短上衣,衬衫的领子浆硬,两角折弯,系着白领结;新娘也是苦役犯,比新郎大三四岁,穿一件镶有白色花边的蓝色连衣裙,头上戴着花。人们在地毯上铺一块披巾,新郎先站到那上面去。傧相是排字工人,也系着白领结。叶果尔神甫从圣坛上走下来,在读经台那儿久久地翻看一本书。"上帝祝福我们的……"他高声念道,婚礼就开始了。当神甫把婚礼冠戴在新郎和新娘的头上,并祈求上帝把幸福赐给他们时,在场的妇女们的脸上表现出感动和喜悦的神情,似乎忘了这件事发生在监狱的教堂里,在流放地,远离故乡。神甫对新郎说:"你获得荣耀了,新郎,像亚伯拉罕一样……"可是等到婚礼完毕,教堂里的人走空,看守人赶紧扑灭蜡烛,空中弥漫着烛芯的焦味儿的时候,这儿就变得冷冷清清了。人们出去,站在教堂的台阶上。天在下雨。教堂附近的黑地里有人群,有两辆四轮马车:一辆马车上坐着新婚夫妇,另一辆空着。

"神甫,请上车吧!"嘈杂的人声喊道,黑地里有几十只手向叶果尔神甫那边伸过去,仿佛要抓住他似的。"请上车吧!赏光吧!"

叶果尔神甫就给扶上马车,送到新婚夫妇家里去了。

九月八日是假日,我做完弥撒,同一位年轻的官员一块儿从教堂里出来,这时候正巧有人用担架抬来一个死人。抬担架的是四个苦役犯,破衣烂衫,脸容粗鲁,两颊凹陷,很像我们城里的乞丐,后面跟着两个轮流抬死者的人,模样儿跟前四人相像,还有一个妇女带着两个孩子,接着是黑头发的格鲁吉亚人凯尔包基阿尼,穿着自由民的衣服(他做文书,大家叫他公爵)。大家都匆匆忙忙地走着,生怕在教堂里碰不到神甫。我们从凯尔包基阿尼那儿得知死者是自由身份的妇女里亚里科娃,她的丈夫是个流刑移民,到尼古拉耶夫斯克去了,她死后留下两个孩子。凯尔包基阿尼寄住在这个里亚里科娃的家里,现在他不知道该拿这两个孩子怎么办才好。

我和同伴无事可做,没有等到安魂祈祷结束,就先到坟场上去了。坟场离教堂有一俄里,在城郊村后面一座陡峭的高山上,濒临海洋。我们上山的时候,出殡的行列已经追上我们:显然,安魂祈祷一共只需要两三分钟就完了。我们在上面看得见棺材怎样在担架上颤动,一个男孩由那个妇女领着,这时候跟不上大家的步伐,落在后面,把妇女的手拉得生疼。

一边是哨所及其周围一带的开阔景色,另一边是平静的海洋,在阳光下亮晃晃的。山上有很多坟墓和十字架。其中有两个并列的高高的十字架:那是米楚尔和被犯人打死的典狱长谢里瓦诺夫

311

的坟墓。有许多小十字架立在苦役犯的坟上,这些十字架都是同一个样式,毫不起眼。米楚尔还会有若干时间被人思念,而所有那些躺在小十字架下面的人,那些杀人的、逃跑的、把镣铐弄得叮当响的,谁也没有必要记起他们。也许只有在俄罗斯草原上的某个地方或者在森林里,一个坐在篝火旁的年老的车夫为了解闷而讲起他们的村子里某某人曾经打家劫舍;听的人朝黑暗里张望,不由得打一个寒战,同时,一只夜鸟啼叫起来,而这就是对亡灵的全部悼念了。在埋葬着一个流放的医士的地方立着一个十字架,上面刻着一首诗:

> 我的伙伴,到快乐的早晨再见!
> 苍天之下万物都是暂时的……

结尾是

> 我的同伴,到快乐的早晨再见!

叶·费多罗夫

在新掘的墓穴里,四分之一是水。那些苦役犯气喘吁吁,满头大汗,大声交谈着一件与殡葬毫不相关的事。最后,他们把棺材抬来,放在墓穴的边上。这口棺材是用木板匆忙钉成的,上面没涂油漆。

"怎么样?"一个苦役犯说。

棺材很快地放下去,扑通一声掉进水里。一团团土块打在棺材盖上,棺材颤动,水溅起来;苦役犯一面用锹干着活,一面谈他们自己的事;凯尔包基阿尼困惑地瞧着我们,摊开手,抱怨说:

"现在我拿这些孩子怎么办呢?为他们忙吧!我去找过典狱长,求他派一个女人来,可是他不干!"

小男孩阿辽希卡只有三四岁,那个女人拉着他的手,他站在那儿,低下眼睛朝墓穴里望。他穿一件不合身的短上衣,袖子很长,下边穿一条褪色的蓝色裤子,膝盖上打着蓝得发亮的补丁。

"阿辽希卡,你母亲在哪儿?"我的同伴问道。

"埋——进去啦!"阿辽希卡说着,笑了起来,把手朝坟坑一挥。①

萨哈林有五所学校,而杰尔宾斯科耶村的学校不算在内,这个学校因为缺乏教师而没有开课。一八八九年至一八九〇年有二百二十二个孩子在那些学校里读书:一百四十四个男孩和七十八个女孩,平均每个学校有四十四名学童。我在岛上的时候正赶上假期,学校不开课,所以,此地学校的内部生活可能别具一格,令人很感兴趣,我却始终没有见识过。大家众口一词地说,萨哈林的学校穷困,设备简陋,它们的存在出于偶然,并不是

---

① 在我登记的人口总数当中,东正教徒占百分之八十六点五,天主教徒和路德派新教徒加在一起占百分之九,伊斯兰教徒占百分之二点七,其余的是犹太教徒和亚美尼亚-格列高利教徒。天主教教士每年从符拉迪沃斯托克来这里一次,每到这个时候,北方两个区的天主教徒流放犯就得"赶往"亚历山德罗夫斯克,而这正好是在春季道路泥泞时期。天主教徒对我抱怨说,天主教教士很少来,孩子往往长期没有受洗,许多父母为了怕孩子没有受洗而夭折,就去找东正教的神甫施洗。我也确实遇到过信东正教的孩子,而他们的父母却是天主教徒。天主教徒去世后,因为天主教教士不在,就去请俄国的神甫来唱颂《圣主》。在亚历山德罗夫斯克,有一个路德派新教徒来找我,他原先在彼得堡因为犯放火罪而受审判;他说萨哈林的路德派新教徒组成一个团体,为了证明这一点给我看一枚印章,印章上刻着"萨哈林路德派新教徒章";路德派新教徒们在他的家里集合做祷告,交流思想。鞑靼人从自己的同乡当中选出阿訇,犹太人选出拉比,然而都是非正式的。在亚历山德罗夫斯克正在修建清真寺。这是由阿訇瓦斯-哈桑-玛麦特出钱造的,他是一个英俊的黑发男子,三十八岁,出生于达吉斯坦省。他问我,他服满刑期以后是否能获准到麦加去。在亚历山德罗夫斯克的彼依西科夫村有一个现在已经废弃不用的磨坊,据说这个磨坊当年是由一个鞑靼人和他的妻子建造的。这夫妇俩亲自砍树,拉回原木,锯成木板,谁也没有帮助过他们。他们一连工作了三年。鞑靼人取得农民的身份以后,迁往大陆,把这个磨坊交给公家,却没有送给他的鞑靼同乡,因为他生他们的气,怪他们没有选他做阿訇。——契诃夫注

非有不可,它们的地位极不确定,因为谁也不知道将来它们会不会存在。主管这些学校的是本岛长官办公厅里的一个官员,然而他是一个虽握有统治权而不进行实际管理的国王,因为实际上主持这些学校的是区长和典狱长,教师的选择和任命都取决于他们。在学校里教书的是流放犯,他们在故乡没有做过教员,对这项工作不熟悉,又缺乏任何训练。他们领到的工作报酬是每月十个卢布,行政当局认为不可能支付更高的报酬。他们没有聘请自由身份的人,因为付给这些人的薪水不能少于二十五个卢布。显然,在学校里教书被认为是不重要的工作,因为流放犯出身的村监往往没有固定的工作,只是给官员们当差跑腿而已,却每月领到四十以至五十个卢布。①

在男性居民当中,识字会写的人,包括成年人和孩子在内,占百分之二十九,在女性当中则占百分之九,而这百分之九又完全是学龄儿童,因此,萨哈林的成年妇女可以说是文盲;教育事业与她们无关,她们的粗鄙和无知是惊人的,我觉得我在其他任何地方都没有见过像在此地这种犯罪的、被压制的居民当中那

---

① 1890年2月27日,亚历山德罗夫斯克区区长在自己的报告里讲到他执行本岛长官的命令,物色可靠的自由身份的人或者流刑移民,以替换目前在乡村学校里担任教师职务的流放苦役犯时说,在他管辖的这个区里,无论是自由身份的人当中还是流刑移民当中,都没有人能胜任教师的职务。"这样,"他写道,"根据教育程度来选择哪怕勉强适合教育工作的人,也会遇到不可克服的困难。我无法指出在我奉命管辖的这个区里能够委派哪一个流刑移民或者流放犯出身的农民担任教师工作。"虽然区长先生甚至无法把教师工作委托那些苦役犯承担,可是他们仍旧在他知晓而且受他委派的情况下继续担任教师。为了避免这类矛盾,最简单的办法莫过于从俄国或者西伯利亚聘请真正的教师,规定他们领到同村监一样的薪俸,可是为此,就要从根本上改变他们对教师工作的看法,不要认为它不及村监的工作重要。——契诃夫注

样迟钝、愚昧的妇女。在那些从俄罗斯来的孩子中间,识字的占百分之二十五,在萨哈林出生的孩子当中,识字的只占百分之九。①

二十

自由居民——本地驻军士兵——看守——知识分子

士兵被称为萨哈林的"拓荒者",因为在建立苦役地以前他们就住在这儿了②。从五十年代占领萨哈林的时候起,几乎一直到八十年代为止,士兵们除了担负依法规定的直接职责以外,还要完成如今苦役犯所承担的那些工作。当时这个岛是一片荒野;岛上既没有住房,也没有道路,更没有牲畜,士兵们不得不造营房和房屋,开辟林间通路,驮运货物。如果一个工程师或者学者奉派来到萨哈林,就拨给他几个兵由他支配,以代替马匹。

---

① 根据某些片断的资料,根据某些迹象来看,识字的人比文盲能够较顺利地服满刑期;看来,在文盲中间,累犯者较多,而识字的人却比较容易取得农民的权利。在西扬采村,我登记过十八个识字的男人,其中有十三名,即几乎全部识字的成年人,都取得了农民的身份。在监狱里,还没有养成教成年人学识字的习惯;虽然冬天往往有些日子,犯人因为天气不好而困坐在监狱里,没有事做而闷得慌,在那样的日子,他们会乐于学文化。

　　由于流放犯不识字,他们寄到故乡去的信照例是由文书代写的。这些信写到当地的可悲的生活、贫穷、痛苦,要求和丈夫离婚,等等,然而信中的口气却像是在叙述昨天的聚宴:"喏,瞧,我给你们写信了……取消我们的婚姻关系吧。"等等,或者大发议论,弄得人很难理解信中的意思。特莫夫斯克区的一个文书由于崇尚辞藻而被别的文书起了一个外号叫学士。——契诃夫注

② 请参看尼·符·布塞所著《萨哈林岛和一八五三年至一八五四年的考察》。——契诃夫注

"我，"矿业工程师洛巴金写道，"打算到萨哈林的原始林的深处去，可是骑马赶路，用牲畜驮运重物连想都不用想。甚至步行也很艰难，我得费力地翻过萨哈林的那些陡峭的山岭，上面布满倒下来的枯木或者当地的竹子。这样，我就不得不步行一千六百俄里以上。"①可是他后面有士兵们跟着，他们背负着他所带的重物。

这些为数不多的士兵分布在西部、南部和东南部沿海一带；他们驻扎的地点叫做哨所。如今已经废弃而且被人忘却的哨所，当初却起着现在的移民点的作用，人们把它们看做未来的移民区的开端。在穆拉维耶夫斯克哨所驻扎着一个步兵连，在科尔萨科夫驻扎着西伯利亚第四营的三个连和山地炮兵连的一个排，至于在其他的哨所，例如玛努依或者索尔土纳依，各只有六个兵。六个人，离开自己的连队好几百里远，受一个军士以至非军人的领导，生活得完全像鲁滨孙一样。这是一种旷野的生活，极其单调乏味。夏天，如果这个哨所在岸边，那就会有轮船开来，给士兵们留下食物，又开走了；冬天，神甫会来给他们"做持斋的礼拜"，他穿着毛皮的上衣和长裤，从外貌看来与其说像神甫，还不如说像基里亚克人。只有灾难给生活带来一点变化：时而一个士兵坐在运草船上被水冲到大海里去了，时而被熊咬死了，时而让雪埋住了，或者遭到逃犯的袭击，或者染上了坏血病……要不然，一个士兵在大雪封门的板棚里坐得腻烦了，或者在原始林里走得腻烦了，就开始"打架闹事，滥饮白酒，胡作非为"，或者偷盗和贪污军用品，或者因为

---

① 洛巴金的《给东西伯利亚总督先生的报告》，载《矿业杂志》1870年第10期。——契诃夫注

调戏女苦役犯而受审。①

士兵们由于担任多种多样的工作,没有工夫学好军事业务,而且把以前学会的也忘了,连军官也同他们一起落伍,队列动作处在最糟糕的局面里。每次检阅都引起长官的困惑和不满②。工作繁重。人们从岗哨上撤下来,就立刻去做押运兵,做完押运兵又去站岗,或者去割草,卸公家的货物;不论白天还是晚上,一点休息的时间也没有。他们住在拥挤、寒冷、肮脏的房舍里,这种地方同监狱很少差别。到一八七五年为止,在科尔萨科夫哨所,哨兵一直住在流放苦役犯的监狱里;这儿还有一个军事警卫室,是一个黑暗的陋室。"也许,"辛佐夫斯基医师写道,"对流放苦役犯来说,这样艰难的环境作为惩罚的措施是可以容许的,可是卫兵跟这毫不相干,

---

① 在科尔萨科夫的警察局里,我见到过1890年《索尔土纳依河普佳青煤矿场哨所的士兵名单》:

瓦西里·韦杰尔尼科夫——担任哨兵长,鞋匠,兼烤面包工人和火夫。

路加·贝尔科夫——因玩忽职守而撤除哨兵长职务,因酗酒和胆大妄为而被拘留。

哈利通·梅尔尼科夫——未犯任何罪行,然而懒惰。

叶甫格拉甫·拉斯波波夫——呆子,任何工作也不会做。

费多尔·切格洛科夫
格利果利·伊凡诺夫 } 行窃被抓,在我面前蛮横,醉酒,不服管束。

萨哈林岛普佳青煤矿场哨所所长。

十二品文官弗·里特凯。——契诃夫注

② 尼·斯姆-伊说,还在不久以前,在一八八五年,将军接管萨哈林的军队时,问一个做看守的士兵:

"你带手枪做什么用?"

"为约束(制服)流放苦役犯,大人!"

"你开枪打这个树桩。"将军命令道。

这时出现了张皇失措的现象。那个兵无论如何也没法把那支手枪从手枪皮套里拔出来,一直到外人帮忙,才算勉强拉出来。他拿出手枪以后,简直不会摆布那管枪,因此原来的命令只能收回,不然的话,他打不中树桩,却可能随随便便地把一颗子弹打到旁边什么人的身上去了。(《喀琅施塔得通报》1890年第23期)——契诃夫注

究竟由于什么原因他们必须遭受这类的惩罚,就不得而知了。"①他们的食物跟犯人一样糟,衣衫褴褛,因为担负他们那样的工作,就是有多少衣服也不够穿。在原始林里追逐逃犯的士兵们的衣服和鞋子破烂不堪,有一次在南萨哈林,他们自己竟被人错认为逃犯,挨到枪击了。

目前,警卫这个岛的驻军由四支队伍构成,分别驻在亚历山德罗夫斯克、杜埃,特莫夫斯克和科尔萨科夫。一八九〇年一月以前,各队的士兵共有一千五百四十八名。士兵们照旧担负沉重的劳动,这种劳动同他们的体力、发展、军人条令的要求都不相称。虽然他们已经不开辟林间通路,不造营房了,然而同以前一样,士兵站完岗或者下完操回来,却不能指望休息:他可能立刻被派去做押运兵,或者去割草,或者去追捕逃犯。生产事务需要抽去大量的士兵,因此,押运兵经常感到不足,站岗也不能指望三班轮流替换。八月初我到杜埃的时候,杜埃驻军的六十个人在割干草,其中有一半人为此要步行一百零九俄里路。

萨哈林的士兵温和,沉默,顺从,不喝酒;喝醉酒的士兵在街上胡闹,我只在科尔萨科夫哨所见过。士兵难得唱歌,而且要唱也是老一套:"十个姑娘一个我,姑娘在哪儿,哪儿就有我……姑娘进了树林,我跟着走。"这原是支快活的歌,可是却唱得非常愁闷,人一听到这种歌声,就会开始怀念故乡,感到萨哈林的自然界不顺眼。士兵们温顺地隐忍一切困苦,对那些常常威胁他们的生命和健康的危险满不在乎。然而他们粗鲁,愚昧,糊涂,并且由于无暇受教育而没有能够深刻地意识到军人的职责和荣

---

① 辛佐夫斯基的《流放苦役犯的卫生环境》,发表在《健康》1875 年第 16 号上。——契诃夫注

誉,因而往往犯错误,使他们成为同他们所看守和捕捉的人一样的社会敌人。① 每逢他们接受一种同他们的智力发展不相适应的职务,例如,成为监守的时候,他们的这种缺陷就特别突出地暴露出来了。

根据《流放犯管理条例》第二十七条,在萨哈林,"监狱的管理人员由看守长和看守组成。每四十名苦役犯派一名看守长,每二十名苦役犯派一名看守,具体人数每年由监狱总署确定"。三个看守——一个看守长和两个看守——管四十个人,也就是一个管十三个。如果想象十三个人在一个认真而干练的人经常监督下干活,吃饭,度过监禁生活,而在看守之上有典狱长,典狱长之上又有区长,等等,那就会认为万事大吉,不用担心了。但是实际上,到现在为止,监狱管理正是萨哈林苦役地最大的弱点。

目前,萨哈林的看守长将近一百五十名,看守多一倍。看守长的职务由识字的、在当地部队中服役期满的军士和列兵及平民知识分子担任;不过,平民知识分子是很少的。服现役的士兵占看守长总数的百分之六,然而看守的职务几乎完全由当地部队派出的列兵执行。《条例》允许在看守的规定名额不足的情况下可以委派当地驻军的士兵担任。这样,那些被认为甚至没有能力做押解兵的、年轻的西伯利亚人,却担任了看守之职。虽说这是"暂时"的,而且"在极端必要的范围内",可是这个"暂时"却已经延续了十年,"极端必要的范围"不断地扩大,以致当地驻军的士兵已经

---

① 在沃耶沃德监狱里,人们指给我看一个苦役犯,这人原先是一个押运兵,他在哈巴罗夫斯克帮助一些流犯逃跑,他自己也跟他们一块儿逃跑。1890 年夏天,特莫夫斯克监狱里拘留过一个自由身份的女人,她被控犯了放火罪;她的单人牢房的隔壁住着一个犯人安德烈耶夫,他抱怨说,每到晚上,押运兵们时常到她那儿去,说说笑笑,闹得他无法睡觉。区长下令用另一把锁锁上她的单人牢房,钥匙由他亲自掌管。可是那些押运兵另配了一把钥匙,而区长对他们毫无办法,于是夜间的狂欢就此继续下去。——契诃夫注

占看守总额的百分之七十三,谁也不能保证过两三年后,这个数字不会增长到百分之一百。同时必须注意到派去当看守的并不是优秀的士兵,因为部队的长官为了队列勤务的需要而把能力比较差的让给监狱而把优秀的留在部队里。①

监狱里有许多看守,却没有秩序;对行政当局来说,看守仅仅是经常的障碍,就连本岛的长官也证实了这一点。他几乎每天都在他的命令里处他们以罚金,降低他们的薪级,或者索性解除他们的职务:有的由于不可靠和玩忽职守;有的由于品行不端或头脑不清;有的由于盗窃交他保管的公家粮食;有的由于窝藏赃物;有的奉命到驳船上去,不但不维持秩序,甚至自己带头盗窃船上的核桃;有的因盗卖公家的斧子和钉子而受侦查;有的不止一次地被人发现在管理公家牲畜的饲料方面的不正当行为;有的同苦役犯气味相投,互相勾结。我们从这些命令里看到有一个列兵出身的看守长在监狱里值班的时候竟然从事先敲弯钉子的窗户爬进女监,图谋不轨;另一个在值班的时候,深夜放进一个也是看守的列兵,让他到监禁女犯的牢房里去。看守们的放荡行为不只限于女监和单人女牢房。我在看守的住所里常常遇到十几岁的姑娘,我问她们是什么人,她们就回答说:"我是同居女人。"有时,你走进一个看守的家里,你会看到他身强力壮,吃得饱饱的,敞开坎肩,穿着嘎吱嘎吱响的新皮靴,坐在桌子旁边,正在"灌"茶;窗子旁边坐着一

---

① 这就造成了明显的不公平:优秀的士兵留在部队里只领到士兵的口粮,而差一点的却在监狱里工作,又领口粮,又领薪金。沙霍夫斯科伊公爵在自己的《关于萨哈林体制的案卷》里抱怨道:"多数看守(百分之六十六)是当地驻军的列兵,每月向公家领取十二卢布五十戈比的薪金。他们没有文化,智力水平低下,对他们的活动范围里可能发生的贿赂现象持姑息迁就的态度,缺乏严格的军纪概念,但却享有广泛的行动自由。这一切使他们除了少数例外,在对待犯人方面要么表现无法无天的专横,要么就低首下心。"目前的本岛长官抱着如下的见解:"多年的试验表明,本地驻军派出的士兵的监督完全不可靠。"——契诃夫注

320

个十四岁左右的姑娘,脸色憔悴,苍白。他照例自称为军士,看守长,他讲起她,就说她是一个苦役犯的女儿,十六岁,现在是跟他同居的女人。

看守们在监狱里值班的时候准许犯人们打纸牌,他们自己也参加。他们跟流放犯们一块儿酗酒,私自卖酒。那些命令里还提到他们胡作非为,不听指挥,当着苦役犯的面对上司极端无礼等,最后还有打人:用棍子打苦役犯的头,结果造成创伤。

这些人粗暴,愚鲁,同苦役犯在一起酗酒和打牌,乐于享受女苦役犯的爱情和白酒,不守纪律,吊儿郎当,威信扫地。流放的居民们不尊敬他们,用鄙夷的漫不经心的态度对待他们。人们当面骂他们是"面包匠",对他们称呼"你"。行政当局一点也不为提高他们的威信操心,大概认为操这种心不会有任何结果。官员们对看守称呼"你",任意辱骂,并不因为有苦役犯在场而有所顾忌。时常可以听到这样的呵斥声:"你这个傻瓜管的是什么事?"或者:"你什么也不懂,笨蛋!"此地的人对看守们为何缺乏尊重,可以从下列事实看出来:他们有许多人被派担任"不符合他们的职责的勤务",也就是干脆当官员们的听差和跑腿的。特权阶层出身的看守仿佛为自己的职务感到羞愧似的,极力使自己跟同事们有所不同:有的把肩章上的绦带弄得粗一些,有的戴上军官的帽徽,有的是十四品文官,在公文上不自称为看守,而称为"劳役和从事劳役者的主管人"。

由于萨哈林的看守从来不了解监管的目标,那么,随着时光的流逝,依照事物的自然规律,监管的目标本身就必然缩小成为现在这种状态了。如今的监管无非是一个列兵坐在牢房里,注意"不要吵闹"和向上司告状;在苦役现场,他佩带着一管幸而他不会射击的手枪和一把很难从生锈的刀鞘里拔出来的军刀,站在那儿,冷漠地瞧着犯人们劳动,自己则吸着烟,百无聊赖。在监狱里他是一个开门和关门的仆人,在工地,他是一个多余的人。虽然每四十个苦役犯有三个看守,即一个看守长和两个看守,可是经常看到的却是四五十个犯人只有一个人监管,或者根本没有人监管。倘使这三个看守当中有一个在工地,那么这时候另一个就站在国营商店附近,向过路的官员们敬军礼,而第三个则在谁家的前堂里无聊地打发日子,或者毫无必要地在医院的候诊室里笔直地站立着。①

关于知识分子,也应简略地谈几句。他们得根据职责和自己的誓言惩罚别人,他们得善于随时抑制自己心里的憎恶和恐惧,他们的工作地点很远,薪金很少,烦闷无聊,他们经常接触的是剃光的头、镣铐、行刑吏、打小算盘、口角,不过主要的是他们感到自己完全没有力量同周围的邪恶进行斗争,所有这一切加在一起,永远使得苦役和流放的管理工作格外沉重,格外使人厌恶。当初,在苦役地工作的大半是懒懒散散、马马虎虎、沉闷乏味的人,对他们来说,不论在什么地方工作都无所谓,只要有吃有喝,能睡觉,能打牌就行了;可是正派人是迫于穷困才到此地来的,于是后来只要一有机会,就丢开这个工作,或者变成酒徒,发疯,自杀,要不然,环境就会渐渐地把他们拉进泥坑,他们也开始盗窃,狠命地用鞭子打人……

如果凭官方的报告和报纸的通讯来判断,那么在六十年代和

---

① 看守长每年领四百八十卢布的薪金,看守则领二百十六卢布。经过一定的时期,这些薪额还会增加三分之一或三分之二,甚至加倍。这样的薪金被认为是丰厚的,对小官,例如电报员来说,成为一种诱惑,他们一有机会就辞职去做看守。这样就存在一种危险:如果日后派教师到萨哈林来,按惯例给他们月薪二十到二十五卢布,那么,他们肯定会去做看守。

由于在当地不可能找到自由身份的人担任看守的职责,也不可能从当地驻军中录用看守而不削弱部队的结构,本岛长官就在1888年批准选择品行端正、可靠而且在努力工作方面经过考验的流刑移民和流放犯出身的农民担任看守的职责。可是这个措施没有带来好的效果。——契诃夫注

七十年代,萨哈林的知识分子的特点是精神世界极端空虚,品格十分低下。在那时候的官员们的管理下,监狱变成淫乱的场所,变成赌窟,使人腐化堕落,残酷无情,草菅人命。在这方面最典型的行政长官是某尼古拉耶夫少校,他当杜埃哨所的所长达七年之久。他的名字在通讯里常常提到①。他原是要塞的新兵。究竟是什么才能使这个粗暴、没有教养的人获得了少校的军衔,这就不得而知了。有一个新闻记者问他到这个岛的中部去过没有,在那儿看到些什么,这个少校说:"山和谷地,谷地和山;当然,土壤是火山土,从火山里喷出来的。"人家问他苍葱是什么东西,他回答说:"第一,这不是东西,而是植物;第二,这是一种极其有益而且好吃的植物;不错,吃了它肚子会发胀,不过这我们也不在乎,反正我们没有跟太太们在一起。"他用木桶代替运煤的手推车,为的是在大路上便于滚动;他把犯了过错的苦役犯放进这类木桶,吩咐人把这类木桶在海岸上滚来滚去。"滚上个把钟头,那家伙就会变得服服帖帖了。"他打算教士兵学会数字,却求助于"罗托"②这种赌博。"在报号码的时候,凡是自己不会的,就付出一枚十戈比的银币;他付一次,又付一次,然后他就会明白,这是不划算的。大概他就会死乞白赖地学号码,不出一个星期就学会了。"这类荒唐事对杜埃的士兵起着腐化的作用:他们竟然把枪支卖给苦役犯。有一次少校着手惩罚一个苦役犯,事先就向他说明不会让他活着,果然这个犯人受罚以后就立刻死了。尼古拉耶夫少校在这次事件以后被交付法庭,判了苦役刑。

你问一个年老的流刑移民当初岛上有好人没有,他就先是沉吟片刻,似乎在回想,然后回答说:"什么样的人都有。"往事

---

① 参阅路卡谢维奇的《我在萨哈林岛的杜埃所认识的人》,载《喀琅施塔得通报》1868年第47和49号。——契诃夫注
② 俄国的一种使用号码牌的赌博。

在任何地方都不及在萨哈林被忘却得那样快,这主要是因为流放的人口极易流动,在此地几乎每五年就有一次根本性的变化,而部分地是因为当地的机关里缺乏完整的档案。凡是二十年到二十五年以前发生过的事,已经被认为是遥远的古代的事,已经被忘却,对历史来说已经消亡了。只留下某些建筑物,留下米克留科夫,留下二十来个趣闻,此外还留下一些不值得任何信任的数字,因为当时没有一个机关知道岛上有多少犯人,有多少人逃跑,死掉,等等。

萨哈林的"史前"时期一直延续到一八七八年,在这一年,尼古拉·沙霍夫斯科伊公爵奉派去管滨海省的流放苦役地,这是一个出色的行政长官,聪明而诚实的人。① 他走后,留下了在许多方面堪称楷模的《关于萨哈林岛体制的案卷》,如今它还保存在本岛的长官公署里。他主要是一个坐在办公室里工作的官员。他在任的时候,犯人们生活得跟他到任以前一样糟糕,不过毫无疑义,他与上司和下属交流的观察所得和他所写的见解独到而坦率的《关于萨哈林岛体制的案卷》也许是一种良好的新潮流的开端。

一八七九年,志愿船队开始发挥作用,萨哈林的职位就渐渐由来自欧洲部分的俄国人担任了。一八八四年,由于新人的大批拥

---

① 1875年以前,北萨哈林的苦役地由杜埃哨所的所长,一个军官管理,他的上司住在尼古拉耶夫斯克。从1875年起,萨哈林分为两个区:北萨哈林和南萨哈林。这两个区都属滨海省管辖,在民政方面受督军领导,在军事方面则由滨海省部队的司令官管辖。本地的事务由区长管理。北萨哈林区的区长由萨哈林和滨海省流放苦役地的主管人兼任,行政机关设在杜埃;南萨哈林区的区长由东西伯利亚第四边防营营长兼任,行政机关设在科尔萨科夫。当地不论军事方面还是民政方面的管理都集中在区长一个人身上。行政管理人员全是军人。——契诃夫注

到,或者像本地人所说的那样,由于新人的流入,实施了新条令。①目前在萨哈林我们已经有三座县城,其中住着文官和军官以及他们的家属。社交界已经出现各式各样的、具有文化修养的人,例如,一八八八年,在亚历山德罗夫斯克甚至举行了《结婚》②的业余演出;此地,在亚历山德罗夫斯克,当地文官和军官还约定把在大节日互相登门走访所花的钱捐赠贫穷的苦役犯家属或者儿童,在这种捐款单上的签名人数通常达到四十名。萨哈林的社交界给新来的人留下良好的印象。主人们殷勤好客,在各方面都比得上国内县城的社交界,而在东部滨海一带,它被人们认为最活跃,最有趣;至少官员们不乐意从此地调到例如尼古拉耶夫斯克或者杰-卡斯特里去。但是,正如鞑靼海峡有时候有很大的暴风,而水手们说这是中国海和日本海里掀起的旋风的余波一样,在这儿的社会生活里也间或反映出不久以前的过去以及邻近的西伯利亚的影响。有些什么样的人物在一八八四年的改革以后来到此地工作,这可以从有关撤销职务、交付法庭审判的命令中,从工作的混乱"达到厚颜无耻的腐败地步"的官方声明(一八九〇年第八十七号命令)里,或者从一些奇闻传说里看出来。例如,传说苦役犯左洛

---

① 根据这个新条令,萨哈林的总管理权属于阿穆尔河沿岸地区的总督,地方管理权则属于本岛的长官,他是从军队的将军当中被选拔出来担任此职的。这个岛划分为三个区。每个区里的监狱和村子由区领导统一管辖,他们相当于国内的县警察局长。他们主持警察机关。本区里的每一个监狱和村子由典狱长掌管;如果一个村子由一个特派的文官掌管,他就叫做移民监督官;这两种职位相当于国内的区警察局长。在本岛的长官下面供职的有他的办公室主任,有会计员和财务主任,有农业督察官、土地测量师、建筑师、虾夷语和基里亚克语的翻译员、中心仓库的主任、医疗部门的主管人。在四支驻军队伍中,各有一个校官、两个尉官和一名医师;同时,还有萨哈林岛军事管理机构的副官一名、他的助手一名和军法官一名。此外,还要提一下四位神甫和那些同监狱没有直接关系的工作人员,例如邮电局局长、他的助手、电报员和两个灯塔看守人。——契诃夫注

② 俄国作家果戈理的剧本。

达烈夫是一个有钱的人,经常跟文官们来往,同他们一块儿喝酒,打牌;这个苦役犯的妻子碰见他跟官员们在一起,就开始责骂他,说他不该跟那些可能对他的精神面貌起恶劣影响的人来往。就连现在也还可以遇见一些官员为一点小事抡起拳头来打苦役犯,甚至特权阶层出身的苦役犯的脸上,或者命令一个匆忙中没有对他脱帽的人说:"到典狱长那儿去,叫他用树条抽你三十下。"到现在为止,监狱里也还可能有这样混乱不堪的事,例如有两个犯人差不多有一年之久被人认为离开监狱而不知去向了,可是在这期间他们始终在监狱里吃饭,甚至出工如常(一八九〇年第八十七号命令)。并不是每个典狱长都确切地知道目前他的监狱里住着多少犯人,有多少人吃饭,多少人逃跑,等等。连本岛的长官都认为"一般说来,亚历山德罗夫斯克区各管理部门的工作情况给人留下沉重的印象,需要认真改进;就公文处理来说,文书的权力过大,他们'往往凭借某些偶然显露的虚假现象妄加推测,擅自作出结论'"(一八八八年第三一四号命令)①。关于侦讯部门在此地处于多么糟糕的境地,我要留到下文再谈。在电报局里,人们受到粗鲁的对待,普通人要在邮件到达此地以后三四天,才能收到函电;电报员文化程度很低,电报的内容不予保密。我没有收到过一封

---

① 只要花一天时间去翻阅办公室的资料,人就会被典狱长的各种助手、看守长、文书的夸大的数字、不可靠的统计、"无聊的臆造"弄得灰心绝望。我怎么也找不到1886年的"统计表"。我见到一些"统计表",下边用铅笔写着批示:"显然是虚构"。谎报特别多的,是那些涉及流放犯和孩子的家庭情况、流放犯所犯的罪行类别的项目。本岛的长官对我说,有一次他需要知道从1879年起每年从俄国乘志愿船队的轮船到此地来的犯人有多少,却不得不请求监狱总署查明告知,因为在当地的办公室里找不到这些必要的数字。"1886年的统计表,尽管我一再索取,却一张也没有交上来,"有个区长在他的一个报告里抱怨道,"由于某些资料过去几年当中根本没有搜集,使人无法查清所需要了解的情况,我就越发处在不利的条件下了。例如,目前非常难于查明1887年1月1日以前流刑移民和农民的人数。"——契诃夫注

没有用最野蛮的方式加以歪曲的电报。有一次,不知什么缘故,我的电报里插进一段别人的电文,我就要求改正这个错误,恢复两个电报的本来面目,不料他们对我说:这可以做到,然而必须由我出钱。

在萨哈林的新的历史中,最新型的代表人物,杰尔日莫尔达①和伊阿古②的混合种,占显著的地位,这些先生对待下属只知道使用拳头、树条、粗野的谩骂,而对待上司则显得颇有文化修养,甚至具有自由主义思想。

然而不管怎样,"死屋"③总是没有了。在萨哈林做管理工作和在办公室里工作的知识分子当中,我有机会遇见明智、善良、高尚的人,这些人的存在足以保证过去的局面不可能再恢复了。现在已经没有人把流放犯装在木桶里滚来滚去,也不可能鞭笞犯人致死或者弄得他自杀而不引起当地的社会的公愤以及阿穆尔地区和全西伯利亚人的议论。一切卑劣的事迟早要暴露出来,公之于众,阴暗的奥诺尔事件就是一个例证。不管它怎样被掩盖,也还是引起许多议论,最终由萨哈林的知识分子在报纸上披露出来。好人好事不再是罕见的现象。不久以前在雷科夫斯科耶村一个女医士④去世,她在萨哈林服务了许多年,立志把自己的一生献给受苦的人。我在科尔萨科夫时,一个苦役犯坐着一条运草船被水冲到海洋里去了;典狱长Ш少校就坐着一条汽艇到海上去,尽管有暴风雨,他还是冒着生命的危险从傍晚起巡航到夜间两点钟,直到在

---

① 果戈理的喜剧《钦差大臣》中的人物,一个粗暴的警察。
② 莎士比亚的悲剧《奥赛罗》中的人物,一个阴险恶毒的小人。
③ 指俄国作家陀思妥耶夫斯基在其作品《死屋手记》中描写了西伯利亚流放犯地狱般的苦难生活。
④ 指玛丽亚·安东诺芙娜·克尔席热夫斯卡雅,她是个助产士,忘我地在萨哈林工作了许多年,因肺病而在那儿去世。米罗留包夫在1901年出版的《萨哈林岛上的八年》中详细地叙述过她的活动。

黑暗里找到那条运草船，把那个苦役犯救出为止。①

一八八四年的改革表明，在这个流放的移民区里，行政人员越多越好。复杂的事务和分散的地域要求有复杂的机构，有许多人参与工作。务必使一些无关紧要的事不致拖得官员们无暇顾及他们的主要职责。可是本岛的长官由于缺乏秘书或者经常在他身边的文官，一天倒有大部分时间忙于草拟命令和公文，而这种复杂而需要细心的文牍工作几乎占去他为视察监狱和巡查村庄所必需的全部时间。区长们除了主持警察局的工作以外，还得亲自给妇女们发放口粮，参加各种委员会，检查等。典狱长和他们的助手担负着侦讯和警察局的业务。在这种条件下，萨哈林岛的官员们要么就工作得过于辛苦，像俗话所说的那样，忙得头昏眼花，要么就摆一摆手，把自己的大部分工作推给苦役犯出身的文书去做，而后一种情况更为常见。在当地的办公室里，做文书的苦役犯不但做抄写工作，甚至草拟重要的公文。由于他们往往比官员们，特别是新手，更熟悉情况，精力更为充沛，苦役犯或者流刑移民有时候就会肩负着全部办公室的事务，全部报表工作，甚至侦讯工作也插上一手。这种文书由于无知或者马虎，就在一连许多年中把全部办公室的文件弄得一团糟，可是只有他们才理得清这团乱麻，因此他们就变得不可缺少，不能代替，他们的上司，即使最严厉的上司，也只能使用他们了。只有一个办法才能摆脱这种全能的文书，那就是

---

① 此地的官员在履行职务的时候往往要冒很大的危险。特莫夫斯克区的区长布塔科夫先生在徒步往返波罗内河沿岸时，得了赤痢症，差点死掉。科尔萨科夫区的区长别雷依先生有一次坐着一艘快速小艇从科尔萨科夫到马卡去；小艇在路上遇到暴风雨，不得不离海岸远一点，驶入海中。这条船被波浪冲走，在海中漂荡了几乎两天两夜，别雷依先生本人、掌舵的苦役犯和一个偶尔上船来的士兵都断定他们完了。可是结果他们的快速艇却被海浪抛到了克利里昂灯塔附近的岸上。别雷依先生来到灯塔的管理员那里，照了照镜子，发现头上生出了以前所没有的白发；那个士兵睡着了，一连四十个小时无论如何也叫不醒他。——契诃夫注

用一两个真正的官员代替他们的职务。

在知识分子人数众多的地方不可避免地存在着社会舆论,这种社会舆论就形成道德上的监督,提出各种道德要求,任何人,就连尼古拉耶夫少校,也不能逃避这种要求而不受到惩罚。另外一点也是毫无疑义的:随着社会生活的发展,此地的机关工作会渐渐失去它那些不吸引人的特点,疯人、酒徒、自杀者的百分比也会降低。①

---

① 现在毕竟有了像业余演出、野餐、晚会之类的娱乐活动;在过去,就连组织几个人玩纸牌戏都是困难的。甚至精神方面的需要也易于得到满足。可以订购杂志、报纸、书籍,每天收到北方通讯社的电讯;许多人家有钢琴。此地的诗人能为自己找到读者和听众;有一个时期在亚历山德罗夫斯克出版过一种手抄的杂志《小蓓蕾》,不过它出到第七期就停刊了。高级文官住在良好的公家宿舍里,房子宽敞而暖和,家里有厨师和马;那些官品低的则租用流刑移民的、里面备有家具的整所房子或者几个房间。我前面提到的年轻的官员,那位诗人,就租住一个房间,里面有许多神像,有一张讲究的、挂着帐子的床,甚至墙上挂有一块壁毯,上面绣有一幅骑士射击老虎的图。

本岛长官年俸七千卢布,医疗部门主管人四千卢布,农业督察官三千五百卢布,建筑师三千一百卢布,区长三千五百卢布。官员每过三年有半年的休假,薪金照领。他们的薪金过五年增加百分之二十五。过十年发给补贴。两年算做三年。车马费也不少。没有官品的典狱长助理从亚历山德罗夫斯克到彼得堡,可领车马费一千九百四十五卢布零六十八又四分之三戈比,也就是一笔足够作一次十分舒适的环球旅行的款项(1889年第302号和305号命令)。退休和任职满五年到十年以后休假的人都可领到车马费;休假的人可以不离开此地,于是车马费起了津贴或者奖金的作用。神甫的全体家庭成员都能享受车马费。退休官员冬季照例要求到彼得罗巴甫洛夫斯克(路程一千三百俄里)或者到霍尔莫果尔斯克县(路程一千一百俄里)去的车马费;同时,在他呈请退休的时候,他可以向监狱总署申请,要求准许携带家眷免费搭乘志愿舰队的轮船去敖德萨。此外还要补充的是,当官员在萨哈林工作的时候,他的子女上学,可以享受公费。

可是此地的官员对生活还是不满意。他们生气,相互之间为小事争吵,感到烦闷。在他们和他们的家庭成员身上表现出患肺病、神经衰弱和精神病的趋向。我在亚历山德罗夫斯克时,有个年轻的官员,为人极其和善,然而出门上街的时候,哪怕在白天也总是带着一把大手枪。我问他为什么在口袋里装着这个笨重的武器,他认真地回答说:

"在此地有两个官员打算打死我,他们已经袭击过我一次了。"

"可是您带这把手枪干什么用呢?"

"很简单,我要打死他们像打死狗一样,我不会客气的。"——契诃夫注

329

二十一

流放居民的精神面貌——犯罪现象——侦讯和审判——惩罚——树条抽打和鞭刑——死刑

有些流放犯勇敢地承受惩罚,爽快地承认自己的罪行,如果你问他们为什么被发配到萨哈林来,他们照例总是这样回答:"为好事是不会被发配到这儿来的。"可是有些流放犯却表现得十分懦弱、沮丧,他们抱怨诉苦,哭天抹泪,陷于绝望,赌咒说他们没有犯过罪。有的人认为惩罚是一种幸福,因为照他的说法,他一直到苦役地才认清上帝。另一些人则千方百计地想逃跑,在人们捕捉他们的时候,他们就抡起粗棍子来格斗。在同一个房顶之下住着的,除了怙恶不悛、不可救药的坏人和恶棍以外还有一些偶犯,"不幸者",冤屈定罪的人。① 因此,在涉及流放居民的一般精神面貌问题的时候,他们总是给人留下一种非常复杂、混乱的印象,以致运用现有的研究方法未必能够就这个问题作出任何严肃的概括。通常人们根据确定犯罪率的数字来判断居民的精神面貌,可是对于流放移民区,就连这个通常的简单方法也是不适用的。在不正常的独特环境下生活的流放居民,自有他们特殊的、在习惯上对犯罪的一致看法和准则,我们认为轻的罪行在此地却属于重的,反之,对多数的刑事罪行却并不理会,因为在监狱的范围内,这类罪行被认为是平常的,几乎是不

---

① 本地总督手下的监狱督察官卡莫尔斯基先生对我说:"要是一百个苦役犯当中终于出现十五个到二十个品行端正的人,那么,我们与其把这一点归因于我们所采用的惩治措施,不如归因于我们俄国的法庭,他们把那么多的良好可靠的分子送到苦役地来了。"——契诃夫注

可避免的。①

在流放犯身上可以观察到主要是不自由的、受奴役的、饥饿的、处于经常的恐惧下的人们所具有的恶习和反常心理。作假,耍滑头,怯懦,沮丧,挑拨,偷窃,暗中使坏,这就是遭到屈辱的人们反击长官和看守的武器,至少是他们的大部分武器,对于长官和看守,他们不尊敬,光是害怕,而且认为是自己的敌人。为了摆脱沉重的劳动或者体罚,为了取得一小块面包、一撮茶叶、一点食盐或烟草,流放犯常常求助于欺骗,因为经验向他表明,在生活竞争中,欺骗是一种最稳妥可靠的办法。盗窃在这儿习以为常,类似一种谋生的手艺了。凡是没有收藏好的东西,犯人们见着就拿,现出饥饿的蝗虫那种顽固和贪婪,同时他们最爱偷食品和衣服。他们在监狱里偷,在相互之间偷,在流刑移民那里偷,在劳动中偷,在轮船装货的时候偷,同时根据盗窃手法的熟练可以看出此地的窃贼常常在进行训练。有一次在杜埃,一条轮船上被偷掉一只活绵羊和一大桶发过酵的面;驳船还没有离开轮船,可是贼赃却找不到了。还有一次船长被窃,舷窗和罗盘都被拧下偷走了;还有一次窃贼溜进一条外国轮船的舱房,把银的食具弄走了。在卸货的时候整捆

---

① 对于最高幸福——自由——的出乎自然、不可遏制的追求,在此地被看做犯罪的倾向,逃跑就作为严重的刑事罪行用苦役劳动和鞭刑加以惩罚;流刑移民出于最纯洁的动机,"为了基督"而在夜间留宿逃亡的人,却因此受到苦役劳动的惩罚。如果流刑移民懒惰或者嗜酒,本岛长官就可能把他发送到矿场上去劳动一年。在萨哈林,连欠债也被认为是刑事罪行。作为对欠债的惩罚,流刑移民不得转为农民。警察机关作出决定,凡是偷懒和疏于经营家业以及故意避不偿还所欠公款的流刑移民一概送去苦役劳动,为期一年,本岛长官批准了这个决定,并且作了补充,要求先把这种流刑移民送往萨哈林公司劳动,以便赚得工资,偿还债务(1890年第45号命令)。简言之,流放犯由于犯了某些在平常情况下只能受到申斥、拘押、监禁的过错而常常被判处苦役劳动和鞭刑。另一方面,在监狱里和村子里极其频繁地发生的盗窃案却很少引起审讯;如果根据官方的数字来下断语,那就可能得出十足虚假的结论,认为流放犯比自由人对别人的财产更尊重……——契诃夫注

和整桶的东西都不见了。①

  流放犯总是偷偷摸摸地寻找乐子的。一杯白酒在平常情况下花五个戈比就能买到，可是他买酒一定要找私贩，如果不是给钱，就是给自己的面包或者一件什么衣服。唯一的精神享受是打纸牌，这只有夜间点起蜡烛头来，或者在原始林里才可能进行。任何秘密享受，只要一再重复，就会渐渐变成嗜好；由于流放犯极易模仿，这些犯人互相感染，于是像私酒和打牌这类似乎无关紧要的小事却能造成不可思议的混乱。我已经说过，流放犯当中那些秘密地贩卖酒精、白酒的暴发户大发横财；这就是说，在拥有三万到五万卢布财产的流放犯旁边，一定可以找到经常出售自己的食物和衣服的人。打牌像流行病一样已经控制所有的监狱；监狱成为大赌窟，村子和哨所成了它们的分部。局面已经铺得很广，甚至人们说，此地的赌博组织者在偶然的搜查中被发现有成百上千的卢布，而且同西伯利亚的监狱，例如按苦役犯的说法进行着"真正"赌博的伊尔库茨克监狱，有正规的业务联系。在亚历山德罗夫斯克，已经有好几个赌场；其中的一个在第二砖场街，甚至发生过这类渊薮所特有的丑事：一个赌输的看守开枪自杀了。什托斯②像曼陀罗③一样麻醉人的头脑，把食物和衣服赌光的苦役犯并不感到饥饿和寒冷，挨到鞭笞的时候也不觉得痛。不管说来多么奇怪，就连在干装货这种活儿的时候，尽管载煤的驳船不断地碰撞轮船的船舷，海浪澎湃，人们因为晕船而脸色发青，可是驳船里照样在进行

---

  ① 苦役犯把一袋袋面粉丢进水里，然后，大概在深夜，从水底捞起来。某条轮船的大副对我说："转眼间，整个地方的货物都给偷光了。比方说，卸下一桶桶咸鱼的时候，人人都极力把鱼往自己的口袋、衬衫、裤子里塞……这下子他们可就倒了霉！人家就捞起鱼尾巴朝他们脸上没完没了地揍……"——契诃夫注
  ② 见本书第99页注③。
  ③ 一种植物，用来制作麻醉剂。

纸牌的赌博,正经的交谈和赌博的话语混在一起:"让路!二点!行啦!"

妇女的不自由的处境、她们的贫困和屈辱促使卖淫的发展。我在亚历山德罗夫斯克问起此地有没有卖淫妇,人家总是回答说:"要多少有多少!"①由于需要量大,卖淫这种事无论是年老也好,丑陋也好,以至第三期的梅毒病也好,都不成其为障碍。就连年龄很小也不碍事。我在亚历山德罗夫斯克的街上曾见到一个十六岁的姑娘,据说她从九岁起就开始卖淫。这个姑娘有母亲,然而在萨哈林,家庭环境并不能拯救姑娘免于毁灭。人们谈到一个茨冈人,说他叫他的女儿们卖淫,同时由他出面讲价钱。在亚历山德罗夫斯克城郊区,有一个自由身份的妇女开着一家"营业场所",其中做生意的都是她的亲生女儿。在亚历山德罗夫斯克,一般说来,淫乱带有城市的性质。这儿甚至有犹太人经营的"家庭浴室",而且出现了专拉皮条的人。

根据官方统计表的资料,在一八九〇年一月一日以前,累犯者,也就是重又遭到区法院审判的人,占苦役犯的百分之八。累犯者当中有受过审判三次、四次、五次,以至六次的,那些由于累犯而延长苦役年限达二十年到五十年的人有一百七十五名,占总数的百分之三。可是这可以说是被夸大了的数字,因为在累犯中间主要是因逃亡而受审的。再者,逃犯的数字也不可能准确,因为逃犯被抓回以后并不总是交付法院审问,通常是由行政当局自行处理。流放的居民犯罪的或者换句话说,倾向于累犯的,究竟有多少,目前尚不得而知。在此地,犯罪就要受到审判,然而许多案子因为找不到罪犯而中断,许多案子被驳回以便补

---

① 然而警察局给我一张单子,在那张单子上,每个星期经医师检查的卖淫妇只有三十名。——契诃夫注

足罪证,或者说明归哪个法院管辖;要不然,由于没有收到西伯利亚各机关的必不可少的调查材料,经过长久的拖延,结果,被告已经死了,或者逃犯在外没有追回,案件只能归档了事。不过主要的原因是侦讯资料不可信,进行侦讯工作的是那些没有受过教育的青年人;再说,哈巴罗夫斯克区法院只凭公文而对萨哈林犯人进行缺席审判。

在一八八九年当中受到侦讯和审判的苦役犯有二百四十三名,和其余的苦役犯的比例是一比二十五。流刑移民受到侦讯和审判的有六十九名,比数是一比五十五,而农民受审的只有四名,比数是一比一百一十五。从这些比数可以看出来,随着流放犯处境的改善,随着他们转入比较自由的地位,他们受审的可能性每次都减少一半。所有这些数字指的是一八八九年的受审数,而不是指一八八九年的犯罪数,因为这一年的案子数字中也包括许多年以前开始而至今还没有结束的悬案。这些数字可以使读者了解到在萨哈林由于案子拖延许多年不得解决,有大批的人每年都在为审判和侦讯苦恼;读者可以想象这种局面对居民的经济情况和精神状态会产生什么样有害的影响。①

侦讯工作照例交给典狱长助理或者警察机关的秘书办理。照

---

① 1889 年因逃亡而受到审判和侦讯的有一百七十一名。其中柯罗索夫斯基的逃跑案从 1887 年 7 月开始,由于证人未出庭受审而停顿。一个越狱逃跑案在 1883 年 9 月立案,到 1889 年 7 月,由检察长先生建议,转交滨海省法院审理。列斯尼科夫的案子在 1885 年 3 月间开始,到 1889 年 2 月结束,等等。1889 年的讼案中数量最大的是逃跑案,占百分之七十,其次是杀人案和一般牵连到杀人的案子,占百分之十四。如果不把逃跑案计算在内,那么,全部案件的一半就是杀人案。杀人是萨哈林最常见的罪行之一,这大概是因为流放犯中有一半原就是由于杀人而定罪的。此地的杀人犯非常随便地干杀人的事。我在雷科夫斯科耶村的时候,那儿有一个在公家的菜园里干活的苦役犯用刀子砍断另一个人的脖子,按他自己的说法,他杀人的目的在于不想干活,因为受侦讯的人关在单身牢房里,什么活也不用干。在秃海岬,(转下页)

本岛的长官的话来说,"侦讯工作总是没有充分的证据就开始,进行得疲沓而不得力,与案件有牵连的被捕者缺乏任何根据而遭监禁"。凡是有嫌疑的或者被控有罪的都加以拘捕,送进单身牢房。在秃海岬有一个流刑移民被杀,结果有四人受到怀疑而被扣

(接上页)一个年轻的木匠普拉克辛为几个银币打死了他的同伴。1885年,有些逃跑的苦役犯袭击虾夷人的村落,而且看来仅仅为了追求强烈的刺激而折磨村民,强奸妇女,最后把儿童吊死在房梁上。大多数杀人行为既荒唐又残酷。杀人案的处理拖得非常长久。例如有一个案子在1881年9月开始,直到1888年4月才结束;另一个案子在1882年4月开始,到1889年8月结束。甚至我刚刚讲到的杀害虾夷人家庭的案子也没有了结:"这个杀害虾夷人的案子由战地军事法庭判决,十一名流放苦役犯被判处死刑,可是战地军事法庭对于其他五个被告的判决,警察局却不知道。已于1889年6月13日和10月23日呈报萨哈林长官先生核定。""更换姓名"的案子拖的时间特别久。例如,有一个案子在1880年3月开始,一直拖到现在,因为还没有收到雅库特省政府的调查材料;另一个案子是在1881年立案的;第三个案子则是在1882年。"因伪造和使用假钞票"而受到审判和侦讯的有八名苦役犯。据说假钞票就是在萨哈林本地制造的。犯人们在外国轮船上卸货的时候,在轮船上的小吃部里买烟草和白酒,通常用的是假钞票。那个在萨哈林被盗去五万六千卢布的犹太人就是因为造假钞票而被发配到此地来的;他已经服满刑期,戴着帽子,穿着大衣,挂着金表链,在亚历山德罗夫斯克的街头溜达了。他同官员和看守说话总是声音很低,近似耳语。顺便提一下,由于这个卑鄙的人的告密,一个家中人口很多的农民被拘捕,戴上了镣铐。这个农民也是犹太人,以前被战地法庭"以谋反罪"判处终身苦役,可是在穿过西伯利亚的途中,他档案中所载的刑期通过伪造手段,缩短成了四年。在《一八八九年全年侦讯通报》中,载有一件"盗窃科尔萨科夫当地部队军需库"一案;被告从1884年起就受到审讯,可是"关于侦讯工作开始和结束的时间的资料在过去的南萨哈林区区长的案卷里却没有,这个案子何时结束审讯就不得而知了"。这个案子经木岛长官批示转交区法院审理。那就是说,罪犯要第二次受审了。——契诃夫注

335

押①;他们关在黑暗阴冷的单身牢房里。过了几天,三个被放出来,只有一个仍旧关着;这一个被戴上手铐脚镣,每隔两天,到第三天才能吃到热饭;后来,又由于看守上告,上边吩咐用树条抽他一百下,他就这样一直关在黑屋子里,忍饥挨饿,遭受威吓,一直关到他招认为止。同时,这个监狱里还关着一个自由身份的妇女加拉宁娜,她有杀害丈夫的嫌疑;她也关在一个阴暗的单身牢房里,每隔两天到第三天才能吃到热饭。有一个官员当着我的面审问她,她声明说,她有病很久了,不知什么缘故总也不肯给她找大夫看病。那个官员就问一个管理单身牢房的看守,为什么直到现在没有去请医师,而那个看守干脆回答说:

"我向典狱长先生报告过,可是他说:让她死掉算了!"

这种不善于区别判决前的羁押(而且是在苦役犯监狱里的阴暗的单身牢房里!)和监狱监禁,不善于区别自由人和苦役犯的做法使我感到惊奇,尤其是,此地的区长曾经毕业于大学法律系,而典狱长以前在彼得堡的警察局里工作过。

另一次,我清早同区长一块儿到单身牢房去。这时候从单身牢房里放出四个有杀人嫌疑的流放犯来,他们冷得发抖。加拉宁娜穿着袜子而没有鞋,也在发抖,看到亮光就眯起眼睛。区长下命令让她迁到一个明亮的屋子里去。这一次我无意中发现一个格鲁吉亚人像个影子似的在单身牢房的入口处附近徘徊;他因为有放毒的嫌疑而已经在这儿,在阴暗的门斗里,关了五个月,等着侦查,可是侦查至今还没有开始。

萨哈林没有助理检察官,因而也就没有人来监督侦讯工作

---

① 根据《流放犯管理条例》,为拘押流放犯,长官们不必拘泥于诉讼程序的规定;流放犯只要涉有嫌疑,可以在任何情况下加以扣押(第484条)。——契诃夫注

的进行。侦讯工作的方向和速度就完全取决于与案件本身没有任何关系的各种偶然因素。我在一份公报里读到某亚科夫列娃被杀害一案,说"犯案的目的在于抢劫和图谋强奸,证据是床上的被褥已经移动,床的后护板上有鞋后跟上钉子的划痕和印迹"。这样的考虑预先决定整个案子的命运,而在这类情况下验尸并不认为是必不可少的。一八八八年,有一个逃跑的苦役犯杀死了列兵赫罗米亚迪赫,直到一八八九年才根据检察官的要求进行验尸,而那时候侦讯工作已经结束,案子送到法庭去了。①

《条例》第四六九条规定,当地的长官有权无须经过警察机构的正式调查而对流放犯的某些罪行和行为确定惩罚,立即执行,而按照一般的刑事法律,对这些罪行和过错的惩处不超出剥夺一切特权以及监禁的界限。一般说来,萨哈林的次要案件由此地警察局所管辖的正式警方法庭来处理。尽管当地的法庭具有极其广泛的管辖范围,受理一切次要案件以及许多在一定条件下才能被认为是次要的案件;可是当地的居民并不知道公正的裁判,他们的生活缺乏法律的保障。只要官员有权不经过审判和侦讯程序而对人使用笞刑或关进监狱,甚至送往矿场劳动,法庭的存在就只有形式

---

① 从前,"由于谜一般的原因",有的案子会突然神秘地勾销,或者突然中断(请参看《符拉迪沃斯托克》1885年第43号)。有一次,战地军事法庭判处的一个案子的案卷甚至被偷走了。符拉索夫先生在他的报告里提到一个终身苦役犯阿依齐克·沙皮尔。这个犹太人住在杜埃,在那儿做白酒的买卖。1870年,他被控奸污一个五岁的幼女,可是这个案子尽管罪证确凿,却被撤销了。这个案子的侦讯工作由这个哨所驻军的一个军官进行,而这个军官原先把自己的手枪抵押给了这个沙皮尔,向他借钱;等到这个案子从军官那儿接收过来的时候,案卷里却没有揭发沙皮尔的证件。沙皮尔在杜埃很有势力,有一次哨所的所长问起沙皮尔在哪儿,旁人就回答他说:"他老人家喝茶去了。"——契诃夫注

上的意义了。①

对重大罪行的处刑由滨海省的地方法院决定,这个法院是只凭公文,不审问被告和证人而解决讼案的。地方法院的判决都需经本岛长官批准,长官如不同意这个判决,就可运用自己的权力解决案件,并且把每一次对判决的更改上报枢密院。如果某种罪行依行政当局看来特别重大,而按《流放犯管理条例》进行惩办又不够有力,行政当局就申请把犯人送交战地法庭审理。

苦役犯和流刑移民犯了罪,受到的惩罚分外严厉。如果我们的《流放犯管理条例》完全不合乎时代精神和法律的话,那么,这首先可以从有关惩罚的那一部分看出来。这些惩罚使罪犯感到屈辱,使他们更加残酷,习性更加粗野。此种办法早已被认为对自由居民有害了,却仍旧施之于流刑移民和苦役犯,倒好像流放的居民变得粗野,残忍,完全失去人的尊严的危险比较少似的。树条抽打和鞭刑、被锁在小车上之类的惩罚侮辱罪犯的人格,使他们遭到肉体上的痛苦和折磨,在此地是广泛使用的。一切罪行,不论是刑事的还是次要的,都受到皮鞭或者树条抽打的惩罚;这种惩罚要么作为补充的手段而同其他的惩罚结合使用,要么单独使用,反正总是一切判决的必不可少的内容。

---

① 在安德烈耶-伊凡诺夫斯科耶村,有一个下雨的晚上,C 的一头猪被偷走了。嫌疑落到 З 身上,他的裤子上有猪粪的污斑。在他家里进行了搜查,没有找到猪;可是村社还是判决把 З 的房东 A 的一头猪带走,认为他可能犯了窝赃罪。区长虽然认为这个判决不公平,却还是批准了。"要是我们不批准村社的判决,"他对我说,"那么萨哈林就会弄得完全没有审判了。"——契诃夫注

最常用的惩罚就是用树条抽打。① 据《公报》记载,一八八九年间,在亚历山德罗夫斯克,按行政程序受处罚的苦役犯和流刑移民有二百八十二名,其中体罚,即用树条抽打的有二百六十五名,用其他方式的十七名。这就是说,在一百例中有九十四例,行政当局使用的是树条抽打的办法。实际上,远不是全部受体罚的人都列入《通报》:在特莫夫斯克区的《通报》里,一八八九年用树条被惩罚过的苦役犯只有五十七名,而在科尔萨科夫区里只有三名;可是实际上,在这两个区里每天都有好几个人挨打,而在科尔萨科夫区,有时候挨打的有十人左右。通常,任何过错都能成为用树条打人三十下到一百下的理由:没有完成每天的工作(例如鞋匠没有做成规定的三双女暖鞋,他就得挨打)、酗酒、粗鲁、不听话……要是有二三十个服劳役的人没有完成规定的工作量,那么,这二三十个人就都得挨打。有一个官员对我说:

"犯人,特别是戴镣铐的犯人,喜欢递种种无聊的呈文。我奉

---

① 背上的方布、半边剃光的头、镣铐等,在从前是预防逃跑和最方便地认出流放犯的方法,如今却失去它们原先的意义,只作为侮辱的办法保存下来了。方布,这种四边各两俄寸长的一小块布,按照《条例》的规定,必须同衣服的颜色不同;在最近以前它一直是黄色的,然而由于这种颜色是阿穆尔河和外贝加尔地区哥萨克的颜色,柯尔夫男爵就下令用黑呢做方布。可是方布在萨哈林失去了一切意义,因为大家早已看惯这个东西,不以为意了。关于半边剃光的头也可以这样说。在萨哈林,现在很少有人半边剃光头,只有那些被抓回的逃犯、受侦讯者和锁在手推车上的犯人,而在科尔萨科夫,根本就没有剃这种头的人了。根据《在押犯人条例》,镣铐的重量必须是五俄磅到五俄磅半。我在那儿的时候,妇女当中上镣铐的只有一个"小金手",她戴着手铐。正在受考验的犯人必须戴镣铐,可是《条例》允许,如有必要,在劳动时可卸下镣铐。几乎在一切劳动中,镣铐都成为障碍,所以绝大多数苦役犯就都被卸掉了镣铐。甚至绝不是全部终身苦役犯都戴镣铐,虽然按《条例》的规定是必须戴手铐脚镣的。不管镣铐多么轻,可是它们仍旧在一定程度上使人动作不便。对镣铐也是能够习惯的,虽然绝不是一切人都这样。我有时见到年纪已经不轻的犯人当外人在场的时候用长袍的前襟把镣铐盖住;我有一张照片,照的是杜埃和沃耶沃德一群在外干活的犯人,而大多数戴镣铐的人都极力不让自己的镣铐被摄进照片。显然,这种锁链,作为侮辱人的惩罚手段,在许多情况下达到了目的,可是这在犯人心中引起的屈辱感未必同羞愧有什么共同点。——契诃夫注

339

派到此地来,头一次视察监狱的时候,他们递了不下五十份呈文;我收下来,可是对递呈文的人声明说,那些递上不值得理睬的呈文的人要受到惩罚。只有两份呈文是有根据的,其余的都是胡说。我吩咐用树条抽打这四十八个人。后来,第二次,又递上来二十五份,以后就越来越少,现在呢,不再对我提出什么请求了。我惩得他们戒除了这种恶习。"

在南方,有一个苦役犯由于另一个苦役犯的告密而遭到搜查,搜出一本日记,被认为是通讯的草稿,就挨了五十下树条,在阴暗的单身牢房里关十五天,只吃面包和水。移民监督官,经区长同意,几乎使全体留托加村的居民遭到了体罚。下面就是本岛长官关于这件事所说的话:"科尔萨科夫区的区长顺便向我报告,某某人(姓名从略)干了一桩擅自越权的极其严重的事件,那就是,对某些流刑移民施行残酷的体罚,其程度远远超出法律规定的标准。这件事本身就令人愤慨,我在分析事件起因以后更加感到情况的严重性,因为这种不查清事实就不分青红皂白、连怀孕的妇女也在所难免的惩罚,起因无非是流刑移民之间一场简单而无结果的斗殴而已。"(一八八八年第二五八号命令)

最常见的是犯错误的人挨三十下或者一百下的树条抽打。抽打多少下,这不是取决于过错本身,而是取决于谁下令惩罚,是区长还是典狱长:区长有权下令打一百下,而典狱长则打三十下。有一个典狱长总是按常规下令打三十下,可是有一次,他有机会代理区长的职务,他就立刻把平时的标准数量提高到一百,仿佛这一百下树条抽打是他的新权力的必不可少的象征;他一直没有更改这个象征,直到区长返任为止,这以后他就又同样认真地立刻把抽打降为三十下了。在萨哈林,使用树条惩罚已经司空见惯,习以为常,因此在许多人心里,既不会引起厌恶,也不会引起恐惧,据说犯人当中已经有不少人在受刑的时候甚至感不到疼痛了。

鞭刑的使用要少得多，只是根据区法院的判决执行。从医疗部门主管人的报告里可以看到，一八八九年"为了确定经受法院判决的体罚的能力"而有六十七个人经医师检查过。在萨哈林使用的种种惩罚当中，就残酷和行刑情景而论，这是最令人憎恶的一种。对流窜犯和累犯判处鞭刑的欧洲俄罗斯的法律家们如果亲眼看到这种惩罚的执行情况，早就会不用这种惩罚了。可是《条例》第四七八条使他们同这种可耻的、侮辱性的景象隔绝了，根据这一条，俄罗斯和西伯利亚的法院的判决在流放地执行。

皮鞭的惩罚是什么样子，我在杜埃见到过。流窜犯普罗霍罗夫，又姓梅尔尼科夫，年龄三十五岁到四十岁，从沃耶沃德监狱里逃出来，做了一个小木筏，坐着它漂向大陆。然而岸上有人及时发现了，就派一艘汽艇去追赶他。这个逃亡事件就开始立案，人们翻看他的材料，突然发现这个普罗霍罗夫就是梅尔尼科夫，此人去年由于谋杀一个哥萨克及其两个孙女而被哈巴罗夫斯克区法院判处鞭打九十下并锁在手推车上，可是由于疏忽，这种惩罚还没有实际执行。要不是普罗霍罗夫想逃跑，也许人们就会一直没有发现错误，这个案子就会不使用皮鞭和手推车而了结，可是现在，这个判决就非执行不可了。在规定的日子，即八月十三日早晨，典狱长、医师和我慢慢地往公署走去，昨晚已经下过命令把普罗霍罗夫押来，这时候他跟几名看守一起坐在门外的台阶上，还不知道等待他的是什么。他看到了我们，就站起来，大概明白是什么事，因为他的脸色变得煞白了。

"进去！"典狱长命令道。

我们走进公署。普罗霍罗夫被押进来。医师是一个年轻的德国人，吩咐普罗霍罗夫脱掉衣服，开始听他的心脏，为了确定这个犯人受得住多少下鞭子。他不出一分钟就把这个问题解决了，然后就带着一本正经的模样坐下来写检查证明。

"唉,可怜虫啊!"他用抱怨的声调说,德国口音很重,把钢笔往墨水瓶里蘸,"你戴上镣铐恐怕嫌重吧!你就央求这位典狱长先生,他会下命令卸掉的。"

普罗霍罗夫沉默不语;他的嘴唇发白,颤抖了。

"实在用不到对你这样,"医师没有住口,"对你们大家都徒劳无益。俄国有这么多可疑的人哟!唉,可怜呀可怜!"

检查证明写好,附入逃亡案的侦讯卷宗里。接着是一片沉默。文书在写,医师和典狱长也在写……普罗霍罗夫还不确切地知道把他带到这儿来究竟是为了什么事:只为了逃跑案呢,还是旧案和逃跑加在一起?这个疑团折磨着他。

"你昨天晚上梦见了什么?"最后,典狱长问道。

"忘了,老爷。"

"那么你听着,"典狱长瞧着档案说,"某年某月某日,你因为杀害哥萨克人而被哈巴罗夫斯克区法院判处鞭打九十下……那么今天你得接受处罚。"

典狱长拍一下犯人的额头,用开导的口气说:

"这都是因为什么缘故呢?就因为这个脑袋总喜欢自作聪明。你们老是逃跑,以为这样会好些,结果却反而更糟。"

大家走进"看守房"去,那是一所灰色的简易旧木房。有一个军医士站在门口,用仿佛在央求施舍的口气说:

"大人,让我看一看惩罚的情况吧!"

这个看守房的中央放着一条有坡度的长凳,上边有些窟窿,是为了捆绑手脚用的。行刑人托尔斯狄赫①是个又高又壮的

---

① 他是因为砍掉妻子的头而被发配到此地来服苦役的。——契诃夫注

人,有大力士那样的体格,没穿上衣,敞着坎肩。他向普罗霍罗夫点点头,后者就沉默地躺下了。托尔斯狄赫不慌不忙,也沉默着,把犯人的裤子脱到膝部,开始慢吞吞地把他的手脚拴在长凳上。典狱长冷漠地瞧着窗外,医师慢慢地走来走去。他手里拿着一种滴剂。

"也许你要一杯水吧?"他问道。

"看在上帝分上,大人。"

最后,普罗霍罗夫被捆住了。行刑人拿起三叉皮鞭,从容不迫地把它弄直。

"挺住!"他用不大响的声音说,没有扬起皮鞭,仿佛只是试一试似的打了第一下。

"一!"看守用教堂里念经的那种声调说道。

开头,普罗霍罗夫沉默着,甚至他脸上的神情也没有变,可是紧跟着他痛得周身起了一阵颤栗,嘴里发出的不是喊叫,而是尖叫。

"二!"看守嚷道。

行刑人侧着身子站着,为了让鞭子横着落在他的身上。他每抽完五下,就慢慢地走到对面去,让犯人喘息半分钟。普罗霍罗夫的头发贴在额头上,脖子上的筋都绷了起来;抽打五下到十下以后,他那布满旧日鞭笞伤疤的身体就变紫、发青,每抽一下,挨揍的皮肤就裂开了。

"大人!"他又叫又哭,"大人啊!饶了我吧,大人!"

后来,抽了二三十下以后,普罗霍罗夫像个醉汉似的,或者像说梦话似的哭诉起来:

"我是个倒霉的人,我完了……为什么叫我受这样的罪呀?"

随后他的脖子古怪地伸长了,他发出呕吐的声音……普罗霍罗夫一句话也说不出来，只是呼哧呼哧地低声喘着气。从惩罚开始好像已经过去很长很长的时间，然而看守刚刚在喊："四十二！四十三！"离着九十还远得很。我就走到外面去了。街道上静悄悄的，可是我觉得从看守房里发出来的撕裂人心的叫声似乎传遍了整个杜埃。这时候走过一个穿着自由人衣服的苦役犯，朝看守房瞥了一眼，他的脸上以至步态上都表现出恐惧。我又走进看守房，后来又走出来，看守仍旧在报数。

最后，总算报了第九十下。普罗霍罗夫很快地被松开手脚，由人扶着站起来。挨打的地方由于瘀血而呈青紫色，并且在出血。他的牙不住地打战，他的脸又黄又湿，他的眼珠乱转。给他喝药水的时候，他痉挛地咬玻璃杯……他们把他的头在水里浸了浸，就把他押到警察分局去了。

"这是为杀人罪受的刑，而为逃跑罪以后还要另外算账。"在我们往回走的时候，人们向我解释道。

"我真喜欢看怎样惩罚他们！"那个军医士快活地说，由于饱看这种可憎的场面而感到满足，"我喜欢看！这都是些无赖、坏蛋……该绞死他们才对！"

体罚不光使犯人变得粗野，残忍，就连那些惩罚者以及惩罚时在场的人也是如此。甚至受过教育的人也不例外。至少我没有发现受过大学教育的官员们对待体罚的态度不同于那些军医士或者士官学校和宗教学校的毕业生。有些人是那么习惯于鞭刑和树条抽打，变得那么粗野，最后甚至在打人当中取乐。人们讲起一个典狱长，说犯人在他面前挨打的时候，他嘴里吹着口哨；另一个老典狱长幸灾乐祸地对犯人说："上帝跟你同在，你叫什么呀？没什么，没什么，沉住气吧！打他，打！使足了劲打！"另一个典狱长吩咐把犯人的脖子也拴在长凳上，好让他声嘶力竭地叫，他下令打过五下到十下以后就走出去，到一个什么地方去转一转，过上一两个钟头又回来,再下令继续打。①

在战地军事法庭的人员中有本岛长官委派的本地军官;由军事法庭审理的案件连同法庭的判决需经总督批准。从前,被判决的人要在单身牢房里受两三年的煎熬,等着批准,而现在他们的命运由电报来决定了。战地军事法庭的通常的判决是处绞刑。总督有时候减轻判决,把死刑改为抽打一百下皮鞭,将犯人锁在手推车上,定为终身受考验的苦役犯。如果杀人犯被判处死刑,就很少减刑。"我对杀人犯是要处以绞刑的。"总督对我说。

在执行死刑的前一天,在傍晚和夜间,神甫要为被处决的人主持临终宗教仪式,接受他的忏悔并和他谈话。有一个神甫对我说:

"……我开始工作时才二十五岁,有一次我必须到沃耶沃德监狱里去为两个被判处绞刑的人举行临终祈祷,这两个人为一个

---

① 亚德陵采夫讲到过某个杰米多夫,说他为了揭破一起罪行的详情,命令行刑人拷打一个杀人犯的妻子,而她是一个自由身份的妇女,自愿跟随丈夫到西伯利亚来的,本来可以免遭体罚;接着,他又拷打那个杀人犯的十一岁的女儿;他们把这个姑娘吊起来,行刑人用树条打她,从头打到脚;这个孩子甚至挨了好几下皮鞭;她要水喝,他们却拿咸鲑鱼给她吃。要不是行刑人拒绝继续打她,那她还会多挨几鞭。"其实,"亚德陵采夫说,"杰米多夫的残忍是在他对流放犯的长期管理中自然而然地养成的。"(《西伯利亚流放犯的状况》,载《欧洲通报》1875 年第 11 期和 12 期。)符拉索夫在他的报告里讲起某个中尉叶甫佛诺夫,说他的弱点是"一方面弄得苦役犯所住的牢房变成赌牌、酗酒的场所和各种罪恶的渊薮,而另一方面,他那阵阵发作的凶残使苦役犯也变得凶残。有一个犯人想摆脱次数过多的树条的鞭打,就在惩罚以前把看守杀死了"。

　　当前的本岛长官柯诺诺维奇将军素来反对体罚。每逢警察局和哈巴罗夫斯克法院把判决呈报他批准,他照例写道:"除体罚外,批准。"可惜他因为没有工夫而很少到监狱里去,因而不知道在他的监狱里,甚至在离他的寓所二三百步远的监狱里,人们怎样常常挨树条的抽打,他只凭报表判断惩罚的次数。有一次,我在他的客厅里坐着,当时有几个官员和一个初来的矿业工程师在座,他对我说:

　　"在我们萨哈林,用体罚的情况是非常少见的,差不多已经不用了。"——契诃夫注

卢布四十个戈比而把一个流刑移民杀死了。我走进他们的单身牢房,因为不习惯而胆怯,我吩咐我进去后不要关门,哨兵也不要走开。可是他们对我说:

"'您别怕,神甫,我们不会杀害您。请坐吧。'

"我就问:坐在哪儿呢?他们指了指板铺。我就在一个装水的小木桶上坐下,后来我鼓起勇气,在板铺上两个犯人中间坐下了。我问他们是哪一省人,说东道西地谈了一阵,然后开始举行临终祈祷。只是在犯人忏悔的时候,我望见人们正抬着一根绞刑架上的木柱和其他刑具从窗外走过。

"'这是什么?'犯人们问。

"'这多半是典狱长要建造什么。'我对他们说。

"'不,神甫,这是用来绞死我们的。我说,神甫,我们能喝点酒吗?'

"我说:'不知道,我去问一下。'

"我就去找上校,对他说,被判决的人要喝酒。上校给了我一瓶;为了免得以后有人说闲话,我就吩咐岗哨派班人把哨兵撤走。我在卫兵那儿取得一个酒杯,就到犯人们的单身牢房里去了。我斟了一杯。

"'不,'他们说,'您先喝一杯,要不然,我们就不喝了。'

"我只好喝一杯。下酒菜却没有。

"'喏,'他们说,'一喝了酒,脑瓜子里就亮堂了。'

"这以后我继续主持临终仪式。我跟他们谈了一两个钟头。忽然传来一声命令:

"'把他们带出去!'

"后来,在他们受绞刑以后,我因为不习惯而很久都不敢走进阴暗的房间。"

对死亡的恐惧和行刑的情景使被判决的人情绪极度紧张。

在萨哈林，还没有一个犯人能够不垂头丧气地走上刑场。苦役犯切尔诺谢依杀死了店主尼基丁，在行刑之前从亚历山德罗夫斯克被押到杜埃去，路上他发生了膀胱痉挛，不时地停下来；他的同谋犯金查洛夫说起胡话来了。犯人行刑以前要穿上白布尸衣，听人念临终祈祷。这些杀死尼基丁的人受刑的时候，其中有一个听到临终祈祷，就昏厥了。这些杀人犯当中年纪最轻的一个叫巴祖兴，他穿好尸衣，听完临终祈祷以后，忽然，当局宣布，说给他减刑，他的死刑改为别的惩罚了。可是这个人在短短的时间里有过多少经历啊！同神甫们在一起的通宵谈话，郑重的忏悔，凌晨的半杯白酒，"带出去"的命令，尸衣，临终祈祷，然后是得到宽免的喜悦，他的同伴受刑以后他立刻挨到的一百下鞭子，只挨了五下就昏厥了，最后是被锁在一辆手推车上。

在科尔萨科夫区有十一个人因为杀死虾夷人而被判处死刑。在行刑的前一夜，官员们和军官们通宵没睡，互相串门，喝茶。大家都感到疲乏，谁都坐立不安。被判决的人当中有两个吃乌头自杀了，这给看管死囚的卫队造成很大的麻烦。区长听到了夜间的混乱，而且得到报告，说两个犯人服毒自杀了，可是在行刑之前，当人们在绞架旁边聚齐的时候，他仍然不得不问卫队长：

"被判死刑的有十一个人，可是在这儿我只看见九个人。其余的两个在什么地方？"

卫队长没有同样打官腔回答他，却神经质地嘟哝道：

"那就把我绞死吧。把我绞死……"

那是十月间灰暗、阴沉、寒冷的凌晨。被判决的人吓得脸色蜡黄，头发在头上颤动。一个官员宣读判决书，激动得发抖，因为看不清字而念得结结巴巴。穿着黑色法衣的神甫让所有九个人吻一

下十字架,他对区长小声说道:

"看在上帝分上,放了他们吧,我受不了啦……"

事情拖得很长:必须给每个人穿好尸衣,把他领到绞架那儿去。这九个人终于被绞死以后,照区长的说法,空中就出现了"一长串",关于这次行刑就是区长对我讲的。受刑的人从绞架上被解下来的时候,医师们却发现其中有一个还活着。这件偶然的事却有特殊的意义:监狱里的人,包括行刑人和他的助手,了解监狱中的犯人们的一切罪行的秘密,知道这个活着的人并没有犯过他被判绞刑的那种罪行。

"他们重又把他处了绞刑,"区长结束他的故事道,"这以后我有整整一个月睡不着觉。"

二十二

萨哈林的逃犯——逃跑的原因——逃犯的出身、类别及其他

著名的一八六八年委员会指出,萨哈林的岛屿的位置是它的主要的和特别重要的优点之一。这个岛同大陆之间由浪涛澎湃的海洋隔开,因此按计划在这个岛上设立一个巨大的海洋监狱似乎并不困难:"四周是水,中间是灾难",这就实现了罗马式的荒岛流放,在这种地方要逃跑只能是妄想。可是事实上,从萨哈林的实际生活一开始,这个岛就表明,它似乎只是个 quasi insula①。把这个岛和大陆隔开的海峡,在冬季的月份中完全结冰,海水夏天起着监狱的墙壁的作用,冬天就平坦光滑像荒野一样了,每一个起意逃跑

---

① 拉丁语:想象中的岛。

的人都可以步行或者坐着狗拉的雪橇穿过海峡。再说，夏天海峡也不可靠，在波果比和拉扎列夫这两个岬角之间，最狭窄的地方不过六七俄里宽，在平静晴朗的天气坐着基里亚克人的简陋的木船航行一百俄里也不算难事。甚至在海峡宽阔的地方，萨哈林人也能相当清楚地看见大陆的海岸；朦胧的一长条土地和美丽的山峰天天都在召唤和引诱流放犯，告诉他们那儿有自由和故乡。那个委员会除了没有看出这些实际条件以外，还没有预见到或者忽视了有些逃犯不是到大陆去，而是到这个岛的腹地去，这造成的麻烦并不比逃往大陆小。因此，萨哈林的岛屿位置远不能使委员会的希望获得实现。

不过岛屿的地理位置仍旧有其优越性。逃出萨哈林是不容易的。流窜犯是逃跑的能手，他们有关这方面的话是可信的，他们公开声明说，逃出萨哈林比起例如逃出喀拉或者涅尔琴斯克的苦役地困难得多。虽然旧日的行政当局对监狱的管理十分松弛，马马虎虎，萨哈林的监狱却仍旧关满了犯人，逃跑的人数并不很多，而逃跑也许倒是某些典狱长所希望的，对他们来说，犯人逃跑正是最有利可图的机会之一。现在的官员们承认：要不是畏惧自然的障碍，那么在苦役劳动分散、监督松懈的情况下，留在这个岛上的就只有那些喜欢在此地生活的人，也就是一个人都没有了。

可是在拦阻人们逃跑的种种障碍当中，主要的却不是海洋可怕。萨哈林的走不通的原始林、山峦、经常的潮湿、迷雾、荒无人烟、熊、饥饿、蚊蚋、冬天的可怕的严寒和风雪，这些都是监督的真正的朋友。萨哈林的原始林里，每走一步都得爬过山一般高的倒树，粗硬的矶踯躅或者竹子缠住脚，沼泽和小溪水深及腰，要赶走可怕的蚊蚋就得不住地挥手；即使是自由的、吃饱的步行者走一天路也超不出八俄里，至于被监狱折磨得筋疲力尽的人，在原始林里

349

靠腐烂的食物加盐充饥，不知道哪儿是北，哪儿是南，一般说来，一天的行程就不会超出三到五俄里。再者，他被迫不能走直路，而要绕道，免得遇上哨兵。他在逃亡中度过一两个星期，在少有的情况下，则是一个月，他饥饿，腹泻，发烧，疲惫不堪，又被蚊蚋叮咬，两只脚皮开肉绽，肿起来，周身又湿又脏，衣服破碎，终于在原始林里死掉，或者硬撑着往回走，祈求上帝最好能让他遇见兵士或者基里亚克人，把他押回监狱。

促使犯人在逃亡中，而不是在劳动和忏悔中寻求生路的原因，主要是他心中的生存意识没有死灭。如果他不是一个在任何地方和任何情形下都一概生活得很好的哲学家，那他就不能，也不应当不想逃跑。

流放犯渴望离开萨哈林的原因，首先是他对故乡的热烈的爱。苦役犯们总是说，他们生活在自己的家乡是多么幸福，多么快乐啊！谈到萨哈林，谈到此地的土地、人、树，谈到气候，他们总是带着轻蔑的嘲笑、憎恶和气恼，而在俄罗斯，却是一切都好极了，使人陶醉；即使想法最独特的人也不能承认俄国会有不幸的人，因为在图拉省或者库尔斯克省的任何地方生活，每天看见小木房，呼吸俄罗斯的空气，这本身就是最高的幸福。上帝啊，你自管让我们受穷，得病，变瞎，变哑，受人家的侮辱，可是让我们死在家乡吧。有个苦役犯老太婆，有一个时期做过我的女仆，她非常喜爱我的皮箱、书、衣服，这只是因为这一切都同萨哈林不相干，而是从我们的祖国来的；神甫们到我这儿来做客的时候，她不迎上去请求祝福，而是带着嘲笑看待他们，因为她认为在萨哈林不可能有真正的神甫。对故乡的思念表现为对往事的经常回忆，这种回忆又悲切又动人，伴随着怨诉和辛酸的眼泪，或者表现为无法实现的期望，这种期望常常以它的荒谬令人吃惊，类似疯狂，或者表现为迹象明显、无可怀疑的神经错乱。①

流放犯渴望离开萨哈林的另一个原因是对自由的追求,而这种追求为人所共有,在正常条件下乃是人的最高尚的品质之一。流放犯在年轻力壮的时候,总是要尽可能逃得远些,到西伯利亚或者俄罗斯去。通常他会被捉住,审判,押回苦役地去,可是这显得并不那么可怕;成批的犯人在西伯利亚缓慢地徒步行路,监狱、同伴和押送兵屡屡更换,一路上又常会遇到一些意外的惊险奇事,这种种情况自有其特殊的诗意,比在沃耶沃德监狱里或者筑路工地上好像自由一些。他随着年龄的增长而体力不济,对自己的腿脚失去信心,就逃到比较近的地方,到阿穆尔去,或者甚至到原始林里去,或者到山上去,只要离监狱远一点,看不见讨厌的牢墙和狱中人,听不见镣铐的响声和苦役犯的谈话声就行。在科尔萨科夫哨所住着一个年龄六十多岁的流放苦役犯阿尔土霍夫,他用这样的方式逃跑:带上一块面包,锁上自己小木房的大门,只走出哨所半俄里,在一座山上坐下来,观看原始林,观看海洋,观看天空;他这样坐上大约三天,就回家去,取到口粮,再上山去……以前他为此挨过打,不过现在大家对他这种逃跑光是嘲笑而已。有的人逃跑是打算自由地闲逛一个月,一个星期;有的人只要逛一天就够了。只要自由地过日子,哪怕一天也是好的。对自由难忍难熬的渴望周期性地控制着某些人,在这方面它使人联想到嗜酒狂或者癫痫病;据说,每年它在一定的季节或者月份出现,因此安分守己的苦役犯在感到这种自由病快要发作的时候,总是先向官长报告他要逃跑了。一切逃亡者照例总是不加区分地挨到皮鞭或者树条

---

① 在我们符拉迪沃斯托克的官员和水手当中,怀乡病是屡见不鲜的;我本人就在那儿见过两个疯癫的官员:一个司法人员和一个乐队指挥。如果在自由的和生活于比较健康的环境的人当中尚且屡屡发生这类事情,那么在萨哈林,不言而喻,这种事就很多了。——契诃夫注

的抽打,然而这类逃跑常常从头到尾不近情理和不可思议,使人吃惊。神志清醒的、本分的、有家眷的人常常不穿外衣,不带面包,没有目的,没有计划地逃跑,而且明知自己一定会被捕,他们冒着失去健康、官长的信任、他们的相对的自由,有的时候甚至会失去薪金的危险,冒着冻死或者被人开枪打死的危险,总之,单是这种不近情理就该提醒萨哈林那些有权决定该不该惩办的医师们:在许多情况下,他们要对付的并不是罪行,而是疾病。

终身惩罚也是逃跑的普遍原因。大家知道,我们的苦役劳动是同定居西伯利亚联系在一起的;被判处苦役的人就此脱离正常的人类环境,没有希望在任何时候回到那个环境中去,因而对他出生和成长的那个社会来说,他无异于已经死亡。苦役犯就是这样说到他们自己的:"进了坟墓的死人是没法回去的。"正是流放犯的这种完全绝望的心情才促使他作出决定:走,改换一下命运,反正不会有更糟的结果!如果他跑掉了,人们就这样议论他:"他去改换命运了。"如果他被抓回去了,大家就会这样说:他不走运,不顺当。在终身流放的情况下,逃跑和流窜是不可避免的、必然的,甚至起着类似安全阀那样的作用。假如流放犯完全丧失逃跑的希望,丧失改变自己命运、从坟墓中回到故乡的唯一可能性,那么,他的绝望心情无法发泄,就可能以另一种方式,而且当然比逃亡更残酷、可怕的方式表现出来。

另外还有一个逃亡的普遍原因,那就是相信逃亡轻而易举,不会受惩罚,几乎合法,虽然在现实生活中,逃亡并不容易,会遭到严厉的惩罚,被认为是重大的刑事罪行。这种奇怪的信心在人们当中一代代地流传下来,它的开端已经消失在早年的迷雾中,在那时候逃亡确实很容易,甚至受到官长的鼓励。假如犯人由于某种缘故不逃跑,官长或者典狱长就会认为这是上帝对他们的惩罚;犯人成批地逃掉,他们就高兴。倘使在十月一日,即发放冬衣的日子以前有三四十个人逃跑,那么这照例意味着三四十件皮袄落到典狱长的手里了。根据亚德陵采夫的说法,官长每接收一批新犯人,照例总是大声叫道:"谁愿意留下,谁就领衣服;谁要跑,谁就别领!"主管人似乎在用自己的权威使得逃亡合法化,西伯利亚的全部居民都受到这种风气的感染,到现在为止,都不认为逃亡是罪过。流放犯自己谈起他们的逃跑总不外乎哈哈大笑或者惋惜逃跑没有成功,期待他们忏悔或者受到良心的责备是枉然的。在我有机会与之交谈的所有逃犯当中,只有一个因多次逃跑而被锁在手推车上的、有病的老人才沉痛地责备自己不该逃跑,可是他把自己的逃亡不称为罪行,而称为蠢事:"年轻的时候做了蠢事,如今就只得受苦了。"

逃亡的个别原因很多。例如,有的因为对监狱秩序和恶劣的监狱食物不满,有的对某个官长的残忍不满,有的因为懒惰、不会干活、意志薄弱、喜欢模仿或者爱好冒险……有时候,苦役犯成批地逃跑,却只是为了在岛上"逛逛",而这种游逛总是伴随着杀人和种种的坏事,引起惊恐,使居民们极端愤恨。我要讲一件为报仇而逃跑的事。列兵别洛夫在捕捉逃亡的苦役犯克里缅科的时候打伤了他,把他押到亚历山德罗夫斯克监狱里。克里缅科痊愈以后又逃跑,这次只有一个目的:向别洛夫报仇。他照直走到哨兵那儿,被哨兵扣留了。"你再把你的教子领走吧,"别洛夫的同伴对他说,"这是你走运。"别洛夫就押着克里缅科走了。一路上这个押送兵同犯人谈天。那是秋天,刮着风,很冷……他们停下来吸烟。为了点烟,押送兵竖起了衣领,就在这当儿,克里缅科抓过兵士手中的枪,一下子就把他击毙,然后若无其事地回到亚历山德罗夫斯克哨所,在那儿被扣留,不久就给绞死了。

也有的人为了爱情。流放苦役犯阿尔捷木(他的姓我记不得了），是个二十岁光景的青年人，在纳依布奇一所公家房子里做看守人。他爱上一个虾夷女人，她住在纳依布河旁的一个幕包里。据说这两个人互相热恋。有一次他有偷盗的嫌疑，就被押到科尔萨科夫监狱里去作为惩罚，这样一来，他离那个虾夷女人就有九十俄里路了。为了和情人相会，他就从哨所逃往纳依布奇，直到腿部受了枪伤为止。

逃犯有时还成了诈骗的对象。有一种诈骗的勾当，把贪财和最卑鄙的叛卖行为结合在一起。有些一生都在逃亡和冒险中度过的老流窜犯对一群新来的犯人用心观察，物色其中谁是最有钱的（新来的犯人几乎总带着钱），就引诱他一块儿逃跑。这种劝诱并不困难；那个新来的犯人逃跑了，于是流窜犯便在原始林中把他打死，然后回到监狱里去了。另一种诈骗的勾当比较普遍，目的在于领到政府为捕到每个逃犯而发给的三个卢布。好几名苦役犯事先同列兵或者基里亚克人商量好，然后逃出监狱，在约定的地点，原始林里或者海岸上，同押解兵相遇；那个押解兵就把他们当作被抓获的人押回监狱，按每一名三个卢布领钱；然后，当然，私下里把钱分掉。瞧着一个矮小、瘦弱的基里亚克人，手里只拿着一根棍子，却一下子押回来六七个流窜犯，都是肩膀很宽的彪形大汉，总会叫人感到好笑。我在那儿的时候，有个士兵，体格也并不强壮，却一次押回来十一名逃犯。

监狱的统计工作到最近为止几乎没有涉及逃犯问题。目前只能说，逃跑最多的是那些家乡和萨哈林在气候方面差别很大的流放犯。在这方面占首位的是高加索人、克里米亚人、比萨拉比亚人和小俄罗斯人。我偶然见到一些逃亡者和返回者的名单，有时候有五六十个人，其中没有一个俄罗斯的姓，都是奥格雷、苏列依曼、哈桑之类。毫无疑问，终身的和长期的苦役犯逃跑的比第三类苦役犯多，住在监狱里的比住在外面的多，年轻的和新来的比老住户多。妇女逃跑的比男人少得多，这是因为逃跑对妇女来说颇为困难，部分地也由于妇女在苦役地很快就会建立她们依恋不舍的家庭。对妻子儿女的责任感往往拦阻人逃跑，然而有家眷的人也有逃跑的。合法的夫妇比同居者逃跑的要少。我走访各农舍的时候，问那些女苦役犯，她们的同居男人在哪儿，她们往往回答我说："谁知道呢？你去找吧。"

特权阶层的流放犯也像平民出身的苦役犯一样逃跑。我在科尔萨科夫警察局里翻阅犯人名单时，发现一个过去的贵族由于在逃跑期间犯了杀人罪而受审，被判打八十或者九十下皮鞭。因杀死梯弗里斯宗教学校校长而被发配到这儿，后来在科尔萨科夫做过教员的拉吉耶夫于一八九〇年复活节之夜同神甫的儿子——苦役犯尼科尔斯基以及另外三个流窜犯一同逃跑了。过了复活节以后不久，传说有人看见那三个流窜犯穿着"平民的"衣服，顺着海岸向穆拉维耶夫斯克哨所逃去，可是拉吉耶夫和尼科尔斯基已经不跟他们在一块儿了；大概，那些流窜犯怂恿年轻的拉吉耶夫和他的同伴一块儿逃跑，在路上把他们打死了，为的是享用他们的金钱和衣服。某大司祭的儿子因为犯了杀人罪而被流放到此地，后来逃回俄罗斯，在那儿又打死了人，被遣回萨哈林。有一天凌晨我看见他在矿场旁边的一群犯人当中：骨瘦如柴，背有点驼，两眼无神，穿一件旧的夏大衣，下身是一条散腿的破裤子，睡眼惺忪，在晨寒中发抖。他走到跟我站在一起的典狱长面前，脱掉帽子，露出秃顶，开始请求什么事。

为了判断一年当中哪个季节逃亡案最多，我利用了我能够找到和记下的不多几个数字。在一八七七年、一八七八年、一八八五年、一八八七年、一八八八年和一八八九年，有一千五百零一个流放苦役犯逃跑。逃犯在各个月份的人数是：一月——一百十七名，二月——六十四名，三月——二十名，四月——二十名，五月——

一百四十七名,六月——二百九十名,七月——二百八十三名,八月——二百三十一名,九月——一百五十名,十月——四十四名,十一月——三十五名,十二月——一百名。如果画一张逃亡的曲线图,那么,高潮在夏季各月份和最寒冷的冬季月份。显然,逃跑最合适的机会是在天气温暖的日子,监外干活的当儿,季节鱼的鱼汛期,原始林里野果成熟期间,流刑移民家有土豆的时候,其次就是海面结冰、萨哈林岛不成其为岛的季节。新的一批批犯人在春天和秋天的航期中来到这里,这也促进了夏季和冬季犯人逃跑的高潮。三月和四月逃亡的人最少,因为这两个月河流解冻,而且不管在原始林里还是在流刑移民那儿都不可能得到食物,流刑移民到春天总是缺粮的。

一八八九年,从亚历山德罗夫斯克监狱逃走的人占这个监狱每年平均人数的百分之十五点三三;杜埃监狱和沃耶沃德监狱里除了看守以外还有持枪的哨兵看守犯人,一八八九年从那儿逃走的占百分之六点四;从特莫夫斯克区的监狱里逃走的占百分之九。这些数字只是一年的统计数;如果按现有全部苦役犯在萨哈林居留的全部时间来计算,那么在不同的时期逃跑的人就要占总人数的百分之六十,也就是您在监狱里或者街上所看见的每五个犯人中有三个曾经逃跑过。在我同流放犯的谈话中,我得到这样的一个印象:大家都逃跑过。很少有人在苦役期里不给自己安排一次休假。①

照例,苦役犯还在轮船的货舱里或者阿穆尔河的驳船上被人

---

① 我记得有一次我坐着汽艇靠近轮船时,一条驳船正离开轮船的船舷。驳船上满是逃犯;有的脸色阴郁,有的哈哈大笑;其中有一个人失去了双腿——冻掉了。他们是从尼古拉耶夫斯克被押回来的。我瞧着驳船上这些蠕动着的人,能够想象到还有多少苦役犯在大陆和岛上漂泊!——契诃夫注

押解到萨哈林来的时候,就在考虑逃亡了;在路上,已经从苦役地逃亡过的老流窜犯就告诉年轻的犯人这个岛的地形、萨哈林的制度、监督情况以及从萨哈林逃跑可能带来的幸运和困苦。如果在羁押解送犯人的监狱里和后来在轮船的货舱里把那些流窜犯同新犯人隔开,新犯人也许就不会那么匆忙地逃跑了。新犯人通常很快就逃掉,甚至刚下船把他们移交以后,立刻就逃跑了。一八七九年,在犯人到达此地的最初几天里,就有六十人打死了卫兵,逃掉了。

为了逃跑,根本不需要做像柯罗连科的优秀的短篇小说《索科尔岛人》里所描写的那些准备工作。逃跑被严格地禁止,不再得到长官的鼓励,可是当地的监狱生活、监督和苦役劳动的条件以及这里的地势特点都使得在绝大多数情况下要防止逃跑是不可能的。假如一个犯人今天没有能够从敞开的大门里逃出去,那么明天二三十个人在一个兵士的监督下出去干活的时候,他就可能从原始林里逃走;在原始林里没能逃走,就等上一两个月被派往文官家里做仆人,或者到流刑移民那儿做帮工的时候再说。一切预防手段、对长官的欺骗、撬锁、挖洞等等,只对少数人,例如戴镣铐的、坐单身牢房的、关在沃耶沃德监狱里的,才是必要的,或许,在矿场上工作的也需要,因为从沃耶沃德监狱直到杜埃,沿线有哨兵站岗、巡查。从那儿逃跑会遇到危险,不过仍旧几乎每天都出现有利的机会。寻求和爱好冒险的人求助于化装和往往完全多余的花招,例如"小金手"为了逃跑就穿上兵士的服装。

逃亡者大多往北走,走向波果比和拉扎列夫岬角之间的狭长地带,或者再稍稍往北走:那儿荒无人烟,容易躲开哨兵线,也能够在基里亚克人那儿弄到一条小船,或者自己做一个木筏,渡过海去。如果是在冬天,那么在良好的天气下渡海只要两个小时就够了。渡海的地方越靠北,离阿穆尔河的河口就越近,也就是说,饥寒而死的危险就越少;在阿穆尔河河口一带有许多基里亚克人的村子,不远就是尼古拉耶夫斯克城,然后是马林斯克、索菲斯克和哥萨克村镇,在那儿,冬天可打零工,而且据说官员当中甚至有人愿意向不幸者提供栖身之处。有的时候逃亡者不知道北方在哪儿,便开始兜圈子,绕来绕去,结果却回到他逃出来的地方去了。①

有不少逃犯试图在监狱附近横渡海峡。这需要有非凡的胆量,特别走运的机会,不过主要的是以前的多次经验使他们懂得往北穿过原始林的道路是多么艰险。沃耶沃德和杜埃监狱里的老流窜犯总是在逃出监狱的头一天或者第二天就下海。他们根本不考虑暴风雨和危险,只有对被追捕的动物性的恐惧和对自由的渴望:哪怕淹死也没关系,反正自由了。他们通常在杜埃以南五俄里到

---

① 有一次,逃亡者在杜埃偷了一个罗盘,为的是要辨明正北方向,绕过波果比岬角那儿的哨兵线,而那个罗盘却正好把他们带到哨兵线上。我听说,在最近,苦役犯们为了不走有兵士防守的西部滨海地区,已经开始尝试走另一条路线,就是朝东,到内依湾,从那儿沿着鄂霍次克海岸往北到玛利亚和伊丽莎白海岬,然后往南在普隆盖岬角对面横越海峡。据说某个波格丹诺夫就选了这条路线,他是在我到达以前不久逃跑的。可是这未必可能。虽然沿着整个特姆河有一条基里亚克人的小道,常常可以遇到幕包,可是从内依湾起,那条迂回的路又长又难走:回想一下波里亚科夫从内依湾往南走遭受过多少困苦,就可以知道从这个海湾往北走的危险性。

关于逃亡者会有多么可怕的处境,我已经讲过了。逃亡者,特别是累犯,渐渐习惯于原始林和冻土带,他们的腿脚对环境已经适应,无怪乎有些人甚至一边走一边能够睡觉。我听说,在逃亡中能够生存最久的是中国的逃犯"红胡子"(他们是从滨海地区被遣送到萨哈林来的),因为他们能够一连几个月专以块根和野草充饥。——契诃夫注

十俄里的地方,在阿格涅沃造好木筏,赶紧往烟雾朦胧的对岸划去,那儿离他们六七十海里,中间隔着澎湃而寒冷的大海。我在那儿的时候,流浪汉普罗霍罗夫,即梅尔尼科夫,就是这样从沃耶沃德监狱里逃出来的,关于他我已经在上一章里讲过了。① 他们也坐平底小驳船和运草船,可是海洋每一次都无情地粉碎这些小木船或者把它们抛到岸上去。有一次,苦役犯们偷乘一条属于矿业部门的汽艇逃跑。② 有时候,苦役犯藏在他们往上装货的轮船里潜逃。一八八三年,苦役犯弗兰茨·基茨藏身在"凯旋"号轮船的

---

① 1886年7月29日,军用船只"通古斯"号在离杜埃二十海里的地方发现海面上有一个黑点;等到轮船驶近一点,船员们就看到如下的情景:在捆紧的四根原木上有两个人,坐在树皮堆上,不知要漂到哪儿去。在这个木筏上,放着一桶淡水,一个半大圆面包,一把斧子,将近一普特面粉,不多的大米,两支硬脂蜡烛,一块肥皂,两块砖茶。等到把他们带上船来,问他们是什么人时,却原来是杜埃监狱里的犯人,在7月17日逃走的(可见已经逃跑十二天),他们要漂到"那边,俄罗斯去"。大约过了两小时,来了一场强大的暴风雨,这条轮船不能在萨哈林停靠了。如果这两个逃亡者没有被收留到船上,那么遇到这种天气,他们会怎么样呢?关于这件事请参看《符拉迪沃斯托克》1886年第31号。——契诃夫注

② 1887年6月间,"季拉"号轮船在杜埃的停泊场上装煤。依照惯例,煤用驳船装载,运到轮船旁边,而这些驳船是由汽艇牵引的。傍晚,天气变凉,一场暴风雨开始了。"季拉"号不能继续停泊,就驶到杰-卡斯特里去了。驳船被拖到杜埃附近的岸上,那条汽艇则开到亚历山德罗夫斯克哨所,躲在那儿的一条小河里。夜里风浪减弱,汽艇上的苦役犯仆人交给看守一封伪造的从杜埃打来的电报,电报上命令这条汽艇立刻出海去营救装满人的驳船,这条驳船被暴风雨刮得离开海岸了。看守没有想到这是一个骗局,就把汽艇从码头上放走了。然而这条汽艇没有往南驶向杜埃,却往北驶去。汽艇上有七个男人和三个妇女。到早晨天气变坏了。在霍艾岬角附近,水灌进汽艇里的机舱;九个人淹死,被抛到岸上,只有一个人靠一块木板救了命,他是汽艇上的舵手。这个唯一的得救的人姓库兹涅佐夫,如今在亚历山德罗夫斯克哨所一个矿业工程师家里干活。他给我送过茶。这是一个身体强壮、皮肤黝黑、相当漂亮的男子,四十岁上下,看上去傲慢而粗野;他使我想起了《格兰特船长的儿女》(法国科学幻想和冒险小说家儒勒·凡尔纳的长篇小说——译注)中的汤姆·艾尔顿。——契诃夫注

煤仓里。等到人们发现他,把他从煤仓里揪出来,他不管人家问什么话,一概回答:"给我水吧,我有五天没喝水了。"

逃亡者千方百计到达大陆以后,就一直往西走,沿路乞讨为生,或当人家的雇工,见到什么东西都偷。他们偷牲畜、蔬菜、衣服,一句话,凡是能吃、能穿、能卖的东西都偷。他们一被捉到,总要在监狱里关上很久,受到审判,然后连同可怕的罪行资料一起送回原地;不过读者从诉讼程序中已经知道,也有许多人竟然到达莫斯科的希特罗夫市场①,甚至回到了老家。在巴列沃村,烤面包工戈利亚契,一个头脑简单、说话爽直而且看来心地善良的人,告诉我说,他怎样回到自己的家乡,同他的妻子儿女见面,怎样又被押回萨哈林,现在第二次刑期也快满了。人们传说,而且报刊上也登载过这样的揣测,说是美国的捕鲸者把逃亡的苦役犯接到他们的船上,运到美国去了②。这当然是可能的,不过这样的实例我一个也没有听到过。美国的捕鲸者是在鄂霍次克海里捕鱼的,很少靠近萨哈林,至于他们在荒凉的萨哈林东岸碰到逃亡者的机会,那就更少了。按库尔勃斯基先生的说法(《呼声》一八七五年第三一二号),在密西西比河右岸的印第安区,有成批的前萨哈林苦役犯。如果这些人确实存在的话,他们不是乘捕鲸船到美国去,而大概是经过日本去那儿的。无论如何,不逃亡到俄罗斯去而逃到外国去的事虽然很少,却有过,这是不容置疑的。还在二十年代,我们的

---

① 莫斯科的贫民窟。
② "美国的捕鲸者收容从博塔尼别伊来的逃亡者,"一个涅尔琴斯克的老住户说,"他们也会收容萨哈林的逃亡者。"(《莫斯科公报》1875 年第 67 号)——契诃夫注

苦役犯就从鄂霍次克的煮盐厂,逃往"暖和的"岛,即桑威奇群岛。①

人们十分害怕逃亡的苦役犯,这也说明了对逃亡所加的惩罚何以如此严酷。如果从沃耶沃德监狱里或者从戴镣铐的犯人当中逃出一个著名的流窜犯,那么,关于这件事的传闻不但引起萨哈林居民们恐惧,甚至使大陆上的住户也感到害怕;据说,有一次,有一个叫勃洛哈的犯人逃跑了,关于这件事的传闻使尼古拉耶夫斯克的居民们如此惊恐,以致当地的警察局长认为有必要打一个电报查问一下:勃洛哈真的逃走了吗②?逃犯对社会所造成的主要危险在于:首先,助长了流民习性;其次,每一个逃亡者几乎都处于不合法的地位,他们在绝大多数的情况下不能不犯新的罪行。在累犯者中,逃犯占绝大多数;到现在为止,萨哈林最可怕和最大胆的

---

① 请参看Э……B的《鄂霍次克的流放苦役犯》(载《俄国旧事》第22期)。这里顺便讲一个有趣的事。1885年,日本报纸上登载一个消息,说札幌附近有九个外国人遭到翻船的事故。当局派一些官员到札幌去对他们进行救援。这些外国人尽力向来人解释他们是德国人,他们的一条纵帆船失事了,他们靠一条小船才活了命。后来他们从札幌被送到函馆。在那儿,人们用英语和俄语同他们交谈,可是这两种语言他们都不懂,光是回答说:"德国人,德国人。"人们好歹总算弄明白他们当中有一个是船长,就拿一张地图给这个船长看,请他指出翻船的地点,他却用手指在地图上画了很久而找不到札幌。他们的回答根本不清楚。当时有一条我们的巡洋舰停在函馆。当地的总督就向舰长提出请求,要他们派一个德语翻译员来。舰长就派去一个校官。这个校官怀疑他们就是不久以前袭击过克利里昂灯塔的苦役犯,就想出了一个巧招;他让他们排成一个横队,用俄语发出口令:"左后转,齐步走!"在这些外国人当中有一个忘了自己扮演的角色,立刻执行这个口令。这样,人们终于弄明白这些狡猾的奥德修斯究竟属于什么国籍。关于这件事,请参看《符拉迪沃斯托克》1885年第33和38号。——契诃夫注

② 这个勃洛哈以逃跑和杀害许多基里亚克人闻名。最近他戴着手铐和脚镣,关在要犯的牢房里。总督同本岛长官巡查要犯的牢房时,本岛长官吩咐取下勃洛哈的手铐,同时让他作出保证,此后不再逃跑。有趣的是这个勃洛哈被认为是老实人。他挨打的时候,总是喊道:"我该打,老爷!该打!我是活该呀!"很可能他会守信用。苦役犯是喜爱老实人的名声的。——契诃夫注

罪行都是逃犯干的。

目前,为了防止逃跑,主要是使用惩办的手段。这种措施减少逃跑的次数,然而仅仅达到一定的限度;惩办的手段即使达到理想的完善程度,也不能排除逃跑的可能性。惩办手段超过限度就不再生效。大家知道,苦役犯甚至在哨兵举枪向他瞄准的时候也会继续逃跑;不论是狂风暴雨还是确信自己必然会淹死,也不足以阻止他逃跑。而且,超过了一定限度,惩办的手段本身就会变成逃跑的原因。例如,对逃跑的威吓性惩罚无非是在原有的刑期外再加上几年苦役,增加无期和长期徒刑犯,从而逃亡现象也就跟着增多。一般说来,在同逃跑的斗争中,惩办手段是没有前途的,这种手段同我们的立法宗旨大相径庭,而我国的法制首先是把惩罚看做使人改恶从善的方法。当监狱工作人员的全部精力和聪明才智日复一日地完全消耗在用复杂的肉体上的惩罚办法以防止逃跑的时候,那就谈不上使犯人改恶从善,而只能使他们变为野兽,把监狱变为畜栏。再者,这种惩办措施也不切合实际:第一,这种措施总是把压力加在与逃跑无关的居民身上;第二,在建筑得牢固的监狱里的监禁、镣铐、各种单身牢房、暗牢、连车重镣,只能使人丧失劳动能力。

所谓的人道措施,对犯人生活的各种改善,不管是多添一块面包还是提供对较好的未来的希望,还是能大大降低逃亡的次数。例如,一八八五年,有二十五名流刑移民逃跑,而在一八八七年,在一八八六年丰收以后,逃跑的就只有七名了。流刑移民逃跑的远比苦役犯少,出身于流放犯的农民几乎没有逃跑的。科尔萨科夫区的逃犯最少,因为那儿收成比较好,短期徒刑犯占多数,气候比较暖和,取得农民权利比在北萨哈林容易,苦役期满以后也不必为了糊口回到矿场上去。犯人生活得越好,逃跑的危险性就越少。在这方面可以认为一些措施是很可靠的,例如改善监狱的秩序,建造教堂,创办学校和医院,保障流放犯家属的生活,犯人干活给予工资等等。

前面我已经说过,兵士、基里亚克人以及一般从事于捉拿逃犯的人,每捉到一名逃犯并送回监狱,就能向政府领取三个卢布的赏金。不容怀疑,这笔对挨饿的人来说富有吸引力的奖金起了作用,使"被捕获或找到时已经死亡以及被打死的"逃犯人数增加;不过,当然,这种好处完全不能抵消由三个卢布在人心中激起的恶劣本能势必使本岛的居民遭受到害处。那些必须捕捉逃犯的人,例如兵士或者被抢劫的流刑移民,就是没有三个卢布的赏金,也照样会去追捕逃犯;而对于那些并非出于职责,出于必要,而是为了贪财的人来说,捉拿逃犯就成为一种卑鄙的勾当,三个卢布就成了对最卑劣的品性的纵容。

根据我现有的资料,在一千五百零一名逃犯当中,被捕的和自愿归来的有一千零十名苦役犯,在追捕当中发现已经死亡和被打死的有四十名,下落不明的有四百五十一名。由此可见,萨哈林尽管具备岛屿的地势,逃犯中的三分之一却已失踪。在我取得这些数字的《通报》上,自愿回来的和被捕获的合成一个数字,在追捕中发现已经死亡的和被打死的数字也没有分开,因此,究竟有多少人落在捉拿者的手里,有多少逃犯死于兵士的枪弹,就不得而知了。①

---

① 在惩罚的程度方面,《流放犯管理条例》区别开逃亡和暂时离开,逃跑的范围在西伯利亚之内还是之外,是第一次逃跑还是第二次、第三次、第四次等等不同情况。如果苦役犯在逃跑以后三天之内就被捕,或者不到七天就自动回来,这在他就算是暂时离开。对流刑移民来说,这个期限还可以放宽:前一种情况,三天改为七天,后一种情况,七天改为十四天。逃到西伯利亚以外的,比在西伯利亚之内的罪行更大,惩罚也更严。这种区分大概基于这样的考虑:逃到欧洲的俄国比起逃到西伯利亚的任何一省要有强得多的作恶意念。苦役犯因逃跑而受到的最轻的惩罚是打四十下皮鞭和延长服苦役期四年;最重的是打一百下皮鞭,终身服苦役,锁在小车上三年,考验期监禁二十年。请参看1890版《流放犯管理条例》第445和446条。——契诃夫注

二十三

流放人口的患病率和死亡率——医疗组织——亚历山德罗夫斯克医院

一八八九年，所有三个区里体弱和不能劳动的男女苦役犯有六百三十二名，占总数的百分之十点六。这样，每十个人当中就有一个体弱和不能劳动的人。至于那些能够劳动的居民，那么，就连他们也没有给人留下十足健康的印象。在男性苦役犯当中，您遇不到身体结实、丰满、脸颊绯红的人；甚至什么活都不干的流刑移民也消瘦而苍白。一八八九年夏天，在达拉依卡附近修路的一百三十一个苦役犯当中有三十七名生病；而其余的犯人，依据去那里视察的本岛长官的看法，"样子极其可怕：破衣烂衫，许多人没有内衣，被白蛉子叮得厉害，又被树枝擦破皮肤，可是没有一个人诉说自己有病。"（一八八九年第三一八号命令）

一八八九年，有一万一千三百零九人次就诊；在我从中取得这个数字的医疗报告里，流放犯和自由人没有分开，然而报告的编写人注明，大多数病人是流放苦役犯。由于兵士在军医官那儿看病，官员和他们的家属在自己的家里看病，那就可以认为，这一万一千三百零九人次只能是流放犯和他们的家属，同时苦役犯占大多数，因此每个流放犯与流放有关的人每年就医不下于一次。①

关于流放犯居民的疾病，我只能够凭一八八九年的报告来判

---

① 1874年，在科尔萨科夫区，就诊人次同总人数的比例是227.2∶100。请参看辛佐夫斯基医师的《流放苦役犯的卫生环境》，载《健康报》1875年第16期。——契诃夫注

断,然而,遗憾的是,这个报告是根据医院的"记事簿"中的材料编写的,在此地,这种材料写得极乱,因此我不得不另外求助于教堂出生和死亡登记册,从那里抄下最近十年死亡的原因。死亡原因几乎每次都是由神甫根据医师和医士的诊断记录照抄的,内容有许多是胡诌①,然而大体说来,这种资料实际上同"记事簿"差不多,不比后者好,也不比后者差。当然,这两个来源是远远不够的,读者在下文所读到的一切,并不是关于患病和死亡的全景,而只是模糊的轮廓而已。

在报告里列举的两类疾病——传染病和流行病,到现在为止在萨哈林传播并不广。例如,麻疹在一八八九年只登记过三例,而猩红热、白喉、假膜性喉炎,一例也没有。得这些病的大多是儿童。据教堂登记册记载,十年中死于此类病的只有四十五例,其中包括"咽峡炎"和"喉炎",这些病有传染病和流行病的性质,每一次在短短的一段时期里有许多儿童死亡就向我说明了这一点。流行病照例在九月和十月间开始,那时候,志愿船队的轮船把害病的孩子带到这个移民区来;疾病的流行时间很久,然而蔓延之势微弱。例如"咽峡炎"在一八八〇年科尔萨科夫教区于十月间开始,到第二年四月间结束,一共有十名儿童死亡;一八八八年秋天,白喉流行病在雷科夫斯科耶教区开始,持续一个冬季,然后传到亚历山德罗夫斯克和杜埃教区,于一八八九年十一月在那儿结束,也就是延续了一年,有二十名儿童死亡。天花的流行在报告里提到过一次,十年当中有十八个人死于此病。亚历山德罗夫斯克发生过两次流行病:一次是在一八八六年十二月至翌年六月,另一次是在一八八九年秋天。可怕的流行病天花从前曾传遍日本海和鄂霍次克海各岛

---

① 我曾看到过这样的诊断,例如哺乳期过长,生命的发育不足,内心的精神病,身体发炎,内脏衰竭,奇异的肺炎,希彼尔症,等等。——契诃夫注

以至堪察加，有时消灭整个部落，例如虾夷人的部落；可是此病如今在此地却没有了，至少没有听说过。麻脸在基里亚克人中间常常遇到，然而这是由于生水痘（varicella）所致，这种病在异族人那里大概没有绝迹。①

讲到伤寒，报告里写到肠伤寒有二十三次，死亡率为百分之三十，回归热和斑疹伤寒各三次，无一死亡。在教堂登记册上，死于伤寒和热病者共五十例，不过这些都是十年中间在所有四个教区的登记册上零星登记的个别病例。我在任何一篇通讯里都没有看到过有关伤寒流行的说明，大概这种病没有流行过。根据报告，肠伤寒只在北方的两个区里发现过；病因据指出是饮水不洁，饮水被监狱和河流附近的土壤污染了，另外的原因是住处拥挤和人口稠密。我个人在北萨哈林虽然走遍所有的小木房，也去过医院，肠伤寒却一次也没有见过；好几个医师对我肯定地说，在岛上根本没有这种类型的伤寒，这在我还是很大的疑问。至于回归热和斑疹伤寒，我认为直到现在为止，在萨哈林发生过的所有病例都是外面带来的，如同猩红热和白喉一样；可以说，到目前为止，这个岛的土壤不适宜各种急性传染病的传播。

"不能确诊的热病"有过十七次。关于这种病，报告里是这样描写的："发病主要是在冬季的月份里，表现为弛张热，有的时候出现 roseola② 和脑中枢的一般压抑；这种病过上五天到七天这样一个短短的时间，随后很快就痊愈。"这种病在这儿传布很广，特

---

① 关于这种病在 1868 年传遍萨哈林和 1858 年为异族人接种疫苗的情况，请参看瓦西里耶夫的《萨哈林岛之行》（载《法医文献》1870 年第 2 期）。为了消除生水痘时的奇痒，基里亚克人用炼过的海豹油涂擦全身。由于基里亚克人从不洗澡，他们的水痘发起痒来是俄国人从来也没体验过的；皮肤抓破后形成溃疡。1858 年，萨哈林流行过异常恶性的真正天花；一个年老的基里亚克人对瓦西里耶夫说，三个人当中死掉两个。——契诃夫注

② 拉丁语：斑疹。

别是在北方的各区，可是报告里所记载的却连全部病例的百分之一也不到，因为病人照例不为这种病就医，而且有了病也支撑着，不躺下，即使卧病，也躺在家里的火炕上。根据我逗留在岛上的短暂时期内的观察，这种病主要由受寒引起，在寒冷潮湿的天气到原始林里干活并在露天底下过夜的人易得这种病。这样的病人在修路的工地上和新建的移民区最常遇到。这是真正的 febris sachalinensis①。

大叶性肺炎在一八八九年有二十七名患者，三分之一死亡。看来这种病对流放犯和自由人是同等危险的。十年来在教堂登记册上，记载有一百二十五个病例；百分之二十八发生在五月和六月间，正赶上萨哈林的天气极坏而多变，人们正开始在远离监狱的地方干活，百分之四十六发生在十二月、一月、二月、三月，也就是在冬天。② 在此地，使人得这种病的主要是冬季的严寒，天气的剧变，在坏天气里的沉重劳役。我得到一份区医院的医师彼尔林先生一八八九年三月二十四日的报告的抄件，上面写道："干活的流放苦役犯中急性肺炎发病率之高经常使我惊恐。"按彼尔林医师的看法，得病的原因是，"三个苦役犯抬着一根直径六至八俄寸、长四俄丈的原木走八俄里路；估计每根原木有二十五到三十五普特重，积雪的道路，人们又穿着厚衣服，呼吸系统和血液系统加快活动"，等等。③

痢疾或者赤痢只登记过五次。看来，一八八〇年在杜埃和一八八七年在亚历山德罗夫斯克流行过赤痢，十年来因这种病而死

---

① 拉丁语：萨哈林热病。
② 1889年7月、8月、9月间，没有出现过这种病的病例。近十年来，10月间死于大叶性肺炎的只有一例；这个月份在萨哈林可以认为是最健康的一月。——契诃夫注
③ 我在报告里顺便还看到这样的一个细节："苦役犯常常遭受残忍的树条抽打，以致受完惩罚以后，立刻人事不知地被抬到医院里去了。"——契诃夫注

的,在教堂登记册上载有八人。旧日的通讯和报告里常常提到赤痢,在过去的时候,这种病在这个岛上多半跟坏血病一样平常。害这种病的有流放犯、兵士、异族人,同时,资料还表明,得病的原因是恶劣的食物和沉重的生活条件。①

亚洲霍乱在萨哈林一次也没有发现过。丹毒和坏疽病患者我亲眼见到过,看来这两种病在此地的医院里没有绝迹。百日咳在一八八九年没有发生过。间歇热登记过四百二十八次,而一大半发生在亚历山德罗夫斯克区。报告里列举病因如下:住处为了保暖而缺乏新鲜空气流入,住处附近的土壤污染,在遭到周期性水淹的地区干活和设立移民点。虽然存在这些不利于健康的条件,可是这个岛仍旧没有给人留下疟疾患区的印象。我在走访各农舍时,没有遇到过疟疾病人,也不记得有哪个移民点的人说害这种病。很可能,在登记在册的患者中间有许多人在老家就患上这种热病,来岛的时候,他们的脾脏已经肿大。

害炭疽病而死的,在教堂登记册上只记载过一次。无论是鼻疽还是恐水病在岛上都还没有发现过。

死于呼吸器官疾病的人占全部死亡者的三分之一,其中结核病占百分之十五。教堂登记册上只登记基督教徒,如果再加上通常死于肺结核的伊斯兰教徒,百分比就会很大。不管怎样,萨哈林的成年人患肺结核达到了严重的程度;在此地,它是最常见和最危险的病。死亡最多的是在十二月间,那时候萨哈林天气很冷,此外就是在三月和四月间;最少是在九月和十月间。下面是在死于此病的总人数中,各种不同年龄的人所占的比例:

0 至 20 岁 　　　　　　　3%

---

① 瓦西里耶夫医师常常在萨哈林遇见害赤痢的基里亚克人。——契诃夫注

20 至 25 岁	6%
25 至 35 岁	43%
35 至 45 岁	27%
45 至 55 岁	12%
55 至 65 岁	6%
65 至 75 岁	2%

可见萨哈林最易死于肺结核的年龄是二十五岁到三十五岁和三十五岁到四十五岁,也就是身强力壮的干活的年龄①。死于肺结核的大多数是苦役犯(百分之六十六)。这使人有理由得出这样的结论:在流放移民区肺结核死亡率很高的原因主要是,监狱里集体囚室的恶劣的生活条件以及苦役劳动的力所不及的沉重,对服苦役的人来说,这种劳动所消耗的体力是监狱里的食物所不能补偿的。严峻的气候,干活期间所遭受的种种困苦,逃亡和单身牢房里的监禁,集体囚室里不安定的生活,食物中脂肪的不足,对故乡的思念,这些就是萨哈林肺结核病流行的主要原因。

一八八九年登记的梅毒病例为二百四十六例,五名死亡。按报告里的说法,所有这些都是已经发展到第二期和第三期梅毒老患者。我有机会见到的梅毒患者给人留下可怜的印象;这些疏于医治、经久不愈的病例证明完全缺乏卫生监督,实际上,在流放犯居民为数甚少的条件下,卫生监督是可以做得合乎理想的。在雷科夫斯科耶村,我见到一个患梅毒性结核病的犹太人,他很久没有医治,身体渐渐垮下去,全家人焦急地等着他死,而他离医院不过

---

① 我要提醒读者,这两种年龄在全部流放犯居民中分别占 24.3% 和 24.1% 。——契诃夫注

半俄里路！在教堂登记册上，死于梅毒的提到过十三例。①

坏血病患者在一八八九年登记过二百七十一例，六人死亡。教堂登记册上写着，死于坏血病的有十九人。在此地，二十年到二十五年前，这种病的患者比起近十年来多得多，许多士兵和犯人死于这种病。过去，有些主张在这个岛上建立流放移民区的通讯作者完全不承认有坏血病，同时却又称赞苍葱是防治坏血病的良药，他们报道，居民们准备好成百普特的苍葱供过冬用。坏血病原在鞑靼海峡沿岸逞威，未必会放过萨哈林岛，这个岛上各哨所的生活条件同样恶劣。目前这种病往往是由志愿船队的轮船上的犯人带来的。医疗报告也证实了这一点。亚历山德罗夫斯克区的区长和监狱医师对我说过，一八九〇年五月二日，"彼得堡"号运来五百个犯人，其中患坏血病的不下于一百名；五十一名由医师送往医院和医疗站。在这些坏血病患者当中，有一个是波尔塔瓦省的乌克兰人，我在医院里见到过他，他对我说，他是在哈尔科夫城的中央监狱里感染坏血病的②。普遍的饮食不良，除了引起坏血病以外，我还要提到衰颓症，在萨哈林，死于这个病的都是年纪绝不算老的

---

① 梅毒在亚历山德罗夫斯克哨所最常见。报告里指出，这种现象的产生是由于此地聚集着大量新来的犯人和他们的家属、军人、手工业者和外来的居民，再加上轮船到亚历山德罗夫斯克和杜埃停泊，以及夏季短工在此集合。报告里还讲到防治梅毒的措施：.（一）每月1日和15日对苦役犯进行体检；（二）对新来岛的成批犯人进行体检；（三）每星期对行为可疑的妇女进行体检；（四）观察原有的梅毒患者。不过，尽管有这些措施，"没有登记的梅毒患者还是占很大的百分比"。

瓦西里耶夫医师于1869年被派到萨哈林来对异族人提供医疗上的帮助。他没有遇见患梅毒病的基里亚克人。虾夷人把梅毒称为日本病。到这个岛上来捕鱼的日本人，事先必须向领事馆出示医疗证明文件，说明他们没有患梅毒。——契诃夫注

② 在中央监狱和轮船货舱里的长期居留使人容易得坏血病，往往犯人们到达这个岛后不久就成批地害这种病，"最近，'科斯特罗马'号运来的一船苦役犯，"一个通讯作者写道，"在到达的时候是健康的，现在却都得了坏血病。"（《符拉迪沃斯托克》1885年第30号）——契诃夫注

属于工作年龄的人。有一个人,据记载,死的时候才二十七岁,另一个三十岁,其他的是三十五岁、四十三岁、四十六岁、四十七岁、四十八岁……这未必是医士或者神甫的笔误,因为"老年衰颓症",作为年纪不老和不到六十岁的人的死亡原因,在教堂登记册上提到过四十五例。俄罗斯流放犯的平均寿命还不得而知,可是如果凭眼见来判断,那么萨哈林人是提前苍老和衰迈的,四十岁的苦役犯或者流刑移民大多数看起来都像是老人了。

流放犯得了神经方面的病是不常到医院去的。例如,在一八八九年,神经痛和痉挛只登记过十六例①。显然,就医的只有那些被人送来的神经病患者。脑炎、中风、痴呆病例有二十四起,十名死亡;癫痫登记过三十一例,智力失常二十五例。精神病患者,我已经说过,在萨哈林并不隔离;我在那儿的时候,有些精神病人住在科尔萨科夫村,同梅毒患者住在一起,而且,据说有一个患者染上了梅毒,其他的精神病患者无人看管,跟健康的人一样劳动,与人姘居,逃跑,然后受审。我个人在哨所和村子里遇到过不少疯子。我记得在杜埃有一个过去的兵士老是讲空中和天上的海洋,讲他的女儿娜杰日达和波斯国王,讲他打死了克烈斯托沃兹德维任斯克的一个教堂低级职员。我在弗拉基米罗夫卡的时候,曾看到过一个服满五年苦役刑的名叫威特利亚科夫的犯人带着愚鲁痴呆的神情走到移民监督官Я先生跟前,像朋友似的对后者伸出手来要握手。"你怎么这样跟我打招呼?"Я先生惊奇地说。原来威特利亚科夫是来要求能不能向公家领一把木匠的斧子。"我要给自己造一个窝棚,然后我还要去砍树,造一所小木房。"他说。这个早已公认的疯子,经医师检查,是个偏执狂患者。我问他,他的

---

① 患偏头痛或者坐骨神经痛的苦役犯容易被怀疑为装病而不能到医院去看病;有一次我看见一大群苦役犯要求典狱长准许他们到医院去,可是典狱长一概拒绝,不愿意分清病人和健康的人。——契诃夫注

父亲叫什么名字。他回答说："不知道。"不过人们还是给了他一把斧子。至于精神错乱的病例，在某种程度上需要精细诊断的初期麻痹性痴呆症等等，我就不提了。所有这些人都在劳动，被看做健康的人。有些人来到此地的时候就有病，或者带着刚开始的病来的；例如，教堂登记册上载有一个死于麻痹性痴呆症的苦役犯戈罗多夫，他是因为预谋杀人而被定罪的，或许他杀人的时候已经得病了。不过有些人是在这个岛上得病的，在这个地方每一天，每一小时都提供充分的条件，足以使得身体不强壮、神经脆弱的人发疯。①

肠胃病在一八八九年登记过一千七百六十例。十年中死亡三百三十八人，其中百分之六十六是儿童。对孩子来说，最危险的月份是七月，特别是八月，死亡的孩子占总数的三分之一。成年人死于肠胃病的也是以八月为最多，这也许是因为这个月正赶上鱼汛期，大家鱼吃得过多。胃炎在此地是一种常见病。高加索人老是抱怨"心痛"，他们吃过黑麦面包和监狱的菜汤以后往往呕吐。

一八八九年患妇女病就医的人不多，总共一百〇五例。可是在这个移民区几乎没有健康的妇女。在一个有医疗部门主管人参加的关于苦役犯伙食供应的委员会的记录里说："将近百分之七十的女流放苦役犯患慢性妇女病。"往往在成批新来的犯人中，一个健康的妇女也没有。

在眼病当中最常见的是结膜炎；它在异族人中间流行②。是否有更严重的眼病，我就不清楚了，因为在报告里，一切眼病病例

---

① 例如良心的折磨，对故乡的思念，经常受到伤害的自尊心，孤独，苦役犯之间的争吵……——契诃夫注
② 瓦西里耶夫医师说："基里亚克人经常观望积雪的荒野，这对此病的形成具有很大的影响……我凭经验知道，一连几天观看积雪的荒野，可能引起眼黏膜脓性卡他。"苦役犯很容易得夜盲症。有时候这种病"落"在整批犯人身上，他们就互相拉着手，摸索着走路。——契诃夫注

只用二百十一这个总数表示。我在农舍里看到过独眼人、白内障患者、盲人，还见过失明的儿童。

一八八九年，由于脱臼、骨折和种种创伤到医院就医的有一千二百十七例。这种种损伤都是在劳动中，在种种不幸的事故中，在逃亡中(枪伤)，在殴打中得来的。其中有四例是被同居男人打伤的女流放苦役犯，她们被送进了医院。① 冻伤病人登记过二百九十例。

在十年当中，非自然死亡的东正教徒有一百七十名。其中有二十名是被判绞刑处死的，有两个不知被何人绞死；自杀而死者二十七人，在北萨哈林是开枪自杀(有一个人是在站岗时开枪自杀的)，而在南萨哈林是吃乌头自尽；有许多人是淹死的，冻死的，被树压死的；有一个人被熊咬死。除了像心脏麻痹症、心力衰竭症、中风、周身瘫痪之类的原因以外，教堂登记册上还载有"暴亡"者十七名；其中过半数的年龄在二十二岁到四十岁之间，只有一人超过五十岁。

关于这个流放移民区的患病率，我只能说到这儿了。尽管传染病的发病率很低，然而，即使根据我上面提到过的数字，也不能不认为各种疾病加在一起，患病率还是高的。一八八九年就医的患者有一万一千三百零九人次；由于大部分苦役犯夏天都在监狱以外很远的地方生活和工作，而在那种地方只有在人数众多的时候才会有一个医士，又由于大部分流刑移民因为道路遥远和天气恶劣而失去步行或乘车到医院去的可能，这个数字就主要涉及住在哨所而离医疗点很近的那一部分人口。根据报告的资料，一八

---

① 这个报告的撰写人是这样评述这些事例的："把女流放苦役犯分配给男流刑移民，让他们同居，对那些妇女来说，具有强制的性质。"有些苦役犯为了避免被派去干活而使自己成为残废，例如砍掉自己的右手的手指。装病的人在这方面花样百出；他们把烧红的硬币贴在身上，故意冻伤自己的脚，使用一种高加索的药粉，把它撒在小伤口上或者擦伤处，造成肮脏的溃疡面，使其腐烂、化脓；有一个人把鼻烟塞进尿道；等等。最喜欢装病的是那些从滨海地区发配到此地来的中国人。——契诃夫注

八九年死亡一百九十四人,或者千分之十二点五。根据这个死亡率,可能造成很大的错觉而认为我们的萨哈林是世界上最健康的地方;可是必须考虑到下述情况:在通常情况下,全部死亡者中应有一大半是儿童,而老年人则略少于四分之一,可是在萨哈林,儿童很少,老人几乎没有,因此千分之十二点五这个死亡率实际上只涉及劳动年龄的人。再说,这个比率低于实际,因为在报告里计算这个比率的时候,是把居民定为一万五千,也就是至少比实际的居民数多一半。

目前,萨哈林有三个医疗点,每区一个,设在亚历山德罗夫斯克、雷科夫斯科耶和科尔萨科夫。诊疗所按老规矩叫做区医院,那些里面住着病情较轻的人的小木房或者病室叫做医疗站。每个区配备一名医师,掌管全部工作的是医疗部门主任,医学博士。军事部队有自己的医院和医师,而军医常常暂时代理监狱医师的职务。例如,我在那里时,医疗部门主任出外去参观监狱展览会,监狱的医师又递了辞呈,亚历山德罗夫斯克的医院就由军医主持;我在杜埃的时候,碰上对犯人施刑,也由军医代行监狱医师的职务。此地的医院遵循民用医疗机构条例,用监狱的经费来维持。

下面简略地谈一谈亚历山德罗夫斯克医院。它由几座专用的病房组成,预定放一百八十张病床。① 我走近这个医院时,新建的病房的沉重的原木在阳光下发亮,发散着针叶树的气味。药房里一切都是新的,发着亮光,甚至有一个包特金②的半身像,是一个苦役犯按照片塑成的。一个医士看着这尊半身像说:"不大像。"

---

① 这个医院占地八千五百七十四平方俄丈,有十一座建筑物,分成三个点:(一)行政部门的房屋,包括药房、外科室、门诊室,还有四座专用病房和一个厨房,厨房旁边设妇科,还有一个小教堂,这一片地方就叫做医院;(二)两座供男女梅毒患者治疗用的房屋、一个厨房和看守室;(三)两座流行病科的房屋。——契诃夫注
② 19世纪俄国的医学家。

按照惯例，这儿有几只庞大的箱子，里面装着 cortex① 和 radix②，其中有一大半如今早已不用了。我往前走去，进入病人住的房舍。这儿，在两排病床之间的通道上，铺着杉木地板。病床是木头做的。有张床上躺着一个从杜埃来的苦役犯，喉咙被割破了，裂开的伤口有半俄寸长，已经干硬；可以听到嘶嘶的出气声。这个病人说他干活的时候被倒塌的重物压伤了肋部；他要求住到医疗站去，可是医士不收他，他受不了这个气，就动手自杀，打算割断喉咙。他的脖子上没有扎绷带，伤口听其自然。这个病人的右边，距离三四俄尺，躺着一个生坏疽的中国人，左边是一个患丹毒的苦役犯……墙角上还有另一个患丹毒的病人……外科病人的绷带很脏，绳絮的样子可疑，仿佛经人踩过似的。医士和工役没有受过训练，对你所提的问题都不清楚，叫人恼火。只有苦役犯索津，犯罪前原是医士，显然了解俄国的章法，似乎在医院的所有医务人员中，他是唯一在工作态度方面不玷辱埃斯库拉皮乌斯神③的人。

过了一会儿，我开始接待门诊病人。门诊室挨着药房，是新建的；可以闻到新的木材和油漆的气味。医师用来看病的桌子四周围着木栏杆，就像私营银号里一样，因此在就诊的时候，病人不能走到医生身边，医师大多是隔着一段距离替他们诊病。在医生旁边坐着一个高级医士，什么话也不说，摆弄着一支铅笔，仿佛他是个考场上主考的助手。这儿，在门诊室的门口站着一个佩戴手枪的看守，有些男人和妇女进进出出。这种古怪的环境使病人心慌，我想，没有一个梅毒患者和妇女敢于在那个佩戴手枪的狱吏和那些男人面前说出自己的病。病人不多。所有这些人要么就是害着萨哈林热病，要么就是湿疹，要么就是"心痛"，要么就是装病，就诊的苦役犯都迫

---

① 拉丁语：树皮。
② 拉丁语：根。
③ 希腊神话中的医神。

切地要求免除苦役。一个男孩脖子上生了个脓疮，必须开刀。我要一把手术刀。医士和两个男人猛地离开座位，不知跑到哪儿去了，过一忽儿回来了，交给我一把手术刀。不料刀是钝的，可是他们对我说这不可能，因为钳工不久以前刚磨过。那个医士和两个男人就又猛地离开座位，过了两三分钟又拿来一把手术刀。我就动手开刀，而这一把刀原来也是钝的。我要石炭酸溶液，他们给我了，然而不是很快拿来的，可见这种液体在这儿不常用。没有盆，没有棉花球，没有探针，没有像样的剪刀，就连足够的水也没有。

在这个医院里，每天就诊的病人平均为十一人，每年的平均数字（五年当中）是二千五百八十一人；每天的住院病人平均是一百三十八名。这个医院设一名主治医师①和一名医师、两名医士、一名助产妇（管两个区），而工役，说来可怕，有六十八名：四十八个男人和二十个妇女。一八八九年，这个医院的开支为二万七千八百三十二卢布九十六戈比。② 根据一八八九年的报告，所有的三个区所作的法医检验和尸体解剖为二十一次。另外对七例外伤、

---

① 即医疗部门的主任。——契诃夫注
② 服装费一千七百九十五卢布二十六戈比，食物一万二千八百三十二卢布九十四戈比，药品、外科器械、仪器二千三百零九卢布六十戈比，行政杂费二千五百卢布十六戈比，医务人员的薪金八千三百卢布。房屋修理费由监狱开支，工役不付报酬。现在我要求比较一下。莫斯科省谢尔普霍夫城的地方自治局医院建造得很漂亮，设备完全符合科学的现代化要求，住院病人1893年每天的平均数为四十三名，门诊病人是三十六点二名（全年一万三千二百七十八名），那儿的医师几乎每天都要做大手术，监视流行病，进行复杂的登记等，而自治局在1893年向这个县里最好的医院提供的开支是一万二千八百零三卢布十七戈比，其中包括房屋修理费和保险费一千二百九十八卢布以及工役的工资一千二百六十卢布（请参看《一八九二年至一八九三年谢尔普霍夫地方自治局卫生医疗组织工作概述》）。萨哈林的医疗工作花钱很多，可是医院"用氯化物烟熏"消毒，而通风装置没有；我在那里的时候，亚历山德罗夫斯克为病人所烧的菜汤太咸，因为是用咸肉煮的。最近，据说"由于缺乏伙房用具和设备"，病人的伙食是从监狱的公用伙房中取来的（本岛长官1890年第66号命令）。——契诃夫注

五十八例怀孕和六十七例承受法庭判决的肉刑能力作了检定。

现从上述报告中摘录有关医疗用具的情况。这三个医院里共有：妇科用具一套，喉科用具一套，最高温度计两支，而这两支都已经打碎；体温计九支，其中有两支已经打碎；"测量高温的"温度计一支，套管针一个，普拉瓦茨注射器三个，其中一个的针头已经折断；镀锡喷雾器二十九只，剪刀九把，其中两把已经坏掉；灌肠器三十四只，排液管一根，带杵的大研钵一只，已经有裂纹；刮刀带一根，拔血罐十四个。

从《萨哈林民事部门医疗机构药品消耗情况表》中可以看出，所有三个区在报告年度用掉三十六普特半盐酸，二十六普特漂白粉，十八磅半石炭酸，五十六磅 aluminum crudum，樟脑一普特多，除虫菊粉一普特九磅，金鸡纳树皮一普特八磅，红辣椒五磅半（酒精用掉多少，《情况表》里没有说明），橡树皮一普特，薄荷一普特半，山金车半普特，蜀葵根三普特，松节油三普特半，橄榄油三普特，低等橄榄油一普特十磅，碘仿半普特……除石灰、盐酸、酒精、消毒药品和包扎材料外，根据《情况表》的资料，共用药品六十三普特半；那么，萨哈林的居民可以夸口说，他们在一八八九年用掉了大量的药品。

下面我举出两项有关流放犯健康的法律条款：(一)有害于健康的劳动，即使犯人自愿选择，也不准许(一八八六年一月六日经最高当局批准的国务会议意见，第十一条)；(二)孕妇在怀孕期间和分娩后四十天内免除劳动。在这个时期以后，酌量减轻哺育婴儿的妇女的劳动，以不损害母婴的健康为限度。女犯应当有一年半的时间为婴儿哺乳。见一八九〇年版的《流放犯管理条例》，第二九七条。

小品文　论文

纵 狗 捕 狼

据说,现在是十九世纪了。请您不要相信,读者。

一月六日,星期三,在欧洲的大城,甚至是京城,莫斯科,在夏季的跑马厅里,人们一个挨着一个,互相拥挤着,彼此踩着脚,坐下来,欣赏表演。不但这种表演本身,就连描写它都显过时⋯⋯莫非我们这些神经质的、多愁善感的、穿燕尾服的人,宁可为思想而牺牲肉体的人,爱好戏剧的人,有自由主义思想的人,et tutti quanti①,竟然描写纵狗捕狼的场面?这是我们干的事?!

事情居然弄到这样,我们⋯⋯没有办法,那就写吧。

首先,我不是猎人。我一辈子也没打死过什么东西。也许只打死过跳蚤,不过那也没有用狗,而是单独一个人打的。在所有的火器里我只熟悉锡制的小手枪,那是我买来给我的孩子挂在新年枞树上用的。我不是猎人,所以如果我写错了什么,就要请各位原谅。所有的外行照例胡说八道。我要极力绕过那些可能显出我对射猎术语一无所知的地方;我要照一般人那样讲,也就是浮表地凭最初的印象来讲。

十二点多钟,跑马厅后面是成群的轿式马车、豪华的雪橇、街头出租的雪橇。人声喧哗,大呼小喊⋯⋯轻便马车太多,不得不挤

---

① 意大利语:等等。

在一起。在跑马厅里,小驹看管人、公狗看管人、灵猩看管人、捕鹌鹑的猎人,穿着浣熊皮的、海狸皮的、狐皮的、羔羊皮的大衣坐在那儿,冻得发僵,心急火燎。不消说,这儿也坐着太太们……不管在什么地方,缺了太太们总是不行的。不知什么缘故,相貌俊俏、姿容出众的很多……女人跟男人一样多……她们也心急火燎。在高处的长凳上闪着中学生的制帽。中学生也来观光了,他们心急火燎,不住地跺着套鞋。那些爱好者、鉴赏家、专挑毛病的批评家,步行来到霍登①,没有钱,挤在围墙那儿,膝头没在雪里,伸长了脖子,也心急火燎。场子里有几辆大车。大车上放着几只木箱。今天的主角,那些狼,正在享受生活的乐趣。它们大概倒并不心急火燎吧……

观众趁捕狼的表演还没有开始而在欣赏一些俄国美女,她们骑着漂亮的小马在场子里走来走去……那些最入迷、兴趣最浓厚的猎人在评论那些为捕狼而准备好的狗。大家手里都拿着节目单。太太们的手里拿着节目单和望远镜。

"这是最愉快的事了,"一个小老头对邻座的看客说,这个小老头留着稀疏的胡子,戴着有帽徽的制帽,从种种迹象看来是个早已把家财挥霍光的贵族。"这是最愉快的事了……跟大伙儿一块出来……天刚亮就出来了……而且还有太太们。"

"跟太太们一块儿出来,那可是不值得。"邻座打断小老头的话,说。

"那是什么缘故呢?"

"因为有太太们在座,就不能骂街了。难道打猎的时候能不骂街吗?"

"不能。不过我们有些太太自己就骂人……不瞒您说,有个

---

① 莫斯科的一个广场。

玛丽雅·卡尔洛芙娜,是格良塞尔男爵的女儿……她骂得可厉害了!她哇哇地嚷道,你这魔鬼,恶魔,万恶的东西……骂个没完……骂人的词儿可多啦……那些小官儿很怕她。动不动就挥起皮鞭子。"

"妈妈,狼在箱子里吗?"一个戴着很大的风雪帽的中学生问一个长着绯红的大脸蛋的太太。

"在箱子里。"

"那它们不能跳出来吗?"

"住嘴。你老是问这问那……把鼻涕擦干净!你问点聪明话……干吗净问些蠢话?"

场子上出现了紧张的活动。有六个知道这种狩猎的秘密的人抬起一口箱子,把它放在场子中央……观众激动起来。

"先生!现在是谁的狗在走动?"

"莫查罗夫的!哦……不,不是莫查罗夫的,而是谢烈美契耶夫的!"

"根本不是谢烈美契耶夫的!是莫查罗夫的灵猩!它就在那儿,莫查罗夫的黑狗!瞧见没有?或者也许是谢烈美契耶夫的。是啊,是啊,是啊……对,对,对……诸位先生,是谢烈美契耶夫的!有谢烈美契耶夫的,有莫查罗夫的,那不就是!"

人们用锤子敲打箱子……焦急达到了 maximum①。那几个人从箱子那儿走开了……有个人拉一下绳子,监狱的墙倒了下来,观众的眼前就出现一条灰毛的狼,俄国的一种最可敬的畜类。这条狼往四下里张望,站起来跑了。谢烈美契耶夫的狗飞快地追它,莫查罗夫的那条狗没有按规矩跟着谢烈美契耶夫的狗跑,一个灵猩看管人手拿短刀,跟在后面。

---

① 拉丁语:顶点。

那条狼还没有来得及跑出两俄丈去,就死了……那些狗和那个灵猩看管人都大出风头。……"好哇!"观众喊道,"好哇!好哇!为什么莫查罗夫没有按次序放狗跑?莫查罗夫,嘘!好……哇!"对另一条狼也照这样办。第三只箱子打开了。那条狼坐在那儿,一动也不动。一条鞭子在它的嘴脸面前噼啪地响。最后它总算站起来了,似乎很累,筋疲力尽,几乎迈不动后腿了……它往四下里张望……没有救了!可是它那么渴望生活!它也像那些坐在看台上,听它的磨牙声,瞧着血的人一样渴望生活。它打算逃跑,可是办不到了!斯韦钦的几条狗抓住它的皮,灵猩看管人一刀刺进它的心里,于是 vae victis①,这条狼就倒下去,带着对人类的恶劣看法走进坟墓了……说实在的,人类想出这种 quasi② 狩猎以后,真是在狼面前丢尽了脸!在草原上、树林里打猎,那倒是另外一回事,人类的嗜血心理在那种地方由于可能进行平等的搏斗而能够稍稍得到原谅,狼在那儿是可以自卫,可以逃跑的……

观众发狂,而且狂得那么厉害,好像全世界的狗一齐放出来,扑到他们身上来似的。

"在箱子里就杀死啦!这样的打猎可太妙了!糟透了!"

"既然您不懂,那您嚷什么呀?您必是从来也没有打过猎吧?"

"没有。"

"可是您嚷什么呢?您懂什么?那么照您看来,就应该把狗交给狼,由狼把它们撕碎?您的看法是这样?是这样吗?"

"您听我说!看一条杀死的狼有什么意思呢?他们也不让那些狗撒开腿跑一阵!嘘嘘嘘……呸!"

---

① 拉丁语:败者必遭大祸。
② 拉丁语:近似的。

"这是谁的狗?"一个穿着浣熊皮大衣的老爷狂叫道,"孩子,你去问问这是谁的狗。"

"列布谢夫的!谢烈美契耶夫的!莫查罗夫的!"

"谁的公狗?"

"莫查罗夫的!好一条公狗!……莫查罗夫的!……在箱子里就咬死了!……"

观众不满意,因为这条狼这么早就被咬死了……必须在场子里把这条狼追上两个小时,用狗牙把它咬得遍体鳞伤,用马蹄子把它踩个稀烂,然后再咬死它……至于它已经被追捕过一次,而且被捉住,无缘无故在监狱里关了好几个星期,那可是不够的。

那些狗和灵猩看管人斯达霍维奇活捉了一条狼……这条走运的狼就又放回箱子里去了。有一条狼蹿过了栅栏。那些狗和那个灵猩看管人跟踪追去。要是这条狼能够跑进城去,莫斯科人倒交了好运,会在大街小巷观赏这种妙不可言的追捕了!……

在充满难忍难熬的期待的休息时间,观众哈哈大笑,而且(您不相信吗?)大声叫好:观众满意地看见一匹玩具般的小马把那些空箱子运到原来的地点去。那匹小马不是走路,而是在跳跃,并且不是用腿,而是全身都在跳跃,特别是脑袋也在上下摆动。这中了观众的意,观众发狂了。

走运的小马啊!它或者它的爹娘以前是否想到过它有一天会获得掌声?

传来了断断续续的吠叫声,场子上出现一群猎狗……一条大狼交给它们去撕碎。这些猎狗狂吠起来,那些没有放出来的灵猩眼红得不住地尖叫。

"好哇!好哇!"观众叫道,"好哇!尼古拉·亚科甫列维奇!"

尼古拉·亚科甫列维奇风度优美地向观众鞠躬行礼,他那种漂亮的气派是任何一个为之举行福利演出的演员都会嫉妒的。

"把狐狸带上来!"他大吼一声。

有些人把一只小箱子抬到场子的中央,从箱子里放出一只漂亮的小狐狸。这只小狐狸不住地跑,跑……猎狗追它。谁也没有看见那些狗是在什么地方抓住那只狐狸的。

"狐狸不见了!"观众喊道,"人家把它放跑了!不见了!"

尼古拉·亚科甫列维奇抱着狐狸出现了,观众窘住了。为了把猎狗集合起来,要不少人花不少时间才办到。那些狗不听话,训练得很差……观众并不喜欢这些猎狗。

总的说来,观众冻坏了,不过很满意。太太们非常高兴。

"在外国才好呢,"一个小女人说,"那儿有斗公牛,斗公鸡……为什么我们俄国不学着搞呢?"

"因为,太太,外国有公牛,我们这儿没有这东西!……"那个戴帽徽的小老头对小女人说。

最后,人们把最后一条狼放进场子里来。这条狼也给刺死了,观众一面议论哪些狗好,哪些狗坏,一面纷纷走散,回家去了。

最后就产生一个小小的问题:演出这出傀儡戏的目的何在?夸耀狗的本领是办不到的,因为地方太小;要显示勇敢也同样不可能。那么用意何在呢?

只有一个性质极其恶劣的用意。给女性的神经找一点刺激,仅此而已!不过,售票收入倒有好几千。可是我不敢认为这一切都是为了进款。一切开支倒可以用进款补偿,然而要弥补这种捕狼的场面在上述那个幼稚的中学生的小小心灵上也许会造成的小小的创伤,却是不可能的。

莫斯科的伪君子

今年春天，成员四分之三是商人的莫斯科杜马，在行政当局、市长、宗教界、报界的压力下被迫发布一项关于在星期日和假日限制做生意的规定。每逢假日，商人不再做十小时至十二小时的生意，而只做三小时的生意。日前，就是这个杜马，显然趁那些关心店员问题的人暂时缺席的当儿，几乎一致通过决议："今特撤销以'关于在星期日和假日限制做生意'为名而责令市民恪守的规定。"

这项规定果然撤销了。经营食品杂货、服饰用品、活鱼生意的人们听完讨论，大叫"好哇！"叫声又高又齐，弄得警察两次强使他们退场。这可也真是好！只有大胆的、极其果敢的人才能毫不脸红地公然说出那些无论如何也要在星期日做生意的商人先生们一口气说出来的胡言乱语。有一个人说"到教堂里去的不是店员，而是有知识的人"；另一个人每天只做两个小钱的生意，却抱怨说有了好几百万的亏损；第三个是商人拉宁，一身而兼任"老板和店员"（他是店员协会的会员），他用不偏不倚、重视双方利益的口吻说这项规定不必要，可以既做生意，同时又让店员休息，也就是既能发财，又能保持无辜。他还在国外看见过老板的妻子和女儿们如何在假日代替店员做生意。这种风气也可以移植到俄国来，只要赶快撤销这个规定，而老板们"愿意自己做生意，或者安排他们的妻子、儿子、女儿站柜台"。这个拉宁显然在莫斯科卖汽水的亭子和卖便宜的腊肠的小店里研究过国外的做生意方式,在那种地方,确实是老板的妻子和女儿在做生意。这位拉宁先生与其援引外国的办法,还不如简单一些,看一看他自己的拉宁香槟酒厂的好。莫非他有足够的儿子和女儿可以顶替在他的库房和工厂里做工的几十个员工吗?假使一个商人没有结婚或者没有孩子,那么到假日他能安排谁站柜台呢?而且,试问,为什么他的家属必须站柜台,而他自己和他的店员可以玩玩乐乐呢?真是胡言乱语……

一个人不公正、不聪明的时候总是说蠢话。不论在莫斯科也好,在下诺夫哥罗德也好,在喀山也好,每天,以至每个钟头,都有人说出许多蠢话;人总不能看到别人打一个喷嚏就祝一次健康,那么听到一句蠢话就回答一次也是困难的。不过莫斯科的拉宁之流的胡言乱语却有过于刺耳、过于独特的味道,弄得人要置之不理都不行。一个莫斯科的蠢才和装疯卖傻的家伙在市集上或者议会上高谈阔论,总使人强烈地感到他实际上是一条狐狸。既主张假日做生意,又谈什么教堂,这岂不是伪善吗?既保护自己的老板的钱包,又自称为店员,似乎以店员的名义发言,这岂不是伪善吗?用几百万的亏损来吓唬人,或者用店员和老板之间的对立来吓唬人,这岂不是伪善吗?这种几百万的亏损和店员的革命岂不是近似不久以前下诺夫哥罗德的政治经济学家们用来恐吓财政大臣的想象力的"英国人对西伯利亚的和平征服"吗?伦敦做的生意至少是莫斯科的总贸易额的十倍,或者可能二三十倍,然而在假日,伦敦并不做生意;老板和店员一概休息。而且,何必谈什么家属呢?要知道这位拉宁先生十分清楚,在撤销那项规定以后,站柜台的既不是他的妻子,也不是他的女儿,仍旧是那些店员。这也真是怪事!所有这些主张在假日做生意的人明明是要开炮打死店员,却极力给他们的主张也添上宗教的色彩;他们说在假日闲游的店员们会串酒馆,等等,从而侮辱了假日的神圣。说得倒好听,神圣!可是为什么他们不从十诫中的第四诫①讲起呢?如果这样,那么,从宗教观点来看,店员问题就十分清楚,不必用放荡的生活、不信宗教等的指责来公然侮辱成千上万年老的和年轻的劳动者。要是这种伪君子那么希望把店员问题和这类指责紧密结合在一起,那就应当把这种事做得聪明一点、得体一点,同时,顺便说一句,不要忘记,一千只放荡的金丝雀或者家兔远比一条笃信宗教的狼好。

---

① 第四诫为:"当纪念安息日,守为圣日。"见《圣经·旧约·出埃及记》,第22章,第8节。

[尼·米·普尔热瓦利斯基①]

尼·米·普尔热瓦利斯基临死时,要求把自己葬在伊塞克湖边。上帝赐给这个垂危的人一种力量,使他完成了又一个丰功伟绩:压下自己心头对故土的怀恋,把自己的坟墓交给荒漠。像亡者这样的人在一切时代和一切社会里,除了学术成就和为国家建立功勋以外,还有巨大的教育意义。单是一个普尔热瓦利斯基或者单是一个斯坦利②就抵得上几十个学术机构和几百本好书。他们的思想原则性,以国家和科学的荣誉为基础的高尚抱负,他们的顽强精神,为任何困苦、危险、个人幸福的诱惑所不能战胜的对既定目标的追求,他们知识的丰富和劳动的辛勤,对炎热、对饥饿、对故乡的思念、对折磨人的热病的习以为常,他们对基督教文明、对科学的狂热的信心,使得他们在人民的心目中成为体现最高道德力量的建功立业者。如果这种力量不再是抽象的概念而体现在一个或者几十个活人身上,那么,它就会产生强有力的教育作用。难怪每个小学生都知道普尔热瓦利斯基、米克卢霍-马克莱③、利文斯敦④,难怪人民就他们走过的道路编出关于他们的传说。弱小的

---

① 19世纪俄国旅行家,中亚细亚考察家。
② 19世纪英国旅行家,非洲考察家。
③ 19世纪俄国旅行家,民族学家。
④ 19世纪英国旅行家,非洲考察家。

十岁小学生幻想跑到美洲或者非洲去建立功勋，这是顽皮，然而不是简单的顽皮；不识字的阿布哈兹人述说第一个奉召者安德烈的荒诞神话，然而这不是简单的胡扯。丰功伟绩所产生的有益感染力必然会遍及全世界，而这正是此种感染力的微弱征象。

在我们这个病态的时代，在懒惰、生活的苦闷、信仰的缺乏等正在侵袭欧洲社会的时候，在到处盛行对生的厌恶和对死的恐惧这二者古怪地结合在一起的时候，在甚至最优秀的人也无所事事，借口缺乏明确的生活目标而为自己的懒惰和放荡辩护的时候，建功立业者就像太阳一样地必要。他们是社会上最富于诗意和生活乐趣的中坚分子，他们鼓舞人们，安慰人们，使人们变得高尚。他们的人格乃是活的证据，向社会表明除了那些为乐观主义和悲观主义进行争论的人，由于烦闷无聊而写些不高明的中篇小说、不必要的方案、廉价的论文的人，以否定生活的名义放荡堕落的人，为混一口饭吃而作假的人以外，除了怀疑主义者、神秘主义者、心理变态者、耶稣会教徒、哲学家、自由主义者、保守主义者以外，还有另一种人，一种建立功勋、信心坚定、目标明确的人。如果文学工作者所创造的正面典型是有价值的、能教育人的资料，那么，生活本身所提供的同一种典型的价值就无从估计了。在这方面，像普尔热瓦利斯基这样的人就特别宝贵，因为他们的生活、业绩、目标、精神面貌的意义就连小孩都能理解。事情永远是这样：人站得离真理越近，就越是单纯，越是容易被人理解。普尔热瓦利斯基在中亚细亚度过自己最好的岁月究竟为的是什么，这是容易理解的；他甘于遭受种种危险和困苦的目的是容易理解的；他在远离故土的异乡去世的凄凉情景，以及他打算在死后继续自己的事业，用自己的坟墓使得荒野充满生命的临终愿望也是容易理解的……读着他的生平事迹，谁也不会问：这为的是什么？这是什么缘故？这有什么意义？大家只会说：他是对的。

我们的行乞现象

政治经济学家和警察法在同街头的行乞现象作斗争的时候说:"为了人类的利益,一个小钱也不要给!"这句话应当改变成这样:"为了人类的利益,不要乞求施舍。"这第二种说法似乎比第一种更接近于解决问题。要知道,接受和乞求施舍的人远比给予的人多。善于给予和喜欢给予的人很少。例如,俄国人在给人或者向人提供什么东西的时候总是极其怕难为情,可是他们却善于而且喜欢乞求和接受人家的东西,这甚至成了他们的习惯,他们的一种劣根性了。这种品性是社会各阶层的人,不论是街头的乞丐还是他们的施主,在同等的程度上一概都有的。在下层的人当中发展了而且历年培养成一种对行乞、讨饭、寄食的爱好,在中层和上层的人当中则是对各种资助、恩惠、津贴、借贷、让价、折扣、优待等的爱好……街头的马车夫总是要求多给车钱,饭馆的堂倌看不起那些不给小费的人,接生婆在孩子行洗礼的时候毫不害臊地站在那儿端着个小盘子,收客人们的二十戈比的钱币,剧作家心安理得地拿别人的剧本冒充自己的,每一次列车上总有十分之一的乘客是无票搭车的,在剧院、郊区公园、杂技场里,不花钱的顾客成了一种不可避免的、司空见惯的坏现象,没有一个剧团经理敢于同这类现象作斗争;在各铁路或者银行的董事会里,您总会发现好几十个衣冠楚楚、十分体面却完全白拿薪金的人;任何一个官员都不会放弃补助金或者出差费,任何一个医师都能证实,医师给病人开的病假单和要求津贴的证明,其中足足有一半不是照良心办事,而是出于帮忙。在这个社会的最认真、最有良心的那部分人,即青年人中间,助学金、补助金、认捐册、义务表演的音乐会早已被当作寻常的事,贫寒大学生资助协会无论如何也收不到它往日的会员所偿还的债务,似乎还没有一个例子可以说明大学生一旦成为富翁以后认为必须归还自己的助学金。至于对小笔的债务和预支的不重视,借阅别人的书籍和稿本而不归还,十万读者当中只有一千人是出了钱而看书的,那就更不用说了。每一个有知识的人都读屠格涅夫和托尔斯泰的作品,然而绝不是每一个人都出钱买他们的著作的。

偷是不道德的,然而拿是可以的。律师们办离婚诉讼 minimum① 要拿四千,这并非因为钱是该拿的,而是因为可以拿。画家在五天之中画出一张画,却索价一万,演员演一个季度索价两万二,可是谁都不会因此说他们是坏人。拿是可以的,因而他们在社会人士的心目中是正当的。

于是,"这是可以办的"这种想法就使得一切提出要求和拿了就走的人摆脱了羞耻和尴尬的感觉。一个上校太太,可敬的一家之母,为她的白发害臊,可是她凭代理人的票乘火车,或者凭一张从熟识的收票员那儿取来的免费入场券坐在剧院的池座里却一点也不感到难为情。说谎是可耻的,然而向医师索取一张诊断书,用来愚弄公家,无缘无故领走二三百以至一千卢布,却不可耻,明知一个人无能,却替他向有权势的人谋求职位,也不可耻。正派人白拿薪金,或者为一件连他自己也加以讪笑的事领出差费,却仍旧不失其为正派。大家都高声谈论津贴、募捐、白拿的薪金,谈论不花

---

① 拉丁语:最低限度。

钱的车票和戏票,谈论借书不还等等,谁也不脸红,大家都觉得心情舒畅,而且这些人都是可爱的人。

那些不喜欢俄国人的这类行为的人以俄国人的性格具有罗亭①式的气质来对此加以解释,也就是说,俄国人不论对待别人的财物还是对待自己的财物一概马马虎虎,他白拿,同时也白给。就算是这样吧。可是要知道,人除了性格和气质以外还有思考的能力,凡是有意辩护或者责难的人,不应该忘记这种能力;每一个白要和白拿的人,如果不是街头的马车夫或者饭馆的堂倌,就能够很容易地思考一下而了解到所有这些好处、帮忙、让价、折扣、优待等并不像表面看来那么无辜,在这一切的背后往往隐藏着不公正,专断,对别人的良心的强制,对别人的感情的滥用,犯罪。难道一个火车站的站长给人一张不花钱的车票,不是盗窃行为吗?难道给予伊凡的优待不会损害彼得吗?

最糟的是在俄国人对待别人财物的态度方面盛行的漫不经心和名士派的胡来、乞讨、白拿不该拿的东西的爱好在社会上养成一种不尊重别人劳动的坏风气。一个在打纸牌的老爷丝毫不想到在外面挨冻的自己的马车夫,我们这个社会也是这样习惯于不去想到农村的教士们几乎没有报酬地在工作,半饥半饱地活着,教师们付出沉重的劳动却收入极少,受穷受苦,城市的医院里有许多青年医师白白地工作,一点也没有得到社会的什么报酬,那个倒霉的德雷彼尔赫尔担负着巨大的责任,却没有得到社会的多少报酬,反而被它定了罪。很少有人主张例如给军官或者邮局的官员加薪,而大部分人却乐于赞成减薪。越便宜越好,要是一个钱也不出就更好了。

街头的行乞现象只是巨大的整体的一小部分而已。必须克服

---

① 俄国作家屠格涅夫的中篇小说《罗亭》中的男主人公。

的不是它,而是产生它的原因。等到社会上的各阶层从上到下都学会尊重别人的劳动和别人的戈比,街头的、家里的以及各种其他的行乞现象就会自然而然地消失。

魔 术 家

在莫斯科,出现了季米利亚泽夫①教授的一本不大的小册子《科学的玩笑》。这本小册子的内容是一篇论文,篇幅只有一篇普通的杂志文章那么大,所以季米利亚泽夫的小册子的许多读者会觉得奇怪,为什么他没有在《俄罗斯思想》或者《俄罗斯新闻》上发表文章,而他早已就是这些报刊的撰稿人。要知道,《俄罗斯思想》和《俄罗斯新闻》那么喜爱科学!不过,问题不在它们身上。

季米利亚泽夫先生的小册子之所以特别有趣,是因为第一,他是莫斯科教授和著名的科学家;第二,他在这本小册子里极力证明,莫斯科动物园的管理处以招摇撞骗为能事,而领导这个管理处的也是一位莫斯科的教授,也是一位著名的科学家!这可不是闹着玩的!

莫斯科动物园附设一个植物站。季米利亚泽夫先生,大家都知道,是一位植物学家,在大学里讲授"植物生理学"。这个新开设的站同他的专业密切相关,他作为莫斯科的植物学家的领袖,认为自己有责任对这个站发表他的意见。他也就当仁不让。他讲完这个新设的"植物实验站"究竟是什么以后,就把他的评价概括如下:"不妨说,这里的一切,从人所共知的动物园空气的刺鼻的阿

---

① 俄国19世纪末、20世纪初的植物生理学家。

摩尼亚气味起,加上所选择的场所是树荫下面一间简陋的、临时性的、在各方面都不适用的屋子,实验的次数又少得可怜,直到这些实验做得很马虎的种种细节为止,简直成了一个在这种研究工作中什么也没有做,而且也不能做的范例。"(第九页)后来他又说:"如果动物园管理处有胆量公开把它的可怜的把戏称为'植物实验站',那么熟悉自己工作的植物学家就有道义上的责任对公众说:请您不要相信,这是一种不体面的玩笑,证明了对科学和公众的可悲的不尊重。"(第十四页)

那么,可见这个由有学问的人创办的"为了按严格的科学方法进行严格的科学研究的"站,其实是个可怜的把戏,不体面的玩笑,对科学和公众的不尊重。这味道是不妙的。不过读者也许会问:这个站的创办人并不打算进行学术性的研究,而只是简单地以植物生理学的通俗化为目标吧?季米利亚泽夫先生显然已经预见到这个问题,他是这样回答的:"通俗化工作者有权充分地掌握真正的科学面对公众,向公众展示由才能和在真正的实验室和书房的肃静环境中的劳动所取得的科学收获。至于走到大街上去,公然在某些玩笑式的实验室里,在不像样子的、同科学工作的真实环境毫无共同点的环境中进行玩笑式的科学研究,而且是以马马虎虎的方式进行,这就等于有意破坏科学的作用。"(第十二页)

如果一个由动物学家创办的植物站不但对科学家毫无意义,按作者的声明,它只能引起科学家的愤慨,而且对学习者也毫无意义,对他们来说,它也许只能成为不应当如此对待科学的范例,最后,对公众也毫无意义,因为这不是一个新型的实验站,而是一个新型的游戏站;那么,在莫斯科动物园里设立这么一个植物生理站究竟有什么意义呢?

季米利亚泽夫先生这样回答这个问题:这个站里所进行的"人工栽培的成果""实在引人注目,甚至能在外行的心里留下印象，这岂不就是利用廉价的科学魔术在公众的心目中抬高自己吗？我们当代的科学在创造奇迹，怎能没有西蒙之流现代的魔法师愿意付出不高的代价取得显示这些奇迹的机会。确实，只要从药房里买到几磅盐，溶解在水中，倒进罐里，插入播种的地方，这个魔术就成功了。然而照这样思考的人却忘了这些魔术是几代科学家的才能和劳动的成果，甚至为了成功地重现这些成果，除了盐以外，还需要知识、本领和勤奋的劳动，而这些东西就是花钱在药房里也买不到。"（第十四页）

季米利亚泽夫先生在他的小册子里一次也没有用过"招摇撞骗"这个词，可是人们看得明白，他正是指责那个有学问的管理处具有真正的招摇撞骗作风。动物园的实验室里坐着魔法师西蒙之流，不尊重科学和愚弄公众对他们是有利的。可是，季米利亚泽夫先生是否说得过分了呢？我们读完他的小册子以后暗想，把管理处的失误不解释为招摇撞骗，而解释为一般俄国人喜欢干分外的事，岂不简单一些？在俄国，烤馅饼的工人缝皮靴，而鞋匠烤馅饼，这不算是什么稀罕的事，否则克雷洛夫就不会写出他那些寓言了。要知道，在我们这儿往往由医师和过去的检察官管理学区，由自然科学家主持地方法院，而在大学里，语言学家却讲授植物学。我们这样设想，如果那些动物学家在植物学方面失误，那有什么关系呢？他们的崇拜者们尽可以在动物学方面得到安慰呀……

于是我们，为了得到安慰，就赶紧到动物的地区去游览一番……

可是，唉，那是什么样的景况啊！

在这儿，我们首先遇到莫斯科公众对自己的科学园地的古怪态度。他们没有给它起别的名字，而称之为"动物的墓园"。那儿散发着臭气，动物纷纷饿死，管理处为了赚钱而把狼送到纵狗捕狼的场所，冬天很冷，而夏天一到晚上就响起音乐声，放起焰火，醉汉不住地吵闹,妨碍那些还没有饿死的野兽睡觉……我们就问管理处:这是怎么搞的呢?在纵狗捕狼和科学之间,或者在焰火和波格丹诺夫先生①之间有什么共同之处?管理处在回答的时候口口声声说:动物园的贫乏的设备,动物品种的稀少和缺乏有计划的安排,动物喂养方面的微薄和粗疏,这是一回事,而以动物学家小组为园领导的"科学"和"学术"活动,则是另一回事。倘使前者像动物学家在他们的驯养畜类协会的年会上所说的那样,"由于公众对动物学工作的关心不够"而经不起批评,那么,后者却在不住地前进又前进。好吧。那么我们就问:这个园有关的动物学的学术活动到底以什么为内容呢?

他们回答说:这种活动的内容可能在于,第一,解决比较解剖学和形态学方面的问题,这个园为这种目的创办了自己的实验室,而且有达到这个目的的充分的手段;第二,对动物进行不间断的生物学观察,为此进行每天的记录,即园日记,其中所积累的资料间或经过加工,予以发表;最后,第三,举办展览会,目的在于以实物作证,使公众了解养畜业、养禽业、驯养工作方面的成就。

很好。我们就到园子里去找实验室。由于实验室规定"以严格的科学方法进行严格的科学研究",那么我们当然首先就会看到良好的房屋,而且十分宽敞,足以符合它的任务的广泛性和复杂性的需要,配备有必要的专门仪器;其次,我们当然还会看到精通专业的人员,搜集丰富的藏书和参考资料,最后还有适当的工具。只有这些条件都具备,这个园的实验室才有权取得这样的名称。外国的园子的领导人就是这样看待这个工作的。他们要么就根本不办这项事业,如果他们的资金不足,而有机会的话,就干脆把自

---

① 俄国19世纪末的人类学家和动物学家,在契诃夫写此文的时候是莫斯科动物园的领导人。

己所有的资料送给适当的机构,例如汉堡动物园对汉堡博物馆就是这样;要么就拥有第一流的机构,例如巴黎的 Jardin des plantes①的比较解剖学陈列馆。

可是,我们白白在园子里走来走去找那个实验室。人家告诉我们说它"暂时"关闭了。既然没有鸡肉,那就光喝清汤吧;既然没有实验室,那就请他们至少给我们讲一讲它的历史吧。人家就对我们讲述,它是极其隆重地开幕的,在开幕之前举行过很多次群众大会,发表过辉煌的演说,刊印过长篇的论文,等等,等等,等等。

在隆重的开幕日,举行过祈祷、宴会、祝酒,有过答谢、电报、香槟酒……音乐演奏,马队奔驰……在喝香槟酒后的甜蜜醉意中已经朦胧地现出荣誉、科学院院士的称号、荣誉团勋章、各种鹰章、列奥波尔德勋章、斯特万勋章、拉扎尔勋章、北极星勋章……这些未来的院士和勋章获得者组织了一个"特别委员会",这个委员会拟定一个纲领,根据这个纲领,动物园的实验室的工作必须包括下列几项:(一)解剖死亡的动物,制成实验标本,供莫斯科大学的动物馆使用;(二)准备显微镜工作所需用的材料,制成显微镜所需要的标本,主要是在园内动物身上所找到的寄生虫;(三)鉴定动物园收容的和直接送到实验室里的动物;(四)设置饲养室和水族馆,借以达到园内通俗工作的目标和大学动物馆以及驯养协会工作的学术目标;(五)组织游览团以便接受饲养室和水族馆所必要的和合乎要求的动物,并且对动物进行观察,旨在草拟报告,以供驯养工作和自然科学爱好者协会使用;(六)组织及设置本园和实验室的学术及实际工作所必需的专门著作图书室。

什么叫做"进行旨在草拟报告的观察"? 不过,我们把这个纲领里的无伤大雅的怪话放在一边,提出如下的问题:管理处创办的

---

① 法语:植物园。

实验室究竟是什么样子,它拥有一些什么东西来履行这个纲领所规定的多方面任务?它的活动成果是什么,在什么地方?谁把它"暂时"关闭的,为什么?他们就对我们说,我们可以从波格丹诺夫教授主编出版的《驯养协会学术工作》第一册(顺便说一句,这是仅有的一册)中得到答复。我们费了很大的劲才得到这本很厚的、篇幅很大的第一册,又费了很大的劲才读完,我们这才知道这个实验室在一八七八年初重建,到一八八四年底"暂时"关闭。实验室的第一个工作报告所涉及的时期一共只有三个月:一八七八年的六月、七月和八月。这几个月里送进实验室的有哺乳动物十六只和飞禽一百九十九只。被解剖的哺乳动物有十五只,飞禽有七十六只(第一册,第一二一页和第一二二页)。飞禽被解剖的不到一半,这在工作报告里作了如下的解释:"解剖和制作标本主要由一个人承担,在实验室存在的九十天内,他显然没有实际的可能性在这段时间中对所有送来的材料进行处理,不得不选择最重要的。"(第一二二页)下文又说:"哺乳动物的解剖记录具有更严重的不连贯性,一部分原因是由于,如上文所说,实验室里人员很少而工作大量堆积,一部分原因是由于实验员对这种新颖的工作缺乏经验,对实验室'日记'的要求还没有确定下来。"(第一二三页)

这样,这个实验室,按它的印出来的工作报告上的说法,就开幕了,关于它的活动已经提出报告,公开印行了;而实际上,它既没有必要的人员,也没有图书,没有参考资料,更没有仪器,就连对实验室"日记"的要求也没有确定下来,而只有关于开幕典礼的愉快的回忆和没有实现的纲领。

一八七九年的工作报告有几页手稿,在协会的年会上宣读过,后来又在报纸上发表过。这个报告一开头就指出欧洲的动物园的工作报告的缺点,据说那些报告叙事总是极其简略,关于日常生活总是只字不提。"我们,"这个工作报告神气十足地声明,"不止一次地听到关于这一点的解释:园内行政部门的人员不多;他们没有时间给每年积下的丰富的材料进行加工,而以未加工的形式交出去又不值得一做……"我们这些在各种学术事业方面的新手似乎应当谦虚地低下头去,采用有经验的人的指示,在任何情况下都不该傲慢自大。可是工作报告的作者并不是这样看待问题,却公然声明他不满意外国的办法。就算外国的工作干得不行吧,可是,请容许问您一句,您究竟干了些什么呢?您在自己的莫斯科实验室里,甚至在搜集原材料方面,根本什么都没做。不过这也是可以理解的:在实验室存在的第二年当中又只有一个实验员,这人是个没有经过充分训练的大学生,忙于听课,他多半是用牙齿和手指头工作吧,因为没有工具,连书也没有。在一年当中送往实验室的野兽和飞禽的总数当中有二十三只哺乳动物和一百零九只飞禽没有解剖。工作报告对此解释如下:"四月间和五月间痛切地感到人手的缺乏,因为实验室的人员和可以协助的人都担负别的工作了;六月间和七月间由于经费紧迫而感到酒精不足;到八月,这后一种情况越发棘手了,因为'有几头名贵的动物死了……'"等等。下文又讲到参考资料、书籍、工具大为缺乏,总之,仍旧是老一套。

一八八〇年的工作报告很短。关于外国的混乱状态不再提了。报告里说,按照秘书在协会的年会上的声明,总的来说,实验室收集了动物的各种器官,确定了某些倒毙的动物的死亡原因。有七只哺乳动物和一百〇八只飞禽留下来没有解剖。

一八八一年,死亡的禽兽有三分之二剩下来没有解剖,这个工作报告又唱起人员不足的调子来了。接着,在第二年,未解剖的动物的数字由三分之二增加到四分之三和十分之九;最后,在一八八三年和一八八四年,解剖只在罕见而特殊的情况下才进行(一年只进行两三次),报告对于实验室的活动绝口不提了,至少在协会的年会上没有谈起。

讲到实验室的房屋,根据目击者的评论,在一八八五年,它类似泼留希金①的堆房。那是各种破烂的堆房,有柴火、装水的器皿、旧的破鸟笼、不能再用的鱼缸和饲养箱;在这种破烂当中时而出现一些打碎的器皿、旧雨鞋、撕破的账本,有的放在箱子里,有的干脆成堆地丢在地板上,夹杂着各种动物的骨头,墙角的两个架子上放着一些落满灰尘、装着标本的罐子,那些标本已经开始腐烂,因为酒精蒸发了……这些骨头和这些腐烂的标本以及旧雨鞋和打碎的器皿实际上就是实验室的科学活动的全部成果。我们说全部成果,是因为实验室在它存在的七年的全部时间里不但没有做过一项科研工作,甚至没有写出一篇短文,不过这是说,如果不把用麦地那龙线虫②感染狗的失败实验的声明计算在内的话。

显然,重新开办的、引起季米利亚泽夫先生十分气愤的植物站正是这个动物园的实验室的亲生女儿,严格说来,这两个机构之间只有名称不同而已。实际上,这二者都是对科学和公众的可悲的不尊重的范例。这个实验室如同目前的这个站一样,不论对科学家还是对学生,尤其是对公众,一概没有必要。最后,创办它的动机显然也同创办植物站的动机一样。确实,动物园附设实验室是本园的事业的辉煌景况的毫无疑义的证据,同时它又证明它的领导人的活动的科学方向。既是这样,那为什么不办实验室呢?固然,设立一个配得上自己的科学任务的实验室是又费钱又不容易的,因为要办实验室就要有钱,有经验,认真对待这个工作。不过,广告的要求就低得多了,既不要钱,又不要知识,也不要劳动;只要在开幕的那天大摆筵席,演奏音乐,发表演说,责备公众对动物学漠不关心,就万事大吉了。

---

① 果戈理的长篇小说《死魂灵》中的一个地主和守财奴。
② 繁殖在人或动物体内的一种寄生虫。

现在我们来看一看动物园的第二种活动,也就是它的"日记"吧。大家知道,欧洲的许多动物园里都备有日记,这种日记无疑地有用,刊印这种日记必须有一定的条件:第一,日记里载入的事实具有系统的连贯性,而且具有尽量完善的形式;第二,载入日记的事实和观察具有由本院的科学方面或者管理方面的利益决定的明确目标和任务。可是我们的动物园的"日记"里有些什么样的事实和观察呢?我们翻看登载"日记"的整个第一册,读到下列记载:

事实:

一八七八年九月十七日。一个青年人戏弄野兽。

九月十七日。三个醉汉戏弄野兽。

十月一日。几个游览者戏弄野兽。

十月八日。一个军官戏弄野兽。

十月十五日。一个士官生戏弄野兽。

十月十七日。一个穿厚呢长外衣的游览者戏弄野兽。

十二月六日。公众戏弄野兽。

一八七九年三月四日。一位穿紧腰长外衣的先生戏弄野兽。

三月八日。一个带着太太的游览者戏弄野兽。

这就叫做科学,不是吗?穿紧腰长外衣的先生、士官生、带着太太的游览者戏弄野兽,由此得出一个结论:请你们不要戏弄野兽,因为你们这样做只是戏弄了科学家,科学家写出蠢话来了。不过请往下读吧。

观察。一八七九年一月。野兽不安宁:有两只抓住鹿角,极力要把身子悬挂起来;有三只吵闹得厉害。

二月二日。假日。人们戏弄(又来了?)动物:抓山羊的犄角,抓野驴和斑马的口鼻,捅野兔子。

四日。星期日。人很多,照例戏弄(嗯,当然啦!)动物。

十二日。有位先生带着一伙人在园里闹事。(难道要为此写一个学术报告吗?)

三月四日。观客戏弄动物,特别是一位穿紧腰长外衣的先生。

下文,某一位先生用手杖"捅"猫头鹰,军官们用军刀"捅"野兽。其次就是对于穿紧腰长外衣的先生、穿军服的士官生、戴帽子的太太、戴制帽的兵士的同样有趣的观察。举例如下:

一八七八年十二月二十四日。守夜人把一个身份不明而有某种嫌疑的人带到办公室里来,他没有能证实自己无罪(?)。

一八七九年一月七日。一个军官发现(而且很有道理):小熊的饲料太少。

八日。有一位女士提议有臭味的鹅供野兽吃。

十一日。有一位穿貂皮大衣的先生隔着板墙被公山羊用犄角顶撞了一下。

发现:这位先生的貂皮大衣里有犄角。

再看下文:

一月二十六日。昨晚,有一只奇蹄类动物咳嗽;由于天黑而无法辨别是哪一只。

十月十三日。一个军官带着妻子(!)和女儿到水族馆游览;那个女儿手中的木棍掉了下来,打碎了鱼缸。职员要求他们等一等,或者到办公室去交涉,可是那个军官威胁说,要打职员耳光,说完就走了。

六月四日。一个带着家属的游客采摘花朵;留在售票处

405

的人责骂他(谁骂他?)。

如此等等。除了这些关于穿貂皮大衣、大衣里有犄角的先生,那个带着妻子而不是带着情妇的军官,在科学的和平的一隅每天发生的丑闻以外,"日记"里简直什么内容也没有。对于丑闻,即使是关于打耳光和摘花朵那些有伤大雅的细节却作了详细的描绘,而那个游客摘花分明是给女人戴的;至于有关咳嗽的奇蹄类动物和倒毙的反刍动物的记载,却"因为天黑而无法辨别"而简略得出奇。

简直还是不读的好。

九月二十一日。象病了。

九月二十二日,二十三日,二十四日等等它继续生病。

九月二十八日。它痊愈了。

如此而已。究竟这头象生了什么病?有些什么症状?怎样医治的?关于这些只字不提,可是讲到"一伙人在售票处大闹特闹",另一伙人吵骂道:"真愚蠢,又没有零钱找,又不免票。"关于这件事,却写得详细极了。显然,在莫斯科动物园,人们对这伙吵骂的人比对那头咳嗽的奇蹄类动物或者有病的象感兴趣得多。二十七日,一头野驴死了。它得了什么病?怎样医治的?这些都没有说。十一月二十六日,一头牦牛病了。二十七日,它死了。它得了什么病?怎样医治的?没有回答。这头牛是否用犄角顶撞穿貂皮大衣的先生?回答大概是有的,不过我们还是丢下"日记",不要再摘录的好。多留一点给《蜻蜓》①的撰稿人去写吧。

试问,能用什么理由来为发表这类荒谬可笑的"日记"辩护呢?写这种"日记"的目的何在?要知道,记"日记"就是秩序的无

---

① 俄国当时的一种幽默文艺刊物。

疑的象征和经常的观察的积累。他们记"日记",是要大家认为而且谈论他们那儿既有秩序,也有观察。好在"日记"是谁也不去读的。人们不加深究就信任了实验室,也会不加阅读而信任"日记"的。

在莫斯科

我是莫斯科的哈姆雷特。是啊。我在莫斯科走遍各所房屋,各家戏院,各个编辑部,到处说同样的话:

"多么乏味呀!真是乏味得要命!"

人们总是同情地回答我说:

"是啊,也确实乏味得很。"

这是在白天和傍晚。而到了夜间,我回到家里,在床上躺下来,就往往在黑暗中问我自己,我究竟为什么感到这么乏味,于是我的胸中就有一个沉重的东西不安地翻腾,后来我想起一个星期以前在一所房子里,我刚开口问,我该怎么办才能摆脱这种乏味的感觉,就有一位不相识的先生,显然不是莫斯科人,突然转过脸来对着我,气冲冲地说:

"哎,那您就找一根电线来,碰见头一根电线杆子就上吊!此外您一无办法!"

对了。每天晚上我都觉得我好像在开始了解为什么我会感到这样乏味。那么究竟是为什么?为什么呢?我觉得原因是这样……

这要先从我简直什么也不懂说起。以前我念过书,可是鬼才知道是怎么回事,要么就是我已经忘光了,要么就是我的学识一点用处也没有,可是,结果呢,我却随时都在发现美洲。例如,人家对

我说莫斯科需要下水道,酸果蔓不长在树上,我就惊讶地问道:

"真的吗?"

我从出世的那天起就生活在莫斯科,可是,说真的,我不知道莫斯科是怎样建立起来的,为什么建立起来,目的何在,它有什么需要。在市杜马的大会上,我同别人讨论城市的管理,可是我不知道莫斯科方圆有多少俄里,这个城有多少人,出生多少,死亡多少,我们收入多少,支出多少,我们同什么人做生意,交易额多少……哪个城富足一些:是莫斯科,还是伦敦?如果伦敦富足一些,那又是为什么?鬼才知道!每逢杜马开会提出什么问题,我总是打个哆嗦,头一个叫起来:"交给委员会去讨论!委员会!"

我同商人们私下议论,说目前莫斯科应当同中国和波斯建立贸易关系,可是我们不知道中国和波斯这些国家在哪儿,它们除了腐烂的和潮湿的半成品以外还需要些什么。我从早到晚在捷斯托夫饭馆里吃喝,我自己也不知道为什么这么吃喝。我在一出什么戏里扮演一个角色,却又不知道这出戏的内容。我去听《黑桃王后》①,直到启幕时,我才想起我似乎没有读过普希金的这个中篇小说,要不然就是忘了。我写出一个剧本,拿去上演,直到它遭到惨败,我才知道,跟它一模一样的剧本以前已经由符·亚历山德罗夫写过,而且在他以前由费多托夫写过,而在费多托夫以前则由什帕任斯基写过。我既不善于言谈,又不善于辩论,也不善于聊天。在社交场合,人家跟我谈起我不知道的什么事,我只是装腔作势,开始骗人。我让我的脸上带着几分忧郁而讥诮的神情,摸着交谈者的衣服纽扣,说:"这已经陈腐了,我的朋友。"或者:"您在自相矛盾,我亲爱的……等有了闲工夫,我们再来想法解决这个问题,取得一致吧;现在呢,请您看在上帝分上务必告诉我:您去看过

---

① 指柴可夫斯基根据普希金的同名小说改编成的歌剧。

《伊莫根》吗?"在这方面我在莫斯科的批评家那儿学到了一手。例如,人家当着我的面谈到戏剧和当代的剧本,我一点儿也听不懂,可是等到有人向我提出什么问题的时候,我总是毫不为难地回答说:"话是不错的,先生……就算这些话都对吧……可是思想在哪儿呢?理想在哪儿呢?"要不然,我就叹一口气,叫道:"啊,不朽的莫里哀,你在哪儿啊?!"于是我悲哀地摆一摆手,走到另一个房间里去了。另外还有一个洛佩·德·维加①,好像是个丹麦的剧作家。有时候我就用他来唬住公众。"我私下对您说吧,"我对邻座的人小声说,"这句话是卡尔德隆②从洛佩·德·维加那儿抄来的……"人家居然信以为真了……去查对一下吧!

由于我什么也不懂,我就完全不文明。固然,我装束时髦,在捷奥多尔那儿理发,我家里的陈设讲究,然而我仍旧是个亚洲人,具有低级趣味。我有一张写字台,值四百卢布左右,带镶嵌的花纹;我有丝绒蒙面的家具、画片、地毯、半身像、虎皮,可是,你瞧吧,炉子的通气孔用一件女短衫堵住了,要不然,就是没有痰盂,我跟我的客人们一块儿往地毯上吐痰。在我的楼梯上散发着烤鹅的臭味,听差现出睡意蒙眬的脸容,厨房里又脏又臭,床底下和立柜后面满是灰尘、蛛网、蒙着绿霉的旧鞋和有猫气味的纸。我家里老是出事:时而炉子冒烟,时而取暖设备不发热气,时而通风小窗关不上,我为了不让街上的雪飘进书房里来,就赶紧用一个枕头把通风小窗堵上。我往往住在连家具一同出租的房间里。我躺在自己房间里的一张长沙发上,思考乏味这个问题,而右边的隔壁房间里有个德国女人在煤油炉上煎肉饼,左边房间里有些姑娘用啤酒瓶敲击着桌子。我就从自己的房间出发去研究"生活",从带家具的房

---

① 17世纪初西班牙剧作家。
② 17世纪西班牙剧作家。

间的角度来看一切,光是描写那个德国女人,描写姑娘们,描写肮脏的食巾,光是表现酒徒和丧失人性的理想主义者,认为过夜的房舍和智力方面的无产者的问题是最重大的问题。我什么也没有感觉到,什么也没有注意到。我很轻易地容忍了低矮的天花板,容忍了蟑螂,容忍了潮湿,容忍了喝醉酒而干脆穿着脏皮靴躺在我床上的朋友们。不管是铺着棕黄色泥浆的马路也罢,堆满垃圾的墙角也罢,臭烘烘的大门也罢,写错了字的招牌也罢,衣衫褴褛的乞丐也罢,都没有损害我的美感。在出租的窄小雪橇上,我缩成一团,像神话里的女怪一样,风吹透我的衣服,赶车的在我的头顶上面扬鞭打马,那匹可恶的劣马磨磨蹭蹭地往前走,可是这些我都没有理会。我对一切都满不在乎!人家对我说,莫斯科的建筑师们造出来的不是房子,而是肥皂箱子,影响了莫斯科的美观。然而我并不认为这些箱子难看。人家对我说,我们的博物馆设备简陋,不科学,毫无裨益。可是我不到博物馆去。人们抱怨说莫斯科只有一个像样的绘画陈列馆,可是就连这个馆也由特列嘉柯夫关掉了。关掉就关掉吧……

不过,我们现在来谈我感到乏味的第二个原因吧:我觉得我很聪明,而且异常高傲。不管我走进什么地方,说话也好,沉默也好,在文学晚会上朗诵也好,在捷斯托夫饭馆里吃喝也好,我总是十分自信。没有一次争论我不参加。虽然我不善于说话,可是我善于冷笑,耸肩膀,叫喊。我这个什么也不懂的、不文明的亚洲人实际上对一切都很满意,然而我装得对什么也不满意,这一点我装得很像,有时候连我自己也相信自己了。舞台上演什么可笑的事,我很想笑,可是我赶紧叫自己做出严肃的聚精会神的样子;求上帝保佑,我万万笑不得,要是我笑了,我的邻座会怎么说呢?我身后有个人笑出声来了,我就严厉地回头看一眼:那是一个倒霉的中尉,同我一样的哈姆雷特,他很难为情,仿佛为他的突如其来的笑道歉

411

似的,说道:

"多么庸俗,多么粗鄙啊!"

在幕间休息时,我在饮食部里大声说:

"鬼才知道这叫什么戏!这真气人!"

"是啊,粗俗的打诨,"有人回答我说,"可是,您要知道,倒也有点思想呢……"

"得了吧!这种情节洛佩·德·维加早已写过,而且当然,那是没法比的!可是,多么乏味啊!乏味得要命!"

我去看《伊莫根》的时候,为了不打呵欠,我的下巴都要脱骱了;我烦闷得瞪大眼睛,嘴里发干……可是我的脸上却挂着一种怡然自得的笑容。

"很有点意思,"我小声说,"我已经很久没有获得这种高尚的享受了!"

有的时候我有心在一出轻松喜剧里胡闹一阵,表演一下;我很乐于表演,我知道这在目前这种沉闷的时代是很合适的,可是……《演员》杂志的编辑部会怎么说呢?

不行啊,求上帝保佑吧!

在绘画展览会上,我照例眯细眼睛,意味深长地摇头,大声说道:

"似乎什么都有:气氛很浓,又有表现力,又有色调……可是主要的东西在哪儿?其中的思想是什么?"

我要求杂志具有纯正的思想倾向,主要是文章的署名人一定要是教授或者去过西伯利亚的人。谁不是教授,谁没有去过西伯利亚,谁就不可能是真正的天才。我要求玛·尼·叶尔莫洛娃光扮演理想的少女,至多不过二十一岁。我要求小剧院的古典戏一定要由教授导演……一定!我要求甚至最小的演员在担任角色以前也要熟悉有关莎士比亚的文章,例如,当演员说:"晚安,别尔南多!"的时候,大家都应当感觉到他读过八卷本。

我发表作品是十分之勤的。不说远的,单说昨天吧,我还去过一家大杂志的编辑部,为的是打听一下我的长篇小说(五十六个印张)会不会发表。

"说真的,我也不知道该怎么办才好,"主编说,发窘了,"您要知道,它未免太长,而且……乏味。"

"是的,"我说,"可是它纯正!"

"是的,您说得对,"主编同意,他越发窘了,"当然,我会发表的……"

我所熟识的姑娘和太太也异常聪明和高傲。她们一模一样;穿衣服一样,说话一样,走路一样,只有一个差别:有的人嘴唇呈心形,有的人嘴在微笑的时候很大,像鳕鱼一样。

"您读了普罗托波波夫最近的一篇文章吗?"那些呈心形的嘴唇问我,"这可是不下于一个启示啊!"

"您当然会同意,"鳕鱼嘴说,"伊凡·伊凡内奇·伊凡诺夫,就热情和信仰的力量来说,比得上别林斯基。他是我心爱的作家。"

说实话,从前我有个她……我清楚地记得我们怎样谈恋爱。她坐在一张长沙发上。她的嘴是心形的。她装束难看,"十分马虎",发型极怪;我搂住她的腰,她的紧身衣就窸窸窣窣地响;我吻她的脸,她的脸有咸味。她发窘,呆住,为难了;这哪能呢,纯正的思想怎样能同恋爱这种庸俗的事结合在一起?要是普罗托波波夫看见,他会怎么说呢?啊,不,不行! 放开我! 我们光是交个朋友吧! 可是我说,光交朋友在我是不够的……于是她卖俏地伸出手指头吓唬我,说:

"好吧,我爱您就是,不过有个条件,您得高高地举起旗帜。"

等到我把她搂在怀里,她小声说:

413

"我们要一起战斗……"

后来,等到我跟她一起生活,我才知道她家的火炉的通气孔也被一件女上衣堵住,她床底下的纸也有猫气味,在辩论中她也装腔作势地骗人,在绘画展览会上她也像鹦鹉学舌似的说气氛和表现力。而且她也口口声声要思想!她私下里喝白酒,临睡的时候在脸上涂酸奶油,为的是要显得年轻一些。她的厨房里有蟑螂,有肮脏的擦子,有臭气,她的厨娘烤馅饼的时候,在把馅饼放进烤炉之前,总要从自己的头上取下一把梳子,在馅饼皮上划出一条条花纹;她做甜点心的时候要在葡萄干上沾一点唾沫,为的是让葡萄干在面团上粘得紧一些。我就跑了!跑了!我的爱情烟消云散,她呢,这个高傲的、聪明的、鄙视一切的女人,就到处找我,抱怨我说:

"他背叛了他的信仰!"

我感到乏味的第三个原因是我的强烈的、异乎寻常的嫉妒。每逢人家对我说,某人写了一篇很有趣的论文,某个剧本获得成功,某人中了二十万的奖,某人的演说产生强烈的印象,我的眼睛就开始斜视,变得完全白眼看人了,我说:

"我为他很高兴,可是,您要知道,他在七四年可是犯了贪污罪吃过官司!"

我的灵魂变成一块铅,我痛恨那个获得成功的人,我全身心恨他,我接着说:

"他虐待他的妻子,他有三个姘妇,他老是请评论家吃晚饭。总之他是个十足的畜生……这个中篇小说不坏,可是他多半是从什么地方抄来的。平庸透顶……再者,老实说,我就是在这个中篇小说里也没有发现什么特殊的东西……"

不过,另一方面,假定有谁的剧本演砸了,那我就幸福极了,赶紧站在作者一边。

"不,诸位先生,不!"我叫道,"这个剧本里有点名堂。不管怎样,它总是颇有文学味道的。"

您要知道,凡是人们关于略为有名的人所说的那些恶毒的、下流的、卑鄙的话,都是我在莫斯科散布的。就让市长知道吧:要是他,比方说,修成几条好马路,我就会恨他,而且散布谣言,说他在大道上抢劫行人!……倘使有人对我说某报有了五万订户,我就会到处去说报纸的主笔领了津贴……别人的成功对我来说就是耻辱,委屈,心头的刺。这哪儿谈得到什么社会的、公民的、政治的感情呢?即使以前我心里有过这种感情,也早已被嫉妒吞没了。

就这样,我这个什么也不懂,不文明,而又很聪明,异常高傲,嫉妒得眼睛歪斜,肝脏很大①,卑俗,灰色,秃了顶的人,在莫斯科从这所房子走到那所房子,定出生活的调子,到处都带去一种卑俗、灰色、光秃秃的东西……

"啊,多么乏味呀!"我说,声调里带着绝望,"真是乏味得要命!"

我具有传染性,像流行性感冒一样。我抱怨乏味,妄自尊大,由于嫉妒而诽谤自己的亲人和朋友;您瞧,就有一个未成年的大学生听信我的话,自命不凡地抚摩着头发,丢开手里的书,说:

"空话,空话,空话……天啊,多么乏味啊!"

他的眼睛斜视,跟我一样,变得完全白眼看人了,他说:

"现在我们的教授正在为赈济饥民而发表演讲。可是我担心那些钱倒有一半进了他们的腰包。"

我走来走去像影子一样,什么也不干,我的肝脏越来越大了……可是光阴在不住地流逝,我苍老了,衰弱了;瞧着吧,不是今天就是明天我总会得上流行性感冒,死掉,由人送到瓦冈科沃去;我的朋友们会想念我三天,然后就忘了,我的名字甚至不再成为声

----

① 指爱生气。

音了……生命是不会重复的,要是你没有在一度赐给你的那些岁月里好好生活过,那就全完了……是啊,全完了,全完了!

可是话说回来,要知道我是能够学习,能够知道一切的;要是我不再做亚洲人,我就能够研究而且爱上欧洲的文化、贸易、手艺、农业、文学、音乐、绘画、建筑学、卫生学;我能够在莫斯科修成出色的马路,同中国和波斯做生意,使死亡率减低,同愚昧作斗争,同腐败作斗争,同一切极端妨碍我们生活的坏事作斗争;我能够谦虚,殷勤,欢乐,亲切;我能够为一切人的成就真心地高兴,因为一切成就,哪怕是很小的成就,也是向幸福和真理跨出的一步。

是啊,我做得到!做得到!然而我是个没出息的废物,孱头,草包,我是莫斯科的哈姆雷特。送我到瓦冈科沃去吧!

我在被子里不住地翻身,睡不着觉,老是在想为什么我感到那么乏味,临到天快亮了,我的耳朵边响起了那几句话:

"哎,那您就找一根电线来,碰见头一根电线杆子就上吊!此外您一无办法。"

笔 记 本[①]

[①] 符号⟨ ⟩表示作者原写的笔记后来被作者除掉;符号[ ]表示其中的字是俄文本编者所加。

第 一 本

(一八九一年至一九〇四年)

第一页

这个本子属于安·巴·契诃夫。

彼得堡,小意大利街,十八号,苏沃林住宅。

第二页①

(一)三月十七日动身。收到检察官②所赠白酒一瓶。

(二)伊凡不喜欢索菲雅,因为她有苹果的气味。③

---

① 这本笔记从第二页起到第八页是1891年契诃夫同苏沃林一起出国旅行的时候写的,这次旅行为时一个半月,从3月中起到4月底止。契诃夫游历了奥地利、意大利、法兰西,在维也纳、威尼斯、博洛尼亚、佛罗伦萨、罗马、那不勒斯、尼斯、巴黎、蒙特卡洛停留过。关于这次旅行的印象的详情请参看契诃夫在上述时期所写的信。

② 指康斯坦丁·费多罗维奇·维诺格拉多夫(生于1852年),俄国海军军事法庭的副总检察长,契诃夫在彼得堡的熟人。

③ 这两条笔记是供一个作品用的,后来,在创作的过程中,它分成了两个独立的中篇:第一个中篇是《三年》,于1895年完成,发表在《俄罗斯思想》第1期和第2期上;第二个中篇始终只是草稿。1897年12月17日,契诃夫从尼斯写信给他的妹妹玛·巴·契诃娃,要求她把保存在雅尔塔他的写字台的抽屉里的零散的记事页寄来,那上面有他的"已经开笔然而搁置下来的中篇小说"的笔记。这些早年的素描在某些人物的个别特征和情节方面符合中篇小说《三年》。例如伊凡或伊瓦兴,即契诃夫常常只以"伊"字表示的人,同《三年》中的人物拉普捷夫相似,某些笔记可以认为是有关这个形象的早期异文;"奥·伊的哥哥"后来成为巴纳乌罗夫(第5页第二条),"荒唐的女人"近似拉苏季娜(第9页第一条)。因此,在以前出版的契诃夫笔记中,凡是有关第二个构思的笔记都被看做《三年》的早期构思。

419

(三)我试一试在火车上写字。结果还可以,还能写,只是写得不好而已。

十九日早晨越过国境。

(四)人类把历史理解为一系列的战争,因为到目前为止,人类一直认为斗争是生活中的主要的东西。

(五)到达维也纳。Stadt Frankfurt①。天冷。

二十日。八点钟起床。到圣斯特凡大教堂。买一个烟袋,花了四个盾②。

第三页

(一)二十一日。在圣斯特凡大教堂里弹管风琴。

(二)〈伊凡不尊重女人,因为他秉性率直,按她们的实际面目看待她们。〉如果你写到女人,那就不得不写到爱情。③

(三)〈为共同的福利工作的愿望必须是灵魂的要求,个人幸福的条件;如果它不是由此而产生,而是基于理论上的或者其他方面的考虑,那就不对了。〉④

第四页

(一)二十二日傍晚到达威尼斯。Bauer 旅馆。

二十三日。圣马克教堂。共和国的元首府。代司代莫纳大厦。吉多区。卡诺瓦⑤和提香⑥的墓。

二十四日。音乐家。傍晚同梅列日科夫斯基⑦谈论死亡。

二十六日。雨。品尝加酸奶油的卷边乳菇。

二十七日。去博洛尼亚。

---

① 契诃夫所住的维也纳的旅馆的名字。
② 当地的钱币。
③④ 《三年》。
⑤ 18 世纪意大利雕塑家。
⑥ 16 世纪意大利画家。
⑦ 俄国作家,俄国颓废派文艺的创始人之一。

420

（二）奥·伊①睡熟的时候，她的脸上现出极其幸福的表情。

（三）二十八日。从博洛尼亚到佛罗伦萨有四十八条隧道。

早晨到达博洛尼亚：斜塔、列拱、拉斐尔的圣母像。五点半钟到达佛罗伦萨。

第五页

（一）三十日。苏沃林心绪不佳。

（二）〈奥·伊的哥哥光喝香槟酒；他喜欢的与其说是烟草，不如说是烟嘴和烟斗；他喜爱茶碗、玻璃杯托、袖扣、领结、手杖、香水。〉②

（三）所罗门需求智慧，是犯了一个大错误。

（四）平常的伪君子〈看起来像是〉装成鸽子，而政治界和文学界的伪君子则装成鹰。然而您不要被他们的鹰的外貌唬住。他们不是鹰，而是耗子或者狗。

第六页

（一）三十日到达罗马。

（二）糟糕的是这两个人（阿和尼）的死亡在人类生活中不是一个事件，也不是一个变故，而是平平常常的事。

（三）〈由于气候、智慧、精力、趣味、年龄等的差别，平等的观点在人类当中是永远行不通的。因此，应当认为不平等是确定不移的自然规律。然而我们能够使得不平等变得不显著，就像我们对付雨或者熊一样。在这方面教育和文化起很大的作用。有一个科学家做到这样一件事：他养的一只猫、一只耗子、一只红脚隼和一只麻雀凑着同一个碟子进食。〉③

第七页

---

① 契诃夫为中篇小说《三年》所构想的人物，但是后来没有用。
② 《三年》中的巴纳乌罗夫。
③ 《三年》。

(一)凡是比我们愚蠢而肮脏的,那就是人民,〈而我们不是人民。〉行政机关把人分为纳税阶层和特权阶层。然而任何分法都是不适当的,因为我们都是人民,凡是我们所做的最好的工作都是人民的工作。〉

(二)四月三日。离开罗马。

四日。那不勒斯。

六日。剧院。

七日。天阴。

第八页

(一)四月十一日。罗马。彼得大教堂有二百五十步长。

十三日。蒙特卡洛①。轮盘赌。

(二)如果摩纳哥的王子有轮盘赌,那么苦役犯自然更可以打牌了。

(三)十八日。从尼斯动身赴巴黎。

(四)〈这儿,在一个有很多雄山鹬在春季求偶飞行的树林旁边,他同符拉索夫乘车经过,他唱着:不谈恋爱啊,就是断送年轻的生命。〉②

(五)四月二十一日。在大使馆的教堂里做晨祷。

二十二日。格烈文博物馆。

(六)〈惩罚的终身性引起流窜。〉③

第九页

(一)〈为了同"荒唐的女人"单独相处,伊瓦兴就得熄灭所有的蜡烛,而且不能点纸烟。她是一个医师留下的寡妇。〉④

---

① 见本书第99页注②。
② 小说《邻居》;在小说的定稿上符拉索夫这个姓改为符拉西奇。
③ 《萨哈林岛》,第22章。
④ 《三年》中的拉普捷夫和拉苏季娜。

(二)〈在俄国的饭馆里,干净的桌布有臭味。〉①

(三)伊能够就爱情大发议论,可是不能够爱上一个女人。②

(四)阿辽沙:我的头脑因为生病而变弱了,妈妈,我现在跟小时候一样,时而祷告上帝,时而哭,时而高兴……③

第十页

(一)〈以前〉〈现在人们开枪自杀是因为厌倦生活等等,而从前却是因为挪用公款。〉④

(二)〈眼睛歪斜,生了病,倒在地上。〉⑤

(三)哈姆雷特何必去管死后的幽灵呢,生活本身不是就有更可怕的幽灵闯进来吗?

(四)并不是我同这种力量捣乱,而是这种力量同我捣乱。

第十一页

(一)〈收到勒热夫寄宿中学女学生捐给饥民的款项五个卢布八十四个戈比。〉⑥

(二)〈对您的物理学的超出寻常范围的背叛。〉⑦

(三)〈我托一个著名的音乐家给一个青年人谋事;他回答我说:"您不是音乐家,所以才会来找我。"我也要这样对您说:您不是阔人……〉⑧

(四)〈嫉妒得眼睛斜视。〉⑨

---

① 请参看《妻子》,这篇小说里有一句话:"……桌布发出浓重的气味";再请参看《三年》("桌布有肥皂的气味")和剧本《樱桃园》第二幕("桌布有肥皂的气味")。
②③ 契诃夫的"已经动笔然而搁置下来的中篇小说"。
④ 《公差》。
⑤ 《妻子》。
⑥ 由契诃夫的在勒热夫中学教书的妹妹玛·巴·契诃娃提供的捐款的登记。
⑦⑧ 《三年》。
⑨ 小品文《在莫斯科》。

423

（五）〈助祭的儿子的狗名叫"句法学"。〉①

（六）〈卡尔津斯基，像公爵和瓦连尼科夫一样，给大家出主意：

"我在我的地里种了野豌豆和燕麦②。"

"不应该。最好是种 trifolium（三叶草③）。"

"我养猪……"

"不应该。最好是养马。"〉④

第十二页

（一）〈人们向他们所害怕的人献媚。〉⑤

（二）〈犹太人彼尔契克⑥。〉

（三）〈他们铺上几块肮脏的桌布以代替床单。〉

（四）〈哥哥想做市长。他出门拜客的时候，胸前戴着巴勒斯坦协会的会章、大学的校徽和一个勋章，似乎是瑞典的。〉

（五）〈兄弟们和父亲总是觉得他们的儿子和兄弟所娶的妻子不是应当娶的那种女人。新娘总是不合大家的意。〉

（六）〈哥哥拿出钱来在克里米亚办酿酒厂。葡萄酒又甜又酸涩。〉

（七）〈他嫉妒的不是那些带妻子到剧院去的大学生，而是他那年轻的妻子不会不喜欢的演员和歌唱家。〉

（八）〈姐姐的丈夫有几个由情妇所生的孩子，他喜欢这些孩

――――――

① 《主教》，助祭的儿子改为教师；这一条被涂掉是因为作者把它转抄在下面第九十页上了。
② 牲畜的饲料。
③ 饲料。
④ 这一条被涂掉，是因为作者把它转抄在下面第九十页上了。写这条笔记不会早于 1892 年，契诃夫是在那一年迁居到梅里霍沃的；公爵（指谢·伊·沙霍夫斯科伊）和瓦连尼科夫是他在梅里霍沃的邻居。
⑤ 《三年》。
⑥ 在俄语中，"彼尔契克"（ перчик）的原义是"胡椒"。

424

子胜过喜欢那些合法的孩子。合法的孩子:萨沙和左雅。〉

（九）〈哥哥每天傍晚在医师俱乐部里打纸牌。〉

（十）〈父亲是学校的董事。哥哥同教师谈话用上司的腔调。一般说来,商人喜欢做上司。父亲是教堂的主管人。唱诗班里的人都怕他。〉①

第十三页

（一）〈下诺夫哥罗德省的东南区。六个乡。八千名纳税人。一共约有两万名。有一个乡是中等收成,粮食只够吃到夏天,总有一些人需要帮助;这是一个最小的乡。那儿有过雨,土壤是沙土。〉②

冬麦颗粒未收。冬麦地是用政府补助的种子种上的;全部都种上了。租来的田地则由于实际上不可能而没有播种,例如巴里茨卡亚乡纳雷希金娜的土地就没有种子,因为种子只发给农民的份地③使用。纳雷希金娜对农民们起诉,要求追缴租金和每天五十个戈比的违约金。叶[果罗夫]判决追缴租金,分三年到四年付清;调解法官会审法庭除此以外还判处农民付违约金。

第十四页

春麦的收成〈按种子的倍数计算〉是一比一和一比二。从十月起就出现补助的需要。春麦也必须靠补助的种子播种。

极好的收成总是有的。农民们种自己的份地和租地,收获很大;大家都是庄稼汉。一八八九年,黑麦没有收成,九〇年,春麦没

---

① 从第4条起到第10条都与《三年》有关,有一些没有收进定稿,左雅改为丽达。

② 从第13页起到17页的笔记涉及1892年契诃夫在下诺夫哥罗德省赈济饥民的组织工作,这个工作是同契诃夫家的老朋友、当地的地方行政长官叶·彼·叶果罗夫一起进行的。1892年1月间,契诃夫坐车到这个遭到饥荒的省里去,这些笔记就是根据他在当地得到的资料写成的。

③ 十月革命前俄国由地主或村社分给农民的土地。

有收获,九一年,两样都没有收获。有一点也很重要:很少有人种土豆。

十月间,有四百个人来找叶果罗夫,请求补助。丈夫、妻子、母亲和五个孩子喝了五天的滨藜汤。一连两天到五天没吃东西是常事。我在那里的时候,有一次起了暴风雪,却有一个农民带着妻子从八俄里外来到此地要求补助。

在两万人口中很少有人没领补助。没领的只有家道殷实的农民,他们有钱,能够靠买来的粮食生活。这样的人不超过二百户。每一个人领到三十磅面粉。到一月一日为止,年龄在两岁以上的只领到二十磅。再年幼的孩子就领不到。三十磅是不够吃的,到四月份,滨藜、土豆和其他可吃的东西消耗完,就会完全不够了。

第十五页

〈政府发放〉教区机关到现在为止没有进行救济。私人的捐助:地方自治局的七十五个卢布、五十二普特的面粉、五十二普特的面包干,这是官方的。非官方的不超出二十五个卢布。私人捐助作了补充,〈不足〉救济那些偶然没有列入名单的以及三十磅显然不够吃的。三十磅是作为借贷发给的,至于怎样归还,还面粉呢,还是折合钱,那就不得而知了。只有私人的捐助是无偿发给的。每名单身汉和孤儿可以向地方自治局无偿领取从慈善基金中拨出的十磅到十五磅补助;他们不领取政府的借贷。

所有十四所学校的学生每名领补助三个戈比。叶给他们买面粉和小麦。煮熟了供他们吃。这种补助的来源是初级教育普及协会。它从十二月起供养他们。食堂由男教师、女教师、教士管理,主持人是叶果罗夫。

叶果罗夫的仓库里储藏着的地方自治局的粮食有两千普特,按减低的价格出售。起初售价是每普特一个卢布二十五个戈比,后来是一个卢布三十五个戈比,再后是一个卢布四十五个戈比;市场上的售价是一个卢布四十五个戈比的时候,这儿的售价是一个卢布三十五个戈比。现在按一个卢布四十五个戈比出售。有人来买,但是不多。目前已经卖掉大约一千普特,是零星卖出或者卖给学校的。昨天,康斯坦丁诺沃村的市集上面粉售价一个卢布六十个戈比。

第十六页

食堂没有;慈善家纷纷来创办食堂,然而仍旧对饥饿的景况不满意。

酗酒的事没有发生。仅仅只有一次是在卡契比托沃村(?)有一个农民卖掉一头奶牛,得到三十三个卢布,买酒喝掉了,家里的人则在挨饿。举行婚礼的情况不多,许多人借债成亲。一个农民对神甫说:"我想给我的儿子成亲……我能为儿媳妇要求补助吗?"没有女人,破产的情形就更厉害。教堂的节日不庆祝。人们不唱歌。

凡是只有一份人丁份地的人,也许没有马也能对付,他可以找外人来耕地,可是有三份或者五份人丁份地的人没有马就不得了,没有马就意味着"整垮农活"。谁有马,谁就更穷,因为补助既用在人身上,也用在马身上。补助是不发给马的。既没有干草,也没有禾秸,更没有糠秕,任什么饲料都没有。从十二月半起,马的价钱开始上涨。如果春天不种下春麦,那就会彻底破产,两三代也缓不过来,只好去做雇农;因为这个缘故,人们总是抓住马不放,就像猫抓住耗子一样。为了继续饲养马,人们就卖奶牛、羊;于是倾家荡产。马没有力气。农民们在下诺夫哥罗德领到补助,运到七十俄里外的达莫日尼克乡的杜勃吉村去,半路上〈却停下来,〉卸下补助的种子,〈就这样〉赶着空车走,因为马拉不动了。

第十七页

〈春天开始干农活的时候,第一,农民们将没有力气干活,第

427

二,他们会躺着,又乏又饿。〉

〈斯沃鲍金①的捐款签名单的号数是第二十八号。〉

(一)〈哥哥巴望做市长,后来巴望做副省长或者司长,后来巴望做一个部的副部长。他的渴望:我要写出一篇爱国主义的论文,发表在《莫斯科新闻》上,上边的人会读到这篇论文,把我叫去做司长。〉②

(二)〈他觉得所有这些莫斯科人关于爱情的谈话毫无意义,十分乏味,好像他忽然读到一篇伟大的作品,同它相比,在这以前他认为重要的一切作品都相形见绌,黯然失色了。〉③

第十八页

(一)女儿:穿毡靴不像样……

父亲:这双靴子确实难看。应该缝上皮包头了。

父亲生病了,所以没有把他送到西伯利亚去。

女儿:爸爸,你完全没有病。你看,你穿着上衣,穿着靴子……

父亲:我倒想去西伯利亚。在叶尼塞河或者鄂毕河岸边一坐,拿着一根钓鱼竿,那儿的渡船上坐着犯人、移民。在这儿,我却憎恨一切:窗外的那一丛丁香花,那些铺着沙土的小路……

(二)〈柯斯嘉本人不唱歌,他既没有好嗓子,也没有欣赏音乐的听觉,可是喜欢举办音乐会,卖票,结识歌唱家。〉④

(三)〈我们在热恋中经历到的那种状态也许是正常的状态。热恋指示人们应该做一个什么样的人。〉⑤

(四)在维也纳人们喝 Vöslauer 牌葡萄酒。

(五)Vol au vent⑥。

---

① 彼得堡亚历山德拉剧院的男演员,契诃夫的好友;契诃夫给他捐款单,以募集救济饥民的捐款,当时契诃夫把这种捐款单发给他的许多熟人。
②②③④⑤ 《三年》。
⑥ 法语:鱼肉香菇馅酥饼。

第十九页

（一）〈老人贪吃。〉①

（二）〈他和他那穿着黑色连衣裙、优雅的妻子临行之前同他的姐姐告别的时候,有一个想法使他心慌,难受,那就是他得跟他的年轻的妻子同坐在火车上一个包房里赶路。〉

（三）〈基希是个永久的大学生。〉

（四）〈她对亚尔采夫说:您是个率直而纯朴的人。〉

（五）〈哥哥为人民写作。〉

（六）〈他想起在整个这个时期里他的心绪一次也没有好过。〉

（七）〈他在他的姐姐死后还是寄钱给他的姐夫。〉

（八）〈他们在库房里用鞭子抽打学徒。〉

（九）〈他极力查明这家商号在什么时候才满一百周年,为的是设法求得贵族的头衔。〉

（十）〈她按莫斯科的样式装束,在莫斯科读书,这使他高兴。〉

（十一）〈姐夫吃完晚饭以后说:"在这个世界上样样事情都会了结的。您知道:'要是您在热恋,您就会受苦,犯错误,懊悔;要是您不热恋了,您就知道这一切都会了结。'"姐夫的情妇头发斑白。姐夫相貌很漂亮。〉

（十二）〈姐夫喝酒很少,或者一点也不喝。他的家财不是喝光的,而是吃光的。〉

第二十一页

〈他认为他懂艺术和古代风格[字迹模糊难认]。他带着内行的神情久久地细看那些画儿,可是这时候古董商却嘲笑他的无知,看不起他,打算要多少钱就要多少钱。在展览会上,在商店里,也是这样……有时候他久久地瞧着绘画、版画、小摆设,突然买下一

---

① 这一页十二条笔记都与《三年》有关。

件废品,一张粗俗的木版画,因而露出了马脚。〉①

第二十二页

（一）〈哥哥寄来一封长信,写到健康的重要,写到疾病对心理的影响,可是一个字也没有提到生意,提到莫斯科。它给人留下烦恼的印象。〉②

（二）〈柯斯嘉喝醉了酒在索科尔尼吉公园里说:大自然啊,拥抱我吧! 当时大家心绪都好,不肯雇马车,而坐公共马车回家去。〉

（三）〈女家庭教师受到委托看管藏书。她在每一本书上写明"这书属某某所有"。她愚蠢。她不善于向萨霞讲解除法。〉

（四）〈基希在有关社会问题的争论中说：
"那么,要是以后没钱了,大家在铺子里买东西就都赊账吗?"

人家打发他去买两张池座的票,他不知什么缘故定了包厢;他在商店里买凉菜的时候,要求把干酪和腊肠切成小块。〉

（五）Vol au vent③。

（六）〈基希每逢星期六就去所罗门杂技场。〉

（七）〈他的未婚妻好祈祷,有明确的见解和信念,这都使他满意。可是等到她成为妻子,她这种明确却惹得他生气。〉

第二十三页

（一）〈他的姐夫开始追求他的年轻的妻子。他对她说:您需要情夫了。〉④

---

① 第20页和21页的笔记不易辨认,因为这都是用软铅笔写的,字迹极为模糊;一个句子往往只能认清个别的字,从这些字可以判断这些笔记与《三年》有关。
② 这一页七条笔记都与《三年》有关。
③ 见本书第428页注⑥。
④ 这一页的笔记都与《三年》有关。

（二）〈她在莫斯科见到她那些新相识,暗自想道:莫斯科的男人多么难看啊!〉

（三）〈姐夫:"您要知道,没有一个女人不变心的。不过这一点关系也没有。这对任何人都没有什么害处。"〉

（四）〈在火车的包房里,姐夫对她说:"可是您为什么害怕?这有什么可怕的呢?莫非这样一来您就吃了亏吗?"

他惯于这样想:如果女人害怕,抗议,痛苦,那就意味着他给她留下了印象,中了她的意;如果女人对他的纠缠用冷淡或者嬉笑来回报,那就是她不喜欢他的迹象。〉

（五）〈哥哥对左雅说:那么你祷告上帝吗?〉

（六）〈柯斯嘉谈到基希说:在一切情况下他的心绪总是那样淡漠,一成不变,就像软体动物一样。〉

（七）〈她:(有什么相干)何必跟著名的音乐家相比呢,我不懂!这跟著名的音乐家有什么相干!(憎恨的表情)〉

（八）〈要是您为现在工作,您的工作就会渺小;必须仅仅着眼于未来而工作。为现在,人类也许只能在天堂里生活,人类永远靠未来生活。〉

第二十四页

（一）〈俄罗斯的严峻的气候使人喜欢躺在炉台上,在服装方面马马虎虎。〉①

（二）〈柯斯嘉到美国去参观展览会。〉[字迹模糊难认]

（三）〈柯斯嘉讲课的时候对姑娘们说:"老实说,大洪水②是没有的。"〉

（四）〈女家庭教师是由基希推荐才被雇用的,他认为她是一

---

① 这一页的笔记都与《三年》有关。
② 指《圣经》里所说的洪水。

431

个聪明的、很有学识的、富于同情心的人。〉

（五）〈同伙计的头儿谈话：

"我们的生意真的不行了吗？"

"根本不对。"〉

（六）〈第二天交响音乐会以后，她打了个电报：

"请看在一切圣徒的分上到这儿来一趟。"他到她那儿去了。

"您不生我的气吧？……是吧？"

她只为这个才叫他来的。〉

（七）〈生意做得很大，会计员却没有。〉

（八）〈一个农民，并没有特殊的聪明才智，也没有本领，无意之中做了商人，后来成为富翁，天天机械地做生意，由着性子干，支使店员，耍弄买主。经纪人、德国人、英国人常到库房里来，有一个〈酗酒的〉贫穷的知识分子常到库房里来，人们叫他"小人物"，他翻译外国的信函。〉

第二十五页

（一）〈你们这样的生意就需要那些失去个性、没饭吃的店员，你们把孩子培养成[字迹模糊难认]，逼他们到教堂去，跪着。你那个仓库里大概不要大学生吧！

"大学生做生意不合适。"

"不对！胡说！"〉①

（二）〈在告别的时候，他的姐姐说："要是我死了（求上帝保佑别这样才好），请你们把我的两个女孩子接去。"

他的妻子感动了："哦，我答应您。"〉

（三）〈父亲完全瞎了。哥哥病了。他们走进新特罗伊茨基饭馆。谈话：

---

① 这一页的笔记都与《三年》有关。

"伊凡·瓦西里伊奇,我们的生意处在什么局面?"

"一切都要看期票的波动。"

"您所说的期票的波动是什么意思?"

"买主欠了账,不肯还钱。"〉

(四)〈听到哥哥得病,他哭了。(难过)他的哥哥在童年时代和青年时代是个很好的人。奇怪的是这个腼腆、温和、聪明的人的病以夸大狂开始。〉

(五)〈她为钱而爱我,而在我拥有的一切中,我最不爱的却是钱。〉

(六)〈老人是个骄傲的、爱说大话的人。关于萨霞和左雅,他说:他们是私生子。〉

(七)〈她回到故乡的城里去住几天,她从小就信任的老保姆偷掉她二十五个卢布,这越发使她生气。〉

(八)〈伙计们的头儿伊凡·瓦西里伊奇·波恰特金是卡希拉城人。他代替老人担任教堂的主事。〉

(九)〈两兄弟在账房取钱而不写收据。〉

(十)〈在父亲那儿拿钱是使人别扭的,而在账房取钱就不碍事了。〉

第二十六页

(一)〈结账以后必须出外拜访熟人,给四个职员谋事。〉①

(二)〈姐夫在火车的包房里接过吻以后,讲起土耳其的一个巴夏②,人家送给他一大群妻妾。〉

(三)〈女人不能长久没有恋爱而生活,所以某甲同亚尔采夫同居了。〉

---

① 从这一条起到第六条止与《三年》有关。
② 土耳其高级军事和行政长官的称号。

（四）〈左雅、娃娃和她都得了白喉症。娃娃死了。她走到柯斯嘉的房间里哭了一场。〉

（五）〈基希吐字不清，用喉音说话。〉

（六）〈我是因为您的头脑，因为您的灵魂才爱您的，可是她呢，却是为钱！〉

（七）〈演员：可是为什么只有您一个人在这儿？他怎么能把您孤零零地丢在这儿？（她怀孕了。）〉①

（八）〈啊，要是能给自己买到美丽和伶俐就好了！要是会唱歌，能说善辩就好了！〉②

（九）〈某甲。她觉得饭馆里的空气被烟草和男人的气味破坏了；她认为所有的男人都淫荡，随时都会扑到她身上来。〉

（十）〈她觉得他聪明，严肃，因此他的求婚使她吃惊。〉

（十一）〈姐夫（放下报纸）：在我们这个平安无事的城里乏味得很。〉

（十二）〈演员：您不要相信小市民作家。他们的思想是小市民的，就像他们自己是小市民一样。他们主要的是要求女人向国库领薪金，也就是像他们一样靠人民养活。不过我也并不反对妇女解放。我的意见是每个人都应当按自己的愿望生活。〉③

第二十七页

（一）〈演员：这些德国人是好样的，他们在谈羊毛的价钱。而我们俄国人马上就会谈起高尚的话题，谈解放，谈妇女，谈宪法，等等。不过最常谈的是妇女。〉④

（二）〈他们劝我在莫斯科办过夜的宿舍。〉⑤

---

① 中篇小说《阿莉阿德娜》。
② 从这一条起到第十一条止与《三年》有关。
③④ 《阿莉阿德娜》。
⑤ 《三年》。

（三）〈当〉〈演员：当她怀孕的时候，我就觉得所有的女人都丑陋而讨厌了。〉①

（四）〈店员们并没有奉命不准结婚，然而事情安排成这样：一个结婚的也没有，因为大家害怕（丢掉饭碗），自己一结婚，东家会不满意，他们会丢掉饭碗。他们不结婚，暗地里过淫荡的生活，得病。〉②

（五）〈两点钟吃午饭，十点钟吃晚饭。〉

（六）〈柯不懂女人怎么会容许男人在饭馆里替自己付钱。〉

（七）〈我现在就能办过夜的宿舍，可是我害怕它落在伪君子的手里，他们会逼过夜的人唱赞美歌，要他们出钱买神像。〉

（八）〈现在的女人〉〈演员：现在的女人只宜于做女仆。其中最好的去做女演员。〉③

（九）〈演员：如果从火星上掉下一块大石头来，砸死所有的女性，那就会是最大的正义行为。〉④

（十）〈善良的神奇的表现。〉⑤

第二十八页

（一）〈"亲人啊，我难过极了！可是我始终瞒着！我多么不幸啊！"

哥哥这次是当着女仆的面发作的，因此后来他走出去的时候觉得难为情了。〉⑥

（二）〈这个招魂术士长得又胖又高，脑袋却小。关于他，柯斯嘉说：这个空瓶子在这儿说了些什么？〉⑦

（三）〈演员：必须让她把我看做一个跟她一样的人，而不是一

---

① ③ ④ 《阿莉阿德娜》。
② 从这一条起到第七条止与《三年》有关。
⑤ ⑥ 《三年》。
⑦ 根据人物的名字柯斯嘉，可以推断这条笔记原定供《三年》使用，但是招魂术士这个形象的某些特征契诃夫却用在小说《阿莉阿德娜》里了。

435

个她必然喜欢的雄性。〉①

（四）〈演员。在轮船上。她带着任性的、像撒娇的孩子那样的神情说：你的小鸟儿晕船了。〉

（五）〈演员：是啊，您也许找得到好的女医士，可是您去找好的妻子，公正的女人吧。〉

（六）〈他的慷慨的、纯洁的、热烈的感情却遭到这样浅薄的回报！〉②

（七）〈我情愿交出一切，只求您做我的妻子就成。交出一切——完全像商人一样。谁稀罕你这一切！〉

（八）〈他打算趁他的姐姐还没有被忘记，在城里办个什么事业来纪念她，可是，姐夫也好，岳父也好，都不帮他的忙。岳父（甚至）看来甚至怕麻烦。而执行处的委员一直到过了两个月才回答他的信，信上一句明确的话也没有写。〉

（九）〈娃娃死后，半路上他瞧着她那消沉不语的模样，暗想：出于爱情而结婚和没有爱情而结婚，结果都是一样。〉

第二十九页

（一）〈眼睛小而亮的老人。〉③

（二）〈仆人用玻璃啤酒杯给他的哥哥送啤酒来。

他在写《俄罗斯的灵魂》。高度的理想主义正是这个灵魂所固有的。让西欧派不相信奇迹，不相信超自然的东西吧，可是西欧派不应该胆敢破坏对俄罗斯灵魂的信仰，因为这是一种〈注定〉预定要拯救欧洲的理想主义。

"可是这儿你没有写到为什么应该拯救它。"

"这是不言而喻的。"〉

---

① 第三、四、五条与《阿莉阿德娜》有关。
② 第六、七、八、九条与《三年》有关。
③ 第一、二、三条与《三年》有关。

（三）〈她做完彻夜祈祷以后没有换衣服,也没有喝茶,看来准备出去拜客。〉

（四）〈顺势疗法、催眠术、佛教、素食主义,所有这些在招魂术士那儿不知怎的混杂在一起。〉①

（五）〈"你,柯斯嘉大叔,到哪儿去了?"

"到法院去了。我去为一个贼辩护。这个人爬到阁楼上,把洗衣女工的衣服偷去了。"

哈哈大笑。

"我向法官们解释道,他干这种事是出于饥饿,由于无知,他们就把他放了。现在他又偷了。"

哈哈大笑。〈奥丽雅〉丽达想起她有一次偷过客人的一个小铃铛,笑得越发响了。欢呼声:亚尔采夫来了!〉②

（六）〈在生活里他只从两个来源得到享受:作家,有时候是大自然。〉

（七）〈他的哥哥发病以后,他回到家里,她也发病了:生活真是可怕呀……今天她在街上看见一个瞎眼的孩子。应该积攒两千万才是……〉

（八）〈人是不抛弃财富的,因为他想,到头来总会用它做出点什么事来。〉

第三十页

---

① 《阿莉阿德娜》中的柯特洛维奇;最初这条笔记预定供中篇小说《三年》用;这个短篇发表在杂志上的时候,第九章中有拉普捷夫的这样一段话:"……我发觉所有那些不可理解的、不清楚的、含混的、没有说清楚的东西都被那些先生混在一起,结果就成了一锅古怪的大杂烩。要是我们这班人当中有谁研究招魂术或者催眠术,那他就一定又是顺势治疗派医生,又是玄学家,又是象征派,相信三支蜡烛和十三这个数字,用汉学的名义骂文明,而他对汉学一点也不懂,因为他没有到过中国……"

② 从这一条起到第八条止与《三年》有关。

（一）〈经久不变的爱情是没有的。他怨恨某甲,怪她跟亚同居,也怨恨自己,因为他对他妻子的感情开始淡薄了。〉①

（二）〈有的时候他觉得他的灵魂跟他的肉体一样蠢笨,也那么拙劣,粗鲁,也许还不诚实,不公正,残忍。在这种时候他就抱住自己的头,骂自己,想到自己的过错和缺陷。〉

（三）〈柯斯嘉偷偷地写长篇小说,可是谁都不肯发表它,因为它的倾向性太强,而且写得没有才气。〉

（四）〈她没有明确的、培养成的鉴赏力,不过浮华使她害怕（金黄的檐板、镶花的镜子、低劣的绘画）,她总是极力躲到她那布置成为家庭的角落里去。〉

（五）〈他们照商人那样全家去看画展:他、她、柯斯嘉、女家庭教师、两个小姑娘。他出钱给大家买票。他不懂画,用眼睛凑着空拳头仔细地看。柯斯嘉为缺乏内容而愤慨,女家庭教师管住小姑娘不要淘气,当她们走到裸体的仙女跟前的时候总是极力转移她们的注意力。她感到乏味,可是突然在一幅风景画面前深受感动。她忽然了解了绘画,他们就把这幅画买下了。〉

第三十一页

（一）〈他和她坐车到地方法院去听柯斯嘉发言,是他约他们去的。这个案子没有趣味,柯斯嘉一点也不慌张,只是带着气愤的眼神,用低沉的声音讲话,讲得很长,都是些老生常谈,却感动了旁听席;等到那个贼释放,他却不想坐车回家,又为一件无礼的事找某人谈话去了。〉②

（二）〈柯斯嘉对姑娘们讲完有关窃贼的事以后说:等你们长大成人,发了财,你们就把一切都给穷人,一切! 富人把多余的钱

---

① 这一页的笔记都与《三年》有关。
② 这一页笔记都与《三年》有关。

给了穷人,那就不会有贼了。〉

(三)〈亚尔采夫长得漂亮,笑声有感染力。〉

(四)〈基希的妻子穿着红色短上衣,她爱基希和亚尔采夫。〉

(五)〈他一想到过去,就不能原谅老人。她却怜惜老人。她走到他的房间里。他对她说:费多尔怎么病了?是感冒还是怎么的?瞧,我就从来也不生病。我根本没看过病。

于是他不住地夸口。他仍然喜欢孩子。〉

(六)〈"可是难道不能预先防止这种病再发吗?"她的父亲,一位医师,叹了口气,耸耸肩膀,仿佛想说:医生不是神仙。〉

(七)〈"我不碍事吧?"

"不碍事,小妹妹,我们正在进行一场原则性的谈话。"〉

(八)〈在索科尔尼吉公园里,她一面散步,一面对亚尔采夫讲,有孩子是多么愉快。他对她说:

"您说吧:您对您丈夫的爱情没有因为您爱孩子而减弱吗?"

"我不知道。我不是为爱情结婚的。起初我痛苦得很,可是现在我安心了,我认为爱情是没有的,也不必要。"〉

第三十二页

(一)〈人们骂我们这一代,说它一无是处,可是我们的父亲也够好的!我的父亲看上去像条狼,你的父亲十足地冷淡。我给他写了封信,讲起[字迹模糊难认],等等。〉①

(二)〈在库房里。人们说话的时候,把"O"念重音,把"Γ"念成拉丁语的"g";他们常常使用字母 C②,因此一句说得很快的话往往像是"斯维斯斯斯!……"〉

(三)〈亚尔采夫讲到柯斯嘉说:他在音乐方面缺乏领会的能

---

① 第一、二、三条与《三年》有关;其中第三条只收入小说的初稿。
② 在俄国的对话中,这个字母用来表示对于对方的敬意。

力,在生活方面也是如此。凡是缺乏领会的能力的人总觉得乐师们在奏出喊喊喳喳的刺耳声,而且只有他一个人发觉这一点。

亚尔采夫又说:"可是请您相信,生活本着自然规律前进,而且谁也没有发出刺耳的声音,人人都用自己的喇叭吹出他应该吹的声音。"〉

(四)〈演员:她瘦得足以惹人喜欢。我不喜欢胖女人。〉①

(五)〈教士们和演员们有许多共同点。〉②

(六)〈柯斯嘉喜爱阴沉的坏天气。每逢天下雨,暮色提早降临,他就觉得愉快。亚尔采夫和柯斯嘉热烈地爱着俄罗斯。〉

(七)〈我感到我的脑子里有脉搏在跳动。〉

(八)〈演员:她说包列斯拉夫·玛尔凯维奇比屠格涅夫好。可是要知道,像那样的作品男人就连在说笑话的时候都不提!〉

(九)〈跟他在一起是乏味的,要不然,就是不注意到他。为了弄清楚他是一个善良的、不愚蠢的人,他有他的无可怀疑的优点,就得跟他一块儿吃完三普特的盐③。〉

第三十三页

(一)〈他一连几个钟头躺在长沙发上,时而在亚尔采夫家里,时而在柯斯嘉家里。〉④

(二)〈他对那个招魂术士抱着厌恶的感情,因为他正巧碰上那个人在读别人的信。那个招魂术士属于正派的然而没有个性、意志薄弱的人,这种人尽管受过教育,可是如果他面前的桌子上放着一封信,他就忍不住要读一下。

她不喜欢那个招魂术士;她觉得他在用他的又白又肥的手指

---

① 这一条和下面的第八条与《阿莉阿德娜》有关。
② 第五、六、七、九条与《三年》有关。
③ 意思是:同他长期生活在一起。
④ 这一页笔记除第二条外都与《三年》有关。

头挖她的灵魂。〉①

（三）〈小姑娘们等着他来为她们祝福。〉

（四）〈他们对他说,戏剧广场上有些被雇用的孩子乞讨,他相信了,可是仍旧停住车,给他们钱。〉

（五）〈在表白的时候,他的模样挺可怜。〉

（六）〈他跟那个医师不能要好到随随便便上他家里坐一坐的程度。〉

（七）〈人们在举行婚礼以前忙碌的时候,医师对大家说,他厌倦于做女儿的听差,他没工夫喝一杯葡萄酒,吸一支雪茄烟了。〉

（八）〈小妹妹,我见到尼娜了。〉

（九）〈姐姐突然死了。〉

（十）〈医师的仆人常常更换。〉

（十一）〈他怕姐姐身边一个小钱也没有,就在医师那儿留下两千卢布的钞票,要求他转交给她。后来医师给他寄去一张很长的账单。〉

（十二）〈她不喜欢柯斯嘉的语言:撵出去,给他的脸一拳头,下流坯。〉

第三十四页

（一）〈父亲:你把你的那位小姐也带来了吗?〉②

（二）〈从尼娜死了以后,我开始相信我们是永生的。〉

（三）〈病人们在医师的寒冷的前堂里候诊。〉

（四）〈柯斯嘉对她说:俄国人,特别是您的丈夫,只有在打起精神来的时候,你才能认清他。他不发光——问题就在这儿!〉

（五）〈十月底收到医师的一封信:样样事情都推在他的身上,

---

① 这一条原定供《三年》用,后来用在《阿莉阿德娜》里。
② 这一页笔记都与《三年》有关。

441

谁也不同情他。尼娜病情恶化。十一月一日打来电报:她突然死了。〉

(六)〈医师吃晚饭的时候说:有什么东西发臭,菜很久不端上来,吃这种牛肉要得胃炎的。他津津有味地啃骨头,手指头在盘子上活动。四杯白酒。饭店老板给他打七折。〉

(七)她来到家乡的城里,觉得房子低了,人少了;人们抬着一口开着盖子的棺材,里面装着一个死人;送殡的人打着神幡。

(八)〈女家庭教师给警察总监写告密信,揭发柯斯嘉。〉

(九)〈按老人的说法,他给他的妻子和亲人带来幸福,他奖赏孩子,他对店员和职工有恩,他使得整条街道都为他祷告上帝。〉

(十)〈他的母亲十七岁嫁给他的父亲,当时他的父亲已经四十二岁,她在他的面前发抖。〉

(十一)〈他的父亲一点懊悔的影子也没有。他严厉,不公平。上帝爱他而不爱别人。人家的生意做得不好,因为他们不愿意找他商量。缺了他的主意,生意绝做不成功。他做的事都好。〉

第三十五页

(一)〈他们两个人大读其书:他躺在一张长沙发上,她坐在一把圈椅里,把腿放在一把椅子上。〉①

(二)〈柯斯嘉住在一所侧屋里,皮果特一家住在另一所侧屋里。柯斯嘉用望远镜朝他们望。〉

(三)〈在莫斯科,教区的教士到他家里来。〉

(四)〈姐夫:我出去走一走。〉

(五)〈老人托人带来一个钻石的胸针。〉

(六)〈她生怕爱上亚尔采夫,就在被子里暗自在胸前画十字。〉

---

① 从第一条起到第十条止与《三年》有关。

(七)〈巴纳乌罗夫送她到火车站去的时候说:我多么嫉妒您!多么嫉妒您啊!〉

(八)〈他的祖先编树皮鞋,人们干脆叫他拉波契①。〉

(九)〈巴纳乌罗夫在莫斯科的德累斯顿②下榻。〉

(十)〈她去探望他的父亲的时候,仆人端上凉菜来。〉

(十一)〈演员:您要知道!她只要有意,就能得上哮喘病。〉③

(十二)〈你送给我一个小妹妹,那就再送给我一个侄子吧。那你就会使我十分满意了。〉④

(十三)〈他算是什么衬衫⑤?他简直是娘儿们的裙子上的一块旧布头。〉

(十四)〈像拉普捷夫这样的人是不会反击厚颜无耻的人和无赖汉的,所以在我们的社会里随着高尚思想的发展,常见到种种不成体统的事。〉

(十五)〈有生以来只幸福过这样一次——坐在阳伞底下。〉

(十六)〈一个贼爬到阁楼上的洗衣房里,拿走共值七十四个卢布的衣服。洗衣女工们怀疑一个退伍的兵,他在法庭上老是说:"我喝了一小罐酒。"那些女人无论如何希望判他的罪。柯斯嘉在发言中说:诚实是不可能被夺去的,然而可能失去。〉

(十七)

〈老人连一点懊悔的影子也没有。〉

第三十六页

(一)〈那些小姑娘给女家庭教师穿衣服,给她上课。〉⑥

---

① 在俄语里,这个词的原义是"树皮鞋"。
② 德国的城名;在这里是一个旅馆的名字。
③ 《阿莉阿德娜》。
④ 从这一条起到第十七条止都与《三年》有关。
⑤ 借喻"直爽人"。
⑥ 第一、二条与《三年》有关。

443

（二）〈他想到他能买下所有这些画，这个想法给了他信心。〉

（三）〈很多俄国知识妇女用漂亮的文学语言写信。〉①

（四）〈必须老是想到学校、医院、监狱。这是征服自然的唯一方法。他愉快地发现医师们已经干扰自然，办了使他很满意的医院。〉②

（五）〈她没有哭的习惯，可是在费多尔走后，她十分激动的时候，却哭了。〉

（六）〈她祷告的时候，他不由得暗想：瞧，她在祷告呢，可是她对我却像一个卖身的女人。〉

（七）〈她对待莫斯科她的新房子如同对待旧日的房子，也就是那所破旧的房子一样，极力照以前那样只使用一个房间。〉

（八）〈您不会挽着女人的胳膊走路！她对柯斯嘉嚷道。可是为什么她对他（她的丈夫）就不这么诚恳地嚷叫呢？〉

（九）〈有的时候他发现自己在任性胡闹。〉

（十）〈德国女人：我的丈夫原是一个极（喜欢）爱好打猎的人。〉

（十一）〈天才〉〈关于亚尔采夫：他要么是一个特殊的天才，要么是个特殊的涉猎者。〉③

（十二）〈老人认为自己是一个极高尚的人，是永远不会犯错误的。〉

（十三）〈她来到故乡的城里，走过已故的尼娜住过的那所房子，看见窗子上的白条。父亲连一点懊悔的影子也没有。〉

（十四）〈她想指引老人走上正路，暗示他不久就要死了，应当感到懊悔才是，可是这些话都由于他的自我崇拜而落空了。〉

---

① 《阿莉阿德娜》。
② 从这一条起到第九条止与《三年》有关。
③ 从这一条起到第十四条止与《三年》有关。

第三十七页

(一)〈亚尔采夫:我这样珍重每人只有一次的生命,所以没有把它献给真正的大事。〉①

(二)〈费多尔喝很多的茶。〉

(三)〈从阿历克塞·费多雷奇这方面来说,这是勇敢的功劳,因为女人的心比沙米尔②更顽强。〉

(四)〈关于波恰特金:他从小在拉普捷夫家干活,从学徒做起,得到充分的信任;每天傍晚他从库房里出来的时候,总是取出钱柜里的钱,塞进自己的衣袋,却一点也不会引起怀疑。他在库房里和家里是头儿,在教堂里也是一样,代替老人履行教堂主事的职责。〉

(五)〈拉苏季娜眼泪汪汪地来了。她有一个装糖果的小盒子,上面有画。她说她到莫罗佐娃③那儿去要来一百个卢布给穷大学生,把这笔钱和钥匙都放在这个小盒里,却遗失了。

"您马上到大学里去,给那些糊涂虫付学费去吧。"〉

(六)〈亚尔采夫赞赏他那些女学生。〉

(七)〈洛基津吃喝玩乐,搞了很多的风流事,然而这并不妨碍他做一个出色的产科医生。〉④

(八)〈莫斯科到处都在打牌,可是如果人们决意不打牌,而去奏乐,画画,读书,那就会更加乏味;客人们临别时在门口议论主人:他们算不上是主管人,上帝才知道他们是干什么的。这儿缺乏气质和真诚的欢乐。〉

---

① 这一页笔记除第七条以外都与《三年》有关。
② 19世纪高加索山民民族主义宗教运动的领袖,曾对俄国作战二十五年。
③ 莫斯科当时的一个女财主和慈善家,《俄罗斯新闻》主编索包列夫斯基的妻子。
④ 与剧本《海鸥》中的人物陀尔恩有关。

第三十八页

（一）〈柯斯嘉对小姑娘们说：我欠你们母亲的情。于是他的眼睛里满是泪水。〉①

（二）〈波恰特金在布勃诺甫斯基饭馆里说：要半个怪物和二十四个纠纷。〉

（三）〈尤丽雅顺利地经历了怀孕期，只是开始吸烟了，并且因为自己的名字叫尤丽雅而生气，她说只有漂亮的使女才叫这种名字。亚尔采夫和柯斯嘉开始叫她孔斯坦齐雅。〉

（四）〈他们把丽达送到亚尔采夫教书的那个中学里去读书，他很高兴。〉

（五）〈巴纳乌罗夫当了副省长。〉

（六）〈在别墅里的谈话：我要写一个历史剧。亚尔采夫和柯斯嘉顺着一条林间小路走回城里。〉

（七）〈巴纳乌罗夫在火车的包房里说：我做过调解法官，调解法官会审法庭的审判长，最后做省政府的顾问官；我觉得我有权利受上司的照顾，可是我在彼得堡提出这种要求，他们却含糊其辞地回答我。〉

（八）〈柯斯嘉：我为了纪念你们的母亲而起过誓：把我所有的一切都送给别人。我的理想是，死的时候一文钱也没有。〉

（九）〈对彼得说："你长着一副什么样的劝人为善的面貌啊，好像你是花了两年工夫用神香把它熏出来的。"

"我不知道。"〉

（十）〈拉普捷夫：我害怕扫院子的人、看门人、收票员、胖太太。〉

（十一）〈巴纳乌罗夫被提升为四品文官，工作调动，可是他不

---

① 这一页的笔记与《三年》有关。

446

愿意带着他的不合法的家属一路去,借口说,按他目前的职位,不便于自己想怎样生活就怎样生活。〉

第三十九页

(一)〈爱是幸福。无怪乎一切时代几乎一切有文化的民族都有广义的爱,而且丈夫对妻子的爱同样叫做爱。如果爱常常变得残忍,带有破坏性,那么其中的原因并不在于它本身,而在于人类的不平等。

当一部分人吃饱,聪明,善良,而另一部分人挨饿,愚蠢,恶毒的时候,任何幸福都只能导致争执,扩大人类的不平等。〉①

(二)〈生活的幸福和乐趣不在于钱,也不在于爱情,而在于真理。如果你巴望兽性的幸福,那么生活反正不会让你陶醉而幸福,却会常用打击来弄得你张皇失措。〉

(三)〈亚尔采夫从索科尔尼吉公园回来的时候,钢琴上的蜡烛已快燃尽,拉苏季娜在长沙发上睡熟了。

"哎,她累坏了!"〉

(四)〈只幸福过一次——坐在阳伞底下。〉

(五)〈还刚过了三年,可是要知道,我们还得再活三十年,三十年呢。爷爷的眼睛瞎了,费嘉舅舅快要死了,柯斯嘉舅舅在信上问候你们,他正在美国参观展览会,而阿辽沙舅舅呢,累了。〉

(六)〈她:做父母的总是觉得世界上再也没有比他们的孩子更好的了,如果外人吻他们的孩子,就会感到愉快,等等。不过我的奥丽雅还是与众不同。〉

(七)〈我们光是一个劲儿谈爱情,读描写爱情的书,然而我们自己却很少爱别人。达格斯坦山谷②。〉

---

① 这一页笔记与《三年》有关。
② 参阅莱蒙托夫的诗《梦》。

第四十页

(一)〈先到的加甫利雷奇说:是先有阴暗的心境,然后才有阴暗的思想呢,还是相反?

"对精神病人来说,先有阴暗的心境。"〉①

(二)〈她从老人那儿回来,说应该搬到皮亚特尼茨基街去住。

他拉住她的手说:我有这样一种感觉,仿佛我们的生活已经完结,现在开始过一种不完全的生活,乏味得很。当我听到我哥哥得病的时候,等等。(阳)我幸福过一次:那就是坐在阳伞底下。〉

(三)〈不自由的人的概念永远是一团乱麻。〉②

(四)〈来一份诽谤和中伤的大师,外加土豆泥。

跑堂的听不懂,为自己的猜不透发窘,想还一句嘴,可是波严厉地瞧着他,说:"此外!"

过了不大的工夫,跑堂的端来一份牛舌头加土豆泥,可见他弄懂了。〉③

第四十一页

(一)卧室。月光照进窗子,人甚至可以看清楚衬衫上的纽扣。

(二)善良的人就连在狗面前也会害臊。

(三)〈啊啊啊,海洋[字迹模糊难认]呻吟着。〉④

(四)一个四品文官望一眼美丽的风景,说:大自然的作用多么美妙啊!

(五)〈一个地方自治局的工作人员挪用公款,开枪自杀了。我同区警察局局长去验尸。我们到了。他躺在一张桌子上。天晚

---

① 第一、二条与《三年》有关。
② 《阿莉阿德娜》。
③ 《三年》。
④ 小说《凶杀》。

了。验尸推迟到第二天。区警察局局长到隔壁人家去打牌。我躺下来睡觉。房门时而推开,时而又关上。仿佛那具死尸在走来走去似的。〉①

第四十二页

（一）〈流于邪道的哥哥在家里因为闷得慌而瞅着火炉上的瓷砖。〉②

（二）〈我藐视我的物质的外壳以及这个外壳所固有的一切。〉③

（三）〈听差瓦西里从彼得堡回到韦烈依斯基县的家里,对他的妻子和儿女讲起各式各样的事情,可是他们不信,以为他在吹牛,就哈哈大笑。他大吃羊肉。〉④

（四）〈良好的教养不表现在你不把调味汁碰翻在桌布上,而表现在别人做了这样的事,自己只当不看见。〉⑤

第四十三页

（一）〈在饭铺旁边,秋天和春天总是泥泞不堪。他们开饭馆,样子像是酒店,可是酒在饭馆里卖。捷烈霍夫老大在家里做礼拜（斋戒三重颂歌、彩周三重颂歌、赞美诗⑥）,他不再到教堂里去,因为教士是醉汉,而且打牌。捷烈霍夫老二（瓷砖）àla⑦ 派西⑧,向他表明应当像普通人一样生活。老二把自己的钱散给穷人,为此遭到他妹妹安娜的痛恨;他妹妹戴一条白色头巾。〉⑨

---

① 《公差》。
② 《凶杀》。
③ 剧本《海鸥》中的人物陀尔恩。
④ 经改动后收入小说《在峡谷里》。
⑤ 小说《带阁楼的房子》。
⑥ 教会歌曲。
⑦ 法语:模仿。
⑧ 修士司祭。他作为一个普通的挖土工人在塔甘罗格干活。
⑨ 《凶杀》。

第四十四页

（一）〈最好你把这笔钱留给侄女达淑特卡,用她的名义存起来。要知道她有白内障,没钱是不能治的。或者你把这笔钱寄到别列夫去送给玛丽雅的那些孤儿。要不然,捐给修道院也成:至少人家会为你祷告。〉①

（二）〈捷老二通宵跟达淑特卡小声说话,对她讲道。早晨她惶恐不安地对父亲说:"叔叔说用不着持斋。"叔叔在隔壁房间里说:"不要说造孽的话,达霞。我只是说不做好事,持斋也不能拯救灵魂。我没说那话。连基督都持过四十天的斋。"自从〉

第四十五页

（一）〈自从他们杀了人以后,神像前面的灯就吹熄了,早晨也不祷告了。他们把被杀死的兄弟放在酒馆里,说他是被坏人杀死的。可是在这以前,他们把他运到铁路线对面去,想把他埋在雪地里。〉②

（二）〈在巴黎。她觉得要是法国人看见她的体格,他们就会入迷。〉③

（三）〈我,乌格里茨基县的小市民伊凡·德米特利耶夫·莫霍沃伊,读完此书,认为此书是我读过的一切书中最佳的一本,为此谨向此一珍本之主人米哈依尔·伊凡诺维奇（涅兹纳耶夫）·茹科夫致谢。一月十八日。〉④

第四十六页

（一）〈达淑特卡在侦讯的时候供称,她的姑姑老是跟她的叔

---

① 这一页笔记与《凶杀》有关。
② 《凶杀》。
③ 《阿莉阿德娜》。
④ 《凶杀》。

叔为钱相骂。〉①

（二）〈过去本城的头儿：这个城因为我走掉而失去一个劳动者；我给波克罗甫斯卡亚街铺上碎石子；粉饰过大教堂，把圆柱子漆得像是用孔雀石做的。〉

（三）〈电报员〉〈车站上的宪兵（小市民）一个军士，是个自由思想者，给人书读（最好的）。"我带着一份公文到区警察局局长那儿去，"他对捷烈霍夫老二说，"可是他对我说：您不必贴印花。到了那一个世界，人家也会对你说：你不必吃素。"

"不节制是不行的，菲里普·伊凡诺维奇。"〉

第四十七页

（一）〈一个穷姑娘，是个中学生，有五个小弟弟，嫁给一个阔绰的文官；他为她吃的每一块面包数落她，要求她服服帖帖、感激他（他给了她幸福），嘲弄她的亲人。"各人都应当有各人的责任。"她逆来顺受，不敢反抗，生怕落到旧日的贫困里。上司寄来一张参加舞会的请帖。在舞会上，她大出风头。一个大人物爱上她，她成了他的情妇（她现在有保障了）。等到她看见上司巴结她，看见她的丈夫需要她，她就在家里轻蔑地对她的丈夫说："滚开，蠢货！"〉②

（二）〈小捷烈霍夫"由于思想"而得了失眠症，一到夜里就长吁短叹。〉③

第四十八页

（一）〈她做了演员的妻子，因而爱上了剧院、作家，似乎全心全意投入了她的丈夫的事业，大家都为他的婚姻这样美满而惊奇；可是后来他死了；她嫁给一个糖果点心商，似乎她所喜爱的莫过于

---

① 这一页笔记与《凶杀》有关。
② 小说《挂在脖子上的安娜》。
③ 《凶杀》。

熬果子酱了;这时候她看不起剧院,因为她随着第二个丈夫信教了。〉①

(二)〈他的眼神不愉快,就跟午饭后睡了一觉的人一样。〉②

(三)〈奶奶把孙女玛霞打了一顿。玛霞悄悄地(为了报复)往她的菜汤里倒了一点牛奶,好让她在守斋的时候吃荤而犯教规(当时正是大斋期),后来她就想象奶奶怎样在地狱里遭到火烧。奶奶成天价骂街,骂她那贫穷的、"收留在家里"的女婿。〉③

第四十九页

(一)摘自一条老狗的札记:"人不吃厨娘丢掉的泔水和骨头。傻子!"

(二)他什么也没有,除了对武备中学学生时代的回忆。

(三)〈农民们劳动得最多,却不使用"劳动"这个词。〉④

(四)〈在"有上帝"和"没有上帝"之间有整整一个广阔的地域,真正的贤哲要费很大的劲才能穿过这个地域。可是俄国人只知道这两个极端当中的一个,而对两者之间的中段不感兴趣,所以他照例什么也不知道,或者知道得很少。〉⑤

第五十页

(一)〈阿莉阿德娜能纯熟地说三国语言。女人很快就学会语言,因为她的脑子里有许多空地方。〉⑥

(二)应当把女人教育得善于意识到自己的错误,要不然,按她的看法,她永远是正确的。〉

(三)〈为什么人们经常描写君士坦丁堡的狗?〉

---

① 小说《宝贝儿》。
② 《公差》。
③ 中篇小说《农民》。
④ 中篇小说《我的一生》。
⑤ 请参看契诃夫1897年的日记。
⑥ 第一、二条与《阿莉阿德娜》有关。

（四）〈父子两个都是游手好闲而又容易激动的人。"叫你遭到诅咒才好!"父亲冒火了。"叫你也遭到诅咒才好!"儿子回答说。〉①

（五）〈捷烈霍夫老二的尸首躺了四天，侦讯官和医师才来。〉②

（六）〈五年过去了。他，捷烈霍夫，在萨哈林岛理解到主要的是要上升到上帝那儿去，可是怎样上升呢——反正不是一样吗？〉

（七）〈捷烈霍夫老二：我想开导哥哥和妹妹，我想这样。〉

第五十一页

（一）〈起初那儿是一个小车站，叫做会让站，可是现在是一个大车站了。〉③

（二）〈在瓷砖厂里他有一个情妇，她生了个儿子，后来他感到这是罪过，就把自己的钱给了她和孩子，他自己就走了。〉

（三）〈可是妹妹就连在受审以后也没有心服。〉

（四）〈捷烈霍夫老二由于身体羸弱而遵照医师的嘱咐在斋期喝牛奶。〉

（五）〈顺着这道叫做文明、进步、文化的梯子往上爬吧；爬吧，您自管爬吧，我诚恳地劝您，可是爬到哪儿去呢？说真的，我也不知道。单为了这架梯子就值得活下去。〉④

（六）〈捷烈霍夫一家人在老百姓中间有个外号，叫拜神人家。〉⑤

第五十二页

---

① 这一条经过改动，转抄在下面第一百三十九页上，而且加以扩充了。
② 第五、六、七条与《凶杀》有关。
③ 第一、二、三、四条与《凶杀》有关。
④ 《我的一生》。
⑤ 《凶杀》。

（一）〈处女林或者玛希金林。〉①

（二）〈分家就是破产,必须在一起生活。〉②

（三）〈老人捷逃跑了,挨了四十鞭子,后来就习惯了。〉

（四）〈可以听见轮船起锚的响声。〉

（五）短篇小说的题名:T[字迹模糊难认]——Ma[字迹模糊难认]。

（六）〈Sarcasmus senilis③.〉

（七）〈捷老二认为在别人的书上写字是在尽礼貌上的责任。〉④

（八）〈在造桥的时候,工程师租了一个庄园,同他的家人一起住下,作为别墅。他和他的妻子帮助农民们,可是他们偷他的东西,放牲口踏坏他的草地……他在村会上说:

"我为你们办了好些事,而你们却以怨报德。要是你们公平的话,就该用好心报答好心。"

他转身就走了。村会上的人们着急起来,说:

"非报答不可呀……是啊……可是要报答他多少钱,就不知道了……"

"我们去问一问地方自治局吧。"

最后:关于工程师勒索钱财的传言。〉⑤

第五十三页

（一）〈人没有信仰就不能生活。〉

（二）〈他被雨声惊醒了。〉⑥

---

① 剧本《海鸥》里的人物特利果陵的话。
② 第二、三、四条与《凶杀》有关。
③ 拉丁语:老年的讽刺。
④ 《凶杀》。
⑤ 小说《新别墅》。
⑥ 《海鸥》中的人物特烈普列夫。

(三)〈捷烈霍夫老大认为这一切都是无聊的懒汉通常的借口,他们说什么要爱别人,要跟弟兄和睦相处等等,无非是为了借此可以不祷告,不持斋,不念圣书罢了。〉①

(四)〈在受难周②,捷烈霍夫老二在吃饭的时候因为自己身体弱而要求吃油。姐姐把油给他,带着憎恨的目光看他怎么样。他吃起来了。于是大家都因为他在场而厌恶他。〉

(五)〈他晚上总是睡不着觉,怀念工厂。〉

(六)〈根据〉人瞧着她的体态和脸上的神情,不由得会认为她衣服的腰部里面有鱼鳃。

第五十四页

(一)〈现在他站在她面前,也现出巴结的、诌媚的神情,这样的神情在他遇见权贵和名人的时候常在他脸上看到。她又是快活,又是气愤,又是轻蔑,而且相信自己无论说什么话也没关系,就咬清每个字的字音,说:

"滚开,蠢货!"〉③

(二)〈预言新的和有艺术性的东西是纯洁质朴的人所固有的特性,可是你们这班墨守成规的人却独霸艺术界的大权,认为只有你们搞的那一套才是合法的,其余的你们一概扼杀。〉④

第五十五页

(一)〈剧本:她吸烟,喝酒,头发棕红色,跟情夫同居,她的名字在报纸上常常出现;我一点也不反对,(不过)这一切都使得我极其厌倦。〉⑤

---

① 第三、四、五条与《凶杀》有关。
② 基督教节日,在复活节前的一个星期。
③ 《挂在脖子上的安娜》。
④ 《海鸥》里的人物特烈普列夫。
⑤ 这一页笔记与《海鸥》有关。

(二)〈剧本:一个男教师,三十二岁,胡子灰白。〉

(三)〈剧本:如果社会人士醉心于这些社会的演员,把他们看得不平凡,那就可见这种社会人士充满理想主义的倾向。〉

(四)〈剧本:有的时候,一种普通人都有的利己心使我对我的母亲是个女演员感到遗憾,我觉得她如果是一个平常的人,我倒会幸福些。舅舅,聚集在她四周的全都是大演员和大作家,而只有我一个人什么也不是,大家之所以容忍我,也只是因为我是她的儿子罢了,试问还有什么处境比这更令人绝望,更尴尬呢?他们瞧着我的时候,我猜得出他们的心思,我就用轻蔑回报他们。〉

第五十六页

(一)法国的谚语:Laid comme une chenille——像毛毛虫那么恶劣("像滔天大罪那样恶劣")。

(二)〈在轻松的时候该说话,什么坏事也不会发生。〉

(三)执行处的第二名委员:阿历克塞·季奥米狄奇。他们买下一所地方自治局的房子,送去五千定金,可是从这个委员那儿收到的只有五百。地方自治局的账簿上写着:交某某定金五千,可是在查账的时候某某吃惊,说他只收到过五百。

(四)〈人们说:在这个车站上有很好的油炸包子。〉

第五十七页

(一)〈题名:醋栗。某甲在机关里工作,非常吝啬,攒钱。渴望:结婚,买一个庄园,在阳光底下睡觉,在绿草地上喝酒,吃自己家的白菜汤。过去了二十五年,四十年,四十五年。他已经放弃结婚的念头,想望着庄园。

最后他六十岁了。他读到应许种种好处的、诱人的广告,说有土地几百俄顷,有树林,有河流,有池塘,有磨坊。他辞职。他通过经纪人买下一个在池塘边上的庄园……他走遍自己的园子,感到缺欠一点什么。他断定缺少醋栗,就去订购树苗。两三年以后,他得了胃癌,濒临死亡,人家给他端来一盘醋栗。他冷淡地看了一下……而他的侄女,一个胸部丰满的、喊喊喳喳的女人,正在隔壁房间里安排家务。(他在秋天种下醋栗,冬天卧病,从此没有起过床。他看着那盘醋栗说:这就是在我一生的结尾给我的一切。)他是一个破落地主的儿子,常常回忆小时候在乡村度过的岁月。〉①

(二)〈强大的暴风雨摇动树木的时候,那些树木多么可怕呀!〉②

第五十八页

(一)她们没有结婚,做了老姑娘,因为她们和别人彼此不感兴趣,连生理上的兴趣也没有。

(二)〈凶杀。整个三月和四月初下雪。……大家都不喜欢捷烈霍夫老大;大家都不认真对待他的信仰和他本人,反而因为他喝白酒、吝啬等而高兴。连宪兵也恨他。一般说来,在我们这儿,甚至自由思想者和对信仰冷淡的人也无缘无故地各人按各人的心思痛恨有信仰的人。〉③

(三)几个成年的儿女在吃饭的时候讲到宗教,批评持斋、修士等。老母亲起初发脾气,后来显然听惯了,光是冷笑,最后却出人意外地向孩子们声明说,他们说服了她,她和他们的信仰一样了。孩子们都觉得不自在,他们不知道这个老太婆从今以后会干出什么事来。

第五十九页

(一)民族的科学是没有的,犹如没有民族的乘法表一样;凡是民族的东西,就不再是科学了。

(二)一条达克斯狗④在街上走,它为它长着歪腿而害臊。

---

① 小说《醋栗》的最初的题材。
②③ 《凶杀》。
④ 一种身长、腿短而弯曲的小狗。

（三）〈教员:心是用什么做成的?

姑娘(沉吟一下):用软骨做成的。〉

（四）〈杀人的不是捷烈霍夫老大,而是妹妹;他光是抓住他的肩膀,摇晃他。〉①

（五）男人和女人的差别:女人老了,就越来越钻进娘儿们家的事;男人老了,却越来越躲开娘儿们家的事。

第六十页

（一）〈家里有人生了很久的病,全家人私下里就巴望他死,不过孩子们除外,他们害怕死亡,例如想到母亲死了,就满心害怕。〉②

（二）〈发财吧。〉〈用不义之财去交到朋友吧。这样说,是因为一般说来,正义之财是没有,也不可能有的。〉③

（三）〈在剧本里。女儿(对客人):"我的马老了,该换一匹新的了。"

母亲(心不在焉):"马到哪儿去了?"

女儿:"妈,您得听人说话。"

母亲:"我连话也不准说了。"〉

（四）这种突如其来的、发生得不合时宜的风流韵事,好似这样的一种情况:您领着一些男孩到什么地方去游玩,大家玩得有趣而快活,不料,突然一个人吃了一肚子油画颜料。

（五）〈姐姐擦所有的地板,生气。在饭馆里,上面的房间上了锁,大家都住在楼下,因此可以听见醉汉相骂。达淑特卡躺在叔叔的房间里的炉台上。〉④

第六十一页

---

①④ 《凶杀》。
② 《农民》。
③ 《我的一生》。

（一）〈谢·尼本来留着连鬓胡子,可是(在苦役地)在受审以前长成了一把大胡子。〉①

（二）〈他们举起手来祈祷。〉

彼得·奥西波维奇没有受过教育,然而是个很有头脑的人。

谢·尼喜欢谈克吕尚酒②和鲟鱼汤。

鞑靼人卡狄洛夫以一千五百卢布的代价把生意出让了。(可以给五百现金,其余的开期票)。〉

（三）〈拜神人家历代一向信教,可是在宗教信仰方面变动不定,这多半是因为他们像熊似的躲在自己的窝里,离群索居。〉

（四）〈凶杀以后,达霞爬到楼上去,在那儿坐了一夜。〉

（五）〈一到晚上,臭虫就咬玛特威。〉

（六）〈谢·尼只会谈食堂。这些日子天气阴得讨厌,使人容易愁闷和愤恨。〉

（七）〈被骂为"蠢货"的文官对他的妻子说:责任第一,家庭生活就是责任,应当省钱,集腋成裘,等等。〉③

第六十二页

（一）〈要是有谁发言攻击金钱,攻击利息、横财等,亚·伊就会认为这是不爱劳动的人的废话,胡扯。要知道做个穷人,一个钱也不攒,比做个阔人省力多了。这有什么奇怪的呢?〉④

（二）〈谢·尼和宪兵任何信仰也没有。〉

（三）〈当着宪兵和饮食部老板的面是不好意思唱歌的,因而他们没有做晚祷,等这些先生走掉。〉

---

① 这一页笔记除第七条外与《凶杀》有关。
② 一种混合酒:白葡萄酒加糖酒。
③ 《挂在脖子上的安娜》。
④ 第一、二、三条与《凶杀》有关。

（四）〈醋栗是酸的。多么愚蠢啊,文官说,接着就死了。〉①

（五）〈他要去办的那件事在他心目中忽然显得很不重要,于是他就回去了。〉②

（六）〈文官(蠢货)的妻子跟男孩们一起受教育。〉③

（七）〈孤身的人总是到饭馆和澡堂里去,为的是跟人谈天。〉④

第六十三页

（一）〈他像教士那样阿谀权贵。〉

（二）〈在乡村里:他十点钟睡觉,九点钟起床。他睡得这样久,脑子就贴在颅骨上了,后来,吃过午饭以后,无意中又睡着了,这以后一直睡到傍晚,大做噩梦。〉⑤

（三）〈死者无罪,可是发出可怕的臭气。〉

（四）〈剧本:女演员看见了池塘,就哭了,想起了她的童年。〉⑥

（五）〈剧本:演员和文学工作者之间有连环保:他们一旦把你收留在他们的圈子里,你就会在全俄国出名。〉⑦

（六）〈剧本:不应当描写生活的本来面目,也不应当描写生活所应该有的面目,而应当描写它在幻想中的面目。〉

（七）〈剧本:小说作家:每个人都按他的愿望和能力写作。〉

（八）〈基辅的小市民。〉

（九）〈一个著名的天文学家或者政治家死了,报上就发出讣

---

① 《醋栗》。
② 《凶杀》。
③ 《挂在脖子上的安娜》。
④ 小说《关于爱情》。
⑤ 《海鸥》。
⑥ 原定供《海鸥》用,后来收入剧本《樱桃园》。
⑦ 从这一条起到第九条止与《海鸥》有关。

460

告,只有五行而已,可要是一个演员或者文学工作者死了,他的讣告就要占两栏,而且登在第一版上,围上黑框框。〉

第六十四页

(一)〈我这样老,好像我的身上冒出狗的气味来了,可是你呢,妹妹,还是年轻。〉①

(二)〈教员老是在各个房间里走来走去。在第三幕里他妨碍谈话,人们就要求他走开。〉

(三)〈关于教员和卡夫:他们什么也不是,一点引人注目的地方也没有——哪怕是个骗子也好啊……〉

(四)〈索陵:我非常想做文学家!我巴望两件事:想结婚和想做文学家,可是哪一件也没有成功。〉②

(五)〈他把自己的小说读过了,可是我那篇小说甚至连书页都没有裁开。〉

(六)〈抵制恶是办不到的,而抵制善却办得到。〉

(七)〈特利果陵(记笔记):打鱼的袋网……她吸鼻烟……她不幸,不满意,所以充当逗人笑的角色……她喝白酒……〉③

(八)〈在第三幕里:食客!无产者!基辅的小市民!庸才!〉

(九)〈她在她的信里署名海鸥。〉

(十)〈在第四幕里,玛宪卡和母亲铺床,母亲老是给特[烈普列夫]拿啤酒来。〉

第六十五页

(一)一个登场人物对大家说:"这就是你们的肠虫。"他给他的女儿治疗肠虫;她脸色发黄。

---

① 第一、二条与《海鸥》有关。
② 第四、五条与《海鸥》有关。
③ 从这一条起到第十条止与《海鸥》有关。

(二)〈要是我能把我的心挖出来才好,我的心那么沉重啊。〉①

(三)一个平庸的学者是个笨人,工作了二十四年,什么好事也没有做,只供应世界几十个跟他自己一样平庸狭隘的学者。他每到晚上就悄悄装订书籍,而这才是他的真正的本行;在这方面他是个艺术家,而且体验到快乐。有一个装订工人常到他这儿来,他却是学术的爱好者。他一到晚上就悄悄钻研学术。

(四)一个高加索的公爵穿着白色的紧身外衣,坐着一辆敞篷四轮马车赶路。

(五)〈几百俄里荒凉的、单调的、干枯的草原也赶不上一个人的这种寂寞。〉②

(六)〈蚜虫吃庄稼,锈吃铁,虚伪吃灵魂。〉③

(七)我们的宇宙也许处在一个什么怪物的两排牙齿中间。

(八)靠右走,黄眼睛!

(九)您想吃东西吗?

"不,正好相反。"

第六十六页

(一)一个怀孕的太太,胳膊短,脖子长,好比一只袋鼠。

(二)尊敬人是多么快乐啊!每逢我看见一本本的书,我总是不去注意作者们怎样谈恋爱,玩纸牌,我只看见他们的惊人的事业。④

(三)一定要爱纯正的人,这是利己主义;在女人身上寻求我所没有的东西,这不是爱情,而是崇拜,因为人应该爱同自己一样的人。

---

① ② 《带阁楼的房子》。
③ 《我的一生》。
④ 作者的"已经动笔然而搁置下来的中篇小说"。

462

(四)〈军事长官的妻子管分配新兵的事;比如说,谁要是不愿意到波兰去,就付出五个到十个卢布。她同那些主顾讲价钱,一同喝酒。有一次在教堂里,她喝得醉醺醺的,跪下去,站不起来了。〉

〈切普尔:我怕我的母亲。我怕她诅咒我。我也怕我那些关于她的想法。我有些关于她的可怕想法。〉①

(五)〈剧中人物:一个地主,他的一条胳膊被脱谷机轧断了。〉

(六)所谓的天真烂漫的生活乐趣乃是兽性的乐趣。

(七)〈不富裕的医师们、医士们甚至不去想自己纯粹在为理想工作,从而得到安慰,因为他们老是想到薪金,想到糊口的面包。〉②

第六十七页

(一)〈谁是诚恳的,就是正确的。〉③

(二)〈果子酱。年轻的、出嫁不久的太太在熬果子酱。旁边坐着maman④。〉女儿有两只专横的手,短短的袖子。母亲崇拜女儿。她们一本正经地做事。可以感觉到这儿有一种折磨人的气氛。⑤

(三)我受不了孩子们的吵嚷。可是我的娃娃哭了,我却听不见。

(四)〈园丁是个叛徒,既然他是卖金莲花的。〉⑥

(五)〈卡里古拉⑦(说,假如他)把一匹马送到元老院去,那这

---

① ③ 《我的一生》。
② 小说《在大车上》。
④ 法语:妈妈。
⑤ 小说《在故乡》。
⑥ 在俄文中,"他卖金莲花"和"他把我们卖给了土耳其"这两句话的发音听来差不多。
⑦ 古罗马皇帝,暴君。

463

匹马就是我们家族的起源。〉①

（六）〈容我介绍一下，这是我那些小崽子的妈。〉②

（七）一个中学生在饭馆里请一位太太吃饭。他有一个卢布二十个戈比。账单上是四个卢布三十个戈比。他没有钱，哭了。饭馆老板揪他的耳朵。他同那位太太谈论阿比西尼亚。

（八）〈农舍。一个小姑娘穿着毡靴，坐在炉台上。父亲不在家。一只猫。

"我们的猫耳朵聋了。"

"因为什么缘故呢？"

"就是这么的。挨了打呗。"〉③

第六十八页

（一）〈犹太人改换宗教信仰的那种随随便便的态度，许多人以淡漠为之辩护。可是这不成其为理由。必须尊重自己的淡漠，无论如何不改变它，因为一个好人的淡漠也是一种宗教。〉④

（二）〈内地。剧院包厢里一定坐着省长的女儿，围着毛皮的围脖。〉⑤

（三）有一个人，从外貌看来，他什么也不喜欢，只喜欢油煎小灌肠加白菜。

（四）工作是以它的目标来确定的：有伟大目标的工作就叫做伟大的工作。

（五）你在涅瓦大街走着，往左边塞纳亚一看：烟色的云！落下去的太阳好比一个大红球——但丁的地狱！

---

① 《樱桃园》中的西缪诺夫-彼希克。
② 小说《贝琴涅格人》。
③ 《农民》。
④ 请参看1897年的日记。
⑤ 小说《带小狗的女人》。

(六)他收入有两万五到三万之多,可是仍旧由于穷困而开枪自杀了。

(七)一贫如洗。毫无出路的局面。母亲守寡,女儿是个丑姑娘。母亲终于鼓起勇气,劝女儿到街上去。她从前年轻的时候瞒着丈夫悄悄到街头去,为的是挣钱做漂亮的衣服;她有一点经验。她就教女儿。女儿去了,一直溜达到早晨,可是没有一个男人要她:她生得丑。大约过了两天,有三个胡闹的男人在街上走过,要她了。她拿着一张票子回到家里,不料那是一张旧彩票,已经一点用处也没有了。①

第六十九页

(一)两个妻子:一个在彼得堡,一个在刻赤。经常闹事,威胁,打电报。她们差点闹得他自杀。最后他找出一个办法:让这两个妻子住在一起。她们困惑不解,似乎呆住了;她们沉默了,安静下来了。②

(二)您的地里打出不少粮食……池塘里满是鲫鱼。

(三)〈中学生:这是您的蒙着疑云的想象的成果。〉

(四)一个剧中人物智力很不发达,使人不相信他上过大学。

(五)〈以前他觉得怪人是病态,可是现在他认为做个怪人才是人的正常状态。〉③

第七十页

(一)我梦见好像我认为是现实的东西却是梦,而梦是现实。

---

① 这一条是从第二本笔记里转移过来的,那儿有两段笔记;在第二段笔记前面标明"星期五,早晨九点钟"。第二本笔记里的文字比较详细(请参看第二十一页和第二十二页笔记)。
② 这一条是从第二本笔记里转移过来的,略有改动:刻赤原是费奥多西亚,"她们差点闹得他自杀"原是"他想开枪自杀"。"最后"和最后一句话是新添的。
③ 剧本《万尼亚舅舅》中的阿斯特罗夫。这一条是从第二本笔记里转抄来的,最后一句话有改动,本来是"认为人成为怪人是正常的"。

（二）〈如果有谁硬要插手他所生疏的工作，例如艺术，他就不可避免地变成官僚。在科学、戏剧、绘画的周围有多少官僚啊！凡是对生活生疏、不善于生活的人也没有别的路走，只有做官僚。〉①

（三）在亲切和好客的气氛中的演奏。

（四）萨维娜②在演员当中如同维克托·克雷洛夫③在作家当中一样。

（五）〈丰满的姑娘好比一个小白面包。〉④

（六）我发现人们结婚以后就不再好奇了。

（七）为了得到幸福的感觉，通常只需要给表上发条那样的一点时间。

（八）火车站旁边肮脏的饭馆。在每个这样的饭馆里一定可以找到腌白鲑鱼加辣根。俄国有多少腌白鲑鱼呀！

（九）〈地方自治局的医师大多数都是不诚恳的、暗中怀恨的宗教学校学生，拜占庭人⑤。〉

第七十一页

（一）主人不在家的时候，听差总是领着客人看各个房间。

（二）某甲星期日常到苏哈烈甫卡⑥的书摊去，在那儿找到一本他父亲所写的小册子，上面有题词："作者赠给亲爱的娜嘉。"

（三）一个官员胸前戴着省长夫人的小照；他用胡桃喂肥一只火鸡，送给她。

（四）〈在幸福的人的房门外面应当站着一个人，手中拿着一把小锤子，经常敲打着，提醒他世界上还有不幸的人，而且经过短

---

① 请参看作者1896年12月4日的日记。
② 俄国当时的一个女演员。
③ 俄国当时的一个剧作家。
④ 小说《在朋友家里》。
⑤ 指"专横的人"。
⑥ 莫斯科的一个广场，那儿有一个很大的市集，书摊特别多。

暂的幸福以后不幸一定会来临。〉①

(五)应当头脑清楚,道德纯洁,周身干净。

(六)〈饿狗只相信肉。〉②

(七)关于一位太太,人们说她养着一大群猫;她的情夫折磨那些猫,踩它们的尾巴。

(八)一个军官常带着他的妻子到澡堂里去,由一个勤务兵给他们两个人洗澡,显然他们不认为他是人。

(九)"他戴着他所有的勋章出来了。"

"他有什么样的勋章?"

"他因为参加九七年的人口调查工作而得到一枚铜奖章。"

(十)〈有的时候,在日落之际,你会看见一种不平常的景色,而日后你在一幅画上看见它的时候却会不相信。〉③

第七十二页

(一)一个官员打他的儿子,因为他儿子的各门功课都得五分。这似乎很少见。后来人家向他说明他不对,五分是最好的分数,可他又把儿子打一顿,这一回是因为恼恨自己。

(二)一个很好的人却生着一副会被人误认为密探的相貌;人们认为他偷袖扣。

(三)一个严肃而身体笨重的医师爱上一个精通舞蹈的姑娘;他为了博得她的欢心而开始学玛祖卡舞。

(四)〈将来总有一天知识分子也会教育和照顾你这样的农民,像对待自己的亲儿女一样,教给你科学和艺术,而不是像现在这样只给你一点点残羹剩饭,在那个时候到来以前,你是奴隶,炮灰。〉

---

① 《醋栗》。
② 《樱桃园》里的人物西缪诺夫-彼希克。
③ 《农民》。

467

（五）〈基普利安：日本人跟黑山人①一样。〉②

（六）三月。气温在零度以下，天空阴沉，刮起小风，潮湿，多雨，总之天气恶劣，可是春天毕竟不远了。

（七）〈这不是女人，而是爆炸筒。〉

（八）〈谚语：你既是落到狗群里，那可就不管你叫不叫，你总得摇尾巴了。〉③

（九）雌麻雀觉得她的麻雀不是吱吱叫，而是唱得很好听。

第七十三页

（一）你住在家里，心平气和的时候，生活显得平淡无奇，可是你刚走到街上，开始观察，例如问一问女人，生活就可怕了。在主教池附近看来安静而平和，可是实际上那儿的生活是人间地狱，〈而且那么可怕，甚至没有人提出抗议。〉

（二）这些红脸蛋的太太和老太婆那么健康，甚至从身上冒出热气来。

（三）〈女人爱着一个人的时候，总觉得她的爱情的对象疲乏了，被女人们惯坏了，而这倒合乎她的心意。〉④

（四）〈一个女医师，穿着紧身衣，袖子隆起，头发已经斑白，陷入了神秘主义。〉

（五）庄园很快就要拍卖，穷得要命，可是听差仍旧穿得像丑角一样。

（六）并不是神经病和精神病人的数字增加了，而是善于观察这类病的医师的数字增加了。

---

① 南斯拉夫的一个民族。
② 短篇小说《主教》中的人物西索伊神甫。
③ 《樱桃园》中的人物西缪诺夫-彼希克。
④ 第三、四条与《在朋友家里》有关。

（七）越有文化，就越不幸。①

（八）生活跟哲学不同：没有闲散就没有幸福，只有不必要的东西才使人得到快乐。

第七十四页

（一）他们给祖父吃鱼；要是他没毒死，仍旧活着，全家就吃这条鱼。

（二）〈一个姑娘在池子里洗父亲的靴子。〉②

（三）通信。一个青年人渴望献身于文学，经常给他的父亲写信提到这一点，最后就丢开工作，到了彼得堡，做了一名书报检查官。

（四）〈一个老富翁感到死亡的临近，吩咐人端一碟蜜来，把他的钱就着蜜一齐吃下肚去。〉③

（五）〈有一个人，他的一条腿被火车的轮子轧断了，他很不放心，因为那条断腿上的靴子里有二十一个卢布。〉

（六）头等卧车。乘客第六、七、八、九号。他们讲起儿媳妇。在老百姓中间，人们吃婆婆的苦，而我们知识分子却吃儿媳妇的苦。

"我的大儿媳妇在星期日学校里受过教育，念过图书馆里的书，可是粗率、心狠、任性，长得也惹人讨厌；吃饭的时候突然因为一篇报纸上的文章而大发歇斯底里。她是个好装腔作势的女人。

"另一个儿媳妇：在社交场合她的举动倒还没什么，可是在家庭生活里她却是个泼妇，她吸烟，吝啬；她咬着糖块喝茶的时候，把糖放在牙齿和嘴唇之间，同时她还讲话。"

第七十五页

---

① 从第二本笔记转移过来，删掉最后几个字："越不健康"。
② 小说《在峡谷里》。
③ 第四、五条与《醋栗》有关。

469

(一)梅先金娜①。

(二)在下房里,罗曼。一个实际上放荡的农民,认为自己有责任监视别人的品德。②

(三)粗壮、肥胖的饭馆女老板是猪和大鳇鱼的杂种。

(四)在小勃朗纳亚。一个从没去过农村的姑娘感觉到了农村,狂热地讲起来,说起寒鸦、乌鸦、小马,想象林荫道和树上的鸟。

(五)两个年轻的军官穿着女式紧身衣。

(六)〈某甲来到他的朋友某乙家里过夜。某乙是素食主义者。他们吃晚饭。某乙解释他为什么不吃肉。某甲都听懂了,可是还有一点不明白:"既是这样,猪还有什么用呢?"某甲了解一切自由自在地生活下去的动物,可是不了解自由的猪。晚上他睡不着,苦恼,问道:"那么,既是这样,猪还有什么用呢?"〉③

(七)〈如同不便于问囚犯他是犯什么罪而判刑的一样,人也不便于问一个很富有的人他要那么多钱有什么用,为什么他那么不善于处理他的财富。要是谈起这种话来,人照例会觉得难为情,发窘,谈过以后双方就会变得冷淡[字迹模糊难认]。〉④

第七十六页

(一)一个上尉教她的女儿学防御工事。

(二)〈女主人由于客人终于告辞而高兴,说:您还是坐一忽儿吧。〉⑤

(三)旅行日记。

---

① 在俄语中,这个姓的发音与"Мещанка"(女小市民)接近。
② 与《樱桃园》有关——亚沙。
③ 《贝琴涅格人》。
④ 短篇小说《出诊》。
⑤ 《在故乡》。

（四）〈七月二十七日。赴伊凡诺夫斯克街列依金处。〉①

（五）随着文学里新形式的产生，接着总会出现新的生活形式（预言者），所以它总是为人类的保守精神所厌恶。

（六）〈小铺老板骂街：没有尾巴的恶魔。〉②

（七）〈涅达甫努希卡。〉

（八）一个神经衰弱的法学家回到荒僻的农村的家里，读法国的独白，结果很荒唐。

（九）人喜欢讲自己的病，其实，这是他生活里最没有趣味的东西。

（十）〈钞票有油脂的气味。〉③

第七十七页④

（一）〈九月四日。到达巴黎，Moulin Rouge⑤. Danse du ventre⑥. Café du Néant⑦. Café du Ciel⑧……

九月八日。比亚里茨⑨。苏图金⑩，索包列夫斯基⑪……

---

① 这条笔记确定是1897年写的。列依金是幽默杂志《花絮》的主编，契诃夫早年经常在这个杂志上写稿。
② 《新别墅》。
③ 小说《姚尼奇》。
④ 这一页笔记除第四条和第七条以外都涉及契诃夫在1897年至1898年间的第三次国外旅行。1897年3月间，契诃夫肺病加剧以后，医师叮嘱他在南方度过冬天。从1897年9月底起到1898年4月中旬，他住在法国尼斯。在旅途中，契诃夫在巴黎和比亚里茨略作盘桓。他在尼斯写成小说《在故乡》《贝琴涅格人》《在大车上》《在朋友家里》（请参看契诃夫在这个时期里的日记和书信）。
⑤ 法语：红磨坊（巴黎的一个咖啡馆的名字）。
⑥ 法语：肚子的跳舞（咖啡馆的名字）。
⑦ 法语：虚无咖啡馆。
⑧ 法语：天上咖啡馆。
⑨ 法国的一个城市，疗养地。
⑩ 一位医学博士。
⑪ 《俄罗斯新闻》报的一个主编。

[字迹模糊难认]九月十日到十二日。巴约讷①。〉

(二)〈比亚里茨的每一个俄国人都抱怨此地的俄国人太多。〉

(三)〈九月十四日。巴约讷,grande course landaise.②许多奶牛。

九月二十二日。同索包列夫斯基一起从比亚里茨经图卢兹赴尼斯③。

二十三日到达尼斯——Pension Russe④。

九月二十四日。尼斯。保耳⑤。与玛·柯瓦列夫斯基⑥相识。

九月二十五日。在玛·柯瓦列夫斯基家里吃早餐。雅各比⑦。轮盘赌。

九月二十六日。尤拉索夫⑧一家人。

九月二十九日。午餐。雅各比⑨。柯瓦列夫斯基。索包列夫斯基。笑声。

十月一日。赫尔岑和甘必大的墓。索包列夫斯基走了。〉

(四)〈庸人在交谈中喜欢添上"以及诸如此类"的话。〉

(五)〈十月七日。密探的自白。

十月九日。我看见巴希基尔采娃⑩的母亲玩轮盘赌。寄往塔

---

① 法国的一个城市。
② 法语:在朗德的大规模竞赛。
③ 法国的一个疗养地。
④ 法语:俄罗斯公寓。尼斯的一个旅馆的名字,契诃夫在此下榻。
⑤ 尼斯附近的一个地名。
⑥ 俄国法学家、历史学家和社会学家,原是莫斯科大学教授,1887年被解职,侨居巴黎,后来迁往尼斯附近的保耳,契诃夫在此地同他相识。
⑦ 俄国画家。
⑧ 俄国驻尼斯的领事。
⑨ 法国政治家。
⑩ 俄国女画家。

472

甘罗格①书一本：Maximilian Harden. Literatur und Theater.②〉

（六）〈教会中学学生的粗鲁的例子。有一次在吃饭的时候，批评家普罗托波波夫走到玛克辛·柯瓦列夫斯基跟前，同他碰杯说："为科学干杯，假如科学对人民没有害处的话。"〉

（七）〈一个乡村里的女教师。出身于良好的家庭。哥哥在某地做军官。她孤身一人，由于贫困而做女教师。日子一天天地过去，无穷无尽的夜晚，没有朋友的关怀，没有爱抚，个人生活沉闷不堪；没有欢乐，因为没有工夫想到伟大的目标，再者也看不见成果……一列火车慢慢地驶过此地，她看见车厢里的一位太太，很像她的去世的母亲，就忽然想象自己是一个小姑娘，感到了十五年前的情形，便在草地上跪下，温柔、亲热、祈求地说：啊，妈妈！后来她清醒过来，就缓缓地走回家去。以前：她给哥哥写过信，可是没有得到回音，多半他和她疏远了，忘了。她变得粗俗、消沉了。她见到学监或者督学一进门就站起来，讲到他们的时候称呼为"他老"。教士对她说：您的［字迹模糊难认］告辞的时候：rendez-vous③……命运。〉④

第七十八页

（一）一个官员胸前经常戴着省长夫人的小照，放印子钱，暗中发财了。旧日的省长夫人（他戴她的照片已经十四年了）住在城郊，守了寡，得了病；她的儿子被捕了，需要四千。她来找这个官员，他厌烦地听完她的话，说：

"我对您无能为力，夫人。"

（二）〈关于猪的谈话。这个地主在临睡以前因为天热而脱光

---

① 契诃夫的故乡，在此指该城图书馆。
② 德语：麦克西米连·哈登。文学与戏剧。
③ 法语：约会。
④ 短篇小说《在大车上》的情节。

473

衣服,从这个墙角走到那个墙角,说:"对不起,我遇上热天喜欢按亚当的装束①睡觉。")②

(三)女人没有男人做伴就憔悴,男人没有女人做伴就愚蠢。

(四)有病的饭铺老板要求医师说:"等我发了病,请您看在上帝分上,一听见消息就来,不要等人来请。我的姐姐无论如何不会来请您:她吝啬,而您出诊一次收费三个卢布。"过了一两个月,医师听说饭铺老板病重,刚准备到他家里去,就接到他姐姐的一封信:"我的弟弟死了。"五天以后,医师偶然到这个村子里来,听说饭铺老板这天早晨刚刚去世。他气冲冲地走进饭铺。那个姐姐穿一身黑衣服站在墙角上,正在读赞美诗。医师开始责备她吝啬,残忍。姐姐读赞美诗,每读完两三句就骂一声("这儿你们这号人多的是……魔鬼支使你们来的,鬼东西")。她是旧教徒,满腔憎恨,骂人很凶。

第七十九页

(一)新上任的省长对他手下的官员们发表演说。他召集商人们,发表演说。在女子中学的结业典礼上,他发表关于真正的教育的演说。他对报界的代表人物发表演说。他召集犹太人。"犹太人!我叫你们来……"可是一两个月过去了,他什么事也没做。他又把商人召来,发表演说。他又对犹太人说:"犹太人!我叫你们来……"他惹得大家腻烦了。最后他对办公室主任说:"不行,这我可干不了,朋友!我要辞职了!"

(二)一个教会中学学生在乡间背诵拉丁语。每过半个钟头他就跑到女仆的房间里去,眯起眼睛,摸她们,拧她们,她们尖声叫唤,咯咯地笑,然后他又去背书。他把这叫做"提一提神"。

---

① 即裸体。亚当见《圣经·旧约·创世记》。
② 《贝琴涅格人》。

(三)〈《呐喊》:他有一次在妓女那儿遇见她的丈夫,从此以后就不到她家里去,觉得很别扭,因为他知道了她丈夫的秘密,就是参与了他的背叛行为……〉①

(四)〈下戈罗季谢村。〉②

(五)省长夫人请一个官员来喝巧克力茶,这个官员声调尖细,是她的崇拜者(胸前戴着她的照片),事后一个星期他都感到幸福。他攒钱,借给人而不要利息。"我不能借给您,您的女婿会拿去赌钱输掉。不行,夫人,我不能借。"她的女儿(就是系着毛皮围脖坐在包厢里的那一个)的丈夫赌输了钱,挪用公款。这个官员习惯于吃咸鲱鱼,喝白酒,从来也没有喝过巧克力茶,喝完了就感到恶心。省长夫人的神情:我是个可爱的女人;我把大堆的钱花在服装上,巴望有机会炫耀这些服装,因而办晚会。

(六)〈野兽具有经常的揭穿秘密(寻找巢穴)的意向,由此可见,人对别人的秘密的尊重来自对兽性的本能的斗争!〉③

第八十页

(一)同自己的妻子一块儿到巴黎去,无异于带着自己的茶炊到图拉去。

(二)青年人不搞文学,因为其中优秀的一部分到机车上,工厂里,工业机构里工作;这些人全部去搞工业了,现在工业做出了很大的成绩。

(三)〈一个人做了种种坏事,然后又哭,试问拿这种人该怎么办才好呢?〉④

(四)在女人有资产者思想作风的家庭里容易培养出骗子;滑头、无原则的畜生。

---

①④ 《在朋友家里》。
② 《在大车上》。
③ 《带小狗的女人》。

（五）《呐喊》：他，即丈夫，过去和现在都在女人那儿获得成功；她们讲起他，总是说他心好，所以才乱花钱，不切实际，说他是个理想主义者。她们（妻子和女医师）忍不住稍稍残忍地责难青年人说："至于你们这一代啊，乔治，可就不同了。"这哪儿谈得上什么一代呢？年龄相差只有八岁到十岁，他们几乎是同年龄的人。〉①

（六）〈十一月十五日。蒙特卡洛②。我看见赌场的庄家怎样偷金币。〉③

（七）教授的见解：主要的不是莎士比亚，而是对他的著作的注释。

（八）让将来的一代得到幸福吧；可是他们应当问一问自己，他们的祖先为了什么而生活，为了什么而受苦。

第八十一页

（一）《呐喊》：妻子有一个妹妹，大家想让他和她结婚。〉④

（二）彼得鲁沙："妈妈，来吧，家里不是样样都顺当。来吧，我求求你。"

（三）爱情、友谊、尊敬都不及对某一种东西的共同的恨那么有力地把人们结合在一起。

（四）〈望一眼偏僻地方的一家工厂，那儿平静，安宁，可要是看一看工厂内部，厂主是十足的愚昧，昏天黑地的自私，工人的境况是多么无望啊，大家吵嘴，灌酒，满身的虱子。〉⑤

（五）十二月十三日。我见到一个女工厂主，她是一个家庭的

---

①④ 《在朋友家里》。
② 摩纳哥城市。
③ 这条旅行笔记是在1897年写的。
⑤ 《出诊》。

母亲,一个阔绰的俄国女人,她在俄国从来也没看见过丁香花。①

(六)在信上:"在国外的俄国人不是密探就是傻瓜。"邻居动身到佛罗伦萨去,为的是摆脱恋情,可是越离得远,他的恋情反倒越强烈了。

(七)雅尔塔。一个招人喜欢的青年人被一个四十岁的太太看中了。他对她冷淡,躲开她。她苦恼,最后出于烦恼而跟他大闹一场。

(八)彼得鲁沙的母亲就连现在,到了老年,也还是涂眼圈。

(九)不道德乃是人类与生俱来的包袱。

(十)〈一个瞎眼的女乞丐歌唱爱情。〉

(十一)包包雷金②认真地说他是俄国的莫泊桑。斯路切夫斯基③也这么说。

(十二)犹太人的姓:切普契克④。

(十三)一位太太长得像是一条翘起尾巴的鱼:她的嘴好比一个小洞,人恨不得往里边塞进一个小钱去。

第八十二页

(一)国外的俄国人:男人热烈地爱俄国,女人却很快就忘了它,不爱它了。

(二)药剂师普罗普捷尔。

(三)〈一个三十五岁的太太,是一个普通的庸人。当他诱惑她,已经把她抱在怀里的时候,她却在想他会每个月给她多少钱,现在牛肉卖什么价钱。〉⑤

---

① 这条旅行笔记写于1897年。
② 俄国当时的一个作家。
③ 俄国当时的一个诗人和小说作家。
④ 这个词在俄语里的原义是"小包发帽"。
⑤ 《关于爱情》。

477

（四）罗扎丽雅·奥西波芙娜·阿罗玛特①。

第八十三页

（一）〈小听差：你死吧，倒霉的女人！〉②

（二）〈一个工厂。一千名工人。夜晚。守夜人敲一块板子。大量的劳动，大量的痛苦，而这一切都为了支配着这个工厂的空洞无聊。愚蠢的母亲，女家庭教师，女儿……女儿病了，家里请莫斯科的一位教授去，可是他没有去，打发一位住院医师去了。住院医师夜里听见守夜人的敲击声，思忖起来。他想起建在木桩上的水上房屋③。"难道应当像这个工厂这样只为了这些毫无价值的人物，这些饱足的、肥胖的、闲散的、愚蠢的人物永生永世干活吗？"

"谁在走动？"就跟在监狱里一样。〉④

第八十四页

（一）〈您好，您来得正好。

您掌握着全部罗马法。〉⑤

（二）〈我们彼此之间没有说穿我们的爱情，而是胆怯地、严密地把它掩盖起来。我难以想象，我的温柔、忧郁的爱情会破坏她的丈夫、孩子、极其喜爱我的全家人的生活。而且我能把她带到哪儿去呢？假如我过的是有趣味的生活，假如我，比方说，在为祖国的解放战斗，假如我是个不平凡的人，倒也罢了，可是照眼前这样，我无非是把她从一个普通而庸俗的环境里把她带到另一个同样庸俗的环境里。看来，她也在考虑，生怕使得我不幸，希望我娶一个合适的好姑娘，她常常说这种话。后来我在火车里搂住她的时候，我

---

① 在俄语中，"罗扎丽雅"（роалияз）与"玫瑰"（音译为"罗扎"）一词有关；而"阿罗玛特"是"香"（аромат）的音译。
② 《姚尼奇》。
③ 指新石器时代和青铜时代建在木桩上的水上房屋。
④ 《出诊》。
⑤ 《姚尼奇》。

心里才怀着火烧般的痛苦明白过来,我们这些考虑是多么不必要、不重要。不错,考虑是必要的,然而不应当从个人幸福的观点出发,而应当根据更高的、更重要的东西来考虑。〉①

第八十五页

（一）求穷人比求阔人容易。

（二）她开始卖淫;她在床上睡觉,她的穷姑姑睡在她的床旁边的小地毯上,听到客人们拉门铃的声音就跳起来;等到客人们走时,她就做出搔首弄姿的怪相,扭扭捏捏地说:

"赏给女仆几个钱吧。"

有的时候他们给她十五个戈比。

（三）〈莫斯科以及纪念会、不好的葡萄酒、阴郁的虚荣心。〉

（四）蒙特卡洛的妓女,妓女的情调;似乎棕榈树也是妓女,母鸡也是妓女……

（五）〈菲里莫诺夫家是有才能的一家,全城人都这么说。他是文官,上台演戏,唱歌,表演魔术,说俏皮话("您好,您来得正好"),她写具有自由主义倾向的小说,装模作样地说:"我爱上您了……哎呀,我的丈夫会看出来的!"她当着丈夫的面对所有的人这么说。一个男孩在前厅里说:"你死吧,倒霉的女人!"在这个乏味而灰色的城里,这一切初次看到确实显得有趣,有才气。第二次也是这样。过了三年我第三次去,那个男孩已经生出唇髭,又是"我爱上您了……哎呀,我的丈夫会看出来的!"又是装腔:"你死吧,不幸的女人!"等到我从菲里莫诺夫家里出来,我就觉得世界上再也没有更乏味、更平庸的人了。〉②

第八十六页

---

① 《关于爱情》。
② 《姚尼奇》。

（一）大高个子。女医士某某，在彼得堡产科学校毕业，有思想，爱上教员某某，认为他也有思想，富于她极其喜爱的那些中篇小说和长篇小说的情调的工作者。他渐渐露出真相，其实是个酒徒，懒汉，心软，智力不发达。他被撤职，开始靠他的妻子养活，成了她的重负。这是一种赘生物，好比肉瘤，完全耗损了她的精力。有一次她给有知识的地主看病，天天到他们那儿去；给她钱是不妥的，他们就送给她的丈夫一身衣服，这使得她大为懊恼。他喝很久的茶，这惹她生气。她跟丈夫住在一起，变得瘦了，丑了，凶了；她跺着脚对丈夫叫道："躲开我，下贱人！"她恨他。她工作，可是人家给他钱，因为她是地方自治局的工作人员，不收费用；使她烦恼的是他的朋友们不了解他，也认为他有思想。

（二）〈套中人，穿着雨鞋，雨伞有套子，怀表有套子，刀子有套子。他躺进棺材里的时候，似乎在微笑：他找到他的理想了。〉①

（三）一个青年人收集了一百万张邮票，躺在那上面，开枪自杀了。

（四）〈地主：我起先也按知识分子的方式生活，早饭后仆人给我端来加蜜酒的咖啡，可是有个教士一下子就把我的蜜酒喝光，我就不再那么生活，在厨房里吃饭了。〉②

（五）神像前的小灯，头发发红了。

（六）"这就是女人"……我结婚二十年，一杯白酒也没有喝过，一支烟也没有抽过。自从他犯了过错以后，大家倒喜欢他，变得更相信他了；在街上散步的时候，他开始发觉所有的人都变得亲热多了、和气多了，而这是因为他犯了过错。

第八十七页

---

① 《套中人》。
② 《关于爱情》。

(一)〈老爷对农民说:"要是你不戒酒,我就要看不起你。"在家里,农妇问:"老爷说什么来着?""他说,我要周济①你。"农妇高兴。〉②

(二)他们结婚是因为他们两个人无路可走了。

(三)老百姓的力量和救星在于他们的知识分子,在于那些诚实地思考、感觉和善于工作的知识分子。

(四)〈你的面包是黑的,你的日子是黑的。〉③

(五)〈书名:旧罪。〉

(六)〈教士的妻子赢了钱就拿走,输了却不给钱。〉

(七)男人没有唇髭犹如女人有唇髭。

(八)凡是不能以亲切服人的人也不能以严厉服人。

(九)〈"人只需要三俄尺土地。"

"这指的不是活人,而是死尸。活人需要整个地球。〉④

(十)〈今年夏天蚊子和害虫都少,因为去年冬天没有下雪,幼虫都冻死了。花([字迹模糊难认]雏菊)冻死了。〉

(十一)〈在厂主的丧宴上,一个教堂执事把上等鲟鱼子吃光了。神甫不住地推他,可是他入了迷而变得麻木了,什么也顾不上,光是吃。后来在回去的路上,他问话,神甫不理他,生气了。傍晚,这个执事对他跪下:看在基督面上,饶恕我吧! 可是人们没有忘记鱼子的事。每逢人家问:哪一个执事? 就是在赫雷莫夫的丧宴上吃光鱼子的那个。"这是什么(乡村)村子?"——"就是住着吃光鱼子的执事的那个村子。"——"这是谁?"——"就是吃光鱼

---

① 在俄语中,"看不起"和"周济"两个词的读音相近。
② 《新别墅》。
③ 《在峡谷里》。
④ 《醋栗》。

481

子的那个。"〉①

第八十八页

（一）有一个聪明人就有一千个糊涂人，有一句聪明话就有一千句糊涂话，这个一千压倒一切；所以城市和乡村才进展得这样缓慢。大多数人，群众，总是糊涂的，他们总是压倒一切，让聪明人放弃把他们教育和提高到自己水平上来的希望吧；让他去修铁路，装设电报和电话吧，他会用这些征服一切，把生活推向前去。

（二）名副其实的正派人只能在具有明确的保守主义或者自由主义信念的人当中遇到；而所谓的折中派非常喜爱奖金、补贴、十字章和加薪。

（三）〈你在爱一个人的时候，就会发现自己心里有那么多的财富，那么多的温柔、爱抚，甚至会不相信自己那么善于热爱。〉②

（四）〈为什么我得等着一条沟自动封口或者灌满水呢？最好是我从上面跳过去，或者在上面搭一座桥。〉③

（五）"您的舅舅怎么死了？"

"他没有照医师嘱咐的那样喝十五滴包特金药水，而是喝了十六滴。"〉

第八十九页

（一）一个年轻的、刚毕业的语文系学生来到故乡的家里。人们推选他做教堂的主事。他不信教，可是按时去做礼拜，走到教堂和小礼拜堂附近就在胸前画十字，认为对人民来说这样做是必要的，俄国的得救就在于此。后来他又当选为地方自治局执行处主席、荣誉调解法官，获得一枚勋章和一系列奖章，而他没有注意到他已满四十五岁；他忽然清醒过来：他一直在装模作样，干着蠢事，

---

① 《在峡谷里》。
② 《关于爱情》。
③ 《醋栗》。

然而要改变生活却已经晚了。有一次在梦中,仿佛有人开了一枪:"您在干什么?"他就跳起来,一身大汗。

(二)抵制恶是办不到的,而抵制善却办得到。

(三)他像教士那样阿谀权贵。

(四)死者无罪,可是发出可怕的臭气。

(五)〈孤身的人总是到饭馆和澡堂里去,为的是谈天。〉①

(六)肮脏的桌布做床单用。

(七)犹太人彼尔契克②。

(八)庸人在交谈中常说:"诸如此类。"

(九)阔人大多数是蛮横无理的,十分自命不凡,然而他担负着他的财富像担负恶习一样。要是太太们和将军们不用他的钱去办慈善事业,要不是有穷大学生,有乞丐,那他就会感到苦恼和寂寞。如果穷人一致罢工,大家说好了不去求他,那他自己倒会去找他们。

第九十页

(一)永久的犹太人。

(二)〈诺沃塞尔吉村③教区,经神甫证明,卖给蘑菇商人两千卢布的蘑菇,每磅合五个戈比。〉

(三)〈对亚美尼亚人的兄弟般的帮助。〉④

(四)〈裤子上镶花边,好比蜥蜴生鳞。〉⑤

(五)丈夫约朋友们到克里米亚他的别墅里来住,可是事后他的妻子瞒着丈夫给他们开出账单,索取住宿费和伙食费。

---

① 《关于爱情》。
② 见本书第 424 页注⑥。
③ 在契诃夫的庄园梅里霍沃附近。
④ 一本文集的题名。
⑤ 《带小狗的女人》。

(六)波塔波夫同弟弟要好,这成为对妹妹的爱的开始。同妻子离婚。后来他的儿子寄给他一个草图:兔子窝。

(七)〈助祭的儿子的狗,名叫"句法学"。〉①

(八)"我在我的地里种了野豌豆和燕麦。"

"不应该。最好是种 trifolium(三叶草)。"

"我养猪。"

"不应该。这不划算。最好是养马。"

(九)一个少女是个忠实的朋友,出于最善良的动机为某甲奔走募捐,而某甲并不缺钱。

(十)为什么人们这样常常描写君士坦丁堡的狗?

第九十一页

(一)疾病:他得了恐水病。

(二)我到一个熟人那儿去,正赶上吃晚饭,有许多客人。很快活。我跟女邻座们谈天,喝葡萄酒,觉得很快活。心绪好极了。忽然某甲站起来,脸上现出自尊自大的神色,像检察官一样,举杯为我致辞。语言的魔法师,理想,在我们这个理想黯淡的时代……请您散播合理的、永恒的东西吧。……我有这样的感觉,仿佛我原先被扣着一个罩子,现在罩子揭掉了,大家都瞄准我似的。致辞以后大家碰杯,随后就沉默了。快活的情绪消散了。"现在该您说话了。"一位女邻座说。"可是我说什么呢?"我恨不得捞起酒瓶子来朝某甲扔过去。我睡觉的时候心里还是很不痛快。"瞧啊,瞧啊,诸位先生,我们当中坐着一个大傻瓜呢!"〈作为 interview②:我不能不这样。我自己难过。〉〈同我在一起的有我的妹妹或者我的妻子。〉

---

① 见本书第 424 页注①。
② 法语:访问。

（三）一个使女收拾床铺的时候，每次都把拖鞋丢到床底下靠墙的地方。男主人是个胖子，终于冒火了，想辞退这个使女。不料这是医生嘱咐的，要她把拖鞋丢得远一点，为的是医好胖子的病。

（四）在俱乐部里，一个正派人落选了，因为大家心绪不好；他们破坏了他的整个前途。

（五）一个大工厂。年轻的厂主对一切人都称呼"你"，粗鲁地对待那些有大学文凭的下属。只有一个德国花匠敢于抱怨："你怎么能这样，金口袋？"

第九十二页

（一）一个又矮又小的学生，姓特拉赫千巴乌艾尔。

（二）他从报纸上知道伟大的人物的去世消息，就为他们每一个人服丧。

（三）在剧院里。一位先生要求一位太太脱掉帽子，这妨碍他看戏。抱怨，气恼，请求。最后，他坦白："夫人，我是作者！"回答："那在我也还是一样。"〈作者是瞒着大家到剧院里来的。〉

（四）为了办事聪明，单有智慧是不够的。〈陀思妥耶夫斯基。〉

（五）甲和乙打赌。甲打赌吃掉十二只肉饼。乙不付赌输的钱，连肉饼钱也不付。

（六）每天同一个讲话结结巴巴而又净说蠢话的人在一块儿吃饭，是可怕的。

（七）他瞧着一个丰满的、动人的女人：这不是一个女人，而是一轮望月！

（八）Sarcasmus senilis. [1]

（九）（根据脸容来判断）人不由得设想她上身的衣服里面有

---

[1] 见本书第454页注③。

鱼鳃。

(十)墙边放着一排不久以前买来的新椅子,还没有人坐过。

(十一)供轻松喜剧用:卡皮通·伊凡内奇·契利伊。

(十二)税务督察官和消费税税吏为了说明他们干这种工作是正当的,总是不经人问起就讲道:这种工作是有趣的,工作量很大,这是合乎实际的事业。

(十三)她二十岁爱上某甲,二十四岁嫁给某乙,这不是出于爱情,而是出于考虑,她认为他是一个善良的、聪明的、有思想的人。这两夫妇生活得挺好,大家都羡慕,他们的生活也确实过得顺利而平和,她满意,在人家谈起爱情的时候总是发表意见说,家庭生活所需要的不是爱情,不是情欲,而是融洽。可是有一次,音乐突然响起来,她的胸中突然翻腾,仿佛春天冰块移动一样;她想起某甲,想起她对他的爱,绝望地暗想她的生活完蛋了,永远毁灭了,她很不幸;后来也就过去了。过了一年,在人们迎接新年、祝贺获得新的幸福的时候,她又发病了,而且确实巴望新的幸福。

第九十三页

(一)某甲去找医生,医生给他听诊,发现他有心脏病。某甲就急剧地改变生活方式,服毒毛旋花子甙,光是讲病,结果全城都知道他有心脏病;他常常去找的那些医生也认为他有心脏病。他不结婚,拒绝参加业余演出,不喝酒,走路慢,呼吸轻。十一年以后,他到了莫斯科,去找一位教授。这位教授发现他的心脏十分健康。某甲很高兴,然而回到正常的生活去却办不到了,因为他习惯于和鸡在同一个时间睡觉,走路很慢,而且对他来说,不谈疾病已经乏味了。他光是痛恨医生,别的都不在话下了。

(二)女人不是着迷于艺术,而是着迷于艺术生活所引起的喧嚣。

(三)评论家某甲同女演员某乙同居。为某乙举行福利演出。

剧本很糟,表演也没有才气,可是某甲必须写文章颂扬一番。他写得很短:"剧本和为其举行福利演出的女演员都获得巨大的成功。详情明日再谈。"他写完最后那句话,就轻松地叹一口气。第二天他到某乙那儿去,某乙给他开门,让他亲吻和拥抱自己,然后现出恶狠狠的脸色说:"详情明日再谈!"

第九十四页

(一)某甲在基斯洛沃茨克或者另一个疗养地同一个二十二岁的姑娘私通;这个姑娘贫穷,诚恳,他怜惜她,就在一个五屉柜上除了应付的费用以外多放了二十五个卢布,从她的家里走出来,感到自己做了一件好事。第二次他又到她那儿去,却看见一只贵重的烟灰缸和一顶皮帽子,都是用他的二十五个卢布买来的,而那个姑娘又在挨饿,脸颊凹陷。

(二)某甲把他的庄园按年利率四厘的利息抵押给贵族银行,然后他按一分二厘的利息把这笔押款借给别人。

(三)贵族吗?他们跟小市民同样地外形丑陋,周身不整洁,吐痰,同样有脱牙的老年和可憎的死亡!

(四)某甲每逢照相总是站在人群的前排,头一个在贺电上签名,头一个在纪念会上致辞。他老是惊讶:啊,这汤!啊,甜点心!

(五)某甲讨厌客人太多,就雇用一个法国女人住在他的家里,给她薪水,装做他的情妇,这使那些太太们产生反感,她们再也不到他家里来了。

(六)修士大司祭〈纳发纳伊尔〉皮契利木委托代售他的书《肉体和灵魂》五十本。书商某某的妻子算清账,付了钱,其实一本也没有卖出去。她丢失了订购单(像米·斯一样),订户们大骂。

(七)某甲在殡葬所是手持火把的送葬人。他是个理想主义者。《在殡葬处》。

(八)甲和乙是温柔、亲切的朋友,可是两个人一同外人相处,就会互相挖苦,而这是由于窘困。

(九)抱怨:我的儿子斯捷潘身体弱,所以我把他送到克里米亚去读书,可是在那儿人家用葡萄藤责打他,结果他的背部下面出现了葡萄虫,现在医师们没法医治了。

第九十五页

(一)米嘉和卡嘉听人讲起他们的父亲怎样在采石场上炸岩石。于是他们也想炸毁爱生气的爷爷,就从父亲的书房里取来一磅炸药,倒满一个酒瓶,放上一根烛芯,趁爷爷饭后打盹的时候放在他的圈椅底下,可是有些奏乐的兵路过,这才没有把他们的计划付诸实现。

(二)睡眠是大自然的绝妙的秘密,使人的一切力量,体力和精神力量得以恢复。〈主教波尔菲利·乌斯片斯基。我的生活的书。〉

(三)〈乡公所里装了电话,可是不久就坏了,因为电话机里满是蟑螂和臭虫。一个姑娘经常说:妙极了!〉①

(四)〈剧本人物:索列内依②。〉③

(五)〈一个文书从城里寄给他的妻子一磅鱼子,在信上写道:"兹寄上鱼子一磅以满足您的生理需要。"〉④

(六)一位太太认为她有一种特别的、与众不同的生理机构,害特别的病,一般的医药治不好。她觉得她的儿子同大家不一样,必须用特殊的方法进行教育。她相信原则,可是又认为这种原则适用于一切人,唯独她除外,因为她在与众不同的条件下生活。她的儿子长大成人,她给他寻找一个特别的未婚妻。四周的人受苦。她的儿子成了坏蛋。

---

①④ 《在峡谷里》。
② 在俄语中,这个姓的原意是"腌菜"。
③ 《三姐妹》。

第九十六页

（一）可怜的、多灾多难的艺术！

（二）"夫人，赞美天使①抬走了！（神幡）"

第九十七页

（一）有一个人自以为是幽灵：夜里走来走去。

（二）一个类似拉甫罗夫②的、多愁善感的人在他动情的甜蜜时刻，要求这样一件事："您给我那住在布良斯克的姑姑写一封信吧，她很可爱。"

第九十八页

（一）小屋里气味不好闻：十年前有些割草人在那儿住过一夜，从那时候起就有这种气味。

（二）〈某甲以前做过包工头，判断每个人和每样东西的时候总是从是否需要修理着眼；他找一个健康的妻子，为的是不必修理；他对某乙极为欣赏，因为他虽然又高又大，走起路来却安静，平稳，不出响声，可见他身上一切正常，全部结构完好无损，处处都拧紧了（？）。〉③

（三）一个军官到了医师那儿。一个盘子里放着钱。医师从镜子里看见病人从盘子上拿去二十五个卢布，后来他就用这钱付给医师。

（四）俄国是一个官气十足的国家。

（五）某甲专说些陈词滥调，而且说得极其熟练，不亚于专踩最痛的鸡眼的小熊。

（六）〈在内地，人们固执地争论他们所不知道的事。

"莫斯科有两个大学。"

---

① 教堂的赞美歌的头几个词。
② 俄国杂志《俄罗斯思想》的主编。
③ 《在峡谷里》。

489

"不,只有一个。'

"两个!"

"可是要知道,我在那儿念过书,我知道。"

"您念过书,可是我对您说:有两个!"〉①

(七)储蓄所:一个文官,是个很好的人,看不起储蓄所,认为它不必要,可是仍旧在那儿工作。

(八)一个急进派女人,夜里在胸前画十字,背着人满脑子的偏见,暗中迷信;她听说,要幸福就得在夜里煮一只黑猫。她偷来一只猫,夜里试着煮它。

第九十九页

(一)一个出版者从事活动的二十五周年庆祝会。眼泪,发言:"我捐助十个卢布作为文学基金,把这笔钱的利息发给最穷的人,并且要成立一个特别委员会来拟定分发的章程。"

(二)〈一个男孩是一个洗衣女工的儿子,他在邮局里问一个文官:

"您是按天还是按月领工钱?"〉②

(三)他出门只穿衬衫,看不起出门穿常礼服的人。用裤子拼凑起来的。

(四)用似乎由病人在其中洗过澡的牛奶做成的冰激凌。

(五)某甲经常讲他的生活。

(六)有一个极好的、适于建筑用的树林;派去一个守林人,过了两年树林不见了,蚕。

第一百页

(一)某人:我喝了克瓦斯③,肚子里闹起霍乱来了。

---

① 《三姐妹》。
② 《主教》。
③ 俄国的一种清凉饮料。

（二）有的作家，每一部作品分别来看是出色的，可是总的来说，这些作家是不明确的；另外，有的作家，每一部作品倒没有什么特别的地方，可是总的来说却是明确而出色的。

（三）一个四品文官搽粉。

（四）〈一个在侦缉队工作的人回到乡下的家里；他穿着雨靴，裤腿不塞在靴筒里，他的亲人知道他走进上流人的社会而感到愉快。他看着一个农民，老不放心："他的衬衫是偷来的！"事实证明这话果然不差。〉①

（五）某人在一个女演员的家门口拉门铃；他慌张，心跳，最后胆怯，逃走了；使女来开门，却不见人。他又走来，拉铃，又不敢进去。结果扫院子的人走出来，他挨了揍。

（六）没有什么可说的，他是个好人。

（七）一个温柔文静的女教师暗中打学生，因为她相信体罚有益。

第一百零一页

（一）某人：不但狗嗥，连马也嗥。

（二）〈您的脸叫人不由得画在画布上。〉②

（三）某人结婚了。他的母亲和妹妹在他的妻子身上看出无数的缺点，感到伤心，一直到过了三年到五年以后才相信她跟她们是一样的。

（四）妻子大哭。丈夫抓住她的肩膀，摇撼她，她就不再哭了。

（五）〈一个教员被称呼为"代词老人家伊·伊·格鲁兹杰夫"。〉

（六）自从他结婚以后，所有的一切，政治也罢，文学也罢，社

---

① 《在峡谷里》。
② 从契诃夫的第三本笔记本转抄过来；开头的"恭维话"三个字被删掉。

会也罢,对他来说显得不像先前那样有趣了;另一方面,凡是涉及他的妻子和孩子的小事却变成很重大的事了。

(七)"为什么你的歌这么短?"有一次人家问一只鸟,"莫非你的呼吸短促吗?"

"我有很多的歌,我想一下子全唱出来。"

阿尔方斯·都德①。

(八)一条狗恨一个教师,主人不准它对他吠叫;它瞧着他,不吠叫,可是愤恨得哭了。②

(九)信仰是灵魂的能力。野兽没有信仰,野蛮人和智力不开展的人只有恐惧和怀疑。信仰只有高级生物才能达到。

(十)死是可怕的,可是,人会永远活下去而绝不死掉的想法更加可怕。

(十一)在艺术方面公众喜爱的莫过于那些平淡的、他们早已熟悉的东西,那些他们已经习以为常的东西。

(十二)一个自由主义的、受过教育的、年轻的、然而吝啬的督学每天到学校里去,说许多话,一个钱也不给,学校正在破产,可是他真诚地认为自己是必不可少的,有用的。教师痛恨他,而他没有理会。大家十分气愤。有一次,教师忍不住,带着愤恨和憎恶的目光,破口大骂。

第一百零二页

(一)教师:不应当庆祝普希金的一百周年纪念日,他为教会没有出过什么力。

(二)〈商人:自家的房屋。〉

(三)吉他罗娃③(女演员)。

---

① 19世纪法国作家。
② 小说《文学教师》。
③ 在俄语里,这个姓来自"吉他",即六弦琴。

（四）如果你想成为乐观主义者而且了解生活，那就不要相信人家所说的和所写的，而要亲自观察和研究。

（五）丈夫和妻子一辈子热忱地遵循某种思想行事，按照它来建立自己的生活，如同按照一种公式一样。一直到临近死亡的时候他们才问自己：也许这种思想不正确吧？也许那句谚语"mens sana in corpore sano"①说的不是真理吧。

（六）我讨厌嬉皮笑脸的犹太人、激进的乌克兰人和酗酒的德国人。

（七）大学使一切能力得以发展，其中包括愚蠢。

（八）有鉴于，阁下，根据某某情况，阁下。

（九）最讨厌的人是内地的名流。

（十）由于我们不严肃，由于大多数人不善于和不习惯于考察和思索生活现象，所以任何地方的人都不像我们似的常常说："多么庸俗！"任何地方的人都不这样轻率地、讥诮地对待别人的功绩，对待严肃的问题。而另一方面，任何地方也不像我们这儿的权威那样压制对历代奴役逆来顺受的、害怕自由的俄国人。

（十一）〈安德烈耶夫的女婿成为有钱的包工头了，可是拗不过老习惯，出外还是步行。〉

（十二）一个医师叮嘱一个商人（他受过教育）喝清汤，吃小鸡。这个商人用讥诮的态度对待这种叮嘱。到吃饭时候他先喝冷鱼汤，吃乳猪，然后，仿佛忽然想起医师的叮嘱似的，吩咐仆人端来清汤和小鸡，也贪馋地吃下去了，而且认为这很可笑。

第一百零三页

（一）修士司祭艾巴米农德神甫钓鱼，把鱼放在衣袋里，事后回到家中，遇到需要的时候，就从衣袋里一条条地拿出来煎。

---

① 拉丁语：健康的精神寓于健康的身体。

(二)贵族某甲把自己的庄园连同陈设和用具卖给了某乙,却把一切东西,甚至炉子的通风管,都搬走了;某乙从此以后痛恨一切贵族。

(三)富足而有知识的某甲出身于农民,他要求他的儿子:"米沙,不要改变你的身份。要一直到死都做农民,不要去做贵族,去做商人,去做小市民。如果像人们说的那样,现在地方自治局的长官有权惩罚农民,那就让他去有权,让他惩罚你好了。"他以农民身份为荣,甚至自负。

(四)人们为一个谦虚的人举行纪念会。他们利用这个机会表现自己,互相标榜。一直到宴会快要结束,他们才发现没有邀请那个被纪念的人,他们忘了。

(五)一个可爱而斯文的太太冒火了,说道:
"如果我是男人,我就会给他一个耳光!"

(六)伊斯兰教徒为拯救自己的灵魂而挖井。假如我们每一个人身后留下一个学校,一口井或者诸如此类的东西,使自己的一生不是白白过去,毫无痕迹地遁入永恒,那就好了。

(七)我们厌倦于奴颜婢膝,伪善态度。

(八)〈一个农民在信上写到一个村长,把后者称为"他老",而且每一个字都用大写字母开头。〉

(九)某甲从前被狗咬伤过,现在他每逢走进一个什么地方,总是问道:"这儿有没有狗?"

第一百零四页

(一)彼得·杰米扬内奇·伊斯托奇尼科夫①。

(二)格鲁希②先生和波尔卡狄茨基先生。

---

① 这个姓来自"来源"(источник)一词。
② 在俄语中,这个姓的读音与字形与"梨"近似。

（三）一个由姘妇供养的青年人借了经常吃喀布尔汁来保持自己的力量。

（四）督学。丧偶的司祭弹着簧风琴，唱《同圣徒们一起安息》！

（五）我要给你个厉害瞧瞧！

（六）七月间金莺唱整整一个上午。

（七）〈他乞讨：看在基督分上，赏一个小钱吧。我给他一个小钱。这是个天使。

"为什么您认为他是天使？"

"他用那么一种样子瞧着我。等我再回到那儿去，他不在了。"〉

（八）忧郁的钢琴。

（九）"各种鲑鱼"，某甲每天走过大街读到这个招牌，总是暗自惊讶：怎么会单卖鲑鱼，谁要买呢？一直到三十年后他才认真而且仔细地读清楚："各种雪茄①"。

（十）给工程师的贿赂：一个炸药筒，内中装满一百卢布的钞票。

（十一）"我没有读过斯宾塞②的著作。请您给我讲一讲它的内容吧。他写了些什么？"——"我想为巴黎的画展画一幅拼板画。您给我一个题材吧。"（一个惹人厌烦的太太）。

（十二）不劳动的所谓统治阶级长久不打仗是不行的。没有战争他们就感到乏味，闲得难受，心里有气；他们不知道他们为什么活着，他们互相责骂，极力向对方说种种令人不快的话，他们想尽办法，免得彼此感到厌烦，自己对自己感到厌烦。可是战争来

---

① 在俄语中，"鲑鱼"和"雪茄"拼音相近。
② 19世纪英国哲学家。

了,就抓住所有的人,把大家都卷进去,共同的不幸把大家联结在一起了。

第一百零五页

(一)雷采包尔斯基。

(二)有了外遇的妻子好比一个冷冰冰的大肉饼,谁也不想碰它,因为已经有别人的手拿过了。

(三)〈"卡嘉,是谁在楼下老是开门和关门? 是在嘎吱嘎吱地响,哼哼唧唧地叫吗?"

"我没听见,舅舅。"

"你听,刚刚有个人走过去了。……听见了吗?"

"那是您肚子里的声音,舅舅!"〉①

(四)一个老处女在写一篇论文:《笃信宗教的电车》。

(五)托甫比奇,格烈穆兴,柯普青。

(六)步行十六俄里。火车站。离火车到站还有一小时。走进一家饭铺喝茶。口渴得很,一杯连一杯,而越喝,茶倒越酽。后来问跑堂的:茶钱多少?——六个戈比。

(七)〈俄国人的思想方式总是高尚的,可是为什么在生活里他就那么不高尚呢?〉②

(八)〈俄国人,如果听一听他们的谈话,他们为妻子烦得要命,为家庭烦得要命,为庄园烦得要命,为马车烦得要命。〉

(九)她的脸上皮肤不够:为了要睁开眼睛就得闭上嘴,反之亦然。

(十)奔萨航海学校。

(十一)她撩起衣服,露出她那漂亮的裙子的时候,可以看出

---

① 《主教》。
② 这一条和下一条与契诃夫的剧本《三姐妹》有关。

来她是照一个习惯于让男人常常看到的女人那样打扮起来的。

第一百零六页

(一)某甲高谈阔论:"就拿鼻子这个词来说吧。在我们这儿,鬼才知道它是个什么东西,可以说它是身体的不体面的一部分,而在法国人那儿,它却体面得像婚礼一样。"果然,某甲的鼻子是身体的不体面的一部分。

(二)〈主教哭,像小时候生了病,由他的妈妈拍着哄着的情形一样;他哭,是纯粹出于一种内心的总的抑郁情绪,他哭[字迹模糊难认]。他有信仰,他得到了处在他这种地位的人所能得到的一切,可是他的心灵仍旧痛苦:远不是一切都清楚了,总还欠缺一点什么,他不愿意死……不久新主教派来了,旧主教被忘掉,谁也不想起他了,只有守寡的助祭妻子每逢同别的女人到牧场上的畜群那边去找她的奶牛的时候,才讲起她有过一个做主教的儿子,大家却不信她的话。……主教同他的母亲谈起她的侄子:斯捷潘相信上帝吗?管家准备到莫斯科去,正教院批准出售古物,而这件事惹得现在的主教不高兴。〉①

(三)一位小姐卖弄风情,唠叨说:"一切的一切,都怕我……男人也好,风也好,都怕我。……唉,算了吧,我永世也不嫁人!"她家里很穷,她的父亲经常喝得大醉。要是人们看见她怎样同她的母亲一块儿干活,怎样掩藏她的父亲,那就会对她生出深深的敬意,而且会暗自觉得奇怪:为什么她这样为贫穷和劳动害羞,而不为这种唠叨害羞。

(四)〈一个农民有意赞扬,就说:"特别好心的贵人。"〉②

(五)饭馆。大家在进行自由主义的谈话。安德烈·安德烈

---

① 《主教》。
② 《在峡谷里》。

497

伊奇,一个软心肠的资产者,忽然声明说:"您知道吗,当初我也是一个无政府主义者!"大家吃惊。安·安讲起来:严厉的父亲,在县城里开办的技工学校,而在那个学校里,人们着迷于职业教育的议论,却什么技能也不教,也不知道该教什么好(因为如果让所有的居民都成为鞋匠,那么谁来定做皮靴呢?),他被开除了,父亲也把他赶出家门;他只好到一个地主家里去做一个小管事;他开始恼恨富人、饱汉、胖子;地主种樱桃树。安·安帮他种,忽然心血来潮,想用铁铲砍掉那些又白又肥的手指头,仿佛失了手似的:他就闭上眼睛,用尽全力抓住铁铲,可是砍歪了。后来他走了。树林,旷野的寂静,雨水,他要找个暖和的地方,就到他的姑姑那儿去,姑姑给他茶喝,给他面包圈吃,他的无政府主义就过去了。他讲完以后,德·斯·斯①走过桌子旁边。安·安立刻站起来,像Л那样解释道:德·斯·斯有房子,等等。

  我被送到一个裁缝那儿去。人家裁出一条裤子,我就缝,可是裤子外侧的镶条不知怎的缝到膝盖上去了。于是我又给送到一个木匠那儿去。有一次我正在用一把刨子刨东西,可是刨子挣脱我的手,飞出窗外,把窗玻璃打碎了。……一个地主,是拉脱维亚人,姓希托波尔②;他有那么一种神情,仿佛打算使个眼色,说:"现在喝点酒才好!"每到傍晚他就喝酒,一个人喝,我不高兴了。

第一百零七页

  (一)〈凡是我们不在的地方就是好地方:我们已经不在过去里面,于是过去就显得美妙了。〉③

---

① 指四品文官,在俄语中,"四品文官"由三个字组成,它们的第一个字母各为"д""с""с",音译为"德·斯·斯"。
② 在俄语中这个姓的原义是"螺旋拔塞器"。
③ 《主教》。

(二)〈崔布金。〉①

(三)有个商人做克瓦斯的生意,用王冠做商标。某甲气恼,愤愤不平,一想到粗鄙的商人居然利用王冠就心里难受;他告状,纠缠一切人,寻求惩罚,等等,悲伤和忙碌把他弄得濒于死亡。

(四)一个女家庭教师被人们取笑地叫做热斯契库里亚齐雅②。

(五)〈某个村子有一个特别受尊敬的神像。那儿总有许多人。阿历克塞神甫为了有充分的时间做奉献祈祷,就带着他的侄子伊拉利昂去帮忙;伊在发圣饼的时候念教徒递来的字条和便条,他念了十八年,一次也没有问过自己这样做对不对,他每次做弥撒只得到二十五戈比。他相信不相信他做的事,那就不得而知了,因为他一次也没有考虑过这种事;过了十八年以后,他才忽然看到一张纸条上写着:"你是个大傻瓜,伊拉利昂!"〉③

第一百零八页

(一)沙普切雷京,察木比节布尔斯基,斯文楚特卡,切木布拉克里亚。

(二)〈一个在宗教学校毕业的教师是个酒徒,打学生;他的墙上挂着一小捆桦树枝子,下面写着一行字:betula kinderbalsamica secuta④.〉⑤

(三)〈啊,但愿在热爱劳动之外再添上教养,而在教养之外再添上热爱劳动!〉⑥

(四)老年的高傲,老年的憎恨。我见过多少可鄙的老人啊!

---

① 《在峡谷里》。
② 这个名字的原义是"打手势"。
③ 《主教》。
④ 由各种文字凑成的一句话,大意是:惩治儿童的、鞭打用的桦树枝子。
⑤ 《主教》。
⑥ 《三姐妹》——韦尔希宁。

499

（五）在晴朗寒冷的白昼，送来了铺着小毡毯的新雪橇，那是多么愉快啊。

（六）泪水滴在我吻过的你那只手上。

（七）〈杰米扬神甫常常喝得酩酊大醉，大家就叫他"醉汉杰米扬"。〉①

（八）某甲到某地工作，表现得独断、专横：除他以外，任何人取得成就，他都不高兴，当着第三者的面就变脸；他看到女人就改换口气；他斟酒的时候，先把瓶颈里的一点酒倒在自己的杯子里，然后再给邻座斟酒；他跟女人散步的时候，挽着女人的胳膊，总是极力显得文质彬彬。别人说笑话，他不笑，却说："您再说一遍"，"这不新鲜了"。他惹得大家厌烦；他老爱教训人。老太婆们叫他……

（九）某人什么也不会，不知怎么办事，怎么进门，怎么问讯。

（十）一个美丽的、然而嗓音不好听的女人。

第一百零九页

（一）乌求日内依②。

（二）某人总是预先声明说："我没有梅毒病。我是一个诚实的人。我的妻子是一个诚实的女人。"

（三）某甲一辈子爱谈而且爱写仆人的堕落，以及如何纠正和控制他们的办法，后来他死了，谁也不管他，唯独他的听差和厨娘除外。

（四）一个姑娘赞叹她的姑姑说："她很漂亮，跟我们的狗一样漂亮！"

（五）〈[字迹模糊难认]像布尔人③那样单纯，必须像布尔人

---

① 《主教》。
② 这个词的原义是"熨斗的"。
③ 非洲南部荷兰移民的后裔。

那样生活,不容许娇生惯养。〉

(六)〈教堂里唱《我们的头脑今天得救》的时候,他就在家里吩咐人烧鱼头甜菜汤。砍下①鱼头,他不吃整条鱼,鞭打②孩子们。〉

(七)"老爷骂起来了!"

(八)玛丽雅·伊·柯洛托甫基娜③。

(九)〈神甫的儿子在盛怒下骂一个女工:"哼,你这头耶户④的母驴!"神甫一句话也没说,只是暗自羞愧,因为他记不得在圣书里什么地方提到过这条母驴。〉⑤

(十)在情书里:"附上回信的邮票。"

(十一)乡村里最好的人都到城里去了,所以乡村在没落,而且会每况愈下。

(十二)〈这棵树干枯了,可是它仍旧同别的树一起在风中摇晃。〉⑥

(十三)〈所有的剧中人物都问起某甲:为什么他身上有狗毛气味?〉⑦

第一百一十页

(一)擦干净小刀,万尼亚!

(二)您是个过于自信的、令人不愉快的人。

(三)巴威尔做了四十年的菜,可是他本人嫌恶自己烧的菜,从来也没有吃过。

(四)保守的人做坏事那么少,是因为他们胆怯,不相信自己;

---

① ② 俄语原文各为"усекновение"和"сек",两者的读音和字形有相似之处。
③ "柯洛托甫基娜"(колотовкина)来自"колотовка"(泼妇)一词。
④ 公元前九世纪以色列国王,以驾车迅猛出名,见《圣经·列王纪(下)》。
⑤ 《主教》。
⑥ 《三姐妹》。
⑦ 《樱桃园》。

不过做坏事的人不是保守的人,而是恶人。

（五）他不再爱女人了,不爱的感觉,平静的心情,一连串平静的想法。

（六）〈主教想起来当初在使馆的教堂里做修士大司祭的时候,有一个瞎眼的女乞丐每天在他的窗下唱情歌。〉①

（七）二者必居其一:坐在柳条筐里,或者爬出柳条筐。

（八）供剧本用:一个具有自由主义思想的老太婆,吸烟,打扮得跟年轻的女人一样,缺不得社交生活,很招人喜欢。②

（九）在 luxe③ 列车里,满是社会的垃圾。

（十）这些人是列宾画中的黑土带人或者扎波罗热的哥萨克人。

（十一）夫人胸前挂着一个胖德国人的小照。

（十二）他们解剖一具死尸,可是没有来得及脱掉它的手套;一具戴着手套的死尸。

（十三）啊,庸俗的女人,我多么痛恨你们!

（十四）赴宴的地主夸耀道:在乡下生活是便宜的,鸡是自己的,猪是自己的,生活可便宜啦!

第一百一十一页

（一）一个海关的文官出于对工作的热爱而搜查旅客,寻找他们所带的政治上不可靠的文件,甚至惹得宪兵都生气了。

（二）老爷坐头等客车,听差和我坐二等客车,我们谈天。

（三）真正的男人是由丈夫和官品合成的。④

（四）教育:"吃东西要好好咀嚼。"父亲说。他们就好好咀嚼,

---

① 《主教》。
② 原定供《樱桃园》用。
③ 法语:豪华的。
④ 按俄语"男人"一词的拼法,可以分成"丈夫"和"官品"两个词。

每天散步两小时,用凉水洗脸,可是结果仍然是些不幸的、平庸的人。

(五)商业和手工业的医学。

(六)某甲四十岁,同一个十七岁的姑娘结婚。头一夜,他把她带到矿场上他的家里,她上床躺下,突然哭了,因为她不爱他。他是个好心肠的人,感到窘迫、伤心,到他自己的小书房里去睡觉了。

(七)在以前原是一座庄园的地方,如今连痕迹也没有了,留存下来的只有丁香灌木,而不知什么缘故,它没有开花。

(八)儿子:今天好像是星期四。

母亲(没有听清):什么?

儿子(生气):星期四!(平静下来)应当到澡堂去。

母亲:什么?

儿子(生气,抱屈):到澡堂去!

(九)某甲每天到某乙家里去,谈天,真心地对他怀着好感;忽然某乙离开自己的家走了,而他在这个家里是过得很舒服的。某甲问他的母亲他为什么走掉。那个母亲回答说:就因为您天天来。

(十)他们曾经举行过那么富有诗意的婚礼,可是后来,他们成了什么样的蠢货!生出一些什么样的孩子!

(十一)爱情。要么它是一种本来巨大而如今正在退化的东西的残余,要么它是一种将来会发展为巨大而目前不能使人满意,所给的远比人所期望的少的东西的一部分。

第一百一十二页

(一)关于茶——一种使人暖和的饮料。

(二)一个很有知识的人一辈子说些有关催眠术和招魂术的胡言乱语,大家都听信他的话,而他是个好人。

(三)在第一幕里,某甲,一个正派人,向某乙借了一百个卢布,而在所有四幕当中始终没有偿还。①

(四)一个老大娘有六个儿子和三个女儿,她最爱一个酗酒而关在监牢里的失意者。

(五)神甫叶罗希罗曼德利特②。

(六)某甲是一个工厂的经理,年轻而有家产,成了家,幸福,写了一篇《某地水源的研究》,受到称赞,被约写稿,丢开工作,到彼得堡去,同妻子离婚,破产,最后完蛋。

(七)在一个旧派教徒家里投宿以及和他谈话。

(八)(看照相簿):"这是谁的丑脸?"

"这是我的舅舅。"

(九)唉!可怕的不是骷髅,而是我已经不怕这些骷髅了。

(十)一个上流家庭的男孩任性,顽皮,固执,惹得一家人痛苦。他的父亲是一个文官,常弹钢琴,痛恨他,把他带到花园的深处,痛痛快快地打了他一顿,后来就厌恶他了;儿子做了军官,父亲仍旧厌恶他。

(十一)某甲长久追求某乙。她笃信宗教;他对她求婚以后,她就把他从前送给她的一朵干枯的小花放进祈祷书里。

(十二)某甲:"你到城里去,把这封信放在那边的邮筒里。"某乙(不安):"在哪儿?我不知道邮筒在哪儿。"某甲:"你到药房去,买一点樟脑来。"某乙(不安):"我会忘记的。我会把樟脑忘记的。"

第一百一十三页

(一)亲爱的表妹!

(二)海上的暴风雨。法学家应当像观察罪行那样观察它。

---

① 《樱桃园》——西缪诺夫-彼希克。
② 这个姓的原义大概是"长于手相术的教士"。

（三）某甲到一个朋友的庄园里去做客。庄园豪华，听差看不起某甲，虽然朋友认为他是个大人物，他却住得不舒服。床上的褥垫是硬的，睡衣没有，而又不好意思要。

（四）我的姓不是枯里岑，而是苦黎岑①。

（五）排演。妻子：

"这在《丑角》②里是怎么演的？你吹一回口哨吧，米沙。"

"舞台上可不能吹口哨。舞台是圣殿。"

（六）她喝得有点醉意，半边脸烧红了。

（七）他死于害怕霍乱。

（八）好比追荐仪式上的中心。

（九）一千年后，在另一个行星上关于地球的谈话：你还记得那棵白树吗……（桦树）

（十）天杀的！

（十一）齐格扎科夫斯基，奥斯里岑，斯文楚特卡，杰尔巴雷京③。

（十二）一个带着钱的女人到处藏着钱，脖领里也有，两条腿中间也有。

（十三）咕——咕——咕——哈——哈——哈！

（十四）请您对待这种事（撤职）像对待大气的现象一样吧。

（十五）在医师大会期间的谈话。第一个医师：一切病都可以用盐治好；第二个医师，军医官：一切病只有不用盐才能治好。第一个医师以自己的妻子为证，第二个以女儿为证。

（十六）母亲有思想，父亲也如此；他们讲演：学校、博物馆等

---

① 这两个姓是同一个词，但是重音不同。按第一个姓发音，意思是"母鸡的"。
② 意大利作曲家列昂卡瓦罗的歌剧。
③ 这些生造的姓名各出自俄语中的"锯齿形""母驴""灌铅的羊拐子（供游戏用）""揍"等词。

505

等。他们积蓄钱。他们的孩子是些最平凡的人:一天天地混日子,在交易所里搞证券投机……

第一百一十四页

(一)一个兵,戏台上正演军事行动。

(二)某人十七岁的时候嫁给一个德国人。他把她带到柏林去。她四十岁守寡,说不好俄国话,也说不好德国话了。

(三)有一对夫妇喜欢客人,因为他们没有客人就吵架。

(四)这是荒谬!这是时代错误!

(五)关上窗子!你们在出汗!穿上大衣!穿上雨鞋!

(六)要是你希望你的时间少,那你就什么事情也别做。

(七)你这勇敢的家伙,我要很久地背负着你吗?

(八)"外国人想出带着猴子耍把戏":想出这玩意儿远比猴子本身有趣。

(九)她生平第一次被人吻手,她经受不住,就不再爱她的丈夫,晕头转向了。

(十)从乌法来的一个耳聋的先生:那儿没有上流女人……以前那儿有过上流女人……那时候太太们穿着皮大衣……

(十一)火车站。邮箱挂得很高,人够不着,没有长凳,臭烘烘。

(十二)〈一个剧中人物身上有鱼的气味,大家都对他讲起这一点。〉①

(十三)多么巧妙的说法:圣母般的泪水、马林果甜酒、乌鸦般的小眼睛……

(十四)一个戴肩章的林务官从没见过树林。

(十五)夏天,星期日早晨传来马车的辘辘声:这是人们去做

---

① 《樱桃园》。

弥撒。

(十六)一位先生在芒通①附近有一座别墅,他是卖掉图拉省的一个庄园,得到一笔钱而买下这个别墅的。我看见他因事到哈尔科夫去,在那儿打牌,把那个别墅输掉了,后来到铁路上去工作,最后死了。

(十七)他吃晚饭的时候看见一个漂亮的女人,就呛着了;后来看见另一个漂亮的女人,又呛着了;他终于没有吃下这顿晚饭,漂亮的女人很多。

第一百一十五页

(一)同喝马奶②的健康人所进行的关于马奶的谈话。

(二)一个 ala③ 顿河的特罗伊林④的人住在所谓的醉树林⑤,研究和歌颂这个醉树林。有霍普尔河,有凶山,有五山的萝卜……他研究着,偶尔在省城的报纸上发表有印错字的文章。可是后来醉树林里造起一个工厂,于是一切,所有的诗意,都完蛋了。

(三)一个刚刚毕业的医师在饭馆里观察。"在医师观察下的进餐"。他抄下钠尔赞矿泉水⑥的成分,大学生都相信他,于是一切都很好。

(四)他不是吃,而是品尝。

(五)一个同女演员结婚的男子在剧场为他的妻子举行福利演出的时候,坐在包厢里,容光焕发,频频站起来,鞠躬致意。

(六)在公民奥尔洛夫-达夫家里吃饭。肥胖、懒散的听差,不

---

① 法国南部的一个疗养地。
② 发过酵的马奶可以治疗肺结核。
③ 见本书第 449 页注⑦。
④ 新切尔卡斯克的一个书籍出版者。
⑤ 俄国卡马河流域的一个小地方;1901 年 5 月底契河夫动身到乌法省的阿克塞诺沃去喝马奶以医治他的肺结核的时候,曾路过此地。
⑥ 苏联高加索一带有治疗作用的碳酸质矿泉水。

507

可口的肉饼,处处使人感觉到的大量财富,没有出路的局面,无法改变的生活方式。

(七)县医师:"遇到这种坏天气,除了医师还有谁在奔波?"他为这一点感到骄傲,到处诉苦,自豪地把自己的职务看做最不安定的职务;他不喝酒,常常私下里为医学杂志写文章,而杂志又不予以发表。

(八)某助理检察官后来担任法官,临了,又担任高等法院法官,是个平常的、乏味的人,他的妻子某某却很爱她的丈夫,终生不渝,听到他犯错误以后,给他写去温柔动人的信,临死的时候脸上现出动人的热爱神情。她爱的显然不是她的丈夫,而是另外一个高尚优美的、不存在的人,她把这种爱情都倾注在她丈夫身上了。后来,在她死后,房子里可以听见她的脚步声。

(九)他们加入戒酒协会,偶尔喝一小杯酒。

第一百一十六页

(一)人们说真理最后会胜利,然而这不是真理。

(二)聪明人说:"这是虚伪,可是人们不虚伪就没法生活,而且虚伪历来受到尊崇,所以要一下子根除它是危险的,那就姑且让它存在下去,只要稍稍加以修正就行。"可是天才说:"这是虚伪,那么这就不应当存在。"

(三)不论在铁路上还是在轮船上,我凭运货单提货,没有一次不多出钱的。

(四)他署名加夫雷连科。

(五)玛·伊·克拉多瓦雅①。

(六)一个中学生留着唇髭,为了显得俏而装得一条腿有点瘸。

---

① 这个女人的姓的原义是"仓库"。

（七）一个写了很久、庸庸碌碌的作家的高傲类似一个最高司祭。

（八）甲先生和乙女士住在丙城，两个人都聪明，有教养，有自由主义思想，两个人都为人们的利益工作，可是两个人相交很浅，在谈话中老是嘲笑对方，借以迎合愚蠢粗鲁的群众。

（九）他把一只手做出抓住某人头发的样子，说："你总归逃不脱我的这个东西。"

（十）某人从来也没有去过乡村，以为到冬天，乡下只用滑雪板行路。"现在我恨不得踩着滑雪板奔驰一番才好！"

（十一）某个卖淫的女人对每一个人说："我爱你是因为你跟大家不一样。"

（十二）有知识的，或者说得确切些，属于知识界的妇女，以虚伪为特色。

（十三）某人终生同无知作斗争，研究一种病，研究致这种病的细菌；他把一生献给这项斗争，用尽全部力量，他在死前不久突然发现这种病丝毫没有传染性，而且完全没有危险。

第一百一十七页

（一）一个剧团经理兼导演躺在床上，读一个新剧本。他读了三四页就烦恼地把它丢在地上，吹熄蜡烛，盖上被子；过了一会儿，他想了想，又拿起那个剧本，读起来；后来他对这个剧本又平庸又冗长感到很生气，就又把它丢在地上，又吹熄蜡烛。过一忽儿，他重新拿起那个剧本，等等。后来他上演这个剧本，这出戏演砸了。

（二）某人阴沉，郁闷，难处，却说："我喜欢开玩笑，老是开玩笑。"

（三）妻子写东西，丈夫不高兴，可是他出于礼貌而隐忍不发，痛苦了一辈子。

（四）一个女演员的命运：起初，生活在刻赤的一个富裕而上流的家庭里;生活乏味,印象贫乏;舞台,美德,热烈的恋爱,然后,情夫;最后服毒自杀未遂;然后,刻赤,在一个肥胖的舅舅家里生活,享受孤独的快乐。经验表明女演员必须不喝酒,不结婚,没有很大的肚子。舞台只有在将来才会成为艺术,而现在它只是为将来斗争。

(五)气愤地、教训地:为什么你不把你妻子的信拿给我看?要知道我们是亲戚。

(六)上帝啊,不要容许我批评和谈论那些我不知道和不理解的事吧。

(七)为什么光是描写软弱的、萎靡的、有罪的人?每一个人在劝人去写强大的、健康的、有趣的人的时候,总是指他自己说的。

(八)〈在新济勃科沃村①的姑姑。〉

(九)供剧本用:一个经常无缘无故说谎的人。

(十)助祭卡达科木包夫②。

第一百一十八页

(一)某人是个文学工作者和批评家,为人审慎,自信,富于自由主义思想,他谈到一些诗;他承认这些诗,故作宽容,而我看出来,他是一个最没有才能的人(我没有读过他的作品)。人们提议到艾佩特里峰去,我说天要下雨了。可是我们仍旧去了。道路泥泞,雨下起来,批评家坐在身旁,我感到他的平庸。人们奉承他,崇敬他,像崇敬主教一样。在归途中,天晴了,我就步行回去了。人们多么乐于受迷惑,多么喜欢先知、预言家,这是一伙什么样的人啊!跟我们同行的还有一个人:一个四品文官,年纪不老,一直沉

---

① "济勃科沃",原文为"зыбково",大概与"зыбкость"(不稳定,不可靠)一词有关。
② 原文为"катакомбов",大概与"катакомбы"(基督教徒地下避难所)一词有关。

默着,因为他认为自己正确,他看不起批评家,这是因为他也平庸。一位小姐因为处在聪明人当中而不敢微笑。

(二)阿历克塞·伊凡内奇·普罗赫拉吉捷尔内依①,或者杜谢斯巴西捷尔内依②。一位小姐说:"我倒愿意嫁给他,可是我怕那个姓:清凉的。"

(三)动物园的主管人的梦。他梦见先是人家赠送一只旱獭,后来赠送一只大跳鼠;接着是一只鹞,后来一只山羊,后来又是一只大跳鼠,馈赠无穷无尽,动物园里挤得满满的,这个主管人就吓醒了,浑身是汗。

(四)我的妹妹或者妻子同我在一起……夜里她突然哭了。"你怎么了?什么缘故?"——沉默。

(五)套车慢,赶车快——这就是这个民族的本性,俾斯麦说。③

(六)演员有钱的时候,就不寄信,而打电报。

(七)〈一九〇一年九月十二日走访列夫·托尔斯泰。〉④

(八)某人整天剪息票。

(九)昆虫是从毛毛虫变成飞蛾,而人类相反:从飞蛾变成毛毛虫。

(十)狗在家里不依恋养活它和爱抚它的主人,而依恋打它的厨娘,外来的女人。

(十一)索菲担心她的狗吹到过堂风而得感冒。

(十二)大家害怕某人,因为他使人受拘束;人家刚一说话,他就问:"您说这话是什么意思?"别人当着他的面就不开口了。

---

① 这个姓的原义是"清凉的"。
② 这个姓的原义是"劝人为善的"。
③ 后来用在小说《新娘》的初稿里。
④ 请参看契诃夫 1901 年的日记。

(十三)土壤是如此肥沃,要是往地里种下一根车辕,来年就会长出一辆四轮马车来。

第一百一十九页

(一)甲和乙是两个富有自由主义思想的、智力发达的人,他们结了婚。傍晚他们谈得畅快,后来却生了气,后来打起来了。到第二天早晨,这两个人觉得羞愧,暗自惊讶,以为这是由特殊的神经紧张造成的。第二天又是争吵和扭打。每天晚上都是如此,最后他才发觉,他们根本没有教养,而像大多数人一样是野蛮人。

(二)法国有两个掷弹兵①,躲开快活的女朋友②。

(三)剧本。某人为了避免客人来访而装成一个暴饮的酒徒,其实他一点酒也不喝。

(四)我们有了孩子以后,一切弱点,例如妥协的倾向,小市民气,都以"这是为了孩子"来辩解了。

(五)"伯爵,我要动身到莫尔杰古恩吉亚去。"

(六)瓦尔瓦拉·涅多捷皮娜③。④

(七)节尔卡洛⑤。

(八)剧本:斜白眼。

(九)某人是工程师或者医师,到他的担任主编的舅舅家里去,被吸引住了,常去拜访,后来开始写稿,渐渐丢掉自己的工作;有一天晚上他走出编辑部,明白过来,抱住自己的头:全完了!他头发变白。后来他习以为常,头发全白,身体虚胖,做了出版商,受到尊敬,然而没有名气。

---

① 摘自德国诗人海涅的诗《两个掷弹兵》。
② 摘自俄国诗人涅克拉索夫的诗《三驾马车》。
③ 这个女人的姓的原义是"笨人"。
④ 《樱桃园》。
⑤ 这个姓的原义是"镜子"。

(十)一个三品文官是个老人,学自己孩子的样,自己也成了自由主义者。

(十一)我看见我的一张不好的照片装在一个难看的镜框里。

(十二)剧本:某人累得睡着了。①

(十三)《面包圈》报。

(十四)杂技团里的一个丑角是个天才,而一个穿着礼服的、同他谈话的听差是个俗人;那个听差带着讥诮的笑容。

第一百二十页

(一)在新济勃科沃村的姑姑。②

(二)〈Guter Mensch, aber schlechter Musikant.③〉④

(三)一个剧中人物老是想推心置腹而且富有思想性地谈一谈(āla 米罗夫⑤)。

(四)他患脑浆稀薄症,脑浆流进耳朵里去了。

(五)一个午饭吃得很多的男孩。

(六)什么?作家?我只要半个卢布就能使你成为一个作家,你要吗?

(七)不成其为翻译家,而成了包工头。

(八)一个四十岁的、没有才能的女演员生得不好看,午饭的时候吃山鹬;我惋惜那只山鹬,想起那只山鹬活着的时候比这个女演员有才气,聪明。

(九)早晨,天还没亮,他们就起床了。

(十)医师对我说:要是你的素质经得住,你就自管放量饮酒。

---

① 《樱桃园》。
② 请参看本书第 510 页注①。
③ 德语:一个好人,然而是一个不好的音乐家。
④ 《樱桃园》。
⑤ 指俄国《大众杂志》主编米罗柳博夫。

(戈尔布诺夫①。)

(十一)卡尔·克烈美尔达尔达尔拉乌。

(十二)旷野和远方,一棵小桦树。这幅画题名《孤独》。

(十三)客人们走了;他们打了牌,他们走后一片杂乱:满屋子是烟味、纸片、碟子,不过主要的是黎明和回忆。

(十四)十二月七日同列·托尔斯泰通电话。②

(十五)宁可让蠢材打死,也比接受他们的称赞好。

(十六)既然主人都死了,为什么那些树还生长,而且葱葱茏茏呢?

(十七)一个剧中人物辟出一个供读书用的书房,可是他经常出去做客;没有人读书。

(十八)〈监督司祭给神甫们和所有的教士们打品行分数,打完以后,甚至还给他们的妻子儿女也打上。〉③

(十九)生活显得宏大壮伟,而你却坐在一个窄小的地方。

(二十)左洛托诺沙④?没有这样的一个城!没有!

(二十一)他笑的时候,露出了牙齿和牙床。

(二十二)他喜欢不会搅得他不安的文学作品,即席勒、荷马等。

第一百二十一页

(一)女学监某某傍晚回家,从一个熟人那儿听说,某甲似乎爱上了她,有意求婚。这个女人长得不好看,以前从没考虑过婚事;她回到家里,吓得颤抖很久,后来睡不着觉,哭泣,临近早晨爱上了某甲;可是到中午她听说这只是猜测,某甲要娶的不是她,而

---

① 俄国的演员和说书人。
② 1901年(请参看这一年的契诃夫的日记)。
③ 《主教》。
④ 这个城名与"含金的"一词有关。

是某乙。

（二）他同一个四十五岁的女人同居，后来开始写可怕的小说。

（三）我梦见我好像在印度，当地的一个王公，一个领主，送给我大象，甚至是两头。我为这些象愁得要命，就醒了。

（四）一个八十岁的老人对另一个六十岁的老人说：丢脸啊，年轻人！

（五）教堂里唱《我们的头脑今天得救》的时候，他就在家里烧鱼头汤，在砍头那天，他不吃任何整块的东西，鞭打自己的孩子们。①

（六）新闻记者在报纸上说谎，可是他觉得他写的是真理。

（七）〈人身上会死亡的东西只是我们的五官可以感知的那些东西，而在这些感官之外的东西，那些大概巨大的、不可思议的、崇高的、存在于我们的感觉之外的东西却仍然活着。〉②

（八）要是您害怕寂寞，那您就不要结婚。

（九）他自己阔绰，而他的母亲在寡妇院里。

（十）打他的脸。

（十一）他结了婚，办了家具，买了一张写字台，收拾好，可是没有东西可写。

（十二）浮士德：你所需要的恰好是你不懂的，而你懂的，你又不能利用。

（十三）你即使说谎，只要用权威的口气说话，人家就会相信你。

（十四）如同将来我会孤身一人躺在坟墓里一样，目前实际上

---

① 参看本书第 501 页注①②。
② 《樱桃园》——特罗菲莫夫。

我也是孤身一人活着。

(十五)德国人:主啊,饶恕我们这些罪人吧。

(十六)背部伛偻,然而身量高。

(十七)"你啊,我的小粉刺!"新娘温柔地说。新郎想了一想,生气了,就此解除婚约。

第一百二十二页

(一)有一些原来装"古尼阿吉·亚诺斯"①的瓶子,如今装着一些醋渍的浆果。

(二)一个女演员戏演得很差劲,糟踏了所有的角色,照这样过了一辈子,一直到死。大家都不喜欢她,怕看她的表演,她毁坏了优秀的角色,可是她直到七十岁仍然是女演员。

(三)只有感到自己不正确的人才不好,才可能忏悔。

(四)大辅祭诅咒"缺乏信心的人们",而这些人自己正站在唱诗班席位上唱着诅咒词。(斯基达列茨②)

(五)他幻想他的妻子腿坏了,躺在床上,而他照料她,为的是拯救他自己的灵魂……

(六)格努西克③夫人。

(七)蟑螂走了,房子就要烧掉了。

(八)《伪德米特里④和演员》《屠格涅夫和老虎》,这类文章是可能写的,而且果然有人在写了。

(九)题名:柠檬皮。

(十)我今天会喉咙痛;我一定会感冒,但愿我的胸口别痛得厉害。

---

① 俄国的一种矿泉水。
② 俄国当时的一个诗人和小说作家。
③ 这个姓(гнусик)与俄语中"用鼻音说话"(гнусить)一词有关。
④ 17世纪俄国的冒名为王者,假冒德米特里王子而篡夺了王位,后被杀。

（十一）季尔里-季尔里-索尔达季尔里。

（十二）我是你的由合法婚姻的父母所生的丈夫。

（十三）流产是因为游泳的时候,一个浪头,一个海浪,打在我身上;是因为维苏威火山①爆发了。

（十四）我觉得只有海和我,别的一无所有。

（十五）特烈沛哈诺夫②。

（十六）教育:三岁的男孩穿着他的黑色上衣、皮靴、坎肩走路。

（十七）自负地说:"我不是尤里耶夫③大学的,而是杰尔普特④大学的!"（一八八一届毕业生）

（十八）疗养地。他:对主人说,我是萨拉普尔城的官员。

（十九）一把大胡子像是一条鱼的尾巴。

（二十）犹太人崔普契克⑤。

（二十一）一位小姐大笑的时候,发出那么一种声音,仿佛钻进冷水里去似的。

第一百二十三页

（一）"妈妈,闪电是什么做的?"

（二）我们的一贯的谎言（例如学校）究竟是一种锻炼人而且终于会得出结果,将来会有所成就的一贯斗争呢,还是只能使人腐败、软弱,终于灭亡?

（三）在一个气氛恶劣、趣味低级的庄园里;树木乱种一气,很不雅观;而在远处的一个角落里,看守人的妻子成天价给客人洗内衣,可是谁也没有看见她;而那些老爷们成天价谈自己的权利,谈

---

① 在意大利。
② 原文为"Трепыханов",出自"трепыхать"（抽搐）一词。
③④ 这两个城名同指一个城,即现在爱沙尼亚的塔尔图城。
⑤ 原文为"Цыпчик",与山鸡(цыпка)有关。

高雅。

(四)她用粒状鱼子喂她的狗。

(五)我们的虚荣心和自负是欧洲式的,而我们的智力发达程度和行动是亚洲式的。

(六)一条黑狗看上去像是穿着一双雨鞋似的。

(七)俄国人的唯一希望就是中二十万的彩票。

(八)一个不好的女人,可是教出了好孩子。

(九)每个人都隐藏着什么。

(十)某人的中篇小说的题名:《和音的力量》。

(十一)要是派来独身的或者丧偶的省长,那该多好啊!

(十二)一个莫斯科的女演员从来也没有看见过火鸡。

(十三)从老人那儿我〈只〉听到蠢话或者毁谤。

(十四)"妈妈,彼嘉没有祷告上帝!"彼嘉就被叫醒了,他祷告,哭泣,然后躺下去,伸出拳头威胁告状的人。

(十五)他认为只有医师才能确定这是个男人还是女人。

(十六)有的人去做神甫,有的人做反仪式派①的信徒,有的人专搞哲学,这是因为出于本能,任何人,随便哪一个人,都不愿意从早到晚,直不起腰来地认真劳动。

(十七)对"自家的"一词的偏爱:我自家的兄弟,我自家的妻子,姐夫等等。

第一百二十四页

(一)医师某甲是非婚生的,从来没有同他的父亲在一起生活过,对他很少了解;他小时的朋友某乙不好意思地对他说:

"事情是这样,你父亲伤心,痛苦,要求你允许他哪怕只看你

---

① 出现于18世纪后半期的俄国的一个教派,他们否定正教的一切礼仪,反对神甫和僧侣。

一眼也好。"他的父亲开着一家"瑞士"商店。有炸鱼,他用手拿,后来才用叉子叉。他用坏酒当好酒卖。某甲去了,观察一下,吃一顿饭,什么感觉也没有,只有烦恼,他嫌这个头发斑白的、壮实的乡巴佬做这种糟糕的生意。……可是有一天晚上十二点钟他路过那儿,往窗子里看一眼:他父亲正弓着背,坐在那儿看书。他认出了自己,自己的姿态……

(二)平庸得像一匹灰毛的骟马。

(三)人们给一位小姐起了个难听的绰号,叫"蓖麻油"①,就因为这个缘故,她没有嫁人。

(四)某甲一辈子给有名的歌唱家、演员、作家写谩骂的信:"你这个混蛋以为……"等等,不署名。

(五)他(受雇的持火炬送殡人)戴上三角制帽,穿上有边饰和镶条的燕尾服出现的时候,她爱上了他。

(六)有一个老是面呈喜色、兴高采烈的人,他活着就像是为了抗议怨天尤人者;他丰满、健康、吃得多,大家都喜欢他,然而这仅仅是因为大家怕怨天尤人者而已;他毫无价值,是个粗鄙汉,只会吃和大笑,一直到他死,大家才看出来他什么事也没有做过,他被人错看成另一种人了。

(七)在检查建筑物以后,委员会的委员们收下贿赂,津津有味地吃早餐,说实话,这倒像是一席葬后宴。

(八)谁虚伪,谁就肮脏。

(九)夜里三点钟他被叫醒,必须到火车站去上班。每天如此,已经有十四年了。

第一百二十五页

(一)他不懂音乐,可是他觉得他懂。

---

① 一种泻药。

（二）一位太太抱怨：我写信给我的儿子，要他每星期六换内衣。他回信说："可是为什么在星期六而不在星期一呢？"我回信说："哦，那也好，就星期一吧。"可是他说："为什么在星期一而不是在星期二呢？"他是一个正直的好人，可是他弄得我苦死了。

（三）一部作品的主人公整天喝茶。

（四）聪明人喜欢学习，傻瓜好为人师（谚语）。

（五）神甫、修士大司祭、主教的布道演说出奇地相似。

（六）人们回忆做大学生的时候关于人类团结、关于有利于人民、关于工作的争论，可是实际上没有发生过这类争论，而只酗过酒。人们写道："真替那些戴过大学的校徽，以前为人类权利、宗教自由和信仰自由斗争过的人害臊。"可是他们从来也没有斗争过。

（七）一个类似布基尚①的庄园总管从来也没有见到过他的主人。他靠幻想活着，他想象主人很聪明，正派，高尚，而且按这个方向教育他的孩子们。可是后来主人来了，渺小而庸俗，他的幻想就彻底破灭了。

（八）丈夫每天吃过午饭以后吓唬妻子，说他要进修道院了，妻子就哭。

（九）莫尔多赫沃斯托夫②。

（十）两夫妇共同生活了十八年，不断吵架。最后他向她承认他有外遇，其实根本没有这回事；于是两个人就离婚了，这使得他大为愉快，而使得全城大为气愤。

（十一）不需要的物件，一本贴着已经被人忘掉的、没有趣味的照片的相册，放在墙角里的一把椅子上，已经放了二十年，谁也

---

① 俄国谢尔普霍夫县奥尔洛夫-达维多夫庄园的职员。
② 这个姓在俄语里是由"嘴脸"和"尾巴"两个词合成的。

下不了决心丢掉它。

（十二）某甲讲起四十年前某乙，一个极好的、不平凡的人，救过五个人；他觉得奇怪，因为大家冷漠地听着，这个某乙的事已经被人忘掉，没有趣味了。……

第一百二十六页

（一）他们贪婪地扑向粒状鱼子，一刹那间就把它吃完了。

（二）某太太吃得多。"我想再吃点冰激凌。"

（三）小市民巴达尔巴兴斯基。

（四）在对年幼的儿子的严肃谈话中："把你裤子上的纽扣扣上！"

（五）您向他指出他是一个什么样的人，他就会变好。

（六）灰色的嘴脸——

（七）一个地主用胡椒子、高锰酸钾和各种乱七八糟的东西喂鸽子、金丝雀、鸡，为的是要它们变颜色，而这就是他唯一的工作，他在每一个客人面前夸耀这项工作。

（八）一个著名的歌唱家被雇去在婚礼上朗诵《使徒行传》，他朗诵，获得了成功，可是他应得的钱（两千）却没有付给他。

（九）轻松喜剧：我有一个熟人克利沃莫尔狄依①，挺好。倒不是姓克利沃诺吉依②或者克利沃鲁基依③，而是姓克利沃莫尔狄依，他结了婚，他的妻子又爱他。

（十）某人每天喝牛奶，每天往杯子里放一只苍蝇，然后严厉地问听差："这是什么东西？"脸上现出遭殃的神色。不这样，他就一天也不能过。她愁眉苦脸，身上有澡堂的气味。

（十一）某人在自己的笔记簿里说他的母亲异常聪明而善良。

---

① 这个姓的原义是"歪脸"。
② "弯腿"。
③ "弯胳膊"。

而他的母亲肥胖,愚蠢,傲慢。……

(十二)某人听说他的妻子有外遇。他生气,伤心,可是迟疑不决,沉默。他沉默,最后向那个情夫借钱,继续认为自己是一个正直的人。

(十三)我停止喝茶和吃面包的时候,我说:"吃不下!"可是我停止读诗、读长篇小说的时候,我说:"写得不行,不行!"

(十四)一个公证人提成很大,他辩白说所有这些钱他都会留给莫斯科大学。

(十五)一个表现为自由主义者的教堂下级职员:现在我们这班人都从您意想不到的一切缝隙里钻出来了。

(十六)某地主经常同四邻的莫罗勘教徒①吵架,打官司,骂他们,诅咒他们,可是最后他们搬走了,他却感到空虚无聊,很快就衰老、憔悴了。

第一百二十七页

(一)莫尔杜汉诺夫②。

(二)在某甲和他的妻子家里经常住着他的妻弟,那是一个年轻的、爱流泪的人,他时而偷东西,时而说谎,时而似乎企图自杀;某甲和他的妻子不知道该怎么办才好,不敢打发他走,怕他自杀,虽然很想打发他走,却又不知道这该怎么做。他因伪造票据而下狱,某甲和他的妻子感到负疚,痛哭,忧虑。她悲伤而死,过后不久他也死了,一切财物都留给妻弟,他就吃喝玩乐,把钱花光,又被关进监狱里去做苦工。

(三)〈母亲打发他那在中学读书的儿子去采黄瓜。装满了半个容器。他骑着马赶路,把所有的黄瓜都吃光了。〉

---

① 见本书第 268 页注①。
② 这个姓的原义是"可汗的嘴脸"。

（四）比方说,要是我出嫁,那么过不了两天,我就会逃掉,而女人却很快就习惯于丈夫的家,仿佛原来就是在那儿出生的。

（五）"妈妈,给我一根小香肠!"

（六）你是有官衔的"顾问"①,可是你给谁出主意？求上帝保佑叫谁都不要听你的主意才好。

（七）〈"您的新娘好吗？"

"她们都是一样的。"〉

（八）托尔若克城。市杜马开会。关于改善城市条件的方法。决议:邀请罗马教皇搬到托尔若克来,选定他的府邸。

（九）一个很差的诗人写过一句诗:他像蝗虫似的飞到幽会的地点。

（十）庙堂里人来人往而十分肮脏,
　　而我踩实地砖或者撒上尘土。②

（十一）可是这些细致的详情几乎没有传到我们这儿来（洛洛）。

（十二）某人的逻辑:我赞成信仰自由,但反对信仰异教,凡是在严格的意义上不符合东正教的,都不能容许。

（十三）圣皮奥尼亚和艾皮玛哈,三月十一日;普普里亚,三月十三日。

（十四）诗歌和艺术作品所包含的不是人们所需要的,而是人们所想望的;它们并不比芸芸众生走得远,而只表达了他们当中的优秀分子所想望的东西。

第一百二十八页

（一）一位先生极为谨慎:他连贺信都按带回执的挂号信寄

---

① 指旧俄的九品文官。"有官衔的"一词原文为"титулярный"意思是"只有官衔而无实权的"。

② 基督教的赞美歌的片断。

出去。

（二）某人任何语言也说不好,因为他十年来把祖国的语言忘了,而俄国话又没有学会。

（三）俄国是一个可以让勇猛的人驰骋的广大平原。

（四）普拉托尼达·伊凡诺芙娜。

（五）如果你政治上可靠,这就足以使你成为一个十分令人满意的公民,自由主义者也是这样:只要不可靠,其他的一切就好像不被注意了。

（六）人的眼睛往往在失意的时候张开。

（七）久齐科夫。

（八）有个五品文官是个体面人,不料突然查明,原来他私下里开着一家妓院。

（九）某人写了一个好剧本;大家不称赞他,不高兴,而只是说:我们瞧瞧您此后还会写出什么来!

（十）比较重要的人物从正门的门廊上进出,而比较普通的人就走后门①。

（十一）他:我们那儿有一位先生,他姓吉希密希②。他自己说他姓基希米希③,可是大家都清楚地知道他姓吉希密希。

她（沉吟一下）:这多么不愉快……哪怕姓伊久木④也好,可是偏偏姓吉希密希。

（十二）姓:勃拉果沃斯皮达内依⑤。

（十三）最为极受尊敬的伊·伊!

---

① 原文为"задний проход",意为"肛门"。
②③ 原文各为"кишмúш"（葡萄干）和"кúшмиш",两个词拼法相同,但重音的位置不同。
④ 原义也是"葡萄干"。
⑤ 原义是"有教养的"。

(十四)〈人的眼睛往往只在失意的时候才张开。〉

(十五)如果给某人念第一百〇八首圣诗,某人和他的家属就会大发脾气。

(十六)有的时候那些幸福的、处处顺利的人多么惹人讨厌啊。

(十七)人们开始议论某甲和某乙同居,渐渐造成一种气氛,在这种气氛中,某甲和某乙的结合变得不可避免了。

第一百二十九页

(一)当初有蝗虫的时候,我写文章反对蝗虫,使得大家都很高兴,我成了名,有了钱,可是现在蝗虫已经没有,已经被人忘记,我就跟一般人一样,被人忘掉,不再需要了。

(二)快活地、兴致勃勃地:我有幸向您介绍,这位是伊·伊·伊兹果耶夫,我妻子的情夫。

(三)在一个庄园里到处写着:"闲人免进""不准踩花"等等。

(四)某庄园藏书极富,人们讲得很多,然而根本没有利用过;在那个庄园里,人们煮的咖啡淡得不能喝,园子里毫不美观,没有花,而这一切是装腔作势,似乎在模仿托尔斯泰。

(五)为了研究易卜生,他学瑞典语,耗费大量的时间和精力,后来他忽然明白,易卜生是个不怎么样的作家,于是他无论如何也想不出来现在该拿瑞典语怎么办了。

(六)女儿朗诵玛尔里特[①]的作品,母亲听着,偶尔插一句话,说到作者的不道德和当今的潮流。

(七)某人消灭臭虫,以此为生;他从他这个行当的角度来看待作品。要是《哥萨克》[②]里没有说起臭虫,那就意味着《哥萨克》

---

① 19世纪德国女作家,写过许多长篇小说,为小资产阶级读者所欢迎。
② 托尔斯泰的中篇小说。

不是佳作。

（八）列宾的绘画是一个睡得过多、懒惰、自命不凡的人的作品。

（九）人信什么,就有什么。①

（十）她,一个聪明的姑娘:"我不会作假……我从不说谎话……我守原则………"老是我……我……我……

（十一）某人生他那做女演员(或者歌唱家)的妻子的气,就瞒过她而发表了一些辱骂的剧评。

（十二）一个贵族夸口:我这所房子远在德米特里·顿斯科伊②时代就建成了。

（十三）"调解法官先生,他骂我的狗是'狗崽子'。"

（十四）雪落下来,没有掉在被血染红的土地上。

（十五）他把全部家当都交出去做善事,为的是让他所痛恨的那些亲戚和孩子什么也得不到。

第一百三十页

（一）〈一个笨人,［字迹模糊难认］某人在十字架上写道:"此地躺着一个笨人。"〉③

（二）某人极多情;他刚同一位小姐相识,就变成一只野山羊了。

（三）一个贵族:德烈科里耶夫④。

（四）我一想到有些宫中的低级侍从出席我的纪念像的揭幕式,我就害怕。

（五）我原是一个纯理性主义者,可是在教堂打钟的时候,我

---

① 见高尔基的《在底层》——鲁卡。
② 14 世纪莫斯科大公。
③ 《樱桃园》。
④ 这个姓出自"棍棒"一词。

这个罪人就感到喜悦。

（六）父亲是一个著名的将军,优美的画片,贵重的家具;他死了;他的女儿们受过教育,可是不爱清洁,读书很少,骑马,烦闷无聊。

（七）人们在不必要的时候诚实而不说谎。

（八）一个阔绰的商人要求在他的厕所里装淋浴器。

（九）〈一个富裕的地主老是说:农民喜欢我。〉①

（十）一清早他们吃冷杂拌汤。

（十一）只有老太婆才在街头流浪,所以她才叫做格利勃纳雅②。

（十二）老奶奶对我说:你丢失了这个护身符,你就会死。突然,我把它丢失了,我痛苦了很久,生怕死掉。后来,您猜怎么着,出现了奇迹:我找到了那个护身符,就活下来了。

（十三）每个人到剧院去都是为了在看我的戏的时候可以马上学到点什么,得到某种益处,可是我对您说:我才没有工夫顾到这班混蛋呢。

（十四）平民憎恨和藐视一切新的、有益的东西:在霍乱流行时期,他们憎恨和折磨医师,他们喜爱白酒;根据平民的爱憎,可以判断他们所爱和所憎的东西的意义。

（十五）河瓦那③雪茄。

（十六）瞧着窗外人们抬着的一个死人:"你死了,抬到墓园里去了,我却要去吃早饭了。"

（十七）捷克人符希奇卡④。

（十八）一个四十岁的男子同一个二十二岁的女人结了婚,那

---

① 《樱桃园》。
② 这个姓出自"蘑菇"（或"年老力衰的人"）一词。
③ "哈瓦那"之误,古巴首都,产烟草。
④ 出自"虱子"一词。

女人只读当代作家的作品,戴绿色的蝴蝶结,枕黄色的枕头,相信自己的审美能力,把自己发表的意见视作法律,她很好,不愚蠢,文静,可是他同她离婚了。

(十九)人口渴的时候,觉得能喝下整整一个海洋去——这是信仰;可是等到你开始喝水,你却只喝下两杯——这是科学。

第一百三十一页

(一)供轻松喜剧用:菲尔杰科索夫①,波普雷古尼耶夫②。

(二)以前的好人规规矩矩,喜欢受人尊敬,去做将军,做神甫,可是现在他却做作家,做教授。

(四)节伏里亚。

(五)好孩子哭得不像样;同样,在坏诗里可以认出好作者,认出好人。

(六)〈一个立柜放在那儿一百年了,这可以从文件上看出来:官员们为它严肃地办了一个纪念会。〉③

(七)要是你希望人家爱你,你就得标新立异;我知道一个人冬夏都穿着毡靴,人家就爱上他了。

(八)我来到雅尔塔。到处都住满了人。我到意大利旅馆,那儿一个空房间也没有。"那么我的第三十五号房间呢?""有人住了。是一位太太。"他们说,"您能不能跟那位太太同住一个屋,那位太太倒一点也不反对。"我就住下了。谈话。傍晚。一个鞑靼向导走进来。我的耳朵堵住,脑袋蒙上;我坐在那儿,什么也没看见,什么也没听见。……

(九)一位小姐抱怨道:我那可怜的哥哥挣的钱那么少,才七千!

---

① 出自"莱尔线"(一种丝光针织棉线)一词。
② 出自"跳来跳去的人"一词。
③ 《樱桃园》。

(十)她说:"现在我只看见你长着一张大嘴!大嘴!大极了的嘴!"

(十一)马是一种不必要的、有害的牲畜;有了它,许多土地耕耘出来,它使人抛弃了肌肉的劳动,常常成为奢侈的对象;它使人娇生惯养。将来,一匹马也不会有!

(十二)某人是歌唱家,他同任何人也不说话,他包住脖子,保护喉咙,可是他唱得怎么样,人家一次也没有听到过。

(十三)指一切的一切:有什么美好的事物!哪儿谈得上什么美好的事物!

(十四)他冬季和夏季都穿毡靴,他这样解释道:头部可以轻松些,因为一热,血就到脚上去了,思想就清楚多了。

(十五)一个女人被人打趣地叫做费多尔·伊凡诺维奇。

(十六)轻松喜剧:某人为了结婚而用一种他在广告里读到的药膏搽他的秃头,结果他的头上出人意外地生出了猪鬃。

(十七)您的丈夫在干什么?他在吃蓖麻油。

第一百三十二页

(一)一位小姐写道:"我们就要住得离您不堪忍受地近了。"

(二)某甲早就爱上某乙,结果某乙嫁给某丙了;大约过了两年,某乙到某甲那儿去,哭哭啼啼,想跟后者谈一谈;某甲根据一切迹象,料想她会抱怨丈夫,可是后来事实表明,某乙是来谈她对某丁的爱情的。

(三)某甲是莫斯科一个著名的律师;某乙同他出生在一个地方,在塔甘罗格;某乙来到莫斯科,就去看望那个名人;他受到殷勤的接待,可是他想起了他同某甲一块读过书的那个中学校,想起穿着学校制服的某甲,嫉妒得心中激动,感到这个住宅不好,而且某甲的话太多,临走的时候由于嫉妒和自己的卑下而心灰意懒,以前他万想不到自己会这样卑下。

（四）一个剧本的名字：蝙蝠。

（五）凡是老人不能做到的事都遭到禁止或者被认为是不体面的。

（六）他早就过了中年，而跟一个年轻的女人结婚，她跟他在一起越来越憔悴，就此枯萎了。

（七）他一辈子撰写关于资本主义，关于百万财富的著作，可他从来也没有钱。

（八）一位太太爱上一个漂亮的警察。

（九）改信基督教的某律师被称为小犹太佬。

（十）某人是个很好、很有出息的裁缝，可是一些小事害了他，毁了他：他时而做出一件没有衣袋的大衣，时而安了一个很高的衣领。

（十一）轻松喜剧；一个运送货物和火灾保险公司的经理。

（十二）任何人都能够写出可以上演的剧本。

（十三）一个低级趣味的人。

（十四）庄园。冬天。某甲生病，坐在家里。傍晚忽然从火车站来了一个不相识的某乙，一个年轻的姑娘；她报了姓名，说她是来看护病人某甲的。某甲发窘，害怕，拒绝，可是某乙说她仍旧要住下来过夜。过了一两天，她还是住着不走。她的性格令人难于忍受，她破坏了生活。

第一百三十四页

（一）饭馆里的一个单间。富足的某甲把食巾系在脖子上，用叉子碰一碰鲟鱼："哪怕临死之前，我也得吃一顿。"而这已经很久了，天天如此。

（二）列·列·托尔斯泰①关于斯特林堡②以及一般关于文学

---

① 列夫·托尔斯泰的儿子，也是作家。
② 19世纪瑞典作家。

的议论极像路赫玛诺娃①。

（三）勘误："пиво"（啤酒）印成了"циво"。

（四）杰德洛夫②讲到副省长和省长的时候，就变成浪漫主义作家了，使人想起文集《一百个俄国文学家》中的《副省长的来临》。

（五）剧本:《生活的荚》。

（六）是个用土法给马治病的兽医，有马驹的称号。

（七）我的父亲有各种勋章，直到斯坦尼斯拉夫二级勋章③为止。

（八）罚金④。

（九）在这个世界上人的生活是沉闷的……吃过午饭之后……愿您遭到各式各样的不幸、惨事、灾难……逃掉……

（十）太阳照耀，可是我的心里漆黑一片。⑤

（十一）某甲认识了律师某乙，他很像尼卡·普烈克拉斯内依。他有许多孩子，他对待他们一概循循善诱，温柔，亲切，一句粗鲁的话也不说；不久我就知道他另外还有一个家庭；后来他叫我去参加他女儿的婚礼；他祷告，磕头，说："我还保留着宗教感情，我有信仰。"人家当他的面谈到教育，谈到女人的时候，他现出天真的脸容，仿佛不懂似的。他在法庭上发言的时候，现出恳求的脸容。

（十二）"妈妈，您别见客，您太胖了。"

（十三）某人从早到晚不住地喝茶。

---

① 俄国女作家，受小市民欢迎。
② 俄国作家和批评家。
③ 帝俄时代的低级勋章。
④ 原文为"консуляция"，恐为"консоляция"（某些纸牌赌博中的"罚金"）一词之误。
⑤ "已经开笔而搁置下来的中篇小说"。

（十四）恋爱？钟情？我从没干过，我是八品文官啊。

（十五）他知道的很少，好比一个没出娘胎的婴儿。

（十六）某人从小到衰老一直保持着对间谍活动的爱好。

（十七）"您该说点聪明的话，如此而已……哲学啦……赤道啦……"（供剧本用）。

（十八）星星早已消失，可是对人们来说仍旧星光灿烂。

第一百三十五页

（一）他刚做学者，就开始巴望庆祝会了。

（二）他做过剧院的提词人，后来日久生厌，不干了；大约有十五年他没有到剧院里去，后来去了，看一出戏，感动得哭了，心情忧郁；他的妻子在家里问他剧院里怎么样，他回答说："我不喜欢！"

（三）使女娜嘉爱上一个扑灭蟑螂的工人。

（四）一个五品文官死后经人查明，他生前常到剧院里去学狗叫，为的是挣一个卢布，他穷。

（五）以往有过奴役！

（六）您必须有正派的、穿得体面的孩子，您的孩子也必须有好住宅和孩子，他们的孩子也必须有孩子和好住宅，而这是为了什么，却只有鬼知道。

（七）彼尔卡土陵。

（八）他每天都弄得自己呕吐一回，而这是听从朋友的劝告，为了健康。

（九）姑姑斯捷潘尼达·谢敏诺芙娜。

（十）一个工艺工程师四十三岁了，可是他还没找到合适的工作，而在做事务员。

（十一）一个官员开始过一种特殊的生活；他的别墅里安上极高的烟囱，他穿绿色长裤，蓝色坎肩，给狗染色，半夜吃饭；过一个星期，他就丢开这一套了。

(十二)人们开玩笑,对非婚生的某女电报员说,某甲是她的父亲,她听信了。

(十三)成功已经在用舌头舔这个人了。

(十四)"某甲穷了。"——"什么?我没听见。"——"我是说某甲穷了。"

"你究竟说的是什么?我不懂。哪一个某甲?"

"就是那个同某乙结婚的某甲。"——"那又怎么样?"——"我是说应该帮帮他才是。"——"啊?他是谁?为什么帮?是什么意思?"等等。

(十五)在一张旅馆老板送来的账单上列着这样一项:臭虫十五个戈比。解释。

(十六)一个令人不快的人。

(十七)雨敲打着房顶,而你又知道你的家里没有沉闷乏味的人的时候,坐在家里是多么愉快啊。

第一百三十六页

(一)某人老是喝缬草酊①,哪怕是在喝过五杯白酒之后。

(二)他同一个使女私通,那个使女胆怯地称他为"大人"。

(三)我租下一个庄园做别墅用;女主人是一个丰满的、上了年纪的太太,住在厢房里,我住在大房子里;她失去了丈夫和所有的儿女,剩下孤身一人,长得很胖,地产变卖还债了,她的家具古老而风雅;她老是翻看从前她的丈夫和儿子写给她的那些信。她仍旧乐观。我家里有谁生了病,她总是含笑说道:"亲爱的,上帝会保佑的!"

(四)某甲和某乙是贵族女子中学里的同学,都是十七八岁;突然某甲听说某乙同她的父亲甲先生私通而怀了孕。

---

① 见本书第148页注①。

(五)师(司)祭来了……圣徒啊,谢天谢记(地)……

(六)这些关于妇女的权利的议论是多么空洞的声音啊!要是狗能写得有才气,他们真会连狗也承认有权利呢。

(七)咯血:"这是你的一个脓疮破了……没关系,再喝点酒吧。"

(八)知识分子一无是处,因为他们喝很多的茶,说很多的话,房间里满是烟雾和空酒瓶。……

(九)供剧本用:安娜·叶果罗芙娜。

(十)她年轻的时候同一个犹太籍的医师私奔,同他生过一个女儿;现在她憎恨她的过去,憎恨她那长着红褐色头发的女儿,父亲仍旧爱她和她的女儿,常在她们的窗下走动,他丰满而漂亮。

(十一)他剔完牙,把牙签放回杯子里。

(十二)两夫妇睡不着;他们谈起文学变得多么糟,得出版一本杂志才好;这个想法引得这两个人入迷;他们躺着,沉默了一忽儿。"请包包雷金①写稿吗?"他问。"当然,你请吧。"早晨四点多钟他动身到机务段去上班,她踏着雪送他到大门口,给他关门。"那么也请波塔片科②吗?"他问,这时候已经走出篱笆门了。

(十三)他听说他的父亲得到贵族的头衔以后,就开始这样署名:阿列克西。

第一百三十七页

(一)教员:"火车出轨及人的伤亡"……这不对。应当是"火车出轨,其结果造成人的伤亡"……"原因是客人云集"……

(二)剧本的名称:黄金雨。

(三)我们凡人的任何一种尺度都不适于判断虚无,判断不存

---

① 见本书第477页注②。
② 俄国当时的一个小说家和剧作家。

在人的地方。

（四）爱国者："您知道吗,我们俄国的通心粉比意大利的好!我能给您证明!有一次在尼斯,他们给我端来一盘闪光鳇,弄得我差点哭了!"这个爱国者没有意识到他只是在吃食方面爱国而已。

（五）某人常喜欢说:第一,第二……

（六）不满:难道母火鸡也算是吃食?难道鱼子也算是吃食?

（七）一位很聪明而有学问的小姐游泳,他看见她的窄小的骨盆和细得可怜的大腿,就憎恶她了。

（八）表。钳工叶果尔的表一忽儿走得慢,一忽儿跑得快,仿佛存心捣乱似的,故意时而走到十二点,时而又忽然八点了。这是它在发脾气,好像里边藏着一个魔鬼似的。钳工极力要弄明白原因在哪儿,有一次把它泡在圣水里。……

（九）以前中篇小说和长篇小说的男主人公（毕巧林[①]、奥涅金[②]）是二十岁,可是现在所选的男主人公不能小于三十到三十五岁了。女主人公很快也会这样。

（十）某人是一个名人的儿子;他好,可是不管他做什么事,大家都说:行,可是仍旧比不上他的父亲。有一次他参加晚会,朗诵,大家都获得成功,可是关于他,人们说:行,可是仍旧比不上他的父亲。他回到家里,躺上床,看一眼父亲的照片,对它摇拳头。

（十一）我们为改变生活而奔忙,以便我们的后代生活得幸福,可是那些后代照例会说:从前好得多,现在的生活不及从前了。

第一百三十八页

（一）我的座右铭:我什么也不需要。

（二）现在,每逢正派的、勤劳的人以批判的态度对待自己和

[①] 莱蒙托夫的中篇小说《当代英雄》中的主人公。
[②] 普希金的诗体长篇小说《叶甫盖尼·奥涅金》中的主人公。

自己的工作,人家就说他是个怨天尤人者,一个无所作为、烦闷无聊的人,可是一个闲散的滑头嚷着说必须做事,人家倒会对他鼓掌。

(三)当女人像男人那样进行破坏的时候,人们认为这是自然的,大家都了解;可是等到女人有意或者试图像男人那样创造的时候,大家却认为这不自然,不能接受了。

(四)我一结婚,就成了娘儿们。

(五)他从自己的卑下的高度看这个世界。

(六)"您的新娘漂亮吗?"——"对我来说,全都一样。"

(七)盖拉西木·亚谢利察①。

(八)他巴望中二十万的彩票一连两次,因为他嫌二十万太少。

(九)某人是一个退休的四品文官,住在乡下,六十六岁了。他有教养,有自由主义思想,常读书,喜欢辩论。他听见客人讲起新的法院侦查官某甲一只脚穿拖鞋,一只脚穿靴子,跟一个女人非法同居。某人念念不忘这个某甲,老是谈起他,说他怎样一只脚穿着拖鞋,跟别人的妻子同居;他老是说这些,最后甚至到他的妻子那儿去睡觉的时候(他已经有八年没有跟她一起睡觉了),心情激动,老是讲起某甲。最后他中风,一条胳膊和一条腿不能动弹,而这都是因为激动。医师。他同医师也谈起某甲。医师说他认识甲先生,这人已经穿两只靴子(那条腿已经好了),而且跟那位女士结了婚。

(十)我希望到了另一个世界里我能够这样思考这儿的生活:那是美妙的幻象。

(十一)某地主瞧着他的管家某甲的两个孩子,一个大学生和

---

① 这个姓的原义是"蜥蜴"。

一个十七岁的姑娘,心中暗想:要知道某甲贪污我的财物,靠偷来的钱过阔绰的生活,这个大学生和这个姑娘知道这一点,或者应当知道,他们是怎样才会有这种端端正正的外表的?

第一百三十九页

(一)小窟窿!

(二)她喜欢"妥协"这个词,常常使用它:"我不能妥协"……"一块板子,形状是平行六面体"。……

(三)荣誉公民的后裔奥佳布希金总是极力要人家知道他的祖先有做伯爵的权利。

(四)"在这方面他吃下一条狗。"①——"哎呀,您可别这么说,我们的母亲是很有洁癖的。"

(五)"现在我嫁给第三个丈夫了。……头一个叫伊凡·米卡雷奇……第二个叫彼得……彼得……我忘了!"

(六)作家格沃兹吉科夫认为他很出名,人人知道他。他来到某地,遇上一位军官,这位军官久久地握着他的手,兴奋地瞧着他的脸。格高兴,也热烈地握他的手……最后,军官问道:"那么您的乐队怎么样?您不是乐队指挥吗?"

(七)早晨;某人的唇髭用纸包起来。

(八)他觉得他到处受到尊敬和重视,到处都如此,甚至在铁路上的食堂里也这样,所以他总是带着笑容吃饭。

(九)公鸡在打鸣,他却觉得它们不是在打鸣,而是在呻吟。

(十)家长某人听到他那在大学读书的儿子向家里人朗诵让·雅·卢梭的著作,心想:"不管怎样,让·雅·卢梭脖子上没有挂过金奖章,我却挂过。"

(十一)对爵位的蔑视。

---

① 俄国俗语,意谓"他很有经验"。

我的重商主义的道路。

（十二）某人同他的妻子的前夫的儿子，一个大学生，一块儿玩乐，后来走进一家妓院。早晨大学生走了，他该动身了，某人送他一程。大学生斥责恶劣的品行，两个人吵起来了。某人说："我作为父亲，诅咒你。"——"我也诅咒你。"

（十三）医生是请来，而医士则是叫来的。

（十四）某人从来也不同意任何人的意见："不错，这天花板是白的，就算是这样吧，不过白颜色，大家知道，是由七种颜色的光谱合成的，很可能这儿有一种颜色深一些或者浅一些，因而不成其为白颜色了；我在说它是白的之前先得考虑一下。"

第一百四十页

（一）他的风度像尊圣像。

（二）"您在恋爱吗？"——"有这么一点儿。"

（三）不管发生什么事，他总是说："这都是神甫的缘故。"

（四）费尔齐科夫①。

（五）某人梦见他从国外来，在韦尔日包洛夫，人们要他为他的妻子缴税，尽管他抗议也没有用。

（六）当这个自由主义者脱了上衣吃完饭，走到自己的卧室里去，我看见他背上的背带的时候，事情十分清楚：这是一个庸人，一个不可救药的小市民。

（七）有人看见某甲，一个不信教的、亵渎神明的人，悄悄在大教堂里神像面前祷告，后来大家就学他的样子逗弄他。

（八）一个剧院业主被人叫做四个烟囱的巡洋舰，因为他已经有四次飞进烟囱里去了②。

---

① 原文是"Фырзинов"与"фыркать"（喷鼻息）一词有关。
② 俄国俗语，意谓"破产"。

(九)他不笨,学习过很久,很勤奋,读过大学,可是一写东西就出大错。

(十)他虽然聪明,却憎恨电话和自行车。

(十一)伯爵夫人的养女娜京渐渐变成管家妇,很胆怯,只会说"是,老爷"和"不,老爷",两只手经常发抖。有一次人家给地方自治局长官做媒,那是一个丧偶的男人,她嫁给了他;她还是"是,老爷"和"不,老爷",很怕她的丈夫,不爱他;有一天他大声咳嗽了一下,她吓坏了,就此丧命。

(十二)她亲热地叫她的情夫:"我的老鹰!"

(十三)恭敬地小声说:他在两个系里毕了业!

(十四)彼烈片契耶夫。

(十五)剧本:你至少也该讲点可笑的事;这二十年来我们住在一起,你老是说正经话;我憎恨这种正经了。

(十六)厨娘说谎:我在中学里念过书(她吸着一支烟卷)……我吱(知)道为寺(什)么地球是圆的。

第一百四十一页

(一)一把高脚椅子:坐着的时候必须脚不挨地板,要不然,年长日久,背脊就歪了。

(二)……而这是按下列方式发生的……

(三)"内河轮船及驳船船锚寻获与打捞协会",而这个协会的代表必须在一切纪念会上 ala 萨哈罗夫发表演说,必须赴宴。

(四)超神秘主义。

(五)等我发了大财,我就给自己搞一个专供妻妾们居住的内室,在我这个内室里都是裸体的胖女人,屁股上涂着绿色的油彩。

(六)一个胆怯的青年人来做客,留下来过夜;忽然走进来一个八十岁的老太婆,是个聋子,手里拿着灌肠器,给他灌肠;他以为这是这儿的风气,就没有抗议,到早晨他才弄清楚原来那个老太婆搞错了。

(七)姓:韦尔斯塔克①。

(八)人(农民)越笨,他的马就越容易了解他。②

---

① 原义是"工作台"。
② 转抄自第三本笔记簿;在这两本笔记中,这条札记都列为最后一条。

第 二 本

(一八九二年至一八九七年)

第十一页

（一）〈De gustibus aut bene, aut nihil①.〉②

（二）〈落到卷套里〉③

第十二页

（一）〈波利克拉特斯④。〉

（二）〈供奥尔迦用的棺材。棺材匠的妻子就要死了：他在做棺材。她要过大约三天才死，可是他在赶做棺材，因为明天和以后的那几天是节日，例如复活节。

第十三页

到第三天她仍旧没死；人们来买棺材。他抱着疑团而把它卖了。神甫给她行临终涂油礼的时候，他骂她。她要死了，他就把棺材登记在支出项下。他妻子还活着，他就给她量尺寸。她说："你可记得三十年前我们生了一个娃娃，头发是金黄色的？我们坐在

---

① 拉丁语：关于口味，或者说好，或者什么也不说。这是用拉丁语的两句格言编成的："关于口味是无法争论的"（即各有所好）和"评价死人，或者说好，或者什么也不说"。
② 这一条和下一条与《海鸥》有关。——沙木拉耶夫。
③ "卷套"，原文为"запендя"，系"запацня"（圈套）一词之误。
④ 传说中一个幸运者的名字，在契诃夫的短篇小说《黑修士》中提到过。

小河边。"她死后，他走到小河边去；三十年来那棵柳树长得很高了。〉①

第十四页和十五页

　　（一）六〇七二：小组——七十七

　　　　　　美尔尼科夫——五十三

　　　　六〇六三：波托茨卡雅——三十一

　　　　　　宴会——二十九

　　　　六〇七三：好消息——一百十一

　　　　六〇七四：菲格涅尔——十六

　　　　六〇七五：大臣的演说——五十一②

　　（二）凶杀案。尸体在峡谷里。法院侦查官年轻，没有经验。小城。他寻找凶手很久，没有找到。一个小铺老板的邻居来了，说：给我一千个卢布，我就会找到凶手；我有很多熟人。他收到一千以后说：我就是凶手。……他笑。侦查官不能证明他是凶手，就申请辞职了。

第十七页

　　（一）八十四位医生的宴会，五月二十五日。③

　　（二）向萨巴涅耶夫④问及《兰德斯别尔格⑤打猎》。也许，就是在打猎的时候，见到野兽的活动，兰德斯别尔格的前途便已经确

---

① 契诃夫的小说《洛希尔的提琴》。
② 1893年契诃夫在《新时报》上发表的小品文的清单。第一个数字是报纸的号数，第二个数字是下列各篇小品文的行数：《京城的文学艺术小组》《伊·阿·美尔尼科夫》《玛·阿·波托茨卡雅》《小说作家的宴会》《好消息》《尼·尼和米·伊·菲格涅尔》《伊·德·杰里亚诺夫大臣的演说》。这条笔记确定了上述几篇先前不为人所知的小品文的作者是契诃夫。
③ 1894年，契诃夫同他过去的同班同学们一同庆祝大学毕业十周年。
④ 19世纪俄国动物学家，《自然与狩猎》杂志和《猎人报》的主编。
⑤ 俄国刑事犯，原是近卫军军官，这时候已服满苦役刑，契诃夫曾在萨哈林岛见到过他。

定了。

第十九页

（一）〈请费神报告敖德萨市行政长官，出国之行未遇到障碍。〉①

第二十一页

（一）一个出身于上流家庭的、年轻的、很体面的姑娘要价至少十五个卢布。

第二十二页

（一）〈关于这些，姑娘的弟弟，一个男孩，都听见了；他躺在床上，装做睡着了。后来，过了二三十年以后，在社交场中，大家谈起饱暖的生活的时候，他讲到这件事，而且承认在那以后他为穷人没有做过什么事，虽然他被他听见的事所震动。大家的谈话是这样开始的：

"诸位先生，以前我们大家都穷过，愤慨过，现在我们有钱了，可是我们为穷人做过什么事吗？"

第二十三页

（一）供剧本用：

摘自屠格涅夫：你好，我的在上帝面前和人们面前的妻子！②

（二）排字工人谢尼亚，外号叫黄雀和小黄雀。

第二十四页

（一）〈斋戒的三重颂歌。〉

（二）〈一普特的纸值多少钱，一普特有多少印张。〉

第三十三页

---

① 这是1894年9月间契诃夫为张罗出国而打的电报。他从他的庄园梅里霍沃到克里米亚去同苏沃林会面以后，决定同后者一起经敖德萨出国。这次旅行约一个月。他们游历了利沃夫、维也纳、的里雅斯特和威尼斯。

② 引自屠格涅夫的长篇小说《前夜》。

543

(一)只是您不要对外人说我喝酒。女人跟您料想的不一样,常常喝酒。①

第三十五页

(一)〈二月十一日②《俄罗斯思想》的纪念日。〉

(二)〈他走回家去,诸如此类的,我坐下来吃饭,等等。〉③

(三)米修司:"我很尊敬和热爱我的姐姐,所以我不愿意伤她的心,得罪她。"④

第三十七页

(一)〈明白易懂的东西。〉⑤

(二)〈特烈普列夫没有明确的目标,这就把他毁了。才能毁了他。在结尾的地方他对尼娜说:"您找到了您的路,您得救了,而我却完了。"〉

第三十八页

(一)〈女儿讲起父亲:他就是现在也偶尔去做司炉工人,不过当然,这是为了消遣。〉⑥

第三十九页

(一)极微弱的、经常的电流。

第四十页

(一)〈八月二十四日到达基斯洛沃茨克。〉⑦

(二)带哈巴狗的女人。⑧

---

① 《海鸥》。
② 1895年。
③ 《海鸥》——索陵。
④ 《带阁楼的房子》。
⑤ 这一条和下一条与《海鸥》有关。
⑥ 《我的一生》——玛霞。
⑦ 1896年契诃夫赴高加索的旅行日记。
⑧ 《带小狗的女人》的原名。

（三）〈八月二十三日离开塔甘罗格。罗斯托夫，纳希切万。〉①

（四）〈我们几乎永远原谅我们理解的事（莱蒙托夫）。〉

（五）〈八月二十九日前夕在别尔马穆特过夜。〉②

第四十一页

（一）九六年九月一日，圣矿水城里上演《蠢货》③。

第四十三页

（一）《卡希坦卡》，九印张。

《中篇和短篇小说》，三十印张。

《在昏暗中》，十六印张。④

第四十六页

（一）〈丈夫老是呼哧呼哧地喘气，把客人们叫做可爱的、宝贵的。他在女医师很小的时候就认识她，当时她聪明，现在却见老了，很多事情不理解了。〉⑤

第四十七页

（一）〈丈夫那很短的、单排扣的上衣紧紧地裹着身子，仿佛他那壮实的胸脯一使劲，衣服就会破裂似的。〉⑥

（二）〈女医师穿着紧身胸衣，袖子隆起。〉

（三）〈丈夫时时刻刻为了满足他的动物的本性而操心。〉

第四十八页

（一）〈在最近一期的《俄罗斯思想》上有一篇菲里克索夫的论

---

① 契诃夫的旅行日记。
② 契诃夫的旅行日记。
③ 契诃夫的一个轻松喜剧。
④ 1897年契诃夫出版的小说：《卡希坦卡》（第5版），《中短篇小说集》（第11版），《在昏暗中》（第10版）。
⑤ 契诃夫的小说《在朋友里》。
⑥ 这一页笔记与《在朋友家里》有关。

545

文《教育讲习班》①。他是什么人,从事什么工作?〉

第九十三页

(一)第六病室。②

---

① 指菲里克索夫的《教育讲习班和教师代表大会》,发表在 1896 年《俄罗斯思想》第 9 期至 11 期上。
② 契诃夫的一个中篇小说的题名,发表在 1892 年《俄罗斯思想》第 11 期上。

第 三 本

(一八九七年至一九〇四年)

封面上

（一）〈樱桃园。〉①

（二）供池塘用：鲶鱼或者美洲鲶鱼。

第一页

（一）〈二月十五日。宴会。索尔达千科夫②家的煎饼。一同到列维坦③那儿去。买画共用去一千一百卢布。〉④

（二）〈十三日。瓦·阿·莫罗佐娃⑤的宴会。〉

（三）〈二月十六日。傍晚在《俄罗斯思想》编辑部参加有关人民剧院的会议。〉

（四）〈十八日。大陆饭店的宴会。乏味而荒唐。〉

第三页

（一）〈他们讲到[字迹模糊难认]贫困，然后争吵起来，互相责骂；他们互相不信任，害怕。是谁开小酒馆，把大伙儿灌醉？农民。

---

① 契诃夫的最后一个剧本的名称。
② 莫斯科的商人，出版者，绘画收藏家。
③ 俄国19世纪的风景画家，契诃夫的朋友。
④ 这一页笔记是1897年契诃夫的简短日记（请参看那年的日记）。
⑤ 见本书第445页注③。

547

是谁盗用学校的公款?农民。谁在会议上跟农民们作对?农民。〉①

第四页

(一)〈二十八日托尔斯泰来。〉②

第八页

(一)〈醋栗:家庭生活有它的不方便之处。阳台,喝茶。〉③

第十页

(一)〈《农民》的校样于六月十三日初次收到,是拼版校样,而不是长条校样。〉④

第十四页

(一)一个贵族女子中学学生:"二十五下,火辣辣的!"父亲骗她,说是现在仍然鞭打仆人。⑤

第十六页

(一)〈显然,美好的、永恒的东西是有的,然而在生活之外;人不应当生活,而同其他的[字迹模糊难认]打成一片,然后再宁静而冷漠地观察。〉

第十七页

(一)〈喊叫:他在女人那儿获得成功,她们讲起他,都说他是个理想主义者。〉⑥

---

① 《农民》这篇小说在《俄罗斯思想》杂志上初次发表时,这一段被书报检查官勾掉;小说出单行本时,这一段又由契诃夫补上去了。
② 1897年3月28日,托尔斯泰到奥斯特罗乌莫夫医院访问卧病的契诃夫。详情请看契诃夫在1897年的日记。
③ 《醋栗》。
④ 指《农民》的单行本的校样。
⑤ 契诃夫的小说《在故乡》。
⑥ 《在朋友家里》。

第十八页

（一）〈十一月十八日称体重，穿着秋大衣，戴着帽子，拿着手杖——七十二公斤。〉①

（二）〈三只猫头鹰。一枪打去，三只都掉下来了。为什么？——巧合。②〉

第十九页

（一）〈这个库尔恰普金③愚蠢。〉

第二十页

（一）〈年轻的男爵夫人在吃早饭的时候故意迟到，为的是向我们炫耀她的新帽子。〉④

第三十页

（三）〈二十六日索包来。〉⑤

第三十一页

（一）特维尔。特维尔工场。致波波夫。去波波夫斯科耶。请求准备马匹。⑥

（二）〈姚尼奇。他发胖了。每到傍晚他在俱乐部里占一张大桌子吃晚饭；人家谈起屠尔金一家人的时候，他就问：

"你们讲的是哪个屠尔金家？是女儿会弹钢琴的那一家吗？"

他在城里诊病的业务很忙，然而仍旧不放弃地方自治局的职

---

① 这条札记是1897年契诃夫在法国尼斯养病的时候写的。
② 原文是"совпздение"，在俄语中，"сов"的意思是"猫头鹰"，"падение"的意思是"掉下来"。
③ 原文是"культяпкин"，出自"культяпка"（残肢）一词。
④ 契诃夫在尼斯的俄罗斯公寓里的观察。
⑤ 1898年3月26日，索包列夫斯基赴契诃夫的庄园梅里霍沃访问契诃夫（请参看契诃夫的日记）。
⑥ 这是打给瓦·阿·莫罗佐娃的田庄"波波夫斯科耶"的总管的电报底稿。契诃夫于1898年7月底或8月初曾去过那儿。

务:他贪得无厌。〉①

第三十三页

(一)〈在魔鬼(工厂)那儿

狗像猪

坚尔—坚尔—坚尔

德雷恩—德雷恩—德雷恩

扎克—扎克—扎克。〉②

第三十五页

(一)〈《冬天的眼泪》

《生活琐事》

《在苦难周》

《怕》

《在树林里》〉③

(二)〈醋栗:自由主义的温和是从饱足开始的。〉

第三十六页

(一)〈诸位先生,甚至在人的幸福里也有一种凄凉的味道!〉④

(二)〈应当培养人的良心和清晰的智慧。〉

(三)〈虚荣心发展了,他觉得我们的姓契木沙-希马拉依斯基响亮、出色了。〉

(四)〈温和的自由主义:狗需要自由,然而仍旧得把它拴上链子。〉

---

① 《姚尼奇》。
② 《出诊》。
③ 这些是契诃夫在80年代所写的作品的篇名;大概在1898年,契诃夫准备把它们编成一个集子,交给出版商伊·德·瑟京出版;这个计划结果没有实现。
④ 这一页笔记与《醋栗》有关。

(五)〈只有统计数字还在抗议。〉

第三十七页

(一)〈丈夫现出温顺的样子,仿佛他被人押来出卖似的。〉

(二)〈某人结婚了。他的母亲和妹妹在他的妻子身上看出无数的缺点,直到过了两三年之后,才相信她跟她们一样。〉

第四十三页

(一)〈这个姑娘惹我生气。〉

(二)《贪图钱财的婚姻》。《娱乐》。八四年,第四十三期。

《可怕的一夜》。《娱乐》。八四年,第五十期。

《多余的人》。《彼得堡报》。八六年,第一百六十九号。

《在黑暗里》。《彼得堡报》。一八八六年,第二百五十三号。①

第五十二页

(一)〈我欠西纳尼②《在昏暗中》③一本。〉

第五十四页

(一)〈十月四日占希耶夫④纪念会。〉

第六十页

(一)别尔玛穆特。

第六十五页

(一)〈以前有战争,远征,现在这不够了,必须用一种同类的东西来代替了。〉

---

① 第二条札记中所记的是契诃夫的作品的篇名;1899年契诃夫大概准备把它们交给出版商玛尔克斯出版。
② 俄国雅尔塔的书店和烟店的老板,到雅尔塔去的文学工作者、画家、演员常在他那儿聚会。
③ 契诃夫的一个小说集。
④ 《俄罗斯新闻》的政论家和撰稿人。这条笔记写于1901年,正是占希耶夫的五十诞辰纪念。

第六十六页

（一）〈十一月二十五日是米哈伊洛夫斯基①的纪念日,打电报给莫斯科的文学艺术小组。〉

（二）〈您的身体怎么样？——不怎么样。〉②

（三）〈娜达霞弹奏《姑娘的祈祷》。〉

第七十页

（一）〈要是克鲁格里科夫不做校长,学校就要垮了。〉

第七十一页

（一）〈奥斯里曾。〉③

（二）〈棺材匠。〉

第七十九页

（一）供剧本用:不要喊喊喳喳地抱怨。④

第八十页

（一）〈星期日,十七。听差:捕鱼是胡闹！四十年前这儿连一个村子也没有,可是现在……〉⑤

第八十一页

（一）〈《梦想的结束》——维特⑥·叶彼霍多夫⑦。〉

第八十二页

（一）〈为什么会这样？如果是一个好人,他就一定穿得不好,不注意自己的身体。〉

（二）从卢塞恩⑧到利吉—库尔木⑨。

---

① 1900 年是俄国政论家和文学批评家尼·康·米哈伊洛夫斯基从事文学活动四十周年。
② 第二、三条与《三姐妹》有关。
③ 这个姓出自"母驴"一词。
④⑤ 《樱桃园》。
⑥ 维特是俄国的地方自治局外科医师,契诃夫的朋友。
⑦ 叶彼霍多夫是《樱桃园》里的人物。
⑧⑨ 均为瑞士地名。

(三)特隆契—彭契—彼烈彭契。

(四)〈洛巴兴的父亲原是捷尔彼茨基的农奴。〉①

(五)〈菲尔斯:"大难将临的时候,就是这样嗡嗡地直响。"
——"什么大难?"——"就是闹解放呀。"〉

(六)〈"农民们开始大喝其酒了。"——洛巴兴:"这是实在的。"〉

第八十三页

(一)〈加耶夫-捷尔彼茨基。〉②

(二)〈洛巴兴:他买了一个小庄园,想搞得漂亮一点,可是什么也没想出来,光是挂了个小木牌:严禁外人进入。〉

(三)〈第二幕。母亲:"哪儿在奏乐?"——"我没听见。"〉

(四)〈洛对利什说:该把你送去做苦工才是。〉

第八十四页

(一)〈七月十五日,柯罗连科的纪念日③。〉

(二)〈我们不知道真正的劳动。〉

(三)布宁和巴布林④(纳依杰诺夫⑤)。

第八十六页

(一)他把裤腿卷起来。

(二)莫斯科女学生补助协会。

(三)止(至)少。

(四)〈远东病伤员救治委员会⑥。〉

---

① 第四、五、六条与《樱桃园》有关。
② 第一、二、三条与《樱桃园》有关。
③ 1903年。柯罗连科的五十诞辰和文学及社会活动二十五周年纪念。
④ 两个姓的戏谑性的结合,仿屠格涅夫的中篇小说《普宁和巴布林》。
⑤ 当时的俄国作家。
⑥ 成立于1904年日俄战争时期。

[活页笔记]①

第一张

婚　礼

就是这个彼嘉同叶连娜·彼得罗芙娜·斯穆雷吉娜结婚了；她呢，您知道吗，是个六年前刚获得贵族身份的文官的女儿。她的家徽上应当有鲈鱼、鳊鱼、一瓶下等白酒，因为，您要知道，她祖父在哈尔科夫做鱼生意，而她父亲是收税的。可是，不管您怎么说，包耶夫老头倒是个真正的世袭贵族，做皇室侍从长，娶了位伯爵小姐，等等。他的祖先以某种方式占领过喀山。不过，话说回来，我认为，这儿的主要原因不在于门户不相当，而在于年轻的包耶夫，也就是彼嘉，刚二十四岁。在这种年纪不应当结婚，而应当求学。换了我是他的父亲，我就会拿树条抽他……②

第二张

所罗门（独自一人）：哎，生活多么黑暗啊！我小时候任何一个夜晚的黑暗，也不及我这种不可理解的生活这样使我心惊胆战。我的上帝啊，你赐给我父亲大卫的才能仅仅是用文字和声音编成

---

① 这些记在零散的单张上的笔记按保存在苏联中央国家文学艺术档案馆的原稿发表。其中大部分是契诃夫的草稿的片断，有几条笔记是契诃夫写在他收到的信的背面的。这些笔记从80年代中期写起到契诃夫晚年为止。
② 从契诃夫的字迹来判断，这个片断契诃夫写于80年代的中期。

554

曲子,放声歌唱,拨弄琴弦赞美你,畅快地哭泣,引得旁人流泪,对着美好的事物微笑;可是为什么却另外赐给我令人苦恼的灵魂和永不休止、活跃不停的思想? 如同从骸骨里生出来的虫子一样,我藏在黑暗里,又是绝望又是恐惧,周身发抖、发冷,在一切东西里看见和听见不可理解的秘密。为什么会有早晨? 为什么神殿后面升起太阳,把棕榈树染成金黄色? 为什么妻子这样美丽? 那只鸟,既然它自己、它的儿女、它飞去的地方,一定会跟我一样变成尘土,那它又飞奔何方,何必这样飞翔? 啊,要是我没有出生,或者是块顽石,上帝没有赐给我眼睛,没有赐给我思想,那倒好了。为了使我的身体在夜晚以前疲劳,昨天我一整天像个普通的工人那样,往神殿里搬运大理石,可是夜晚来临,我还是睡不着。……我又得去躺下了。佛尔节斯对我说,要是想象一群奔跑的绵羊,坚持不懈地想下去,我的思想就会混乱,我就会睡着。我就照这样去做。……(下)①

第三张

……把你的神恩像光那样照透我的灵魂吧。

她读着祷告词,它写在一小张信纸上,是她故去的丈夫的一个同事,一位老人,编成的。这篇祷告词写得好,这是因为它用简练的形式和普通的口语道出了所该说的一切:又讲到幸福,又讲到孩子,又讲到怀疑,又讲到故去的人。奥尔迦·伊凡诺芙娜很少祷告,每一次都在这篇祷告词里发现种种新而又新的妙处。现在她特别喜欢以前不知怎的没有注意到的两句话:"太阳照耀,而我的灵魂黑暗。"神像面前那盏长明灯的绿色和红色的小窗子映在小神像的金饰上,这又漂亮又亲切,弄得奥尔迦·伊凡诺芙娜惋惜已经把祷告词念完,没有别的话向上帝说了。

---

① 契诃夫原想写的一个有关所罗门的剧本中的一段独白。

阿辽沙不想睡觉。今天早晨他到药房去,看见一个死人,后来一连五个钟头骑马,没有下鞍,冻得厉害,后来跟一个同事吃早饭,喝下一瓶葡萄酒;午饭他没有在家吃,也喝了酒,后来回到家里,在各房间里走来走去,不住地思考;等到他的母亲和姐姐从剧院里回来,带来伊瓦兴,他很高兴,没有留意到时间是怎样过去的。现在他感到他缺一点什么,还需要一点什么。他沉默了一整天,现在想讲话了,可是要讲得久,一连三个钟头。……①

第四张

……说:

　　"妈妈老是说穷。这些话奇怪。第一,奇怪的是我们穷,像乞丐一样乞讨,而同时又吃得挺好,住在这所大房子里,夏天到自己的村子里去,一般说来并不像穷人;显然这不是穷,而是另外一种情况,一种更糟糕的情况;第二,我觉得奇怪的是妈妈已经有十年把全部的精力专门用在筹措款项偿付利息上;我觉得要是妈妈的这些了不起的精力用在另外一件什么事上,那么像这样的房子我们就会有二十所了;第三,我觉得奇怪的是在这个家庭里最沉重的责任由妈妈而不是由我承担。对我来说,这是最奇怪、最可怕的了。她,像她刚才说过的那样,脑袋里总是摆脱不掉一个念头,她央求,低声下气,我们的债务一天天增长,而到现在为止我却什么事也不干,没有帮过她一点忙!我能做些什么呢?我想了又想,什么也没有弄明白。我只看清楚一件事,那就是我们在顺着一道斜坡往下滚,至于会滚到哪儿去,那就只有魔鬼才知道了。据说贫穷威胁着我们,受穷似乎是丢脸,可是我连这一点也不明白,因为我从来也没有穷过。"

----

① 从这张起到第八张止与契诃夫的一个"已经开笔然而搁置下来的中篇小说"有关。

第五张

对那些古老、过时的圈椅、椅子、躺椅,奥尔迦·伊凡诺芙娜抱着恭敬的温柔态度,好比对待老狗和老马一样,所以她的房间有点像家具收容所了。在镜子旁边,在所有的桌子和架子上,放着乏味的、几乎已被忘记的一些人的照片,墙上挂着从来没有人看的画片,房间里总是很暗,因为只点一盏灯,而灯上又扣着蓝色的罩子。

第六张

(一)姑姑在吃苦,却连眉毛也不皱一下,这在他心上留下了魔术般印象。

(二)〈古代盛行神人同形说,把自然力和神比作人,那么崇拜塑像和人体美就有意义,而现在我们有了宇宙体系,等等。〉

(三)奥·伊经常活动;这样的女人像蜜蜂一样到处授粉。

(四)不要娶阔绰的女人,因为你的农舍容不下;不要娶穷女人,因为你会睡不着觉,娶女人要按自己的心意,看自己的运气。

(五)阿辽沙:我常听见人家说婚前好比一首诗,婚后呢,对不起,幻灭了。这话多么冷酷无情,多么粗暴啊!

(六)当人喜欢狗鱼的溅水声的时候,他是个诗人;而当他知道这种溅水声不是别的,却是强者在追逐弱者的时候,他就是思想家了;可是当他不明白这种追逐有什么意义,为什么需要这种由消灭达到的平衡,他就又变得像小时候那么愚蠢鲁钝了。人越知道和思索得多,就越愚蠢。

第七张

(一)伊瓦兴爱娜嘉·维希涅甫斯卡雅,而又怕这种爱情。看门人对他说,太太刚刚出去而小姐在家,他就在皮大衣和燕尾服里找了一阵,拿出一张名片,说:

"好吧。……"

可是一点也不好。〈当他走出〉早晨走出家门来拜访的时候,

557

〈他觉得〉他想,这是他所厌烦的上流社会生活的规矩促使他来的,可是现在〈他明白〉他才领会到,他所以出来拜访,只是因为在他灵魂的深处,似乎用一层纱罩着似的,藏着一种希望,只求见到娜嘉才好。……他突然感到惋惜,忧郁,有点害怕了。……

(二)他觉得他的灵魂里像是在下雪,一切都枯萎了。他不敢爱娜嘉,因为对她来说,他年纪太大,而且他认为自己的相貌不招人喜欢,〈而且因为〉不相信像娜嘉这样年轻的姑娘能够只因为男人的智慧和精神品质而爱上他们。不过他的心里有时候仍旧闪过一种类似希望的东西。可是现在,自从〈前面沉寂〉响起军官的马刺声,后来归于沉寂的那时候起,他那胆怯的爱情也消失了。……一切都完了,〈他〉希望不可能实现了。……"是的,现在一切都完了,"他想,"我高兴,很高兴。……"

(三)他想象中的妻子不是娜嘉,而不知什么缘故总是一个有高胸脯的胖女人,衣服上镶着威尼斯的花边。

第八张

(一)〈姑姑讲起日:她喜欢他,可是他倒无所谓,要是他不愿意,那就算了吧!〉

(二)〈伊瓦兴从维希涅甫斯基家里回来,对亚说:你(懒得)(去)到澡堂去的时候,就像是去办一件大事似的,不过回来的时候倒确实觉得挺好;我也是这样懒得到维的家里去,不愿意去,可是(回来)到他们那儿去了一趟,也确实挺好。〉

(三)〈全部生活必须由预见构成(雅尔塔)。〉

(四)〈为了解决财富、死亡等问题,必须先正确地提出这些问题,而为了做到这一点就必须付出积极的智力和心灵的劳动。〉

(五)〈这些姑娘愚弄姑姑。〉

(六)〈关于姑姑:她爱的不是我,而是她对我所负的责任。〉

(七)〈关于军官里兹:我不喜欢这样的音乐;从这种音乐来判

断,这个青年人是个十足的书呆子。〉

(八)〈在母亲的房间里有一把圈椅,坐垫已经凹陷下去了。〉

(九)〈一定要爱纯洁的女人的愿望(是利己主义的爱情)暴露了利己主义:在女人身上寻求自己所没有的东西,这不是爱情,因为人应当爱和自己相同的人。〉

(十)〈是你吗?是你吗?〉

(十一)识字委员会。

　　　　识字委员会的遴选。

(十二)〈莫斯科是一个必须受很多苦的城。〉①

(十三)〈伊瓦兴在图书室里说:尊敬人是多么快乐啊!我(不管)看见书的时候,不管作者怎样谈情说爱,不管他们怎样玩纸牌,而只看见他们的惊人的事业。在书面前一切都相形见绌了。〉

第九张

本岛长官办公室里的那些文书们醉后头痛。他们想喝酒。没有钱。怎么办呢?其中有一个是由于造假钞票而被发配到这儿来的苦役犯,他想出来一个办法。他走到教堂里,教堂的唱诗班里有一个过去的军官在唱诗,他是因为侮辱上司而被发送到这儿来的。那个文书就上气不接下气地对这个军官说:

"走吧,您的赦免令寄来了。刚才办公室里收到了电报。"

那个过去的军官激动得脸色苍白,浑身发抖,几乎走不动了。

"为这样的消息您该给一点酒钱才是。"文书说。

"你都拿去!都拿去吧。"

他给他大约五个卢布。……他来到办公室里。军官生怕快活得死掉,就按住心口。

"电报在哪儿?"

---

① 《三年》。

"会计把它藏起来了。"(他就走到会计那儿去。)

接着是哄堂大笑,邀请喝酒。

"多么可怕呀!"

后来军官病了一个星期。①

第十张

凯尔巴拉依有一个俄国姘妇洛普兴娜。他同她生了三个孩子。

第十一张

……多么愚蠢啊,不过主要的是虚伪,因为一个人如果要责骂另一个人,或者对他说不中听的话,这与格朗诺夫斯基毫不相干。

我从格利果利·伊凡诺维奇家里走出来,觉得自己像是挨了一顿打,受了深深的侮辱。我对那些漂亮话和说漂亮话的人生气,我一边走回去,一边暗想:有的人骂光明,有的人骂群众,赞美过去而否定现在,叫嚷说理想没有了,等等,可是要知道,这些话二三十年前就有人说过,这是已经完成自己的任务的、过时的形式了,现在凡是重复这些话的人,可见也不年轻,自己也过时了,凡是生活在去年的枯叶里的人就要同枯叶一齐腐烂。我想,而且我觉得,我们是些没文化的、过时的人,谈吐庸俗,想法陈腐,完全发了霉,当我们在我们的知识界里翻找破烂的陈货,而且按照古老的俄国风气互相责骂的时候,生活却正在我们的周围沸腾,而我们不知道那种生活,也没有发现它。伟大的事件会出其不意地出现在我们面前,而我们却会像睡着的少女一样措手不及;您会看见商人西多罗夫和叶列茨城的县立学校的某个教师比我们见多识广,把我们抛到后面去了,因为他们所做的比我们所做的加在一起还要多。我想,要是现在我们突然得到我们在互相责骂的时候讲得那么频繁

---

① 第九张同第十张与契诃夫的著作《萨哈林岛》有关。

的自由,那么我们起初就会不知道该拿它怎么办,而会把它完全用来在报纸上互相攻击,骂对方是暗探,骂对方贪财,而且口口声声说我们既没有人,也没有科学,又没有文学,什么也没有,什么也没有!这就弄得社会人士战战兢兢。可是,照我们现在所做的和将来还会做的那样,把社会弄得战战兢兢,就无异于剥夺它的朝气,也就是简直等于承认我们自己既没有社会意识,也没有政治意识。我还认为在新生活的霞光四射以前,我们会变成阴郁的老头子和老太婆,而且会首先带着憎恨扭过脸去,不理睬这霞光,用种种的坏话去中伤它。……①

第十二张

(一)〈米宪卡走起路来好像在开始跳卡德里尔舞的第一段舞步。他喜好祈祷。自从同斯里娃发生那件事后,他带着忏悔的心情久久地祷告上帝。他在自己的房间里摇动香炉,散出香气。〉②

(二)〈二月三日吃饭的时候:"你大概在女人跟前很得手吧。"安〔娜〕·阿〔基莫芙娜〕脸孔涨得通红。〉

(三)〈夜间思索:什么东西使她强烈地向往工人们呢?肮脏,臭虫,臭气?不,这些是可憎的。不文明吗?不,也不是这个。无论如何她也不会同意放弃她的教养,例如放弃法语和阅读好书的能力。穷吗?不,她不愿意受穷。……那么是什么呢?是一种很健康、有力、神圣的东西,这种东西她的父母都有,而她没有。〉

(四)〈律师,工厂事务的法律顾问,健康,富足,此外又中过七万五千的彩票而瞒着不说,喜欢吃好菜,特别是干酪和地菇;

---

① 这段笔记大概是契诃夫为他的中篇小说《匿名氏故事》所写,然而该中篇发表时没有收入。
② 这一张和下一张的笔记与契诃夫的小说《女人的王国》有关。

他讲话有条有理,从容不迫,十分流畅,只是为了故作姿态、惹人注目,才偶尔短暂地停顿一下;他对于他在法庭上所说的一切早已不相信了,也就是说相信倒还相信,只是认为毫无价值可言:那些话早已使人听厌,平淡无奇,成了陈词滥调。……他只喜爱新奇的东西。老生常谈,如果用新奇的形式说出来,就会使他激动得流泪;你宣传最腐败、最下流的淫秽行为,可是只要用新奇的形式,他就会听得入迷。二月三日饭后,他对安[娜]•阿[基莫芙娜]说:

"独立自主的女人,我指的是有钱而年轻的女人,应当聪明、优雅,有知识,胆大,稍稍有点放荡。……一点儿!要适可而止,稍稍有那么一点儿,因为尽兴而为也是一种祸害。她应当不像大家那样生活,而应当品味生活;而轻微的放荡是给生活添一味作料。……"〉

(五)〈他不爱自己的妻子。他爱上了安[娜]•阿[基莫芙娜],同时又跟斯里娃厮混。他在卖枕木的交易中贪污了两万。〉

(六)〈安[娜]•阿[基莫芙娜]:我不喜欢我在城里的房子;这房子叫人害怕,我的父亲就是在这儿中风的。〉

(七)〈三月三日傍晚彼[梅诺夫]看见大批的马车和雪橇,就想:"不,这不可能。……"〉

(八)安[娜]•阿[基莫芙娜]同斯里娃一块儿坐着普通的街头马车,后来坐着雪橇,到"阿尔卡吉亚"去;欢笑,单独的房间,神秘,一份上等鲟鱼子,牡蛎,葡萄酒,见到听差而害臊,后来在雪橇上的谈话。

(九)彼梅诺夫藐视慈善工作,认为那是无效的办法:"要是每个人都精通自己的行业,就不会有穷人。"厂主要了解工人,法官要了解被告,技师要了解司炉。……

(十)〈律师:"您,大人,对她说一声,让她好歹请我们来吃一顿饭吧。她的厨师好极了。"

安·阿:"我不请。你们随便什么时候来吧。"

律师:"顺便说一句,她的命名日快到了……是二月三日。您来吧,大人。"

卡尼曾(佩着斯坦尼斯拉夫绶带):"我认为这是愉快的责任。"

律师:"米沙,对厨师说一声,要他在命名日那天一定要做酱汁鳕鱼块。大人,他会做酱汁鱼块。嘿,那简直不是酱汁鱼,而是天赐的佳肴。"〉

(十一)〈安·阿:"我们和工人们之间没有特殊的差别,所以为什么不能相比呢?"〉

(十二)根本不是什么资本主义,只不过是一个愚昧的乡下佬无意之中偶然做了厂主而已。这是偶然情况,而不是资本主义。

(十三)律师打发米沙去取凉菜。

(十四)说话带鼻音,就像在电话的听筒里听见的一样。

(十五)他喜爱屠格涅夫这个歌颂〈纯〉处女的爱情、纯洁、青春、漂亮的话语、俄国的忧郁的风景的歌手。然而他不是由亲身的体会喜爱处女的爱情,而是凭别人的传说,把它看作是一种抽象的、存在于现实生活之外的东西。

(十六)他喜爱文学,知道一切作家,甚至当代的作家。不过当代的文学他不大喜欢:它不能不是现在的这个样子;既然它是这个样子,那它就不能不是这个样子,可是……它有一种特别的格调。生活就是进监狱。说实在的,文学应当教导人们该怎样逃出去,或者向他们应许自由,可是它却说:"监狱里多么黑暗、潮湿啊!哎呀,你在那儿可不好过呀!哎呀,你完了!"

(十七)在街上,醉醺醺的恰里科夫见到她就把手举到帽子边上敬礼。

第十三张

(一)〈安·阿(对车夫):"要知道是姑母把你辞退的。那你就去求她吧。"

姑姑:"什么姑姑?你是这儿的主人;要按我的意思,他们这班坏蛋一个也不要留下才好。得了,站起来,猪猡!(下一次)这是安娜·阿基莫芙娜最后一次饶了你,走吧,下流坯,要是再出什么事,你就别来讨饶!"〉

(二)〈律师:"不,亲爱的,您把这事仔细考虑一下吧!仔细考虑一下吧!"〉

(三)她看见在楼下他们两个人各自给米宪卡一个卢布。

(四)〈米:"人家开玩笑,叫她米宪卡的玛宪卡①,我可不愿意。"〉

(五)〈雷[塞维奇]吃干酪的时候,甚至高兴得发出呼噜呼噜的声音来了。〉

(六)我们的趣味不相合:您应该放荡一下,而我却已经活过这个阶段,需要的爱情是〈一种无形的、细腻的、不可捉摸的,由最细腻的、神秘的因素构成〉一种最细腻的、非物质的、像阳光般的爱情。

(七)〈爱情必须以对丈夫、对儿女、对家庭的责任为前提。我的世界观中还有一大片空白,好比一轮残月,我觉得这种残缺只能由爱情来弥补。〉

(八)步[行虫②]:结了婚,然后自管找乐子吧,玛拉希卡!

(九)〈继续过这种生活,然后也许嫁给一个同样闲散的人,这简直是犯罪。〉

---

① 意谓她(玛宪卡)是米宪卡的妻子。
② 《女人的王国》里一个人物的绰号。

第十四张

(一)〈他们没有邀他一块儿出城去,借口他这儿有客人,不过他明白他们不愿意他做伴。〉①

(二)〈亚讲话像是对学生讲课。〉

(三)〈费打开怀表,久久地看着它。〉

(四)〈"对不起,你最近大变了!"

"是的,很可能。我变,是因为我开始感到我成为一个真正俄国的东正教信徒了。"〉

(五)〈她憎恶的不只是(他的)话,而是他开口说话!〉

(六)婴儿的死。你刚刚安静下来,不料命运就给你重重的一击!

(七)母狼烦躁,操心,爱子女,在齐莫维耶把白额头②衔走,错把它当做一只羊羔了。母狼早先知道那儿有一只母羊,母羊有崽子。她衔走白额头的时候,忽然有人打了个呼哨,她一心慌就张开嘴把它放了,可是它却跟在她后面走。……它们来到狼窝里。白额头开始跟小狼们一块儿吃她的奶。〈经过〉临到下一个冬天,它很少改变,只是瘦一些,它的腿长了,额头上那块白斑完全成了三角形。母狼的身体弱。③

(八)他们邀请名人参加这些晚会,而这是乏味的,因为有才能的〈歌唱家和朗诵者〉人在莫斯科很少,参加所有这些晚会的老是那么一些歌唱家和朗诵者。④

(九)〈医师表示不满,因为人家没有庆贺他的生日。〉

(十)她跟男人相处的时候〈从来也没有〉还没有感到这样轻

---

① 从这一条起到第六条止与《三年》有关。
② 一条小狗的名字。
③ 契诃夫的短篇《白额头》。
④ 第八、九、十条与《三年》有关。

松自在过。

（十一）瞧着吧,等你长大一点,我就教你朗诵。

（十二）她觉得绘画展览会上有许多画是一样的。①

（十三）他往往花大钱买下一些作品,事后才知道这是些拙劣的赝品。

（十四）在您的面前有一长列洗衣女工走过去。

（十五）柯斯嘉的意思是说她们自己偷了自己的东西。

（十六）拉[普捷夫]把自己放在陪审员的地位上,这样理解:〈破门盗窃,然而没有〉〈不是〉〈是〉破门,然而没有盗窃,因为衣服是那些洗衣女工们自己卖掉换酒喝了;如果是盗窃,那不是破门盗窃。

（十七）在这段时间里还留下了他们去看别墅的时候游览索科尔尼吉的愉快印象。

（十八）〈贫穷有一种特权:不受您的接济,看不起这种接济。不要夺去我的这种特权。啊,我知道您本来会……她派人把他的书、照片、信和她的一个字条送给他,那字条上只有两个字:完了。〉

（十九）〈亚[尔采夫]称赞姑娘们,说了不起的一代人正在成长。〉

（二十）费多尔扬扬得意,因为碰见他的弟弟跟一个著名的女演员同桌吃饭。

（二十一）〈啊,有一种高于财富的东西,那是花钱买不到的。我可不是尤列琪卡!〉

（二十二）〈她对宗教的虔诚是一个掩藏一切的关卡。〉

（二十三）〈我有点那个……好像不大好。〉

---

① 从这一条起到第三十二条与《三年》有关。

（二十四）〈柯斯嘉开始(读)讲他以前看过的一个中篇小说的内容。〉

（二十五）〈萨霞踏着雪穿过院子;长凳上只有奶妈一个人坐着。没有一个富人扔掉自己的钱,因为他还没有信心认为扔掉钱是好事。〉

（二十六）〈彼得在什么时候睡觉就不得而知了。〉

（二十七）〈今天老头子本人,那个法国人,洗了澡。〉

（二十八）亚说话或者吃东西的时候,胡子就动起来,好像他的嘴里没有牙齿似的。

（二十九）〈留得很久而又没有留到底。〉

（三十）柯斯嘉举杯:求上帝保佑,不要生活得这么憋闷,人比扫院子的老头要有更重要的思想才好。

（三十一）〈她说假话,说她很喜欢他的长篇小说。他在任何时候都能弄到戏票。他爱好描写乡村和地主的庄园,虽然他一生之中至多去过五次。〉

（三十二）女家庭教师玛丽雅·瓦西里耶芙娜扬声大笑,无论如何也止不住。〈您把这本书大体读一下,不要太相信它。〉

（三十三）当我坐到沃洛科拉姆斯克去的时候。

（三十四）一个漂亮的皮肤黝黑的女人。她教姑娘们神经课。[1]

（三十五）关于爱情的重要和新颖的东西。

（三十六）〈"不,哥哥,这是你的神经出毛病了。"

"难道只要不同意,就算是神经出毛病了吗?"〉[2]

（三十七）我只能说一句话,诸位先生:你们不是住在内地,这是多么幸福啊!

---

[1][2] 《三年》。

（三十八）〈受贿，告密，这是恶劣的，可是恋爱，这并不伤害任何人啊。〉

（三十九）〈历史必须不是帝王和打仗的历史，而是思想的历史。〉

（四十）〈他的长篇小说从来没有发表过，他把这归因于书报检查的条件。"固然，我不是天才的行政长官，不过我是正派而诚实的人，而这在现代却是很可贵的。我承认，我常欺骗女人，可是我对俄国政府素来抱着君子的态度。"〉①

（四十一）〈好影响（例如读书，别林斯基）对罪犯所起的作用越小，他改邪归正的希望也就越小。〉

（四十二）〈我认为，只有在另一个世界里才会有人类的平等，（这样）而在人世间这是不可能的。连宗教都承认主人和奴隶，富人和穷人。……尤[丽雅]·谢[尔盖耶芙娜]这样说。〉②

第十五张

（一）〈女人们巴望谢尔盖（听差）死掉，费多尔（兵）免除兵役而回来。〉③

（二）〈人们在饭铺里买面粉。〉

（三）〈为了担水，必须下坡去，走很远。〉

（四）〈奥喜欢"如果"这个词（如果有人打你的右脸，连左脸也转过来由他打④）。〉

（五）奥尔迦埋葬了丈夫和两个老人。

（六）〈谢辽查，痛快一下吧！〉

（七）〈是啊（现在）这个时候，斯拉维扬斯基商场里正在开饭。〉

---

①② 《三年》。

③ 第十五、十六、十七张的笔记与《农民》有关，其中有许多没有收入定稿。

④ 出自《圣经》。

（八）〈基里亚克在快到莫斯科的时候追上了奥尔迦。〉

（九）后来奥尔迦在莫斯科收到家里的信，信上抱怨说两个老人还没死，白吃粮食。

（十）基里亚克就是来莫斯科也大吵大闹。

（十一）〈尼古拉为自己的村子而对他的妻子抱愧。〉

（十二）〈农舍被处以罚款。〉

（十三）〈我教训妻子,这与你们无关。〉

（十四）〈好像是基里亚克来了。〉

（十五）五年中间奥尔迦一点也没有变样。

（十六）连基里亚克在莫斯科也借了别人的一件上衣，照了一个相。

（十七）关于醉汉：不要太放肆。

（十八）〈村长家里有巴滕贝克的照片。〉

（十九）〈在起火的时候，连河对面都敲钟了。〉

（二十）〈他们怀疑这是故意放火——这是一定的。〉

（二十一）〈尼古拉讲起奥蒙家的听差：他是我的恩人，多亏他，我才成了体面人。他看到贫穷和愚昧，就痛恨他的哥哥和母亲。〉

（二十二）〈陶工在烧瓦罐。〉

（二十三）奥尔迦被解雇了，因为基里亚克常来找她，吵吵嚷嚷而惊动住客。

（二十四）〈女仆在旅馆里工作不领工资,专挣小费。〉

（二十五）莫斯科的所有带家具出租的房间她都知道。

（二十六）〈奥蒙的老听差。儿子是排字工人。〉

（二十七）〈农民在隔板后面说："他把主人带来了"（抱怨的口气）。根本就没有人见到他！〉

（二十八）〈奥尔迦已经很久没有去教堂了，没有工夫。〉

569

(二十九)〈乞丐不时走进农舍里来。〉

(三十)〈她那丰满的脸在莫斯科长肥了,胖嘟嘟的。〉

(三十一)〈每个人都有一种摆脱不掉的毛病,妨碍他生活:爷爷背痛,奶奶怨恨和操劳,儿媳妇伤心,孩子们饥饿,身上长疥疮发痒,害怕,只有奥尔迦内心平静,她始终一个样子,没有波动。〉

(三十二)〈什么事都怪地方自治局不好,他们不明白地方自治局是什么机关。可是由工厂主和商人带头,大家就议论开了。〉

(三十三)〈奥尔迦离开带家具出租的房间的第六天,没有在家里过夜,她的女儿心绪不安了;傍晚她苦恼,哭泣,就在这天晚上,她出去挣钱了。〉

(三十四)〈农民们不怕死,然而怕病;他们穿很多衣服,找医生看病;老太婆屡次接受涂圣油仪式。"我——要——死——了。"富裕的农民不怕死,也不相信天国。〉

(三十五)〈哥哥基里亚克是守林人,酗酒,他讥诮地眯缝眼睛,带着鼻音说:"也算是莫斯科人!也算是莫斯科人!"他把这句话反复说个没完。〉

(三十六)〈年轻人比老人好。〉

(三十七)〈助长老百姓的粗鲁言行的是官吏本身,特别是那些小官儿,他们竟然对教堂主事、村长也称呼"你";还有法律本身,它把农民鄙视为下等动物。〉

第十六张

(一)〈春汛。〉

(二)〈那些女人也罢,老奶奶也罢,都是一次也没有去过城里。〉

(三)亲爱的大妈,为什么我这么高兴啊?

(四)萨霞晚上坐在林荫道上,想着上帝,想着灵魂,而对生活的渴望加强了这些思想。

（五）〈老爷们从对岸坐车来买瓦罐(?)，糖(?)。〉

（六）〈漂亮的小儿媳妇在河对面游逛；她生那些外来人的气，因为他们多吃掉粮食：你健康的时候什么也不寄来，你病了，鬼就把你送到我们这儿来了。〉

（七）每逢基里亚克吵闹，萨霞就小声说："主啊，让他的心软一点吧！"

（八）〈老奶奶疼爱基里亚克。他把他的照片从莫斯科寄给她。〉

（九）〈临近秋天，基里亚克被解雇了，住在农舍里。〉

（十）克·阿打算领萨霞到一个拉皮条的女人那儿去，可是她不肯去："不要，人家会看见的。"

（十一）〈谁不持斋，就罚谁付出十五戈比。〉

（十二）排字工人老是急着要走，说话断断续续；他说："我们大家都是兄弟。"他不加解释就走了。

（十三）〈富人把样样东西都掌握在手中，就连穷人的避难所——教堂，也不例外。〉

（十四）〈丹尼斯没有回来，留在波兰了。〉

（十五）每逢萨霞讲起乡村，就连那个坐在自己房间里的排字工人也听。

（十六）〈菲克拉在小柯洛索夫巷里"落脚"了；起初她靠了老听差的情面而在斯特烈尔尼亚做厨娘和洗器皿的女工。〉

（十七）〈妹妹克拉甫嘉·阿勃拉莫芙娜。〉

（十八）萨霞毫无怨言地在洗衣房里干活：我们不可能幸福，因为我们是老百姓。……

（十九）〈一群大头雅罗鱼。〉

（二十）〈茹科沃村出了许多听差，这都是因为一个叫路卡·

571

伊凡诺维奇的老人的保荐,这个老人生活在很久以前,成了传奇式的人物了。这股坏风气就是从他那儿来的。……〉

(二十一)萨霞喝很多的茶;她一口气喝下六大杯。

(二十二)该死的魔鬼,这双靴子怎么啦?

(二十三)〈秋天。一个寒冷的月夜。菲克拉在对岸被人剥掉衣服,光着身子跑回家里来,敲板棚的门;她要了衣服,穿上身,坐下来,忽然哇的一声哭了起来,大概她感动了,因为玛丽雅也好,奥尔迦也好,都没有对她说什么令人难堪的话。〉

(二十四)〈这是一个又小又穷的庄户,可是大家干很多的活;家越穷,需要就越多,操心的事和活儿也就越多。〉

(二十五)像克·阿这种年纪的女人总是希望把姑娘们嫁出去,因而总是希望〈客人〉上流的客人来拜访这些姑娘。

(二十六)印刷厂里人多,使排字工人感到厌倦,所以在家里他总是尽量单独一个人待着。

(二十七)〈人们把茹科沃村叫做下贱村或者奴才村。〉

(二十八)有些大学生沿林荫道走着,互相拉着手,吵吵闹闹;其中有个人用手揉萨霞的胸脯。

(二十九)〈玛丽雅生过十三个孩子。〉

(三十)夜里基里亚克来了,大叫大闹。一个穿着衬裤的修士司祭。排字工人给他钱。一个扫院人把他往楼下推,弄得他像球似的滚下楼去,奇怪的是他仍旧活着。

(三十一)萨霞到了十三四岁就认为自己比她的漫不经心的母亲严肃,为母亲担忧。

(三十二)〈奥尔迦沉浸在对宗教的热忱中,忘了一切,后来才忽然发现自己有丈夫,有女儿,就高兴起来。〉

(三十三)〈墙上挂着一张克·阿同她那做邮差的丈夫一块儿照的相片;她只同他生活了一年,就按照自己的心意,离开他

走了。〉

（三十四）克·阿不相信那一套，可是按她的想法，礼仪要求在胸前画十字，要求持斋，如果老百姓不信教，大家就会在街上杀人了。

（三十五）任什么东西也不像钱那样使人昏昏沉沉，使人陶醉；钱一多，世界就显得比原来的面目美好了。

（三十六）伊·玛在任何天气都拿着雨伞，穿着雨鞋。

（三十七）〈村长：既然出了这样的灾祸，东正教徒们，出力吧。〉

（三十八）〈他们把尼古拉下葬了。他们在每一个农舍旁边停下来，进行祭祷。〉

第十七张

（一）村长：这些话真是岂有此理，大人；固然，契基尔杰耶夫家道贫寒，然而他们是不可靠的人［字迹模糊难认］，〈喝酒甚多，而且根据（这个）（这样的）而且由于他们喝酒甚多，多得不得了这一原因，他们是一班胡作非为之徒。糊涂之至。〉

（二）〈区警察局局长镇静地对奥西普说话，口气平和，仿佛向他要一杯水喝似的：“出去。”〉

（三）〈克拉甫嘉·阿勃拉莫芙娜以前常在林荫道上走动，常去参加化装舞会，可是现在年纪大了（就坐在家里）就开始坐在家里了，她的老顾客常到她这儿来，他们越来越少了。〉

（四）简直是活受罪。

（五）〈圣母节①是本村教堂的节日。他们喝光了村社的五十个卢布；不喝酒的得出钱，妇女们急得要命。他们大喝了三天。〉

（六）〈村长严厉，总是帮着上级说话；村社里没有任何秘密，

---

① 基督教中纪念圣母的节日，在俄旧历10月1日。

没有任何事是外人不知道的,大家不再像从前那样谈盖有金印的圣旨了。〉

(七)〈老人不信上帝(或者更确切些说),因为几乎从来也没有想到过上帝;喜鹊般的、动物性的生活。〉

(八)老爷们高贵,谈论对人们的爱,谈论自由,谈论帮助穷人,然而他们终究是农奴主,因为他们非用听差不可,并且随时侮辱他们。他们隐瞒着什么,对圣灵说谎。

(九)〈克拉甫嘉·阿勃拉莫芙娜认真地持斋了。〉

(十)〈玛丽雅做了一个梦,她说:"不,自由好得多!"〉

(十一)〈严厉的安契普·谢杰尔尼科夫常常把人送到监狱里去做苦工,有一次甚至把老奶奶送去了。〉

(十二)听差大声地自言自语。他要求萨霞给他讲一讲乡村里的情形。他已经七十六岁了,可是他说他六十岁。

(十三)听差鄙视商人和他们的小姐。

(十四)〈他喜欢在谈话里插些文绉绉的字眼,为此大家尊敬他,虽然并不能常常听懂他的意思。〉

(十五)〈玛丽雅送奥尔迦走出一程以后,就扑倒在地上,哭诉起来:"又剩下我孤单单一个人了,我这苦命人啊!"〉

(十六)〈这全得由地方自治局长官决定;如果你不满意,那么,凡是觉得不合法或者不合格局的人,可以在二十六日到行政会议(可以有)去口头或者书面申诉自己不满的理由。〉

(十七)〈萨霞嫌恶不干净的内衣的气味,(生活)臭烘烘的楼梯,嫌恶生活,然而又相信处在她的地位,这样的生活是不可避免的。〉

〈(十八)〈奥西普相信超感觉的东西,不过他认为这只同女人有关,(不久以前人家讲起某种奇迹)在人家说到奇迹,对他提出某种问题的时候,他总是不乐意地说:"谁知道呢!"〉

（十九）萨霞："离死还远,必须趁活着的时候抓紧生活。"就因为这个缘故,她才这样喜欢听排字工人那些不连贯的句子。

（二十）〈他们不教孩子们祷告和想到上帝,不对他们讲述教规,而只是不准他们在斋期吃荤罢了。〉

（二十一）如同我们现在对于残酷,特别是那些严刑折磨基督徒的人的残酷感到惊讶一样,日后我们也会对目前我们一方面假仁假义地对恶进行斗争,一方面又为同一种恶服务的虚伪感到惊讶,例如,人们谈论自由而又广泛地享用奴隶的劳动。

第十八张

而且不善于从它那儿取得它所能给的东西,却热切地贪求人世间没有,也不可能有的东西。①

第十九张

（一）〈有人在下面敲地板。伊莉娜也敲打来回报。那是楼下的房客。〉②

（二）娜：我从来也没有发过癔症。我可不是一个娇弱的女人。

（三）〈费奥格诺斯特〉〈费拉朋特从地方自治局执行处来,他是个耳朵有点聋的老头子："小洼地啦,小水沟啦,我呢,都走过来了,……不过那也好像没啥。我呢,有点像是一个小钻子。"他穿一件又旧又破的大衣,领子竖起来。〉

（四）娜·费老是对姐妹们说："哎,你变得难看了！哎,你见老了！"

（五）〈伊莉娜："我要到塔甘罗格去,在那儿做一种严肃的工作,目前呢,我在此地的银行里工作。"〉

---

① 《在朋友家里》。
② 从第一条起到第四十四条止与《三姐妹》有关。

575

(六)〈瓦莉雅:"我的头发怎么变白啦!"〉

(七)〈巴尔扎克在别尔季切夫①结婚。〉

(八)〈在第三幕里,索列内依来辞行:他调到另一个旅里去了。〉

(九)为了生活,必须有个可以寄托的东西……在内地,仅仅是肉体而不是心灵在工作。

(十)〈第三幕中,伊莉娜说:"你什么也不干!"玛霞说:"我服毒自杀过。"〉

(十一)〈切:要是有个女人爱过我,我现在就会有个情妇了。……必须工作,不过也必须爱,必须处在经常活动的情况中。就是这样的,先生。〉

(十二)〈伊莉娜是电报员,在第二幕里回到家来,讲起刚才有一位太太要打电报给住在萨拉托夫的她那(儿子)兄弟,说她的儿子死了,可是她无论如何也想不起地址了。……她只好没有地址就打出去,只打到萨拉托夫就完了。……她哭了。〉

(十三)人不会因为别人的罪过变得神圣。

(十四)库雷金:我是个快活人,我用我的心绪感染了一切人。

(十五)库在一些富人的家里教家馆。

(十六)伊莉娜在第三幕结尾。抱怨寂寞。

(十七)〈库知道玛霞服毒自杀后,首先是怕中学里的人知道这件事。〉

(十八)〈伊莉娜:这种工作多么糟糕! 一点也不用脑筋,一点也没有思想。〉

(十九)库在第四幕里没有唇髭。

(二十)〈库雷金来只是为了休息一下,坐一忽儿,聊一聊,定

---

① 乌克兰的一个城名。

一定神,吃点东西。……〉

(二十一)〈父亲死前不久,炉子里呜呜地叫。……现在又呜呜地叫。听见没有?多么奇怪啊!〉

(二十二)〈玛霞迷信,是个很好的音乐家。〉

(二十三)〈"您的妻子是个艺术家。"——"是的,校长和学生都很喜欢她;我很爱她,玛霞。她太好了。"〉

(二十四)〈库:房子值五万,必须大家平分。也就是分成四份,弟弟却一个人都拿走了。他想分,可是玛霞不愿意管。〉

(二十五)〈切医师老是梳头发,抿平它,喜欢自己的外貌:"叫我们见鬼去吧,亲爱的。"〉

(二十六)妻子要求丈夫:别发胖了。

(二十七)〈不要指望现在,不要希望现在;只有想象幸福的未来,想象由于我们而日后会出现的那种生活,才能获得幸福和欢乐。〉

(二十八)啊,要是有那么一种能使人越来越年轻、漂亮的生活就好了。

(二十九)伊莉娜:"没有父母很难生活。"——"没有丈夫也不行。"——"对了,没有丈夫也不行。你有话去跟谁说呢?向谁去抱怨呢?〈谁〉跟谁一块儿高兴呢?必须坚定地爱上一个人。"

(三十)库(对妻子):"我跟你结婚,真是幸福极了,所以才认为谈嫁妆,甚至提一提嫁妆都是不高尚的、不体面的。你别提了,别说了。……"

(三十一)别每天傍晚送伊莉娜下班回家。

(三十二)〈大家都把丈夫输钱的事瞒住他的妻子。〉

(三十三)〈医师:"今天杰米列尔斯基会到您这儿来吗?"——"会来又怎么样?"——"我欠着他钱呢。"〉

（三十四）〈士旬巴赫男爵,尼古拉·卡尔洛维奇,克罗涅-阿尔沙乌耶尔,尼古拉（卡尔洛维奇）·尔沃维奇。〉

（三十五）医师欣然参加决斗。

（三十六）没有勤务兵是困难的:没法拉铃叫人了。

（三十七）母亲老是讲话,时而讲包比克,时而讲索尼雅,讲他们多么出色。

（三十八）第二、第三、第六炮兵连四点钟走,而我们十二点钟正走。

（三十九）〈伊莉娜:"城里人说,你昨天在俱乐部里打牌,输了一千卢布。是真的吗?"——"是的,是真的。"〉

（四十）〈我的上帝啊,这些人由于空谈而多么痛苦,他们被生活给予他们的安宁和享受弄得忧虑重重,他们多么无耐心,无恒心,忐忑不安;另一方面,生活本身却保持原来的那个样子,没有改变,遵循它固有的规律,跟早先一样。〉

（四十一）〈人类将迷失方向,寻求目标,心怀不满,一直到找到自己的上帝为止。为了孩子或人类生活是不可能的。如果没有上帝,那就不为什么而活着,那就势必会灭亡。〉

（四十二）〈人要么就必须是有信仰的人,要么就必须是寻求信仰的人,否则他就是一个空虚的人。〉

（四十三）伊莉娜:"城里人说你昨天输掉三百卢布!"（奥尔迦也这样说）。

（四十四）〈士:为什么要等待三百年以后发生的事呢? 现在的生活就很好嘛。〉

（四十五）为孩子们另外开饭;不可以喝生水、吃不干净的肉、蔬菜,不能流汗。

（四十六）白天,关于女子中学风气败坏的谈话;傍晚,关于万物的退化和没落的演说;这以后到了晚上,人就想开枪自杀了。

（四十七）在我们城市的生活中没有悲观主义,没有马克思主义,任什么思潮也没有,只有停滞、愚蠢、庸碌……

（四十八）姐姐每年生孩子。

（四十九）费尼亚时而跑上楼来,时而顺着栏杆滑下楼去,连他的脑袋也嗡嗡地响起来了。

（五十）菲:他感到在费尼亚身上体现了他失去的那种生活。

（五十一）他在自己的院子里为她造了一个滑冰场,她穿着滑冰鞋走进滑冰场。

（五十二）他把〈米嘉〉格列勃送进莫斯科的中等武备学校。

（五十三）原是对生活的渴望,可是他以为这是想喝酒,他就喝葡萄酒。

（五十四）菲在市议会:谢·尼用哀鸣的声调说:"诸位先生,我们到哪儿去筹措资金啊？我们的城穷啊。"

（五十五）做一个闲散的人就是不由自主地老是听别人讲话,看别人工作;可是工作而劳碌的人倒很少听,也很少看。

（五十六）在滑冰场上他追尔,想追上她,而且他觉得他这是想追上生活,也就是追上那种已经不能挽回、既追不上也抓不住,如同抓不住自己的影子一样的生活。

（五十七）他不习惯于挺直身子,走得快,可是他强迫自己:突然挺起腰来,走下去了。

（五十八）只有一种想法使他容忍医师:如同他由于医师的无知而受苦一样,或许另外也有人由于他的错误在受苦。

（五十九）一个市立学校的督学:教师愚蠢,说普[希金]没有为教会做任何事情。

（六十）斯穷了,去做教音乐的家庭教师。

（六十一）然而这是否奇怪:全城一个音乐家也没有,一个演说家也没有,或者一个出众的人也没有。

579

（六十二）他注定了过一种害病的、孤独的、闲散的生活。

（六十三）名誉调解法官,孤儿院的名誉委员：什么都是名誉的。

（六十四）尔学习,老是学习。而他呢,在智力发展方面停顿下来,既不了解她,也不了解青年。

（六十五）〈听见〉Ut consecutivum①。②

（六十六）医师拿着手杖。

第二十张

这些女人的精神世界是那么灰色、暗淡,跟她们的脸和服装一样；她们讲科学、文学、倾向性等等,只是因为她们是科学家和文学家的妻子和姐妹；要是她们是警察所长或者牙科医师的妻子和姐妹,那么她们就会同样热心地谈火灾或者牙齿。让她们谈她们所生疏的科学,听她谈,就无异于迎合她们的无知。

第二十一张

这一切在实际上都是粗野而毫无道理的,饶有诗意的爱情变得毫无意义,如同一大块雪无意识地从山上滚下来而压死人一样。不过,人听音乐的时候,这一切,也就是说,一些人躺在坟墓里长眠而另外有个人却活着,如今头发白了,坐在包厢里,这种情况就显得平静,庄严,大雪块就不再显得毫无意义,因为自然界的一切都有意义。于是一切都得到谅解,而不谅解倒是奇怪的了。

第二十二张

倘使您号召前进,那就务必要指出究竟往什么方向前进。您会同意,如果不指出方向而同时对一个修士和一个革命者说出这句话,他们就会顺着完全不同的道路走去。

---

① 拉丁语的语法结构。
② 这一条同下一条与《三姐妹》有关。

第二十三张

经书里说:"父辈们,不要惹你们的儿女生气",甚至不好的、没出息的儿女也包括在内,可是父辈们惹得我生气,非常生气;我的同辈们,然后是比他们小的青少年们,都盲目地重复他们的话;〈而且〉每一分钟都有些好话扔到我的脸上来。

第二十四张

总管的〈侄〉小舅子费嘉对伊凡诺夫说,有大鹬鸟在树林的后边草地上找食。他就把枪装上砂弹。忽然,一只狼出现了。他开一枪。这一枪打碎了它的 ischiadic①。狼痛得晕头转向,没有注意到他。"我能做些什么呢,亲爱的!"他想啊想的,就回家去,把彼得叫来。……彼得拿着棍子。他做出可怕的脸相,就动手打。他不停地打,直到把狼打死为止。……他出着汗,走开了,什么话也没说。

第二十五张

(一)他是个黑发男子,留着短连鬓胡子,穿着漂亮的衣服;黑色的眼睛,乌黑的头发。他大讲臭虫、地震、中国。据他的姑姑说,他的未婚妻有八千嫁资,长得很漂亮。某保险公司的经理,等等。"你太漂亮了,宝贝儿,太漂亮了!而且还有八千![字迹模糊难认]你是个美人儿,今天朝你望一眼,我就周身发冷了。"

(二)他:地震是由水蒸发引起的。

(三)姓:古绥尼亚、卡斯特留里亚、乌斯特利查②。

"要是我到外国去,我就会由于有这样的姓而得到勋章。"

(四)"不能说我长得〈好〉美,然而我好看。"

第二十六张

(一)他坐在一辆街头马车上,瞧着出外的儿子,暗想:"也许

---

① 坐骨。
② 这些姓的原义是"傻娘儿们""锅""牡蛎"。

他属于另一种人,那种人不会再像我那样受这种糟糕的街头马车的颠簸,而是坐着气球上天了。"

(二)她漂亮得甚至可怕;乌黑的眉毛〈空谈〉。

(三)儿子什么话也不说,可是妻子感觉到他是敌人,感觉到了!他老是偷听……

(四)在太太们当中有那么多的糊涂虫!人们习以为常,因而不注意这一点了。

(五)他们常去剧院,读厚本的杂志,可是仍旧凶恶,不道德。

(六)〈他们一直演得很糟。〉

第二十七张

(一)薇拉:"我不尊敬你,因为你那么奇怪地结了婚,因为你一点成就也没有。……所以我就有了不告诉你的秘密。"

(二)糟糕的是极简单的事我们竭力用复杂的办法来解决,所以反而把它们弄得异常复杂了。必须寻找简单的解决办法。

(三)我幸福,满意,姐姐,不过要是我能出生第二次,而人家问我想不想结婚,我就会回答说不想。你想有钱吗?不想。……

(四)没有一个星期一不让位给星期二的。

(五)列诺琪卡在长篇小说里喜欢大公和伯爵,可是不喜欢小人物。她喜爱描写爱情的章节,然而〈受不了色情的描写〉是纯洁的和理想化的爱情,而不是色情。她不喜欢风景的描写。她喜欢对话而不喜欢描写。她读开头的时候就急着看一眼结尾。作者的姓名她不知道,也记不得。她用铅笔在页边上写着:真棒!妙极了!或者:活该!

第二十八张

(一)列诺琪卡唱歌而不张嘴。

（二）Post coitum①："我们包尔迪烈夫家的人素来以身体强壮出名。……"

第二十九张

　　头一批小溪

　　必须让他温柔地爱母亲

　　骗子手

　　只讲自己

　　成了寡妇

　　贝奇科夫耳聋

第三十张

　　不瞒您说，我们的唯一的异常宝贵的作家就是一八六七年写了作品的茹里亚勃科。

　　他最喜爱不搅扰他的心境的文学：莎士比亚、荷马……

　　他发现荷马、雨果、狄更斯有共同的特征，称他们为天然的作家；俄国的任何作者的作品他都不读，而且痛恨他们。

　　这是我的同事：从前，大约十五年前，我收到他的一封信，信中要求我设法发表他的一篇小说，可是他看来忘了这件事，不记得了；现在我们偶然在一个庄园里相逢了。

　　文学显然在折磨他，吸他的血，不容他安眠；他热烈地爱它，可是它没有同样回报他。

　　早晨我动身的时候，他在卧室里站着，还没有穿好衣服，带着憎恨的目光朝窗外瞧我，要知道我是一个作家！

　　唯一常到他家里去的人是加甫利连科（他把自己的姓写成加甫雷连科），他只说一句："非常感激您！"他按百分之十二的利率把钱借出去，自己却在贵族银行里按百分之四的利率借进钱来，而

---

　　① 拉丁语：在性交之后。

且仍旧认为自己是一个心善的正派人。

另外还有一个熟人到他那儿去:这是一个退伍的军人,爱喝酒,他也老是沉默着,只是在打牌的时候小声哼道:契尔里—契尔里—大兵契尔里。

他不读作品,可是痛恨而且看不起那些作品。

他吃饭的时候冒火了,嚷道:"舔干净[?]你的盘子!"

现在时兴谈论精神变态者,可是这哪里是什么精神变态者!简直是些假装疯人的骗子,如此而已。

日　记

萨哈林岛日记摘录

一八九〇年

九月十八日。科尔萨科夫哨所。警察局审问航海出事的美国捕鲸水手。五个美国人和一个黑人。他们说大船的船长打发他们坐着小艇去追鲸鱼;他们用鱼镖捕获一条鲸鱼,就用一根拖索把它拴在他们的船后边,那条小艇因为航行吃力而漏水;他们只好砍断拖索,放掉鲸鱼。天黑了,大船却还看不见。早晨满天大雾。后来他们在海上一连四天遇上暴风雨,所带的面包只剩下十磅了。海浪把他们抛在萨哈林岛东南岸的托宁海岬近旁。

一八九六年至一九〇三年的日记

一八九六年

我的邻居符·尼·谢敏科维奇①对我说他的舅舅，著名抒情诗人费特-宪欣坐马车走过莫霍瓦亚街的时候，总是放下马车的窗子，对那所大学吐唾沫。他咳一声，吐口唾沫：啐！赶马车的对这件事十分习惯，每次经过大学就让马车放慢速度。

一月间我到彼得堡去过，在苏沃林②家里下榻。我常到波塔片科③那儿去。我同柯罗连科见过面。我常去小剧院。有一天我同亚历山大④走下楼去；这时候，包·韦·盖⑤从编辑部里走出来，愤慨地对我说："为什么您挑拨老头子（即苏沃林）反对布列宁⑥？"其实我在苏沃林面上从来也没有对《新时报》的撰稿人作过恶评，虽然其中大多数我很不喜欢。

二月间我路过莫斯科，到列·尼·托尔斯泰家里去了一趟。

---

① 契诃夫在他的庄园梅里霍沃附近的邻居。
② 俄国新闻记者和出版者，《新时报》的发行人。
③ 见本书第534页注②。
④ 契诃夫的大哥，作家，当时担任《新时报》编辑部的秘书。
⑤ 指《新时报》撰稿人包格丹·韦尼阿米诺维奇·盖曼。
⑥ 《新时报》的小品文作者和批评家。

他在生气,尖锐地批评颓废派,同包·契切陵①争论了一个半钟头,依我看来,契切陵一直是在胡说。塔契雅娜②和玛丽雅·利沃芙娜③在摆牌阵;她们两个人在占卦,要求我抽出一张牌来,我接连几回每次抽到的都是黑桃爱司,这使她们很难过;原来这副牌里凑巧有两张黑桃爱司。她们两个人异常可爱,她们对父亲的态度令人感动。伯爵夫人④整个傍晚否定画家格⑤。她也在生气,

五月五日。教堂执事伊凡·尼古拉耶维奇送来他照着相片画成的我的肖像。傍晚,符·尼·谢敏科维奇把他的朋友玛特威·尼卡诺罗维奇·戈路包科甫斯基带到我家里来。这人是《莫斯科新闻》国外版的负责人,《事业》杂志的主编,莫斯科皇家剧院的医师。他给人留下大蠢人和坏蛋的印象。他说,"世界上再也没有比下流的自由主义报纸更有害的了";他还说,他医过病的农民们非但不花钱得到了他的治疗和药品,还向他要茶钱。他和谢敏科维奇谈到农民的时候怀着痛恨和憎恶的情绪。

六月一日我到瓦冈科沃墓园去,在那里看到死于霍登的人⑥的坟墓。我和伊·亚·巴甫洛夫斯基⑦,《新时报》的巴黎记者同车到梅里霍沃。

八月四日。塔列日村的学校⑧的成立仪式。塔列日村、别尔肖沃村、杜别切诺村、谢尔科沃村的农民们送给我四个面包、一个神像、两个银盐瓶。谢尔科沃村的农民波斯特诺夫发表演说。

---

① 俄国法学家,哲学家。
②③ 托尔斯泰的两个女儿。
④ 指托尔斯泰的妻子。
⑤ 指俄国画家尼古拉·尼古拉耶维奇·格。
⑥ 1896年,沙皇尼古拉二世即位,在莫斯科霍登广场举行加冕礼,发放沙皇礼物时秩序很乱,广场上拥挤不堪,发生惨剧,死二千人,伤数万人。
⑦ 契诃夫的同乡,塔甘罗格人,契诃夫从小同他相识。
⑧ 由契诃夫出资建成。

从八月十五日起到八月十八日,米·奥·缅希科夫①在我家做客。他被禁止发表文章,现在他轻蔑地批评加依杰布罗夫(儿子)②,加依杰布罗夫对新的出版总署署长说,他不会单为缅希科夫一个人牺牲《周报》,"我们总是预测到书报检查机关的意图而预先付诸实现。"缅在干燥的天气穿着雨鞋,带着雨伞,免得中暑而死,害怕用冷水洗脸,抱怨他的心里发紧。他从我这儿走后就到列·尼·托尔斯泰家里去了。

八月二十四日我离开塔甘罗格。在罗斯托夫我同中学同学列甫·沃尔肯希坦律师一起吃晚饭,他已经在基斯洛沃茨克有一所自己的房子和一所别墅了。我到纳希切万去了一趟,多大的变化呀!所有的街道上都装了电灯。在基斯洛沃茨克,在萨福诺夫将军的葬礼上,我遇见亚·伊·楚普罗夫③,后来在公园里遇见阿·尼·韦塞洛甫斯基④,二十八日同希坦盖尔男爵一起出外打猎,在别尔马穆特过夜;寒冷,极大的风。九月二日在新罗西斯克。轮船"亚历山大二世"号。三日到达费奥多西亚,在苏沃林家里住下。我见到伊·康·阿依瓦左甫斯基⑤,他对我说:"你不愿意跟我这个老头子结交。"按他的想法,我应当去拜访他。十六日在哈尔科夫我到剧院去看《智慧的痛苦》。十七日在家:天气好极了。

符·谢·索洛维约夫⑥对我说,他的裤子口袋里老是放着五倍子,这样做,依他的看法,能彻底治好痔疮。

十月十七日。亚历山德拉剧院上演我的《海鸥》。没有获得成功。

---

① 俄国文学家,当时担任《周报》编辑,后来成为《新时报》的评论家。
② 《周报》的主编。
③ 莫斯科大学教授,经济学家。
④ 俄国文学史家,俄罗斯文学爱好者同人会主席。
⑤ 俄国海景画家,当时七十九岁。
⑥ 俄国唯心主义哲学家,神秘派诗人。

二十九日。我参加谢尔普霍夫①的地方自治局会议。

十一月十日。我收到阿·费·柯尼②的信,他写道,他很喜欢《海鸥》。

十一月二十六日傍晚,我们家里发生了一次火灾。谢·伊·沙霍夫斯科伊③参加救火。救火以后,公爵告诉我说,有一次他家里夜间起火,他提起一大桶水,有十二普特重,浇在火上。

十二月四日。关于十月十七日的演出可以看《戏剧爱好者》,第九十五期,第七十五页。不错,我是从剧院逃走的,不过那是在戏已经结束的时候。有两三幕戏我是坐在列芙凯耶娃④的化妆室里度过的。幕间休息时,有些穿着文官制服、佩戴着勋章的戏剧界官员来看她,波果热夫⑤还戴着星章;还来了一位年轻漂亮、在国家警察机关供职的官员。如果有谁硬要插手他所生疏的工作,例如艺术,他由于不能成为艺术家,就不可避免地变成官僚。有多少人穿上文官制服后,就是这样寄生在科学、戏剧、绘画的周围啊!同样,凡是对生活生疏,不善于生活的人也没有别的路走,只有做官僚。发胖的女演员们在化妆室里对官员们很热情和恭敬,抱着阿谀奉迎的态度(列芙凯耶娃表示满意,因为波果热夫这么年轻就已经有了星章);这是些上了年纪的可敬的女管家和女农奴,此刻老爷们前来看望她们了。

十二月三十一日。风景画家彼·伊·谢烈京来了。

---

① 契诃夫的庄园梅里霍沃所在的县名。
② 俄国法律工作者,文学工作者,自由民主派的社会活动家。
③ 俄国公爵,地主,住在梅里霍沃附近。
④ 彼得堡的亚历山德拉剧院的女演员,那天以《海鸥》作为她的福利演出的剧目。
⑤ 彼得堡的皇家剧院的办公室主任。

一八九七年

从一月十日起到二月三日：户口调查。我是第十六区的统计员，而且指导我们巴维金斯卡亚乡的其余（十五个）统计员。大家都工作得极好，只有斯塔罗斯巴斯基教区的一个教士和地方自治局长官加里亚希金（区户口调查的负责人）除外，这个长官几乎一直住在谢尔布霍夫城里，在那儿的俱乐部里吃晚饭，打电报给我说他病了。关于我们县的地方自治局的其他长官们，据说也是什么事都没做。

像尼·谢·列斯科夫和谢·瓦·玛克西莫夫①这样的作家不会在我们的批评家那儿获得成功[……]。彼得堡的公众大多数受这些批评家的指导，奥斯特罗夫斯基②从来也没有在这种公众那儿获得成功，连果戈理也不能引他们发笑了。

在"有上帝"和"没有上帝"之间有整整一个广阔的地域，真正的贤哲要费很大的劲才能穿过这个地域。可是俄国人只知道这两个极端中的一个，而对两者之间的中段不感兴趣；所以他们照例什么也不知道，或者知道得很少。

犹太人改换宗教信仰的那种随随便便的态度，许多人以淡漠为之辩护。然而这不成其为理由。必须尊重自己的淡漠，无论如何不改变它，因为一个好人的淡漠也是一种宗教。

二月十三日。瓦·阿·莫罗佐娃的宴会。在座的有楚普罗

---

① 俄国作家，民族志学者。
② 俄国剧作家。

夫、索包列夫斯基①、勃拉拉木堡②、萨勃林③和我。

二月十五日。索尔达千科夫家的煎饼。在座的只有我和戈尔采夫④。有许多好画,可是几乎都挂得不好。吃完煎饼以后我们坐车到列维坦⑤家里去,索尔达千科夫在那儿买了一幅画和两幅画稿,共花去一千一百卢布。同波列诺夫⑥相识。傍晚我到奥斯特罗乌莫夫⑦教授那儿去;他说列维坦"免不了要死"。他自己有病,大概胆怯了。

二月十六日。傍晚大家聚集在《俄罗斯思想》编辑部里,参加有关人民剧院的会议。大家都喜欢谢赫捷尔⑧的设计图。

二月十九日。在大陆饭店举行宴会纪念伟大的改革⑨。乏味而荒唐。吃饭,喝香槟酒,喧哗,发表以人民的自觉、人民的良心、自由等等为题的演说,同时饭桌四周那些穿着礼服的奴隶,无异于农奴,川流不息,马车夫则在街头的严寒中等待着,这等于在向圣灵说谎。

二月二十二日。我到谢尔布霍夫去观看为诺沃谢尔基学校募捐的业余演出。扮演汉奈蕾⑩的奥节罗娃⑪把我送到察里津;这个小小的被放逐的女王是个自以为伟大的女演员,没有教养,有点庸俗。

---

① 莫罗佐娃的丈夫。
② 沙皇亚历山大二世的妻子尤里耶甫斯卡雅女公爵的雅尔塔领地的总管。
③ 《俄罗斯新闻》的编辑。
④ 《俄罗斯思想》杂志的主编。
⑤ 见本书第547页注③。
⑥ 俄国风景画家。
⑦ 莫斯科大学教授,内科医师。
⑧ 俄国建筑师,画家,契诃夫的朋友。
⑨ 指1861年俄国废除农奴制度的改革。
⑩ 德国剧作家豪普特曼(1862—1946)的剧本《汉奈蕾升天记》的女主人公。
⑪ 彼得堡的文艺小组剧院的女演员。

从三月二十五日到四月十日,我在奥斯特罗乌莫夫的医院里躺着。咯血。两个肺尖有罗音,呼气声,右肺声音低沉。三月二十八日,列·尼·托尔斯泰来看我;我们谈到永生。我对他讲诺西洛夫的短篇小说《沃古尔人的戏剧》的内容,他似乎听得很愉快。

五月一日。伊凡·谢格洛夫①到我的家里来。他感谢我以茶、饭款待,他道歉,生怕误了火车,说很多的话;常常想到他的妻子,像果戈理的米茹耶夫一样,把他的剧本的校样递给我,要我读一下,时而递一页,时而又另递一页,他扬声大笑,骂缅希科夫,说他被托尔斯泰"吞吃了";他保证,要是斯塔秀列维奇②以共和国总统的资格参加检阅,他就会开枪打斯塔秀列维奇,说完又哈哈大笑,他喝白菜汤而弄脏了唇髭,吃得很少,不过归根到底不失为一个好人。

五月四日。修道院的修士们来做客。达霞·穆西娜-普希金娜③来了,她是格列包夫工程师的遗孀,格列包夫在一次打猎中死于非命;而她是一只"蝉"。她唱了很多。

五月二十四日,契尔科沃村有两个学校举行考试:契尔科沃学校和米哈伊洛夫学校。

七月十三日,我在诺沃谢尔基村修造起来的学校举行成立仪式。农民们送给我一个带题词的神像。地方自治局没有来人参加。

画家勃拉兹(为特列嘉柯夫美术馆)给我画像④。我一天让他画两次。

七月二十二日。我因为调查户口而获得一枚奖章。

---

① 俄国作家,剧作家,契诃夫的朋友。
② 历史学家和评论家,《欧洲通报》杂志的主编兼发行人。
③ 彼得堡的亚历山德拉剧院的女演员。
④ 俄国画家勃拉兹应巴·米·特列嘉柯夫的约请特为契诃夫画像。

七月二十三日。我在彼得堡。住在苏沃林家的一个厅堂里。我见到符·吉洪诺夫①,他抱怨他的癔病,称赞自己的作品;我见到彼·格涅季奇②和叶·卡尔波夫③,后者做出姿势,告诉我列依金怎样表演西班牙贵族。

七月二十七日,到伊凡诺夫斯科耶村列依金家里。二十八日在莫斯科。住在《俄罗斯思想》的编辑部里,长沙发上有臭虫。

九月四日。到达巴黎。Moulin rouge, danse du ventre, Café du Néant 带棺材, Café du Ciel 等等。

九月八日。在比亚里茨。符·米·索包列夫斯基和瓦·阿·莫罗佐娃在此地。在比亚里茨每个俄国人都抱怨这儿的俄国人太多。

九月十四日。巴约讷④。grande course landaise. 斗牛。

九月二十二日。自比亚里茨经图卢兹赴尼斯,

九月二十三日。尼斯。住在 Pension Russe. 结识玛克辛·柯瓦列夫斯基,在保耳⑤他的家里吃早饭,在座的有尼·伊·尤拉索夫和画家雅各比。赴蒙特卡洛⑥。

十月七日。一个暗探的自白。

十月九日。我看见巴希基尔采娃⑦的母亲玩轮盘赌。不愉快的景象。

十一月十五日。蒙特卡洛。我看见赌场的庄家偷金币。

---

① 俄国作家,《北方》杂志的主编。
② 俄国作家。
③ 彼得堡亚历山德拉剧院的导演。
④ 见本书第472页注①。
⑤ 在尼斯附近。
⑥ 摩纳哥城市。
⑦ 见本书第472页注⑩。

595

一八九八年

四月十六日。在巴黎。结识玛·玛·安托科尔斯基①,商谈有关彼得大帝纪念像的事②。

五月五日。回家。

五月二十六日。索包列夫斯基来到梅里霍沃。必须记一下,在巴黎我虽然遇上多雨而寒冷的天气,却毫不乏味地在那儿度过两三个星期。我同玛·柯瓦列夫斯基一块儿到达那里。有许多有趣的熟人:Paul Boyer③, Art. Roë④, Bonnier⑤, 玛特威·德雷福斯⑥,德·罗比尔梯⑦,瓦里谢甫斯基⑧,奥涅京⑨。在伊·伊·舒金⑩家里吃早饭和午饭。我坐特别快车到彼得堡,从那儿转到莫斯科。到家里,我正赶上极好的天气。

缺乏教养的、粗鲁的一个小小的例子。在一次宴会上,批评家普罗托波波夫走到玛克辛·柯瓦列夫斯基跟前,同他碰杯,说:"趁科学还没有贻害于人民,为科学干杯。"

---

① 俄国雕塑家。
② 契诃夫受到他的家乡塔甘罗格市政当局的委托,请安托科尔斯基设计塑造彼得一世的纪念像。
③ 保罗·布瓦耶,法国语言学家,俄语专家。
④ 法国军事文学作家帕特里斯·马翁的笔名。
⑤ 博尼埃,法国植物学家。
⑥ 被法国陆军部诬告为间谍而定罪的犹太血统的军官德雷福斯的弟弟。
⑦ 俄国社会学家,巴黎的俄罗斯社会科学高等学校的教授。
⑧ 波兰历史学家和作家。
⑨ 俄国的普希金资料收藏家。
⑩ 俄国的语文学家,教授,巴黎的俄罗斯高等学校的创办人之一。

一八九九年

九月

七日。电话装好。

八日。叶·亚①和米·巴·契诃夫②到达此地。

九日。给穆斯塔法③四十八个卢布。由电话转达电报的费用十个卢布。

十七日。结识监狱总署署长萨洛蒙。

三十日。寄往尤里耶夫二十个卢布。寄往拜达尔二十八个卢布六十个戈比。

十月

二日。山上有雪,挺冷。寄往"锡诺普"七十个卢布。库尔金④前天走了。

十一日。寄给相互信贷公司期票一张,一千卢布。

十三日。寄给同一公司期票一张,二千。天暖。

二十五日。玛霞⑤走了。极好而温暖的天气。

二十六日。给安德留希科维奇二十个卢布。艺术剧院首次上演《万尼亚舅舅》。

三十一日。寄往苏呼米三十四个卢布。寄往拜达尔二十八个

---

① 叶芙格尼娅·亚科夫列芙娜,契诃夫的母亲。
② 契诃夫的小弟米哈依尔·巴甫洛维奇·契诃夫。
③ 契诃夫别墅里的工人。
④ 在谢尔布霍夫县工作的地方自治局医师,契诃夫的亲密的朋友。
⑤ 契诃夫的妹妹玛丽雅·巴甫洛芙娜·契诃娃。

卢布六十个戈比。

十一月

一日。雨。从莫斯科寄来三千五百卢布。从艺术剧院寄来二百六十卢布。

二日。雨。

八日。天气一直极好。

九日。根据抵押契约付给伊·福·切尔尼亚甫斯基三千卢布。穆斯塔法走了。雨。

十二日。阿尔塞尼①受雇,每月工资十八个卢布。

十四日。冷,下雪,零度。

十七日。这是第二天刮大风,有雨。

二十六日。寄往尤里耶夫二十个卢布。自来水管道。

二十七日。雪。一切都变白了。

二十八日。大地呈白色。雨。

二十九日。寄往拜达尔二十八个卢布六十个戈比。

十二月

八日。海上风浪很大。严寒。房子保了险。

一九〇〇年

一月

十六日。当选名誉院士的消息。

---

① 契诃夫的别墅里的工人。

十七日。身体不适。

二十三日。寄给亚历山大①一千卢布。

二月

三日。极好的春季天气。

五日。雨。冷。

六日。雇用花匠米·伊·索科洛夫。给叶尔巴捷夫斯基②一千卢布。

二十三日。寄往"西诺普"二十个卢布。冷,半度。这些天山茶开花。

三月

四日。雪。维什涅夫斯基③在雅尔塔。

一九〇一年

九月十二日。到列夫·托尔斯泰家去。

十二月七日。同列·尼·托尔斯泰通电话。

一九〇三年

一月八日。《历史通报》一九〇二年十一月号,《七十年代莫斯科的艺术生活》,作者伊·尼·扎哈陵。这篇文章里说,似乎我把《三姐妹》送往戏剧文学委员会了。这不合乎事实。

---

① 指契诃夫的大哥亚历山大·巴甫洛维奇·契诃夫。
② 作家,医生。
③ 莫斯科艺术剧院的演员,塔甘罗格人,契诃夫在中学时代的同学。

契诃夫在巴·叶·契诃夫①的梅里霍沃日记中所写的笔记

一八九三年

三月十五日,十六日。公羊跳跃。玛留希卡②高兴。

十七日。巴·格·契诃夫③赴莫斯科。白昼二度。运来燕麦。

十八日。零下一度。下雪。谢天谢地,大家都走了,只剩下两个人:我和契诃夫夫人。

十九日。零下五度。玛霞和米齐诺娃④来。天气晴朗。

二十日。零下五度。天气晴朗。温室建成。妈妈梦见一只母山羊站在一个瓦罐上。

二十一日。五度。谢玛希科⑤来。吃煎牛乳房。

二十二日。六度。谢玛希科走。

---

① 巴威尔·叶果罗维奇·契诃夫,契诃夫的父亲。
② 契诃夫家在梅里霍沃时的厨娘。
③ 应是巴·叶·契诃夫,契诃夫的父亲。
④ 契诃夫家熟识的一个姑娘。
⑤ 契诃夫家熟识的一个提琴手。

二十三日。三度。妈妈梦见一只鹅戴着教士的法冠。这是吉兆。玛希卡肚子痛。宰了一头猪。

一八九五年

五月十三日。萨沙①为安托沙②和玛霞翻阅这本日记,想查一下是否不久就要下雨。天气多云,空中有了雨意,而萨沙虽然聪明,却仍旧是傻瓜(安·契诃夫)。

十月八日。早晨晴朗;大家带着猎狗去打猎,可是没有在兽穴中找到獾。傍晚,谢敏科维奇一家人来,被火灾吓坏,走了。

九日。天阴。中午四度。用厩肥盖在石刁柏上。玛·罗·谢玛希科和玛霞动身去莫斯科。列维坦来。傍晚,〈列希诺〉奥克谢诺村起火。

十日。早晨零下三度;园子里和田野上因为雾凇而发白。花冻坏了。天气晴朗。十五度。郁金香已经种下。菜园已经耕过。

十一日。天阴,六度。列维坦走。

十二日。早晨五度。夜间气温未到零度以下,从树林里运来木柴。天暖,整天晴朗。在玫瑰上覆盖干草。

十三日。夜间和早晨八度。天阴。中午十一度。

一八九六年

四月八日。把保险费寄到储蓄银行:五头奶牛和一头公牛缴六个卢布,五头小母牛缴两个卢布五十个戈比,共计八个卢布五十

---

① 亚历山大的爱称,指契诃夫的大哥亚历山大·巴甫洛维奇·契诃夫。
② 安东的爱称,即契诃夫本人。

个戈比。

五月十日。昨天椋鸟巢里孵出小鸟;椋鸟停止歌唱。郁金香开花。中午二十五度。米沙①和他的妻子来。傍晚下雨。

十一日。早晨天阴。中午也阴,十五度。种三叶草。万尼亚②一家人来。

十二日。圣灵降临节。夜间大雨。早晨有雨。天气惹人愁闷。十度。中午十七度。米沙和他的妻子为午饭准备了羊肚菌。饭后下暴雨,雷电交加。

十三日。早晨晴朗,早晨八点钟二十度。东北风。中午二十七度。白昼是温暖的好天气。花移栽在小畦里。傍晚安静,有露水。月亮。

十四日。早晨安静,无云,阴凉处十六度。中午二十二度。教师来吃午饭。常有门铃声。瓦连尼科夫先生整天放枪。

十五日。早晨安静,天气阴有雨,十二度。移栽胡椒、番茄、茄子。种黄瓜。中午二十六度,晴朗。巴·叶·契诃夫从莫斯科回来。

一八九八年

八月二十日。早晨天气极好。午饭后天阴,下小雨。天气暖和。纳·米·林特瓦烈娃③和塔·利·谢普金娜-库珀尔尼克④走了。

二十一日。从早晨起天气暖和,有雨。中午三十度,晴朗。傍

---

① 契诃夫的小弟米哈依尔·巴甫洛维奇·契诃夫。
② 契诃夫的四弟伊凡·巴甫洛维奇·契诃夫。
③ 契诃夫家的女友,女教师。
④ 俄国女作家和翻译家。

晚天阴。月亮。

二十二日。早晨天阴。中午晴。米·奥·缅希科夫来。医师维特和索斯宁来。在瓦连内科夫那儿开会。

二十三日。早晨八度,中午九度。从早晨起下雨。人们赶车到乌格留莫沃村去为学校运砖。

二十四日。昨日夜间寒冷。早晨三度。风。晴。米·奥·缅希科夫走。

二十五日。早晨五度,天阴;白昼晴。罗曼①去埋葬他的妻子奥里木皮阿达②。

二十六日。早晨六点钟三度,天冷,青草上有露水,呈暗白色;将近中午暖和起来,十四度,有太阳,安静无风,天气晴和;池塘里鲫鱼成群地游动。蘑菇几乎没有。伊·巴·契诃夫③来。

二十七日。晴朗暖和的天气;早晨三度,可是中午二十四度,在阳光下很热。人们送来萨瓦-兹韦尼哥罗德的神像。神甫维诺格拉多夫来,喝茶,吃饭。玛霞赴莫斯科。尼·米·叶若夫④来。四点钟天气大变,下雨了。

二十八日。早晨七度,天阴,冷。中午七度。天气阴沉,令人烦闷。伊·巴·契诃夫傍晚六点钟动身去莫斯科。梅里霍沃的女教师和符·尼·拉迪任斯基⑤来。

二十九日。早晨五度。有雨,天冷,饭馆附近道路泥泞。梅里霍沃村的学校举行〈成立仪式〉祈祷。神甫在我们家里吃午饭。正房里生了火炉。中午八度。〈傍晚〉举行文学晚会:拉迪任斯基朗诵他的诗,在座的有住别墅的女客们。

---

① ② 契诃夫的庄园梅里霍沃里的工人。
③ 指契诃夫的弟弟伊凡·巴甫洛维奇·契诃夫。
④ 俄国作家,契诃夫的旧友。
⑤ 俄国文学家,地方自治局活动家。

603

三十日。早晨四度。潮湿、闷人的天气；有雨。中午八度。又举行文学晚会。

三十一日。早晨七度。天气晴朗，可是太阳常常躲到云里去。中午十七度。符·尼·拉迪任斯基走。

九月一日。早晨四度。白昼晴朗而暖和。中午二十六度。神甫维诺格拉多夫在这里吃午饭。学校开课。兵士亚历山大·克烈托夫回到莫斯科去。菜园里开始收割蔬菜。夜间下大雨。

九月二日。早晨十一度。下雨。有蘑菇出现。

题 解[1]

---

[1] 本题解根据原书所附的注释节译,注释者为 M. Л. 谢马诺娃和 E. H. 孔申娜,译者为倪延英。

《寄自西伯利亚》

最初发表在《新时报》一八九〇年第五一四二、五一四三、五一四四、五一四五、五一四六、五一四七（六月二十四、二十五、二十六、二十七、二十八和二十九日）以及五一六八、五一七二（七月二十和二十四日）、五二〇二（八月二十三日）号上，署名安东·契诃夫。

这篇特写是契诃夫于一八九〇年夏天，在前往萨哈林旅行途中写的。

契诃夫在旅途中"记了简短的日记"，其中除了对大自然的速写，对不同典型人物、日常生活情景、某些插曲的素描外，还记下了自己对这个地区的未来的一些想法。

契诃夫于一八九〇年四月二十一日从莫斯科出发，乘火车到达雅罗斯拉夫尔。在雅罗斯拉夫尔，他乘轮船顺着伏尔加河和卡马河航行，接着，从彼尔姆乘火车到秋明（中途在叶卡捷琳堡停留）；从秋明到贝加尔之间，他是骑马行路的（中途在秋明、伊希姆、托木斯克、克拉斯诺亚尔斯克和伊尔库茨克停留）；乘轮船过了贝加尔湖以后，重新骑马至斯列坚斯克；从斯列坚斯克又乘轮船顺着石勒喀河和阿穆尔河到尼古拉耶夫斯克，然后横渡鞑靼海峡，抵达北萨哈林。当时在西伯利亚还没有铁路，契诃夫不得不在"致命的道路"上骑马走了四千多俄里。在西伯利亚"骑马长途旅行"近两个月的时间里，作家，按他的话来说，与严寒，与泛滥的河水，"与难以摆脱的泥泞，与饥饿，与困倦"进行了"殊死的斗争"。

尽管这次旅行的条件恶劣，经受了种种磨难，但是契诃夫对此行还是满意的："途中十分艰难，有时使人难以忍受，甚至叫人苦恼不堪"（一八九〇年六月五日给伊·列·列昂季耶夫－谢格洛夫的信),"但是我还是感到满意,而且感谢上帝赋予我以力量和机会来作这次旅行"(一八九〇年六月五日给尼·阿·列依金的信)。一路上,契诃夫的情绪始终高涨、"热烈"。

为了研究流放犯的生活而取道西伯利亚前往萨哈林之行是在移民西伯利亚成为当时的迫切问题之际进行的。上一世纪末,由于俄国社会生活的活跃,在西伯利亚的进步人士中,越来越频繁地发出反对向西伯利亚和萨哈林强制移民,反对当局的独断专行和流放犯、苦役犯的无权地位,反对一切阻碍边区正常发展的呼声。尽管书刊检查机关一再查禁,这些问题还是愈益顽强地出现在报刊上(《东方述评》,一八九〇年,第九期,二月十五日;第十七期,四月二十九日;第十九期,五月十三日;第二十二期,六月三日)。

在契诃夫之前不久,格列勃·乌斯宾斯基于一八八八年作了西伯利亚之行,发表了《途中书信》,其中显明地描述了西伯利亚移民的艰难情况。在一八八五年至一八八六年之间,美国新闻记者凯南在西伯利亚调查了俄国政治流放犯的情况,撰写了一组特写《西伯利亚和流放》。

当地的西伯利亚报纸过去对格列勃·乌斯宾斯基、凯南的来临作出了反应,对这次契诃夫的旅行也同样怀着兴趣加以关注,它们有时把他的特写全部转载,有时摘录发表。

在作家同时代人的评论中,指出了契诃夫的这些特写的杰出不凡。伊·列宾在一八九〇年七月二十五日给弗·斯塔索夫的信中说:"安·契诃夫寄自西伯利亚的信是何等卓越啊!"符·吉洪诺夫在他的日记中写道:"安东·契诃夫具有多么强大、纯粹自发的力量……他现在前往萨哈林,途中撰写了通讯报道,你读了就会感到心头宽松:我们拥有为各时代增光的天才,我们就不会变得贫乏、可怜了。"(《文学遗产》,第六十八卷,苏联科学院出版社,莫斯科,一九六〇年版,第四九六页)

《萨哈林岛》

旅行札记

前面十九章发表在《俄罗斯思想》杂志一八九三年第十期(十月)、第十一期(十一月)、第十二期(十二月),一八九四年第二期(二月)、第三期(三月)、第五期(五月)、第六期(六月)、第七期(七月)。第二十、二十一、二十二、二十三期经过稍加改动和增补,由《俄罗斯思想》杂志出版了单行本。第二十二章还在成书以前就发表在科学—文学汇编《救济饥民》上,由《俄罗斯新闻》报于一八九二年出版。这一长篇特写经作者重新修改后收入他自编的文集第十卷。

《萨哈林岛》一书是安·巴·契诃夫于一八九〇年前往萨哈林旅行的成果。这次旅行是契诃夫真正的崇高功绩,是作家生活和创作中完全合乎规律的事。它与八十年代末契诃夫对社会现实的批判态度,与他对人民和祖国的责任感、对自己创作的不满有关。萨哈林之行加强了他从八十年代后半期起在其创作中日益增长的抗议情绪。伊·列·列昂季耶夫-谢格洛夫在给契诃夫的信中对"可悲的新闻"感到痛心,找不到解释,何以"福法诺夫进了疯人院,格列勃·乌斯宾斯基害了幻觉症……巴兰采维奇要求与某个坏蛋进行决斗,像莱蒙托夫那样结束自己的生命"(一八九〇年三月二十日),契诃夫在回信中写到有必要寻求解答这一折磨大家的问题:"怎么办?"如果这一问题得到了解答,那么,"福法诺夫就不会进疯人院,迦尔洵至今还会活着,巴兰采维奇就不会感到忧郁,我们也不再会像现在那样觉得烦闷和无聊……"(一八九〇年三月二十二日)

为了力求解答折磨他的一些问题,认识祖国,储存新的印象,这就是他于八十年代末"四处漫游"的原因。他曾到乌克兰、高加索、克里米亚、伏尔加河沿岸、波斯等地旅行。但是这几次旅行并不使他感到满足。他改变了继续旅行的计划,回到了莫斯科。看来,在这个时候,他启程去萨哈林的计划成熟了。契诃夫想要看一下俄罗斯的那些非正义、专横、压迫暴露得特别尖锐的角落,然后把所见所闻公之于众,激发社会对国内所发生的一切的责任感。

契诃夫的萨哈林之行仿佛是对自由主义和民粹主义批评家们认为契诃夫是个缺乏热情、无原则、不关心政治的作家这一看法的答复。他在动身以前几天给《俄罗斯思想》杂志的主编沃·米·拉甫罗夫的信中写道:"我本来大概不会对诽谤作出答复,但是日内我就要启程离开俄罗斯,也许不再回来,于是忍不住就要答复一下。我从来不是一个无原则的作家,或者说,一个骗子,这两者是一回事。"(一八九〇年四月十日)

契诃夫花了几个月时间(从一八八九年底到一八九〇年四月中旬),以非凡的精力对这次旅行作了仔细的准备。他研究了刑法,俄国监禁和流放史、萨哈林移民史,熟悉了该岛考察者——地质学家、民族学家等的著作以及俄国和外国旅行家们(克鲁森施滕、冈察洛夫等)所写的书,阅读了俄国作家们,如谢·马克西莫夫、陀思妥耶夫斯基、柯罗连科等描绘苦役和流放的作品和报纸杂志上的通讯报道,并且参阅了监狱总署的官方报告。

契诃夫在准备去萨哈林之时,试图获得自由进入岛上所有的监狱和移民点的许可。他按照朋友们的建议,请求监狱总署署长加尔金-符拉斯基和伊克斯库利男爵夫人予以协助。但是作家很快就明白,对有权势人物的这种请求无补于事。当局不仅不对前往萨哈林的作家予以协助,而且千方百计地企图阻挠他。加尔金-符拉斯基下了不准契诃夫与政治流放犯接触的密令。他的这一命令促使萨哈林岛的长官柯诺诺维奇将军也向各区发布了"不能让契诃夫与国事流放犯有任何往来"的密令。在加尔金-符拉斯基的密令之后,阿穆尔河沿岸地区的总督柯尔夫男爵要契诃夫保证不与政治犯交往(见契诃夫一八九六年三月二十一日给德·马努恰罗夫的信,收入《文学遗产》,第六十八卷,苏联科学院出版社,莫斯科,一九六〇年版,第一九七页)。

契诃夫于一八九〇年七月十日到达萨哈林。在逗留岛上的三个月期间,作家紧张地工作着。为了熟悉狱中犯人和移民区的流放犯的生活情况,他对萨哈林的居民作了统计调查,填写了一万张统计卡片(其中一部分保存在列宁图书馆和苏联中央国家文学艺术档案馆)。契诃夫还写日记,其中记录了自己的印象、观感和事实。这种札记是一种文学"储备品",以供日后写书之用。

一八九〇年十月十三日,契诃夫离开萨哈林,途经日本海、印度洋、苏伊士运河、黑海、敖德萨,回到了莫斯科(一八九〇年十二月八日),这时候,他离开莫斯科已经八个月了。紧张的劳动、在萨哈林的强烈感受以及西伯利亚旅途中的艰辛影响到作家的健康。契诃夫在路上开始咯血。不过,他尽管身体有病,十分疲乏,但仍然渴望把自己对沙皇的苦役地,他心目中真正的"地狱"——萨哈林岛的印象告诉读者。

契诃夫的萨哈林之行引起了他的同时代人不同的反响。契诃夫在文学界的朋友们支持他的这一行动,认为是作家创作生活中的转折点:"您的旅行使人产生很大的期望。您为您的工作的新时期打下了良好的基础。"聂米罗维奇-丹钦科在一八九〇年六月十五日给契诃夫的信中说。伊·列·列昂季耶夫-谢格洛夫于一八九〇年三月二十日作出了如下反应:"如果您凭您素有的观察力和敏锐的才智把您旅途中的见闻老老实实地写下来,那将是对社会的巨大功绩,这个作品定会引人入胜,大有教益。"对契诃夫抱敌对态度的文人,如维·彼·布列宁和尼·米·叶若夫之流则以嘲讽的态度对待之,认为"寻找灵感不需要远行",契诃夫之所以前往萨哈林,是因为他"把自己抬高为天才,去寻找天才的题材",而《萨哈林岛》一书却是个"不该写的那类书"的范例。

《萨哈林岛》一书是契诃夫于一八九〇年至一八九四年期间写成的。对书报检查机关的顾虑给他的工作增添了麻烦。加尔金-符拉斯基要求契诃夫把《萨哈林岛》的校样送给他检查,作为必不可少的条件,过后,他把书中某些章节的内容呈报出版总署。"在加尔金-符拉斯基掌握监狱总署大权的时候,我真不想出版这本书。"契诃夫于一八九二年八月十六日写信给苏沃林说;稍后,在《萨哈林岛》问世之际,又说:"加尔金-符拉斯基向费奥克蒂斯托夫(出版总署署长)告了状,《俄罗斯思想》十一月号延期三天才出版。"(一八九三年十一月二十五日给同一个人的信)书报检查机关下令第十九章暂缓在杂志上发表,其后几章虽经《俄罗斯思想》杂志的主编维·亚·戈尔采夫和沃·米·拉甫罗夫的积极奔走,却未能在该杂志刊载。

契诃夫认真地研究了官方的文件,其中包括监狱总署的报告,对之持十分怀疑的态度。"如果您见到加尔金-符拉斯基,"他在一八九〇年二月十五日给阿·尼·普列谢耶夫的信中写道,"请您告诉他,不要为人家对他的报告评论担心。我将在自己的书中详细谈到他的报告,使他流芳百世。"契诃夫的《萨哈林岛》从头至尾就是对加尔金-符拉斯基的"报告"和其他文件的"批评",这些报告和文件为政府在萨哈林岛运用流放苦役犯的力量建立农业移民区以"改造囚犯"的设想大吹大擂。作家研究了文献,随后,又就地了解萨哈林的现实,他揭露了那些"顺利移民论"的鼓吹者。

契诃夫作出了结论,认为只有在自由劳动、大块分地、合理选择耕地的条件下才能开发萨哈林岛,在岛上发展农业。在强制移民、奴隶般的苦役劳动、生活安排不当、缺乏劳动工具的情况下,农业移民区不可能存在,改造"囚犯"的"人道"设想完全是伪善。根据这一主导思想,契诃夫把粉饰萨哈林岛状况的中央和地方行政当局的官方报告中夸大的数字、被歪曲的事实、虚假的结论和自己的数字、观察和结论相对照。例如,官方对萨哈林流刑移民生活和劳动的真实情景作了理想化的描绘,说什么政府"向他们提供岛上生产所必需的机器、工具、器械和材料"(见《一八七九年至一八八九年监狱总署十年工作概述》,圣彼得堡,一八八九年版,第一三九页),契诃夫则写出了真实的情景:"流刑移民简直是赤手空拳到这个地方来的。由于怜悯他们,监狱给了他们一些旧斧子,让他们给自己砍木料。""在通常是沼泽而且布满树林的新地方,流刑移民只带着木匠的板斧、锯子、铁锹就来了。他们砍伐树林,刨掉树根,挖掘沟渠,以便排干当地的水,而在进行这种准备工作的时候,他们一直睡在露天底下潮湿的土地上。"

契诃夫在他的西伯利亚和萨哈林特写中并不详尽地描述主人公们的经历,全面地揭示他们的外表和内心面貌。为了造成现象的群体性印象,为了有权进行概括、总结,作者采取了另一种方法:向读者粗略地介绍许多人物、许多事件和情况。这适合于旅途特写这一体裁。那些好像是偶然间见到和听到的事件、谈话和人物再现了普遍的情景,其中贯穿着作者关于无权、受屈辱者的整个想法。作者引用当地居民的叙述来证明自己观察的正确。

但是岛上的所见所闻使契诃夫如此震惊,以致他往往不想隐藏由萨哈林印象所引起的沉重心情,对苦役犯和流放移民的深切同情:"人就变得忧郁、愁闷,""……就会觉得,如果我是一个苦役犯,那么,不管怎样,我也一定要逃出此地。"在叙述的过程中,他作了抒情的插话,向读者展示作者对被描写的事物的态度:"海洋在眼前展现(从灯塔上鸟瞰——俄文本注释者)……只有在这儿,人才会感到下面的生活是多么愁闷和苦恼。"契诃夫没有把某些

613

直接表现作者的主观感情、心绪、想望的片断包括在定稿中,这样做也许是由于考虑到书刊检查机关的意图,或者出于避免过分伤感的愿望。

契诃夫多半是让事实本身讲话,作者的"自我"则退居次要地位。例如,在写肉刑的场面中,契诃夫似乎只是冷静地叙述了受刑人外表上的、旁观者所能看到的感情表现:普罗霍罗夫坐在台阶上,"脸上变得煞白"(他知道他将马上受肉刑);在受刑的时候,普罗霍罗夫先是沉默,随后祈祷、哭诉,接着重又沉默。我们从契诃夫于一八九〇年九月十一日给苏沃林的信中知道这一肉刑场面对他本人所产生的影响:"我亲眼看到了鞭刑,在这之后,有三四夜我梦见刽子手和令人厌恶的老虎凳。"可是在定稿中,作者的激动、他的愤怒并不直接表现出来。读者只是从一系列间接的陈述中,才揣测到作者的心情。作者——惩罚的目睹者——从正在施肉刑的看守房里出来,然后进去,重又出来;他把注意力集中在抽打的次数上:一下,五下,二十下,三十下,四十二下,"最后总算报了九十下",——其中可以感觉到对这一"可憎的景象"的焦急、痛苦的等待。从对肉刑的执行者简短的、否定的描写中,可以揣测到作者的愤慨;典狱长"冷漠地瞧着窗外",刽子手有条有理地为刑罚作了准备,然后熟练地用鞭子抽打着;军医士"仿佛在乞讨似的",要求准许他看一看肉刑;医师"不出一分钟"就解决了这个犯人受得住多少鞭子的问题。

读者可以根据散见在书中的陈述和寥寥数笔素描而在记忆中再现"萨哈林人"的集体肖像;除了这种集体肖像外,契诃夫还描绘了个别人的肖像,例如流放苦役犯叶果尔。作者用了整整一章——第六章——专门讲到他,给它题名为《叶果尔的故事》。作者并不以描写主人公的全部经历为课题,而让叶果尔本人讲述使他流落到萨哈林的"犯罪"情况。这儿使人特别清楚地感觉到,作者首先注意到的是那些大多由于"审判错误"而服苦役的普通老百姓。契诃夫是在转述一个愚昧无知、老实浑厚的庄稼汉颠三倒四、语无伦次的话语,时而被作为听讲人的作者的简短插话所打断,以替代对一个刑事案件的叙述。作者强调的并非犯罪行为,而是"罪犯"这个人,叶果尔的某些话语和整个这一章的潜台词促使读者在头脑中再现叶果尔受审、被判刑的情景。

契诃夫在萨哈林与自愿侍候萨哈林的文官布尔加烈维奇的叶果尔相识,后者的命运使他很感兴趣。契诃夫曾把一件短皮袄留赠叶果尔,在布尔加烈维奇的一封信中转达了叶果尔对安东·巴甫洛维奇的谢意。应作者的请求,布尔加烈维奇记下了叶果尔的故事,这个故事契诃夫本人在萨哈林的时候也曾听到过。作家不是简单地照抄布尔加烈维奇寄给他的记录。他力图塑造萨哈林流放苦役犯的概括形象,对记录进行了重要的加工:缩短与主旨并无直接关系的片断,添入听讲人的许多插话,加上作者的开场白,其中描绘了叶果尔的肖像,谈到他的过去,再现了他的性格与语言的本质特征,同时除去了过多的方言词语。在定稿中,叶果尔所说的话大半是简单句,但是作家也想表现,叶果尔没有能力从事件中进行挑选,没有能力有条有理、清楚正确地说明事件。显然,叶果尔在正式受审时关于"罪行"的混乱的、不合逻辑的、笨拙的叙述注定了他的命运。他在凶杀案中是无罪的,然而他不善于卫护自己,明白清楚地叙述他是在何时何地与被害者分手的,在凶杀案发生时,他在什么地方。这样,契诃夫在第六章里所描绘的不是怙恶不悛的罪犯,而是一个长着"朴实的、第一眼看去有点愚蠢的脸"的无知者。就其平淡无奇、并不引人入胜来说,叶果尔的故事有典型性。作家在他身上融合了从萨哈林的犯人那儿听到的"几百个故事"。他促使读者把"犯人"看作是个普通的、无权的人,勤劳而善良;他说明了那把"许多可靠的好人"发配到苦役地的法庭的真

615

相,说明了社会的冷漠无情,竟然对令人发指的非正义行为、使用暴力和横行霸道无动于衷。

契诃夫在《萨哈林岛》一书中的人道精神还表现在对各级官吏——从小官吏、典狱长到阿穆尔河沿岸地区总督柯尔夫男爵——的愤怒和尖锐的揭露上。作家撕下了萨哈林"活动家们"的假面具,他们假借改造犯人的名义,以便在萨哈林实现其强制移民的反人道计划。

比如说,契诃夫使人在柯尔夫男爵仁慈的表象下看到他对流放犯命运的漠不关心,有时还可以看到他自觉到伪善和欺骗。这个"宽宏大量、心地高尚"的人在五年时间内对岛上流放犯的情况毫不关心,而只是凭他仓促地参观了一下专为他的来临稍加装饰过的监狱和移民点,就下了"大有进步"的结论。契诃夫在柯尔夫对待犯人们亲切的态度后面看到了另一种情况:男爵唤起犯人们对回到祖国、回到俄罗斯的无法实现的希望。作者在草稿中尖锐地谈到了这一点:"实际上,许下很多诺言,事后又不履行;将人们诱入寒冷、泥泞的原始森林,然后弃之不顾,让他们听任命运摆布,——这样做除了通常的无能外,也说明了道德上的不负责任。"(第一四九页)作家认为,柯尔夫在盛大的宴会上所发表的"赞辞"是对事实真相的无知,作为一个支配被唾弃的全岛人们生活的人,他的这种行为应该受到谴责。契诃夫写道:他所说的话"在人们的意识里同饥饿、被流放的女人的普遍卖淫、残酷的体罚等现象是不能相容的"。但是,契诃夫嘲讽道,柯尔夫演说的听众们大概会相信,就这个岛来说,当前的情况"几乎要算是黄金时代的开端了"。柯尔夫口述的那篇带有感伤调子,题为《不幸者的生活描述》的"文章"令人感到纯粹的伪善和欺骗。契诃夫不加评论地引用了他的话:"终身的惩罚不存在了……苦役的劳动并不繁重……不戴镣铐,不用哨兵看守,不给剃光头。"无须评论,契诃夫的整本书代替了评论,说明在岛上还有许多被锁在小推车上和戴手铐、脚镣的人,而这样做正是奉了柯尔夫的命令。契诃夫"很乐意地"记下了柯尔夫对他说的话。这些话的嘲讽意义为书的全部内容所揭示;书的作者反对惩罚的终身性、苦役的繁重,也就是恰恰反对那些按照"宽宏大量的"男爵的说法,在萨哈林所不存在的事物。就作者揭露方式的特色来说,下述的例子很有意思。在特写中,介绍了雷科夫斯科耶的典狱长里文。契诃夫用一句话对他作了简短的结论:"迦尔洵的《士兵伊凡诺夫的札记》中的上尉温采尔这个人物显然不是虚构的。"作家注意到在迦尔洵笔下的温采尔身上也同样突出的那种"不合情理的"矛盾:对工作的认真态度,有知识,有主动精神,关心属下,同时却又暴虐地"醉心于体罚和残酷"。看来,契诃夫似乎要说明,在里文身上,优缺点并存,瑕瑜互见;而实际上,作者对他的看法是绝对否定的,尽管没有直截了当说出来。例如,让我们注意特写中这么一句话:"有一个犯人拿着刀子像对付野兽那样向他扑去,这次袭击给那个袭击者造成了灭亡的后果。"契诃夫有意识地把"像野兽那样"这一比喻从囚犯转移到里文身上,这样一来,情况立即得到了改变。里文已经不被看作受害者;相反,作者叫我们想起了他的残酷,以此替那个被里文本人所迫而犯罪的人辩护。作家同情犯人,从而表明,他是这一事件中真正的受害者。契诃夫在塑造里文这一形象时,意欲强调他的专横,而使他工作中好的一面黯然失色。

契诃夫把里文看作是八十年代萨哈林现实的典型现象:"时代变了;现在对俄国的苦役地来说,年轻的文官比年老的更典型。假定有一个画家要画人们怎样鞭笞逃犯,那么在他的画上,原来那个酗酒的上尉,生着酒糟鼻子的老头,就要换成一个有学识的、穿新制服的青年人了。"

不过,契诃夫在萨哈林也看到一些不同的人,一些"小人物",

公而忘私的劳动者。他愉快地把这些难得的人物介绍给读者。女医士玛·安·克尔席热夫斯卡雅在萨哈林服务了许多年,"立志把自己的一生献给受苦的人";苏普鲁年科医师采集的收藏品可以"成为一个出色的博物馆的基础",他在这项"有益的事业"上贡献了许多"知识、劳动和热情";轮船船长列梅舍夫斯基及其助手英勇地经受住危险;教士西梅翁在萨哈林成了传奇式人物,——所有这些普通人以其献身精神、乐观主义、热爱劳动和努力不懈而吸引着他。

普通人,那些小人物,使作家产生对萨哈林前途的信心和乐观主义的期望。"这个边区还建立不久,一片荒凉,但是迭经沧桑。过去曾作过很大努力,不乏英勇行为,但这只是开端,展望未来,这个岛面临着许多美好的和有意义的工作。"(草稿,第九页)

但是在眼前,萨哈林的生活是如此令人苦恼,以致虽然严峻、但具有特殊美的岛上的自然风光也不能使他喜悦。作为一个人道主义者,作家在这儿想到的始终是受苦的人。

书中所有的艺术手段都服从一个宗旨:引起读者对不自由者的同情。对形象和景色的选择"促使读者感染到某种情绪"(一八九五年四月二日给日尔克维奇的信)。容基耶尔岬角顶上的灯塔在萨哈林的黑夜里"仿佛正用它的红眼睛瞧着全世界"。北萨哈林从海上被礁石"三兄弟"守卫着,在黑暗中,它们像是三个黑修士,使人产生"阴森可怖的感觉"。忧郁的情绪和严酷的大自然互相呼应:天空起了乌云,海水低沉而愤怒地咆哮着,"自然界正在酝酿着什么不祥的事"。

在特写中,不止一次地谈到萨哈林的"死一般的寂静":"在杜埃静悄悄",在杰尔宾斯科耶"没有动静";但是作家使读者不能不在这种寂静中捕捉那仿佛充满空间的海水愤恨的哗哗声、镣铐的叮当声、呻吟声、叹息声和悲观绝望的语声,而这些"寂静中的声响"造成一种印象,反映了萨哈林那些"像影子似的"在"死岛"上徘徊、默不作声的"哑巴们"的真实处境。

契诃夫的书完成了作者对自己提出的任务,——它"激起社会对萨哈林的关注",其结果包括在岛上建立图书馆、学校、孤儿院,所需资金由契诃夫积极参加筹集。"我买了书,"他在一八九一年一月二十七日给弟弟伊凡的信中写道,"很多书由出版者和作者捐赠。我非常高兴。萨哈林的学校将要有自己的小图书馆了。"在一八九一年二月十九日给柯诺诺维奇的信中也谈到了这一点(《文学遗产》,第六十八卷,苏联科学院出版社,莫斯科,一九六〇年版,第一八三至一八六页)。萨哈林人对契诃夫的这一活动深表感谢。在萨哈林的学校的负责人布尔加烈维奇一八九一年六月五日给契诃夫的信中,我们读到了以下的话:"您寄来的信、邮件和书以及其他等等,我都收到了……我们还来不及整理好,按照您的愿望分送各处。我参加了把教科书分类的工作……"特莫夫斯克区区长布塔科夫在一八九一年十二月十四日给契诃夫的信中写道:"为了您寄来的那些分赠给特莫夫斯克区的学校和人民的书,再次表示衷心的感谢。"

但是,不能忽视,作家认为慈善事业决不是帮助萨哈林儿童们最重要的手段。"我觉得,"他写信给柯尼说,"依靠慈善事业和监狱剩余的款项以及其他款项,办不成什么事,全赖慈善事业来解决问题……是有害的。"(一八九一年一月二十六日)

契诃夫的特写引起了西伯利亚和萨哈林居民的注意和兴趣(《叶尼塞报》,一八九三年十二月二十六日第五十二号;《阿穆尔河沿岸地区公报》,一九〇四年八月一日第六六八号;《西伯利亚通报》,一八九三年十一月二十六日第一三八号以及一八九四年八月十九日第九十六号和十月一日第一一五号等)。但是,这本书不仅在"当地"的读者中产生影响。索·安·托尔斯泰娅在她

619

一八九八年十一月十五日的日记中写道:"晚上朗读契诃夫的《萨哈林岛》,肉刑的详细情节,真是可怕!玛莎大哭起来。我的心都碎了。"(《索菲娅·安德烈耶芙娜·托尔斯泰娅日记》,第三卷,北方出版社,一九三四年版,第九十四页)我们知道,托尔斯泰一家人这次朗读《萨哈林岛》,正是列夫·尼古拉耶维奇创作《复活》的时候。

契诃夫用自己的书激起人们帮助萨哈林人的积极愿望。一九〇四年六月,在凡尔赛举行的国际妇女活动代表大会上,莫诺讲述了一位俄国女性——叶夫盖尼娅·梅耶尔在萨哈林苦役犯中间的功绩。契诃夫的书成了她前往萨哈林的动力。"有一次,她偶然读到契诃夫描述萨哈林及其居民的书。从这时候起,她就不得安宁。她老是觉得,从那该诅咒的岛上发出惨叫,向她召唤:'请到我们这儿来,拯救我们吧。'"(《监狱通报》,一九〇四年,第八期)

同时代人有意把俄国政府在九十年代初所进行的有关苦役犯和流放犯处境的某些改革看作是对契诃夫的书所激发的社会舆论的让步。

在九十年代中期,国外也产生了对萨哈林的兴趣,对此,契诃夫的书不无影响。在一八九五年举行的第五次监狱代表大会上,人们不止一次地向俄国代表们询问萨哈林的情况(参见《监狱通报》杂志,一八九七年第九期上的会议记录)。一九〇三年,出版了一本用法文写成的有关萨哈林的书(Labbé,《Un bagne russe. L'île de Sakhaline》)①,这是作者的旅途印象记,基本上重复了契诃夫已经讲述过的内容。另一本论述契诃夫的法语著作(Henri Bernard Duclo,《Anton Tchechov, le medecin et l'écriVain》)②的作

---

① 拉贝:《一个俄国的苦役地。萨哈林岛》。
② 亨利·贝尔纳·杜克洛:《安东·契诃夫,医师和作家》。

者说,《萨哈林岛》在读者中间产生了巨大的影响。

契诃夫的萨哈林之行及其对西伯利亚和萨哈林的特写彻底摧毁了关于作者"缺乏思想原则"、持冷静的"客观主义"态度的传说。它们对研究艺术家的创作方法的特点提供了很有意义的资料。但是这些对直接观察所作的总结远非契诃夫这次旅行的唯一创作成果。在九十年代初期所写的短篇《古塞夫》《村妇》《在流放中》《凶杀》中可以清楚而明确地感到萨哈林之行的影响。按照同时代作家基根(杰德洛夫)的说法,萨哈林的"色彩紧粘在艺术家契诃夫的……调色板上"。(一九○四年一月十七日给契诃夫的信)

作家认为萨哈林之行是自己创作生涯中的转折点,说它在他头脑中引发了"无数的计划",促使他的世界观和创作"趋于成熟"。"在过了萨哈林的艰难生活以后,我现在感到自己的莫斯科生活是如此庸俗和无聊,我简直想跟人大吵一架……","如果我是文学家,我就需要生活在人民中间……我需要哪怕一点点的社会生活和政治生活——哪怕一点点也是好的,而眼下这种关在四堵墙当中的生活,与大自然隔绝,与人们隔绝,与祖国隔绝……这不是生活……"(一八九一年一月五日和十月十九日给苏沃林的信)

萨哈林印象使契诃夫最终克服和坚决谴责陀思妥耶夫斯基和托尔斯泰的不抵抗主义。在九十年代,对萨哈林生活的观察与对其他生活的观察相结合,确定了作家对当代现实的否定态度,仿佛为他的批判提供了又一个极重要的现实根据,驱使他作出广泛的概括,迫令他更加坚决地探求真理。"……我们对爱国主义多么缺乏理解啊!"契诃夫从萨哈林回来之后,写道,"酗酒作乐、放纵无度、精衰力竭的丈夫爱自己的妻室和孩子,但是这种爱有什么用处呢?报上说,我们热爱我们伟大的祖国,但是这种爱表现在哪儿呢？没有知识,却放肆无礼和过分自负;不肯努力,怠惰和愚蠢;没有公道……"(一八九〇年十二月九日给苏沃林的信)一八九一年底,中篇《决斗》问世,一八九二年,发表了《第六病室》。此后,作家的创作直线上升;在每个新作品中都提出和说明生活中最重要的问题:《匿名氏故事》《我的一生》《套中人》《姚尼奇》等。

在九十年代,俄国经历了革命高潮。国内解放运动的第三个阶段,即无产阶级的阶段开始了。整个社会生活活跃起来。契诃夫特别强烈地感觉到参与其中的迫切需要。从他的西伯利亚和萨哈林之行开始,他不仅更加尖锐地揭露了"可怕的现实",而且愈益坚决地在俄国寻求积极的原则和正面的典型。他以乐观主义的态度展望幸福的未来,并在自己的作品中表现了对新的生活方式的憧憬,这种生活方式是"高尚而合理的,可能,我们已经生活在它的前夜,有时候还预感到它"。

小品文　论文

《纵狗捕狼》

最初发表在《莫斯科》杂志一八八二年第五期的文学附刊上(书刊检查机关于二月三日批准)。署名"安托沙·契"。

《莫斯科的伪君子》

最初发表在《彼得堡报》一八八六年一月一日第一号上,署名"鲁威尔"。

《尼·米·普尔热瓦利斯基》

起初发表在《新时报》一八八八年十月二十六日第四五四八号上。没有标题,也没有署作者姓名。

此文出自契诃夫的手笔是根据他一八八八年十月二十七日写给叶·米·林特瓦烈娃的信确定的,他在信中写道:"今天在《新时报》上,(星期三,十月二十六日)载有我一篇哀悼普尔热瓦利斯基的短文。像普尔热瓦利斯基那样的人我是无限热爱的。"

《我们的行乞现象》

最初发表在《新时报》一八八八年十月四日第四五八七号上。没有署作者姓名。

此文出自契诃夫的手笔是根据他下述两封信确定的:十一月十八日给大哥亚历山大·巴甫洛维奇·契诃夫的信,信上说:"今天我寄出第三篇社论";以及十一月二十三日给叶·米·林特瓦烈娃的信,信中告诉她说:"我在写一篇论文,有一百行到二百行,不会再多,想写什么就写什么:写旅行家,写鞑靼人,写街上的乞丐,写五花八门的事。"

《魔术家》

最初发表在《新时报》一八九一年十月九日第五六〇八号上,署名"Ц"。

这篇文章是契诃夫在动物学家弗·亚·瓦格纳的参与下写成的。写此文的起因是克·阿·季米利亚泽夫发表了小册子《科学的玩笑》,其中揭露了莫斯科动物园某些市侩的招摇撞骗行径。契诃夫从瓦格纳那儿获悉,在动物实验室里也有类似的反科学的情况,便亲自去参观动物园,结果情况得到了证实。他在八月二十八日给苏沃林的信中写道:"给您寄去当前公众瞩目、引起轰动的莫斯科教授季米利亚泽夫的小册子……我还寄去短记,作为对小册子的补充。季米利亚泽夫与植物学界的招摇撞骗行为作斗争,可我想说,动物学界的情况与之不相上下……我以字母'Ц'署名,而不用自己的姓,这是考虑到……不得不隐姓埋名,因为……大家知道,瓦格纳和契诃夫住在一起,而瓦格纳得通过博士论文答辩等等——由于我的过错,人家可能不加说明就把他的论文退还给他……"十月十三日,他再次写道:"《魔术家》发表了!好吧,只是您不要对任何人说,作者是谁。"

《在莫斯科》

最初发表在《新时报》一八九一年十二月七日第五六六七号上。署名:"基斯利亚耶夫"。

契诃夫之所以用新笔名是由于不想让人知道作者是他。在十二月四日给苏沃林的信中,他写道:"给您寄去关于莫斯科的小品文。我想简略地描写一下莫斯科的知识分子……但是不要对任何人说,作者是我。"然而这个笔名很快就被猜透。演员巴·马·斯沃鲍金在十二月十日的信中向契诃夫问道:"您的健康情况如何,基斯利亚耶夫先生?"(《苏联国立列宁图书馆手稿部札记》,莫斯科,一九五四年版,第十六分册,第二二八页)

《笔记本》

契诃夫的笔记本按保存在列宁图书馆手稿部的原稿刊印。

契诃夫有四本与文学创作有关的笔记本保存下来。它们是作家在生前的最后十四年写的。最早的笔记是一八九一年三月至四月契诃夫出国旅行时所记,最后的笔记则写于一九〇四年,在巴登威勒。

我们把笔记本中的文学札记和日记性短记全部予以发表。但是在笔记本中还有许多其他材料:与契诃夫的文学工作和社会活动有联系的事务札记、图书清单、友人通信地址和为病人开列的药方。本书发表的事务笔记是与文学与社会活动有关的少数记录。

笔记本全文刊载在列宁图书馆手稿部出版的《契诃夫档案选载》(莫斯科一九六〇年版)一书中。

文学性笔记一般是片断的记录,有时是情节的轮廓,经常是独立的语句和单词。契诃夫将自己利用过的札记划掉,而没有被利用的札记,他担心会被遗忘,就把它们转抄到第一个笔记本后面的页面上。几乎所有的笔记契诃夫起初都是用铅笔记下的;到了最后几年,它们中的一部分(未被利用的)则由他用钢笔重描了一下。

契诃夫的主要文学"档案"是第一个笔记本,包括一八九一至一九〇四年的笔记。大概从一八九七年起,契诃夫开始将后两个笔记本中直到那时尚未被用进作品中的文学性札记转抄在第一个笔记本里。第二个笔记本包括一八九一年十二月底至一八九六年全年的笔记。几乎所有这些笔记都属于梅里霍沃时期。第三个笔记本起初也是在梅里霍沃开始记的,但契诃夫使用它主要是在雅尔塔时期,即从一八九七年到生命结束。最后一条笔记写于巴登威勒,时间不会早于一九〇四年六月二十八日。契诃夫把第一个笔记本从第二页至一一八页上未曾使用的文学札记用钢笔重描一下,转抄到第四个笔记本中。根据笔迹看来,这是在他生前最后两三年抄写的。既然第四个笔记本的文本与第一个笔记本重复,所以就没有刊印。

日　记

《萨哈林岛日记摘录》

一八九〇年萨哈林岛日记摘录按圣彼得堡一八九一年版《用钢笔和铅笔写的记录册》(《花絮》杂志增刊)刊印。

《一八九六年至一九〇三年的日记》

日记按保存在苏联中央国家文学艺术档案馆的原文刊印。一八九六年至一八九八年、一九〇一年和一九〇三年的日记写入《记录册》，一八九九年至一九〇〇年的日记则写在小笔记本上。

《契诃夫在巴·叶·契诃夫的梅里霍沃日记中所写的笔记》

在苏联中央国家文学艺术档案馆的契诃夫档案中保存有他的父亲巴·叶·契诃夫从一八九二年三月至一八九八年十月在梅里霍沃所写的日记。

他每天记下天气、气温、较为重要的家事、日常事务、客人来访等等。在巴·叶·契诃夫偶尔离家的时候，日记则由家中其他成员代写。干这件事的大多是安·巴·契诃夫，他常常模仿父亲的记录。在日记中也有亚·巴·契诃夫、谢普金娜库珀尔尼克以及契诃夫家其他客人的手笔。